U0153196

凝煉知識品味閱讀

鍾榮富◎著

Introduction to Modern Linguistics

當代語言學概論

最新版

五南圖書出版公司 印行

自序

三年前（2003），我出版了第一本《語言學概論》的書籍，很高興能為國內的莘莘學子做了語言學的啓蒙。採用過該書的同行學者以及大陸地區學者，反應都相當肯定，個人深受鼓舞。當時在序言中闡明他日會另寫一冊語言學導讀，熔中國傳統小學的意旨和西方現代語言學的思潮於書中，一方面檢視傳統之精華，一方面思索現代及未來之走向，此為本書之緣由。

本書在主題的深度及廣度方面均做大幅度的拓展及延伸，目的在於將國內外重要文獻中的語料、分析方式與現代語言學理論融合，為語言學初習者指引迷津，更期許本書內容的深入淺出，能激起廣學生對語言現象的好奇與興趣，更進一步把他們引入語言學充滿思考及哲學的內涵。

個人走入語言學學術領域絕對是偶然。還記得大學時代，滿腔的文學夢，晨昏寂夜，都是在編織歐尼爾（Eugine O'Neil）未完成的戲曲，或沉吟濟慈（John Keats）的詩章，獨獨沒有料到會在學術的舞臺上描繪語言背後的學說與理論。大學時期之所以排斥語言學，如今想來，教科書應該是最大的障礙。許多學子可能因為語言學教科書的迂迴敘述及撲朔迷離的用詞，而頓失方向，終於無緣接觸語言學的多彩繽紛。有感於此，自從踏上個人「生涯規劃」之外的旅途之後，最想做的就是為國內的大學生寫一本好的語言學入門書籍。基於這個信念，個人自1989年回國以來，除了1994至1995年到麻省理工學院訪問之外，每年都任教「語言學概論」的課程，同時也蒐集了全世界各種不同的教科書版本，無非是想一圓寫作《語言學概論》之夢，善盡一份語言學人的心力。

本書得以付梓，首先要感謝的應是在語言學的研究途中，焚膏繼晷、皓首窮經的中外學者，他們孜孜矻矻地經營與投入，以及研究的結晶和成果其實就是本書的經緯。但是，概論性的書籍，無法將這些研究成果一一標注，只能藉此表達衷心的敬意。尤其要感謝曹逢甫教授長期以來的鼓勵及關顧，曹老師在我撰寫本書之間，曾有幾次的討論，並提供珍貴的意見，使本書更臻完善。南京大學的魯國堯教授在讀過本書有關音韻學的初稿之後，不但把我推薦到汕頭大學的全國聲韻學學術研討會做主題演講，還一直催我盡快完成此書，值得再三的感謝。當然，特別要感謝的是我的指導教授鄭錦全院士，從我踏入語言學的研究領域，鄭老師扮演的不只是明燈，更是推力。撰寫本書期間，老師慷慨地容我使用他在語言地圖上的成果，在此只能以英文的I can never thank him enough.來表達衷心的謝意。成書之時，老師雖已皓髮蒼蒼，精神卻依然矍鑠，談話聊天透顯出來的還是上一輩人對於人文的崇敬和執著，一種只能意會不能言傳的韻味。今年是丙戌年，老師望七了，僅以此書獻給老師。

其次，要感謝和我一起打拚、一起分享挫折及成就的研究生：勤正、怡秀、秀玲、明中，及泰良。他們一邊要應付沉重的博士班課程和報告，一邊還積極地投入本書各個章節的訂正、修改、校稿，及意見。特別是阿正和明中，磨刀霍霍，想把「優選理論」的部分劃入他們的租界，我也樂於看到自己教學的成效，慨然應允。至於碩士生淑容和雅鈴則義無反顧地跟著學長，承擔了費時的符號校對及電腦校稿之工作。尤其值得感激的是助理楊雅惠，她無役不與，舉凡繪圖、製表、修稿、排版到整體設計及用詞的推敲，美感的呈現與表達，封面設計等都是她的心血，第一章的發音圖更是她的傑作。由於她的不辭辛勞，才能使本書在預定時間內完成，在此特別感謝。另一位助理蔡菀提與雅惠任務互補，無微不至地整合了來自四面方八方的協助資源，順利催生了本書的完成，居功至偉。高師大2007級英語系甲班及溝通障礙研究所的學生，也是我應該感謝的。他們每收到草稿，都踴躍發言，積極討論，使本書避免了許多可能會犯的錯誤。最後，也要感謝五南圖書出版股份有限公司的編輯王兆仙、李鳳珠，在一校、二校、三校的流程中，不辭其勞，南北燕還，才有最後的定稿。

一如往昔，我把最真摯的感激留給老婆大人。基於同行，她承接修稿及校訂的工作。部分章節甚且拿到教室和學生分享，所有的回饋都是難得的建議。趕稿時，每當夜半，見她埋首稿堆，字斟句酌，我只能低聲道出心中的無限感激。

鍾榮富

CONTENTS

目　錄

自序 .... (3)

緒論 1

一、現代語言學的目標 2

二、語言知識 2

三、通用語法 4

四、語言能力和語言使用 8

第一章　語音結構 11

一、基本背景 12

二、發音器官和語音的分類 19

三、子音 23

四、子音：發音方式的分類 38

五、母音 43

六、超音段 51

七、摘要 58

第二章　音韻學 61

一、音段與音位 63

二、辨異徵性 70

三、音韻的理論架構 80

四、自主音段的音韻理論 86

五、音韻理論的發展：優選理論簡介 …… 102
六、摘要 …… 106

第三章　詞彙及其結構 …… 109
一、詞彙的內在結構 …… 110
二、構詞的方法 …… 122
三、構詞和語言類別 …… 140
四、摘要 …… 143

第四章　句子結構 …… 147
一、句子的基本概念 …… 148
二、漢語句子結構的特性 …… 152
三、句子的類別 …… 155
四、簡單句的形式 …… 160
五、複句的結構形式 …… 161
六、幾種特殊句結構 …… 170
七、結語 …… 178

第五章　語義的表述與傳達 …… 181
一、語義的本質 …… 182
二、單詞的語義表達 …… 190
三、語義和句子 …… 200

四、非關句法的語義 208
五、句子的真假 212
六、摘要 213

第六章 語用學和言談分析 215
一、預設 216
二、衍推 220
三、指代詞 222
四、語言行為理論 224
五、言談與言談分析 230
六、摘要 239

第七章 語言和社會之間的互動 243
一、語言：社會鏡子 244
二、語言、方言、口音 245
三、區域性方言 250
四、語言地圖 262
五、語言接觸 267
六、社會性方言 271
七、語言和性別 275
八、語域和稱詞 282
九、禁忌語和委婉語 284

十、語言和文化：薩皮爾沃夫假設 285
十一、摘要 288

第八章　大腦和語言 291
一、人腦的結構 291
二、神經語言學的研究方法 295
三、失語症 300
四、失語症與語言學理論 308
五、摘要 309

第九章　語言和訊息的處理 311
一、基本背景 312
二、輸入 314
三、心理語言學的研究方法 324
四、心理語言學的理論 339
五、心理語言學的幾個議題 345
六、摘要 351

第十章　語言習得 355
一、語言習得的理論 355
二、語言習得的階段 364
三、語法習得 370

四、和語言習得有關的議題 382
五、摘要 386

第十一章　第二語言習得 389
一、第二語言的定義 389
二、第二語言習得的理論 391
三、臺灣的英語教學：教學法及教學環境 404
四、影響臺灣學生學習英語的其他因素 412
五、摘要 415

第十二章　歷史語言學 417
一、語言和語言的進化 418
二、英語簡史 421
三、語言的改變 423
四、漢語小史 441
五、語言擬構 448
六、語言改變的原因 458
七、歷史語言學的相關理論 468
八、摘要 475

參考書目 478
本書所用之語言學名詞中英對照及解釋 486
名詞索引 517

緒論

語言學是一門既古老又新穎的學科。說古老，因爲遠在結繩記事的時代，就已經有了語言學，因爲所謂的「結繩記事」就是語言學。至於有文獻記載的，更在紀元前可能已面世的《爾雅》以及印度佛經傳誦裡傳聞的《巴尼尼》（*Panini*）手冊中，即有明確的語言學記載。說新穎，是因爲現代語言學的主要論點及學說的起源及發展，距今還不過半世紀。因此，語言學是個「日日新，又日新」的學科，充滿了活力及遠景，不但在語言分析及語言結構上顧及本業的領域，更企圖把研究主題延伸到認知科學的版圖，而且在語音合成（sound synthesis）的分析及人工智慧（artificial intelligence）方面，其貢獻更是不可小覷。

另一方面，語言學也兼及社會文化及心理的層面，一方面積極從社會結構及男女性別之差異等等面向來解構語言和社會的關係，另一方面語言學也直探我們的心理深處，希望能從語言訊息之處理過程來理解語言和人類心理活動之間的互動。當然，現代語言學的發展在理論及觀念上，借助於歷史語言學的研究很多，舉凡語音的變異、句法的結構及構詞的分類等等，都可以看出前輩先賢的心血及投入。

但是，歸根究柢，到底「語言學是什麼呢」？要回答這個問題，我們先從現代語言學探索的兩個問題入門，其次界定語言能力（linguistic competence）或語言本能（linguistic instinct）及語言使用（linguistic performance）的分野。有了這個分野做背景，即可以把現代語言學做個分類：理論語言學（theoretical linguistics）及應用語言學（applied linguistics），並從而敘述本書各章節的架構。

一、現代語言學的目標

現代語言學（modern linguistics）肇始於喬姆斯基（Noam Chomsky）1957年劃時代的鉅著《句法面面觀》（*Aspects of Syntax*），之後他對於語言學的哲學思想及理論建構，透過源源不斷的著作及演講，逐漸形成體系，並名之爲「衍生語法」（Generative Grammar）。整個學說及理論不但深深影響了現代語言學的走向，而且還促成認知心理學、語言習得、神經語言學及社會語言學等等領域的發展。

喬姆斯基的中心思想是：「語言學是心理學的一支」，因此語言學最核心的兩個問題是：1.什麼叫作「會」一個語言？2.爲何小孩能在這麼短的時間內（十三個月到四、五歲間），習得並內化（internalize）一個或多個語言的語法？

二、語言知識

什麼叫作「會」一個語言？依據喬姆斯基的看法，所謂「會」一個語言，指具有該語言的語言知識（linguistic knowledge）或語言能力（linguistic competence）。所謂語言能力指的是我們對於某個語言整個結構規律的掌握，包括語音、音韻、句法、構詞及語義等各個語法部門的綜合能力。這種綜合能力由於是我們頭腦的一部分，因此又有人把這種能力稱爲語感（linguistic intuition）。什麼叫作「語感」呢？請先看後面㈠的句子：

㈠

1. 山遇了上見楊過在怪鵰。
2. 潛水入底小龍女傳以蜜蜂書了。

你知道這兩個句子的意思嗎？你認爲這兩句是中文的句子嗎？聰明的你一定認爲這兩句不是中文。爲什麼呢？因爲你的語感告訴你：這兩句不可能是中文。中文有中文的語法，中文句子不可能會像㈠那樣排列。如果把㈠的句子改成㈡：

㈡

1. 楊過在山上遇見了怪鵰。

2. 小龍女潛入了水底以蜜蜂傳書。

你一定馬上即可辨識那是中文的句子，雖然不很明白句子的意思，但「直覺」上你認爲㈡的兩個句子合乎中文語法。沒錯，你沒讀過任何有關中文語法的書籍，也可能沒上過中文文法的課，但你卻很清楚地知道㈠不合乎中文語法，而㈡完全合乎中文語法。這正是喬姆斯基的主要觀念：我們頭腦裡具有中文的語言知識，也就具有中文的語法。對喬姆斯基而言，「語法」（grammar）不完全指市面上所販售的「文法書」的內容，而是存在於我們頭腦內部的語言知識或語感。換句話說，現代語言學所提到的「語法」有特別的意思，是表示「語言知識」，也就是「語言本能」。

具有某個語言的語感或者會某個語言，通常有兩個意義：一方面，有能力衍生或創造出所有合乎語法的句子；另一方面，也有能力排除所有不合乎語法的句子。例如會中文的人，一定能講出像㈡的句子，而不可能會講出像㈠的句子。我們每天都會講很多不同的句子，會因爲各種場合或見到各種不同的人，講出不同的句子，又怎麼會有心情去排除不合語法的句子呢？又怎麼知道所講出來的句子都合乎中文文法呢？

這些問題的確很有趣，彷彿也沒有辦法回答。其實不然。依據喬姆斯基的理論，我們的語法只不過是由很有限的規律所組成。例如只要是會英文的人，一定馬上能辨識㈢不可能是英文的單字：

㈢

1. *pmurt, *bmoe, *mpell, *wpostray

2. *tlesk, *ldoor, *nlack, *dsore

因爲英語的語言知識裡，有兩個限制：1.英語音節的聲母不可以有兩個脣音（b, p, m, f, w）；2.英語音節的聲母不可以有兩個齒齦音（d, t, n, l）。由於(3a)的聲母都是脣音，而(3b)的聲母都是齒齦音，因此具有英語語言知識的人，很快地就能排除類似㈢的語詞。又如臺灣閩南語有個限制：任何音節內，母音的前後不能同為雙脣音（bilabial），因此閩南人遇到㈣的語音或語詞，必然會很直覺地認為那些不可能是閩南音：

㈣

1. *pam, *pap
2. *mam, *map
3. *pam, *pap

綜合前面的討論，我們應該可清楚語言知識的概念了。簡而言之，「語言知識」就是我們對某個語言所擁有的語法，它是由語音、音韻、構詞、句法及語義規律所組合而成的結構體，也是構成我們語感的主要基礎，正如美國人頭腦裡有「聲母位置不能有兩個脣音」，所以能馬上判斷（3a）的拼音排列不是英語。再者，我們也明白：所謂「會」一個語言，即表示具有該語言的語法知識，能很直覺地掌握該語言的語音、音韻、構詞、句法及語義規律。

三、通用語法

「為何小孩能在這麼短的時間內，習得並內化（internalize）一個或多個語言的語法？」為了解答這個問題，喬姆斯基於是假設：人生而有語言習得機制（language acquisition device，簡稱LAD），該機制位於大腦的某個地方，由於是與生俱來的機制，因此和一般的人體器官一樣：會生長，會成熟，也會老化。這個假設後來也稱之為「內生假設」（Innateness Hypothesis）。基於內生假設，一般正常的小孩只要有語言環境，不論是哪裡出生或哪個人種，只要置身在某個語言的環境之下，他必然會講該語言。換言之，臺灣出生的小孩，只要放在美國自然會講英語，放在日本自然會講日語，放在阿拉伯也自然會講阿拉伯語。為什麼能這樣呢，因為每個小孩的語言習得機制內，都有個通用語法（Universal Grammar）的緣故。

語言環境和共通語法之間的關係，且以鑰匙和鎖來比喻。現代人出門，大多數的人都必須攜帶一大串鑰匙，有開鐵門的，有開大門的，有開抽屜的，也有開私人日記本的，因爲鐵門、大門、抽屜及私人日記上都配有不同的鎖，必須要找到正確的鑰匙才能開啓正確的鎖，這是很普通的常識。依據喬姆斯基的學說，世界上的語言雖然表面上各有不同的語音、語法及其他結構，但是其核心語法（core grammar）其實是共通的（universal），因此共通語法內有各種不同的參數（parameter），這些不同的語法參數正如我們日常生活中各種不同的鎖，而外面的語言就如同不同的鑰匙。換言之，如果把孩子放在美國，小孩就彷彿取得了英語的鑰匙，自然能打開英語的語法參數；如果小孩放在韓國，他就擁有了韓語的鑰匙，自然能打開韓語語法的參數，因此語言和通用語法的關係頗類似圖0-1所示，其中各個語言共同擁有的部分即爲通用語法，也是各個語言語法內部的核心語法。其他的部分則爲個別語言的語法（language-specific grammar）。再者，由圖0-1也可推知：各個語言的個別語法也有部分重疊之處，表示各個不同的語言之中有些語法還是很相同的。

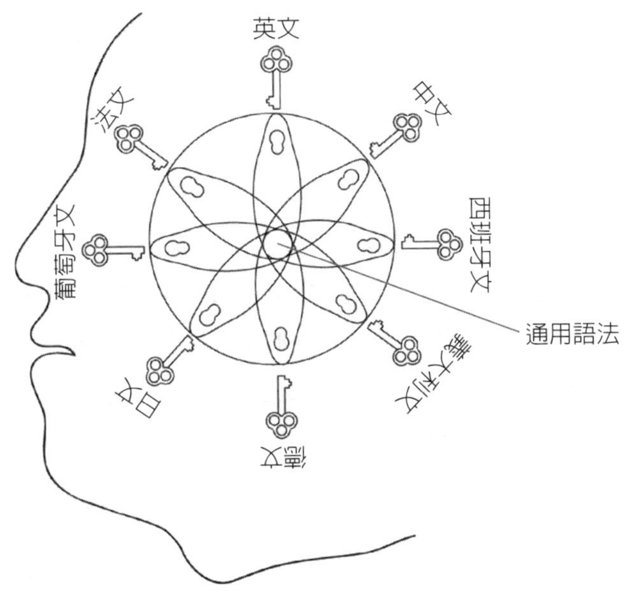

圖0-1　語言和通用語法的關係。

乍看之下，喬姆斯基的理論並不特別吸引人，因爲語言之繽紛多變是大家已經知道的事實，比如我們平時要唸英語時，常常覺得英語和國語或閩南語大不相同，使我們學起英語來，艱辛備嘗，苦不堪言，怎麼會說有通用語法呢？其實這和世界上的人種一樣，表面上看，白人、黑人、黃種人各有特徵，一看就能判斷。但是，更深一層地研究或思考，則會發現人性頗相同：好逸惡勞者多，勤奮節儉者少。如果無法認同抽象的人性之共通性，起碼也應該知道：不論是哪種人，管他是白人、黑人或黃種人，血都是紅的，各種內臟也可以互易，所以白人的腎壞了，可以取用黑人的腎臟來換，也可以取用黃種人的腎臟來換，只要手術順利，哪個人種的腎臟功能完全一樣。再者，人種雖然各有不同，只要感冒都服相同的藥，打相同的針，可見人種之間存有許多共通性。換句話說，表面上人種不同，往往可以從皮膚顏色或體型高矮或眼睛濃淡來判別，但在構成人體核心的重要部分，如血液、器官等等，卻頗具有共通性。這和語言很類似：表面上，各種語言的句法、語音、構詞大不相同，但每個語言的核心語法卻是共通的。例如英語、日語、漢語之差異可由後面的例子來見證：

㈤

中文	買書	在臺北
英文	buy a book	at Taipei
日文	本を買う	臺北在

但是從句法結構來看，其實「買書」是動詞詞組（verb phrase，簡稱VP），而「在臺北」則是介系詞詞組（preposition phrase，簡稱PP），所不同的只是結構參數：英語和國語都是核心（head）在前（head-initial），而日語則是核心在後（head-final）的語言。所謂「核心」指動詞詞組中的動詞或介系詞組中的介系詞。以樹狀圖來表示，核心在前或核心在後的差別是：

㈥

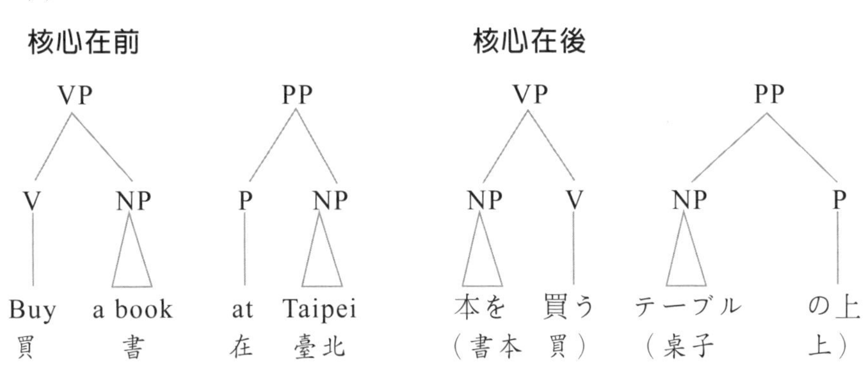

這種大結構相同，而只有結構參數不同的情形，很像我們生病到醫院時，醫生在開處方之前通常會問：「會不會過敏？」顯然我們的身體大致上可分兩種：一種對於藥物不會過敏，另一種則對於某些藥物會過敏。換言之，我們人體的結構基本上很相同，但是身體內部卻至少有「會過敏」和「不會過敏」兩種參數。因此，英語和日語的差異其實也僅在於參數的不同，然而大結構卻是一樣的。

由於通用語法是與生俱來的結構，語言的環境只是提供小孩類似鑰匙的參數，有了鑰匙之後開啓了通用語法參數，從通用語法及其參數之中衍生了小孩的語言能力，所以語言是「習得」（acquire），而非「學習」（learn）而來的結果，這也是我們使用「語言習得」（language acquisition）取代「語言學習」（language learning）的主因。如果小孩置身於雙語或多語地區，他同時擁有兩把或多把鑰匙，自然能習得兩個或多個語言。

然則，什麼叫作「個別語言的語法」呢？和通用語法有何關係呢？且以音韻爲例，所有語言的語音系統中都有音節結構（syllable structure）：

㈦中英音節之比較

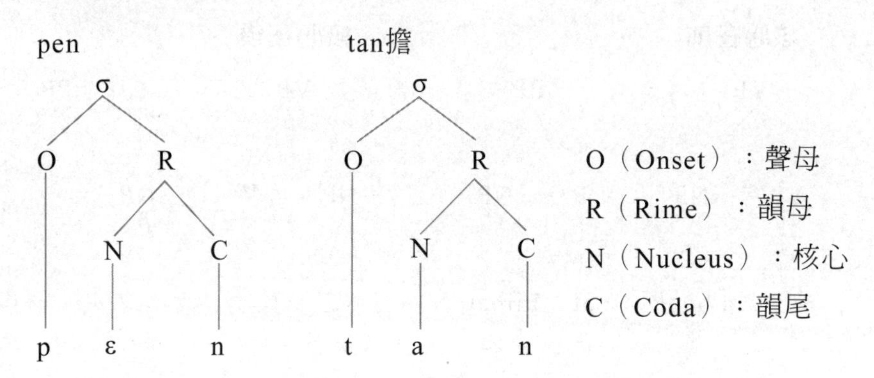

可見音節是通用語法的一部分。然而，以英文和中文的音節結構來比較，卻有很多不同。首先，英語的聲母（onset）可以有兩個子音（如tray, please），也可以有三個子音（如spring, stray, scream），但是中文的聲母卻只能有一個子音〔如tan（單）、san（三）、pan（班）〕，頂多可以在聲母之後多個介音[i]或[u]，如tian（點）、suan（酸）、pian（邊），像這種因語言之不同而導致音節內部結構之差異的現象，稱之爲個別語言的語法。然則不論英語的聲母和中文的聲母在結構上有多大的差異，那只是個別語法的不同，在整個音節結構上，音節要有聲母、核心及韻尾等等，卻是屬於通用語法的範疇。

簡而言之，現代語言學主要探索的兩個問題是：1.「會」一個語言是什麼？2.小孩如何能在如此簡短的時間內習得一個或多個語言？對於第一個問題，現代語言學認爲「會」一個語言，表示具有該語言的語言能力或者是該語言的語法，而語法則是由語音、音韻、構詞、句法及語義規律所組織而成的結構體。至於第二個問題，現代語言學認爲是由於小孩天生具有語言習得機制，其內含有通用語法，透過不同語言環境的參數選擇，小孩習得了不同的語言能力。

四、語言能力和語言使用

遠在十九世紀，結構主義的創始者索緒爾（Ferdinand de Saussure,

1857-1913）即率先把語言的研究分為Langue及Parole兩部分，前者專講語言內在的結構，有人因此翻譯成「語言」，而Parole則研究語言的使用和應用，有人翻譯成「言語」。後來，喬姆斯基創用衍生語法（Generative Grammar）理論之時，也宣稱：衍生語法所研究的是語言能力（linguistic competence），而非語言使用（linguistic performance）。喬姆斯基更進一步解釋：所謂語言能力指的是我們的語言本能（linguistic instinct），也是我們對某個語言所擁有的語法，包括語音、音韻、構詞，及語義的理解及掌握。我們平時能和講同一語言的人溝通，互相了解，完全是因為我們擁有共同的語言能力的緣故。至於每個人的語言表現不同，有些人語言靈巧，能說善辯，又往往能見風轉舵，所以能左右逢源。有些人則老實木訥，雖善體人意，卻嘴巴不甜，內斂自持，所以沉穩自在，頗能自得其樂。語言的使用和環境、場合、氣氛、心情及個人的特質很有密切關係，很難強求。

以讀《紅樓夢》為例，多數讀者無法像王熙鳳的語言那樣活潑，那樣伶牙俐嘴，那樣善用譬喻，但是我們都能了解鳳姐兒所講的每一句話。質言之，我們和王熙鳳有一樣的語言能力，卻沒有像她那般的語言使用能力。可見語言能力和語言使用是不完全相同的。

語言能力及語言使用在語言學研究裡，形成兩條平行又多方交集的路線，兩者的結合便是整個語言學領域。用更明確的語言來敘述，則探索「語言能力」的部分稱為理論語言學（theoretical linguistics），涵蓋了語音學、音韻學、構詞學、句法學及語義學等五個主題，分別見於本書的第二到第六章。其他的語言學專業如社會語言學、語用學、神經語言學、心理語言學、語言習得和第二語言習得共六個主題，則分別成為本書的第七到第十二章。最後一章是歷史語言學，探究的其實是兩個領域：語言的改變及語言的分類。由於歷史語言學是所有語言學領域的奠基者，本身即兼顧了理論的建構及應用，又旁及理論語言學的各個部門及語言在社會上的使用及接觸，所以是語言學的縮影，是具體而微的影像，因此作為本書的壓軸。

第一章

語音結構

我們的日常生活多半在各種聲音中度過，例如鳥鳴、貓叫、犬吠，及其他動物的叫聲，或各式各樣的機器運轉聲、鈴聲、鐘聲、鳴笛聲、車聲、喇叭聲、飛機飛過的轟轟聲，甚至是令人心驚的救護車聲、救火車聲等，這些非語音的聲音聲聲入耳。然則我們每天主要都靠著說話、聽話才能與人互動，也就是主要靠著由語音所構成的語言，才能溝通想法、交換訊息與意見。從語言學的角度而言，聲音有兩種：語音和非語音。像汽車聲、喇叭聲、關門聲，以至於風吹草木之聲，都是非語音；唯有我們用以溝通、傳達語義的聲音才稱之為語音（phonetic sounds）。語音學（Phonetics）是語言學的一個分支，它所探究的是人類語言發聲的過程以及語音的物理性質。

語音學的研究領域分為三種：聽覺語音學（auditory phonetics）、聲學語音學（acoustic phonetics）及發音語音學（articulatory phonetics）。聽覺語音學是很專門的領域，主要是研究聽力和聽障方面相關的科學，必須具備良好的聽覺器官的知識及概念，而且也需有相當程度的聲學語音學的背景，本章將不探討。聲學語音學主要研究語音的物理性，如聲波、頻率及共振峰等等，我們將在第十章談論語言心理時再做介紹。不同的語言雖具有不同的語音系統，但語音既產生於人體的發音器官，而人體的器官結構又相同，語音產生的過程自然是一樣的。本章旨在討論發音語音學，內容涵蓋發音器官的介紹、發音部位（place of articulation）及發音方式（manner of articulation）。不過，我們的介紹方式和傳統語音學不同之處，在於我們利用辨異徵性（distinctive features）為基礎，同時介紹發音的部位與方式，並且以語音為描寫對象，希望能以這種方式，貫穿發音的整個過程。再者，爲了清楚明白，我們用很多圖片來理解發音的部位。

一、基本背景

要了解語音學，必須先了解和語音學相關的觀念及名詞，這些稱爲基本的背景，我們將逐一介紹。

㈠語音單位及標音系統

語音和文字不同，語音的特性是：只要語音從說話者之口說出來，語音便立即消失。古人用「一言既出，駟馬難追」來表示語音消逝遠比駿馬的奔馳速度還快，這其實是很恰當的描述。人類的語音在錄音機未發明之前，無法留下痕跡，因此許多沒有文字可供記載的語言，如臺灣地區原住民的語言、中國境內少數民族的語言或世界上存在的許多語言等，雖具有很豐富的文化內涵，卻苦於無法記載語音，到如今仍舊只能以口耳相傳的方式來擔當語言、文化傳承的艱鉅任務，這些語言使用者過去的文化及生活也因此更難爲外界所了解。

平日我們與人溝通所使用的語言都是說話者與聽者互相熟悉的語言，彼此不難理解，使得一般人誤以爲「語音和訊息傳遞」是理所當然的。但設想有一天我們到一個陌生的國度、陌生的語言環境去旅行，當我們完全聽不懂當地人的話語時，會有什麼感覺呢？我們會覺得耳裡所聽到的是一連串毫無意義的「噪音」；反之，熟悉該語言的人卻能把一連串的語音切割或分析成（聽成）許多更小的單位，如語詞（words），甚至於比語詞再更細小的語音單位，如音位（phoneme）等。例如我們到高雄縣的茂林去，聽到當地原住民說魯凱語「akanasukuvevaa」時，除非我們有人通曉魯凱語，否則聽起來必然只是難以理解的噪音而已。其實，經過細加分析，「akanasukuvevaa」的結構如表1-1。

表1-1　魯凱語的結構成分

a	kan	a	su	ku	vevaa
指東西	吃-第二人稱單數	附著-所有	附著-助詞	這（過去）	早上

例表1-1整個音串的意思是：「你今天早上吃的是什麼？」可見，任何語言的任何語句都是由基本的語音單位所組成的。語音的最小單位稱為「音素」（phone），例如表1-1裡的「這（過去）」[ku]就含有兩個音素：[k]和[u]。在語音學理，我們用語音符號代表每一個音素，稱之為音段（segment）。所以我們說，[ku]是由[k]和[u]兩個音段所組成的，又如英語的book [bʊk]一詞是由 [b]、[ʊ]、[k] 三個音素或三個音段所構成的。

標音系統的主要目的在於記載語音，由於世界上沒有正式文字的語言為數不少，為了便於記錄各種語音，國際語音學會（International Phonetic Association）在1821年制訂了一套國際音標（International Phonetic Alphabet，簡稱IPA），爾後迭經修改，最近的一次是1995年由加州大學洛杉磯校區（UCLA）的一位知名語音學家Peter Ladefoged所領導的團隊所修訂的，這套標音系統也是本書記音的主要工具。但為了和國內大家所熟悉的K.K.（J. S. Keyon and T. A. Knott）音標和注音符號做對照，我們也在文內一併標注，例如表1-2內的是常用的子音表〔清：無聲子音（voiceless consonants）；濁：有聲子音（voiced consonants）〕。

表1-2　子音表

<table>
<tr><th colspan="2" rowspan="5">發音方法 / 發音部位</th><th colspan="3">塞音</th><th colspan="6">非塞音</th></tr>
<tr><th rowspan="4">不送氣</th><th rowspan="4">送氣</th><th rowspan="4">鼻</th><th colspan="4">摩擦音</th><th>邊音</th><th>滑音</th></tr>
<tr><th colspan="3">清</th><th rowspan="3">濁</th><th rowspan="3">濁</th><th rowspan="3">濁</th></tr>
<tr><th colspan="2">阻擦</th><th rowspan="2">非阻擦</th></tr>
<tr><th>不送氣</th><th>送氣</th></tr>
<tr><td rowspan="2">脣音</td><td>雙脣音</td><td>p</td><td>pʰ</td><td>m</td><td></td><td></td><td></td><td></td><td></td><td>w</td></tr>
<tr><td>脣齒音</td><td></td><td></td><td></td><td></td><td></td><td>f</td><td>v</td><td></td><td></td></tr>
</table>

<table>
<tr><th colspan="2" rowspan="5">發音方法
發音部位</th><th colspan="3">塞音</th><th colspan="6">非塞音</th></tr>
<tr><th rowspan="4">不送氣</th><th rowspan="4">送氣</th><th rowspan="4">鼻</th><th colspan="4">摩擦音</th><th>邊音</th><th>滑音</th></tr>
<tr><th colspan="3">清</th><th rowspan="3">濁</th><th rowspan="3">濁</th><th rowspan="3">濁</th></tr>
<tr><th colspan="2">阻擦</th><th rowspan="2">非阻擦</th></tr>
<tr><th>不送氣</th><th>送氣</th></tr>
<tr><td rowspan="2">舌尖</td><td>舌尖音</td><td>t</td><td>tʰ</td><td>n</td><td></td><td></td><td></td><td></td><td>l</td><td></td></tr>
<tr><td>舌尖前音</td><td></td><td></td><td></td><td>ts</td><td>tsʰ</td><td>s</td><td></td><td></td><td></td></tr>
<tr><td rowspan="3">顎化</td><td>舌面音</td><td></td><td></td><td>ñ</td><td>tɕ</td><td>tɕʰ</td><td>ɕ</td><td>ʒ</td><td></td><td>j</td></tr>
<tr><td>舌面前音</td><td></td><td></td><td></td><td>tʃ</td><td>tʃʰ</td><td>ʃ</td><td></td><td></td><td></td></tr>
<tr><td>舌面後音</td><td></td><td></td><td></td><td>tʂ</td><td>tʂʰ</td><td>ʂ</td><td></td><td></td><td></td></tr>
<tr><td rowspan="2">牙喉</td><td>舌根音</td><td>k</td><td>kʰ</td><td>ŋ</td><td></td><td></td><td></td><td></td><td></td><td></td></tr>
<tr><td>喉音</td><td></td><td>ʔ</td><td></td><td></td><td></td><td>h</td><td></td><td></td><td></td></tr>
</table>

㈡發音器官

記載語音需要一套標音系統，而描述語音又需以人體的發聲器官為基礎。語音是一種聲音，而任何一種聲音的產生最少需要三種物理條件：會振動的振動器（vibrator）、使振動器振動的力量，以及傳播聲音的媒介。以吉他為例，振動器是那六根弦，使弦產生振動的力量就是我們的手指，而傳播吉他聲音的媒介就是空氣。當吉他手撥弦的時候，來回震盪的弦振動了空氣中的微小粒子，粒子和粒子又彼此碰撞，於是產生了聲波。聲波傳到人體的耳膜，透過聽覺神經系統，才達成了使人們「聽」到聲音的任務。再以大自然中我們最常聽見的樹葉聲為例，樹葉聲產生的原因是由於風吹到樹葉所引起的聲波振動，其中樹葉就是振動器，風則為推動振動器的力量。聲音的傳播有不同的媒介，而聲音的媒介中以空氣最為普遍；至於產生聲音的振動器以及使振動器振動的力量，則常因個別差異而有很大的區別。人體之中的振動器指的是聲帶（vocal folds / vocal cords），振動聲帶的力量則來自於從肺部擠壓出來的氣流

（airstream）。為便於了解語音的整個發聲過程，讓我們先認識與發音最有關係的器官：（圖1-1依據F.F. Giet 1956重繪。）

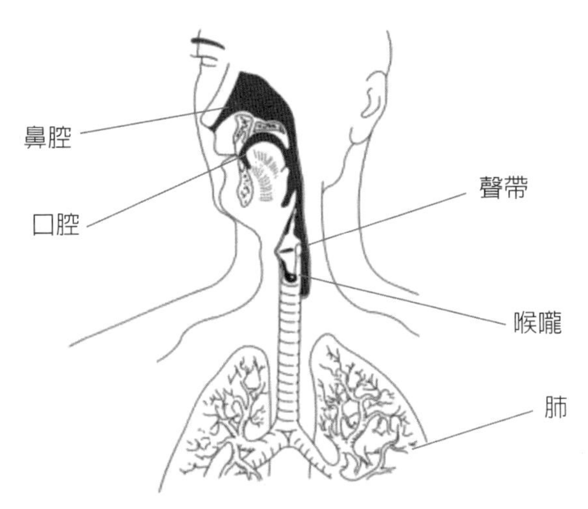

圖1-1　發音器官圖。

在圖1-1裡，氣流從肺部擠壓出來之後，隨即通過喉嚨（larynx），也就是聲帶的位置，然後才可能從口腔（oral cavity）或鼻腔（nasal cavity）釋放出來。

㈢聲帶的振動（phonation）

發聲時由於肺部壓縮使氣流從肺部流向口腔或鼻腔的過程中，第一個關卡就是喉嚨（larynx）。喉嚨的基本結構是由左右兩片聲帶，和其間的聲門（glottis）所組成的，如圖1-2所示。

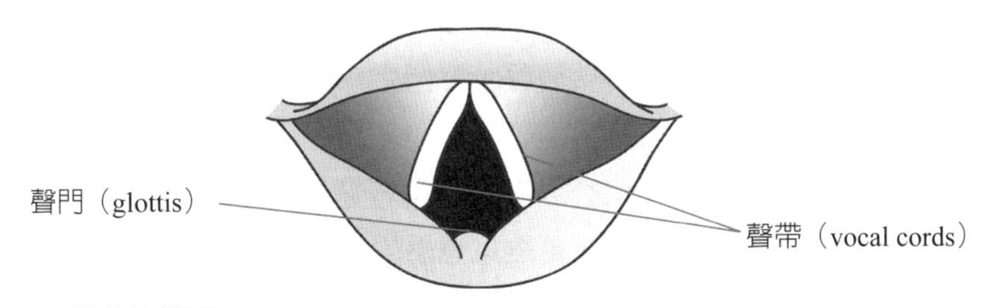

圖1-2　喉嚨結構圖。

發聲時聲門有各種不同的開合程度，其中與英語以及國語有關的狀態有全開（open）、幾乎全閉（approximately closed）、半閉（partially closed），及全閉（closed）四種，見圖1-3的聲門開合圖。

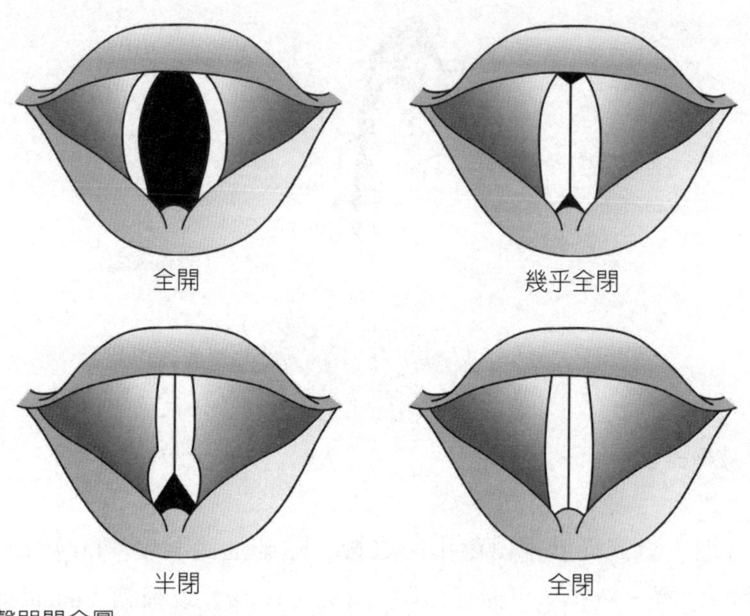

圖1-3　聲門開合圖。

所謂「聲門全開」是指聲門張開的程度約在60-95%之間。這時，氣流會從肺部直接奔竄而出，兩旁的聲帶因而不會振動，這種情況之下所發出來的語音稱爲無聲語音（voiceless sounds）。中國傳統聲韻學把這類音稱爲清音，如英語的[p, t, k, f, θ, s, h, ʃ, tʃ]，及國語的[p, pʰ, f, t, tʰ, k, kʰ, ts, tsʰ, s, tɕ, tɕʰ, ɕ, tʂ, tʂʰ, ʂ, h]等音都屬於無聲子音。

與無聲語音相對的是有聲語音（voiced sounds），中國傳統聲韻學把它稱爲濁音。濁音的發聲是由於發聲時聲門幾乎全閉，以至於當氣流衝到聲門時無法釋出，聲帶因而產生振動。然而，到底我們如何去感覺聲帶是否振動呢？判別聲帶的振動與否，無法全靠感覺，特別是對於母語中沒有很多有聲子音的臺灣學生而言，更難以憑感覺去判斷聲音的有無。英語的有聲子音有[b, d, g, dʒ, m, n, ŋ, v, ð, z, ʒ, l, r, w, j]等音，而國語的有聲子音只有[l, m, n, ŋ, w, j]等音。很明顯地，國語的有聲子音比英語的子音要少得多，由此我們推知：講國語的人不太會唸有聲子音，特別是對於英語的[b, d, g, dʒ, v, ð, z, ʒ, l, r]等有聲子音，更是倍感困擾。

一般說來，若要試探聲帶是否振動，可以將手指放在喉嚨的位置，另一種更有效的方式就是用兩手將兩耳輕輕蓋住。若採用後者，這時如果唸的是有聲語音，則耳膜會有嗡嗡的振動之聲；反之，如果耳膜沒有嗡嗡的振動之聲，則表示所唸出來的音是無聲的語音。試以英語的[s]和[z]兩個音做比較，因爲兩者的發音部位相同，又同爲摩擦音（fricative），差別只在於[s]爲無聲，而[z]則爲有聲。先唸zzzzz，再唸sssss，如果你還無法體會，試著再唸zzzzsssssszzzzssss，這時你就可感覺當唸出zzzzz時耳朵會有嗡嗡的聲音，這便是聲帶振動的聲音，也就是有聲子音的特性；唸sssss時，耳朵並沒有嗡嗡聲，顯示聲帶不振動，因爲這時你唸的是無聲子音。

聲門全閉的例子是喉塞音（glottal stops）。喉塞音發聲的時候，由於所有的氣流都被阻止在聲門內部，發音過程彷彿整個爲之中斷。但喉塞音是什麼呢？舉例來說，閩南語「鴨」的讀音是[aʔ]，其中最後結尾的子音[ʔ]就是喉塞音。閩南語中以喉塞音結尾的字音還有「藥」[ioʔ]，「石」[tɕioʔ]等等。此外，英語的tt出現在重音節和輕音節之間時，有些人也會將它弱化成喉塞音，例如把button唸成[bʌʔn̥]，把cotton唸成[káʔn̥]，其中[ʔ]也是喉塞音（n̥表自成音節）。

㈣子音和母音的區別

什麼是子音？什麼是母音？子音和母音又有什麼區別呢？又有什麼理由將所有的語音分成子音和母音兩種呢？這些看起來好像是很簡單的問題，因爲很少有人去深思過，好像把語音分成子音和母音是天經地義的事。其實，若眞有人問這個問題，可能你還不一定能回答呢！

語音學上我們把所有的語音分爲子音和母音兩種類別，其實這是有根據的。首先，從語音的物理性和發音方式來解說。就聲學物理學而言，每個語音都有其相對應的聲波（waveforms，又稱語音波形)，而母音的聲波很有規律，多數子音（塞音，塞擦音，摩擦音）卻呈現不規律的聲波。有規律的母音聲波在我們的口腔內會產生共鳴，形成共振峰（formant）；沒有規律的子音聲波則沒有明顯的共振峰。換句話說，將音分成子音和母音是建立在語音的物理基礎之上的分法，是有物理根據的。請參考後圖1-4中英語face [feis]的聲波圖。

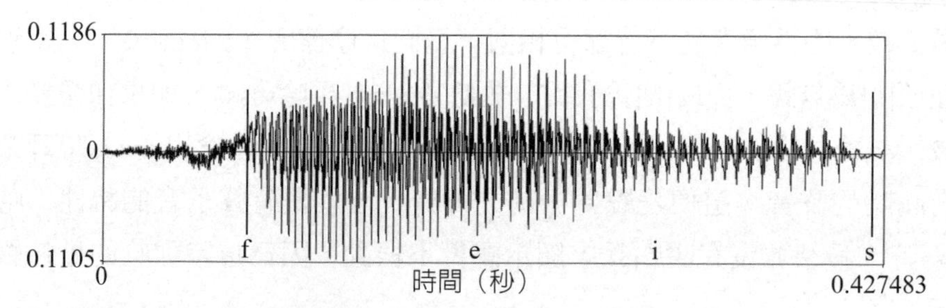

圖1-4　英語face [feis]的聲波圖。

圖1-4中有明顯的共振現象的部分是母音「ei」的發音。同時，我們也注意到：[ei]的聲波很有規律，而[f]和[s]部分則明顯地沒有規律。

其次，就發音的方式而言，若唸出的音是母音，則氣流在口腔內部流動非常順暢，不會產生任何阻擦或摩擦現象（friction）；相對地，若唸出的音爲子音，則在氣流釋出之前，一定會在口腔內部受到或多或少的阻擦或摩擦。此外，還有一個區分子音和母音的方法，那就是母音與子音在音節內的出現情形不同。以英語爲例：母音都能出現在音節的核心位置（nucleus position），而子音則多半不可以出現在音節的核心位置。

從前述的聲學物理的聲波本質、發音時氣流在口腔的摩擦情況，和在音節內的分布等角度，我們可以確定地說：子音和母音的區分是有學理根據的語音分類方式。

重點複習

1. 請寫出後面各個發音器官的名稱，並略述他們在發音上的功能。

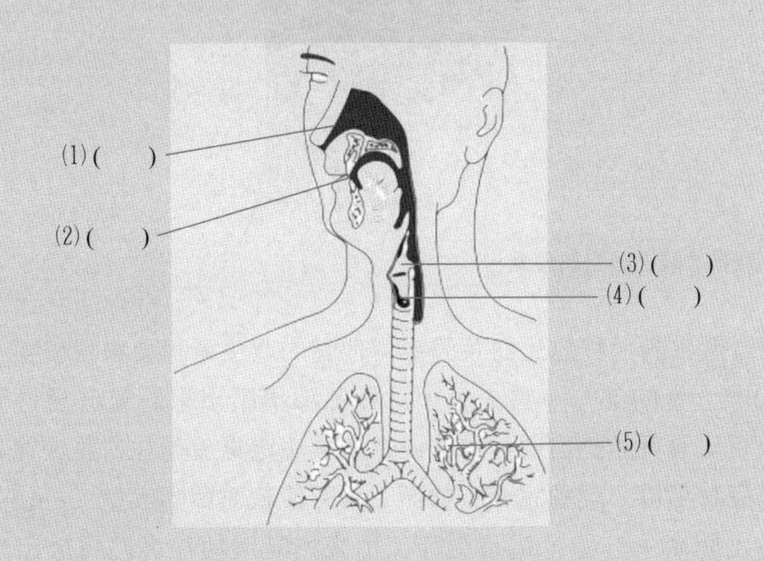

2. 請問唸有聲子音時，喉嚨內部的聲門是開是合？聲帶會如何振動？要如何才能感覺聲帶的振動？
3. 請問唸無聲子音時，喉嚨內部的聲門是開是合？聲帶有否振動？
4. 什麼是喉塞音？有何特性？
5. 子音和母音有何區別？請從聲波和聲學上來說明。

二、發音器官和語音的分類

前一節我們已經討論過喉嚨內部聲門的開合情形是和聲帶振動互有關係的，因此，語音學家將語音分類時，又以喉嚨為界，把語音分為喉音（laryngeal sounds）及喉上音（supralaryngeal sounds）兩種（如圖1-5）。其中，喉音部分也就是前面所討論的聲帶振動不振動的差別，喉上音則指因為發音部位或發音方式之不同而產生各種不同的語音。

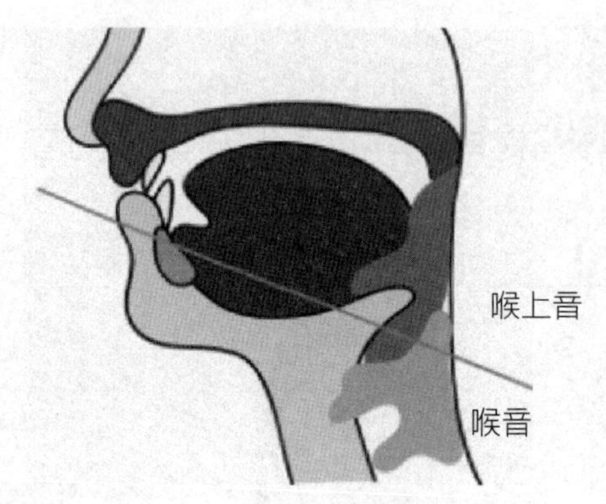

圖1-5 喉音／喉上音之區分圖。

語音產生的過程遠比樹葉聲或吉他聲的產生過程要來得繁複，特別是關於喉上音的部分。首先，因爲從肺部擠壓出來的氣流通過喉嚨之後，只有兩個可能的出口：口腔或鼻腔。決定氣流是往口腔或往鼻腔流出的是發聲部位。詳細說來，軟顎下垂時使軟顎與咽喉壁（pharyngeal wall）之間產生空隙，這時從肺部出來的氣流便往鼻腔釋放出來，產生鼻音（nasals）；反之，軟顎若上揚而抵住顎壁，則自然而然地，氣流只會自口腔釋出。其次，從口腔出來的氣流還和發音部位（place of articulation）及發音方式（manner of articulation）等因素而形成不同的語音，我們將逐一介紹這些和語音有關的發音器官。

(一)軟顎

軟顎位於上顎的後部（詳見圖1-6A的口腔位置圖），主要管控氣流通過喉嚨（聲門）之後的走向。一般而言，與軟顎有關的可能動向有三種。第一種情形，如果軟顎上揚頂住顎壁，則整個氣流將往口腔送出，這個方式所產生出來的語音，我們稱之爲「口部音」（oral sounds），由於絕大部分的語音都是口部音，我們因此很少提到這個名稱（圖1-6B(3)）；第二種情形是軟顎下垂，使氣流得以往鼻腔送出，這樣產生的語音稱之爲鼻音，英語和國語中的[m, n, ŋ]等就是最典型的鼻音（圖1-6B(1)）。最後一種情形是把軟顎置放在舌頭和顎壁之間，使部分氣流送出口腔，而另一部分氣流則往鼻腔送，這樣的方式所產生的語音叫作鼻化音（圖1-6B⑵）。例如閩南話的「院」[ĩ]、「羹」[kẽ]、「擔」[tã]等字音，這三例中的母音都屬於鼻化母音。我們將上述口腔的位置以三種軟顎的位置來表示，分別圖示於圖1-6B（圖1-6以Jochen 1990, P.66及P.79爲本重繪）。

A.口腔位置圖（從口腔見軟顎）

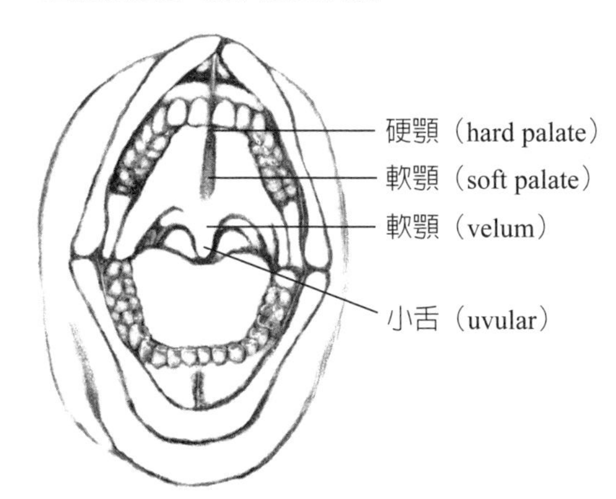

B. 軟顎的三種可能位置

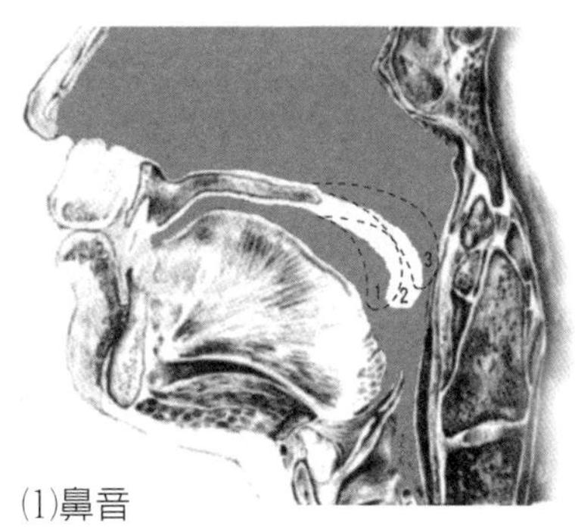

⑴鼻音
⑵鼻化音
⑶非鼻音

圖1-6　口腔位置圖。

㈡發音部位

從雙脣、舌頭一直到咽喉的部分中含有我們發聲器官（articulator）裡最重要的兩部分：主動器官及被動器官。兩者之中，舌頭是主動器官，而「從雙脣一直到咽喉的部分」則稱爲被動器官。爲什麼會有主動與被動的名稱呢？因爲發聲時，舌頭可以上下、前後移動，所以我們說舌頭是主動的發聲器官。而「從雙脣一直到咽喉的部分」是一個完整的結構體，無法分開移動，所以是被動器官，這一整個結構體又可以畫分爲八部分：脣（lips）、齒（teeth）、齒齦（alveolar ridge）、後齒齦（post-alveolar ridge）、硬顎（palate）、軟顎（soft palate）、舌根軟顎（velum）及小舌（uvular）。以前的語言學或語音學書籍或有關解剖學方面的書，都含糊地把soft palate及velum翻譯成「軟顎」。其實，從圖1-7即可看出soft palate及velum是很大的區域，因此我們分別翻譯成「軟顎」及「舌根軟顎」。舌根軟顎及小舌決定氣流奔出的腔道：小舌下垂時，氣流從鼻腔出來，產生鼻音。小舌頂到顎壁，則氣流從口腔出來，產生一般的語音。要特別注意的是：前面所述的八個部位中的每個部位都是一區，而不是一個定點而已，其分區圖如圖1-7。

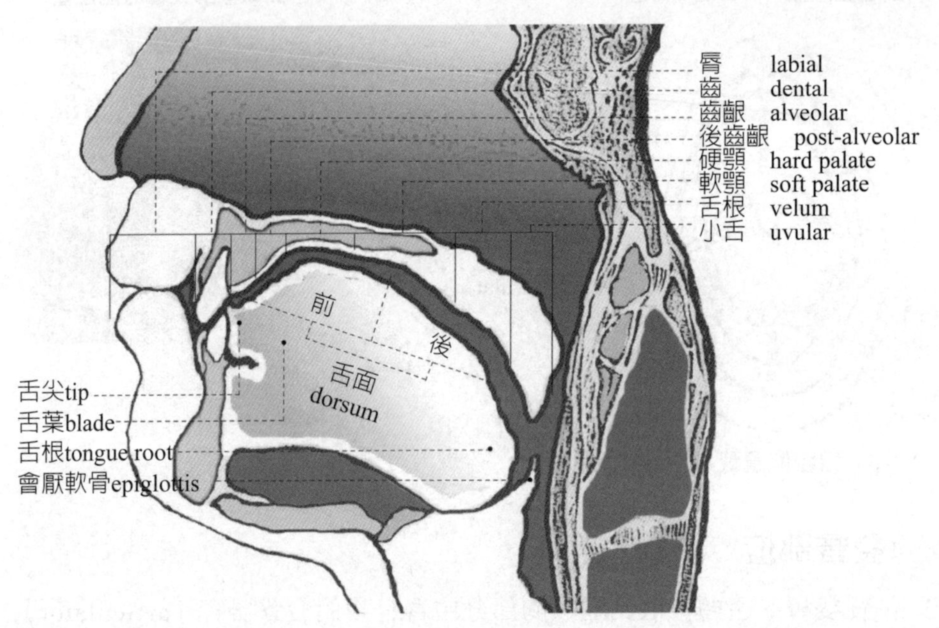

圖1-7　發音部位分區圖。

至於主動發聲器，則爲舌頭，根據前後不同的位置分成：舌尖（tip）、舌葉（blade）、舌面（dorsum）、舌根（root）等四部分，其中舌面的區域比較大，一般又再分爲舌面前及舌面後，一如圖1-7所示。

所有的語音（子音和母音）都是由主動器官（舌頭）和被動器官所區分的八個部位之間的互動所產生的，我們將在後面逐一描述每個語音產生的部位和方式。

重點複習

1. 請畫出舌根軟顎（velum）的三種位置，並說明：鼻音（nasals）、鼻化音（nasalized sounds），和一般口音（oral sounds）的區別。
2. 請填上下列發音器官的名稱：

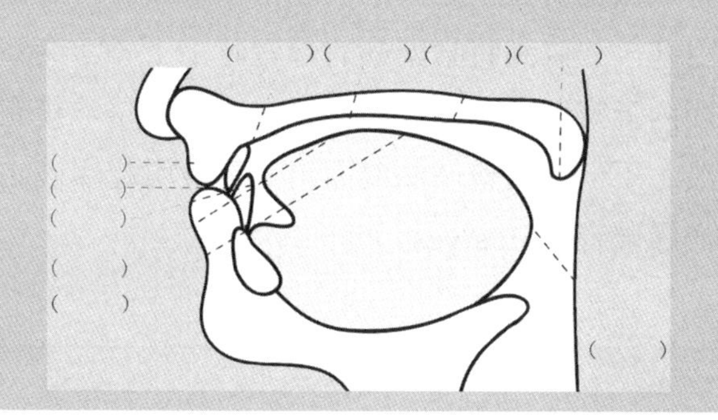

三、子音

介紹過發聲部位之後，接著我們將依據它們前後的順序來說明這些發聲部位與發音的關係。首先，與雙脣有關的語音叫作雙脣音（bilabial），如英語的[b, p, m]和國語中的[p（ㄅ）、p^h（ㄆ）、m（ㄇ）]等。雙脣音發聲時，上脣和下脣緊緊閉合，如圖1-8所示。

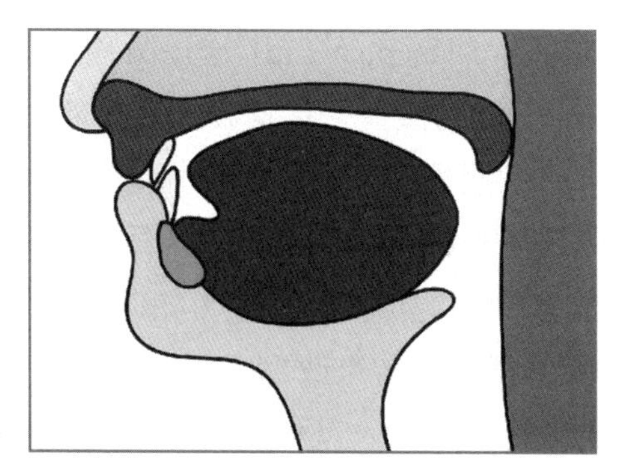

圖1-8　雙脣音的發音位置圖。

以上對於雙脣塞音（stops）的描述，其實是涵蓋了發音部位及發音方法兩個面向：上、下兩脣或雙脣指的就是發音部位，而發音時氣流形成阻塞則指發音方法。依據傳統，我們以這兩個面向來界定不同的子音，或將子音做分類，如表1-3所示，雙脣音指發音部位是雙脣所形成的音，而塞音則指發聲時氣流受到完全阻塞的發音方法，雙脣音發聲時由於雙脣緊閉，使得氣流阻塞，一直到將唸緊鄰的母音時上下脣才突然張開，氣流於是在很短的時間內奔竄而出。這樣的發聲方式，像是一隻充滿空氣的氣球忽然被刺破一般，不但氣流整個傾瀉而出，更會引起爆破之聲。因此，雙脣阻塞音又叫作爆破音（plosives）。

表1-3　雙脣音

發音方法 發音部位	塞音
雙脣音	b, p, p^h, m

現代語言學常常以「辨異徵性」（distinctive features）來描述語音並將語音做歸類。「辨異徵性」建立在發音部位和發音方法的基礎之上，可用以區別各個語音系統。在描述語音的方法上到底如何應用辨異徵性呢？例如若是脣音，現代語言學家便以[脣音]作爲辨異徵性，每種徵性都以正、負號「＋/－」號來表示：「＋」表具有該徵性，「－」則表不具該徵性。就發音部位而言，[b, p, p^h, m] 這幾個音因爲都和雙脣的發音部位有關，因此都具[＋脣音]的徵性；若就發音方式來說，[b, p, p^h, m]發聲時氣流都會有完全阻塞的過程，都屬於塞音。塞音的共同特色是氣流無法持續，語言學家以[持續]（[continuant]）來作爲區分塞音和非塞音的辨異徵性，因此，所有的塞音都記成[－持續]。如此一來，表1-3的語音描述方式可以用表1-4的辨異徵性系統來改寫：

凡具有相同辨異徵性的音段，就代表它們在某一方面的發音特徵是相同的，因此它們形成一組「自然類音」（natural class），比如說[b, p, p^h, m]同是一組具有[＋脣音]辨異徵性的自然類音。

表1-4　雙脣音的辨異徵性

徵性＼音段		b	p	p^h	m
發音部位	[脣音]	+	+	+	+
發音方法	[持續]	−	−	−	−

既然「辨異徵性」的目的在於區辨語音，那麼是否還有其他的辨異徵性來將表1-4裡的[b, p, p^h, m]與其他的語音加以區隔呢？答案是肯定的。我們還可依軟顎之是否下垂，將這四個音再區分爲鼻音與非鼻音：軟顎下垂，則氣流從鼻腔通過，所產生的語音是爲鼻音，如[m]（圖1-9A）。所以[m]便以[+鼻音]表示；相對地，[b, p, p^h]都用[鼻音]表示。

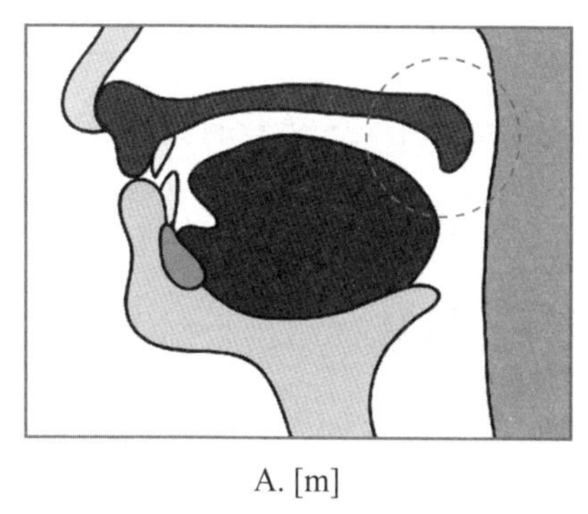

A. [m]

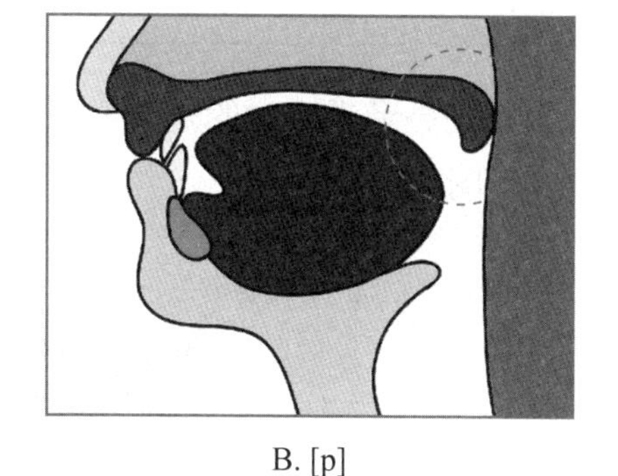

B. [p]

圖1-9　雙脣鼻音與非鼻音的軟顎位置之比較。

依聲帶振動與否，我們以[有聲]（[voiced]）這個辨異徵性將前述四個音區分成兩種：有聲子音及無聲子音。也就是說，[b, p, p^h, m]這四個語音也可依聲帶之振動與否來做以下的區分：[b, m]都是[＋有聲]，而[p, p^h]是[－有聲]。再者，[p, p^h]這兩個音明顯地不同，而用以區分這兩者的便是[送氣]（[aspirated]）這個辨異徵性。換言之，雖然[p, p^h]同爲無聲子音，但[p]是[－送氣]音，而[ph]則記爲[＋送氣]音。

究竟如何辨別送氣與不送氣呢？最簡單的方法是把一張紙放在嘴巴前面，然後唸[p^h]和[p]，於是我們會發現：唸[p^h]（ㄆ）時，紙張會振動，這是因爲送氣的緣故；唸[p]（ㄅ）時，嘴巴前面的紙張並沒有振動的現象，因爲[p]不是送氣音。

總結前述[鼻音]、[有聲]、[送氣]及[脣音]及[持續]等徵性，[b, p, p^h, m]這四個音的辨異徵性可以標示成表1-5。

表1-5　脣音／塞音的徵性

	音段 徵性	b	p	p^h	m
發音部位	[脣音]	+	+	+	+
發音方法	[持續]	−	−	−	−
	[鼻音]	−	−	−	+
	[有聲]	+	−	−	+
	[送氣]	−	−	+	−

另一個和雙脣音很相近的是脣齒音（labio-dental），發音時以上齒輕咬下脣，如圖1-10。

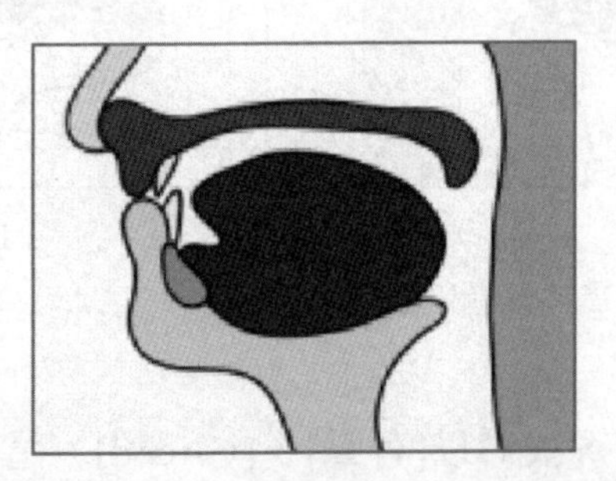

圖1-10　脣齒音發音部位圖。

從圖1-10中我們可以看出脣齒音發聲時，由於上齒下脣的咬合並不緊密，氣流仍可從中奔出口腔，引起氣流的摩擦，且形成一種持續狀態，如英語的[f]、[v]和國語的[f（ㄈ）]便是脣齒音。脣齒音和前面所提過的雙脣塞音同具[＋脣音]的徵性，因此[b, p, p^h, m]以及[f, v]也構成一組自然類音。它們之間的差別只在於[持續]這個徵性：塞音[b, p, p^h, m]是[－持續]，而脣齒音[f, v]是[＋持續]。

接著我們要介紹齒音（dental）。齒音並不出現在國語裡，英語中的齒音實際上指的是兩個齒間音（interdental）：[θ]與[ð]。[θ, ð]發聲時，舌尖置於上、下齒之間，如圖1-11。

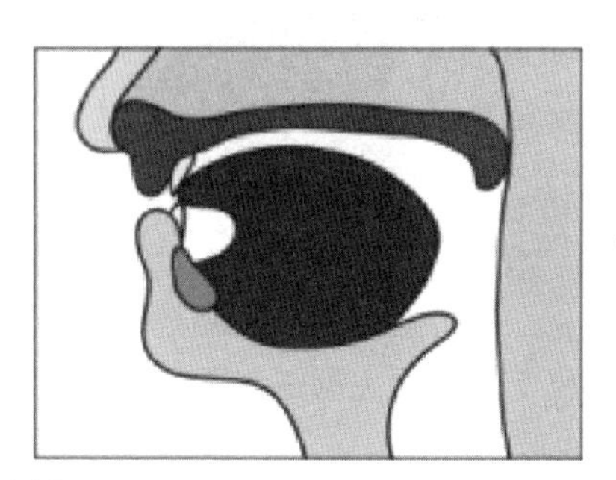

圖1-11　齒間音發音部位圖。

雖然舌尖置於上、下齒之間使氣流受到阻礙而形成摩擦，但氣流依然能順利地自口腔釋放。因此[θ, ð]是摩擦音，氣流能持續；其中，[θ]為無聲，[ð]則為有聲。齒音若與前面的塞音、脣齒音做比較，則三者的徵性差異分別列於表1-6。

表1-6　脣音及齒音的徵性

	音段 徵性	b	p	p^h	m	f	v	θ	ð
發音部位	[脣音]	+	+	+	+	+	+	−	−
發音方法	[持續]	−	−	−	−	+	+	+	+
	[鼻音]	−	−	−	+	−	−	−	−
	[有聲]	+	−	−	+	−	+	−	+
	[送氣]	−	−	+	−	−	−	−	−

接著，讓我們來認識齒齦音（alveolar）。從發音的部位來看，在齒後的部分是齒齦（也有人稱為「牙齦」，alveolar）。英語的語音中有兩組音與齒齦有關：[d, t, n, l]及[s, z]；國語也有兩組齒齦音：[t（ㄉ）、t^h

（ㄊ）、n（ㄋ）、l（ㄌ）]和[s（ㄙ）]。這兩組音之所以稱為齒齦音是因為它們發聲時舌尖抵住上齒齦的緣故，如圖1-12。

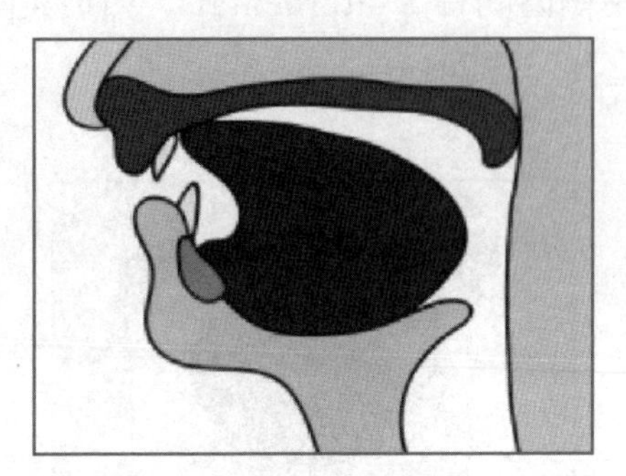

圖1-12　發[d, t, t^h, n, l]和[s, z]時，舌尖抵住上牙齦。

我們在發[d, t, t^h, n]之時，由於舌尖堅實地抵住上齒齦，氣流完全被阻塞在舌尖抵住上牙齦的地方，一直要等到緊鄰在後的母音出現時，我們才有機會將蓄阻的氣流完全釋放出去。但氣流急速釋放的結果自然會產生了爆破之聲，因此又都稱為爆破音（plosives），具有[－持續]的徵性。而發[s, z]的時候，卻因為舌尖雖抵住上齒齦，氣流卻不是堅實地閉合，只是產生摩擦，所以[s, z]這兩個音具有[＋持續]的徵性。

其次，我們必須提到齒冠音（coronal）。齒冠音指舌前〔包括舌尖（tip）和舌葉（blasde）〕提伸到後齒槽（postalveolar）之前的部位〔包括齒（dental）、齒槽（alveolar）、硬顎〕所發出來的語音。換言之，齒冠音的產生必須連著舌頭的部位和從齒到硬顎的發音部位，而並非只單一個發音部位。依辨異徵性理論裡，[θ, ð, d, t, t^h, n, l]和[s, z]等幾個音同被劃為具有[＋齒冠]（+coronal）徵性的一組自然類音。

迄今我們已經把[d, t, t^h, n]歸為[＋齒冠]、[－持續]，但是他們之中還是存在著發音方式的差異。首先，[n]和[d, t, t^h]的差別在於[n]是鼻音，具有[＋鼻音]特徵，發聲時軟顎下垂，如圖1-13，其他的音則不是鼻音，是[－鼻音]。

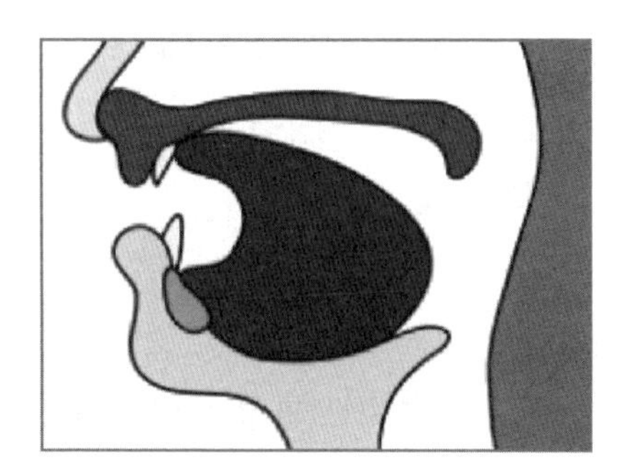

圖1-13　發[n]時舌尖的部位圖。

[d, t, t^h, n]和[b, p, p^h, m]這兩組音，除了前者是[＋齒冠]，後者是[+脣音]的差別之外，它們還有一些相似之處。[d]和[b]都是有聲塞音，同具有[＋有聲]及[－持續]的徵性，自成一小組自然類音。[t]和[p]同為無聲塞音，同樣具有[－有聲]及[－持續]的徵性。[t^h]和[p^h]都是無聲送氣之音，同樣具有[－有聲]及[＋送氣]。而[n]和[m]都為鼻音。至於[s, z]和[f, v]只在發音部位上有所差別而已，在發音方式上，[s, z]和[f, v]同為摩擦音，因此具有[－持續]的徵性，不同處在於：[s]和[f]同為無聲子音，而[z]和[v]則同為有聲子音。

另一組與齒冠有關，在發音方式上卻是由塞音和摩擦音合組而成的音稱為塞擦音（affricates）。塞擦音發音時，舌尖和上齒齦先閉合（closure），而使氣流先受到阻塞，而後才逐漸地釋放。換言之，我們的部位先像圖1-14A，而後在很短的時間內移到圖1-14B的位置，如國語

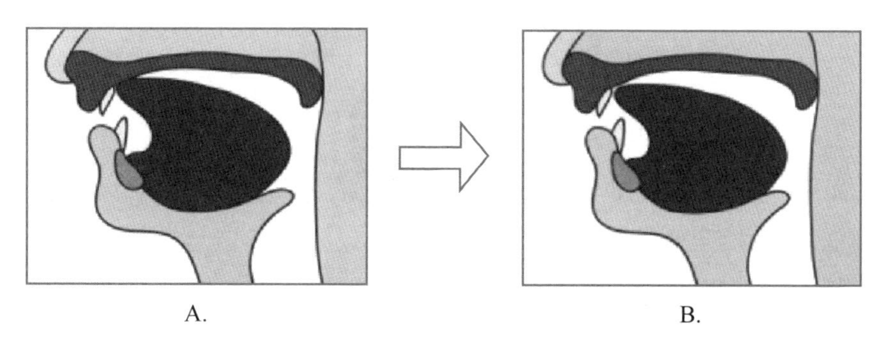

圖1-14　塞擦音的部位圖。

的[ts（ㄗ）]和[tsh（ㄘ）]。這兩音的發音部位和英語的塞音[d, t, t^h, n]及擦音[s, z]完全相同，由此可見同一個發音部位所發出來的語音會因爲發音方式的不同而產生不同的語音。

國語的塞擦音「ㄗ」和「ㄘ」同時也是齒冠部位的子音，但差別在於：「ㄗ」和「ㄘ」的發聲過程中氣流是先受阻後摩擦，屬於[－持續]的徵性。因此整個來說，若以辨異徵性而言，和齒冠部位的有關的子音和脣音在辨量徵性的差別如表1-7。

表1-7　脣音／齒冠音的徵性表

	音段 徵性	b	p	p^h	m	f	v	θ	ð	d	t	t^h	n	s	z	ts	ts^h
發音部位	[脣音]	+	+	+	+	+	+	−	−	−	−	−	−	−	−	−	−
	[齒冠]	−	−	−	−	−	−	+	+	+	+	+	+	+	+	+	+
發音方法	[持續]	−	−	−	−	+	+	+	+	−	−	−	−	+	+	−	−
	[鼻音]	−	−	−	+	−	−	−	−	−	−	−	+	−	−	−	−
	[有聲]	+	−	−	+	−	+	−	+	+	−	−	+	−	+	−	−
	[送氣]	−	−	+	−	−	−	−	−	−	−	+	−	−	−	−	+

齒齦這個部位可以再細分爲前、後齒齦。前面所述及的齒齦音都只觸及前齒齦的部分，如果我們把舌尖伸到後齒齦（postalveolar）的部位，如圖1-15，並且使氣流產生摩擦，但不阻塞，結果就是英語的[ʃ]和[ʒ]。

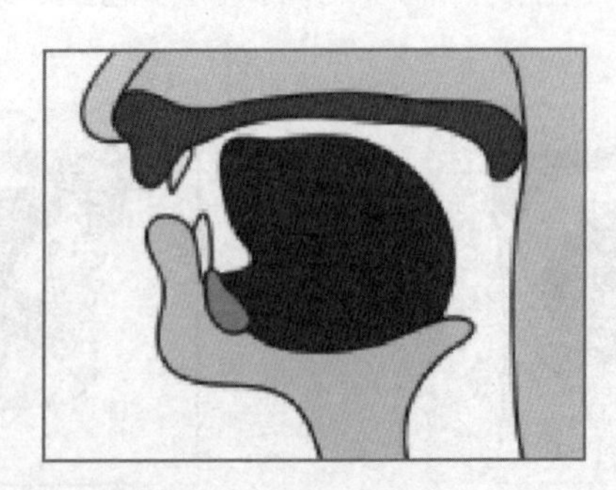

圖1-15　後齒齦之處[ʃ]和[ʒ]的發音。

[ʃ]和[ʒ]這兩個音，稱爲顎音（palatal sounds），也有人將它們稱爲齒顎音（alveolar-palatal sounds）。辨異徵性理論則一概以[+齒冠]來涵括齒顎音。但辨異徵性理論爲了區分齒冠這個廣大的區域，便以[前音]（[anterior]），這個徵性來做進一步的區別。[前音]以齒齦爲界，在齒齦之前所發出的子音，如脣音、齒間音，及齒齦音等，均屬[＋前音]；從後齒齦所發出來的音，如[ʃ]和[ʒ]，及比後齒齦更後面的音稱爲後音（posterior sounds），歸類爲[－前音]。圖1-16是前音與後音的區分圖：

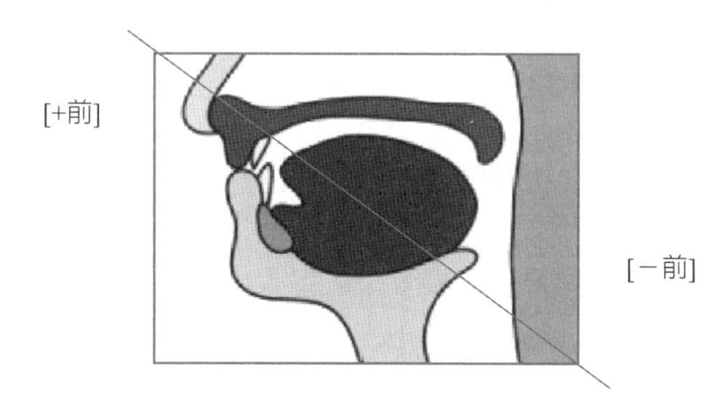

圖1-16　前音的區分圖。

若氣流在舌尖和後齒齦接觸的位置先形成阻塞，而後才逐漸釋放，結果便如英語的[tʃ]和[dʒ]兩個音一般，是典型塞擦音的發音方式，圖1-17繪出塞擦音[tʃ]和[dʒ]詳細的發音位置及氣流先阻塞（如圖1-17A）後釋放（如圖1-17B）的發音方式：

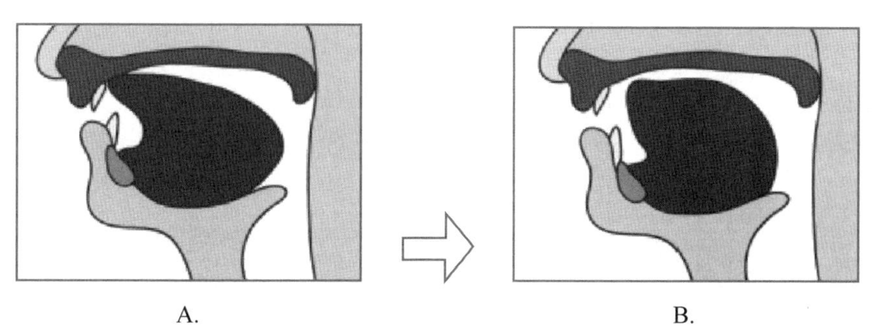

圖1-17　塞擦音[tʃ]和[dʒ]的發音部位及方式。

硬顎位於後齒齦的後方。國語的[ɕ（ㄒ）]屬於硬顎音，是由舌葉與硬顎的接觸而使氣流形成摩擦的音。就發音部位而言，國語的[ɕ]比英語的[ʃ]還要後面，圖1-18是英語[ʃ]和國語[ɕ]舌頭位置的比較。

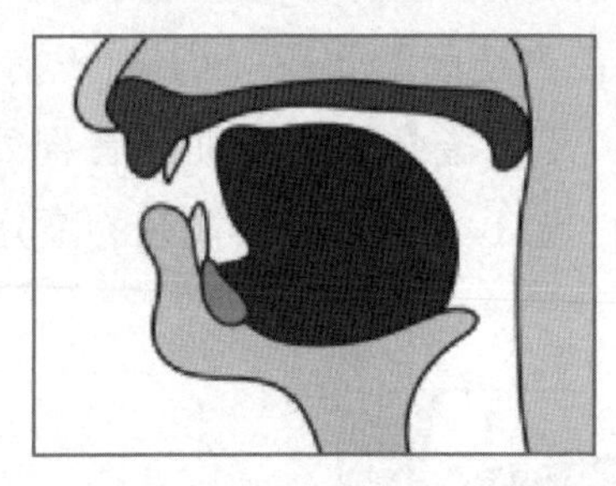

英語[ʃ]

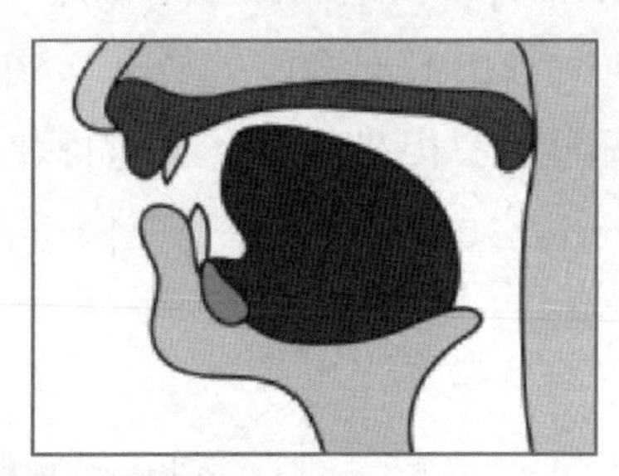

國語[ɕ]

圖1-18　國語[ɕ（ㄒ）]和英語[ʃ]的部位比較。

如果舌尖和硬顎的接觸面較大、較堅實，以至於氣流先受阻，再釋放，結果就是國語的[tɕ（ㄐ）]和[$tɕ^h$（ㄑ）]。由於舌尖和後齒齦接觸而產生的語音，通常合稱為齒齦顎化音（alveolopalatal），如[ʃ]、[ʒ]、[tʃ]、[dʒ]、[ɕ]、[tɕ]和[tɕh]等七個音都屬於齒齦顎化音，它們同時也都是齒冠音，又都具有[－前音]的辨異徵性。表1-8是具有[齒冠]及[前音]兩個徵性的所有音段及這些音段的辨異徵性。

表1-8　脣音、齒冠及前音的徵性表

		齒齦塞音				齒齦擦音		齒齦塞擦		顎擦音		顎塞擦		舌面擦音	舌面塞擦	
	音段徵性	d	t	t^h	n	s	z	ts	ts^h	ʃ	ʒ	tʃ	dʒ	ɕ	tɕ	$tɕ^h$
發音部位	[脣音]	−	−	−	−	−	−	−	−	−	−	−	−	−	−	−
	[齒冠]	+	+	+	+	+	+	+	+	+	+	+	+	+	+	+
	[前音]	+	+	+	+	+	+	+	+	−	−	−	−	−	−	−
發音方法	[持續]	−	−	−	−	+	+	−	−	+	+	−	−	+	−	−
	[鼻音]	−	−	−	+	−	−	−	−	−	−	−	−	−	−	−
	[有聲]	+	−	−	+	−	+	−	−	−	+	−	+	−	−	−
	[送氣]	−	−	+	−	−	−	−	+	−	−	−	−	−	−	+

捲舌音（retroflex）的發音位置位於後齒齦和硬顎之間。英語沒有捲舌音（但有些人把[r]看成捲舌音），國語卻有四個捲舌音，分別為[tʂ（ㄓ）、tʂ^{h}（ㄔ）、ʂ（ㄕ）、ʁ（ㄖ）]。這幾個音的發聲方式是把舌葉的底部（underside of the blade of the tongue）去接觸硬顎的前部，如圖1-19。

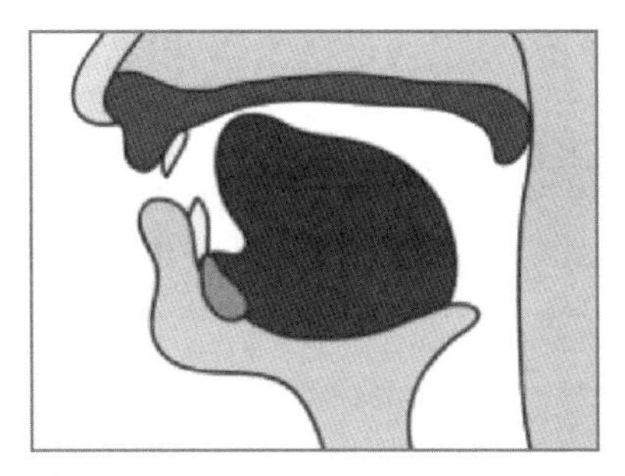

圖1-19　國語[tʂ（ㄓ）、tʂ^{h}（ㄔ）、ʂ（ㄕ）、ʁ（ㄖ）]的舌尖。

齒齦顎化音發聲時是舌葉與硬顎接觸後氣流產生摩擦，與捲舌音發音的過程不盡相同。捲舌音中，[tʂ（ㄓ）]和[tʂ^{h}（ㄔ）]兩音的發音過程裡，氣流先受阻塞而後才慢慢釋放，屬於塞擦音（affricate）；但[ʂ（ㄕ）]和[ʁ（ㄖ）]發聲時氣流只產生摩擦，並沒有阻塞現象，因此是擦音（fricative）。再以英語為例，英語的兩個流音之中，[r]是捲舌音，這是[r]和[l]在發音上最大的區別。英語[r]的發音和國語的[ʁ（ㄖ）]略同，但捲舌程度不如國語的[ʁ]大。圖1-20是國語[ʁ]和英語的[r]及[l]的比較。

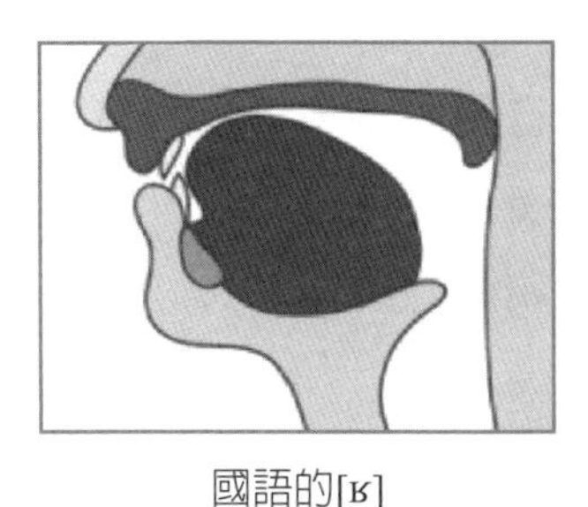

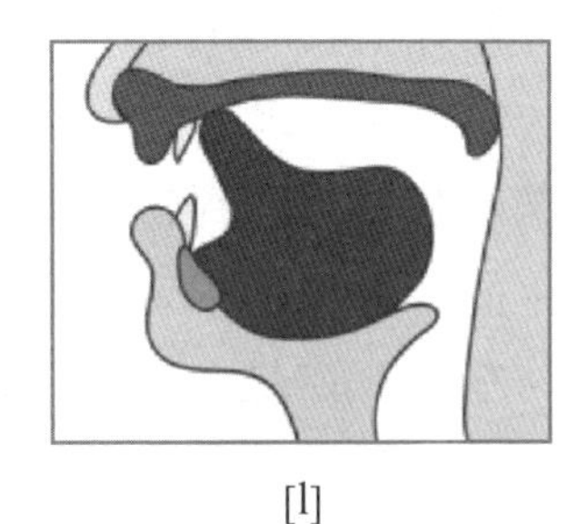

國語的[ʁ]　　[r]　　[l]

圖1-20　國語[ʁ（ㄖ）]和英語的[r]及[l]之比較圖示。

捲舌音通常和齒冠無關，所以捲舌音具有[－齒冠]徵性，而且發音部位都在牙齦之後的硬顎之上，因此也都具有[－前音]的徵性。這也是英語[r]和[l]在徵性上的分別：[r]是[－前音]，[l]是[+前音]。不過，在辨異徵性的理論裡，最常用以區分[r]和[l]的卻是[邊音]（[lateral]）這個徵性，最主要原因在於[l]音發聲時舌尖抵住牙齦，氣流則往舌位的兩旁流出，所以稱爲邊音。比較之下，發[r]時舌尖是往後捲的，氣流從捲曲的舌頭之上流出，因此不是邊音。表1-9是捲舌與非捲舌徵性的比較。

表1-9　捲舌和非捲舌的徵性表

	音段 / 徵性	ʃ	ʒ	tʃ	dʒ	ɕ	tɕ	$tɕ^h$	tʂ	$tʂ^h$	ʂ	r	l
發音部位	[脣音]	－	－	－	－	－	－	－	－	－	－	－	－
	[齒冠]	+	+	+	+	+	+	+	－	－	－	－	+
	[前音]	－	－	－	－	－	－	－	－	－	－	－	+
發音方法	[持續]	+	+	－	－	+	－	－	－	－	+	+	+
	[鼻音]	－	－	－	－	－	－	－	－	－	－	－	－
	[有聲]	－	+	－	+	－	－	－	－	－	－	+	+
	[送氣]	－	－	－	－	－	－	+	－	+	－	－	－

就發音部位而論，若舌面的前部和硬顎幾乎觸碰而形成窄道，迫使氣流摩擦而產生的音是爲顎化音，如英語的半母音[j]（如yes的第一個音）。另外，客家話的顎化鼻音[ñ]〔如ñi（二）的聲母〕和西班牙語Español中的[ñ]都是顎化鼻音，其發音方式是由於舌尖和硬顎接觸而產生的擦音。圖1-21爲顎化音的發聲部位。

現在，讓我們來認識舌根音（velar）。舌根音發聲時，舌根的後半部隆起並提升到軟顎處，因舌根和軟顎的堅實接觸而使氣流受阻，所產生的音稱爲舌根音塞音，例如英語的[g, k, ŋ]，和國語的[k（ㄍ）、k^h（ㄎ）、ŋ（ㄥ）]都是舌根音塞音，如圖1-22。

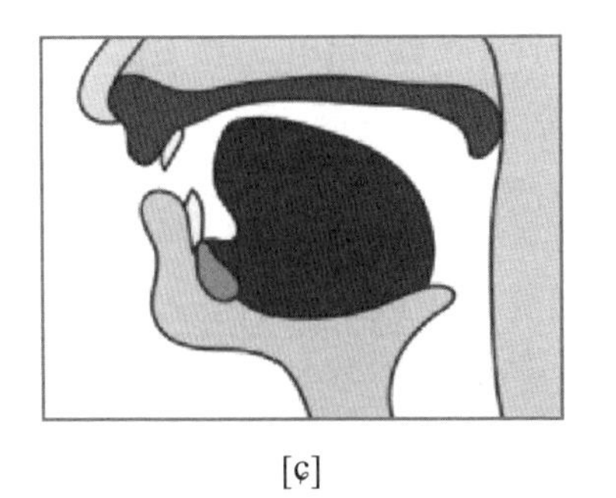

[ç]

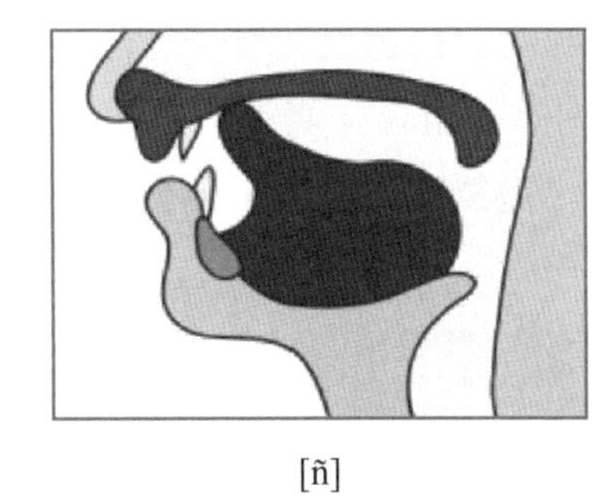

[ñ]

圖1-21　顎化音的部位。

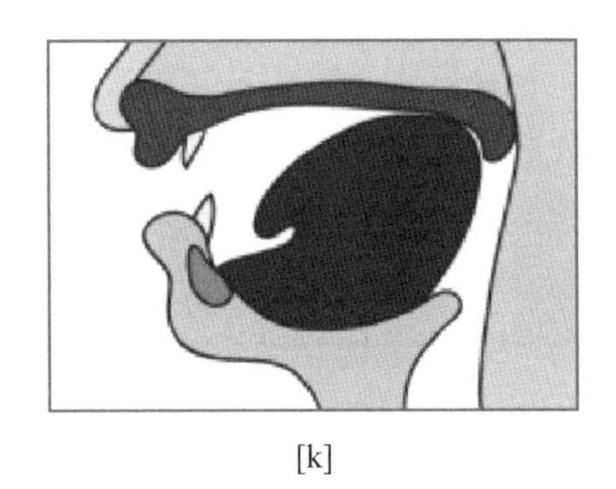

[k]

圖1-22　舌根的位置。

以軟顎而言，四個舌根音[g, k, kh, ŋ]之中，只有[ŋ]是鼻音，發音時軟顎下垂，其他三個舌根音都是非鼻音。於圖1-23中，我們且將[ŋ]和其他舌根音的發音部位做一個比較。

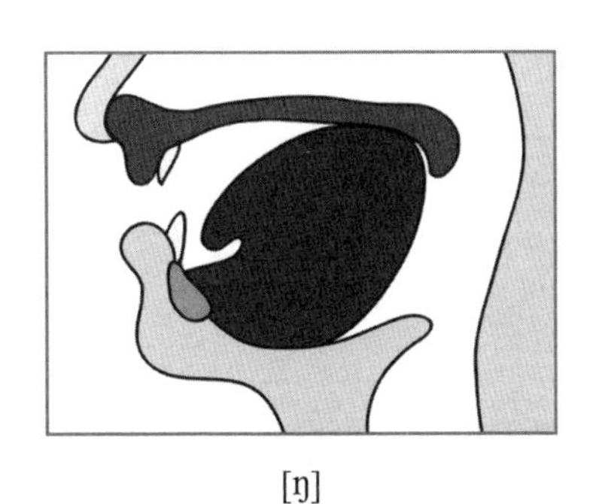

[ŋ]

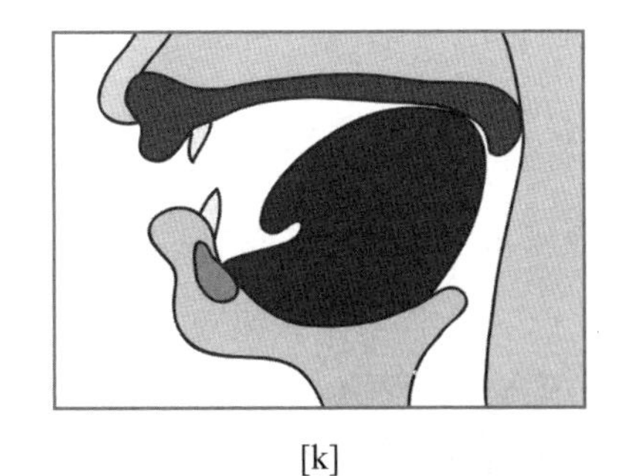

[k]

圖1-23　舌根鼻音和其他舌根音之軟顎位置比較。

在語音的描述上，雙脣音[b, p, p^h, m]、牙齦音[d, t, t^h, n]及舌根音[g, k, k^h, ŋ]等三組音一直是有規律地對應著，例如它們內在的區分，如有聲或無聲、送氣或不送氣，及鼻音或非鼻音等現象都相當一致，見表1-10。

表1-10　塞音的徵性比較表

		雙脣音				齒齦音					舌根音			
		b	p	p^h	m	d	t	t^h	n	l	g	k	k^h	ŋ
發音部位	[脣音]	+	+	+	+	−	−	−	−	−	−	−	−	−
	[齒冠]	−	−	−	−	+	+	+	+	+	−	−	−	−
	[舌根]	−	−	−	−	−	−	−	−	−	+	+	+	+
發音方法	[持續]	−	−	−	−	−	−	−	−	+	−	−	−	−
	[有聲]	+	−	−	+	+	−	−	+	+	+	−	−	+
	[送氣]	−	−	+	−	−	−	+	−	−	−	−	+	−
	[鼻音]	−	−	−	+	−	−	−	+	−	−	−	−	+

我們已依發音部位的前後，如雙脣、脣齒、牙齦、齒冠（包括軟顎、硬顎）、舌根等，和依據發音的方式，如有聲/無聲、送氣/不送氣、持續/不持續以及是否爲鼻音、是否爲邊音等徵性來描述語音。換句話說，本書對語音描述是結合發音部位及發音方法兩個面向，並以辨異徵性理論爲架構。當然，若純以發音部位而論，從硬顎到咽喉一帶其實都還是很重要的發音器官，特別是阿拉伯語系咽音（pharyngeal sounds）的發音，是需要對於咽喉的結構有更進一步的描寫的。但英語、國語、閩南語，和客家語都沒有與這個發音部位有關的語音，我們因此略去不談。

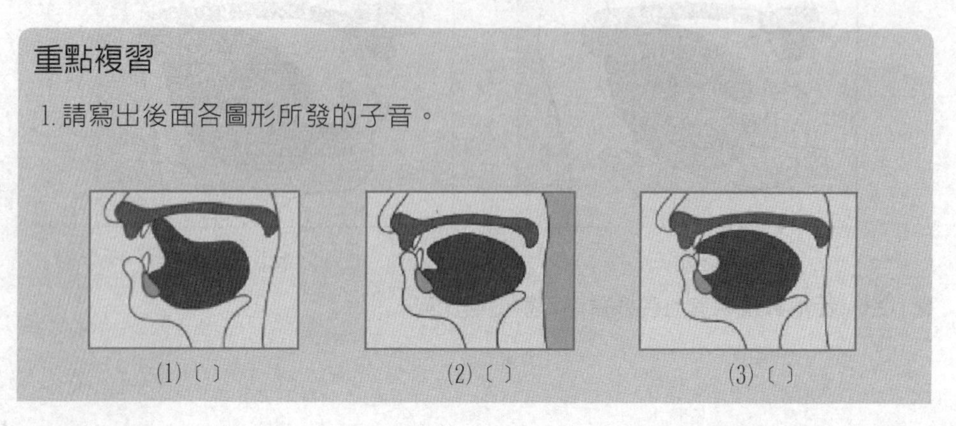

重點複習

1. 請寫出後面各圖形所發的子音。

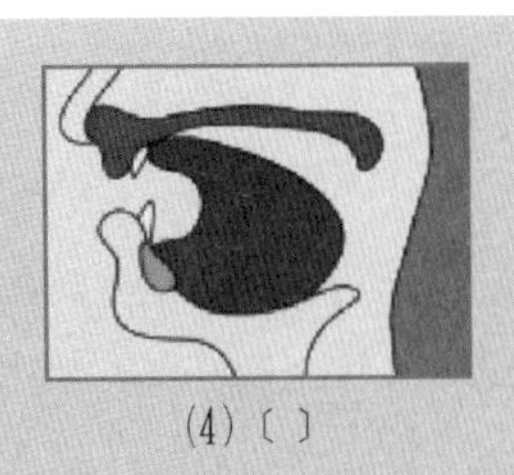

(4)〔 〕

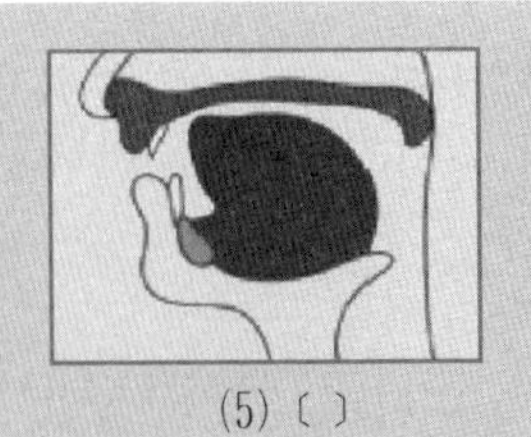

(5)〔 〕

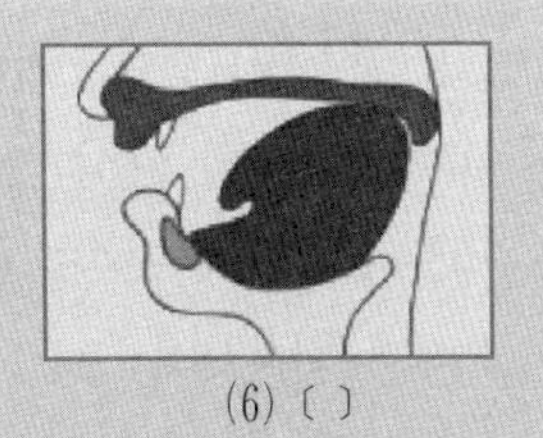

(6)〔 〕

2. 什麼是「自然類音」（natural class）？請用一個辨異徵性來標示後面圈內各個子音的自然類音。

Example:

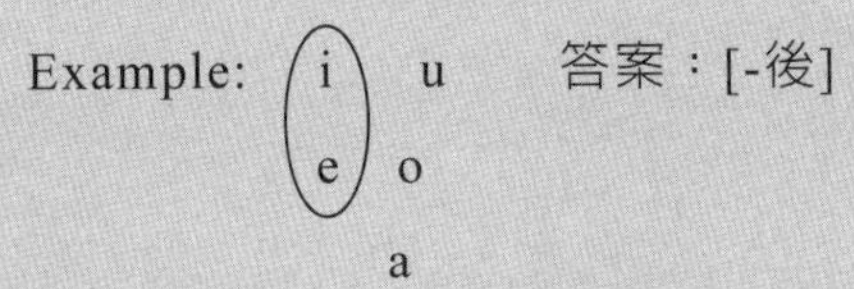

(1)

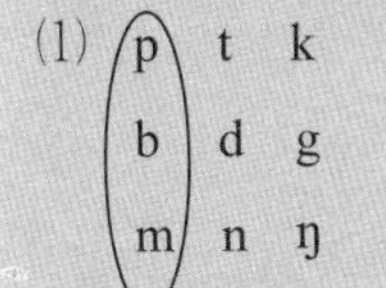

(2)

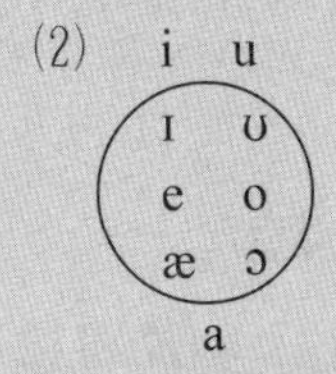

(3)

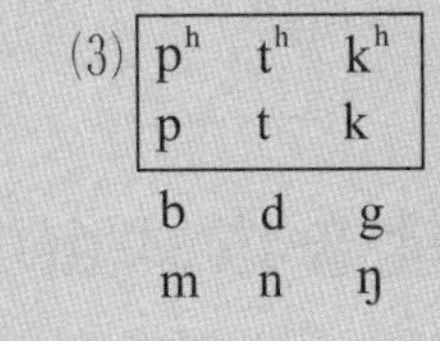

(4)

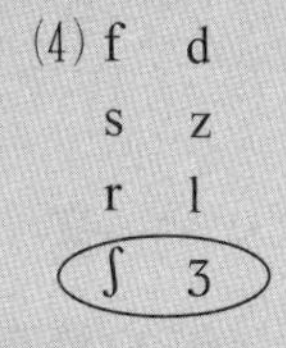

(5)

i ü u
e o
ɛ ɔ
a

(6)

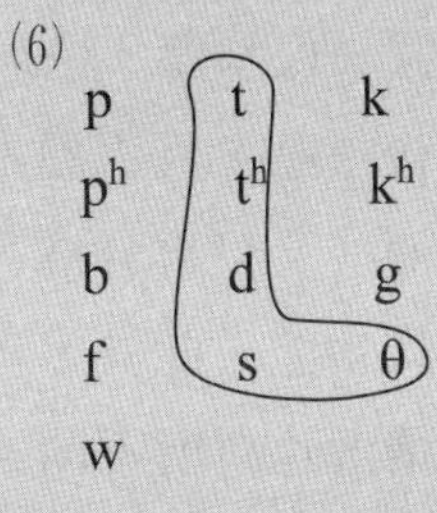

(7)

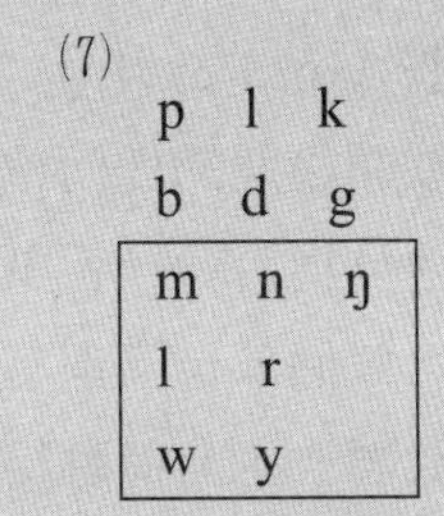

3. 請敘述後面各個語音是否有相同的發音部位？如果沒有，請指出各個語音的發音部位：

(1) [s] : [l]　(5) [m]: [n]　(9) [b]: [f]

(2) [k]: [ŋ]　(6) [dʒ]:[ʃ]　(10) [θ]:[t]

(3) [p]: [g]　(7) [f]: [h]

(4) [l]: [r]　(8) [w]: [j]

4. 請寫出後面各排語音的自然類音徵性：

例如 [i]、[e]、[ɛ] : [-後]

(1) [i]、[a]、[ɪ]、[e]、[ɛ]、[æ]

(2) [t]、[d]、[s]、[n]、[ʃ]、[ʒ]

(3) [g]、[p]、[t]、[d]、[b]

(4) [m]、[n]、[ŋ]

(5) [s]、[n]、[d]、[t]、[z]

5. 請敘述後面各個語音是否有相同的發音方式？如果沒有，請指出各個語音的發音方式：

(1) [t]:[l]　(5) [dʒ]:[z]　(9) [ʃ]: [f]

(2) [m]:[ŋ]　(6) [dʒ]:[ʃ]　(10) [θ]:[t]

(3) [k]:[g]　(7) [f]:[h]

(4) [w]:[r]　(8) [w]:[j]

四、子音：發音方式的分類

人體的發音器官中，從聲門（glottis）到嘴唇這一部分，除了舌頭之外，就是口腔（oral cavity），好似一根水管。由於舌頭非常靈巧，它可以在嘴唇到軟顎之間的任何位置前後滑動，且舌頭本身根據它發音的功能可再進一步地分爲舌尖、舌葉、舌面（又可再分爲舌面前、舌面後），及舌根等部位，每個部位又都有各自的功能。此外，舌頭的各部位與上口腔（從上齒到軟顎）的各個點接觸的情況也有所不同：有的音來自於堅實的接觸，有的輕輕一接觸即離開，也可能兩個發音部位即將接觸但未接觸，因而形成各種程度不一的窄道，迫使氣流通過時產生摩擦現象。由於這些種種不同的發音方式（manner of articulation），語音的變化於是多彩多姿。不過，從發音語音學（articulatory phonetics）的角度來看說，語音的發音方式可簡化成阻擦音與不阻擦音兩種：

(一)阻擦音（obstruents）

阻擦音（obstruents）泛指氣流通過口腔時，由於兩種發音器官產生閉合，或者舌頭某個部位和口腔的上部結構（從齒齦到軟顎這麼一大區域的結構）接觸，或者近於接觸，使氣流發生摩擦（friction）而產生的各種語音。因此，「阻擦」音實際上指的是一大群這種現象的語音，而非指某個特定的語音。以下的敘述裡，我們將依據雙脣的閉合情形，及舌頭和口腔上部結構的各種接觸情況逐一介紹程度不一的阻擦語音。

1. **塞音（stops）**：如果雙脣緊閉，迫使氣流阻塞而無法順暢流出口腔，必須要等到雙脣張開時，像充滿空氣的氣球突然被刺破時一般，氣流才突然奔竄而出，這種語音稱爲塞音（stop），或爆破音（plosives）。發音器官中能使氣流阻塞在口腔內部的，除雙脣的閉合以外，還有舌頭與齒齦不同部位的閉合：有時是舌尖與齒齦接觸，有時是舌根頂住軟顎等。我們將這些在發聲過程中產生氣流阻塞現象的語音統稱爲塞音。例如英語和國語的[b, p, p^h, d, t, t^h, g, k, k^h]就是典型的塞音。此外，鼻音[m, n, ŋ]在發聲過程中亦有氣流阻塞的現象，因此基本上也是一種塞音，然而鼻音與其他塞音不同的是：1.鼻音發聲時氣流不從口腔，而從鼻腔流出；2.鼻音本身具有響度。即使如此，由於鼻音發聲時氣流不持續而使一般語音學家還是把鼻音[m, n, ŋ]列爲塞音。
2. **摩擦音（fricatives）**：若將上齒輕咬下脣，或把舌尖置放在上、下齒之間，這樣雖無法使氣流完全受阻，但是由於上齒與下脣之間或舌尖與上、下齒之間形成非常微小的空隙，使氣流部分受阻而產生大量的摩擦，這種語音稱爲摩擦音（fricative）。例如英語和國語的[f, v]稱爲脣齒擦音（labiodental fricative），而英語的[θ, ð]就是齒間擦音（dental fricative）。此外，當舌尖往上輕輕抵住上齒齦，或與上齒齦幾乎接觸，形成非常狹小的通道，迫使氣流產生摩擦而產生的[s, z]爲齒齦擦音（alveolar fricative）。當舌尖續往齒齦後面移動，抵住硬顎或和硬顎之間形成狹小的通道，迫使氣流產生大量摩擦的語音，如[ʃ, ʒ]等，是爲硬顎擦音（palatal fricative）。總之，摩擦音的產生來自於發聲器官之間的接觸或近於接觸，使氣流的通道口變得非常狹小，導致摩擦而產生的語音。摩擦音與塞音最大的區別在於氣流的持續與否。塞音的氣流完全受阻，所以氣流無法持續；而發摩擦音時，氣流卻可以綿綿持續不斷。

3. **塞擦音（affricates）**：另有一類阻擦語音的產生是由於氣流先受到阻塞，但稍後以摩擦的方式釋放，這類音稱爲塞擦音（affricate），如英語中的[tʃ, dʒ]。[tʃ, dʒ]兩音的發聲過程是：舌尖先抵住上齒齦，使氣流先完全受阻，但是隨後卻立刻將氣流釋放出來。例如像「tʃ」這個音，就好像是連續的[t]與[ʃ]的組合；而「dʒ」則彷彿是連續的[d]與[ʒ]的組合。國語中的[ts, tsʰ, tʂ, tʂʰ]（ㄗ、ㄘ、ㄓ、ㄔ）也是塞擦音。

最後，我們將阻擦音的分類做一個總結，如圖1-24：

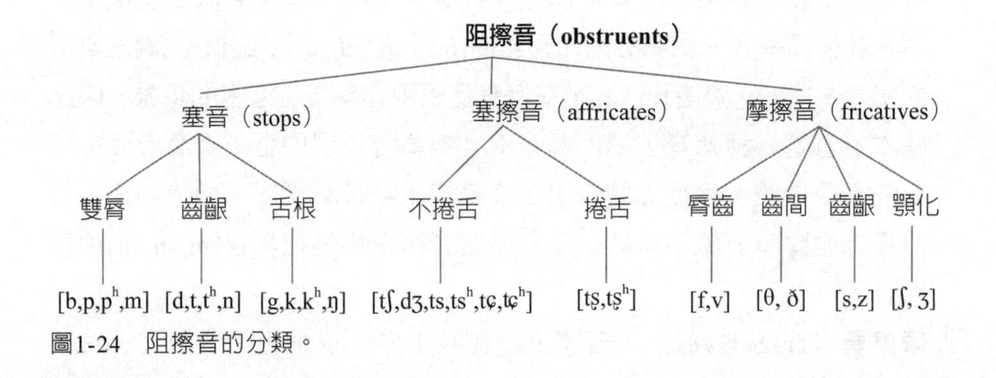

圖1-24 阻擦音的分類。

㈡響音（sonorants）

發聲過程中，氣流沒有受阻或沒有任何摩擦現象的語音，本身都有某種程度的響度，稱爲響音（sonorant）。響音又可分爲幾種：

1. **鼻音（nasals）**：我們曾提到過鼻音因發聲時氣流無法持續的緣故而被劃歸爲塞音。但鼻音獨特之處就在於它本身具有內在的響度，因而同時也被劃歸爲響音。換言之，如果從發音方式來分類，鼻音顯然屬於塞音，因爲氣流不持續（其實，鼻音的氣流雖然在口腔受阻，卻仍然從鼻腔持續流出）。但是，如果我們從聽覺的角度來看，則鼻音卻具有響度（sonority）。究竟什麼叫作響度呢？我們可從兩方面來加以解釋：1.所謂響度就是語音波形（waveforms）的規律性，凡具有波形規律的語音就稱爲響音；2.所謂響度就是語音的張力（intensity），具有張力的語音能夠被清楚地聽到或者感受到，所以稱爲響音。

2. **臨界音（approximants）**：要了解什麼是臨界音，先要清楚子音和母音的區別。就口腔和氣流的關係而言，子音和母音最基本的差異在於口腔的張開度。發母音時，口腔內部的張開度很大，大到沒有任何的摩擦（friction）現象；反之，子音的特性就在於口腔內部的張開度相對地縮小，氣流通過時有受阻，或摩擦等現象，因此不論受阻、摩擦程度的輕、重、多、寡，只要發聲時產生摩擦現象的就是子音。有了這個基本概念後，我們就可以對臨界音做以下的定義：所謂臨界音是指發音的時候，口腔內部盡量張開，而又不能大到母音的程度，這時所產生出來的語音，就稱爲臨界音。

臨界音有兩種：流音（liquid）和滑音（glide）或半母音（semi-vowel）。流音是語音學的特殊名詞，指[l]和[r]兩個子音而言。也因爲「流音」的定義不甚明朗，近年來語音學家因此有時改以中間臨界音（central approximant）一詞來稱呼[r]這個音，原因是：唸[r]這個音時，我們把舌尖伸到後齒齦（postalveolar）的位置，再將舌尖往後捲曲，使氣流可以從捲曲的舌頭和齒齦之間通過。例如英語的tailor唸成[téilər]，razor唸成[ráizər]，其中最後一個子音就是流音[r]。至於國語的[r（ㄦ）]的讀法，如果在母音之後，舌尖必須伸到前硬顎之處才向後捲，舌尖與硬顎接觸的位置遠比英語的[r]還要後面，如「盤兒」[ar]的[r]。若是在母音之前，則國語的[ʁ]（ㄖ）發音時，舌尖的位置比英語[r]稍微前面。讀者不妨試著比較round [raund]和「繞」[rau]這兩個音，多讀幾次，自然會感覺到舌尖位置的不同。

另一個臨界流音是[l]，發聲時舌尖抵住齒齦，迫使氣流從舌尖的兩邊流出口腔，因此稱爲邊音，又稱爲臨界邊音（lateral approximant）。英語的邊音[l]有兩個變體：[l]在母音之前唸清楚的邊音（clear lateral），唸法是把舌尖抵住上齒齦，然後迅速地移下來，使[l]能很清楚地被聽到，如英語的light[layt]中的[l]，或是國語「來」[lay]中的[l]（ㄌ）。至於母音之後的邊音則稱爲霧邊音（dark lateral），發聲時舌位往後，幾乎到了達軟顎的部位，因此也稱爲軟顎化邊音（velarized lateral），英語的school [skul]、stool [stul]、till [thɪl]中的[l]都是霧邊音。

除了鼻音、流音之外，滑音（glide）也是響音。滑音指我們習慣上稱爲半母音（semi-vowel）的[j]和[w]。兩者中，[j]爲前滑音，[w]則爲後滑音。其實，在音值上滑音很難與前高母音[i]及後高母音[u]區分，因爲在聽覺上它們與母音非常類似，唯一的區別是兩者出現在音節內的位置不同：高母音出現於音節的核心位置，滑音則出現於音節核心以外的任何位置。舉例來說，英語cute [kjut]中的[j]以及house [hɑws]中的[w]，都因爲不在音節的核心位置，所以是滑音；反之，heed [hid]和hid [hɪd]中的[i]和[ɪ]，或hood [hud]和wood [wʊd]中的[u]和[ʊ]都位於音節的核心位置，因此是母音。同樣的道理，國語「估」[ku]的[u]是母音，一如「及」[tɕi]中的[i]是母音一樣；但是「瓜」[kua]和「高」[kau]中的[u]其實是滑音[w]，「界」[tɕie]和「海」[hai]中的[i]也是滑音[y]或標成[j]。由於滑音和高母音在聽覺上不容易區分，傳統的中國聲韻學家並沒有區分滑音和高母音，因此他們把「瓜」標注成[kua]，把「高」標注成[kau]。

除了鼻音、流音、滑音之外，最大多數的響音還是母音，不過這將於下一節才做專門討論。目前我們只將子音部分有關響音的討論做成圖1-25的區分表。

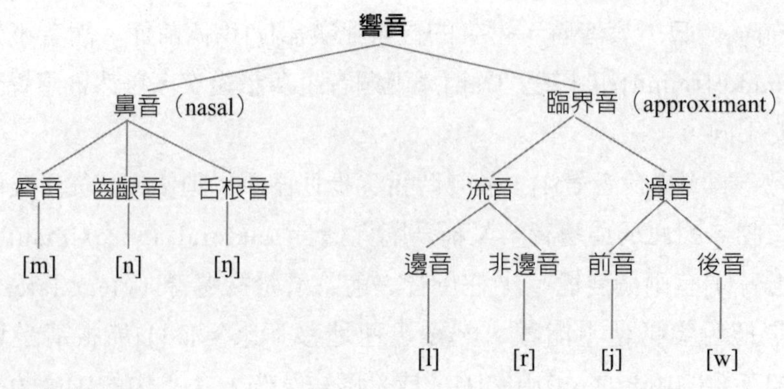

圖1-25　響音的分類。

重點複習

1. 阻擦音（obstruents）和響音（sonorants）最大的區別在哪裡？請就發音部位敘述之。
2. 阻擦音（obstruents）又可以再細分為哪些語音類別？請至少用兩個語音來說明每種語音類別。
3. 什麼是臨界音（approximants）？要如何從發音方式來說明臨界音的語音特性？
4. 什麼是滑音（glides）？為什麼稱為滑音？
5. 響音（sonorants）又可以再分為哪些語音類別？請至少用兩個語音來說明每種語音類別。

五、母音

母音是所有語音之中響度最大的音，母音發聲時，口腔維持在最大的張開程度，以至於不會有任何閉合與摩擦產生。依據母音的性質和特性，口母音分爲單母音（monophthong）和雙母音（diphthong）。此外，母音又可依據軟顎的下垂與否分爲口母音（oral vowels）和鼻化母音（nasalized vowels）兩種。

(一)單母音

就發音部位而言，和母音的發音最相關的三個因素是：舌位的高低、舌位的前後，以及嘴脣的圓展。三者中，可從外面直接觀察到的是嘴脣的形狀。就母音的發音而言，嘴脣的形狀有三種可能：圓脣（rounded）、展脣（spread），及不展不圓的中性脣形（neutral）。例如當我們唸國語的「鵝」[ə（ㄜ）]的時候，我們嘴脣的形狀就是所謂的「中性脣形」，正如我們唸英語的cup [kʌp]中的[ʌ]或about [əbáut]中的[ə]時，嘴脣形狀是中性脣形一樣。但是，我們唸國語的「屋」[u（ㄨ）]、「歐」[ou（ㄡ）]或「淤」[ü（ㄩ）]時，嘴形就是所謂的圓脣，正如當我們唸英語的[u]、[ʊ]、[o]、[ɔ]時，嘴形是圓脣一樣。至於展脣，則出現在我們唸國語的「依」[i（ㄧ）或「ㄝ」時，或者是當我們唸英語的[i]、[ɪ]、[e]、[ɛ]、[æ]等音時的嘴形，這時候的嘴形都是所謂的展脣。

其次，就舌位（tongue position）而言，有前、後、高、低之分。舌頭可以伸高，可以降低，也可以維持在不高不低的中間位置。除了高低之外，舌位也可依前、後來區分，因此舌位可以在前，也可在後，也可以維持在中央位置。至於標準在哪裡，卻沒有絕對的參酌點，完全依據比較而定。

母音通常也是一個音節內部響度最大的語音，而音節內其他語音的響度則取決於和母音在響度上的對比。所有的母音中，就發音部位或聽覺效應上最具有對比的母音有三個，分別是[i]、[u]、[a]。一般都以圖1-26來表示三者之間的對比位置。

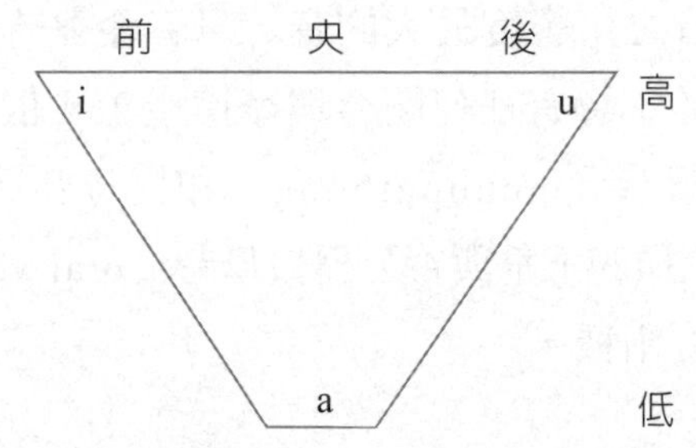

圖1-26　[i]、[a]、[u]的舌位比較圖。

圖1-26中的「前」、「央」和「後」是指舌頭在發音時的位置；同樣地，「高」和「低」也是指舌頭在發音時的位置。當我們把舌位伸到齒齦和硬顎之間，所產生出來的母音就是[i]（一如國語的「依」），由於齒齦和硬顎位於口腔的頂端，所以說[i]是個高母音，如圖1-27A中舌位的高度所顯示的一樣。從舌位前後的關係來看，我們唸[i]的時候，舌位正好在齒齦和硬顎之間，是個屬於比較前面的部位，因此，[i]是個前母音。比較之下，唸[u]（一如國語的「屋」）的時候，舌位向後高高隆起，與軟

顎之間形成狹小的通道，如圖1-27B。又由於舌頭的位置位於軟顎之處，屬於口腔後部，因此我們說[u]是個高後母音（舌位很高也很後面）。[a]（一如國語的「阿」）這個母音若與[i]及[u]比較之下，舌頭的位置是很低的（參見圖1-27C）；若以舌位前後的位置來看，卻是介於齒齦和軟顎之間的中央部位，所以，[a]既是一個低母音，又是個央母音。[a]在舌位的上、下對比之中，與[i]及[u]兩音呈現最大的差異，而在舌位的前、後對比之中，[a]正好是在中央位置，和前母音[i]及後母音[u]也呈現最大的差別，如圖1-27。

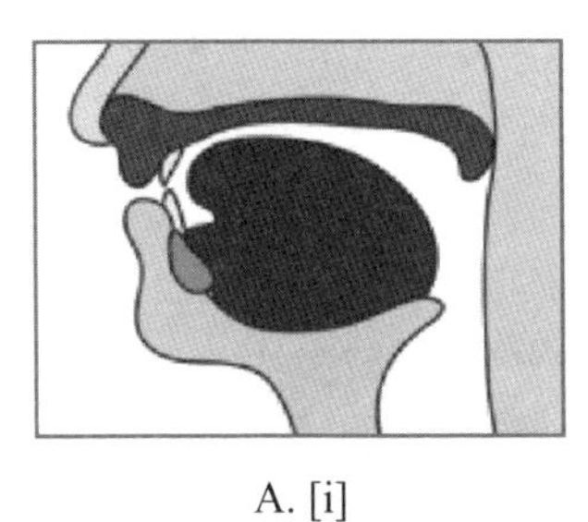
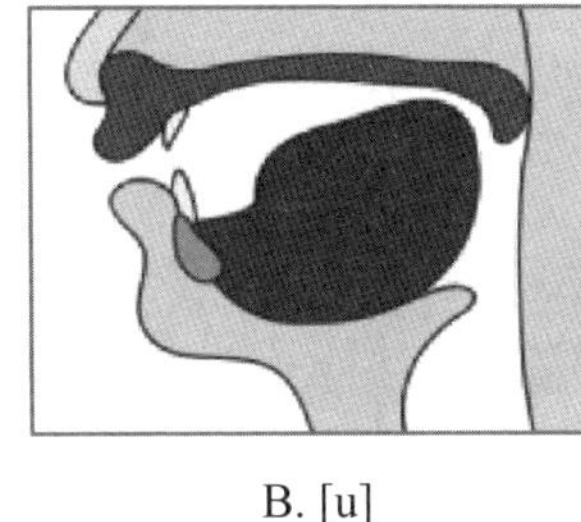
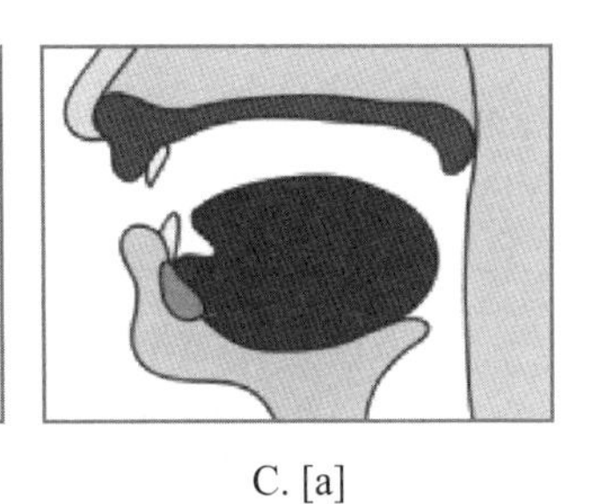

A. [i]　　B. [u]　　C. [a]

圖1-27　[i]、[u]、[a]的舌位圖。

由於[i]、[u]和[a]是三個在舌位前後及高低之中具有很大對比的母音，為了能有效掌握舌位的前、後位置，建議讀者試著同時唸[i]和[u]，多唸幾次，並去感覺舌位的前後移動情形，然後再練習[i]、[u]和[a]的不同，並試者去感覺舌位的前後及上下的移動。

前母音[e]的舌位高低位置是介於[i]和[a]之間，而後母音[o]則是介於[u]和[a]之間。換言之，[i]、[u]、[a]、[e]和[o]等五個母音發音時，舌頭的位置如圖1-28。

前述五個母音，由於在發音時的舌位位置正好呈前、後及高、低上的對稱，同時也由於他們通常是具有五個母音以上的語言裡最常見的五個母音，語音學家因此將[i]、[u]、[a]、[e]和[o]稱爲標準母音（cardinal

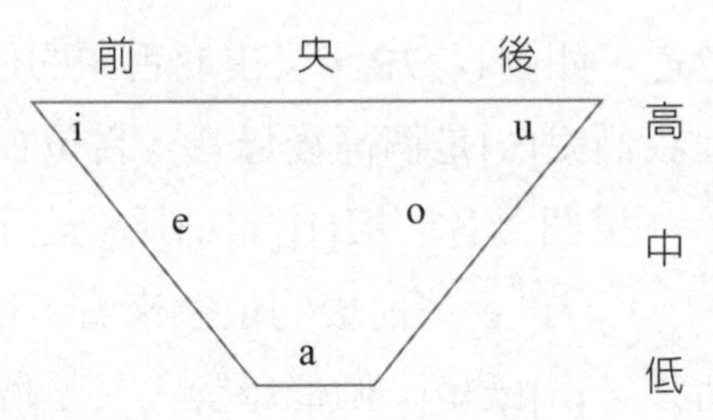

圖1-28　五個標準母音圖。

vowels）。[1]然而，其實就這五個標準母音的舌位位置而言，所謂的「高」和「低」並不是絕對的，必須以[e]和[o]作爲母音高低的畫分點。因此，舌位比[e]和[o]還要高的母音稱爲高母音，而舌位比[e]和[o]還要低母音稱爲低母音，而中母音[e]和[o]的舌位如圖1-29。

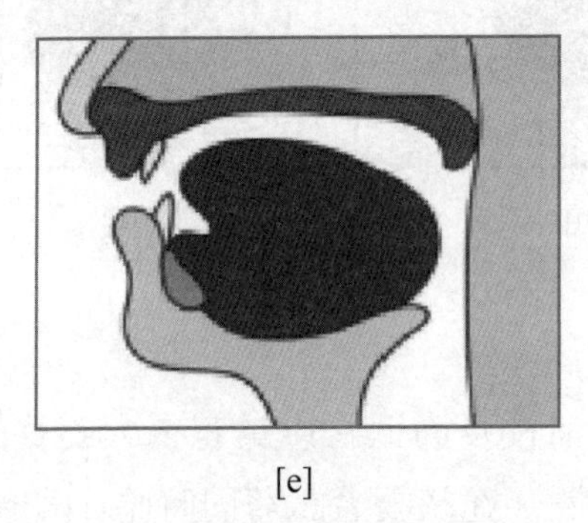
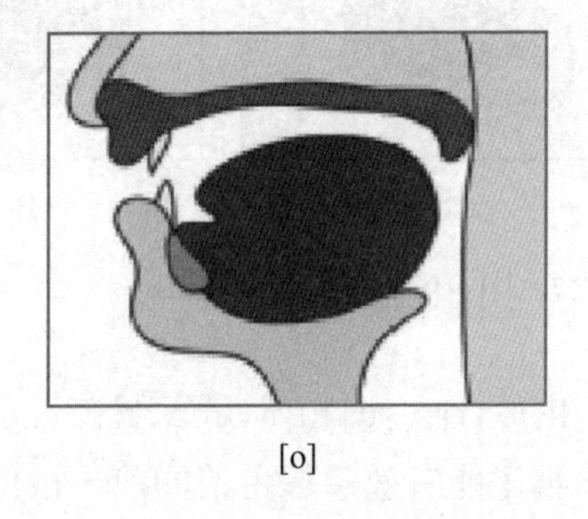

[e]　　[o]

圖1-29　母音發音圖示。

辨異徵性理論使用[高]（[high]）、[低]（[low]）、[後]（[back]）、[圓]（[round]）等四個徵性（如表1-11）來區分這五個母音。

在介紹過的母音徵性之中，低母音[a]是否爲後母音雖然一直都頗有爭議，然而，大半的語言學家都接受低母音爲後母音的規範。對英語而

1　標準元音原有八個（i, e, ɛ, a, ɑ, ɔ, o, u），在此只取其中的五個。但是「標準元音」的基本概念是：前後（i, u）對稱，高低之間的距離相等（[i]與[e]，[u]與[o]的距離相等），低元音之前後距離為高元音前後距離之三分之二。

表1-11　標準母音的徵性表

	[i]	[e]	[a]	[o]	[u]
[高]	+	−	−	−	+
[低]	−	−	+	−	−
[後]	−	−	+	+	+
[圓]	−	−	−	+	+

言，因爲所有的圓母音都屬於後母音，因此描述後母音時用了[+後]的辨異徵性之後，彷彿就不需要[+圓]這個徵性了，因爲所有後母音自然會是圓母音。然而這並不表示所有語言的圓母音都是後母音，以國語爲例，國語的[ü]（ㄩ）就不是後母音，而是一個前圓母音。

[i]、[e]、[a]、[o]、[u]這五個母音在英語語音學或英語發音教學裡稱爲緊母音，英語另有一組音和前面五個母音互相對應，稱爲鬆母音。母音的鬆緊對比列之於表1-12。

表1-12　英語鬆緊母音字例表

鬆母音	母音	[ɪ]	[ɛ]	[æ]	[ɔ]	[ʊ]
	音例	[bɪd]	[bɛd]	[bæd]	[bɔt]	[bʊt]
	字例	bid	bed	bad	bought	boot
緊母音	母音	[i]	[e]	[a]	[o]	[u]
	音例	[bid]	[bed]	[hat]	[bot]	[but]
	字例	bead	bade	hot	boat	boot

其實以音的鬆、緊來區分這兩類母音，只是爲了方便；若純就發聲時所牽引的肌肉而言，這些母音的發音和肌肉或嘴形的鬆緊其實並沒有太大的區別。因此有些語音學家不喜歡鬆/緊的對比，而改以長/短的對比來做區分，他們所持的理由是：緊母音（tense vowels）比較長，而鬆母音（lax vowels）比較短。表1-13就是英語緊母音及鬆母音在相同環境之下的長度

對比[2]。

表1-13　鬆緊母音的長度

	[i]	[e]	[a]	[o]	[u]	[ɪ]	[ɛ]	[æ]	[ɔ]	[ʊ]
毫秒	248	270	258	240	250	172	200	330	300	200

如表1-13所示，母音的長短似乎有別。然而儘管如此，辨異徵性理論還是用[緊]（[tense]）這個徵性來區分這兩組母音，表1-14就是所有討論過的母音的徵性表。

表1-14　母音的徵性表

	[i]	[e]	[a]	[o]	[u]	[ü]	[ɪ]	[ɛ]	[æ]	[ɔ]	[ʊ]
[高]	+	−	−	−	+	+	+	−	−	−	+
[低]	−	−	+	−	−	−	−	−	+	−	−
[後]	−	−	+	+	+	−	−	−	−	+	+
[圓]	−	−	−	+	+	+	−	−	−	+	+
[緊]	+	+	+	+	+	+	−	−	−	−	−

重點複習

1. 母音的前後高低都是因為我們發音器官的哪個部位的移動？
2. 何謂「標準母音」（cardinal voweles）？請以簡圖標繪出五個標準母音的前後高低之位置。
3. 何謂緊母音（tense vowels）？何謂鬆母音（lax vowels）？兩者有何差別？
4. 請問緊母音（tense vowels）和長母音有何關係？為何會有不同的名稱？

㈡雙母音

英語雙母音的結構，都是由母音後接滑音[j]或[w]而來。其實，英語

---

[2] 依據John Laver, 1994.

的緊母音[i]、[e]、[o]及[u]的結尾也都有滑音的性質。也就是說，就語音上來說，英語的[i]的音質是[ij]，[e]的音質是[ej]，[o]的音質是[ow]，[u]的音質是[uw]，應該也可算是雙母音。可是一般語音學文獻還是依傳統方法把這五個母音看成單母音，而雙母音則指母音之後有明顯滑音音質結構的音，如[ej]（後面還是依據傳統習慣，把[ej]寫成[ei]，把[aj]寫成[ai]）及[ow]的發音情形如圖1-30，圖中虛線部分表滑音[j]和[w]的舌位移動。

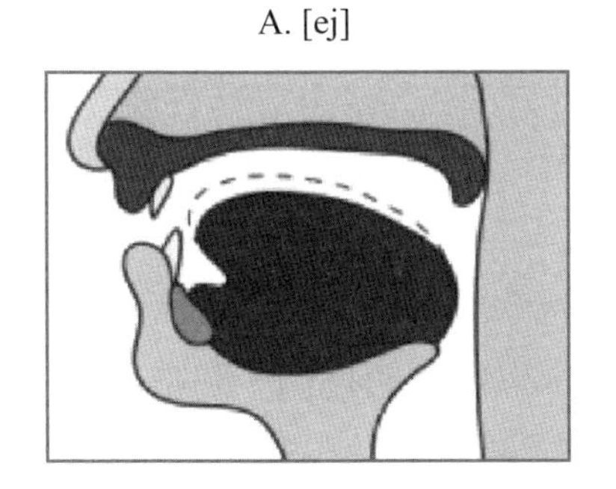

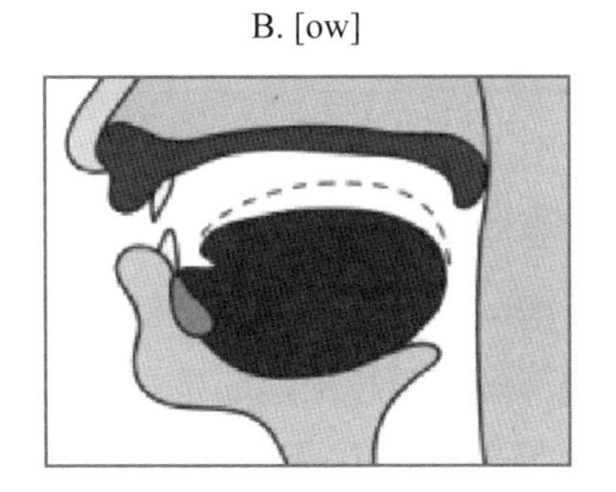

圖1-30　母音和滑音圖。

以前面的標準爲基礎，英語只有三個雙母音（如表1-15），分別爲：

表1-15　英語的雙母音

雙母音	ai	oi	au
音例	[baid]	[boi]	[haus]
字例	bide	boy	house

表1-15中雙母音有一個共同特性：都以滑音結尾。由於響度是和母音的高度成反比：母音越高，響度越小。而滑音基本上又都是由高母音演變而來的，因此響度比較小。雙母音的結構若爲：母音+滑音，響度由大趨小，稱爲降雙母音（falling diphthongs），如表1-15及表1-16A。雙母音的結構若爲：滑音+母音，這種結構由於是從滑音到母音，因此響度由小趨大，稱爲升雙母音（rising diphthongs），如表1-16B。英語固然也有像[ua]（例如quality）之類的升雙母音，但是多數的英語語音學家並不把

[ua]看成雙母音，他們認為英語只有降雙母音[ai]、[au]及[oi]。然而國語的學者普遍認為國語的雙母音較多，有降雙母音如表1-16A的[ai]、[au]、[ei]、[ou]也有升雙母音如表1-16B的[ia]、[ua]、[ie]及[uo]。

表1-16　國語的降雙母音和升雙母音字例表

A. 降雙母音	ai（ㄞ）	au（ㄠ）	ei（ㄟ）	ou（ㄡ）
例字	唉	凹	背	歐
B. 升雙母音	ia（ㄧㄚ）	ua（ㄨㄚ）	ie（ㄧㄝ）	uo（ㄨㄛ）
例字	壓	挖	耶	窩

㈢鼻化母音

所謂鼻化母音，指的是母音發聲之時軟顎下垂，使得氣流同時往口腔和鼻腔奔出，聽起來很像是感冒的聲音。以閩南語為例，閩南話的母音分別有口母音（oral vowels）和鼻化母音（nasalized vowels）的對比（我們以~來表示「鼻化」），如A.（每個音節後面下標的數字代表聲調，請參見㈢聲調（tone）之討論）：

A.

非鼻化母音		**鼻化母音**	
i_{33}	「玩」	$\tilde{i}_{33}$	「院」
pi_{53}	「比」	$p\tilde{i}_{53}$	「扁」
e_{55}	「輕推」	$\tilde{e}_{55}$	「嬰兒」
pe_{33}	「爸爸」	$p\tilde{e}_{33}$	「病」
ta_{55}	「焦」	$t\tilde{a}_{55}$	「擔」
sa_{55}	「拿」	$s\tilde{a}_{55}$	「三」
$ɔ_{55}$	「黑」	$\tilde{ɔ}_{55}$	「哄小孩睡覺的聲音」
$lɔ_{55}$	「路」	$n\tilde{ɔ}_{33}$	「怒」

世界上像閩南語這樣有口母音和鼻化母音對比的語言很多，如印度

語（Hindi）、蘇丹語（Sudanese）、印尼話（Indonesian）、馬來語（Malay）等等。然而英語並沒有鼻化母音，但在語音的層次上，像can這個字音聽起來是[kæn]，其中的母音[æ]顯然是受到它後面鼻音[n]的影響，因而產生鼻化現象。不過英語的鼻化母音是有規律的、是可以預測的現象：因爲凡是出現在鼻音之前的母音都會有鼻化的現象。相對說來，閩南語的鼻化母音是不可預測的。

重點複習

1. 何謂「雙母音」（diphtongs）？雙母音有哪兩類？如何區分？
2. 何謂「鼻化母音」（nasalized vowels）？和一般的口母音（oral vowels）最大的區別是什麼？

六、超音段

迄今，本章已經討論了子音及母音的發音、歸類以及使用辨異徵性來區分的方法等等，其中母音和子音稱爲音段（segments）。將語音做完整的分析和描述時，除了音段之外，還要包括對所謂的超音段（suprasegments）現象加以分析和描述。什麼是超音段呢?超音段指的是像重音（stress）、聲調（tone）、音節及語調等語音現象。音段和超音段最大的差別在於：音段的描述只限於音段本身，如每個音段的發音部位和發音方法；超音段則不限於某一個音段本身。

㈠音節（syllables）

對於學過英語的每一個學生而言，「音節」（syllables）並不是很陌生的名詞，因爲從開始上英語課起，老師常常提起音節這個名詞，並常說某某字的重音是在第一音節，某某字的重音是第二，或第三音節。在語言學的領域裡，就「音節」的結構而言，每個音節都可以分析成如圖1-31的音節結構。

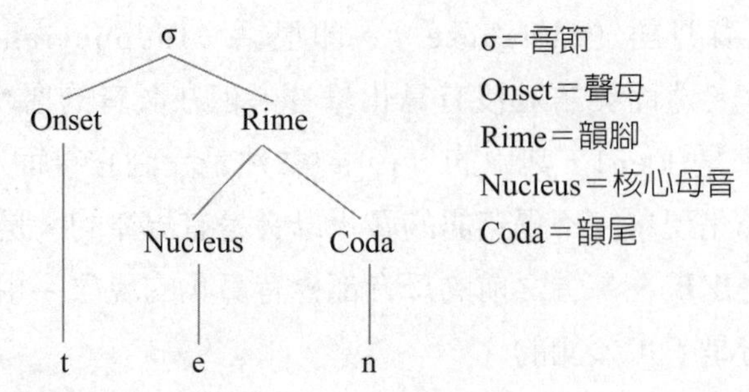

圖1-31　音節結構。

在討論音節的內在結構時，聲母並沒有占很大的角色，韻尾反而扮演重要的角色。比如說，就功能和結構來說，英語的音節可分爲兩種：開音節（open syllable）及閉音節（closed syllable）。開音節指缺乏韻尾的音節，又稱輕音節（light syllable）。英語的開音節通常是不能單獨存在的，因此開音節都出現在多音節以上的詞彙之中，而且開音節都是不唸重音的音節（unstressed syllable），如A.中的例字：

A.

1. about　　　[əbáut]
2. career　　　[kərír]

例A.中兩字的第一個音節母音，分別爲[ə]及[kə]，均以弱化母音[ə]結尾，屬於開音節，因爲母音之後沒有任何韻尾。和開音節相對立的是閉音節，閉音節主要的特色是：母音之後一定帶韻尾，否則母音必須是個雙母音。例如（A1)之第二音節（即重音節）[baut]中有韻尾[t]，（A2)的第二音節（重音節）[rir]中也有韻尾[r]，兩者都是閉音節，英語的閉音節都必須要有重音（stress）。

㈡重音（stress）

重音是什麼？重音（stress）指發音時音節的音高（pitch）之高低，音高較高的稱爲重音節（stressed syllable），音高較低的稱爲不加重的音節或輕音節（unstressed syllable）。然而所謂音高的高低不是絕對的，完全是相對的。因此某人的重音節的音高可能比另一個人的輕音節音高還低。既然重音是相對的，因此必須從對比之中去領悟重音，後面B.就是一些例子（在母音之上有一撇者表示重音，如「á」）：

B.

1. 重音在第一音節者

   númber　éither　grámmar　phóto

2. 重音在第二音節者

   prepáre　análogy　proféssor　anóther

3. 重音在第三音節者

   understánd　possibílity　preparátion　confidéntial

總之，英語的重音與音節本身的結構有相當密切的關係：只有閉音節才可以有重音，而且閉音節一定要有重音。相對地，開音節不帶重音，因此開音節必然是不加重音的音節。我們將在第三章裡更進一步介紹英語重音的規律。

㈢聲調（tone）

聲調（tone）和重音（stress）分別代表兩種語言的類別，也就是重音語言及聲調語言。世界上的語言如英語、德語及西班牙語等是重音語言；而像漢藏語系的國語、西藏語，藏緬語系的緬甸語、越南語，及泰國語等是為聲調語言。重音用以比較兩個音節或兩個以上的音節之間的音高，而聲調則為每一個音節所具有的特別音高。我們且分別以英語C.及國語表1-17為例：

C. 英語的重音

1. président
2. presidéntial
3. presidentiálity

在（C1)裡，第一音節是最重音，它的音高遠比第二及第三音節還高。但是，在（C2)裡，最重音落在第三音節，這時其他音節的音高相對地比第三音節還要弱。在（C3)裡，重音落在第五音節了，同樣地，其他音節的音高也相對地比第五音節弱，可見所謂重音指的是音節與音節之間音高的對比而言。

相對地，聲調卻是屬於每一個音節的，以國語的四聲爲例：

表1-17　國語的四個聲調

例字	注音符號	音高
衣		55
姨	ˊ	35
椅	ˇ	214
憶	ˋ	51

國語的四個聲調之中除了第三聲外，任何一個聲調不論後面接的是哪一個聲調，都維持一樣的聲調、一樣的唸法，例如「衣衫」、「衣服」、「衣裳」、「衣架」等的「衣」都維持55的高調。因此，聲調和重音的共同點是：兩者都以音高作爲指標。相異點則在於：重音是音節和音節之間在音高上的相對比較，而聲調卻是屬於整個音節的音高。所謂11,33,55等數字都用以表示聲調的高低，這是趙元任先生的發明，像音樂五線譜一樣，趙元任以1表最低之調，以3表中調，而以5表最高之調。因此國語的第二聲是35，因爲第二聲是由中調3揚升到高調5，如「陽」（**ㄧㄤˊ**）。

當然，聲調也會有變調的情形，例如國語的第三聲只要是在另一個第三聲之前，就會變成第二聲，如「雨傘」的「雨」要讀成第二聲。除了漢藏語系的語言之外，非洲的班圖（Bantu）語系也是著名的聲調語言。但非洲語系的聲調和漢藏語系的聲調並不完全相同。非洲語系的聲調，多以高（high tone）、中（mid tone）、低（low tone）爲基礎，有些可以組成高低調（high low tone）或低高調（low high tone）。試以努佩語（Nupe）的聲調爲例。努佩語有高、中、低等三個聲調（ú＝高調，u＝中調，ù＝低調）：

1. **高調**　　ebú　　魚
2. **中調**　　ebu　　河流
3. **低調**　　ebù　　荒野

上面的例字分別具有高、中、低等三個調的調型，稱爲平調（level tone）。在非洲的語言裡，兩個平調可以合起來組成高低調，如ebú接一個原來是低調的後綴詞-olú之時，會得到ebûlú的調型，使-olú的第一個母音被刪除之後，他的低調和原來ebú的高調組成了高低調，稱爲曲折調（contour tone）。曲折調指的是由兩個調型合組而成的調型，由於漢語多數的聲調都是由兩個調型組成，如國語的第二聲音高是35、第三聲音高是214、第四聲音高是51，都是曲折調。

㈣語調（intonation）

重音指詞彙中多個音節之間音高的對比，而語調（intonation）則是指整個句子中重音節和輕音節所構成的起伏（contour）和韻律（rhythm），如圖1-32[3]。

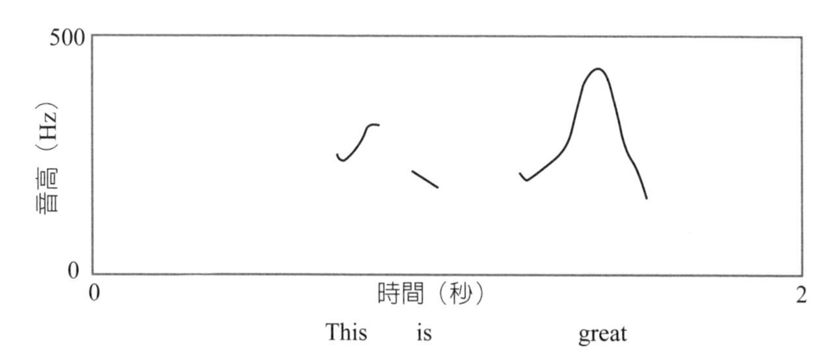

圖1-32　This is great的語調圖。

---

[3] 本章圖1-32及圖1-33的四個句子，都來自於美國維吉尼亞州（Virgina）英語教師培育中心（English Teacher Training Center），Jenny Keating老師的錄音，而以Praat軟體製作。在此特別感謝Keating的協助。

例圖1-32中的this和great分別是該英語句子中最重要的字眼，因此分別都加了重音，尤其great正好在句尾，而This is great.又是平述句（statement），語調型態屬於231型，所以great的語調特別高。所謂231調型指句子的開始語調偏中間，而在句子快結尾時由於語調要下降，而在下降之前先把語調提高，其中2表中間語調，1表較低的語調，3表較高的語調。英語的語調由於充滿了高低的起伏，而形成了類似曲律的變化，因而也稱爲英語的韻律（rhythm）。

我們平常在講話時，可能由於情緒，也可能由於表示禮貌，或者由於用詞在句子之中有對比功能，或者是由於句子某處的語義必須加強，語調的類型因而依據講話的情形而有略有不同。然而一般說來，英語的語調有三種調型，即升降調、升調，及先升後降調。升降調用於表示一般的陳述句及Wh-問句，其調型如圖1-33甲。升調特別用於表示yes/no的疑問句，

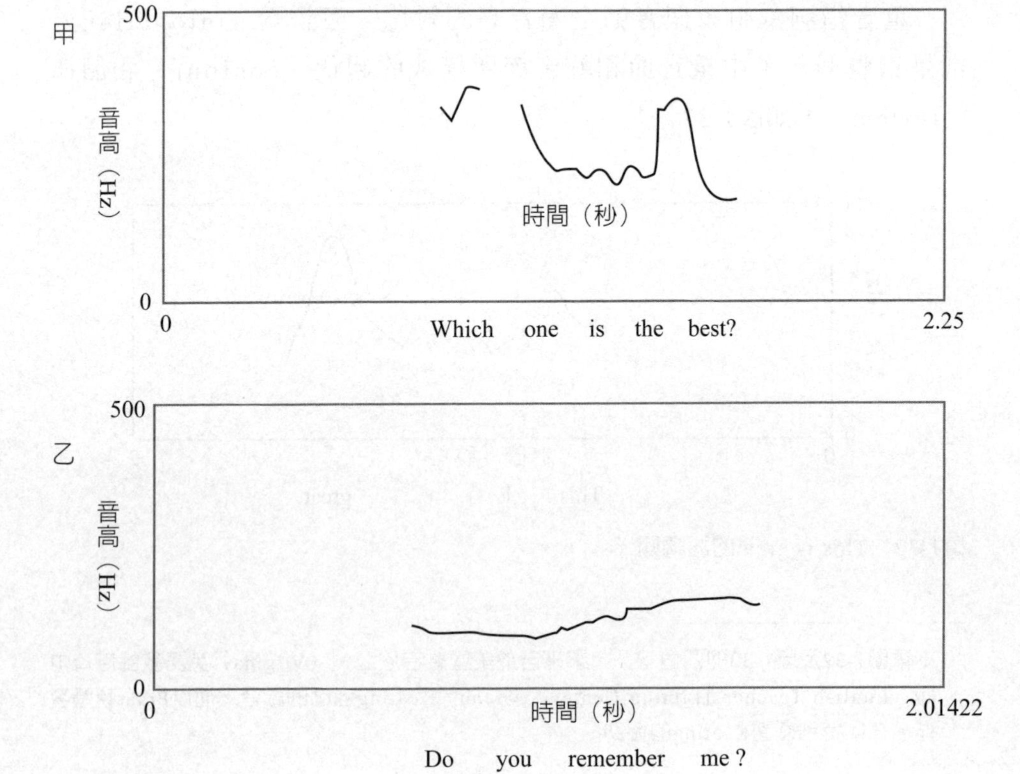

丙

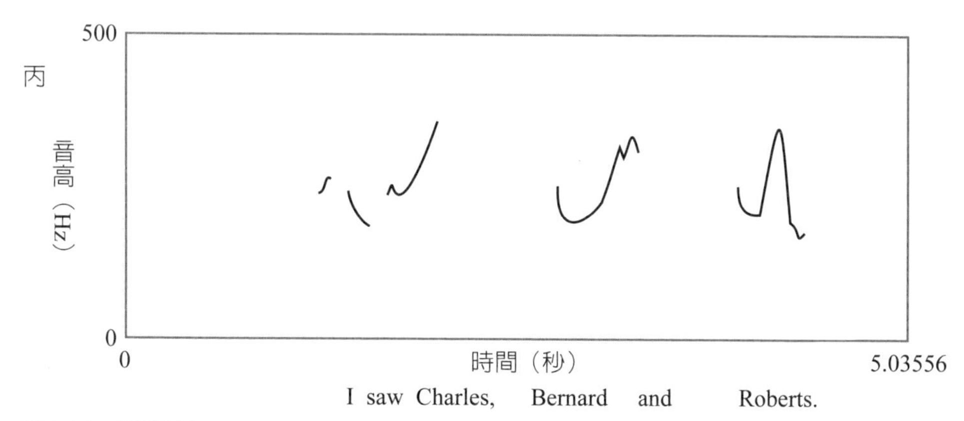

圖1-33　語調圖。

其調型如圖1-33乙。至於先升後降之調通常用於表示選擇A或B的陳述句之中，在講到A時，爲了表示句子尚未結束，而使語調上升，但是講到最後時，爲了表示句子結束了而使用下降之語調，如圖1-33丙。

重點複習

1. 超音段（suprasegments）包括哪些？
2. 請用層次結構把doctor及prefer的音節畫出來。
3. 什麼是重音？你會標下列各英語字詞的重音嗎？
   (1) atom　(2) atomic　(3) interesting　(4) confidence
   (5) confidential
4. 重音和聲調有何異同？請說明之。
5. 英語的語調有哪幾種類型？請以後面四個句子為例說明之。
   (1) Would you give me a pen?
   (2) What did he buy last night?
   (3) I want an orange, an apple, and a banana.
   (4) I like to go swimming very much.

七、摘要

語音學分為三種：聲學語音學（acoustic phonetics）、聽覺語音學（auditory phonetics）及發音語音學（articulatory phonetics）。由於語音從我們的口中脫口而出之後，很快就消失，因此研究語音必須要有一套標音系統，本書採取的是國際語音學會（International Phonetics Association）所制訂的音標。其次，我們介紹了發音器官，並討論與發音部位有關的語音分類，從喉音（larynx）擴及到喉上音（supralarynx）都是討論的對象。喉音主要是聲帶的振動與否，涉及的語音有聲（voiced sounds）和無聲的差異（voiceless sounds）。其次是送氣（aspirated）與不送氣（unaspirated）音。例如英語的[b, d, g]是為有聲子音，而[p, t, k]為無聲子音。再者，國語的[p, t, k]不送氣，但是[p^h, t^h, k^h]為送氣子音。

喉上音的討論中，我們先從發音部位（place of articulation）著眼，分析雙脣音（bi-labial）、脣齒音（labio-dental）、齒音（dental）、齒齦音（alveolar）、齒齦顎化音〔即齒顎音（alveolo-palatal）〕、舌根音（velar）等語音的發音部位；又從發音方式（manner of articulation）著眼，描述塞音、摩擦音、塞擦音、邊音及鼻音等語音的發音方式；並以辨異徵性作為語音分類的基礎。我們的討論和分析方式都和傳統的語音學或其他語言學概論的討論方式不一樣，主要就是要凸顯語音作為語言單位的獨立性及不可分割性。不過，為了和傳統描述方法不至於差別太大，我們也從阻擦音及響音的區別重新做語音的分類。

子音之後，我們也從舌位的高、低、前、後來區分及討論英語及國語的母音及雙母音，同時並提及語音學上對於英語鬆緊母音畫分方式的爭議，及以長短母音做歸類的問題，最後則介紹並討論雙母音的異同及分類問題。

音段之後，我們也簡略地討論了超音段（suprasegments），如音節、重音、聲調及語調的語音特性。約而言之，重音及聲調都和語音學上的音高有關，但是重音指音節之間音高（pitch）的對比，是相對的音值比較；而聲調則為整個音節的音高值。至於語調，則指整個句子中重音的起伏及韻律。

本章建議延伸閱讀書目

Ball, M. J. and J. Rahilly. 1999. *Phonetics*. Oxford University Press.

Ladefoged, P.. 2001. *A Course in Phonetics* (4th edition). Harcourt College Publishers.

Ladefoged, P.. 2003. *Vowels and Consonants*. Blackwell.

Laver, J.. 1994. *Principles of Phonetics*. Cambridge University Press.

吳宗濟和林茂燦，1989，《實驗語音學概要》，高等教育出版社。

楊懿麗，1997，《英語語音學》，渤海堂出版社。

第二章

音韻學

音韻學（phonology）與語音學（phonetics）所關注與研究的重點不同：語音學描述語音產生的過程（發音部位與方法）與語音的聲學原理等等；音韻學旨在探究語言的音韻系統，並找尋語音構成方式的音韻結構及其規律。所謂研究某個語言音韻系統的結構，即是探究說話者心理語法中所建構的語音呈現模式；而所謂找尋音韻規則，是在描述說話者如何有系統地去運用他心理語法中的音韻知識來發音、說話。例如國語母音[i]、[a]與子音[n]三個音段合併發音時，我們說[i]屬前高母音，因爲[i]這個音發聲時，舌位向前，且舌位很高；[a]是低母音，因爲發聲時舌位很低；[n]屬鼻音，因爲它發聲時軟顎呈下降的狀態，氣流因此不從口腔，而從鼻腔釋出；另一方面，我們又說[n]屬於前音，因爲[n]發聲時舌尖抵住上牙齦的前部等等。以上這些有關語音如何產生的過程與描述，都屬於語音學的研究範疇。至於爲什麼國語的/ian/（ㄧㄢ）實際上唸成[ien]（「煙」），而不唸成*[ian]呢？既然唸成[ien]，爲何不直接標注成/ien/，卻將它標注成/ian/呢？若要回答這樣的問題，便非具備音韻學的知識不可了。

首先，我們已知[i]爲前高母音，[a]爲後低母音，[n]爲前音。在i-a-n（[ian]）三個音的合併發音過程中，舌頭的位置依序必須先在前、高的位置（[i]），很快地往下移，成爲低、後的位置（[a]），然後再快速地向前，往前音[n]移動。從發聲語音學的角度來解釋，在這麼短的時間裡將舌位做這麼快速的移動和調整，會造成發音上的困難。於是基於方便，說話者在發音時便將低母音[a]往前、往上拉，結果很自然地將[a]唸成前中母音[e]。這是從語音學的角度來解釋，似乎也勉強解釋了前例中母音

[e]在[ien]中的由來。

若從音韻學的觀點來看，這個語音現象是源自於說話者心理語法中的一個音韻規則，這個規則告訴說話者：/a/⟶[e]/[i]__[n]，意思是說/a/這個音位若出現於[i]與[n]之間，會唸成[e]（此處以雙斜線/ /表示音位，中括弧[ ]表示實際上我們所聽到的音値）。由於對於母語人士而言，「音韻規則」其實是再自然不過的直覺反應，是屬於他們大腦語法能力的一部分，現代語言學家於是宣稱：音韻學中所有的音韻規則，都具有心理眞實性（psychological reality）。

其次，爲何不直接注[ien]呢？從音韻學的角度來看，這是基於語言中整個音韻系統的考量。換言之，從整個漢語音韻系統來看，國語的[ian]雖然實際上唸[ien]，它的本質其實是/ian/，且從兩方面來加以說明：

1. 國語的/ian/與/an/、/uan/同韻。這可由例(1)中現代國語流行歌曲中歌詞押韻的情形來加以證實：

   (1)

   ① 衫，邊，岸，然，船（嚴友梅，〈晚霞滿漁船〉）

   an　ian　an　an　uan

   ② 畔，潺，單，戀，轉，念，畔，戀（林煌坤，〈青春河畔〉）

   an　an　an　ian　uan　ian　an　ian

   若要說明例(1)中的押韻現象，必須由國語中/ian/韻的本質著眼（亦即衍生音韻學理論所謂的深層結構），否則難以解釋爲什麼/an/會與/ien/押韻。

2. 漢語是個大語族，因此漢語的各個方言間的韻母應該有對應關係。基於這個背景，國語的/ian/韻在其他方言也應該是/ian/。以「煙」爲例，理想上國語、客家話、閩南話的「煙」應該有相同的讀音，可是事實上「煙」在客家話讀成[ian]，在閩南話讀成[en]。爲什麼有這些差異呢？如果我們假設客家話保存了較古老的讀音[ian]，則國語因爲有了[a]⟶[e]/[i]__[n]的規律而變成了[ien]，而閩南話則再進一步將

[ien]的[i]去掉而變成[en]，則國語、客家話、閩南話對於「煙」的不同讀音即可很自然地獲得解答：

(2)

/ian / — [ian]　客家話
/ian / — [ien]　國語　（因爲有[a]⟶[e]/[i]___[n]的規律）
/ian / — [en]　閩南話　（因爲有[i]⟶∅/ ___ en的規律）

以上，我們以實例簡要地說明了音韻學和語音學不同的研究範疇。

下面的章節裡我們將逐步討論音韻學上常用的基本觀念與術語：音段與音位、辨異徵性、音韻規則、音韻限制、音韻分析。

一、音段與音位

音素（phone）又稱爲音段（segment），是語音最基本的單位。音素有兩種：音位（phoneme）及非音位（nonphonemic phone）。「音位」指具有區別語義功能的音素；非音位性質的音素，則可能是某個音位的同位音（allophone）或變體音（variatant）。我們將分別以英語、國語、閩南語，及客家話爲例，做詳盡的描述與說明。

㈠最小配對（minimal pairs）

我們日常生活中所聽到的語音不是切割獨立的，而是一連串的語音。但對母語人士而言，這一連串的語音是許許多多字音、字意的組合，每一個字詞的發音又可再細分爲幾個不同的音。這意思是說，每個字音可以分別由幾個不同的語音單位所構成，我們將這些個別的語音單位概稱爲音段（segment），也稱爲音素（phone）。舉例來說，國語中的「單」[tan]這個字的字音可以再細分爲t, a, n等三個音段，而英語的ten [t^hɛn]「十」一字實際上也包含了t^h, ε, n等三個音段。必須注意的是：並非每一個音段都具有區別語義的功能，在語言學的理論裡，唯有具區別語義功能的音段才是某個語音系統中的音位（phoneme）。這麼說來，音段包含了音位，音位只是音段的一種。

什麼叫作具有區別語義的功能呢？所謂具有區別語義功能的兩個音段，是指分屬兩個音節的兩個不同的音段雖具有相同的分布情形，或位於相同的位置，所產生的語義卻不同，如(3)中的例子：

(3)

① tan 「單」

② t^han 「貪」

例(3)中送氣的無聲子音[t^h]與不送氣的無聲子音[t]均出現在韻母[an]的前面，也就是說它們具有相同的分布。但由於送氣的無聲子音[t^h]與不送氣的無聲子音[t]的發音方法不同（前者送氣，而後者不送氣），因而使(3①)與(3②)兩個音節有不同的意義。換言之，送氣的無聲子音[t^h]與不送氣的無聲子音[t]具有區別語義的功能。這種具有相同分布或位置的兩個音節，若只因其中兩個音段發音的差異而致使語義不同的配對，稱之爲最小配對（minimal pairs）。爲了更明瞭最小配對的意義，且再舉例說明：

(4)

① tun 「蹲」

② sun 「孫」

例(4①)與(4②)中的兩個音節都含相同的韻母[un]，然而兩者聲母不同：(4①)的聲母是個不送氣的無聲塞音[t]，發音時氣流無法持續，而(4②)的聲母是無聲擦音[s]，發音時氣流可以持續。這個唯一的差別使(4①)與(4②)的意思不同，因此像(4①)與(4②)中的兩個音節便形成最小配對，[t]和[s]也因而同爲國語的兩個音位。

最小配對也出現於韻尾的子音位置，例如國語的[pan]「般」與[paŋ]「幫」。[n]、[ŋ]兩個音段出現於相同的位置時，語義卻各自不同，因此韻尾之差異使[pan]和[paŋ]形成最小配對。由此可知，我們可藉由韻尾區別語義的功能來推斷「n」與「ŋ」爲國語中兩個不同的音位。

此外，母音的不同也可能構成最小配對。例如國語中的[tʰaŋ]「堂」、[tʰiŋ]「停」、[tʰuŋ]「同」等三個音節雖都具有相同的聲母[tʰ]與韻尾[ŋ]，但母音各自不同，致使三個音節的語義有別。所以[tʰaŋ]「堂」、[tʰiŋ]「停」及[tʰuŋ]「同」三個音節中的任兩個母音都構成一組最小配對；我們同時又可確認[i]、[a]、[u]三個母音分別爲國語音系中的音位。

然而，音位的辨識與確認卻視語言而定，一個音段在某個語言裡是音位，在別的語言中可能只是一個沒有區辨語義功能的音段。比如說，我們已知送氣的無聲子音[tʰ]與不送氣的無聲子音[t]在國語裡是兩個不同的音位，具有區辨語義的功能，可以構成最小配對。但兩者在英語裡卻無法形成最小配對，也沒有區辨語義的功能，應視爲同一音位的同位音（allophone）。關於同位音將在下一節更進一步的說明。

綜合前述，結論是：音位爲具有區辨語義功能的音段。任何兩個音節如果只因聲母、母音，或韻尾之不同而有不同語義，即稱爲最小配對。一般而言，音位可由最小配對的呈現而獲得確認；換句話說，構成最小配對的兩個關鍵性的音段，便是音位。

重點複習

1. 何謂音位（phoneme）？音位和音素（phone）有何差別？
2. 請問後面語言中的[p]、[pʰ]、[b]、[t]、[tʰ]、[d]是否都是音位？為什麼？

(1) pult	風	(5) sbon	老鷹
(2) spon	草	(6) pʰult	小河
(3) tʰonk	馬	(7) spuky	石頭
(4) sputy	觀念	(8) donk	水

3. 請觀察後面的語料，並判定[s]和[ʃ]是否都是音位？為什麼？

(1) sulit	天才	(2) kiʃun	書本

(3) pevork	蚱蜢	(7) liʃemit	蔬菜
(4) sotenk	吃	(8) kosuviz	眼睛
(5) niʃanrit	走路	(9) tiʃorn	彩虹
(6) sarume	美麗的	(10) kuserurin	雨

(二)同位音與互補分布（allophones and complementary distribution）

前面說過，英語送氣的無聲子音[tʰ]與不送氣的無聲子音[t]是同一音位的同位音，它們呈現互補分布。所謂互補分布（complementary distribution），是指一個音段出現的環境，另一個音段絕不會出現。以英語送氣的無聲子音與不送氣的無聲子音爲例，送氣的無聲子音，如[pʰ]，出現在音節的最前面，如pie [pʰai]「一種甜點」、tie [tʰai]「領帶」，與kite [kʰait]「風箏」。不送氣的無聲子音，如[p]，絕不出現在音節的最前面，如spy [spai]「間諜」、stick [stɪk]「棍子」、scream [skrim]「尖叫聲」。簡言之，英語送氣和不送氣的無聲子音彼此成互補配對。由於互補配對絕不可能形成最小配對的音節，英語的送氣和不送氣的無聲子音之間不可能具區辨語義的功能，不可能形成最小配對，自然也不是獨立的兩個音位，因此它們應該是同屬一個音位的同位音（the allophones of the same phoneme）。

再以臺灣閩南話的有聲聲母[b, l, g]與鼻音聲母[m, n, ŋ]的分布爲例，前者只出現在口母音之前，後者則只出現在鼻母音之前，如(5①-③)，(5④)是整理之後的分布現象，其中V=一般母音，而~=鼻化母音：

(5)

① bi_{33} 「味」 $m\tilde{i}_{33}$「麵」 *bĩ

② le_{13} 「犁」 $n\tilde{e}_{13}$「晾（乾衣物）」 *lẽ

③ ga_{13} 「牙」 $\eta\tilde{a}_{53}$「雅」 *gã

④

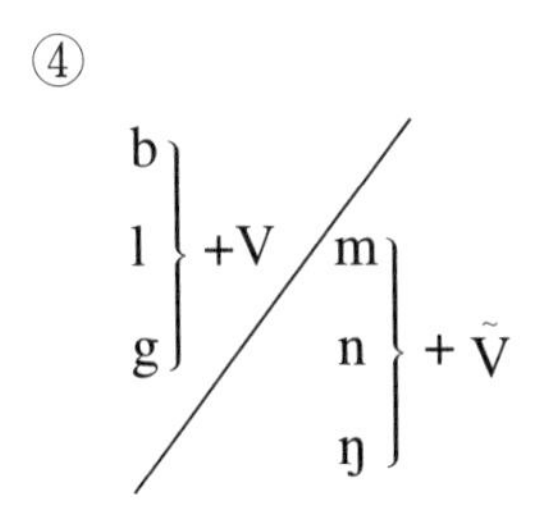

例(5)裡的最右邊一欄都帶有星號*，表示不合閩南話的語音形式。由此我們可以推論：閩南話裡出現在聲母位置（即母音之前）的有聲聲母[b, l, g]，是和鼻音聲母[m, n, ŋ]成互補配對的（如5④），兩組音因此其實是一組音位的同位音。

最後再以客家話的[tɕ, tɕʰ, ɕ]與[ts, tsʰ, s]爲例。一般而言，客家話的[tɕ, tɕʰ, ɕ]在分布上與[ts, tsʰ, s]也呈現互補配對：前者[tɕ, tɕʰ, ɕ]只出現在前母音[i]之前(6①', ②', ③')，後者[ts, tsʰ, s]則只出現在前母音之外的其他母音之前(6①, ②, ③)：

(6)

① tsu$_{55}$	「晝」	② tsʰu$_{55}$	「臭」	③ su$_{55}$	「樹」
tso$_{55}$	「做」	tsʰo$_{55}$	「造」	so$_{55}$	「掃」
tsa$_{55}$	「蔗」	tsʰa$_{55}$	「叉」	sa$_{55}$	「社」
tse$_{55}$	「姐」	tsʰe$_{55}$	「脆」	se$_{55}$	「細」
*tsi		*tsʰi		*se	
①'tɕi$_{55}$	「智」	②'tɕʰi$_{55}$	「試」	③'ɕi$_{55}$	「士」

它們的互補分布可以下面的圖形來表示：

(7)

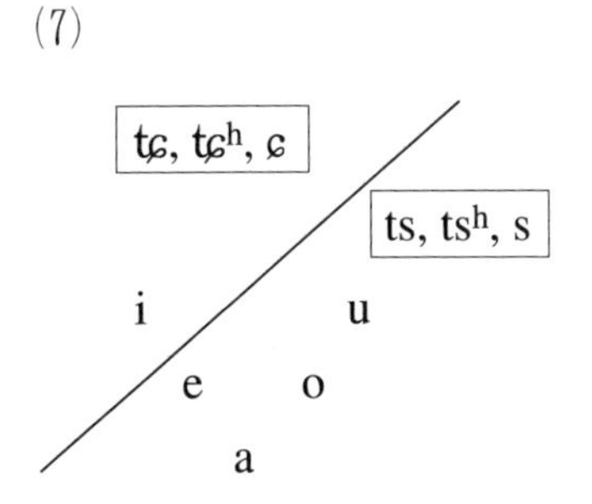

基於互補分布的關係，[ts]與[tɕ]、[ts^h]與[$tɕ^h$]、[s]與[ɕ]分別屬於同一個音位。但哪一個是基本音呢？由於[ts, ts^h, s]的分布面較廣，可以出現的環境較多，因此被視爲基層音（basic phone），相對地，[tɕ, $tɕ^h$, ɕ]則被視爲[ts, ts^h, s]的同位音。這意思是說，[tɕ, $tɕ^h$, ɕ]分別是從[ts, ts^h, s]演變而來的。

然而，並非所有成互補配對的音素都可以看成同一音位。有時兩個音素雖呈現互補配對，兩者卻是獨立的音位。例如英語的[h]與[ŋ]在分布上便完全呈互補配對：[h]不出現在音節尾，[ŋ]不出現在音節之首。但一般音韻學家並不把[h]、[ŋ]看成同一音位，主要是因爲這兩個音並沒有相同的語音特徵；反觀客語[tɕ, $tɕ^h$, ɕ]與[ts, ts^h, s]兩組音具有相同的語音特徵：兩者均含有[+齒冠]的區別性特徵。像這類含有同一區別性特徵的音素，稱爲自然類音（natural class），唯有自然類音才比較可能來自同一音位。

重點複習

1. 何謂互補分布（complementary distribution）？
2. 請觀察後面國語[k,k^h,h]和[tɕ, $tɕ^h$, ɕ]的分布情形。

   ⑴ kei 給　⑸ k^hai 慨　⑼ hei 黑　⒀ $tɕ^h$iŋ 輕

   ⑵ kai 改　⑹ k^hou 口　⑽ hu 呼　⒁ ɕin 新

   ⑶ kuo 郭　⑺ k^huo 擴　⑾ hou 後　⒂ $tɕ^h$ie 切

   ⑷ kou 狗　⑻ hai 海　⑿ tɕin 緊　⒃ ɕie 謝

   請問[k,k^h,h]和[tɕ, $tɕ^h$, ɕ]這兩組是否呈互補分布？如果不是，請找出最小配對，如果是，請指出它們出現的位置。
3. 請觀察後面布農族語言的[u]和[o]的分布情形。請問[u]和[o]是否呈互補分布？如果不是，請找出最小配對；如果是，請指出[u]和[o]的出現位置：

   ⑴ ʔiko 脊背　⑸ baino 豆子

   ⑵ mua 棉花　⑹ autuk 兔子

   ⑶ taŋkui 瓜　⑺ babo 山豬

   ⑷ tuik 松鼠　⑻ χu□bo 頭髮

4. 請觀察後面日本語的語料，並判定[ʃ]和[s]是否成互補分布？如果不是，請舉出證據，如果是，請指出它們出現的位置。

(1) higaʃi	東方	(4) ʃimasu	做	(7) ʃizu	地圖
(2) uʃi	房子	(5) sensei	先生	(8) sora	天空
(3) sake	酒	(6) ʃita	在下	(9) san	三

㈢自由變體（free variants）

有時候，某一個字音會因個人的偏好，或其他相關因素而有不同的唸法，例如閩南話的「鼠」有時唸成[tsʰi]，有時唸成[tsʰu]，完全無法預測，這種現象稱爲自由變讀（free variation），或自由變體（free variants）。除了具有自由變體的少數某些字音位外，閩南話的[i]和[u]是有辨義作用的，因爲[ki]「機」和[ku]「龜」、[sin]「新」和[sun]「孫」各有不同的意思。

自由變體的例子也可由英語的button爲例，有人會唸成[bʌtən]，也有人會唸[bʌʔn]，但是這個[t]和[ʔ]之間的變換並沒有規律，全依個人的心情或講話時的快慢而定，是爲自由變體的好例子。

然而如果一音多讀的現象成爲有系統地因地區的口音而不同，這時便不再是自由變體，而是方言（dialect）了。如澎湖地區的某些方言把「豬」固定唸成[tu]，而臺灣本土的閩南方言大都把「豬」唸成[ti]，這不是自由變體，而是方言不同的緣故。又如day在澳洲大多數地區唸爲[dai]，可是大多數的美語地區將day唸成[dei]，使得美語人士有時會把澳洲人的「Where are you going today?」聽成「Where are you going to die?」。像這種情形都是因爲方言不同所引起的誤會。

重點複習

1. 何謂自由變體（free variation）？
2. 請看後面的語料，並指出哪些音是自由變體，並舉出實例說明之。

(1) vuri	冬天	(4) tohesi	橄欖	(7) hiri	老鷹
(2) tohesu	橄欖	(5) wuri	冬天	(8) worul	書桌
(3) vorul	書桌	(6) yamuro	松鼠	(9) lamore	燈

二、辨異徵性

傳統語言學認為音位是語音的最小結構單位，但這種觀念由於衍生音韻學的創立而有了改變。從喬姆斯基（Noam Chomsky）及哈雷（Morris Halle）所寫的《英語的語音系統》（*The Sound Pattern of English*，簡稱SPE）在1968年出版以來，現代音韻學家都接受「音位並非語音的最小單位，因為每個音位都還能再進一步畫分為更多的辨異徵性（distinctive features）」，意思是說：辨異徵性才是語音的最小結構單位。本節將介紹辨異徵性的結構、辨異徵性的自然類音（natural class），以及為什麼要有辨異徵性等三個子題。

(一)辨異徵性的層次結構（hierarchical feature structure）

所謂辨異徵性是指用於區分音位或音段的徵性。第二章已經提過：辨異徵性與發音部位和發音方法有密切關係。每個辨異徵性都有兩個值：正（＋）或負（－）。例如[b]、[p]（ㄅ）、[pʰ]（ㄆ）、[m]（ㄇ）、[f]（ㄈ）、[v]等六個子音的發音都與嘴脣部位有關，因此具有[＋脣音]的辨異徵性。然而，這六個子音也因氣流的持續與否而各有差別，前四者利用雙脣的閉合阻止氣流的持續，[f]和[v]則是利用上齒下脣的咬合摩擦使氣流得以持續。換句話說，前面六個音雖然都與嘴脣的發音部位有關，它們卻可依氣流的持續與否分成兩類：

(8)

	b	p	pʰ	m	f	v
[脣音]	＋	＋	＋	＋	＋	＋
[持續]	－	－	－	－	＋	＋

(8)中像[持續]之類的發音方法徵性，足以供我們區分音段的差別，叫作辨異徵性。每個辨異徵性具[＋]/[－]值，而且用中括號[ ]來表示，例如(8)的六個音均為脣音，在[脣音]這個辨異徵性上均得到正值。但就[持續]特徵而言，只有[f]和[v]才得到正值，表示只有[f]和[v]才是氣流可以持續的音，其餘四個音[b, p, p^h, m]發音時氣流無法持續，所以叫作塞音（stop）。一如其他的語言學入門教科書，我們也把鼻音看成具有[－持續]徵性的音段。複習了辨異徵性的概念後，我們以最簡短的方式分別檢視子音與母音的相關辨異徵性，首先探討與子音有關的特徵。

辨異徵性主要以發音語音學為基礎。在第二章的語音學裡，我們以喉頭（larynx）為分界，喉頭以上的語音稱為喉上音（supralaryngeal sounds），喉頭以內稱為喉音（laryngeal sounds）。因此，語音可以看成具有例(9)的結構，分為喉上音與喉音：

(9)

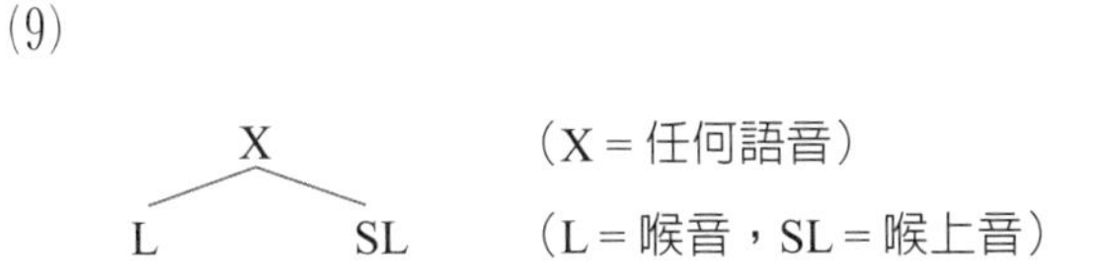

喉音指與喉頭有關的發音方式，而喉頭主要是由兩片聲帶（vocal cords）及聲門（glottis）所組成。氣流從肺部送到喉頭時，若聲門緊閉，氣流就會撞擊到聲帶，這時所產生出來的是有聲語音，具有[＋有聲]的辨異徵性，如所有的母音[a, i, u, e, o]、滑音[y, w]、流音[l, r]，及有聲子音[b, d, g, ð, z, v, ʒ, dʒ]等；反之，如果聲門張開，氣流直接衝出聲門就不會引起聲帶的振動，這時所產生出來的就是具有[－有聲]的無聲語音，如[p, t, k, θ, s, f, ʃ, tʃ]等。再者，在無聲塞音裡，又常以[送氣]辨異徵性，作為送氣與不送氣子音的區別，例如[p^h, t^h, k^h]為送氣塞音，而[p, t, k]為不送氣塞音。簡而言之，在喉音之下，還有[有聲]及[送氣]兩個辨異徵性：

(10)

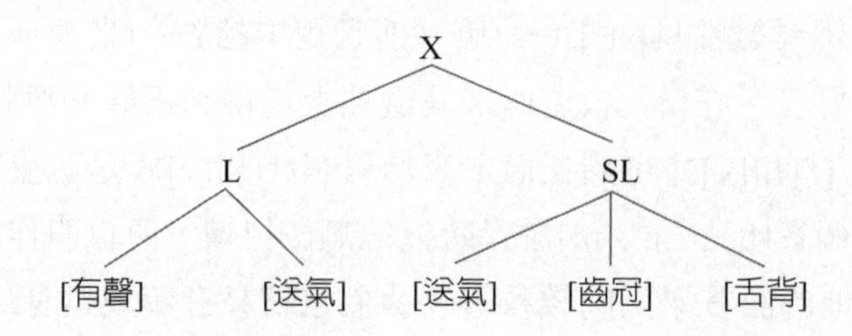

喉上音主要為發音部位，而發音部位主要又分為脣音（labial）、齒冠音（coronal）及舌背音（dorsal）。脣音包括傳統語音學的雙脣音（bilabials），如[b, p, pʰ, m]，及脣齒音（labio-dental），如[f, v]。齒冠音的範圍較大，因而以[前]（[anterior]）作為辨異徵性，屬於齒齦（alveolar）之前的[t, d, ð, θ, s, z, n, l, r]為[＋前]音，屬於齒齦之後的[ʃ, ʒ, tʃ, dʒ]等為[－前]音。和舌背有關的語音包括舌根音[g, k, kʰ, ŋ]及母音，因此語音學家認為舌背又區分為[高]（[high]）、[低]（[low]）、[後]（[back]）等三個辨異徵性，這三個徵性主要用以區分母音，但是舌根音也歸為具有[高]徵性的子音。總結前面的敘述，目前所討論的語音辨異徵性層次結構（hierarchical feature structure）如下：

(11)

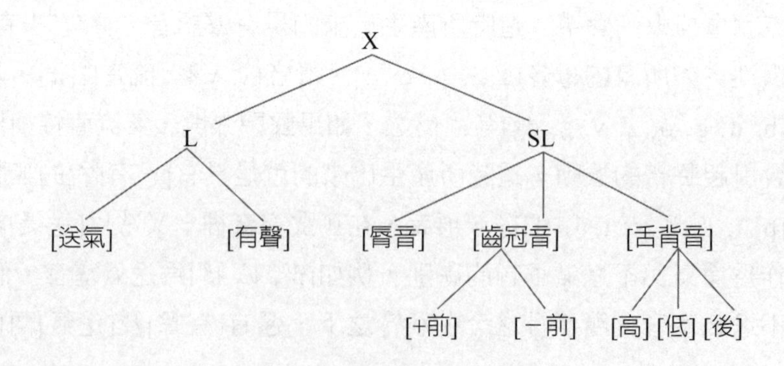

辨異徵性除了和發音部位（place of articulation）有關的辨異徵性之外，還有以發音方式（manner of articulation）為基礎的徵性，例如用以

區分氣流腔道的[鼻音]把氣流從鼻腔流出的語音如[m, n, ŋ]和鼻化母音如[ĩ, ã]等歸爲[＋鼻音]，而發音時氣流從口腔流出的稱爲[－鼻音]。其次，我們用[持續]這個徵性來區分語音的氣流是否持續，例如屬於[－持續]的是塞音[b, d, g, p, t, k, p^h, t^h, k^h, m, n, ŋ]和塞擦音（affricates）[tʃ, dʒ]；而摩擦音（fricatives）[f, v, ð, θ, s, z, ʃ, ʒ]則爲[＋持續]音。和發音方法有關的還有[響度]這個徵性。具有[＋響度]特徵者，包括滑音（glides, 如[y]及[w]）、流音（liquids, 如[l]及[r]）、鼻音（nasals, 如[m, n, ŋ, n]）。其他的子音〔即傳統上所謂的阻擦音（obstruents）〕，包括摩擦音（如[f, v, s, z]）、塞擦音（如[ʨ, $ʨ^h$]）、塞音（如[p, t, k]）等則屬於[－響度]的子音。最後，有個用以區分[l]和[r]的徵性是[邊音]（[lateral]）：只有[l]屬於[＋邊音]，其他語音都是[－邊音]。前述和發音方法有關的辨異徵性被認爲是異於喉上音及喉音，而且也不互相統屬，見例⑿：

⑿

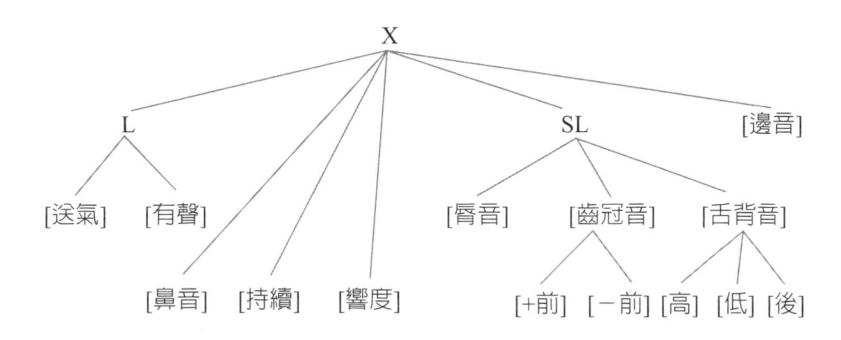

例⑿總稱爲辨異徵性的層次結構圖。不過，語音學還把語音分爲：母音、子音、流音（liquids）、滑音（glide）等四個類別。對應於語音學，音韻學也用[成節]（[syllabic]）和[子音]（[consonantal]）兩個徵性來畫分這四個語音類別：

⒀

	母音	**子音**	**滑音**	**流音**
[成節]	＋	－	－	＋
[子音]	－	＋	－	＋

再者，子音之中又分為兩大類：響音（sonorants）與阻擦音（obstruents）。滑音、流音、鼻音因具有或多或少的響度（sonority），統稱為響音。其他的子音如塞音（stops）、摩擦音（fricatives）、塞擦音（affricates）等由於發音時氣流在口腔內受阻而產生或多或少的摩擦現象，統稱為阻擦音。於是辨異徵性理論用[響音]來區分這兩種子音的類別，具有[＋響音]（[sonorant]）的子音有滑音、流音及鼻音，而這三種語音之間的差異性則靠[鼻音]這個徵性來區分，見例⒁：

⒁

	滑音	流音	鼻音	塞音	摩擦音	塞擦音
[成節]	−	+	+	−	−	−
[子音]	−	+	+	+	+	+
[響音]	+	+	+	−	−	−
[鼻音]	−	−	+	−	−	−

⒁所討論的[成節]、[子音]、[響音]及[鼻音]等四個徵性稱為主要辨異徵性（major distinctive features）。其他像前面所提及的[唇音]及[持續]等是描述子音的徵性，其中[唇音]（[labial]）、[齒冠]（[coronal]）、[舌背]（[dorsal]）等和發音部位有關的稱為部位徵性；而[有聲]、[送氣]、[持續]、[邊音]、[捲舌]等則稱為方式徵性。

重點複習

1. 何謂辨異徵性（distinctive features）？為何需要辨異徵性？
2. 請觀察後面蘇丹語的語料（語料取自Cohn, 1993:338）。

ɲiãr	尋找	ŋĩsər	私奔	ŋãwih	延伸
ɲãũr	說	ŋĩwat	乾燥	ŋũliat	改變
ɲãiãn	濕	nũʔũs	涼快	ŋõbah	富有
mãwur	伸展	nĩʔĩs	昂貴	bɨŋhãr	安排
mihãk	選邊	mãhãl	歌唱	ŋãtur	追求

ŋũdag　高處　mãrios　受傷　ŋãyak　後者

ŋãluhuran　範例　ŋãrahɨtan　轉移

請問：

(1) 這個語言的[鼻音]徵性有何特色？

(2) 這些語料可以證明每個語音都可以分成喉音（larynx）及上喉音（supralarynx），請找出這些證據。

3. 請觀察後面馬祖話（閩東語）的韻尾與聲母的語音變化。

原讀音

kang keih	→	kang ngeih	柑橘
tsyong kung	→	tsyong ngung	將軍
nœyngk^hah	→	nœng ngah	儂客
sang k^hauh	→	sang ngauh	山窟
lang hua	→	lang ngua	蘭花
teing hung	→	teing ngung	訂婚

請問：

1. 這些語詞都有兩個音節，原讀音第二音節的聲母有什麼共同的語音徵性？

2. 變音之後，第二音節的聲母發生了什麼變化？

(二)自然類音（natural class）

凡是具有相同辨異徵性的音段稱爲自然類音（natural class）。例如[p, t, k, b, d, g]都具有[－持續]的徵性，因此它們自成一組自然類音。其中，[p, t, k]三者又同時具有[－有聲]的徵性，因此就[－有聲]的徵性而言，[p, t, k]另成一組自然類音。就[送氣]的徵性而言，[p^h, t^h, k^h]三者都是具有[＋送氣]的徵性，因此也自成一組[＋送氣]的自然類音。

具有相同徵性的音段可能會對某些音變規律特別敏感，正如具有相同基因的人很可能會罹患相同的疾病。以英語爲例，兩個母音之間的[d]和

[t]都會變成閃音（flapping sound）[D]如writer [ŕaiDɚ]（作家）、rider [ŕaiDɚ]（騎士）、letter [lɛDɚ]（信件）、ladder [lǽDɚ]（梯子）。爲什麼正好是這兩個音才有這樣的音變，而其他音卻不會呢？最好的解說就是：這兩個音同時具有[－持續，＋齒冠]兩個徵性，因此是自然類音，因此才會有相同的音變現象。

又如英語的聲母（onset）雖然允許兩個或兩個以上的子音，如blue, spring，但英語中卻沒有pm, mp, mv, fm, mf, vm, pv, pf等等開始的音節。爲什麼呢？細加探究，我們發現原來這些音都屬於[＋脣音]的自然類音。因此如果沒有辨異徵性和自然類音的觀念，則需要像*pm, *mp, *mv, *fm, *mf, *vm, *pv, *pf等逐一列舉，才能解釋。如今有了辨異徵性和自然類音的概念，只需要一條簡要的規則：「英語的聲母不能有兩個[＋脣音]」，就可以解釋爲什麼英語裡沒有兩個脣音並列的聲母了。

再看閩南語的鼻音。閩南語有兩種鼻音：鼻子音如[m, n, ŋ]及鼻化母音如[ĩ, ẽ, õ, ã]，這些鼻音都能單獨存在，因此都是閩南語的音位（phoneme）：

⒂

	鼻子音	中文語義		鼻化母音	中文語義
①	tam	「擔」（文讀）	④	sĩ	「生」（文讀）
②	tan	「單」	⑤	sẽ	「生」
③	taŋ	「東」	⑥	sã	「衫」

此外，閩南話有個鼻音異化（nasal dissimilation）限制：只要韻尾是鼻音，則韻核母音（nucleus vowels）或聲母都不能是鼻音。基於這個限制，閩南語沒有像*man, *maŋ, *õŋ等音節形式。特別值得注意的是：雖然閩南語的鼻輔音和鼻化母音的發音方式並不完全相同，但卻是具有[＋鼻音]徵性的自然類音，因此它們彼此會有異化功能：

⒃

① sĩã laŋ⟶siaŋ　　「誰＋人⟶誰人」

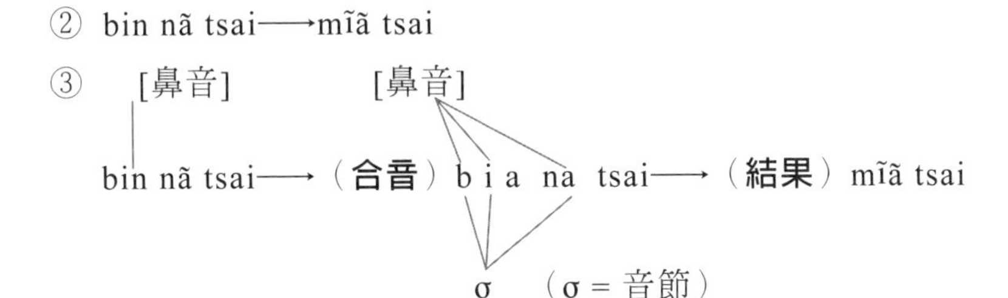

在(16①)裡，本來是鼻化母音的[sĩã]和含有鼻音韻尾的[laŋ]合併成新的音節[siaŋ]時，原來的鼻化母音就因爲鼻音異化的限制，而改爲沒有鼻化的[ia]。這種情形，絕對不是以前還沒有使用辨異徵性或沒有自然類音觀念的語音學所能解釋的，這就是爲什麼要有辨異徵性的原因。

又如臺灣閩南話的bin nã tsai（明天早上）唸快點會合成mĩã tsai，爲什麼bin（明）的鼻音韻尾在合音過程之中被消除之後，它的鼻音還會保留下來呢？顯然[鼻音]作爲徵性有它自己的生命，不會因爲[n]音的消失而消失。這個合音過程，若以(16③)來解說會更加清楚。

從(16③)的圖示可以看出：當bin的[n]無法納入新音節的結構之內而必須消失時，屬於它的鼻音徵性卻還存在，後來連接到bia的新音節之上，結果產生鼻化音節[mĩã]。如果沒有辨異徵性理論爲基礎，這種音韻現象，絕對無法圓滿地說明清楚，這再度證明音韻理論中辨異徵性的必要性。

重點複習

1. 何謂自然類音（natural class）？
2. 請寫出代表下列各個語音的自然類音徵性：

例：[b], [p], [m], [f]	[+脣音]
(1) [m], [n], [ŋ], [l], [r], [j]	
(2) [i], [e], [æ]	
(3) [f], [t], [s], [d], [ð], [θ]	
(4) [t], [d], [s], [ʒ], [ʃ], [ð], [dʒ]	
(5) [z], [d], [m], [j], [r], [l], [ʒ]	

3. 自然類音都可能會有相同的語音改變，請從下面的查地諾（Chatino）語料來說明自然類音在音韻規則上的方便性，在怎樣的情況下，會有無聲母音的出現呢？注意：大寫的字母表示無聲母音（語料取自Kisseberth and Kenstowicz, 1976:40）。

kAtá	將要洗澡	siyú	果汁
kIsú	水果名	sulá	打開
kUsUʔwá	將要送	tiyé	胃
sEʔé	地方	laʔá	邊
šIʔé	說	loʔó	何處
tAʔá	節日	ndikí	在燃燒
tIhí	水	nguší	番茄
tUʔwá	嘴	kíʔ	火
kinó	桑代	háʔ	草墊

4. 請看後面的Angas語的響音分布，請問在哪個位置上的響音會變成無聲？（無聲響音指下標有。者，語料取自Halle and Clements, 1985:45）

(1) mut	死	(7) kwal̥	結
(2) ntaŋzum̥	蜂	(8) mɓɛlm̥	舔
(3) nuŋ̊	使成熟	(9) sir̥	諒解
(4) mbanŋga	鼓	(10) ʔara	路
(5) nebyel̥	花名	(11) kʷɔnsar̥	手指
(6) li:li:	慢	(12) nfʷarm̥	感冒

㈢冗贅特徵（redundant features）

辨異徵性分為兩種：可預測的徵性和不可預測的徵性。以英語為例，且先看英語的cat和can兩個語詞內每個音段的徵性組合：

(17)

① cat [k^hæt]

k^h	æ	t
[－持續]	[+低]	[－持續]
[－有聲]	[－後]	[－有聲]
[＋舌根]		[＋齒冠]
[＋送氣]		[－送氣]

② can [k^hæ̃n]

k^h	æ̃	n
[－持續]	[+低]	[－持續]
[－持續]	[+低]	[－持續]
[－有聲]	[－後]	[－有聲]
[＋舌根]	[+鼻音]	[＋鼻音]
[＋送氣]		[＋齒冠]

首先，為什麼英語要選用[k]、[æ]、[t]等三個音段來表示「貓」的語音及語義呢？這正如漢語用[mau]這個音來表示「貓」一樣的武斷，一樣的不可預測。想想，如果古代人把「貓」稱為[kou]，我們現代人也一定會用[kou]來稱呼「貓」。

其次，[k]之所以有[－持續]、[－有聲]、[＋舌根]等徵性也是無法預測的，因此[k]和這些徵性的關係也是武斷的。至於英語[k^hæt]中的[k^h]要送氣，卻是可以預測的，因為英語[p, t, k]若在音節最前面一定要送氣，這個規律是英語人士語言能力的一部分，因此當他們說別國語言的時候，也很自然地會把這個規律應用上去，這也是為什麼美國人老是把「臺北」唸成[t^hai p^hei]的原因，因為「北」是個單獨的音節，位於音節最前面的[p]到了美國人的語言能力之中，自然要唸成送氣的[p^hei]。

又如(17②)中[k^hæ̃n]的母音鼻化現象也是可以預測的，因為所有英語的母音只要是出現在鼻音之前，就會有鼻化的現象。可以預測的徵性稱之為冗贅徵性（redundant features）。所有冗贅徵性都是音韻規則所附加上去的（specify），因此在描述語音的變化之時，不必寫出冗贅徵性。基於這個觀念，音韻上的語音變化只是徵性的變化，而不是整個音段的變化。

重點複習

1. 何謂冗贅徵性（redundant features）？有何特性？
2. 觀察後面語料中[p, t, k]和[b, d, g]的分布。請問：[有聲]是冗贅徵性嗎？為什麼？

(1)	lap 中間	(5)	yirot 打球	(9)	tabenu 小房子
(2)	tʃurt 海水	(6)	lebimo 笑	(10)	tidime 矮木
(3)	kubeni 橘子	(7)	tsogu 杯子	(11)	kolit 多嘴
(4)	ʃuik 去	(8)	hodolu 紅色	(12)	ligiza 來

3. 觀察後面語料中的母音鼻化現象。請問鼻化是冗贅徵性嗎？為什麼？要如何預測？

(1)	tanũbo 麵包	(4)	kaŋõli 高	(7)	gronũũr 心
(2)	mõluv 吃	(5)	nẽruso 乾菜	(8)	ŋĩkno 花園
(3)	sulrun 哭	(6)	empoli 水桶	(9)	aŋõsri 罵

4. 回頭看看前一小節的查地諾語（Chatino），請問該語言的母音的[-有聲]是不是冗贅徵性？為什麼？

三、音韻的理論架構

衍生音韻學最中心的理論架構（framework of phonology）如圖2-1：

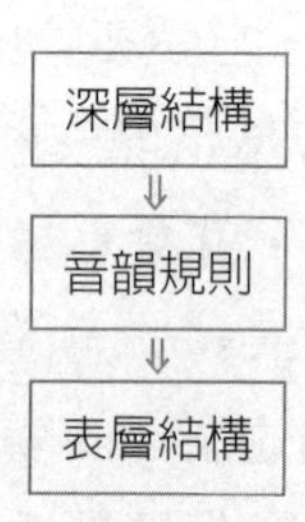

圖2-1 理論架構。

換言之，在衍生音韻學理論裡，音韻的研究首要之務在於先找出音韻規則，才能理解深層結構（deep structure）和表層結構（surface structure）之間的關係。面對這樣的架構，你可能會問：爲何要有深層和表層結構呢？是否可以直接使用其中一層結構呢？

回答這個問題之前，且先回頭來看國語/ian/和[ien]之間的關係。在本章最前面的引言裡，我們討論過國語的/ian/爲什麼要標注成/ian/（ㄧㄢ），而唸成[ien]的原因：如果沒有注成/ian/，則無法說明/ian/和/an/之間的押韻關係，也無法說明爲什麼有些漢語方言裡還有/ian/讀成[ian]的現象。另一方面，如果沒有[ien]的讀音，則無法說明[ien]其實是源自於/ian/韻。因此國語/ian/和[ien]之間的關係證明了深層及表層結構的必要性。又如(16②)所討論的閩南語合音現象，如果沒有/bin nã tsai/的深層結構概念，則無法說明[mĩã tsai]是從哪裡變化而來的。由此可知，兩層結構的觀念在音韻分析裡的確扮演了很重要的角色。

深層結構又稱爲音韻結構（phonemic structure）或底層結構（underlying structure），有時也稱爲基本結構（basic structure）；表層結構又稱爲語音結構（phonetic structure）。

㈠音韻規則的寫法

音韻規則通常寫成：

⒅

① A→B / C_____

② A→B / _____ C

③ A→B / C_____D

④ A→B / #_____

⑤ A→B / _____ #

(18①)讀成A在C之後會變成B，(18②)則讀成A在C之前會變成B。畫底線的部分表示原始語音A出現的位置。同理，(18③)表A在C和D之間時會變成B，(18④)和(18⑤)的#分別表示字首或字尾。

形式上的規則，一般都要求使用辨異徵性來表示語音。所謂「形式上的規則」就是英語的formal rules，衍生語法通常要求以邏輯形式或比較正式的規則寫作方式來描述音韻規則，稱爲形式上的規則。比如說，英語的[p, t, k]在字首要發送氣音，形式上的規則要以⒆中的表示方式來寫成：

⒆

$$\begin{bmatrix} -\text{持續} \\ -\text{有聲} \end{bmatrix} \longrightarrow [+\text{送氣}] \,/\, \#\_\_\_$$

⒆中的[－持續]表明可能語音是[b, d, g]或[p, t, k]，而另一個徵性[－有聲]則排除了[b, d, g]，而只剩下無聲的[p, t, k]了。換言之，我們只要有了[－持續，＋有聲]的徵性，即很明確地表示參與變化的語音是[p, t, k]。建議初習音韻學的入門讀者，如有心要學好音韻學，應該好好掌握辨異徵性的寫法。

㈡音韻規則的型態

從前述音韻規則的寫法裡，我們發現語音之所以產生變化，必然與其前後的語音有關。就型態而言，音韻的變化只有兩種：同化（assimilation）或異化（dissimilation）。同化指前後兩個語音在發音方式或發音部位上並不很相同或不相似，爲了使發音更容易些，而把其中一個語音改變成趨於相同或近似另一個語音。異化則由於前後兩個語音在發音方式或發音部位相同，以致引起發音上的困難，爲便於發音而必須調整其中一個語音或改變兩個語音的環境。

「同化」最好的例子其實就是英語的assimilation（同化）這個單詞。英語assimilate一字來自於希臘文的at simile，由於希臘文中[t]的後面如果是[s]，則[t]會變成[s]，因此希臘文中的at simile實際上讀成[assimile]，這個字借入英語之後很自然地變成assimilate，不但語義借用，在語音的變化上也是個很好的例子。像at simile讀成assimile是因爲後面的語音影響了前一個語音的變化（A⟶B / ___ B），這種同化現象稱爲逆向同化（regressive assimilation）。英語中，逆向同化的例子很

多，例如

⑳

① in + legal ⟶ illegal　　（不合法的）

② in + regular ⟶ irregular　　（不規律的）

③ in + port ⟶ import　　（進口）

臺灣閩南語的逆向同化也不少，其中最常見的是：

㉑

① sin + pu ⟶ sim pu　　（新婦[媳婦]）

② sin + biŋ ⟶ sim biŋ　　（神明）

反之，如果前一個語音影響後一個語音而產生的同化（A⟶B / B___)就稱為順向同化（progressive assimilation）。例如英語第三人稱單數動詞之後-s的讀法本來唸[z]，但是如果-s接在無聲子音之後，則要改唸成[s]。換言之，這是由於前面的無聲子音影響了[z]的讀法，使它變成了無聲子音[s]，例如

㉒

在有聲子音之後的[z]	**在無聲子音之後的[z]改唸成[s]**
plays	walks
warns	stops
calms	wants
begs	laughs
lives	myths

相比鄰的的兩個音，並不一定是前一個影響後一個，也不一定是後一個影響前一個，有可能是兩者相互影響。這種前後語音相互影響的現象稱為相互同化（mutual assimilation）。漢語方言中的莆仙方言為「相互同化」提供一個很好的範例。莆仙方言的鼻音韻尾會受到後面詞語發音部位

的影響，且後面詞語的聲母，也會受到前一音節的鼻音尾的影響而變成鼻音，見例㉓（語料取自劉秀雪，2002）：

㉓

① n pe ⟶ m me 「不賣」 ④ an pʰi ⟶ am mi 「紅鼻」

② kaŋ piŋ ⟶ kam miŋ 「江邊」 ⑤ in miŋ ⟶ im miŋ 「影片」

③ ŋ mo ⟶ m mo 「黃髮」

簡而言之，A和B兩個語音並列時，同化的現象有時會是前一個音影響後一個音，也可能後一個音影響前一個音，也可能兩者相互影響。不過，同化還可以從質的內容來分類。像(20①)和(20②)之類會使語音完全變成另一個語音的現象，稱爲完全同化（total assimilation）。至於像(20③)例中只有發音部位的同化，或像㉓只有發音方法的同化，稱爲部分同化（partial assimilation）。

如果比鄰的兩個語音會產生發音困難的情況，爲了要使發音方便，而做的改善措施稱之爲異化。兩個語音在一起，如果產生異化，有可能發生語音刪除（deletion）、語音增加（insertion）、語音移位（metathesis）等現象。

爲了破除異化在發音的困難，最常見的策略就是把其中之一刪除。例如英語的[m]和[n]比鄰時，就將字尾[n]的語音刪除，如autum<u>n</u>, colum<u>n</u>, hym<u>n</u>等等均爲明顯的例子。又如英語的[m]和[b]都是雙脣音，比鄰時也會導致發音的困難，結果把[m]之後的[b]刪除掉，例如clim<u>b</u>, com<u>b</u>, bom<u>b</u>等等。然而，如果[m]和[n]或[b]不在同一音節時，則不會形成發音的困難，也因此沒有任何音會遭到刪除（我們用∅表刪除）：

㉔

① [n] ⟶ ∅ [n]被保留

autumn[ɔ́təm] autumnal[ɔ́tm<u>nəl</u>]

column[kάləm] columnist [kάləmnɪst]

② [b] ⟶ ∅　　　　　　　[b]被保留

　bomb [bɔm]　　　　　bombast [bɔ́mbæst]

　comb [kɔm]　　　　　combat [kámbæt]

比鄰的兩個語音形成發音困難時，另一種有效的方法就是在兩者之間增加另一個語音，使發音上的困難消失於無形。例如英語的過去式詞素[d]如果接在另一個齒齦音[t]或[d]之後，則會形成[td]或[dd]的連音，必然會產生發音困難。這時英語採用語音增加的方式（在[td]和[dd]之間加個[ɪ]），避免了發音的困難：

(25)

① [d]接在[t]之後

　wanted　　　[wɑntd ⟶ [wɑntɪd]

　seated　　　[sitd] ⟶ [sitɪd]

② [d]接在[d]之後

　needed　　　[nidd] ⟶ [nidɪd]

　guided　　　[gaidd] ⟶ [gaidɪd]

另一個破除異化，解決發音困難的方式是讓原本不好發音的兩個語音對調位置（metathesis），例如「wasp」在古英文裡本來唸[wɑps̱]，因爲[ps]在詞尾唸起來很拗口，而移位成爲[wɑsp]。不過移位現象多發生在阿拉伯語及印度語之中，在此不再多舉例說明。

重點複習

1. 何謂同化（assimilation）？依方向，同化又可分為哪幾種？依音質的變化，又有哪些同化類別？
2. 何謂異化（dissimilation）？異化的結果可能會有哪三種音變？
3. 請看後面美國亞利桑納州印地安帕帕戈人（Papago）的語料（語料取自Kisseberth and Kenstowicz, 1976: 37）：

tatai	腱	ʃinig	移動嘴唇	ʃigitog	思考
tatal	舅舅	ʃikpan	工作	ʒiwhiadag	到達
tamš	口香糖	daswua	堆積	ʃilwin	摩擦
tohnto	貶低	doaʒida	跟蹤	ʒuhki	雨
tokih	棉花	ʒigos	去頭皮	ʃiposid	品牌
codsid	嚇到	ʒuni	乾果	ʒusukal	蜥蜴
ʃuagia	網織袋	dakpon	滑倒	ʃukma	黑暗
ʃuʃul	雞	doʔag	山		

請問：

(1) [*t*]/[ʃ]和[*d*]/[ʒ]呈現了怎樣的分布情形？

(2) 有何規則可以解釋這種分布？這種規則是同化規則還是異化規則？

4. 請看後面的語料：

第一人稱		第二人稱
kumil	洗手	kumilul
zufrel	拜訪	zufrelul
bupdap	讀書	bupdapl
tenson	買菜	tensonl
garulis	講話	garulisl
labunit	看	labunitl
gokmir	忘記	gokmirul

請問：

(1) 第二人稱的後綴（suffix）有哪兩種？

(2) 第二人稱有些後綴的/u/是因為同化或異化加上去的？

四、自主音段的音韻理論

前述的音韻規則及觀念主要是建立在以《英語的語音系統》（SPE）爲基礎的理論架構上。後來，面對著像曼得語（Mende）聲調的語料，明知兩個音節的聲調是由單音節的聲調演化而來，卻很難用A ⟶ B / ___ C之類的規則來表達，於是有了自主音段音韻理論（Autosegmental Phonology）的萌芽。

㈠緣起與背景（general backgrounds）

曼得語是非洲班圖語（Bantu）的一支，共有四個聲調：高調、低調、低高調及低高低調，爲了和文獻上接軌，我們以低母音[a]作爲標調的範例，其中：[á]＝高調，[à]＝低調，[ǎ]＝低高調，[`â]＝低高低調：

⑵6

調型	單音節	中譯
① 高調	mbá	河流
② 低調	mbà	茅屋
③ 低高調	mbǎ	米
④ 低高低調	mbẵ	同伴

經過仔細比對，歌德史密斯（John Goldsmith）發現：原本是低高調的調型，在兩音節時，卻成了前一個音節是低調，後一個音節是高調的現象。在三個音節的語詞裡，原本低高的調型，成了第一個音節是低調，其他的音節則爲高調：

⑵7

調型	單音節	雙音節	三音節
低高調	σ̌	σ̀σ́	σ̀σ́σ́

而且更有意思的是，原來是低高低調的調型，只出現在單音節裡，因爲在雙音節裡，調型成了：第一音節是低調，第二音節是高低調。在三個音節的結構裡，調型成了：第一音節是低調，第二音節是高調，第三音節是低調。在四個音節的結構裡：第一音節是低調，第二音節是高調，第三音節是低調，第四音節是低調：

⑻

調型	**單音節**	**雙音節**	**三音節**	**四音節**
低高低調	σ̌̂	σ̀σ̂	σ̀σ́σ̀	σ̀σ́σ̀σ̀

面對這樣有趣的分布，以SPE爲本的音韻理論陷入了困境，因爲像[á]、[à]、[â]、[ǎ]之類的標音，無法解釋曼得語或其他非洲班圖語系的聲調現象。於是歌德史密斯（John Goldsmith）提出：聲調和音段是各自獨立在不同的音架（tier）之上，它們之間用連接線（association line）來連接，例如mba（米）的語調變化可以⒆來表示（H＝高，L＝低）：

⒆

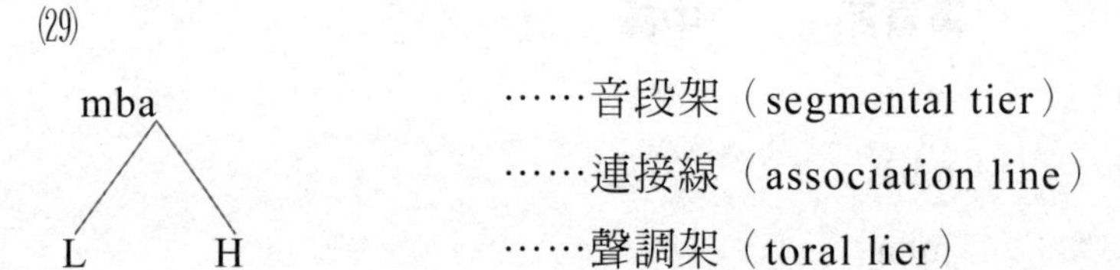

有了⒆的表示方法之後，歌德史密斯認爲像曼得語的聲調現象只須兩個規律來解釋：①音段和聲調的連接是從左到右；②每個聲調至少要連接一個母音。應用⒆的觀念，則曼得語低高調和低高低調的形成如後：

⒇

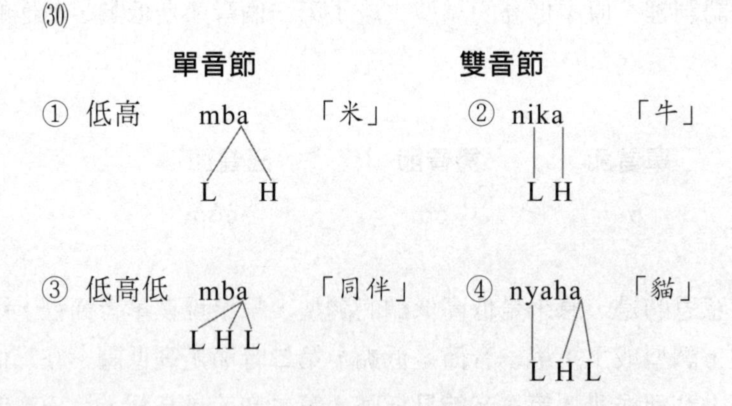

從⒇的圖示中可以明顯的看出這種分析方法的好處。首先，在底層結構裡，不論是單音節或是兩音節，每個字詞都有相同的調型，也就是mbǎ

（米）和nìkás（牛）的調型都是LH，在單音節裡因爲只有一個母音，所以L和H調都連接在同一個母音上，形成低高調型，如mbǎ。但在兩音節的字詞裡，從左到右連接的結果，變成低調（L）連在第一個音節，而高調（H）連在第二個音節，如nìkás。

同樣地，(30③)和(30④)的底層結構都是LHL 的調型。在兩音節時，第一個低調（L）連到第一音節。剩下的HL就只好連到第二個音節，形成(30④)的讀音。如果這個分析正確，表示在LHL的三音節字詞裡，會是每個音節一個調，且呈L-H-L的調型。結果，這樣的預測完全正確，如nìkílì（花生）。

歌德史密斯認爲音段和聲調都是各自獨立的語音單位，彼此不互相統屬，但又彼此相互依存，無法獨自存在，因此把這些單位都一律稱爲自主音段（autosegment），他的理論也就稱爲自主音段的音韻理論（Autosegmental Phonology）。自主音段的音韻理論與SPE或傳統的音韻學最大的不同處在於：SPE用A⟶B / ___ C之類的規則來表達的方式稱爲單線理論，因爲規則的寫法是單線式的。但在自主音段的音韻理論內，規則的寫法爲非單線式（non-linear），此架構也稱爲多線式架構（multi-linear framework）。

㈡自主音段音韻理論的應用（application of AP）

自主音段音韻理論發表之後，立刻被應用到各個領域，並且認爲不只音段和聲調各自獨立自主，音段和辨異徵性之間也呈相互依存，而又各自獨立的關係。例如我們在例⒃中所看到的閩南語的bin nã tsai（明天早上）合音之後變成mĩã tsai的過程中，也表現了[鼻音]徵性和音段[n]之間的關係：即使[n]遭到刪除之後，[鼻音]徵性還是存在的。又如英語的母音在鼻音之前會鼻化，如can[kæ̃n]，用單線式的寫法是(31①)，但用多線式的寫法是(31②)：

⒇

① [V]⟶[＋鼻音]/____ [＋鼻音]

②

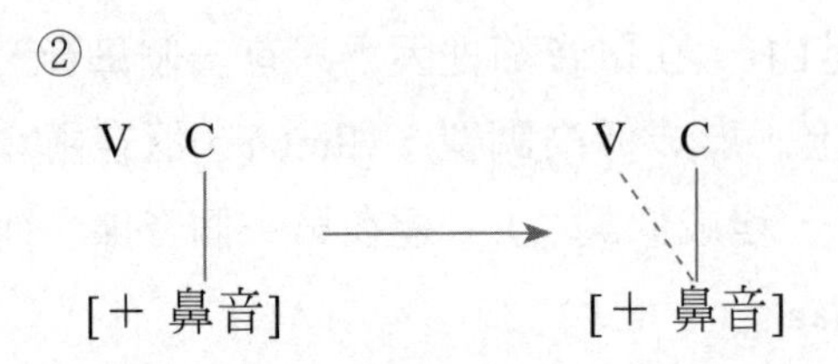

(31①)的規則只是硬性規定母音在鼻音之前要變成鼻音，但是(31②)的表示方式卻很明確地說明母音之鼻化是因爲其後面的子音之鼻音徵性延展（spread）到了母音的位置的緣故。對比之下，多線式的規則表示法不但能做描述，還有說明解說的功能，顯然更勝一籌。

自主音段的音韻理論在精神上有三點特別值得注意：穩定性（stability）、統一性（integrity）及不可分割性（inalterability）。所謂穩定性指某個自主音段絕不會因爲另一個本來連接的自主音段之消失後而消失，例如前面所提及的閩南語的[鼻音]徵性不會因爲他所連接的音段遭到刪除而消失。又如Lomongo語的第二人稱單數的前綴是[ó]，但是在母音起首的詞根之前，[ó]會變成滑音[w]，而聲調卻還是存在（Lomongo語的語料取自Kisseberth and Kenstowicz, 1976:135）：

(32)

	原詞	第一人稱單數	第二人稱單數	語義
①	saŋgá	ńsaŋga	ósaŋga	「說」
②	kambá	ŋ́kamba	ókamba	「工作」
③	éna	njéna	wéna	「看」
④	ísa	njísa	wísa	「藏」
⑤	iméjá	ŋ́jimeja	wîmeja	「同意」
⑥	iná	ŋ́jina	wîna	「恨」

(32①-②)的原詞本來都沒有聲調，詞尾上的高調是最後才加上去的，因爲在這個語言裡如果原詞沒有聲調，動詞詞尾必須加上高調，如果原詞有聲調，如(32③-④)的原詞具有高調，詞尾上就沒有聲調。但是原

詞上的高調在接了[ó]之後，高調會連接到[o]之上，而成爲[ó]。這時原詞上的高調由於後面的規律而遭刪除：

(33)　H⟶∅ / H ____　（高調在另一個高調之後必須刪除）

(33)是非洲語言學上很有名的繆孫規律（Meeussen's rule），繆孫是很有名的非洲語言學家，他發現很多班圖語言中的高調都會在另一個高調之後被刪除，後人爲了紀念他，而把該規則稱爲繆孫規律。有了這個背景，我們將(32③)的第二人稱單數[wéna]「看」的變調過程表示如後：

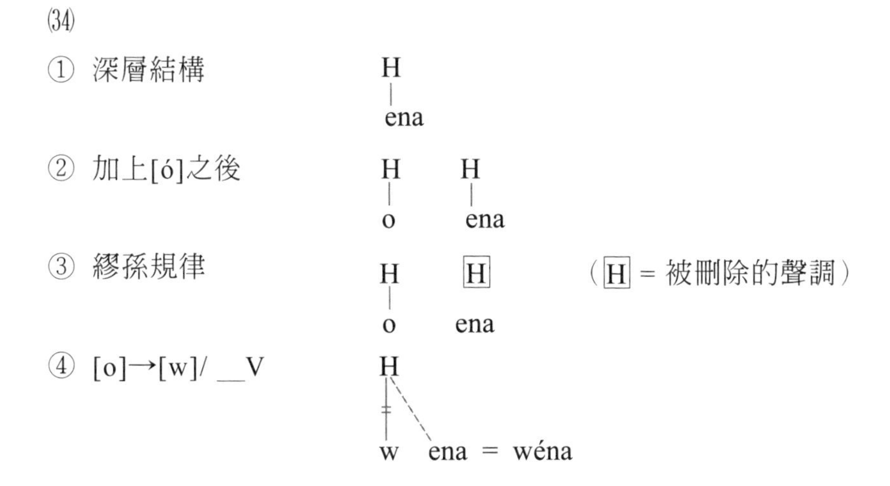

依據(34)，可見Lomongo語的高調在第二人稱單數詞頭變成子音而不能連接高調之後，原本的高調卻還是存在的，後來才得以延展（spread）到後面的音節，形成[wéna]的結果。我們由Lomongo的高調以及閩南語的[鼻音]徵性，證明了自主音段音韻理論的穩定性（stability）。

我們在(34)中討論到Lomongo語的[ó]變成[w]之後，由於子音無法連接聲調，而使聲調在某個時間點上成爲浮游聲調（floating tone）。由於浮游聲調的構想很能解釋音韻上的許多現象，遂有人更進一步地認爲也有天生的浮游聲調，稱爲幽靈聲調（ghost tone）。例如臺灣閩南語形容詞的三音節重複現象中的第一音節，永遠是35調：

(35)閩南語三音節重複之聲調類型

kim_{35} kim_{33} kim_{55}	「金金金」
k^huy_{35} k^huy_{33} k^huy_{55}	「開開開」
$lya\eta_{35}$ $lya\eta_{33}$ $lya\eta_{13}$	「涼涼涼」
twa_{35} twa_{31} twa_{33}	「大大大」

要解釋這種現象，最好的辦法就是假設臺灣閩南語形容詞的三音節重複構詞之中有個[35]幽靈聲調，只要是在三音節的重複構詞中，這個幽靈聲調就會出現。

既有幽靈聲調，表示也會有其他的幽靈自主音段。舉例來說，國語、閩南語和客家話都有個幽靈聲母（ghost onset）的位置。且以國語為例：

(36)

	國字	原音	讀音
①	好慢啊！	hau man a！	hau man na！
②	好忙啊！	hau maŋ a！	hau maŋ ŋa！
③	好怪呀！	hau kuai a！	hau kuai ia！
④	好好哇！	hau hau a！	hau hau ua！
⑤	好大啊！	hau ta a！	hau da a！
⑥	好心安！	hau sin an！	hau sin an！

仔細觀察(36)的語料，我們發現(36①-④)的語助詞[a]的前面都會多一個聲母（onset），而這個聲母正好和前一音節的韻尾相同，表示是由前一音節的韻尾延展（spread）而來的。由於(36⑤)在[a]之前的音節正好沒有韻尾，所以沒有韻尾延展的現象。然而和(36⑥)做個對比，我們即可發現：同樣是以[n]為韻尾，在(36①)中有韻尾延展，而在(36⑥)卻沒有韻尾延展的現象。為什麼呢？主要原因就是：語助詞的[a]的底層結構裡含有一個幽靈聲母的位置，才能使前一音節的韻尾得以延展過來：

(37)

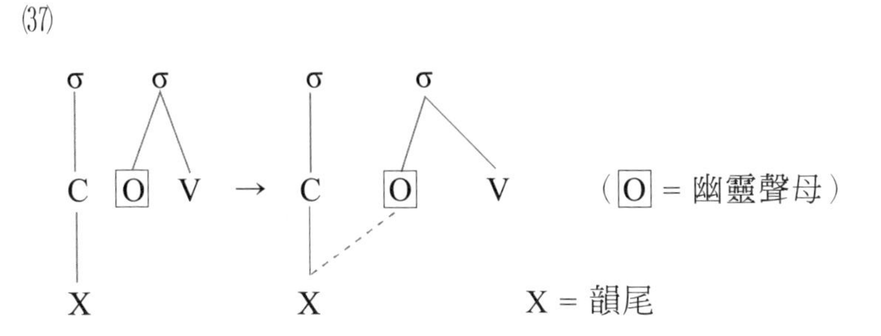

反之，作爲語詞或單詞的音節〔如(37f)〕，即使是個零聲母音節，它的前面也已經沒有幽靈聲母的位置了，所以不可能會引起韻母延展的結果。仔細思考，穩定性其實是自主音段音韻理論的精髓，因爲既然主張各個自主音段都在不同的音架之上，則顯然每個音段都能獨立自主又能用連接線做彼此之間的連繫。

統一性和不可分割性在本質上互爲表裡，兩者都和無雙原則（Obligatory Contour Principle，簡稱OCP）有密切關係。無雙原則的內容很簡單：

(38)**無雙原則**

在任何一個音架上，不能有連續相同的自主音段並列。

基於這個原則，連續的兩個高調（HH），其表示方法必然是(39①)，而不可能是(39②)，因爲(39②) HH是連續的兩個聲調，而且他們相同都是高調，而違反了無雙原則。有了無雙原則之後，前面所提到的繆孫規律也就不必使用了，因爲無雙原則也可以解釋繆孫規律所要處理的現象。在無雙原則的架構之下，雙子音（geminate consonants）[tt]的表示方法必然是(39③)，而不能是(39④)，因爲(39④)違反了無雙原則：

(39)

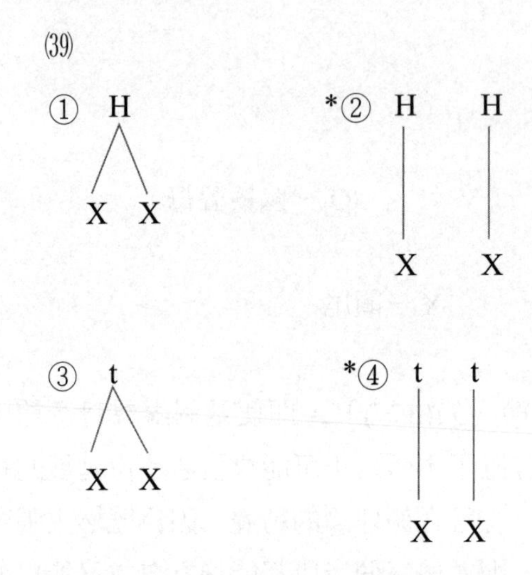

統一性（integrity）指像(39①)或(39③)的雙聲調或雙子音其實只有一個，只不過有了兩個時間單位〔X=時間單位（timing unit）〕而顯得比較長。因此如果它們遇到要音變的情況，它們應該在行為上如同一個自主音段。要明白這個觀念，我們把前面(40)的Lomongo語料重複於後：

(40)

	原詞	第一人稱單數	第二人稱單數	語義
①	saŋgá	ńsaŋga	ósaŋga	「說」
②	kambá	ŋ́kamba	ókamba	「工作」
③	éna	ńjéna	wéna	「看」
④	ísa	ńjísa	wísa	「藏」
⑤	iméjá	ńjimeja	wímeja	「同意」

請把焦點集中在(40⑤)之上。我們說過(40③、④)的原詞是高調，因此(40⑤)的聲調有兩種可能：

(41)

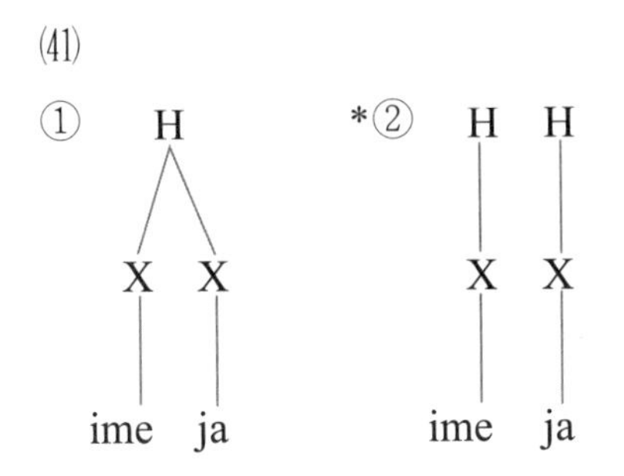

由於無雙原則不許可(41②)的表示方式，因此只有(41①)才是良好的方式。在第二人稱單數中，要加上[ó]的詞頭，於是有了(42①)：

(42)

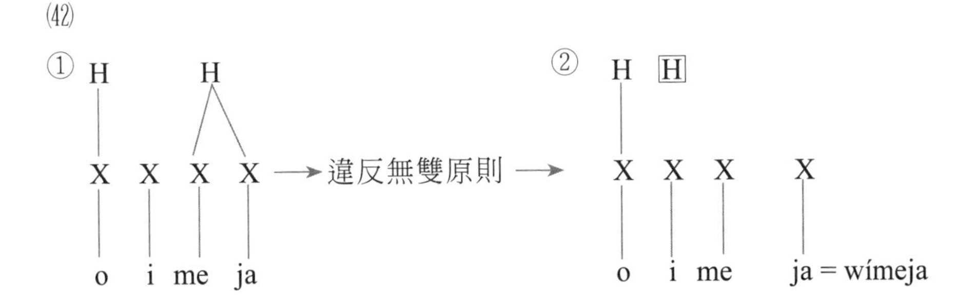

(42①)也違反無雙原則，因爲在聲調架上，有兩個連續的HH，因此在繆孫規律之下，第二個高調遭到刪除。結果只剩下一個高調，本來這個高調是前綴[ó]的，但是由於(34④)的規則，使前綴變成了半母音而不能再有聲調，於是唯一的高調就連到第一個母音之上，結果正好就是(40⑤)的語料。這樣的結果證明了自主音段音韻理論的統一性是正確可行的。我們前面討論過的國語韻尾延展也是另一個支持統一性的好範例。

最後，如果雙子音[tt]是(39③)，而且統一性又有語料支持，則不可分割性要求：[tt]是不可分割的，因此不可能會只有其中一個改變而另一個不改變。例如希臘語的[t]在[s]之前會變成[s]，例如/at simile/→[as simile]。但是這個規則卻無法改變[tt]，例如latt sile。可見雙子音不會只有其中一個改變，也證實不可分割性有存在的必要性。

重點複習

1. 後面是非洲南部的辛巴威語（Zimbawe）的聲調現象（語料取自於Odden, 1995）。簡而言之，表介系詞的né（和）本來就有個高調（high tone），其他具有高調的名詞在né之後都會變低調。

	原詞		介系詞之後	
(1)	mbwá	狗	né-mbwa	和狗
(2)	hóvé	魚	né-hove	和魚
(3)	mbúndúdzí	軍蟲	né-mbundudzi	和軍蟲
(4)	hákátá	骨	né-hakata	和骨
(5)	bénzìbvunzá	笨蛋	né-benzibvuzá	和笨蛋

請問：

(1)要如何解釋這種聲調變異現象？

(2)如何證明無雙原則（OCP）的存在？

(3)要如何解釋　　(5)（笨蛋）的最後一個高調？

2. 北京話很有名的兒化韻是把名詞和兒（ər）唸成一個音節，後面是一些例子。

請問：

(1)為何[ŋ]被刪除後，[鼻音]徵性還存在？這在音韻理論上叫作什麼？

(2)如何解釋兒化韻中母音鼻化的情形？

(1) huaŋ + ər ⟶ hũãr（黃兒）

(2) paŋ + ər ⟶ pãr（蚌兒）

(3) tɕiaŋ + ər ⟶ tɕiãr（江兒）

㈢自主音段的音韻理論內的音節觀念

自主音段的音韻理論重新詮釋了音節的結構。以前在SPE的時代，音節被看成CV，而不太重視音節內在的結構及其重要性。然而，我們可以從三個理由來說明音節的重要性：規則的範疇、音節內在結構、音節和語言知識。

首先，音節常常是某個音韻規律的範疇。例如我們前面已經討論過的英語鼻音異化：在同一音節內[n]在[m]之後要刪除掉，例如autumn [ɔ́təm]，column [kʌ́ləm]等字中的最後的[n]都消失了。如果[m]和[n]在不同的音節時，則都可以並存，例如autumnal [ɔ́təmnəl], columnist [kʌ́ləmnɪst]，顯然音節很重要，如果沒有音節的概念，則很難解釋什麼時候[m]之後的[n]要刪除，什麼時候要保留。

再者，音節的內在結構也很重要。例如英語的音節可依據內在結構分爲重音節（heavy syllable）及輕音節（light syllable）。重音節指母音後必須要有子音或母音，換言之，結構像CVV或CVC的稱爲重音節。而輕音節指只有母音，也即母音之後不接任何子音或母音者如V或CV之結構：

(43)

英語音節的種類

① 輕音節：	(C)V	例如about [əbáut]
② 重音節：	(C)VV	例如either [áiðɚ]
	(C)VC	例如atom [ǽtəm]

英語的重音和音節的內在結構有很密切的關係：只有重音節（heavy syllable）可以有重音（stress），而且重音節一定要有重音，輕音節不可以有重音。因此，重音和音節的畫分有密不可分的關係，例如表面上看起來很相同的átom和atómic，由於重音的不同而有完全不一樣的音節畫分法（syllabification）：at-óm和a-tóm-ic。由此可見，音節的確有其重要性。

最後，音節的結構也直接反映了我們的語感（linguistic intuition）。語言學中有個很重要的觀念稱爲語音限制（phonotactics），表示：我們的語感能直接判斷某種音節是否合乎語法。例如英語人士即使是第一次聽到像*mpate, *tlode等音節，馬上就可判定這些並非英語的音節。但是像plue, fring, blease等雖然也不是英語正式的詞彙，但對於英語人士而言，這些字的拼音方式和讀音都不違反英語的語音限制（phonotactics），因此他們都會唸，也可能認爲他們不認識這些字，而不會認爲這些不是英語的詞彙。又如任何以國語爲母語的人士，也都能很快地判定像ㄅㄩ、ㄅㄨㄧ等絕對不會是國語的音節。爲什麼呢？那就是我們語感中含有語音限制能力。英語音節由於有「在C_1C_2VC結構中，C_1C_2絕對不能同時爲[脣音]或同時爲[齒冠]音」的限制，因此能馬上判定*mpate, *tlode等不是英語的音節，因爲[mp]同爲脣音而[tl]同爲齒冠音。而國語因爲有「脣音聲母不能接圓脣母音」的限制，所以能知道ㄅㄩ、ㄅㄨㄧ並不是國語的音節。

基於這三個理由，自主音段的音韻理論認爲音節是很重要的音韻結構單位，並且把音節的內在結構看成：

(44)音節的結構

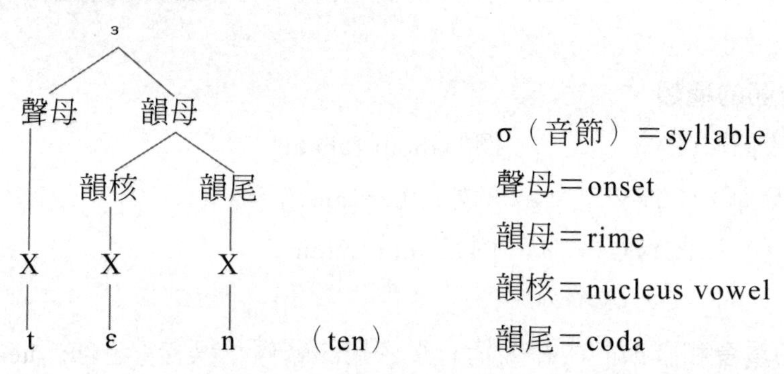

有了(44)的音節結構的概念之後，我們發現：英語重音節和輕音節的差別其實和聲母並沒有關係，差別只在韻母的結構。所謂的重音節，不論是VC或VV的結構，都帶有分叉韻母(45①-②)，而V的結構則爲不分叉韻母(46)：

(45)分叉韻母

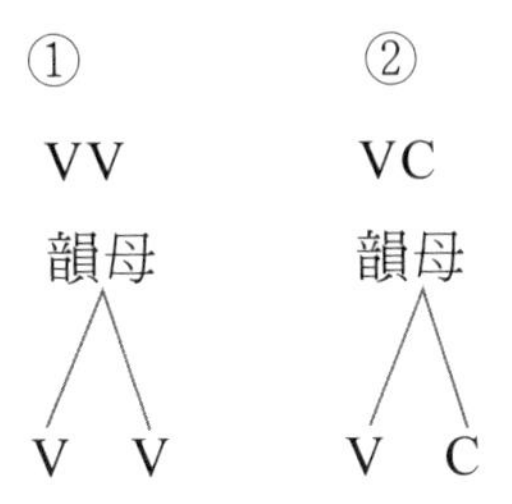

(46)不分叉韻母

這種用分叉和不分叉韻母的結構來區分重音節和輕音節的觀念，使現代音韻學家想起古已既有的音節結構理論：莫拉理論（mora theory）。「莫拉」指的是音節的重量單位，一般用μ來表示。在莫拉理論裡，母音占一個莫拉，韻尾也有一個莫拉，但是聲母並沒有莫拉。因此，自主音段的音韻理論中分叉韻母都有兩個莫拉，而不分叉的韻母則只有一個莫拉，且以allow, attend, famous爲例：

(47)

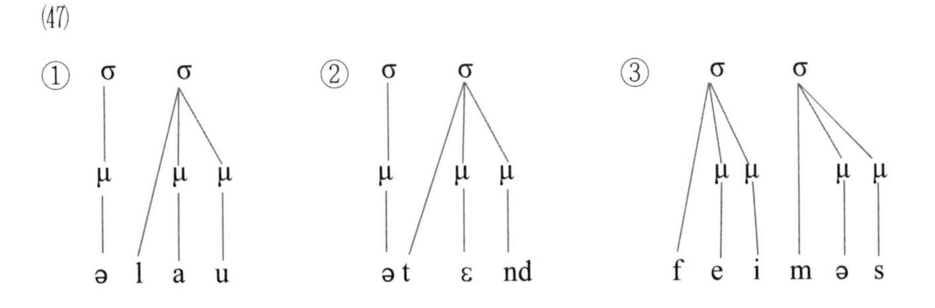

以莫拉理論爲基礎，語言學家發現了一個通則：能獨立存在的詞彙至少必須具備兩個莫拉，這個通則稱爲「最小詞彙限制」（Minimal Word Constraint）。這個通則至少說明了爲何英語只有CVV（如tie, bow, tea）、CVC（如ten, sit, pen）或CVVC（如seat, bite, dyed）的單音節詞彙，因為這些都符合「最小詞彙限制」的要求。而英語之所以沒有CV的單音節詞彙，是因為CV結構只有一個莫拉，違反了「最小詞彙限制」。

漢語的音節也相同，CVC結構如「單、藍、聽」或CVV結構如「白、貓、杯」等都符合「最小詞彙限制」的要求，而類似「比、股」等音節，現在的語音學家都認為這些音節的母音比較長，因此也具有兩個莫拉，並不違反「最小詞彙限制」。

重點複習

1. 何謂自主音段的音韻理論（Autosegmental Phonology）？該理論的起源背景如何？和以前的音韻理論有何差別？
2. 何謂無雙原則（Obligatory Contour Principle）？該原則在自主音段的音韻理論中，扮演何種角色？
3. 自主音段的音韻理論架構內的音節結構（syllable structure）是如何呈現？如何表示重音節（heavy syllable）？如何表示輕音節（light syllable）？
4. 何謂「莫拉」（mora）？如何以莫拉來區分輕音節及重音節？
5. 請看後面南美印地安人瓜拉尼語（Guaraní）的鼻音現象（語料取自於Trigo, 1993:375-376）：

(1)

① atã⟶ãtã 很多

② tupã⟶tũpã 神

③ ayã⟶ãyã 魔鬼

④ porã⟶põrã 漂亮

⑤ aBã⟶ãmã 雨

⑥ aDã⟶ãnã 不要

(2)

① ʔãra⟶ʔãrã 現在

② bãva⟶mãvã 誰

③ bẽDa⟶mẽnã　　丈夫

請問：

(1)前面兩組鼻音的變化中，哪一種是逆向同化（regressive assimilation），哪一種是順向同化（progressive assimilation）？

(2)請比較傳統的分析方式和自主音段的音韻理論的分析方式，有何區別？哪個比較方便？

6. 在非洲的象牙海岸有個叫作Vata的語言，該語言有兩組母音，一般語言學家通稱為[＋/－ATR]（ATR=Advanced Tongue Root）（語料取自Kaye, 1982:388）：

〔＋ATR〕		〔－ATR〕	
i	u	ɪ	ʊ
e	o	ɛ	ɔ
a		ʌ	

請看後面的語料：

	原形	工具格	語義	原形	不全格	語義
①	klʌ	klʌ-lɛ	抓	pi	pi-le	準備
②	ŋɔnʊ	ŋɔnʊ-lɛ	睡	bi	bi-le	走
③	blɪ	bliɪ-lɛ	唱	su	su-le	碰到

請問：

(1)同樣是/-le（ɛ）/的後綴，請問在哪一組母音之後要用[le]？

(2)如何應用自主音段的音韻理論來做簡便的分析？

7. 請看後面普米語（pʰzə̥ mi）的語料。普米人為中國的少數民族之一，分布在雲南、四川及迪慶等地區（語料取自陸紹尊，1983:25）。

(1) pʰzi̥＋tʰiɛ⟶pʰzi̥ tiɛ　　喝酒

(2) skʰyɛ＋pʰzə̥⟶skʰyɛ pzə̥　　誠實

(3) tʰiau＋pʰiə⟶tʰiau piə　　修夾子

請問：

(1)送氣（aspirated）在複合詞中有何變化？

⑵請以無雙原則來做分析。

8.後面是雲南景頗族載瓦語的連音變化（語料取自徐和徐，1984:19）

(1) tem a⟶tem ma　　拍照吧

(2) ŋon e⟶ŋon ne　　幸福的

(3) miaŋ e⟶miaŋ ŋe　　高和（矮）

(4) tʃup a⟶tʃup ma　　抓吧

(5) let e⟶let ne　　聰明的

(6) nik e⟶nik ŋe　　（我）倆和

請問：

⑴請問後綴的深層結構是什麼？

⑵要如何分析前面的語料呢？

五、音韻理論的發展：優選理論簡介

自從自主音段的音韻理論問世（1976）以來，音韻的研究及分析都是以多線式架構（multi-linear framework）爲基礎，並且影響了治療音韻學（clinic phonology）及語言習得（language acquisition）的研究。但是，這樣的情形到了1994年，卻由於Allen Prince和Paul Smolensky共同研創的優選理論（Optimality Theory）的問世而有了巨大的改變。

優選理論最大的變革是主張表層的語音結構是經由「篩選」（selection），而非「衍生」（generate）而得。語言使用者由詞彙庫（lexicon）挑出「輸入」（input）後，將其送入「衍生器」（Generator，簡稱GEN）之後，立即衍生出一組無數的候選音（candidates），此組候選音會再被送入「評估區」（Evaluator，簡稱EVAL），這時候就到了整個篩選過程的重頭戲。整個優選理論的架構大抵如圖2-2：

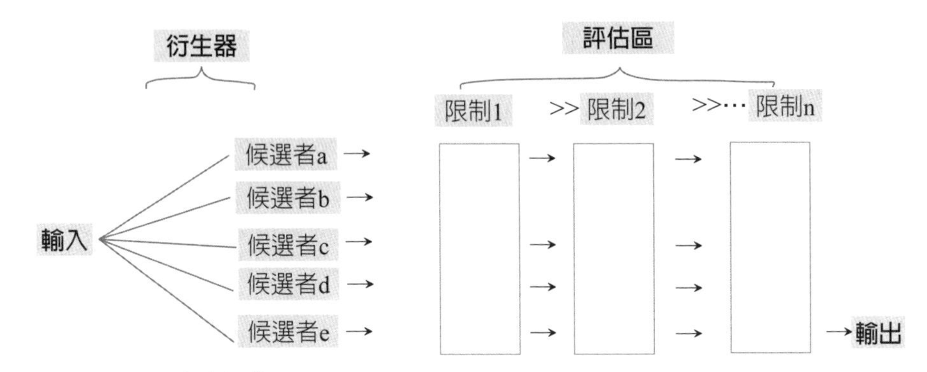

圖2-2　優選理論的架構。

在「評估部門」裡存在著一組限制（constraints），負責主要的篩選工作，此組限制是「共通的」（universal），也就是說，世界上的每一個人腦裡都有相同的一組限制。這些限制相互之間有著層級（rankings）關係，越高層的限制越不能違反。當一組候選音送入評估部門後，便一一接受這些限制的檢驗，結果，違反最少限制或最少違反高層限制的候選音即被選爲「最優」（optimal）的輸出（output）。雖然限制是「共通的」，限制間的層級卻是「語言特定的」（language specific），所以，說英語的人與說國語的人腦中的限制都是一樣的，但他們的層級卻是不同，也就是因爲層級的不同，才造成表面上不同的語言現象。

語音限制和語音規則是很不同的思想基礎，我們可以舉個例子來說明。我們現行的交通規則規定紅燈不可以右轉，只有在紅燈又有右轉標示時，才可以右轉。這就是從規則的理念來制訂的，因此規則的涵義是：沒有得到「許可」什麼事都不能做。在美國，紅燈右轉正好和臺灣相反，他們是：紅燈都可以右轉，除非有限制標示：No turn on red.（「此處紅燈不能右轉」），由此可見，限制的涵義是：除非有限制，否則什麼事都可以做。

回到音韻規則和音韻限制的比較。我們且以英語名詞的複數詞尾-s爲例，利用優選理論來說明，-s發音上的不同其實是經由三個限制評估篩選而來。首先，讓我們先來了解英語複數詞尾-s的發音。由(48)中，我們發現，當-s出現在無聲子音之後，發無聲的/s/；當它出現在有聲子音之後時，則發有聲的/z/。所以複數詞尾-s的發音可能爲/s/或/z/。

⑷8)

cat	[kæt]	cats[kæts]
dog	[dɔg]	dogs[dɔgz]
hen	[hen]	hens[henz]

面對這一組語料，我們要問的是：到底-s是由/s/變成/z/，亦或是由/z/變成/s/呢？若以分布的情形看來，則應該選擇後者，因爲/z/的分布較廣。/z/除了出現在有聲阻擦音（obstruents）之外，還可以出現在響音（sonorants）之後；反觀/s/，只能出現在無聲阻擦音之後。所以，複數詞尾-s在優選理論的架構中，其輸入（input）形式應爲/z/，而非/s/。

在了解-s的輸入形式後，我們要說明爲何/z/會變成/s/呢？一般而言，語言中的阻擦音傾向爲無聲阻擦音，而響音則傾向於有聲。據此，我們就能提出第一個限制：**禁止有聲阻擦音**（Voiced Obstruent Prohibition, VOP）。但是這個限制只針對阻擦音，它不會對響音有任何的作用。

⑷9)**禁止有聲阻擦音（Voiced Obstruent Prohibition, VOP）**

任何阻擦音都不能爲有聲子音。

再者，由⑷8)中我們觀察到-s的有聲與否，必須與其前的子音一致，亦即需要在聲音的特徵上產生和諧（voicing harmony）。根據這種現象，我們擬了第二個限制：**阻擦音聲音和諧**（Obstruent Voicing Harmony，簡稱OVH）。與⑷9)的限制一樣，這個限制只針對阻擦音，因爲只有阻擦音才會有無聲/有聲的區別。響音一律爲有聲，所以當-s出現於響音之後，一律發/z/。

⑸0)**阻擦音聲音和諧**（Obstruent Voicing Harmony, 簡稱OVH）

兩個鄰近的阻擦音必須具有相同的[有聲]徵性值。

那第三個限制是什麼呢？在優選理論的架構下，我們希望輸入形式與最優輸出能夠完全相同，這是優選理論成立之初所強調的忠性原則（Faithfulness）。如以複數詞尾-s為例，若輸入形式為/z/的話，則我們希望複數詞尾的最優輸出亦為/z/。因此，我們就有了第三個限制：**相同聲音特質**〔Ident-IO (voice), Ident = identical, IO = Input及Output〕。

(51)**相同聲音特質**

輸入形式中的[有聲]徵性值（+或－），必須保留在最優輸出中。

在前面的敘述中，我們知道在評估部門裡的限制，彼此之間有著層（ranking）級高低的不同。那麼，(49)、(50)及(51)這三個限制間的關係要如何定高低呢？讓我們先來探討(50)與(51)間的關係吧。(50)希望兩個鄰近的阻擦音必須在聲音上一致，因此，[kæts]會優於[kætz]而成為最佳輸出。這也證明了輸入形式/z/會變成/s/，當/z/會變成/s/，亦即違反了(51)。由此可知(50)的層級高於(51)。

(52)**阻擦音聲音和諧 >> 相同聲音特質**

（我們用「>>」表示：優於或先於）

在了解(52)的層級關係之後，我們再來討論(49)與(51)之間的關係。(49)希望所有的阻擦音都是無聲的，但是這個限制很明顯的無法達成。如果這個限制起作用的話，那dog [dɔg]則會被唸成[tɔk]，但實際上並非如此。很明顯的，(51)必須在層級上高於(49)，這樣一來才能確保[dɔg]不會變成[tɔk]。(54)的限制層級，統合了(52)及(53)層級，而成為這三個限制最後的層級排列。

(53)**相同聲音特質 >> 禁止有聲阻擦音**

(54)**阻擦音聲音和諧 >> 相同聲音特質 >> 禁止有聲阻擦音**

為了說明(54)可以正確的評估篩選出最佳輸出，我們以cats及dogs為例，分別說明這個限制層級的作用：

(55)

/kæt-z/	阻擦音聲音和諧	相同聲音特質	禁止有聲阻擦音
① kæt-z	*!		*
② kæd-z		*	*!*
☞③ kæt-s		*	

(55①)的候選音，因爲違反了層級最高的限制，所以就被剔除掉（以！表示）。至於(55②)及(55③)，這兩個候選音各違反第二個限制一次（/t/變成/d/、及/z/變成/s/，每次的違反就以一個 * 代表），所以這個限制並沒有辦法區別哪個候選音較優。到了最後一個限制，(55②)違反了兩次，但是表(55③)卻都沒有任何的違反，因此(55③)成爲最優輸出（以表示）。

相同的限制層級亦可運用於(56)中。(56②)的候選音，因爲鄰近阻擦音並沒有在[有聲]徵性值上的一致，因此違反層級最高的限制，所以被排除在最優輸出之外。至於剩下的候選音，(56③)違反相同聲音特質兩次，而(56①)卻沒有。注意，雖然在層級最低的限制上，(56①)違反的次數多於(56③)，但因爲**禁止有聲阻擦音**的層級較低，所以(56①)勝出而成爲最優輸出。

(56)

/dɔg-z/	OVH	Id-IO (voice)	VOP
☞① dɔg-z			***
② dɔg-s	*!	*	**
③ dɔk-s		*!*	*

在本小節，我們簡略地介紹優選理論的架構及其應用，希望能因此使更多的讀者對於優選理論感到興趣。

六、摘要

音韻學（phonology）是研究語音系統的領域，在衍生音韻學的架構裡，所有我們對於語音規律或限制的應用都是語言知識的一部分，因此所有的音韻規律都具有語言直覺（linguistic intuition，或稱語言本能）或語言心理眞實性（psychological reality）。

本章始於介紹音段與音位（segments and phonemes）的觀念，並從最小配對（minimal pairs）的分布現象來驗證音位（phoneme）地位，同時也從互補配對（complementary distribution）的分布來說明同音位（allophone）的尋找及分析。從語音的分布而言，另一個要注意的重點是自由變體（free variants）的解析。

其次，我們介紹辨異徵性（distinctive features）的層次結構（hierarchical structure），並且討論變異徵性和自然類音（natural class）及冗贅徵性（redundant feature）的關係。由於變異徵性有如人體的基因，使具有相同徵性的音段組成一個自然類音，並且會同時參與某種語音規律。例如英語的[p, t, k]出現在音節最前面時，都必定要唸成送氣音[p^h, t^h, k^h]。爲什麼正好是[p, t, k]呢？主要是因爲[p, t, k]都是[－有聲，－持續]的自然類音之故。

接著，我們介紹音韻學的理論架構（theoretical framework），並且討論了音韻規則的寫法及音韻規則的類型。以類型而言，可分爲同化（assimilation）及異化（dissimilation）。同化指相鄰/前後的兩個語音，由於發音部位或方式上的差異，而形成發音困難，爲了使這兩個語音發音方便，於是使兩個語音之中的一個產生發音部位或方式上的變化，結果讓兩個語音的發音趨於相似或一致，例如前綴詞in-加在mortal之前時，要同時唸[n]及[m]會有困難，因此我們把[in-的[n]音改唸成[m]，以使發音方便，稱爲同化。異化正好相反，指原本兩個發音部位或方式很相近的語音，由於會形成發音上的困難，而使其中一個語音產生發音部位或方式上的變化，最後使兩個語音在發音上比較方便，例如autumn中的[m]及[n]都是鼻音，而我們不可能在同一時間發[m]及[n]，於是把最後的[n]音刪除掉。

從1976年之後，衍生音韻學大都以自主音段的音韻理論（Autosegmental Phonology，簡稱AP）爲基本架構，特點是：採取多線式的表現方式（multi-linear representation）。爲了說明及印證AP的可行性，我們舉了很多以英語及漢語語料爲例，做分析及講解上的驗證。然而，自1994年起，優選理論（Optimality Thery，簡稱OT）取代了AP成爲音韻學研究的主流。OT最大的特點是以限制（constraints）來代替規律（rules），而且每個限制都可以違反，任何語音輸入之後，即從衍生器衍（Generator，簡稱GEN）生出無數的候選音，這些候選音隨即被送入評估區（Evaluator），其內有幾個不同層級的評估限制，層級越高，越不能違反。最後，依據違反的限制層級或違反次數依次評選，違反最少的候選音即爲最優選的語音，也就是我們從發音器官送出來的語音。

本章建議延伸閱讀書目

Goldsmith, John. 1990. *Autosegmental & Metrical Phonology*. Basil Blackwell.

Gussenhoven, C. and H. Jacobs. 1998. *Understanding Phonology*. Arnold.

Kager, R.. 1999. *Optimality Theory*. Cambridge University Press.

Katamba, F.. 1989. *An Introduction to Phonology*. Longman.

Kenstowicz, M. and C. Kisseberth. 1979. *Generative Phonology*. Academic Press.

Roca, I. and W. Johnson. 1999. *A Course in Phonology*. Blackwell.

鍾榮富，1991，《音韻理論與漢語音韻學》，國科會專案研究報告。

吳志誠，2013，《馬祖福州話口語連成》，福建文教工作室編印。

第三章

詞彙及其結構

平常我們講話的句子都是一個詞一個詞串連起來組織而成的，因此我們講話時，偶爾會停頓思考，希望能找出最合適最完美的語詞（words）。語詞就是語言結構中最基本的單位，也是孩子在語言習得的過程之中，唯一要背誦及學習的單位。所有語詞的集合體稱爲詞彙（lexicon）。我們每個人都有自己的詞彙，有些人的詞彙數量大，能靈活運用的詞彙很多，講起話來顯得多變而動聽。有些人的詞彙少，能自由運用的詞彙不多，但是用語精準，表達能力並不因此而減弱。一般而言，詞彙具有積極與消極的兩面。積極的詞彙指我們能講出口或能筆成文的語詞，而消極的詞彙則指我們能聽懂但並不一定會使用的語詞。幾乎每個人的消極詞彙都遠大於積極詞彙，因此我們聽演講、看戲，或閱讀書報之時，常常遇到相當美好的語詞，或者是初識或者是不曾想過，雖然乍看（聽）起來，顯得陌生或新奇，但是我們都能了解其意，那些都是因爲我們擁有消極詞彙的緣故。本質上，每個人的詞彙都是有限的，但是平常我們所能講的話卻是無限的，因爲我們很少重複我們的句子，也很少使用同一個詞彙。所以，現在的問題是：我們如何能用有限的詞彙來產生無限的用語呢？爲什麼能理解很多我們從未使用過的詞彙呢？這些都是很有趣的問題。

另一個有趣的問題是：每個人到底具有多少詞彙呢？依據品克（Steven Pinker）在他的《語言本能》（*Language Instinct*）一書的估計，美國的小孩約擁有一萬三千的語詞，高中畢業生則大概有六萬個語詞，而識字的成人所具有的詞彙大概是高中生的兩倍。然而，我國的中央研究院鄭錦全院士以詞彙庫（corpus）爲研究基礎，透過英、美及中國名作家作品的用詞計算，獲得的結論是「詞涯八千」，意思是說：每個人能積極應用的詞彙數目約爲八千個，即使是名作家如馬克・吐溫或是曹雪芹，他們的積極詞彙也不超過八千個。因此，在這麼有限的詞彙之下，我們的語言能力（linguistic competence）必然存有一些更抽象的詞彙結構規律來幫助我們做好平時的溝通。然則，這些規律是什麼？有哪些呢？

研究詞彙結構規律的領域稱爲構詞學，其內涵包括詞彙的內在結構及構詞的方法，而這也是本章要探討的主要目標。

一、詞彙的內在結構

英語的word，很多英漢字典或辭典之中，都翻譯成「字」，究其實際，英語的word和漢字中的「字」並不完全相等，例如英語的book，雖然單獨來看相當於中文的「書」，但是在「He has bought a lot of books.」中，「books」其實是由book和表複數型態的-s等兩個構詞單位所組成的，然而在中文裡，book是「書」（如「他買一本書」），books也是「書」（如「他買了很多書」），並無法從漢字的「書」一字裡區分單數或複數。因此，語言學界一般都把英語的word翻譯成「詞」。任何詞彙，都是由詞素所構成，只有一個詞素的詞稱爲單純詞，多於一個詞素的詞稱爲合成詞。

㈠詞素：單純詞及合成詞（morphemes: simple and complex words）

詞有兩種：單純詞（simple words）及合成詞（complex words）。單純詞指由單一個詞素（morpheme）所構成的詞。所謂「詞素」就是構詞的最基本單位，也是構詞中最小的結構體。詞素的條件是具有獨立的語義或具有語法功能。例如book就是一個詞素，因爲book有獨立的語義，而且book也是個典型的單純詞，因爲book本身是詞素。

所謂合成詞，是指至少由兩個或兩個以上的詞素結合而成的詞，例如books就是合成詞，因爲books可以分析成book和-s等兩個詞素，其中-s表名詞複數的語法功能。

後面是更多單純詞和合成詞的比較：

⑴

	單純詞	合成詞	說明
①	friend	friendship	「friend」和「-ship」都是詞素。
②	write	writer	「write」和「-er」都是詞素。
③	read	readable	「read」和「-able」都是詞素。
④	beauty	beautify	「beauty」和「-fy」都是詞素。
⑤	child	children	「child」和「-ren」都是詞素。

由前面⑴的結構，可以看出一些有趣的現象。例如(1①)中的-ship是表抽象名詞的詞素，和一般表「船隻」的ship一樣都具有詞素的身分，但兩者的語義不同。又如(1②)中的-er是表名詞的詞素，卻和paper中的er不同。在paper, danger, daughter等詞彙裡，雖然也都是以er結尾，但是這些er並不是詞素，因爲他們沒有單獨的語義，也不具任何一種語法功能，正如receive, perceive, conceive, deceive中的ceive不是詞素一樣。因此，單純詞和合成詞的比較之中，不但可以彰顯兩種構詞的不同，更可以釐清詞素的意義。

有人說中文是單音節的語言，其實並不完全正確。中文的構詞和英語相同，有單純詞及合成詞之別。中文的單純詞或詞素有可能是單音節(2①)、雙音節(2②)，也能是多音節(2③)：

⑵**中文的單純詞**

① 單音節：

天、書、明、亮、多

② 雙音節：

蝴蝶、鴛鴦、玻璃、珊瑚、琵琶、蝙蝠、葡萄、蘿蔔

③ 多音節：

巧克力、冰淇淋、土耳其、普羅斯旺、奈及利亞

前面(2②)的雙音節單純詞也是單一詞素的結構，以「蝙蝠」為例，中文的「蝙」或「蝠」都不能單獨使用，也沒有單獨的語義，必須要「蝙蝠」兩個音節在一起，才表示一種會飛行的哺乳類動物。而中文多音節的詞，大都是由外語翻譯而來，由於只表單一的語義，也具備單純詞的一切條件。

中文的合成詞很多，都是由兩個或兩個以上的詞素結合而成，例如「明天」、「晴朗」、「美麗」、「頭痛」等等。把這些雙音節的詞稱為合成詞，原因是他們都只表示單一的語義，而且該語義必須要那兩個音節在一起。例如「明天」的「明」獨立而言是表「亮」的意思。「天」單獨而言表「天氣」或「日子」之意。但作為合成詞的「明天」卻另有其獨立的語義，表「今天之後的那一天」。再者，「明天」可以做主語，如「明天會下雨」；可以做副詞，如「他明天會來」；也可以是賓語，如「他們已經沒有明天了」；這些都表示：「明天」是一個獨立於「明」和「天」之外的另一個詞彙。另外，和外語的對應上，中文的「明天」相當於英語的tomorrow，而英語的tomorrow是個單純詞，顯然中文的「明天」也只是一個詞。

簡而言之，構詞之中最基本的單位是詞素，只有單一詞素的詞稱為單純詞，而多於一個詞素的詞稱為合成詞。

重點複習

1. 什麼是「詞素」（morpheme）？
2. 請問後面各詞各有幾個詞素？

   encourage　desks　smiling　老鷹　明天　枇杷
3. 「單純詞」與「合成詞」有何不同？你可以舉出中文或英文的例子嗎？
4. 請指出哪些是「單純詞」？哪些是「合成詞」？

   productivity　movies　himself　conceive　perceive

   玻璃　琉璃　拉麵　土石流　快樂

㈡詞素的類別（classification of morphemes）

詞素的分類有很多種：以獨立與否為準，詞素分為自由詞素（free morphemes）及依存詞素（bound morphemes）；若以詞素的位置為基礎，詞素可分為前綴（prefixes）、中綴（infixes）、後綴（suffixes），及環綴（circumfixes）。詞素又可以語法中的角色而區分為語法詞素（inflectional morphemes）及詞變詞素（derivational morphemes）。

1.自由詞素與依存詞素

所謂自由詞素（free morphemes）指可以單獨存在，並且具有某個固定語義的詞素，例如英語book（書）、tree（樹）、come（來）以及中文的「天」、「來」、「去」等等都是自由詞素。自由詞素都是單純詞，在構詞學上稱為詞基（stem），因為這些單純詞都是詞彙最原始的結構，各種合成詞都是在詞基外加上各種詞素而形成新的詞彙：如在單純詞book之後加上-s，就變成了合成詞books。又如在單純詞（也就是詞基）derive後面加上-ation，就衍生出derivation的新詞彙。

至於依存詞素（bound morphemes）則指不能獨立存在，而必須依附在其他詞素之上才能存在的詞素，所以有人也把它稱為附著詞素，表示它必須依附在其他詞素之上才能存在的意思。例如英語的-ing（表進行貌的詞素）、-ed（表過去式之詞素）、pre-（表「預先」的綴詞）等等都是依存詞素，因為他們不能單獨存在。又如中文的「子」（如「桌子」、「椅子」、「箱子」之中的「子」是表示名詞的綴詞）、「化」（如「自由化」、「電氣化」、「現代化」之中的「化」是表示動詞的綴詞）等等也都是依存詞素。後面是自由詞素及依存詞素的比較：

(3)

	自由詞素	依存詞素	說明
①	read	read<u>ing</u>	-ing不能單獨存在
②	climb	climb<u>ed</u>	-ed不能單獨存在
③	view	<u>pre</u>view	pre-不能單獨存在

④ beauty beautify -fy不能單獨存在

重點複習

1. 何謂「自由詞素」（free morphemes）？何謂「依存詞素」（bound morphemes）？兩者有何不同，請試舉例說明之。
2. 請從後面的例子，選出自由詞素。

written writer ship 作者 雞 公雞

2. 綴詞的位置：前綴、後綴、中綴，及環綴

依存詞素之中，有一大類稱爲綴詞（affixes），即用以表示語法現象或詞類（Grammatical category）特徵的詞素。綴詞又可以出現的位置而分爲前綴（prefix）、後綴（suffix）、中綴（infix），及環綴（circumfix）。前綴指附加在某個詞素之前而使詞彙的類別或語義產生變化的詞素，例如preview, unlikely, impossible, deviation, discover等等畫線部分的pre-, un-, im-, de-, dis-等均爲前綴。中文的「老」（如「老鼠」、「老虎」、「老鷹」、「老六」）、「初」（如「初三」、「初一」）也是前綴。

後綴指依附在某個詞素之後而使詞彙的類別或語義產生變化的詞素，例如likely, believable, handful, action, neighborhood, freedom, lovely, recognize等畫線部分的-ly, -able, -ful, -ion, -hood, -dom, -ly, -nize等都是後綴。中文的後綴本來不多，如「者」（如「老者」、「論者」、「作者」、「耕者」），但後來受到歐化的影響，而逐漸增多，如「度」（「合法度」、「可信度」、「耐熱度」）、「族」（「將軍族」、「月光族」、「快閃族」、「頂克族」、「劈腿族」、「香腸族」）等等。

中綴，顧名思義，應該是出現在某個詞素中間，而使詞彙的類別或語義產生變化的詞素。英語和中文都沒有明確的中綴，但是臺灣原住民語中的魯凱語就有中綴。在魯凱語的非限定動詞裡，如果是Ca（子音後面接a）的結構中，則會有中綴-u-的出現，例如kanʉ⟶kuanʉ（吃），

damʉk⟶duamʉk（打擊）。又如布農語（Bunun）的過去式是用中綴-in-來表示，如「吃」本爲maun，但「吃過」唸成m-in-aun。又如「喝」本爲hud，但「喝過」卻唸h-in-ud。又如菲律賓語的中綴-um-，用以表示未來式，如tengao「假日」，但是如果是「將有假日」，則改爲tumengo。

最後一種綴詞是環綴（circumfix），指出現在詞基前後的綴詞，如德語的完成式必須同時在動詞之前加ge-，在動詞之後加-t，例如德語的hab（有）這個字的完成式是ge-hab-t，因此像德語的ge---t之類的綴詞稱爲環綴（circumfix或corfix）。

有了綴詞的背景之後，還需要了解同位詞素（allomorph）的觀念。所謂同位詞素即外型不同而其實是同一詞素的現象，例如英語表否定的前綴in-就有四種形式：in-(4①)、im-(4②)、il-(4③)，及ir-(4④)。主要原因是同化的關係，使原來的in-的n受其後面的讀音及拼字的影響。

(4)

	詞素的形式	中文語義
①	indefinite	非限定的
	inefficient	沒有效率的
②	impossible	不可能的
	immortal	長生不死的
③	illegal	不合法的
	illiterate	不識字的
④	irregular	不規律的
	irrational	不理智的

像in-, im-, il-, ir-等稱爲同位詞素，因爲基本上這些詞素都是從表否定語義的前綴詞in-所變化而來。又如國語的「啊，呀，哇，哪」，雖然有不同的用字及不同的讀音，但其實是屬於同位詞素：

(5)

	例句	讀音	「啊」的讀音變化	不同的文字表相同的詞綴
①	那隻狗好大啊！	大（ta）	a	啊
②	那隻狗好怪呀！	怪（kuai）	i-a	呀
③	那隻狗好小哇！	小（ɕiau）	u-a	哇
④	那隻狗好遜哪！	遜（sün）	n-a	哪
⑤	那隻狗好狂啊	狂（kʰuaŋ）	ŋ-a	啊

仔細看看上面例(5)中的語料，發現：「啊」[a]應該是最基本的詞綴，(5②)的[a]之所以變成[ia]是因爲「怪」是以[i]結尾，因此，[i]加[a]讀成「呀」[ia]。(5③)的「小」的讀音是以[u]結尾，[u]加[a]讀成「哇」[ua]；(5④)的「遜」讀音以[n]結尾，[n]加[a]讀成「哪」[na]。以此類推，則(5⑤)的[a]應該讀成[ŋa]，可是中文除了這個音節之外，再也沒有其他由[ŋ]開始的音節，所以中文沒有再爲這個感嘆詞造字，一般還是用「啊」來標示，但是在讀音上，仔細聽會發現：並不是「啊」[a]，而是[ŋa]。總之，中文感嘆詞的詞尾本來都是「啊」[a]，但是因爲前面所接的讀音不同，而有不同的讀音。換言之，「啊，呀，哇，哪」其實是同位詞素。

重點複習

1. 依據位置的分布，請問綴詞（affixes）有哪幾種？請分別舉例說明之。
2. 何謂「同位詞素」（allomorph）？請就英文及中文各舉兩例說明之。
3. 請圈出下列各詞的前綴及後綴：

unlikely　recoverable　friendship　deviation

3. 綴詞的功能：語法詞綴及詞變詞綴

綴詞的主要功能當然是構詞，使詞彙增加，使詞彙在語法上有所差別。然則就語法的層次而言，綴詞又可以區分為語法詞綴（inflectional affixes）及詞變詞綴（derivational affixes），前者標示語法上的功能，如時貌（aspect）、單複數及人稱。詞變詞綴，則指使詞類或語義改變的綴詞。

英語常用的語法詞綴，分別列示於表3-1：

表3-1　英語的語法詞綴

類別	形式	功能	例句
時貌	-ing	進行	John is writing over there.
	-en	完成	John has written the letter.
時式	-ed	過去式	John walked away.
	-s	現在式	John wants to read now.
單複數	-s	名詞複數	John has bought a lot of books.
比較	-er	形容詞比較級	John is taller than Mary.
	-est	形容詞最高級	John is the tallest in the class.

比較之下，中文的語法詞綴要少得多，因為漢語並沒有明顯的時式（INFL）及人稱的詞綴，而複數詞綴「們」也僅見於少數的代名詞，如「你/你們」、「人/人們」之中。表3-2是些常見的中文語法綴詞。比較之下，英語的詞變綴詞很多，茲以前綴及後綴分別列於例(6)（V=動詞，A=形容詞，N=名詞）：

表3-2　中文時貌表

類別	形式	功能	例句
時貌	著	進行	張三正在講著話。
	了	完成	張三寫完了。
	過	經驗	張三去過了。
比較	比…（還）	形容詞比較	張三比李四高。 張三比李四還要高。

(6)

詞變前綴	詞的變化	例字
un-	V→V	undo, undock
	A→A	uneager, undue
ex-	N→N	ex-wife, ex-boyfriend
in-	A→A	indefinite, independent
pre-	V→V	preview, preoccupy
re-	V→V	rewrite, reedit
en-	A→V	enrich, enhance

英語常見的詞變後綴有如表3-3。

表3-3 英語常見詞綴表

詞變後綴	詞的變化	例字
-able	V→A	countable, readable
-ous	N→A	cautious, famous
-ic	N→A	didactic, poetic
-less	N→A	hopeless, endless
-ly	A→Adv	fortunately, patiently
-ing	V→A	promising, understanding
-ate	A→V	motivate, activate
-ize	A→V	civilize, modernize
-ion	V→N	production, motivation
-er (or)	V→N	actor, speaker
-al	N→A	national, cultural
-ment	V→N	movement, commencement
-ful	N→A	careful, helpful
-dom	A→N	freedom, wisdom
-ity	A→N	activity, productivity

中文的詞變綴詞本來不多，較古老的而且還常用的應該是「者」，像「老者」、「幼者」、「作者」、「觀者」、「舞者」中的「者」，都是使動詞變成名詞的後綴。現代中文的詞變後綴，多源自於西方語言，如例(7)。

(7)

詞變後綴	詞的變化	例字
家	N→N	書法家，鋼琴家，藝術家
度	A→N	合法度，可信度，忠誠度
化	A→V	美化，醜化，優質化
族	V→N	劈腿族，月光族，哈日族
師	V→N	設計師，醫師，律師
主義	A→N	浪漫主義，完美主義，自然主義

有些詞彙的綴詞並不止一個，例如unreasonable, disappointing, misunderstanding, presidentiality, ungrammaticality等等。對於多於一個綴詞的詞彙而言，有時其內在的結構層次很重要，例如uncomfortable的結構一定是(8①)而不可能是(8②)，因爲英語沒有*uncomfort這個詞。

(8)

① un-comfortable

*② uncomfort-able

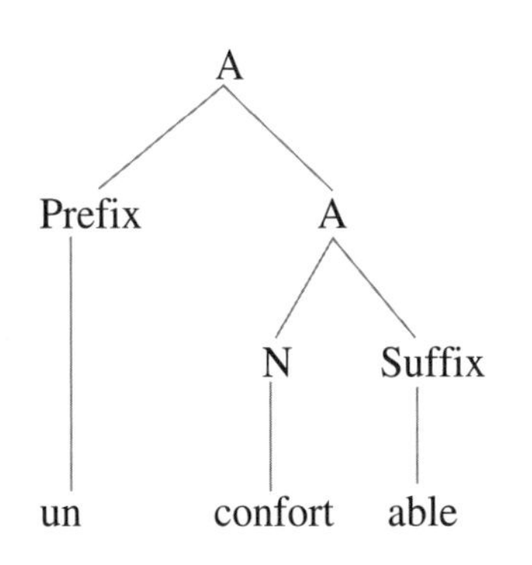

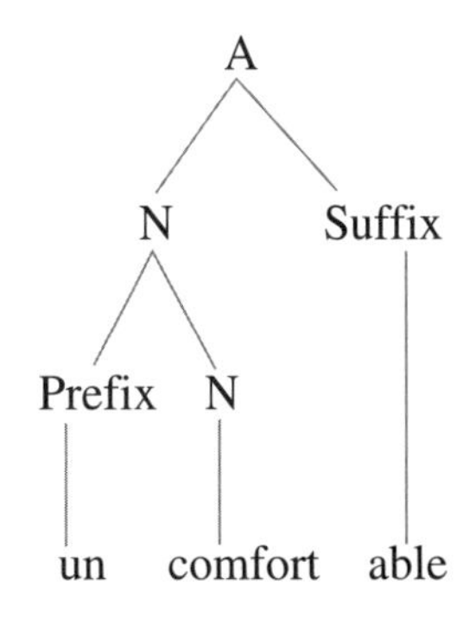

然而，有些詞彙很難看出構詞的先後，例如unreadable，可以看成是(9①)，因為英語的unread是合理的用詞，而後在unread之後再加上-able。也可以看成(9②)，因為readable也是合法的用詞，其後再加上un-，而成了unreadable。

(9)

① unread-able

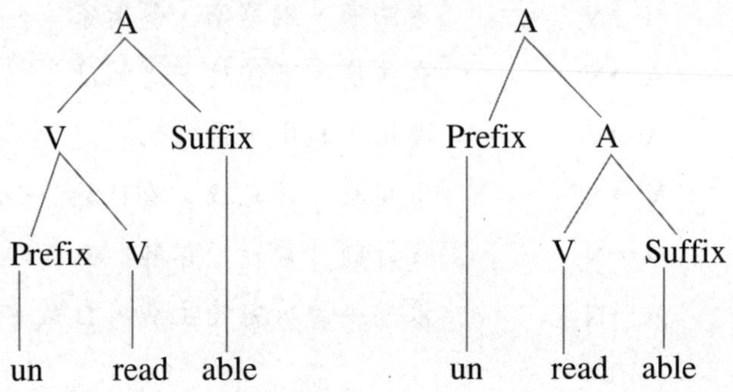

A
V Suffix
Prefix V
un read able

② un-readable

A
Prefix A
V Suffix
un read able

為了構詞的內在關係，構詞學家積極尋找各種證據，試著去把綴詞做分類。現在通行的看法是：英語的綴詞分為兩個層次，而且在構詞的程序上，必須第一層次的綴詞加上去之後，才可能接第二層次的綴詞。至於綴詞的層次區分如表3-4：

表3-4　英語綴詞的層次

層次	前綴	後綴
第一層次	pre- (preview)	-ity (activity), -y (democracy), -ive (sensitive), -ize (recognize), -ion (action), -ious (cautious)
第二層次	un- (unfortunate), in- (informal)	-ness (happiness), -less (careless), -ful (helpful), -ly (slowly), -er (writer), -ish (selfish)

前面第一層次的綴詞有個共同的特性，那就是這些綴詞都會促使重音改變，例如próduct→prodúctive→productívity，前面三個詞的重音位置都不同，原因是各別接了第一層次的綴詞之關係。另外，值得注

意的是：在詞基（如próduct）之後，如果接的是第一層次的綴詞（如prodúctive），那麼還可能再加另一個第一層次的綴詞，如productívity，或加一個第二層次的綴詞，如prodúctively。但是，如果詞基接了第二層次的綴詞之後，就不可能再加其他第一層次的綴詞了，因此英語不可能會有像*hopeful-ize之類的詞彙，原因就是：-ful為第二層次的詞綴，而-ize為第一層次的詞綴。

總結而言，詞素可分為自由詞素及依存詞素，前者即為單純詞，也就是詞基。依存詞素中最大宗的是詞綴，以位置可分為前綴、中綴、後綴及環綴。詞綴也可因功能分為語法詞綴及詞變詞綴。但是詞彙如果多於一個詞綴之時，則詞綴的層次要有所限制。

重點複習

1. 何謂「語法詞素」（inflectional affixes）？
2. 何謂「詞變詞素」（derivational affixes）？
3. 請以下例說明「語法詞素」和「詞變詞素」的差別及功能：

   endanger　impossible　wisdom　tallest

   坐著　作者　去過　哈韓族

㈢實詞與虛詞（content and function words）

單純詞又可以分為兩類：實詞（content words）及虛詞（function words）。實詞指有語義內涵的名詞、動詞、形容詞及副詞，如英語的book, tree, walk, talk, beautiful, tall, lovely等等都是實詞。相對地，虛詞指介系詞、連接詞、冠詞、代名詞等等只有語法功能而本身並沒有明確語義的語詞，如英語的in, on, and, either, if, an, the等等。

由於虛詞的數量是有限的，而且在未來並不可能會再增加，因此也稱為圈限詞（closed words），而實詞的數量並不固定，隨時會因為科技或其他物件的發明而逐漸增加，例如近年來層出不窮的通訊科技及電腦科技就爲很多語言增加了不少詞彙，如network, cybernet, websites等等都是新詞。因爲實詞隨時都可能會增加，所以又稱爲開放詞（open words）。

重點複習

1. 什麼是「實詞」（content words）？實詞和「虛詞」（function words）有何分別？
2. 請把後面句子中的虛詞圈起來：
   (1) John was standing by the window.
   (2) 唉呀！你怎麼把那塊肉丟了呢？
   (3) 嗟乎，孟嘗君特雞鳴狗盜之雄耳，豈足以言得士！

二、構詞的方法

每個語言的詞彙都會有新陳代謝，過去有太多的東西隨著時代遭到淘汰，新的東西則是日日新又日新，於是有了推陳出新的更替與轉變。詞彙於是也隨著器物用具的名稱或文化內涵而不同。例如莎士比亞使用的disquantity（動詞，表「少」之意）現在已經爲diminish所取代，而像disaccustom, disadorn之類的詞也已經在英語中消失。同樣地，中文的「顆」也變成了「棵」，「麤」也爲「粗」所取代，「污」也漸漸成了「汙」，連「咖啡」都快變成「珈琲」了。可見語詞是會隨時代之不同而不同的。

於是，每個時代都要面臨新詞彙的創用，創詞或構詞其實並非可以隨心所欲，而是要配合語音規律、書寫方式，和語義的表達。因此，創造新詞（neologisms）要講求方法或策略，稱之爲構詞方法或稱爲造詞（coinage）方法。各種方法或有不同，但其主要目的無非是使詞彙的數量增加。我們在此將介紹八種方法：複合詞（compounding）、始音結合（acronym）、縮詞（abbreviation）、合詞（blending）、名詞的移轉（eponym）、反向結構（back formation）、重複（reduplication）及擬聲（onomatopoeia）。此外，我們還要討論借詞（borrowing）的各種形式及語義的轉換和語詞使用之間的關係。

㈠複合詞（compounding）

複合（compounding）指的是兩個語詞並列在一起而產生新詞的一種構詞方式，例如post（郵寄）和office（辦公室）並列成post office而取得新意「郵局」。複合構詞在任何語言都是重要的構詞方式，在英語裡最常見的複合詞方式有三種。第一種是兩個詞緊緊合併成一個複合詞，且其間都不用任何符號，例如

⑽

blackboard	黑板	landlord	地主
bathroom	浴室	mailman	郵差
blacksmith	黑手匠人	rainbow	彩虹

第二種複合詞的結構是由兩個獨立的詞並列在一起，如post office。更多的例子還有：

⑾

ice cream	冰淇淋	high chair	孩子座椅
living room	客廳	train station	火車站
movie theatre	電影院	high school	高中

第三種複合詞的結構，是用連號把兩個詞連起來，例如獨眼的人，英語是a one-eyed man，其中的one-eyed就是個複合詞。後面是更多的類例：

⑿

icy-cold	冰冷的	skin-deep	膚淺的
mother-in-law	岳母	ice-cream	冰淇淋
one-eyed	獨眼的	well-prepared	有充分準備的

有人可能已經注意到「冰淇淋」，可以是並列的ice cream，也可以用連號的ice-cream。那麼到底要用哪一種拼法比較好呢？有人說是依據複合詞形成的先後，越是常用的複合詞，其關係越是緊密，因此不需要用連號，也不用並列，而直接複合單一個詞。例如blackboard最早出現時是寫成black-board，而後用的人越來越多，於是漸漸成爲blackboard。

複合詞有時會和相近的詞語（expression）在重音上形成對比：複合詞的重音在第一音節，非複合詞的詞語重音則在第二音節：

⒀

複合詞		**一般詞語**	
bláckboard	黑板	black bóard	黑色的木板
gréenhouse	溫室	green hóuse	綠色的房子
hígh chair	孩子座椅	high cháir	高的椅子

複合詞和一般語詞的差別，除了重音之外，還有語義。以high chair爲例，當它是複合詞時，表示那是孩子到餐廳用餐或在家裡用餐時，專門供孩子坐的椅子。因此作爲複合詞的hígh chair，並不一定很高。但是一般語詞中的high cháir顯然是指比較高的椅子，通常會和higher chair做區別。

論及複合詞要特別留意：複合詞的語義並不一定來自於兩個個別語詞的總和。固然複合詞裡有像blackboard而表「黑板」的例子，但是大多數複合詞的語義是獨立於原有的兩個語詞之外的，例如

⒁

① horseshoes　馬蹄鞋

② alligator shoes　鱷魚皮鞋

前面⒁中的兩個複合詞都是以shoes爲結尾，但是(14①)指的是「馬穿的鞋子」（shoes for horses），而(14②)指的是「鱷魚皮做成的鞋子」

（shoes made of alligator skin）。又如workman是工人，爲職業的一種，但是walkman卻不是一種人，而是「隨身聽」。假如workman是一種人，bluebird是一種鳥，然而cutthroat卻不是一種喉嚨（throat），lazybone也不是一種骨（bone），可見我們無法從複合詞的表面或其內在結構來判斷其語義。同樣地，我們也不能從複合詞最前面的語詞來獲知其語義，例如

⒂

① blue bottle　一種果蠅，或一種植物
② blue blood　名門望族
③ blue ribbon　特別挑選出來的人員
④ bluebird　一種鳥
⑤ blueprint　藍圖

其中(15①)、(15②)、(15③)的複合詞之語義都和結構成分內的兩個語詞沒有很大的關係，(15④)是和blue有關，卻並非指所有藍色的鳥，而(15⑤)則是由藍圖延伸出來的語義。最後，以pineapple「鳳梨」爲終結例子，表面上pineapple是由pine「松果」與apple「蘋果」合組而成的，但是「鳳梨」其實和「松果」或「蘋果」都沒有關係。於此可見，複合詞的語義並不一定和原來的結構成分的語義有絕對的關係。

由於中文複合詞的構詞方式很特殊，我們特別做簡單的介紹。中文的複合詞有很特別的結構，因爲複合結構的關係和句法結構很類似，簡而言之，共有五種結構：主謂、動賓、述補、並列、偏正。

1.主謂結構

「主謂」指句法中的主詞和謂語（一般又稱爲動詞），即SV之結構，如「頭痛」可以看成「頭在痛」，顯然「頭」是主詞，「痛」是動詞，但是「頭痛」一詞卻可以做動詞，例如「我對這件事眞頭痛！」「那件事令我頭痛。」也可以是名詞，例如「你的頭痛好些了嗎？」「他沒有

頭痛，只有流鼻水。」其他常用的主謂結構複合詞有：耳鳴、氣喘、心疼、血崩、兵變、夜靜、命薄、性急、年輕、嘴硬、肉麻、眼紅、膽怯、情長、心煩等等。也有三音節者，如肝火旺、火氣大、耳朵軟、心腸硬等等。

2.動賓結構

「動賓」指動詞接賓語（受詞），也即VO的結構。動賓結構大都是動詞，例如走路、拔草、造船、挑水、作夢、跳舞、唱歌、寫字、考試、破題、奔波、搧風、賜福、得罪、抱怨、打烊、告別、效勞、提議、埋頭、買單、洗澡、放學、上班等等，數量繁多。中文動賓結構的複合詞也可以分開，如「走路」可能會有人用爲「走的路很多」、「走很多路」等等。

3.述補結構

「述補」中的「述」指的是述詞，也就是動詞。「補」是補語。一般而言，補語用以表示動作的結果，如「吃飽」表示「吃」的結果是「飽」了。又如「讀累」即「讀」的結果是「累」了。漢語述補結構的詞彙也很多，而且大都是動詞，例如拒絕、熟透、打倒、看破、穩住、急壞、改善、說明、提高、說穿等等。

4.並列結構

「並列」是指兩個名詞（糧草、狼狽）、兩個形容詞（明亮、平穩、美麗）或兩個副詞（剛才、緩慢）的並列而構成新複合詞的結構形式。並列結構是華語構詞中非常常見的構詞形式，因此數量繁多，而且形成的詞類也橫跨名詞、形容詞、動詞及副詞，後面僅舉些許例子，以明白華語的並列結構的詞彙：

名詞：風沙、風水、性格、幸福、轉折、情景、拳腳、典禮、泥沙、尺寸、英雄、要領、功勞、習俗。

動詞：精彩、恩愛、慈祥、滿足、尊重、失誤、倚靠、意味、調整、安慰、高興、暢快、怠慢、類似、器重、收留。

形容詞：名貴、美麗、漂亮、明亮、潔白、乾淨、通常、熱烈、懶惰、特殊、矛盾、節儉、重疊、成熟、發達、大小。

副詞：稍微、始終、根本、約略、常常、早晚、究竟、總共、橫豎、長遠。

5.偏正結構

「偏正」指兩個詞中，一個是「偏」（表修飾或部分），另一個是「正」，也就是主體。例如「羊肉」主體是「羊」，「肉」只是「羊」的一部分，但是「羊」和「肉」合起來卻是一個分不開的名詞。又如「香瓜」的主體是「瓜」，「香」是用以修飾「瓜」的形容詞，可是「香瓜」是指一種瓜，而不是香的瓜。有些「香瓜」很苦，有些香瓜壞了，很臭，但不論是苦或是臭的香瓜，仍然叫作「香瓜」；反之，有些「苦瓜」聞起來很香，並不能因此而把香的苦瓜改稱爲香瓜。因此，在兩音節的複合結構中，一個爲主，另一個爲偏者，概稱爲偏正結構，這也是華語中數量最大的構詞方式。

有些偏正結構中間，加不加「的」，語義並不相同，例如「新娘」是指結婚當天的女子，而不是「新的娘」（繼母，從別人家到家中做娘的女子）；反之，「新娘」並不一定新，有些新娘有過至少一次以上的結婚經驗，仍然稱爲新娘，這類的構詞繁多，例如白肉、甜點、苦水、低音、高人、大門、大蒜、青椒、白飯、香油、香菸、黑板、紅心、旁人、青菜、白麵、酸梅、黑棗、朱泥、老娘、老子。

偏正結構而成的名詞，其主體並不一定是名詞，而可以是動詞（例如波折、主顧、古玩、通知、留守、必要），也可以是形容詞（例如口紅、漢奸、身長、附近、景深、至親、相好）。

偏正結構而成的動詞也不少，主體是動詞的有：輕放、實作、傻笑、團拜、請坐、接辦、捐助、利用、上訴、莫怪。

偏正結構而成的形容詞，爲數更多，主體可以是形容詞，例如沉悶、垂直、乾脆、逼眞、個別、粉紅、兩難、下賤、相同。主體也可以是動詞，如可V（可看、可做、可請）、好V（好看、好玩、好走、好吃）。主體也可以是名詞，例如平等、長命、厚道、小氣。

偏正結構的結果也可能是副詞，例如早就、親自、儘管、白來、正巧、恰好、預先、早先、重新、其實、馬上、額外、尤其、那時、當今。偏正結構的結果作爲連接詞的並不多，常見的有：然而、故而、倘若、反而、何況、不過、哪知、然後、可是、假如等等。

從前面中文複合詞的結構中，大概可以看出中文的複合詞內部就具有句子的結構形式。不過，還是有些詞頗有爭議，例如「土撥鼠」就很例外，依句子結構而言，應該是「（老）鼠撥土」才對，結果卻形成了「述詞＋賓語＋主詞」的構詞。又如「曬衣服」是把衣服放到太陽底下去曬，但是「曬太陽」卻不是把太陽拿去曬，而是「（我們）去給太陽曬」。總之，不論是中文或英文的複合詞，其語義都無法完全從構詞的兩個語詞去猜解。

重點複習

1. 何謂「複合詞」（compounding）？請舉例說明之。
2. 後面是一些複合詞和非複合詞的比較，請把複合詞圈起來，並解釋複合詞和非複合詞的差別：
   (1) She needs a high chair for the child.
   (2) She needs a high chair to get the book on the top of the shelf.
   (3) 椅子上的東西是誰的？
   (4) 到了森林裡，無法辨別東西南北。
3. 中文複合詞的構詞方式有哪些？請就後面的例子說明之。

   齒冷　明白　知道　傷心　鼻酸　跳躍　博學　長命

   懂事　市場　電燈　體貼　念頭　勇敢　好學　生意

㈡始音結合（acronym）

始音結合（acronym）是取自短語內部的每個語詞的第一個字母，重新拼成另一個新詞的方法，例如NBA就是採取National Basketball Association等三個語詞的第一個字母所拼成的新詞。由於NBA的賽程久，觀眾多，報紙或電視廣播人員基於時間的考慮，多半只用NBA而不太用National Basketball Association，於是，NBA漸漸地變成大家耳熟能詳的語詞了。由始音結合而來的詞，通常都用大寫。

英語的詞彙雖然見於交談及書面語言之中，但是無論如何都反映在拼字系統之內，有些常用詞或某個領域內常用的詞彙，可能基於使用頻率或為了方便，常用始音結合的方式，加以簡化，後來逐漸變成另一個新詞，例如laser本來是lightwave amplification by stimulated emission of radiation等七個詞所構成的短語（phrase），後來從這些語詞之中，取每個語詞的第一個字母，重新拼結成laser這個詞。由於本來的語詞過長，而且一般人可能並不需要去了解每個原始語詞的內涵，於是laser變成另一個獨立且常用的新詞，而且由於laser變成通用的普通名詞，因而用小寫。和laser一樣的，還有radar（radio detecting and ranging）。

有時，從始音結合而來的詞正好和一般的名詞相同時，大小寫就成了很方便的區別方式，如basic是「基本的」之意，但是BASIC卻是Beginner's All-purpose Symbolic Instruction Code，是一種電腦語言。

從始音結合的方式而構成的英語常用詞還有：

⒃

① NATO: North Atlantic Treaty Organization　北太平洋公約組織

② WTO: World Trade Organization　世界貿易組織

③ WHO: World Health Organization　世界衛生組織

④ FAQ: frequently asked questions　常問的問題

⑤ AIDS: Acquired Immune Deficiency Syndrome　愛滋病

⑥ SARS: Severe Acute Respiratory Syndrome　非典型肺炎

始音結合現在已經不僅是英語的構詞方式，臺灣的年輕人也有一份始音結合的本能，並且創造了許多富有活力的新詞彙，例如LKK（來自閩南語的Lau Kok Kok）、FBI表「粉悲哀」、「蛋白質」就是「笨蛋＋白痴＋神經質」、「機毛」就是「機車＋龜毛」。

重點複習

1. 何謂「始音結合」（acronym）？請舉例說明之。
2. 請寫出下列「始音結合」的原文：
   (1) WHO
   (2) NASA
   (3) CD
   (4) DVD

㈢縮詞（abbreviation）

縮詞（abbreviation）又稱為剪字（clipping），就是把很長的詞彙剪掉一部分，使詞彙比較簡短，例如把doctor剪成Doc.，把professor剪成Prof.。又有些是去頭或去尾而成的新詞，如plane來自於airplane, gym來自於gymnastics。約而言之，縮詞的類別有：

(17)

① 剪去後半部分

Ad (advertisement), auto (automobile), dorm (dormitory), homo (homosexual), memo (memorandum), lime (limousine)

② 剪去前半部分

phone (telephone), plane (airplane), copter (helicopter)

③ 剪去前後

fridge (refrigerator), flu (influenza)

④ 其他

bike (bicycle), TV (televison), Dr. (doctor), Mr. (mister)

縮詞在中文也是常見的構詞方式，例如「語言學概論」常縮為「語概」，「中央研究院」常簡化稱為「中研院」，「國民政府」稱為「國府」，「立法院」稱為「立院」，這些都顯示中文也常用縮詞方式來組成新的詞彙。

實際構詞裡，漢語的詞彙史也顯示縮詞是很常見的構詞方式，例如陶淵明〈飲酒詩第四〉「行行向不惑，淹留遂無成」中的「不惑」本源於《論語．為政》「吾十有五而志於學，三十而立，四十而不惑」，後人於是取「不惑」表四十歲。又如《晉書．紀瞻傳》「重以尸素，抱罪枕席」中的「尸素」來自於「尸位素餐」的縮詞，《漢書．朱雲傳》之「今朝廷大臣，上不能匡主，下亡以益民，皆尸位素餐」。按：「尸位」指「具有大位而不做事」，「素餐」指「白吃白喝」之意，因此《晉書》只用尸素，來表達尸位素餐之意。

中文的縮詞現象，也有幾種方式：

		例子
①	**刪剪前半部**	
	四十而不惑→不惑	
	信誓旦旦→旦旦	如「君欲老夫旦旦耶？」（《聊齋誌異．慰娘》）
②	**刪剪後半部**	
	春日遲遲→春日	如「盧之詩何太春日？」（《啓顏錄．盧思道》）
	願言思子→願言	如「願言整懷，良不可任」（曹丕〈與朝歌令吳質子書〉）
③	**取前後詞者**	
	從善如流→從流	如「君非從流，臣進逆耳」（蕭統〈文選序〉）
④	**取一、三詞者**	
	尸位素餐→尸素	
	後來賢蘇→來蘇	如「四海望中興之美，群生懷來蘇之望」（晉劉琨〈勸進表〉）

由這些中文的詞形式，可以看出中文縮詞在構詞上所扮演的重要角色。

重點複習

1. 何謂「縮詞」（abbreviation）？請舉例說明之。
2. 有許多英文名字的暱稱，都會使用縮詞，如Anna（Annabelle），Alex（Alexander）。請寫出下列縮詞的原文：

   Phil Chris Jim Pete Eddie
3. 請寫出下列縮詞的原文：

   Prof. auto motor gym math

(四)合詞（blending）

合詞（blending）是把兩個詞各剪去一部分，然後又把剩下的部分重新組合一個新詞，例如*br*unch的前半部來自於*br*eakfast，後半部則來自於lunch，兩者結合而成。又如smog來自於smoke及fog的前後半部。其他常見的合詞還有：

(18)

原來的兩個詞				變成	新詞	中文語義
select	選擇	electric	電的	⟶	selectric	選擇器
light	光	radar	雷達	⟶	lidar	微光雷達
dance	舞	exercise	運動	⟶	dancerise	運動舞
motor	汽車	hotel	旅館	⟶	motel	汽車旅館
boat	船	hotel	旅館	⟶	botel	船上旅館

中文的合詞在過去的文獻上稱爲語音合併（syllable contraction），其中以兒化韻爲最常見，例如

(19)

① /# pi + ər #/ 「筆兒」⟶ piər

/# yaw + ər #/ 「腰兒」⟶ yawr

② /# ku + ər#/ 「鼓兒」⟶ kur

/# pha + ər#/　「耙兒」⟶ phar

/# kə + ər#/　「歌兒」⟶ kər

③ /# yaŋ + ər#/　「羊兒」⟶ yãr

/# hwaŋ + ər#/　「黃兒」⟶ hãr

此外，最近網路上流行的「醬」[tɕiaŋ]即來自「這」[tsə]和「樣」[iaŋ]的合詞過程，「甭」[pəŋ]來自於「不」[pu]和「用」[yəŋ]的合音，而[piaŋ]（ㄅㄧㄤˋ）則來自於「不」[pu]、「一」[i]和「樣」[iaŋ]的合音。

重點複習

1. 何謂「合詞」（blending）？請舉例說明之。
2. 請寫出下列合詞之原文：

botel　motel　lidar　brunch

㈤ 名詞的移轉（eponym）

名詞的移轉（eponym）指由名詞衍生而來的普通名詞，又分爲兩種。一種稱爲商標名詞化（generified nouns）：原來是某種商標而後由於常用而演變成爲日常名詞，例如kleenex本來是一家面紙工廠，後來由於該廠牌的面紙普及率高，成爲許多人生活上不可或缺的日用品，於是英語「面紙」的單字就用kleenex來表示。又如最近興起的Xerox公司，專做影印機的生產，其產品有一陣子幾乎成爲各界的唯一選擇，因此xerox不但成爲「影印機」的專用詞，並進而轉化爲動詞，也不再用大寫，以表示已經普遍化。現在我們常聽到「Would you help xerox this for me?」「I would like to have this xeroxed.」之類的句子，顯見xerox的普及。英語中由廠牌轉化而來的名詞還有：band-aid（繃帶）、Coke（可樂）等等語詞。

另一種名詞的移轉主要和人名有關，其中最爲大家引用的是sandwich（三明治）的故事。從前有個名叫John Mongatu（1718-92）的人，曾任英國的Earl of Sandwich（三明治地區的伯爵）。他一生別無所好，最愛賭博，只要一上桌，不到口袋空空或同伴散去，絕不罷休。爲了節省用餐的時間，他請僕人爲他特製一種餐點，只用兩片土司裏著一片火腿或沙拉，吃起來非常方便。後來這種餐點逐漸爲人所喜用，並且把它稱爲sandwich。

又如guillotine（斷頭刑）源自於法國的一位醫生Dr. Jesoph Guillotin（1738-1814），他基於人道的立場，提出斷頭之刑，使犯者於不知不覺之中離開人世。這個行刑之術在法國大革命那年（1789），正式使用。以後遂用guillotine來稱呼Guillotin先生所創用的行刑之術。

前一陣子（2003）美國有名的恩隆公司（Enron），發生公司負責人和會計公司聯合做帳，淘空公司，使許多投資大眾血本無歸的慘劇。不久美國的各大報紙及傳播媒體很快地就把enron轉化爲普通名詞，表示「藏有很大危機」，例如「That is an enron. Don’t invest too much of your savings.」又可做動詞，表示「處心積慮的坑別人的錢」之意，例如「Mind that you might be enroned.」

名詞的移轉是中文修辭學上重要的構詞方式之一，詩詞古文中最爲常見，例如曹操〈短歌行〉有「何以解憂？唯有杜康」，「杜康」據說是中國第一位製造酒的人，因此中國詩詞常以杜康來代替酒。元好問〈鵲橋仙〉詞：「風臺月榭，朱脣檀板，多病全疏酒琖，劉郎爭得似當時？」其中的「劉郎」指的是劉晨。據說劉晨和朋友到天臺山採藥，遇見了絕世美女，以酒相待，並以歌舞取樂，半年之後才回家，但見鄰舍並無熟人，原來他留山中半年，人間已經過了七世矣！元好問以「劉郎」表示即使是劉郎也無心於酒。又如崔郊的「侯門一入深如海，從此蕭郎是路人」，中的「蕭郎」也來自於名詞的轉化。當年崔郊家貧，只好把婢女賣給連師，但是崔郊深愛此女，不忍別離，於是寫這首詩贈送給該女。連師讀後深爲感動，終於主動把婢女送還崔郊。「蕭郎」本指任何姓蕭的男人，如姓周者稱為周郎，故杜牧詩「東風不與周郎便」中的「周郎」指的是周瑜，但是崔郊詩中的「蕭郎」指的卻是他本人。

重點複習

1. 何謂「名詞移轉」（eponym）？請舉例說明之。
2. 你知道三明治（sandwich）及斷頭臺（guillotine）的故事嗎？請簡要說明。
3. 中文名字中，後面幾個應該是最常被用來表語義的，請寫出他們所代表的語義：
   ① 關公
   ② 曹操
   ③ 顏回

㈥反向結構（back formation）

反向結構（back formation）是個很特殊的名詞，有必要先做背景的了解。一般的詞彙都是先有詞基（stem），然後在詞基之前加上前綴，或在詞基之後加上後綴，而擴充更多的詞彙，例如先有product，而後才有productive, productively, production等等語詞。但是，由於「詞基＋後綴＝其他詞彙」的規律，很容易產生「其他詞彙－後綴＝詞基」的聯想，於是先有某些詞彙再剪去後綴而產生新詞彙的過程，就稱為反向結構。例如㉑。

㉑

原詞		新詞	說明
swindler	⟶	swindle	swindler「騙子」中的er被誤以為是後綴，於是swindle「騙人」就成了新詞
editor	⟶	edit	editor「編者」中的or被誤以為是後綴，於是edit「編輯」就成了新詞

beggar	⟶	beg	beggar「乞丐」中的ar被誤以為是後綴，於是beg「乞求」就成了新詞

像(21)中的詞都是由於反向結構而得來的新詞，其他類例還有很多，茲舉部分例子如後，其中括弧內的是新詞：peddler (peddle), hawker (hawk), stoker (stoke), sculptor (sculpt), typewriter (typewrite)等等。

有趣的是，有些從始音結合因而衍生的新詞，也會產生反向結構，例如laser，本來是由light amplification by stimulated emission of radiation的每個詞的第一個字母重拼而來，但是由於laser的er很像名詞後綴，於是有了lase的動詞，例如「He wants to lase the beam in the mirror so that the light can be driven to the dark house.」

和反向結構有點像的是鄉土語源學（folk etymology）。所謂鄉土語源學是未經事實證據而為大眾相信並且接受的詞彙來源，例如Hamburger本來是德國的地名漢堡，當地出產一種特製的食物，在兩片厚麵包之間夾上一塊牛肉餅，使味道鮮美爽口，小孩特別愛吃。不知道從什麼時候起，Hamburger被人認為是由於ham（火腿）和一種叫作burger的麵包合起來的食物。於此類推，如果在burger之間夾上雞肉片，就稱為chicken burger，夾上cheese就是cheese burger。後來，甚至於burger都可以獨立成詞，於是有了Burger King的招牌。像Hamburger, cheese burger, chicken burger之類的用詞，都是起因於對Hamburger的誤解，可是由於已經積非成是，現在大概沒有語言學家可以說服民眾來相信Hamburger其實是個地名了。

重點複習

1. 何謂「反向結構」（back formation）？請舉例說明之。
2. 你知道漢堡（hamburger）及起司堡（cheeseburger）的故事嗎？

(七)重複（reduplication）

重複（reduplication）也是世界語言中很重要的構詞方法，但由於英語沒有很多的重複構詞，因此一般語言學入門書籍介紹不多。重複的方式很多種，分別見於各種不同的語言。有些語言只重複第一個CV音節，如薩摩亞（Samoan）語：

(22)

	單數		複數	
①	taa	⟶	ta-taa	「打擊」
②	nofo	⟶	no-nofo	「坐」
③	moe	⟶	mo-moe	「睡覺」

有些語言則必須重複第一個CVC音節，如Agta：

(23)

① bari（身體） ⟶ bar bari-k kid-in「我整個身體」

② mag-saddu（洩漏） ⟶ mag-sad saddu「許多地方漏水」

③ ma-wakay（遺失） ⟶ ma-wak wakay「許多東西遺失」

有些語言則要求只有輔音重複，母音則固定用某個母音，例如非洲約魯巴（Yoruba）語中的重複音節，母音固定是[i]：

(24)

① lo 「去」 ⟶ lilo（主格用語）

② dun 「甜美之味」 ⟶ didun（主格用語）

臺灣噶瑪蘭語就有許多CVC的重複構詞，例如

(25)

①	birbir	「抖」	③	suksuk	「鎖」
②	burbur	「燒」	④	taktak	「切肉」

⑤ sapsap 「墊子」 ⑥ lislis 「鱗」

臺灣魯凱語則以重複CV表未來式：

(26)

① tu-lak 「生了小孩」 ⟶ tu-la-lak 「將要生小孩」

② davac 「走開」 ⟶ da-davac 「將要走開」

漢語則從古以來，重複就扮演了構詞的重要角色，如夭夭（《詩經·桃夭》：「桃之夭夭，灼灼其華」）、勞勞（〈古詩爲焦仲卿妻作〉：「舉手長勞勞，二情同依依」）、兀兀（韓愈〈進學解〉：「焚膏油以繼晷，恆兀兀以窮年」）、充充（《禮記·檀弓上》：「始死，充充如有窮）等皆爲常見之用語。現代漢語中的「常常」、「時時」、「天天」、「往往」、「緩緩」更爲常用。此外，漢語還有後面各種重複方式：

(27)

① **ABB式**

雄赳赳、氣昂昂、大剌剌、臉紅紅、酸溜溜。

② **AAB式**

紅紅的、高高的、厚厚的、（懶）洋洋的、（喜）孜孜的、茫茫然、醺醺然、陶陶然、森森然、飄飄然。

③ **AABB式**

叮叮噹噹、花花綠綠、零零碎碎、婆婆媽媽、明明白白、清清楚楚、淒淒慘慘。

④ **ABAB式**

一閃一閃、涼快涼快、欣賞欣賞、風光風光，得意得意、高興高興。

⑤ **ABAC式**

徒子徒孫、不急不徐、土生土長、假仁假義、半人半鬼、一板一眼、疑東疑西、直上直下、老夫老妻。

⑥　**ABCB式**

千難萬難、買空賣空、心服口服、見怪不怪、自然而然、得過且過、就事論事。

⑦　**其他**

清潔溜溜、驚慌怕怕

重複大都是用以表示「多」或「非常」之意。例如「紅紅的」總比「紅的」還要紅。但有些漢語的重複則用以表「少」或者「更弱」之意。試比較：

⑵⑻

① 他給我一點。

② 他（只）給我一點點。

顯然，「一點點」要比「一點」還少。同樣用重複以表「較少」的還有：一些些、一蕞蕞。

重點複習

1. 何謂「重複」（reduplication）？請舉例說明之。
2. 中文重複的構詞方式有哪些？請各舉兩例說明之。

㈧擬聲（onomatopoeia）

擬聲（onomatopoeia）也是很古老的構詞方式，早期語言學還在爭論語言之起源時，擬聲詞就被視爲語言起源之濫觴。英語的擬聲詞從模仿動物之叫聲如quack（鴨叫聲）、crow（雞叫聲）、chirp（鳥叫聲）、bark（狗叫聲）、mieo（貓叫聲）、bull（牛叫聲)、hiss（馬叫聲）。到大自然的天籟如whistle（風）、splash（水）、murmur（潺潺之水聲），以至於scream（人叫聲)、shout（大叫聲），可說聲聲入耳。

漢語的擬聲詞也遠自《詩經》開始，有「呦呦鹿鳴」，現在則有「一丫一丫」（鴨叫聲）、「咯咯」（雞叫聲）、啁啾（鳥叫聲）、汪汪（狗叫聲）、喵喵（貓叫聲）、哞哞（牛叫聲）。大自然的風則「蕭蕭」或「呼呼」或「窸窣」，水則「潺潺」、「喃喃」、「幽幽」「澎澎」。人怒則吼，狂則叫，驚則嘻，怪則嘖嘖，笑則吃吃，不一而足。

以上我們介紹了八種構詞的方式，這些方式有些是英語獨有的（如blending），有些是漢語特有的（如像ABAB、ABB之類的重複構詞），但不論是哪一種構詞方式，都是語言常見的現象。透過這些構詞規律和方向，終於使各個語言的詞彙能與時俱進，即使天天都有新的東西發明，有新的東西要命名，詞彙總是來得及被塑造出來，這也是爲什麼我們的語言知識能靠幾個簡單的規律，即可以幫助我們了解和接收任何新鮮的事物的原因。

重點複習

1. 何謂「擬聲」（onomatopoeia）？請舉例說明之。
2. 請參照本書所介紹之構詞方式，說明以下各詞是由何種構詞方式而來？

whistle　swindle　fridge　selectric　SARS
blueprint　mieo　memo　sculpt　dancerise

三、構詞和語言類別

世界上語言的分類，可以從句子結構來分，也有人會從構詞的方式來區分。簡而言之，依據詞彙結構方式，語言可分爲：分析性語言（analytical languages）及合成性語言（synthetic languages）。其中，合成性語言又可以再細分爲黏著性語言（agglutinating languages）及融合性語言（fusional languages）。

㈠分析性語言（analytical languages）

分析性語言（analytical languages）指的是他們的構詞都是由每個獨

立的詞素所結合而成的，例如中文就是最典型的分析性語言。我們前面雖然也把英語構詞中的後綴觀念用來分析中文，如「作者」、「月光族」、「合理性」等，可是這些後綴詞在發音及書寫上還是獨立的，也因爲如此，有些構詞還會引起語義的誤解，例如

⑵⑼有水井

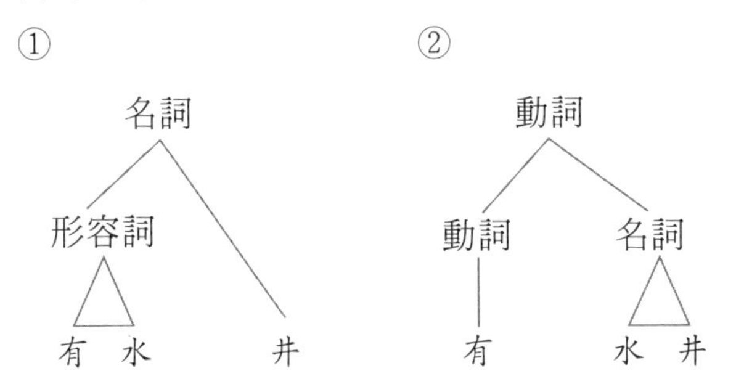

同樣是由三個漢字「有、水、井」結合而成的語詞，卻由於結構不同，而可能爲(29①)的名詞，也可能爲(29②)的動詞。換言之，中文的構詞必須去分析每個詞素（morpheme），然後依據構詞原則把每個詞素建構成更大的構詞單位。這就是漢語分析性構詞的特色。

比較之下，像英語一類的合成性語言，其詞基和詞綴可以結合成爲一個不能分開的詞彙，如books, walking, passed等的-s, -ing, -ed都直接附加在詞基之後，結合成緊緊的詞彙單位。尤其是和詞類變化有關的後綴，如comfortable, comfortably, loneliness等的結構裡，還需要很細心且具有英語詞彙結構的知識才能把這些詞素找出來。

㈡黏著性語言（agglutinating languages）

黏著性語言（agglutination languages）的特色是：雖然每個詞彙也是由幾個不同的詞素黏著而成的單位，但是詞素和詞素之間的結合不很密切，很容易看出詞素和詞素之間的間隔（boundary），臺灣的各族原住民語言、匈牙利（Hungarian）及大部分非洲的語言都屬於黏著性語言。以賽夏語爲例：

⑶0

① nisia tatpo' si-tirotal yakin 他把帽子賣給我
他（主格）帽子 焦點-賣 我（受格）

② kahoey ma'am si-konbiyor 樹被我推。
樹 我（屬格）焦點-推

像si-tirotal（焦點-賣）之類的構詞是由敘述焦點si-和動詞tirotal（賣）結合而成的，但是只要我們了解了內部結構，其實si-和tirotal之間的間隔並不難體會。又如魯凱語：

⑶1

① kuaku wakanə-aku ku bəcəŋ 我吃了millet
我 吃 我（主格）millet

② kuaku waDəələ-ŋa-naku inianŋ 我看過他了。
我 看 完成/我（主格）他（受格）

以waDəələ-ŋa-nak爲例，包含了動詞（waDəələ），表完成的時貌（-ŋa-）及表主動的我（nak），這些各個詞素黏著成爲一個較大的構詞單位，但是每個詞素之間的間格並不難看出來，這是黏著性語言最大的特色。

㈢融合性語言（fusional languages）

融合性語言（fusional languages）指在詞彙結構之中，每個詞素很難去拆解，因爲多個詞素已經融合在一起了，西班牙語即爲典型的例子。例如

⑶2

① hablo 我在講話

② habia 他在講話

③ hablén 我講過話

前面的構詞對比或許可以讓我們了解：[-o]表第一人稱的詞素，[-a]爲表第二人稱的詞素，而[-é]爲表第三人稱的詞素。但是我們卻無法得知西班牙語的「講話」是何種形式，因爲西班牙語並沒有habla-自成語義的詞彙。在更複雜的結構裡，例如

(33)

① hablamos　我們在講話

② hablan　他們在講話

我們很難得知：[-mos]是表第一人稱複數的詞素，而[-n]表第三人稱複數，因爲做這樣的分析，還是無法讓我們明白爲何「我在講話」是hablo，而「我們在講話」卻是hablamos，那amos中的[a]是表示什麼呢？由此可知，融合性語言的特性是把各種詞素做個徹底的融合，而很難把每個詞素做詳細的畫分。

重點複習

1. 世界上的語言可依構詞方式，分為哪幾種語言？各有何特色？
2. 何謂「分析性語言」（analytical languages）？請舉例說明。
3. 何謂「黏著性語言」（agglutinating languages）？請舉例說明。
4. 何謂「融合性語言」（fusional languages）？請舉例說明

四、摘要

本章的主題是構詞，探討的主要目標是詞彙的內部結構及詞彙增加的原則及規律。詞彙是每個人溝通最主要的根本，因爲所有的句子都是由詞彙所組織而成的。構詞的最基本單位稱爲詞素（morpheme），每個詞素都應該具有個別的語義或語法功能。

詞素可以因爲成立的條件分爲自由詞素（free morphemes），即可以獨立成詞並且有個別語義的詞素，如pen, desk, chair、「書」、「錶」等都是自由詞素。至於無法獨立成詞的詞素，如walks, walking中的-s

及-ing雖然有其文法功能（-s表第三人稱單數現在式，-ing表進行），但卻無法單獨成詞，稱為依存詞素（bound morpheme）。依存詞素也可以因為出現的位置而分為前綴（prefix）、中綴（infix）、後綴（suffix）及環綴（circumfix）。出現在詞基（stem）之前的稱為前綴，如unlikely, impossible中的un-及im-都是前綴。後綴則出現在詞基的後面，如countable, wonderful中的-able及-ful都是後綴。顧名思義，中綴必然出現在詞基（stem）的中間，如魯凱語的非限定動詞裡，如果是Ca（子音後面接a）的結構中，則會有中綴-u-的出現，例如kanə⟶kuanə（吃），damək⟶duamək（打擊）。至於環綴指同時出現在詞基的前面及後面的綴詞，如德語的完成式必須同時在動詞之前加ge-，在動詞之後加-t，例如德語的hab（有）這個字的完成式是ge-hab-t，因此像德語的ge---t之類的綴詞稱為環綴（circumfix或confix）。

構詞的基本方式有八種：

1. 複合詞（compounding）指把兩個原本獨立的語詞並列而得來的新詞彙，如英語的post office, ice cream及中文的「明天」、「頭痛」等都是合成詞。
2. 始音結合（acronym），把每個語詞的第一個字母重新拼組的形式，如英語的ICRT, WTO及現代常用的LKK等都是始音結合的結果。
3. 縮詞（abbreviation），只把比較長的語詞縮寫成較短的語詞，如英語的TV, Dr.及中文的「政院」（行政院）都是縮詞。
4. 合詞（blending）透過語音而把兩個獨立的語詞合而為一，如breakfast和lunch合成brunch，把「不」和「用」合成「甭」都是好例子。
5. 名詞的移轉（eponym）指把有些產品名稱或地方特色或名人故事轉化成為新名詞的過程，如kleenex, Xerox及「杜康」等作為一般名詞使用的情形都是名詞移轉的結果。
6. 反向結構（back formation），很多新語詞的形成是從表面上含有詞綴的詞彙中刪減後綴而成的，例如我們先有typewriter，然後才把writer剪去，而把type看成動詞，這種過程稱為反向結構。

7. 重複（reduplication），漢語有很多語詞是經由重複而得來的，如「快快樂樂」、「叮叮噹噹」、「黃澄澄」、「淚汪汪」等都是重複的好例子。
8. 擬聲詞（onomatopoeia）是由模擬自然界之聲音而成的語詞，如表水聲的murmur或潺潺，表風聲的whistling及蕭蕭等均爲擬聲詞。

最後，從構詞的方式爲基礎，世界上的語言可分爲：

1. 分析性語言（analytical languages），像中文就是個典型，因爲中文的所有詞綴都是獨立的，如「桌子」中的「桌」和「子」各爲獨立之音節，很容易分析。
2. 黏著性語言（agglutinating languages），如臺灣的各原住民語言，由於每個語詞之間的綴詞和詞基之間有個明確的間隔（boundary, 分界），例如賽夏語的si-tirotal一詞明顯的會有si（表焦點）及tirotal（賣）。
3. 融合性語言（fusional languages），指語詞間的詞基及綴詞之間的界線不明確，很難從詞語結構中做明確的分析，如西班牙語即爲典型的融合性語言。

本章建議延伸閱讀書目

Carstairs-McCarthy. A.. 1992. *Current Morphology*. Routledge.

Chao. Yuen-ren. 1968. *A Grammar of Spoken Chinese*. University of California Press.

Pinker. S.. 2001. *Words and Rules*. Phoenix.

呂叔湘，1984，《漢語語法論文集》，商務印書館。

湯廷池，1988，《漢語詞法論文集》，學生書局。

第四章

句子結構

從前，爲了升學準備而讀了很多有關「英文文法」方面的書，其中最爲基礎的就是「句子」的觀念。句子是什麼呢？各家的解釋可能會有不同，但是基本觀念卻很一致：句子是由一個主詞和一個動詞所組成，而且能表達完整的語義。因此，「時間飛逝」是個句子，因爲該句有主詞，有動詞，也有完整的語義（該句表「光陰似箭」）。但是，像「*小華買。」之類的卻不是句子，原因是該句的語義不完整：「小華買……」，到底買了什麼呢？意思還不完整，所以不能看成是個句子。

然而，「句子是由一個主詞和一個動詞所組成，而且能表達完整的語義。」的定義卻不夠完整，因爲像「The colorless green sleeps furiously.」之類的結構是句子嗎？它有主詞（the colorless green），也有動詞（sleeps），意思也很完整（該句表「無色的綠色很憤怒地睡著」），但是要我們接受「沒顏色的綠色很憤怒的睡著了。」是個句子的卻有點困難，爲什麼呢？因爲大多數的人無法接受「沒顏色的綠色」這個名詞，「綠色」不可能是「沒有顏色的」，更令人難以接受的是「很憤怒的睡著了」，一般而言，可以說「很安靜地睡著了。」或「睡得很安靜。」。卻很難接受「睡得很憤怒」或「很憤怒地睡」。

每個語言都有無限的句子，每個人每天所講的話，雖然內容可能相同，但是用以表達的句子卻大不相同。爲什麼我們能創造這麼多的句子呢？爲什麼很多我們從來不曾聽過的句子，只要有人講出來我們都能聽得懂呢？這些就是句法學想要探討的問題。

本章先談句子的本概念，其次介紹華語的句法，特性接著討論簡單句、複句的分類與內在，並且深入介紹複句的結構差異，最後討論幾種華語的特殊句型。

一、句子的基本概念

句子的界定最初還是以英語語言的句子爲基礎，「句子必有主詞與動詞，且能表達一個完整的意思。」早期衍生句法理論伊始，即有(1)的結構衍生理念，這個VP的部分在傳統文法中稱爲述語（predicate），因此漢語的句子也傳承這個看法，而把句子分爲主語和述語兩大部分。

(1)

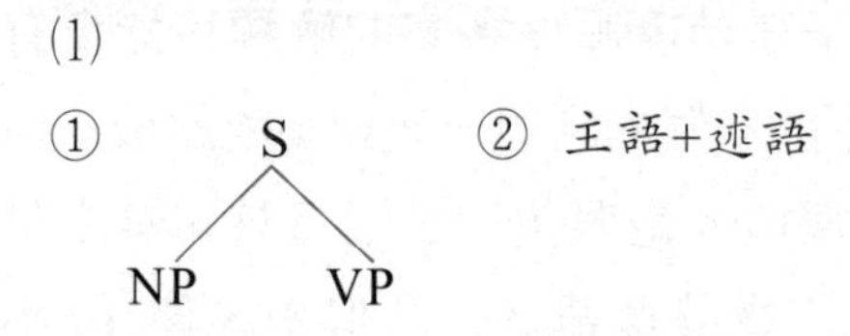

NP（noun phrase）就是名詞詞組，VP（verb phrase）就是動詞詞組。簡而言之，句就是有主語（名詞詞組）和述語（動詞詞組）所組成的。不論是NP或VP，我們還是必須了解每個單詞以及該單詞所具有的詞性或詞類。了解了詞性之後，再進一步認識句子的結構緣由。

重點複習

請把後面的句子畫分為主語和述語兩部分。

1. 小華到了公園了。
2. 那位穿藍色衣服的小男孩靜靜地坐在樹下看花。
3. 她最後只好去請哥哥來幫忙。

㈠單詞的詞類

關於詞類，我們應該都很有觀念，大部分的臺灣人在國、高中的英文文法課本或參考書裡頭，都讀過「英文有八大詞類」之類的講法，這裡詞類其實就是指過去高中英文文法書上的八大詞類：名詞（noun）、動詞（verb）、形容詞（adjective）、介系詞（preposition）、副詞（adverb）、助動詞（auxiliary）、冠詞（article）、連接詞（conjunction）。但是，語言學裡通常用範詞（Determiner，簡寫成Det. 華語文法學者有把Det稱為「定語」）來取代傳統上的冠詞、不定形容詞等等。後面是這些詞類的簡寫及例字：

⑵

詞類名稱	**簡稱**	**例字**
名詞	N	椅子、桌子、石頭、天空、木頭、水
動詞	V	講、做、寫、誇耀、排列、飛行
形容詞	A	新、舊、遠、藍、清淨、漂亮的
介系詞	P	在、於、對
副詞	Adv.	快、慢、突然、立刻、細密地、用心地
助動詞	Aux.	能、會、要、有
連接詞	Conj.	和、但、可是、然而、況且、既然
範詞/定語	Det.	一個，多、少、大約、有一點

在句法研究裡，還有一些特別的稱謂，例如前面⑴表裡的「定語」（範詞）包括可以出現在名詞之前的冠詞、不定形容詞像「很多」（他有很多書。）、「好幾」（他在這裡有好幾個朋友。）用Det表示。至於助動詞先用Aux.來表示。

㈡單詞的次詞類

閱讀有關句法的文章裡，有個名詞常常令人不知其意，那就是subcategory或subcategorization，其實這兩個語詞指的都是詞的次分類，也就是把詞類內部再做更細微的分類，例如傳統的文法把動詞分為後面的類別：

⑶**動詞的類別**

動詞大類別	**次分類**	**特性**	**例句**
不及物動詞	完全不及物	V	小明走了。
	不完全不及物	V+ C	小明是醫生。

及物動詞	完全及物	V + O	小明買了書。
	不完全及物	V + O + C	我認爲小明很可愛。
	與格動詞	V + O + O	小明給我一本書。
	put	put + O + Loc.	小明把書放在桌子上。

在此先要說明這幾個常會使用到或者會閱讀到的語詞。V就是「動詞」，O（object）就是賓語（受詞），C（complementary）就是補語。以上⑵內的動詞分類，正好說明爲何句子會以這五大句型來代表或來展示。最後一類是像put（放）之類的動詞，這種動詞相對特殊，因爲「把東西放在____」必須要有個地方詞（locative）。

現代語言學理論認爲每個單詞都儲存在我們的心理辭典（mental lexicon）之中，而且在心理辭典裡的每個單詞不但包括了該詞的語音、語義，還包括了詞的類別和詞的次分類（subcategory）。所謂詞的次分類就是把詞類內部再加以細分，並且使用一種形式符號來表示，例如

⑷

字詞（lexicon）	**說明**
① 微笑, V, ___	「微笑」是動詞，其後不必接其他語詞。
② 變成, V, ___ NP，(___AP)	「變成」是動詞，其後必須接個名詞或形容詞。
③ 買,V,___ NP	「買」是動詞，其後必須接個名詞。
④ 認爲, V,___ NP AP	「認爲」是動詞，其後必須接個名詞和形容詞。
⑤ 給, V,___ NP NP	「給」是動詞，其後必須接兩個名詞。

前面⑷的NP及AP，分別代表名詞詞組及形容詞詞組。換言之，我們在使用語言的時候，只要用到「給」，我們的心理辭典裡就會提供

「給, V,___ NP NP」的訊息，我們也自然會把「給, V,___ NP NP」解讀成「『給』是動詞，其後必須接兩個名詞」之意，因此，漢語或華語只允許「她給小明一本書。」，而不允許「*她給小明。」或者「*她給一本書。」之類的華語句子。

在⑷在的例子裡，以(4②)最值得注意。「變成, V, ___ NP, ___AP」的意思是：「變成」是個動詞，其後可以接NP或AP，因此，「小明變成聰明了。」和「小明變成醫生了。」都是合乎「變成」的次分類。

總之，每個語言的單詞都能畫分爲各種詞類，而且每種詞類還可以進一步做更細微的次分類。有了詞類和次分類的觀念，我們可以從中發現世界上的語言在句法結構上的相似性及共通性，例如中文的「死」和英文的「die」有相同的次分類，都不能在其後接NP（名詞詞組）。換言之，「死」和「die」都不能接受詞（賓語）。

另一方面，詞類和次分類的觀念，也可以解釋爲何某些句子是不可能合語法的，例如英文不會有「*小華哭書。」之類的句子，因爲「哭」的次分類是：[「哭」, V, ___]，所以在「哭」之後不能接NP（名詞詞組）。

重點複習

1. 請把後面句子中的單詞圈出來。

   例句：(小美)坐在(桌子)旁，(一邊)看(書)，(一邊)喝(咖啡)。

   ⑴ 小華可以一起去參觀花園嗎？

   ⑵ 媽媽說小朋友不能喝咖啡。

   ⑶ 你能不能把那本書借給我看？

2. 請把後面句子中畫線的部分，寫出文法名稱，如「主語」、「賓語」、「補語」。

   ⑴ 小明買了一本書。

   ⑵ 小名寄給小華 一封信。

   ⑶ 小華認爲阿明 很能唱歌。

3. 後面的詞組或語句為何不好呢？

(1) 笑山

(2) 小明死馬。

(3) 小明放在桌子。

二、漢語句子結構的特性

華語的句法特性有很多面，爲了說明方便，我們僅就兩個主題來切入：主詞可以刪省、主題與主詞共存。

㈠主詞之刪省

像英語等西方語言，最明顯的特性是以句子爲最基礎的表意單位，而每個句子的基本結構是主詞和動詞，缺一不可。但是華語是屬於所謂的pro-drop（可以沒有主詞）語言，句中的主詞可以缺而不用，例如

(5)

① 松下問童子

② 言師採藥去

前面(5①)和(5②)兩句都沒有主詞，可是對講華語的人而言，心裡都很清楚(5①)是什麼人在問，也知道(5②)回答的人是與(5①)問話的人是不同的。然而這兩個句子，若要翻譯成英語，則主詞必須加上去，否則不但不合句法，也會讓英語的人士莫知所之：

(6)

① I asked a boy under the tree.

② The boy said his master went to the mountains for herbs.

這種主詞省刪的句子，即使是到了現代，還是很流行的結構：

(7)

① 那天到了蘭潭，才知道她們走了。原來孤獨還是孤獨，寂寞還是

寂寞。

② 就這樣晃了一整天，連一杯咖啡也沒喝，眞是難過。

華語的句子可以沒有主詞，因此整個句子的語意，必須看上下文來理解。換言之，華語或漢語每個句子都是鑲嵌在整篇文章或談話之中，鄭錦全先生於是把華語看成是「篇章」（discourse）語言。在句意理解及思考溝通上，華語主要建立在交談者的共同認知或背景之下，而且上、上文的文意也是很重要的基礎。

㈡主題、主詞、評論

漢語另外一個句法特色是主題、主語和評論之間的交錯關係。再以英語做爲比較的語言，我們發現英語的句子只允許一個主詞一個動詞(8①)、(8②)，但不能有兩個名詞同時出現在主詞位置(8③)、(8④)：

(8)

① John will visit me this weekend.

② My friend will visit me this weekend.

③ *John my friend will visit me this weekend.

④ *My friend he will visit me this weekend.

但是華語最常見的卻是主題和主詞並列：

(9)

① 那本書內容很豐富。

② 張三他下午要來跟我一起喝茶。

在(9①)的句子結構中，我們把第一個名詞（「那本書」）看成主題（topic），而把「那本書」以後的句子看成評論（comment）。換言之，在(9①)中「內容很豐富。」本身就是個完整的句子，有主詞（內容），有述語（很豐富）。這個句子是用來評論「那本書」的。

與(9①)相同，(9②)的「張三」是全句的「主題」，後面的句子「他下午要來跟我一起喝茶。」扮演著「評論」的角色。可見，華語語句很多像(9)的句子結構，這是一種與英語句子結構完全不同的概念，華語文的研究學者遂把華語稱爲主題-評論的語言（topic-comment language）。而把英語稱爲句子本位的語言（sentence-based language）。

華語句子中，同一個主題有時會有好幾個評論，例如

(10)

① 那棵大樹，年齡很大了，花還是很美，枝幹更加挺拔，葉子茂密青蔥，彷彿是老當益壯。

② 老家的房子，屋頂長著幾根茅草，牆壁斑駁滿是水漬雜痕，禾埕疏闊，後園更是瓜棚傾頹。

前面(10①)中的「那棵大樹」是爲主題，後面的句子如「年齡很大了」、「花還是很美」、「枝幹更加挺拔」、「葉子茂密青蔥」等都是可以單獨成立的句子，可是在這裡卻是做「評論」，因此同一個主題，有三個評論句，是個典型的主題鏈。更應該留意的是，最後的「彷彿是老當益壯」的主詞卻是「那棵樹」。簡而言之，「那棵樹」在(10①)中同時兼具了主題和主詞的雙重身分。但並非每個主題鏈的主題都兼具主詞的角色，如(10②)基本上「老家的房子」只是句中的主題。

重點複習

1. 華語都屬於「可以沒有主詞」的語言，請問下列哪個句子缺了主詞？

   (A) 我本楚狂人　　(C) 煙花三月下揚州

   (B) 初聞涕淚滿衣裳　　(D) 桃花潭水深千呎

2. 「她的包包好好看，風格很亮麗，設計很新穎，顏色非常搭配」請問前一句中，「她的包包」是整個句子的____？

   (A)主詞　(B)賓語　(C)主題　(D)評論

3. 「她的包包好好看，風格很亮麗，設計很新穎，顏色非常搭配」問前一句

中，「風格很亮麗，設計很新穎，顏色非常搭配」是整個句子的____？
(A)修飾語　(B)補語　(C)評論　(D)謂語

三、句子的類別

句子可以用很多種方式來區分，各種分法都只能就該面向作爲理解的基礎。目前比較常用的分類方式或基礎是：功能爲本（function based）還有結構爲本（structure based）兩類。

(一)功能為本的分類

從功能的角度而言，句子分爲陳述句、疑問句、祈使句、感嘆句等等。

1.陳述句

陳述句通常用來表述或陳述一種狀態、事實、或想法，如(11)的句子。陳述句是很常用的句子功能，我們在後面看到的句子，大都是陳述句。

(11)

① 我想去動物園玩。/我不想去動物園玩。

② 這幾天下很多雨。/這幾天沒下多少雨。

③ 大家可以出去外面玩玩。/大家不可以出去玩。

2.疑問句

疑問句，顧名思義，是表達心中的疑問或想對某些訊息的理解。華語的疑問句可簡單的分爲四類：嗎問句，什麼問句，A非A問句，還有附加問句。

嗎問句也稱爲yes/no問句，很類似英語的yes/no問句，但華語多用「嗎？」結尾，通常表示純粹的問句，例如

⑿

① 小龍女會來嗎？

② 小龍女去看過黃蓉嗎？

③ 小龍女可以用那張桌子嗎？

嗎問句的回答當然也是「是/不是」、「有/沒有」、「能/不能」等所謂的助動詞或情態動詞（modal verbs）。

什麼問句相當於英語的Wh-問句，句子中只要涉及人（什麼人，誰），地（什麼地方、那兒、哪裡），時（什麼時間、何時），事（什麼事、什麼東西，什麼），物（哪個），方式（爲什麼，如何，怎樣）。凡是與什麼有關的問句，華語都用「呢？」結尾。現代人多忙碌，言談中多容易省掉「呢？」，例如

⒀

① 誰會代表小龍女來呢？

② 小龍女要在什麼地方過夜呢？

③ 小龍女想買什麼東西吃呢？

④ 小龍女將要怎樣解決這個困境呢？

無論是⑿或⒀的問句，都是出於想要知道或了解問話的目的。不過，介於這兩者之間，還有表示懷疑、假想的問句，華語用「吧？」來做結尾，例如

⒁

① 小龍女會來吧？

② 小龍女會想去看黃蓉吧？

③ 小龍女到時會用那把劍吧？

試比較(12①)和(14①)，這兩句的差別僅在前者用「嗎？」後者用「吧？」，但在聽話者心中，卻能區分兩者的差異。(12①)顯然是出於純

粹的疑問，問話者心中並沒有任何的既定看法。但是(14①)卻表示問話者已經知道「小龍女不會來」，可能基於禮貌或其他因素，所以提出(14①)的問句，代表他心中充滿了懷疑。

第三種問句稱爲A非A問句，取自英語的A-not-A question。這種問句中的A通常是單音節的動詞⒂，若屬於雙音節的動詞（如高興、喜歡、知道、跳舞），則通常只重複第一個音節(15④)，這種問句也可以用「呢？」結尾。

⒂

① 小龍女會不會去看楊過呢？

② 小龍女想不想去公園呢？

③ 你認爲情形是不是這樣困難？

④ 你高不高興呢？

A非A問句的結構比較鬆散，所以還能在「A非A問句」之間加入「還是」，變成「A還是非A問句」，如：

⒃

① 你到底想走呢還是不想走？

② 小華到底要去看他爸爸呢還是不要？

當然，「A非A問句」常常與第四種問句，也就是附加問句，結合爲一。所謂附加問句，類似英語的tag questions，不過英語的tag questions的結構相對地固定，通常陳述句若是肯定，附加問句就用否定；反之，若陳述句用否定，則附加問句用肯定。但華語的附加問句卻沒有這麼固定，必須要根據對話者的態度、關心程度而有不同的語氣。華語的附加問句，可以在陳述句後面加簡短問句例如「是嗎？」、「是不是呢？」，「你認爲呢？」，「對吧？」之類的問句結構：

⒄

① 小龍女是會過來的，不是嗎？

② 小華很想得到那項獎品，是不是？

③ 小華的確想放棄那場比賽，你認爲呢？

④ 我就這樣說過，對吧？

「A非A問句」與附加問句都是華語常用的句型。通常對華語的學習者對華語的問句形式頗感困難，就是由於形式並非很固定，正因爲如此，華語是否學得道地，也能從附加問句的對答取得參酌的指標。

3.感嘆句

感嘆句用來表達說話者心中的震撼(18①)、驚喜(18②)、或者是感嘆(18③)。

(18)

① 沒想到水災會讓整個村子消失不見！

② 在這樣的會議上見到你，實在太驚喜了！

③ 唉呀！反正談戀愛就是這麼一回事！

感嘆句通常會與感嘆詞連結，例如啊！哦！好怪呀！唉呀！等等，但不一定要有感嘆詞才能形成感嘆句，例如(18①)與(18②)就沒有這些感嘆詞。

4.祈使句

表示祈願、命令、責備、禁止等等的語句，通常是說話者與聽話者之間的對話，因此第二人稱往往被省略，例如

(19)

① 祝你一路快樂。

② 快去寫功課。

③ 不要吵，走開。

④ 屋內禁止抽菸。

祈使句更廣泛地說，還包括條件句(20①、②)，不過由於條件句大都很固定地與「假使、倘若、如果、萬一」等語詞連接，讓越來越多學者把條件句劃爲結構爲本的複句了。

⒇

① 如果你不馬上離開，我就請警察過來。

② 倘若進到房屋內，請你不要再抽菸。

簡言之，根據功能來分類，句子通常有四種：陳述句，疑問句，感嘆句，還有祈使句。後面我們再來討論以結構爲本的句子分類。

重點複習

1. 且以後面三個句子，試著說明華語以問詞「嗎？」、「呢？」、「吧？」的區別？

 ⑴ 小華想去買什麼禮物呢？

 ⑵ 我看這樣做不行吧？

 ⑶ 小華還想買些糖嗎？

2. 請以「A-不-A」的問句造幾個句子。

 ⑴

 ⑵

㈡句子結構為本的分類

以結構爲本的句子畫分，可以分爲簡單句和複句，前者其實就是華語句型的基本結構，包括了有主詞（例如這本書寫得很好。）還有沒有主詞的句子（例如不要再說了。），至於複句，大體而言就是經由連接詞如（雖然……但是，因爲……所以，或者並且，於是）連結而成爲句子的結構形式。後面將以比較大的分節來討論這兩種句子結構方式。

四、簡單句的形式

由於華語句法的特殊性，有些句子的主語可以省略。再則華語的句子也多有主題，因此就主語而言，其出現的形式不外乎四種：有/沒有主語，主語/主題的並列或擇一。如後面(21①)屬於缺主語的句子，(21②)的主語或許沒在表面，但聽話者都知道是誰應該跟著來。至於(21③)和(21④)則屬於有主語的句子。(21⑤)的「小華」是句子的主題，後面的「頭髮很好看」則為評論。

(21)

① 想到這個問題，難免火氣大些。

② （你）慢慢走過來。

③ 小華背著書包。

④ 大哥給我一個大蘋果。

⑤ 小華頭髮很好看。

「述語」或謂語的部分，華語也與英語不全然相同。華語除了動詞(19①)以外，形容詞也是很常見到的述語(23②-④)。不過，句子結構其實也與音節大有關係，我們很少見到，更難得會講像(23①、②)之類的句子。表面上，這兩句完全合乎文法，但大家會覺得怪怪的，主要原因是音節的關係。若多加了一個音節，唸起來就會順暢很多。若是在對話中，加個情境，即使是單音節，也不會有語感怪怪的問題(23⑤)。

(22)

① 小華做了那件衣服。

② 小華很可愛。

③ 小華眞漂亮。

④ 小華忙得很。

(23)

① 小華美。

② 她高。

③ 小華眞美（很美）。

④ 她很高。

⑤ 請問她高不高？她高。

有時候名詞也能充當述語(24①)，特別是在講論斤兩與價錢關係之間(24③、④)。究其實際，(24①)可能「小華是矮個子。」縮減而來，而(24②)顯然是主題句，「小華」是句中的主題，「個子矮」是完整的句子，在(24②)中做爲評論。

(24)

① 小華矮個子。

② 小華個子矮。

③ 香蕉一斤三十。

④ 飯一碗兩元。

以上就是華語簡單句的各種結構型式，這些句子的共同點就是只有一個述語，或僅僅表示一個單一概念。其實，「簡單句」和「複句」是相對的名稱，基本上複句是由一個或多個簡單句組合而成的。後面我們就來介紹複句結構。

五、複句的結構形式

「複句」指超過一個單句而用連接詞連結而成的句子。根據傳統英文文法，複句分爲三種：合句（compound sentences）、複句（complex sentences）、複合句（complex compound sentences）。平等連接詞連結的是彼此對等的句子，相當於「合句」。合句的連接詞，可以區分爲對等、對比、漸進等三種。詳細討論如後。

㈠平等連接詞

平等連接詞指前後句的身分地位基本上是對等的，平行的。約而言之，可以再細分為三類：前後語對等，前後語相反或對比，漸進方式。

1.前後對等

前後對等的連接詞，通常用「和」、「而且」、「又」、「也」、「一面……一面」、「同時」……，大體上語意呈現前後的對等形式。例如

⑵5

① 在那裡我們共同唱歌、跳舞、打牌、還有玩其他遊戲。

② 郭伯伯很照顧楊過，而且還想傳他功夫。

③ 老和尚一面練功一面教導他做人的方法。

④ 他盡力工作，同時也隨時準備出國的資料。

⑤ 他就靜靜地坐在那裡，閉目、養神、吐氣。

前面幾個句子中，(25⑤)是最原始的古文式用語，目前大多見於新詩、歌曲創作之中，在平時的寫作或講話中，在「吐氣」前會加「與、和、也」等等，可見華語的對等連接詞基本上還是省略的。

2.前後對比

前後對比或表相反的語詞或語氣連接詞，常用的為「但是」、「可是」、「然而」、「而是」、「不過」……等等，例如

⑵6

① 下大雨了，可是他還是沒穿雨衣。

② 我很想幫助他，然而他說他不需要任何協助。

③ 我的意思並不是那樣，而是想對你好些。

④ 山前霧茫茫，不過山後卻晴朗亮麗。

⑤ 大家冷氣開越多，室外溫度就越高。

前面就是很典型的對比式連接詞，其中(26⑤)特別值得留意，句中僅有「就」字呈現前後相對的語義，這也是很常見到的對比連接詞。

3.漸進方式

「漸進式」可能並非很好的分類，不過卻能讓我們逃避許多艱深的用語和用例。「漸進」包括許多轉折式的介詞如「便」、「就」、「又」、「也」、「於是」……等等，並非過去傳統文獻上認可的「連接詞」，例如

⑵⑺

① 這小女孩說著說著就（便、於是）哭了起來。

② 他轉身走了兩步，又（再）回頭囑咐大家要小心。

「漸進式」也用來涵蓋後半句具有更深一層的對等或對比的語義，常用的連接詞有「不但……而且」、「不僅……還（更）」、「不但不（沒）……反而」、「還更」……等，

例如

⑵⑻

① 他不但一再要我用功，而且幫我買了不少相關書籍。

② 小華不僅好好地照顧媽媽，還時時抱著她要她放心。

③ 小明不但沒改過自新，反而行爲更爲囂張。

④ 小華來到學校不是拚命讀書，就是拼命打球。

⑤ 你今天想喝咖啡還是想喝茶？

⑥ 不論是你去還是她去，結果都是相同的。

在前面幾個句子中，我們注意到後半句之前所用的連接詞，在語意或語氣上都帶有比前半句更深或更大的情感，故稱爲「漸進式」連接詞。這些在傳統的文獻裡，其實都放入了前面的對等或相對比的連接詞之內。

連接詞的形式和用法，受到英語語法的影響，可說越來越多種，我們

這裡無意把所有的對等、對比、漸進連接詞一一列舉，只不過提幾個例句，從中看出連接詞的用法和歸類方式。後面我們將介紹複合連接詞。

㈡主次連接詞

主次連接詞就是英語的complex conjunction，通常有具有主要子句和次要子句的分別，所以有些文獻把這種複合句又稱爲偏正結構，其中主要子句就是「正」，次要子句就是「偏」，且先看後面的例句：

(29)

① 阿明伯來的時候，我正好在寫作業。

② 今早馬路都濕漉漉的，因爲昨晚下了大雨。

前面(29①)的主要子句式爲「我正好在寫作業。」由連接詞「（當）……的時候」引導的是爲次要子句或附屬子句（subordinate clause）。同理，(29②)中主要子句爲「今早馬路都濕漉漉的」。可見主要子句並不一定要出現在最前面，但可確定的是可以沒有連接詞的句子。

主次連接詞能用來表因果、表理由，表時間（場所地點、方式），表假設，表條件等等，將於後面逐一細述。

1.因果複句

表因果的連接詞通常有「因爲……所以」、「由於」、「因而」、「以致於」……等，其中「由於」、「因而」、「以致於」等多用於後半句，用於表示推斷或解釋前半句發生的原因所導致的後果。例如

(30)

① 因爲小華生病了，所以今天請假沒來上課。

② 由於遇到太多困難，小華終於決定暫時退出團隊。

③ 她又用功又喜歡幫助別人，因而大家都很賞識她。

④ 小華傾全力協助小明以致於她自己的功課有點吃緊。

另一個與「所以」同樣常用的爲「既然……就……」、「因此」，這比較偏向於說明事實或事情的眞實樣貌：

(31)

① 你既然不想離開團隊，（那）就好好地多加練習吧！

② 小華既然講得這麼清楚，那麼你還有什麼要補充的？

推斷和事實說明之間，也還有很多的模糊空間，因此兩者多數還是能互相轉換或交換使用，只是在互換之間，語氣還須講究，例如

(32)

① 由於小華染疫了，所以她沒來上課。（推斷，說明）

② 既然小華染疫了，她就沒來上課。（說明）

2.假設複句

假設語氣是英文學習歷程上的重點，華語的假設其實與英語的假設有很多共同點，其中「假設複句」多有連接詞「如果」、「倘若」、「假如」、「要是」……等，主要子句也多會有「就」、「便」、「於是」等作爲前後的語氣轉折。例如

(33)

① 如果我有機會去臺北工作，我就會盡量去熟悉當地的環境。

② 倘若我中了樂透，我就會把大部分的錢用於公益事業上。

③ 要是你能了解我，你就應該體諒我的苦心。

表假設的連接詞有時也可以省略，還是能表達假設的語意，例如

(34)

① 到時你就來找我就是了。

② 到時如果你遇到困難，就找我就是了。

③ 晚上要喝咖啡，我肯定會陪著你。

④ 假若你晚上要喝咖啡，我肯定會陪著你。

前面(34①)與(34②)兩者是一體兩面，前者只是把假設連接詞省掉了，同時也把「你遇到困難」等語詞省略，讓聽話者心內的負擔不會太大。至於(34③)與(34④)其實是同一個句子的不同表達方式。

3.條件複句

條件句本質上與假設複句很相同，兩者都可以表示尚未實踐或還沒發生的事情，可說是一種推測。條件句只是比較傾向事情發生的條件前提。條件連接詞多以「只要」、「要是」為正向的條件，而以「除非」、「不然」表負向條件。例如

(35)

① 只要（要是）你肯下工夫，這件事並不會太困難。

② 只要他能放下身段，我絕對不會跟他計較。

③ 我絕對不跟他計較，除非他放下身段。

④ 除非你出面要求，否則他不可能讓步的。

前面(35①)與(35②)都是正向條件的良好示例，但(35②)與(35③)兩者的連接詞不同，但要表達的語意卻全然相似，可見正向與負向條件其實還是可以互換的。另一種常見的條件連接詞是「不論、不管……」，由於這種連接詞都表示全部或部分，後面的轉折語多為「還是、總是、還、都」等等串聯。例如

(36)

① 不論小華缺了什麼東西，你總要先替她解決。

② 不論小華想吃雞排或豬排，你還是要盡力去買給她。

③ 不論外面下多大的雨，我都要出去園裡看禾苗。

4.讓步複句

「讓步」表示一種妥協、一種退讓、一種和解之意，這種稱呼是從英語的although（雖然）等引借過來的。常用的讓步連接詞有「儘管」、

「縱然」、「雖然」、「即使」……等，例如

(37)

① 雖然雨勢不斷，小華還是冒雨來上課。

② 儘管路已經遭洪水沖毀，小華還是克服困難走了出來。

③ 即使你無法找到足夠的人來參與比賽，我還是願意協助你。

④ 那怕隔了千山萬水，我還是會到你身旁照料你的。

另一種讓步的連接詞帶有文言的況味，如「寧可……也……」、「與其……不如」，但時下的日常生活中，我們還是很常使用，無論是口語或者是書面語。

(38)

① 與其有車有房而離開你，不如無車無房而能與你長相廝守。

② 我寧可失去財富也不願意失去健康。

表讓步的複句，也可與表條件、表假設的複句互換，這使我們的語句能更活潑更多樣變化。例如

(39)

① 如果有車有房而離開你，我也不願意。

② 除非與你在一起，否則我什麼都不在意。

5.其他主次複句結構

其他主次複句還有表時間、地點、目的、方式等等的連接詞，這些大多是受到英語的影響而逐漸有了相對固定的結構，因此，大概能從英語表人、事、時、地、物等面向切入，再加上表方式與目的，這樣就很能掌握華語的複句結構了。例如

(40)

① 秋天來臨的時候，要記得早晚多添加衣服。（時間）

② 去到臺北那種地方，生活花費要貴得很。（地點）

③ 你應該了解什麼人最能幫你。（人物）

④ 進入職場，最應知道什麼會讓你感到挫折。（事務）

⑤ 不論你選哪種工作，總有你能做好的方向。（方式）

⑥ 爲了能在臺北工作，我什麼苦都能吃。（目的）

此外，這類句子的連接詞還有「一……就……」(41①)、「越……越……」(41②)、「再……都……」(41③)，「只要多（少）……就」(41④)等等。無論如何，這些句型結構讓華語的語句更能有變化。

(41)

① 她早上一見到太陽，心裡就感到全身舒暢。

② 小華越需要人家幫忙，他就花越多時間陪她。

③ 你再怎麼講解，看來他還是無法體會的。

④ 只要你能多給他一點時間，他必然會想通的。

重點複習

請找出句子中的連接詞，並說明是哪一種連接詞（對等或主次）。

1. 我可以去如果天氣還好的話。
2. 小華一邊喝咖啡一邊看書。
3. 爲了能趕完這些工作，小華很早就出門了。
4. 我無法同時又寫書法又聽熱門音樂。
5. 小華雖然成績很好，但是她的信心就是不夠。
6. 由於日夜讀書，小華因此生病住院了。

㈢複合句

複合句（complex compound sentences）本質上就是前面講過的對等連接詞和主次連接詞結合而成的複句結構。且看後面的例句：

(42)

① 每年春天來臨的時候，全家老幼，不論住在哪個地方，也不論年齡大小，都會回來家鄉來掃墓。

(a) 每年春天來臨的時候　(b) 全家老幼　(c) 不論住在哪個地方　(d) 也不論年齡大小　(e) 都會回來家鄉來掃墓

② 爲了達到素養的條件，國中小的課程內容和教學要兼顧傳統與現代，更要顧及在地需求，才能達到課綱要求的目標。

(a) 爲了達到素養的條件　(b) 國中小的課程內容和教學　(c) 要兼顧傳統與現代　(d) 更要顧及在地需求　(e) 才能達到課綱要求的目標

回頭檢視，(42①)的(a)是主次連接詞，眞正的主要子句爲後面的全部(42②-⑤)。主要子句內，(b)是句子的主語，述句爲(e)，至於中間的(c)、(d)在句子結構上屬於複詞修飾語。但就這個修飾語而言，「也」是對等連接詞，連接了(c)和(d)。換言之，整個句子有對等連接詞「也」，又有主次連接詞「……的時候」，讓整個句子形成了複合句。

(42②)的結構也是如此複雜，主要子句的主語爲(b)，述語爲(c)和(d)，至於(e)可以看成副詞子句。句子中的(a)是表目的的主次連接詞，屬於附屬子句。「要兼顧，更要」在結構上爲述語，但由於漸進式連接詞的關係，讓這個述語部分形成了主次結構。

透過複合句的結構分析，我們更能了解句子結構內的每個結構成分扮演的語法角色或功能，讓我們更了解華語語句的內在結構。

重點複習

請指出下列畫線部分的「主語」、「述語」、「連接詞」並說明那些是對等，那些是主次連接詞。

1. 由於小華為了月考能更進步，她於是利用所有的時間盡量念書，然而她最後還是無法達到自己的理想，因為她自己的心理壓力太大了。
2. 小華想去參加旅遊團，希望能看看古蹟，又能了解各地的文化特色，雖然這樣的費用比較大，但她打工的時候就已經先存了些零用錢，所以能按照計劃實現夢想。

六、幾種特殊句結構

華語的句子中，除了前面講過的簡單句、複句之外，還有幾個很特殊的結構，必須要另外說明。這些結構包括有字句、連動句、兼語句、把字句、被字句。

㈠有字句

華語，特別是臺灣的華語，有很多「有」字句，幾乎每種句子結構都可以有「有」，約而言之，「有」用法有下列七種：

⑷③

① 表「擁有」之意，多置於名詞之前，例如我有很多朋友。

② 表「存在」之意，用於引介句中，例如屋子外面有很多花。

③ 表「已經發生」的動作或狀態，例如他有去求過小華。

④ 表「變化後」的情況，例如衣服有乾了。

⑤ 與到或過等表完成時貌詞連用，例如前幾天小華有看到你。

⑥ 數量詞之前的有，例如這間屋有一百坪左右。

⑦ 疑問句中的有表經驗，例如他有去吃過那一間飯店嗎？

由於「有」出現頻率很高，如今讓臺灣華語與大陸普通話，差別最大的便在於「有」的使用。簡而言之，臺灣國語什麼都「有」，而大陸普通話則什麼都沒「有」，試比較：

⑷④ 臺灣華語	大陸普通話
① 你昨天<u>有</u>去圖書館嗎？	昨天你去了圖書館嗎？
② 等一下妳<u>有</u>要去看阿明嗎？	待會兒你要去見他嗎？

③ 阿明有說要請你來。　　　　　　阿明說要請你來。

④ 你的男朋友有很有錢嗎？　　　　妳的男友很富嗎？

從⑷可發現，臺灣國語幾乎每種句型都要「有」而大陸普通話幾乎很少用「有」。

㈡連動句

所謂連動句即同一個主語有兩個動作或者說有兩個述語結構，但這兩個述語並非用對等連接詞結合而來的，而是有前後的時間順序(45①)或者是後面的動作為前面動作的目的(45②)，有時這兩個動作還會前後相反（有/沒有(45③)，動/不動(45④)。）：

⑷

① 小華在那兒講著講著笑了起來。

② 大伙兒趕過去那間餐廳吃飯。

③ 以前我們有時間沒飯吃，現在有飯吃沒時間。

④ 眼見老婆離開了，老黃在門口站著不動，眼睜睜地看著她離開。

(45①)的兩個動作是「講著」和「笑了起來」，這就是連動句的特色，因為兩個動作有前後關係，先講後笑，但卻沒有連接詞。倘若(45①)改寫為「小華在那兒一邊講一邊笑。」那這個句子就不再是連動句，而是對等連接詞連起的合句。至於(42②)的裡個動作分別是「趕」和「吃飯」，他們趕的目的就是去吃飯。像(45③)的句子近似順口溜，「有時間」卻「沒飯吃」，這有與沒有之間本來是對立或對比的，由於缺了連接詞，故在形式上為連動句。最後，(45④)更典型，老黃「站著」、「不動」是兩個動作，卻共享了一個主語，是很典型的連動句。

㈢兼語句

與連動句在句法結構上頗有同工巧妙的是「兼語句」，表示某個名

詞，既爲前半句的賓語，卻又同時爲後半句的主語，這種結構是華語非常特殊的結構，例如

(46)

① 小華要求小明過來談判。

② 小華允許小明玩她的玩具。

前面兩個都是很典型的兼語句。在(46①)中，「小明」既是「要求」的賓語，又同時是「過來」的主語。在(46②)中，「小明」同時是「允許」的賓語，又是「玩」的主語。

假若從英語的五種基本句型來看，這種兼語句屬於S（主語）+ V（動詞）+O（賓語）+C（補語），不過在華語的兼語句中，這個補語都是動詞。這類結構的動詞多爲「認爲、看成、以爲」(47①、②)或者是「選……做，命……做，請……做」(47③、④)，還有「欣賞……能、佩服……能」(47⑤、⑥)之類的動詞。

(47)

① 小華認爲阿明能參加比賽。

② 小華把阿明看成會做事的人。

③ 長官命令阿明快送訊息出去。

④ 小華請阿明寫春聯。

⑤ 小華很欣賞阿明能唱這麼好聽的歌曲。

⑥ 小華氣阿明不講道理。

不過，有些表面上看起來結構很相同的結構卻不一定是兼語句，試比較：

(48)

① 小華要求阿明來吃飯。

② 小華答應阿明來吃飯。

前面這裡兩句，就結構而言，幾乎完全相同，但是只有(48①)才是兼語句，而(48②)的「阿明」雖然是「答應」的賓語，卻不是「來吃飯」的主語，眞正「來吃飯」主語是小華。

㈣把字句

「把字句」是漢語研究上最令人著迷，吸引最多新血注意的課題。最重要的是與「語序」（word order）有關，一般而言，現代漢語基本上屬於SVO的結構，與日語的SOV不同，例如我們用「那艘船撞倒這座冰山了。」而不說「*那艘船這座冰山撞倒了。」，但是華語的「把字句」的語序卻是「S把OV了」，因此，「那艘船把這座冰山撞倒了。」的確是非常見到的句子形式。由於這種特性，華語研究者又把「把字句」稱爲「處置式」結構，因爲在「小華把雞蛋放在桌子上。」中的「雞蛋」是被人處置或放置在某個地方。

就句子結構而言，這個「把」可以看成介詞，理由是其後所接的通常的是名詞，而且，這個名詞之後則表示一種狀態(49①)，一種結果(49②)或一種處置後的時間(49③)。

⑷9

① 小華把那桶水結成冰塊了。

② 小華把杯子打破了。

③ 小華把班會延後了好幾天。

早期，有人認爲「把字句」多用於表示「壞、悲劇、沒那麼好」的現象(49①-③)，又如(50①)，但是後來「把字句」的應用越來越廣，連好事也能用把字句表示了(50②、③)。

⑸0

① 那件事把小華弄哭了。

② 小華把班上的歡樂氣氛提升了。

③ 那你就得把話講得清清楚楚。

因此現在的「把字句」無論在句子結構上，或對話功能上，或者語意表達上都已經很難設限，更難列舉了。基本上，「把字句」只是在句子之中使用把字，與不用把字的句子，已經很難訂下區分點，應該說用不用把字句是根據講話者的喜好而定。例如

⑸1)

① 她把社區裝飾得非常雅致美觀。

② 她裝飾社區，結果變得非常雅致美觀。

③ 她這個學期終於學會游泳了。

④ 她這個學期終於把游泳學會了。

⑤ 雞蛋放在桌子上。

⑥ 她把雞蛋放在桌子上。

前面幾組是把字與非把字的句子表達對比，可以看出是否用把已經沒有太多的限制了，尤其是(51③)和(51④)簡直沒有任何太大的差異。

把字句有些時候會與「給」合用，例如

(52)

① 他把健保卡給弄丟了。

② 阿貴伯把房子給抵押出去了。

「給」本身就含有很特殊的用法，常用來表示被動或莫名其妙的情況，如(52①)正可說明講話者有點不知所措，或者也不很了解在哪一種情況下遺失了健保卡。(52②)中的「給」倒是可有可不用，兩者並沒有明顯的差異。

㈤被字句

被字句顯然是舶來品，王力就把被字句看成「歐化句」的一種。被字句主要是表達被動的動作，例如

(53)

① 小華被車子撞傷了。

② 小明開車撞傷了小華。

③ 小明回到家，發現家門被弄壞了。

前面(53①)的「小華」是被動式的受害者，是別人來撞她的，但這個「別人」卻不清楚。若是用(53②)的主動方式，當然是華語比較常見的句型，但這個句子卻無法說明是「有意」還是「無意」去撞傷，因此被動句還是需要的一種表達方式。另一種被動句見於(53③)，這也是強調「門被弄壞了」，但是執事者（弄壞門的人）卻不很清楚。

被動句與把字句相同，都是SOV的句式，例如(53①)的「小華」基本上是「撞」的賓語。形式上的主語是「車子」。

日常生活中，我們通常避免使用被動句，有很多被動的句子，華語也自然使用主動的方式來表述，例如

(54)

① 作業做完了。

② 書也讀過了。

③ 暴雨一來，田地沖毀了，村子也淹沒了。

④ 這枝筆很好寫。

(54)中的幾個例句，基本上都是被動的語意，如「作業」不會自己完成，肯定是有人去做，因此語意上這應該是被動式。同樣地，(54③)的「田地」和「村子」應該是被暴雨摧毀了，而不是自己忽然毀掉的，然而我們基本上還是使用主動的句式來表達。

那到底在哪種情況下，要使用被動句呢？簡而言之，就是執行動作者不明確，無法或不能講明的情況下，多用被動句，如(53①、③)及(55)的兩句。

(55)

① 他剛踏入社會工作，就被複雜的人情世故搞煩了。

② 剛剛熟悉這裡的狀況，沒想到他就被派到別的地方服務了。

雖然被字句在華語還屬於不常用的語句，但是臺灣大約從2019年以後，卻突然有很多記者、主播、名人上臺常把「被」掛在嘴邊，形成一種很奇特的風氣，例如

⒇56)

① 連那種話也常被講出來。

② 於是那樣的事情就被做出來了。

③ 當衣服被放進洗衣機，很快地就被洗乾淨了。

事實上，前面(56)中的句子都不需要「被」字，才是應該要「被講出來」的句子，如(56③)用「衣服放進洗衣機，很快就洗好了。」反而簡明爽利。

華語句子結構中，表被動的動詞並不侷限於「被」，有時「遭」、「受」、「爲」等語詞也常用來表達被動之意，例如

(57)

① 小華遭人陷害了。

② 分離後，小華心裡深深受傷。

③ 她去郵局領了不少錢，結果發現是爲人所害。

㈥連字句

連字句主要是用來強調講話的焦點，例如

(58)

① 小華贊成去阿里山踏青。

② 連小華都贊成去阿里山踏青。

③ 小華連去阿里山踏青都贊成了。

④ 連阿里山小華都贊成去踏青了。

前面幾個句子，很可以看出連字句的功能。本來的陳述句是(58①)，可是(58②)即表示焦點在「阿華」身上，他可能平時不會想去哪裡玩的，

但這次連他都贊成去了，表示很讓講話者驚訝。(58③)則焦點在「去阿里山踏青」這件事上。可能平時阿華是不願意去阿里山踏青的，這次竟然連這個提議小華也同意了，可見有點出乎預料。(58④)則表示小華願意去踏青但不願意去阿里山，可是這次「連阿里山」這個地點小華也同意了。

連字句不僅顯現講話者的焦點，還帶有很多隱藏在語句之間的語用含意（語用將在第六章討論）。再比較後面兩個句子：

(59)

① 連小華都不知道有那間餐廳。

② 連小華都知道有那間餐廳。

這兩個句子差別只在於(59①)是否定句式，而(59②)卻是肯定句式，這表示這兩句的「小華」在講話者的眼中是很不一樣的人。(59①)的小華應該是「半仙式」的人，是幾乎無所不知的人，如果連他都不知道，表示那間餐廳默默無名，或者是毫不引起人家的注意。而(59②)中的小華應該是很少出門，因此(58②)表示那間餐廳很有名，連不常出門的人都知道了。否定句與肯定句在連字句中含有許多可以推測的背後語意，這是語用學很需要再加以探討的主題。

華語的特殊句型還有「是」字句，如「那件衣服是媽媽新製做的。」，「小華剛剛講的人就是你。」，還有關係子句如「我們需要的就是能操作AI系統的新人。」。此外，華語的比較句也有其特性，不過像這些有特性的句子都只能在篇幅限制之下，暫時把這些句型結構讓讀者去自行探討。

重點複習

1. 後面句子中那些「有」字其實可以省略。

(1) 小華有去過日本玩。

(2) 那件事我不是有跟你講過了嗎？

(3) 昨天小華有去看住院的阿婆。

2. 後面哪些「給」字可以省略不用？那些最好留著？

(1) 那些錢她被壞人給騙走了。

(2) 小華只想把那個破杯子給丟掉。

(3) 陳老師不小心把碗裡的飯給倒掉了。

(4) 沒想到老陳竟然被鄰居給害了。

3. 請寫出後面兼語句中間做賓語和主語的名詞。

(1) 我眞希望小華可以離得遠遠的。

(2) 小華很敬佩小明能上臺表演。

(3) 我要她給你請個假。

七、結語

句法理論的發展一日千里，頗有轉折變化，但是越來越深入抽象的討論，目前在語言學入門的階段，實在不宜多費篇幅在理論的探究，也因此我們把句法的焦點轉回華語句法的結構類型。

本章最先介紹句法理論與傳統文法之間在名詞用法方面的歧異，並且直探句法核心內在的主軸點。根據衍生句法理論的看法，這些表面繽紛變化的句子，不外乎取決於單詞的詞類和次分類之上。詞類和次分類的功能界定，一方面顯示我們的心理辭典對於單詞儲存順序及方式，讓我們對於語言在心理運作方面多了一份了解。另一方面也幫我們解釋爲何某些句子是不可能產生的，因爲只有合乎詞類位置及次分類要求的詞組結構才可能爲某個語言所接受。

由於次分類的機制，讓我們內心（頭腦）的心理辭典能讓我們衍生出各種不同的句子結構。理解了理論的初步概念，我們把重心移到華語的句法結構，並起先從簡單句、複句（包括合句、複合句）等等的基本理念，最後才從句子內在的結構去逐一探究各種不同的語句結構，並且把華語的特殊句形如把字句、被字句、兼語句、連動句、連字句等等逐一介紹。

本章建議延伸閱讀書目

Radford, A. 1985. *Transformational Grammar*. Cambridge University Press.

Tsao, Feng-Fu. 1990. Sentence and Clause Structure in Chinese: A Functional Perspective. Taipei: Student Book Co., Ltd.

劉月華等，1996，《實用現代漢語語法》，臺北：師大書苑。

第五章

語義的表述與傳達

本書前幾章所介紹的語音、音韻、句法和構詞，其實都和語言的形式（form）有關，然則我們平日與人交談和溝通時，不只著重語言形式而已，最重要的還是依賴語義的表達和內容訊息的傳遞。語言如果失去了語義和內容，必然會是一連串毫無意義的噪音，人們也因而會失去彼此溝通的橋樑。語義到底是什麼？這是自古以來各領域的名家、學者們所關注的議題。例如蘇格拉底和亞里斯多德就從修辭的角度來思索語義的本質；羅素（Bertrand Russel, 1872-1970）從數學推理去鑽研語義的內涵；維根斯坦（Ludwig Wittgenstein, 1889-1951）從經驗邏輯來衡量語義和語用的關係；近代的心理學家和語言學家則喜歡從語言處理（language processing）的角度來探究語義。但語義學這個領域裡迄今各學派林立，各學說的看法也互異，不過也正因諸多議題還沒獲致共同的解答，尚有許多空間供我們發揮，使得這門新興的學科更值得我們去探究。

理想中的語義學理論，一如其他語言學部門（components）的學說和理論一樣，必須具備兩個指標：

1. 能客觀地描述語義的現象和表達方式。
2. 能提供一個判斷標準，以便從有限的語詞和結構原理之中，預測或概括（characterize）各種可能的語義。

當然，以目前的發展情況而言，距離理想還有一大段距離，不過我們深信，在更多年輕人的投入研究之後，語義學必然會有更燦爛的結晶。

在一九六〇年代之前，語義學只被視爲邏輯思考的一種訓練方法，即使稍後語言學將語義學納入研究範圍之後，語義的研究仍舊是遙不可及的領域。現代語言學理論則已經把語義學劃入語言知識不可或缺的一部分，語義學的地位與句法、語音、音韻及構詞一樣重要，因爲語言既然是公認的一種溝通工具，而溝通是無法免除語義的表達，語義應該是組成語法知識的重要部門。

本章先討論語義的本質，分別從各種語義學的學說來討論語義所要探究的內涵。其次討論單詞的語義，就語詞之間的正反或相類去分析語義之間的關係。接著分析更大的的語義單位—— 句子的語義及歧義（ambiguity）。最後則討論一些會影響語義解讀的非語言結構，如隱喻及慣用詞。

一、語義的本質

「語義的本質（nature of semantics）是什麼呢？」這個看起來很簡單的問題，卻費了學術界近千年的時間去思索，到現在依然沒有具體而明確的解答。前人的著作及研究大體可以歸納爲兩個方向：第一個方向朝著「語義是個實體（entity）」的目標，第二個方向則是：「語義並非實體，而是社會文化之中用以溝通的應用（use）」，因此語義取決於場所（setting）及其他社會情境。現代語言學通常把第二個思索方向歸爲語用學（pragmatics）的領域，我們將在下一章討論。這裡將只討論語義是個實體的發展方向。

對於「語義是個實體」的看法，主要有三種：指涉理論（reference）、組合理論（composition）及內在結構（internal structure）理論。每一種看法或學說都有它們的貢獻，但也都有它們的問題。

㈠指涉說（reference）

語義的指涉理論認爲每個語詞或語句都有它固定的指涉對象，比如說，「杯子」這個語詞的指涉對象就是杯子這個物件，又如「走路」這個語詞的指涉對象就是走路的動作。然而，人們對於語義的詮釋卻不是這麼容易的：語義的理解還牽涉到兩個層次：聯想（connotation）和指意（denotation）。所謂「聯想」，是聽話者把某些固定的語詞聯想到某些事物或觀念。例如大部分的中國人看到「烏鴉」通常都會聯想到「不吉祥」、「霉運將至」，或「厭惡」等等想法；反之，「龍」則使得深受中國文化影響的國人有「吉祥」的聯想。至於哪些字眼會引發哪些聯想，大抵與社會、文化、歷史、族群相關，由此看來，社會文化也決定了人們對語義的詮釋。

指意與聯想相對應，指某個語詞所指涉的對象（referent）。例如「烏鴉」一詞就是指羽毛黑色，常會在孤曠的荒野中阿阿呼叫的一種鳥。「烏鴉」的指意是包含了所有可以被稱爲烏鴉的鳥所形成的一個集合，而不是指某隻特別的烏鴉。所以我們說，就「烏鴉」和  之間的關係而言，  是「烏鴉」一詞的指涉對象。

談到指意，我們應該要注意的一點是：有些語詞其實並沒有明晰的指涉對象。例如出現在金庸小說裡的一些名詞如「九陽神功」、「情花」、「降龍十八掌」等等都是經由作者想像創造出來的，並非有實際對應的存在實物，所以說「九陽神功」、「情花」、「降龍十八掌」等等名詞並沒有指涉對象。又如英文的「獨角獸」（unicorn）一詞也沒有實際指涉對象，因爲從來沒有人看過獨角獸。此外，不同的名詞有時候會有相同的指涉對象，例如2003年「民進黨主席」和「中華民國的總統」兩個詞的指涉對象都是陳水扁一人。又比如說，張小華是「我們班上第一名的同學」，而且張小華就是「坐在我右側的同學」，那麼「我們班上第一名的同學」，和「坐在我右側的同學」的共同指涉（coreference）都是張小華一個人。

由於語詞和指涉對象之間的關係並非絕對相同，於是有人進一步把「指涉對象」再細分爲「外指涉」（extension）及「內指涉」（intension）。外指涉的意思指「所有語詞指涉的集合」；內指涉則指「語詞本身的語義」。比如說，陳水扁是民進黨主席，那麼我們說「民進黨主席」一詞的外指涉就是陳水扁。但是，「民進黨主席」的眞正語義應該是「領導民進黨的人」，所以它的內指涉就是「領導民進黨的人」。又如，1999年臺灣發生了「921大地震」，震央在南投縣的集集鎮，因此「921大地震」一詞的外指涉是「集集大地震」；內指涉卻是「發生在1999年9月21日的大地震」。為了更清楚分辨內、外指涉，我們可以參見下列對照。

語　詞	外指涉	內指涉
中央研究院院長	廖俊智	中央研究院的領導人
〈向左走向右走〉的主唱	孫燕姿	主唱〈向左走向右走〉這首歌的人
明朝的創始者	朱元璋	創立明朝的人
萬獸之王	獅子	能領導各種野獸的動物

另有人進而將「指涉」一語限定於外指涉，內指涉則稱為「理意」（sense）。依據這樣的分類，缺乏內指涉的語詞或句子常被稱為「沒有意義」（make no sense），或逕稱為「胡說」（nonsense）。例如「colorless green」（無色的綠色）、「a square round table」（一張四四方方的圓桌）、「to kill a stone」（殺死一顆頑石）等都是典型的「沒有意義」的例子。很明顯地，以上這些語詞之所以變成胡說或無意義，乃是由於組合成語詞的各個成分之間有顯著矛盾的內指涉。比如說，「colorless green」（無色的綠色）一詞不可能有外指涉，因為「無色」與「綠色」互相矛盾，讓人不知道這個語詞究竟是什麼意思，因為既然是「無色」，怎麼又會是「綠色」呢？這種由內語義矛盾的結合語詞稱為矛盾詞（anomaly）。同樣地，「死」指有生物的生命現象停止呼吸的結果，而「石頭」沒有生命，不可能會死。因此，像「殺死一顆頑石」之類的語句也是矛盾詞，除非是出現於童話或寓言，否則都被視為無意義的語詞。

另一方面，有一些矛盾詞卻有意義，例如「a lit dark room」（明亮的暗房）、「old news」（舊新聞）、「a cold hot dog」（冷熱狗）、「臭香瓜」等等。以「a cold hot dog」（冷熱狗）為例，既然東西都已經冷了，為什麼還稱為「熱」狗呢？但是，語言結構其實不盡合乎邏輯，因爲「熱狗」不論是冰的、冷的，或者是臭的，都還是「熱狗」。「香瓜」是一種水果的名稱，因此無論你買到的是好的、壞的、腐爛的、甜的、苦的、無味的、香的，甚至於是臭的，它還是叫作「香瓜」。

指涉理論彷彿解釋了許多語義現象，其實也有不盡周全之處。依據前述的指涉理論，只要是指涉相同的語詞或句子都應該具有同樣的語義，例如「晨星」、「夜星」和「水星」（Venus）很可能指的是同一顆星，只不過因出現的時間點不同，而有了不同的稱呼，實質上他們有著共同的指涉對象，也就有相同的語義。然而我們很清楚地知道：一般而言，「晨星」、「夜星」和「水星」三個語詞並不是同義詞。再舉一例：很多虛詞沒有很明確的指涉對象，如英語的and, of, at, in等字和華語的「之」、「唉」、「咦」等字都沒有明確的指涉對象，但是使用上的不同會造成語義上的差別。例如

(1)

① He lives at Taipei.

② He lives in Taipei.

這兩句表面上的句義都是「他住在臺北」；可是，對於講話者來說，(1①)表示「臺北不夠大」而(1②)卻表示「臺北夠大」。「in」和「at」之間的語義顯然是有所區別的，然而這些區別卻不是指涉理論所能解說清楚的。

重點複習

1. 主張語義是個實體（entity）的主要理論有哪些？
2. 何謂「指涉說」（reference）？請舉例說明其優點與盲點。
3. 指涉對象可細分為「外指涉」（extension）與「內指涉」（intension），兩者有何不同？請以下例說明之。

   (1) The king of all beasts is the lion.

   (2) The emperor of United Kingdom is a man.

㈡組合說

組合說（composition）這個理論認爲語義是由很多更細小的結構單位組成的，這樣的說法意味著任何一個語義單位（semantic unit）都可以再細加分類。這個看法，基本上是受到現代音韻學理論的影響，因爲根據現代音韻學的理論，任何語音單位都可以析分（decompose）成更小的單位，如音素（phones）及音位（phoneme）；詞彙也能再分析成更小的單位如詞基（stem）、詞根（root），及詞素（morpheme）。基於同樣的道理，語義應該也可以看成由更多、更小的結構單位組織而成。

語義學的最小單位稱爲語義徵性（semantic features）。例如我們要區分「母親」、「少女」、「女童」、「父親」、「少男」、「男童」等等語詞的語義就可以使用表5-1的徵性來表示〔每種徵性和音韻徵性一樣，都具正（＋）、負（－）值，正值表示具有該項徵性，負值表示不具有該項徵性〕：

表5-1　構詞徵性表

語義徵性	母　親	少　女	女　童	父　親	少　男	男　童
人　類	＋	＋	＋	＋	＋	＋
女　性	＋	＋	＋	－	－	－
成　年	＋	－	－	＋	－	－
年　幼	－	－	＋	－	－	＋

這種把語詞畫分爲徵性的學說，可以明確、簡單地說明語義。但是，什麼叫作「語義徵性」這個議題才是困難之所在，比如說，對於各種不同的形狀和不同的顏色，我們就很難使用語義徵性來加以歸類。以「圓形」爲例，這個詞的語義徵性至少必須含有[＋圓]的特徵，否則必然無法和正方形做區隔。同樣地，正方形固然可以有很多不同的語義徵性，其中不可或缺的一定是[＋方形]，而且爲了要和其他的方形（如長方形）做區隔，則[＋正方形]這一徵性也是必須的，這樣一來，我們不會因爲使用語義特徵來描述語詞，而使本來的語義更加精簡。可見語義徵性和音韻徵性有

很大的差別：音韻徵性以有限的發音部位和發音方法爲基礎，音韻徵性的數目不會太大，因此，我們能以有限的的徵性來描述不同的語音，眞正能達到「區別」語音的任務。相對地，語義徵性的數目卻不明確，而且應用語義徵性又不一定能有效地區別語詞之間不同的語義。以表5-1的例子而言，「母親」和「父親」是否都是[＋成年]，有時很費斟酌，因爲「成年」一詞本身也很難定義，到底幾歲才能稱爲是成年呢？也許不同的民族、不同的時代會有不同的界定。

況且，對於一些表達一種概念（concept）的語詞，我們應用語義徵性也不一定能把它們的語義表示清楚。以「仁慈」和「可愛」爲例：表情天眞、面帶微笑才稱爲「可愛」，或是行爲舉止逗趣就叫「可愛」，還是能使人產生憐愛的對象才是「可愛」呢？對於諸如此類表示觀念的語詞，或許沒有兩個人的觀念、看法會完全一致吧。既然如此，就表示這類語詞沒有共同的徵性；也就是說，應用語義徵性來表達這類語詞的語義並不恰當。

至於一些由兩個以上的語詞組成的複合詞（compounding）或短語，它們的語義也常無法由兩個語詞的本意來加以判定，如下所示。

(2)

本來的語詞及語義				**組合成合成詞之語義**	
straw	稻草	berry	莓	strawberry	草莓
goose	鵝	berry	莓	gooseberry	醋莓
hot	熱	dog	狗	hot dog	熱狗
pine	松樹	apple	蘋果	pineapple	鳳梨
green	綠色	house	房子	greenhouse	溫室花房

以「熱狗」而言，這種食物的名稱和「狗」這種動物無關；又如麥當勞速食店所賣的的薯條，英語叫French fries，但是和法國沒有任何關係。同理，strawberry一字是由straw與berry合成的，卻不含稻草（straw）；gooseberry一字與鵝（goose）無關；pineapple這種水果既與pine無關，

也與apple無關。從前面各個例子的討論，我們應該可以發現：複合語詞的語義並不是各個結構單位語義的組合。有些甚至還和原來的組合單位完全無關。

綜合以上的討論，組合學說理論對於單一語詞或短語的語義界定顯然相當地局限。然而，這並不表示組合學說一無是處，其實在詮釋句子和語義之間的關係方面，組合學說還是目前最具說服力的一個理論。關於這點我們將在討論句子和語義之間的關係時，再做進一步的分析與說明。

重點複習

1. 何謂「組合說」（composition）？請舉例說明其優點與盲點。
2. 何謂「語義徵性」（semantic features）？請舉例說明其功能。

(三)心理影像說

心理影像（mental image）學說又稱爲內在結構（inherent structure）學說，主要論點是：任何語詞產生語義之前，會在人們的心裡浮現一個相對的影像。換句話說，當我們聽到[ㄅㄟ ˙ㄗ]或看到「杯子」這兩個字時，我們的心底同時浮現杯子這個物件的影像，藉著這個影像的浮現，我們因而了解「杯子」一詞或[ㄅㄟ ˙ㄗ]這個語音的語義。

問題是，心理影像如何形成呢？語義學家大致上都認爲心理影像是我們內心的「模糊理論」（fuzzy theory）和原型假設（prototype hypothesis）的綜合結果。所謂模糊理論是指語詞概念的界線並非絕對清楚，而是互有交疊，或有模糊的空間存在。以「幸福」、「不幸福」兩個語詞爲例：「幸福」和「不幸福」兩個語詞表面上看來是絕對的兩極，因爲「不幸福」是「幸福」的否定形式。問題是，對於「幸福」一詞的概念，人們是如何界定的呢？對於失戀者而言，能得到戀人的愛而共享一生是最大幸福；對於孤苦的老人而言，能獲得別人的關懷是幸福；對於三餐不繼的人而言，能擁有溫飽的三餐即是天大的幸福。換句話說，每一個人都有足以讓自己認爲幸福與不幸福的感覺，大家對於幸福與不幸福的看法雖不至於完全不同，但也不會完全相同，這就是所謂的「模糊理論」。

模糊理論除了有助於釐清語詞的概念（concept），或語詞（如抽象名詞）在人們心裡所呈現的方式外，也可解釋許多語義界線不甚明確的同義詞（synonym）。即使相同的觀念或事物也往往存在著灰色地帶，以英語中的can, be able to, have the ability to, be capable of等同義詞爲例：這些語詞的涵義呈現許多語義交疊的現象，也就是所謂的模糊地區的存在，說明了相同語詞的涵義、用法之不盡相同。又比如「幫忙」和「幫助」這兩個漢語同義詞，在很多句子裡的確都能相互替換，如(3①-③)；但是在(3④)和(3⑤)中，這兩個語詞卻不能互換。由此可知，「幫忙」和「幫助」兩個同義詞之間的語義存在著灰色地帶及模糊地帶，兩者並非完全相同。

(3)

① 我需要你的幫忙／幫助。

② 他在金錢上的幫忙／幫助使我能振奮起來。

③ 他一向幫忙／幫助我許多。

④ 他幫我很大的忙。

⑤ *他幫我很大的助。

原型假設的主要意旨是：在語義理解的過程裡，我們的內心很自然地會把事物先做整理，建立一個原型基礎，然後逐一核對相關或相近的事物，再依據某些相同或相異的特性做歸類。例如「花」是一個原型，我們進一步將「花」分爲牡丹、杜鵑、菊花、玫瑰等等類別；再從「菊花」裡再分爲鳳菊、仙人菊、雛菊等等；從「牡丹」之中再細分成「紅牡丹」、「綠牡丹」等；從「紅牡丹」之中再細分成各種其他牡丹。因此，如果我們聽到「情花」一詞，即使我們沒見過它，但我們的心中仍有「花」的原型，然後以這個原型基礎去建構自己心目中「情花」的樣子。

原型假設和模糊理論交互使用的結果，使我們在了解語義之前，我們的心裡依據各種原型和模糊空間，建立了許多名詞或概念的影像。不過，心理影像既然是浮現於我們心中的影像，很可能同一件事物、語詞會在不同的人身上，或在不同的時間裡產生不同的心理影像。前者往往是由於語言或方言的不同，後者則指情境的不同。比如「小姐」這個語詞在中國大陸和臺灣的用法就迥然有別：在大陸地區，如果上餐館用餐，對於服務人員的稱呼是「服務員」，而不是「小姐」，因爲在大陸「小姐」一詞指涉特種行業的女子，因此若用來稱呼餐館侍者便有侮辱的涵義。在臺灣，「小姐」一詞是對年輕女子的通稱，只要是女子，不論是服務業、製造業或產業界，都一律敬稱「小姐」。由此可見，同一個名詞在不同的語境裡會產生不同的心理影像，進而衍生不同的語義。

至於因情境不同而產生不同的心理影像，最好的例子是《列子》中的一則故事。《列子》裡記載的故事是這樣的：有個農夫，有一天遺失一把斧頭，他懷疑隔壁鄰居的小孩偷了他的斧頭，於是開始去觀察那個孩子每天的行爲，結果發現無論從哪一個角度去看，那個小孩都是一副做賊心虛的樣子。但就在農夫幾乎就要百分之百斷定這孩子是賊的時候，農夫卻找到了他遺失的斧頭。很怪的事發生了：此後，他再回頭去觀察鄰居的小孩，結果那個小孩越看越不像是做賊的模樣。這個故事告訴我們：小孩每天的表現是一樣的，只由於農夫的心理影像前後不同，於是才有了前後完全不一樣的看法。

重點複習

1. 何謂「心理影像說」（mental image）？心理影像如何形成呢？
2. 何謂「模糊理論」（fuzzy theory）？
3. 何謂「原型假設」（prototype hypothesis）？
4. 「心理影像說」有何優點？又有何盲點呢？

二、單詞的語義表達

單詞的語義是語言和文化互動的結果，通常孩子是要靠著學習才能逐漸學會單詞的語義，因此孩子在學習語言的階段時，都常會以「這是什麼？」「那是什麼？」來探問東西的語義，父母親也不厭其煩地告訴他們的小孩，直到小孩學會語詞和語義之間的關係爲止。

至於單詞和單詞之間的關係，語義學家整理的結果有同義詞（synonym）、反義詞（antonym）、多義詞（polysemy）、同音詞（homophoney）、專有名詞（proper names）等五種關係。

(一)同義詞

同義詞（synonym）指含有相同語義的語詞，每個語言都有同義詞，如英語的begin和start都表示「開始」的意思，因此是同義詞；又如華語的「美麗」和「漂亮」也是同義詞（注意：並非只有單詞和單詞之間才有同義的可能，單詞和詞組之間也會有同義的現象）。

下列爲英語的同義詞：

(4)

英語的同義詞		**華語語義**
big	large	大的
buy	purchase	買
get up	rise	起床
take off	remove	拿掉

華語的同義詞也不少，後面僅舉數例：

(5)

華語的同義詞	
高興	愉悅
幫忙	幫助
美麗	漂亮
立刻	馬上

不過，「同義詞」本身就充滿了「必須再斟酌」的許多問題。俗語說「天下沒有兩片完全相同的葉子」，因此，前面所謂的同義詞也僅指一般的語義而言，其實若細加探究，很多同義詞往往會有不同的涵義。以英語的begin和start而言，就有些許區別，英語「生火爐」說to start a stove，但不能說成*to begin a stove。又如華語的「幫忙」和「幫助」在大部分情形下是同義詞，如(6①)，但是(6②)卻只能用「幫個忙」而不能用「幫個助」：

(6)

① 他需要我們的幫忙/幫助。

② 請你來幫個忙。

③ *請你來幫個助。

可見，同義詞也只是個泛稱，其實很少有兩個語詞既完全同義，用法又完全相同的。

重點複習

1. 單詞與單詞之間的語義關係，主要有哪五種呢？
2. 何謂「同義詞」（synonym）？請舉例說明之。
3. 連連看：請把左右兩邊的同義詞連起來：

(1) 腳踏車	剎那
(2) 岳父	老婆
(3) 運將	複印
(4) 作秀	表演
(5) 拷貝	司機
(6) 內人	泰山
(7) 須臾	自行車

㈡反義詞

語詞之間既有同義詞，自然也有反義詞（antonym）。顧名思義，反義詞是指兩個語義相反的語詞。

英語的反義詞，如下：

(7)

英語的反義詞		**華語語義**
light	heavy	輕/重
high	low	高/低
alive	dead	生/死
more	less	更多/更少

華語的反義詞，如下：

(8)

華語的反義詞	
漂亮	醜
遠	近
富有	貧窮
內向	外向
生	死

反義詞多見於形容詞，而形容詞的反義詞與形容詞的本質有關。就形容詞的本質而言，形容詞的反義詞可分爲兩類，一類是絕對的相反詞，另一類則爲相對的相反詞。絕對的相反詞語義完全對立且彼此無法共存，例如「生」和「死」兩個相反詞就是絕對相反詞。「生」、「死」二詞非「生」即「死」、非「死」即「生」，兩者之中只有一個可以成立，也就是說，兩者之中只有一個語義是眞的。我們因而不可能說「張三死了」同時又說「張三還活著」。「死了」和「活著」之間只能擇其一，不可能同

時並存。但中文裡反義詞並用的例子十分豐富，比如說，宋朝蘇軾一首悼念亡妻的詩中有「十年生死兩茫茫」一句，其中「生死」一詞指的是「活著的人」（蘇軾）和「死去的人」（蘇軾的太太）。

相對相反詞並不具備明確且完全相反的語義，甚至兩者的語義還可能同時並存。例如「富有」和「貧窮」這兩個相反詞就很難有絕對的界線，也很難有絕對的標準來加以區分。擁有幾百萬元的人可能天天喊窮，而日入千元的人也可能自認爲富有。「短」和「長」是另一組相對的相反詞，所謂「尺有所長，寸有所短」指的是長短之間的畫分很難：兩寸的黃金已經很長，而三丈的蠶絲用於織布還嫌短呢！同樣地，體重四十五公斤對於一個人是「瘦」還是「胖」呢？這也沒有絕對的答案，有人認爲「太瘦」，可是必然也有人認爲「太胖」。以上如「胖瘦」、「長短」、「高矮」、「重輕」等等相反詞都屬於相對相反詞，就語義而言，並沒有絕對的參考指標。

重點複習

1. 何謂「反義詞」（antonym）？請舉例說明之。
2. 形容詞的反義詞主要有哪幾類？各有何不同？
3. 請寫出下列語詞的相反詞：

(1) 答應　(3) 精明　(5) 崎嶇不平

(2) 虛懷若谷　(4) 天堂

(三)多義詞

多義詞（polysemy）指的是同一個語詞同時蘊涵多種不同的語義。例如英語的bright一字可指明亮（The room is quite bright.），也可指聰明（John is quite bright.），更可以指鮮明的（The room is decorated with bright red curtains.）等語義。一般而言，幾乎每個語詞其實都可以說是多義詞，因爲每個語詞都有超過一種的語義，這點可以從辭典或字典的語義用例可以獲得佐證。

此外，有些多義詞本身就有相同的讀音，例如英語的bat有兩種語義：球棒、蝙蝠。像這類具有相同讀音的多義詞，我們將在後面進一步討論。

㈣同音詞

同音詞（homophony）指讀音相同的語詞，比如說，英語的bank（銀行）和bank（河岸）有相同的讀音、相同的拼字，因此又稱爲同形詞（homograph）。但是，像too, to和two三字拼法不同，語義也不同，但讀音相同，都讀[tu]，是同音詞。華語的同音詞和英語一樣，在字形、語義，與讀音方面有很多重疊的部分。爲便於對照，例⑼分別就英語和華語的語詞爲例，來概括所有同音詞的結構。

⑼

拼字相同	語義不同		讀音相同
bat	① 球棒	② 蝙蝠	[bæt]
pen	① 筆	② 柵欄	[pɛn]
ground	① 研磨	② 地	[graund]
bear	① 忍耐	② 熊	[bɛr]
lay	① 躺	② 放置	[lay]

像例⑼所列的語詞，都是拼字相同，讀音相同，只有語義不同，又稱爲同形詞。換句話說，凡是拼法或寫法相同的同音詞都是homograph。

但在例⑽所列的語詞則讀音相同，而語義及拼字都不相同。

⑽

拼字不同		語義不同		讀音相同
tail	tale	尾巴	故事	[teyl]
flour	flower	麵粉	花	[flaur]
bare	bear	空白	忍耐	[bɛr]
too	two	也	二	[tu]

有些語詞雖然拼字相同，讀音和語義卻不同，這種結構稱爲同形異音詞（heteronym），如英語的wind一字。wind這個字如果讀成[wind]時，表「風」的意思，但是唸成[waynd]時，卻是「繞」的意思。同形異音詞就好比像我們中文所說的的「破音字」，比如說，「滑稽」的「滑」要唸成[gu（ㄍㄨˇ）]，在其他方如「天雨路滑」、「滑翔翼」、「滑倒」則要唸成[hua（ㄏㄨㄚˊ）]；「龜」在「龜裂」中要唸成[tɕün（ㄐㄩㄣ）]，但是在「烏龜」、「龜甲」等語詞裡要唸成[guei（ㄍㄨㄟ）]。由於漢語是單音節，常有一詞多音或一詞多義的現象，中國的對聯常因此常可成爲玩趣，讓人領受文字之美，並領悟文字音、義運用的妙趣。我們舉兩個例子來說明：

⑾

雲朝朝，朝朝朝，朝朝朝散。

（畫線的「朝」唸ㄔㄠˊ，是「朝見」之意，其餘唸ㄓㄠ表「早晨」。整句：雲早上即來朝見，每天早上都來朝見，早上來朝見早上就散了。）

⑿

湖水長，長長長，長長長落。

（畫線的「長」唸ㄓㄤˇ是「漲」之意，其餘唸ㄔㄤˊ，和「常」同義。整句：湖水高漲，常常漲，漲得長也落得快。）

由於華語的音節結構多爲單音節，因此同音詞特別多。例如「離、黎、釐、梨、狸」等語詞都唸[li（ㄌㄧˊ）]，而「關、官、觀、鰥」等語詞都唸[guan（ㄍㄨㄢ）]。合成詞之中，同音詞也很多，我們且舉一些華語的同音詞來比對：

⒀

古蹟　　滑稽

進士　　近視

因爲	音位
墳場	粉廠
兩代	兩袋
膠帶	交代

在中西文學作品裡，同音詞的巧妙運用往往可以表現幽默或高遠的意境，例如劉禹錫的〈竹枝詞〉就以寫景來表現一語雙關的情意：

⒁

楊柳青青江水平，聞郎江上踏歌聲。

東邊日出西邊雨，道是無晴還有晴（「晴」和「情」同音）

前詩表面上是寫景，但是從「聞郎江上踏歌聲」可知該痴情女子心中忐忑關心的是「道是無情還有情」的情懷。馮夢龍的〈山歌〉又是一例：

⒂

不寫情詞不寫詩，一方素帕寄心知。

心知接了顛倒看，橫也絲來豎也絲。（「絲」和「思」同音）

文學作品中爲人津津樂道的同音詞見於曹雪芹的小說《紅樓夢》裡四大旦角：元春、迎春、探春、惜春。早有人注意到這四個名字是「原應嘆息」之意。英語裡的同音詞（雙關語），稱爲pun，喬志高把它翻譯成「噴」，原因是pun一字很難翻譯。例如以英語的lie一字而言，可以是「躺下」，也可以是「說謊」。關於它的雙關語，我們有許多活潑有趣的例子，例如

⒃

An ambassador is an honest man who lies abroad for the good of his country.

（外交官是在國外爲本國利益而說謊的老實人）

莎士比亞的《哈姆雷特》（*Hamlet*）劇中有以下的對話：

⑰

Hamlet: Whose grave's this is, sirrah?（這是誰家的墓？喂？）

First Clown: Mine, sir...（是我的，大爺。）

Hamlet: I think it be thine indeed, for thous liest in't.（我看你說的倒也是，是你的，就在裡面躺吧。）

First Clown: You lie out on't, sir, and therefore it is not yours. For my part, I do not like in't, to be in't, and yet it is mine.（你在外邊躺，大爺，所以這墓不是你的。至於我，也不喜歡在裡面躺，可這坑是我的。）

Hamlet: Thou dost lie in't, to be in't and say 'tis thine,' This for the dead, not for the quick, therefore thou liest.（你撒謊，跳下去就是你的。這是死人坑，並不是給活人的，所以你顯然說謊。）

First Clown: 'This a quick lie, sir,' twll away again from me to you.（我眞是快人快語，這個謊言希望怎麼來怎麼去。）（《哈姆雷特》第五幕第一景。）

前面的對話裡，lie的意思在「說謊」及「躺」之間互換，交錯而成一幕短暫的語言遊戲，可以看出莎士比亞運用語言的功力。

另一個關於「lie」的雙關語應用是關於諷刺律師這個行業的故事：

⑱

A: What do lawyers do when they die?

B: Lie still.

人死之後當然會是僵直地躺著，但是B的話裡顯然還有「律師死後仍然在說謊」的諷刺意味。

由這些中、英文同音詞的例子中，我們可以看出同音詞在語言上的運用是多麼地豐富；音與義的雙關運用又是多麼地饒富趣味！

重點複習

1.「同音詞」（homophohy）與「同形詞」（homograph）有何不同？請舉例說明之。
2.何謂「雙關語」（pun）？請舉例說明之。

㈤專有名詞的轉化

命名屬於專有名詞，當然和文化背景大有關係。例如中文名字「李大偉」可能隱含了父母親對於孩子的無限期許，希望他來日有成，又有豐功偉業。又如「李雅婷」這個名字也不外乎是父母親希望女兒長大後儀態文雅，而又婷婷玉立。英美人士的命名除了依據居住之地（如Hill）或人的特徵（如Longfellow）等因素之外，取自於《聖經》人物的名字也多少具有期許子孫的意味。但大體而言，英文專有名詞之命名並沒有多大的語義存在，如Apple, Microsoft, K-mart, Sears, Ford等等，除了指涉該廠牌之公司名稱之外，很少指涉其他語義。但當專有名詞轉化成普通名詞後，語義常隨專有名詞的特性而移轉，例如Xerox本來是一家製造影印機的公司，但後來xerox轉爲表「影印」的動作，例如I have xeroxed a lot of copies for the class.又如Coke-cola本來是生產汽水的公司，現在coke已經成爲「汽水」的代稱。像這種由公司名稱轉而爲特定語義的語詞還有：band-aid（繃帶）、kleenex（面紙）等等語詞。

人名及地名偶爾也會轉化成普通名詞，sandwich（三明治）和hamburger（漢堡）就是有名的例子（請參見前面第三章的討論）。至於中文人名如「某某青天」（正面語義表示「公正無私」的人物；負面語義則用以諷刺公器私用、掌控司法的官員）、「諸葛亮」（用以表示「足智多謀」的人）、「廖添丁」（用以表示「劫富濟貧」的人）、「華陀再世」（表示「良醫」）等詞，都是由專有名詞轉化而來的常用語詞。華語常見的「孟梁」（意思是「夫妻」）就是由孟光和他的太太梁鴻女士的故事而來。

重點複習

1. 何謂「專有名詞轉化」（proper names）？請舉例說明之。
2. 你知道影印（xerox）及汽水（coke）這兩個英文語詞的由來嗎？

三、語義和句子

本章P.186-188中談及語詞和語義的關係時提到組合學說的困難，然而在句法上，部分的語言學家都還是以組合理論（compositional theory）爲基礎，並且定下了以下的語義組合原則：

⒆**語義組合原則**（principle of compositionality）

句子的語義取決於句子內部的句法結構和句法單位。

要了解語義組合原則的眞義，我們必須探究例⒇及(21)兩個句子的語義及句子結構：

⒇

① John killed the mad dog.（張三殺了那隻瘋狗。）

② The mad dog killed John.（那隻瘋狗殺了張三。）

(21)

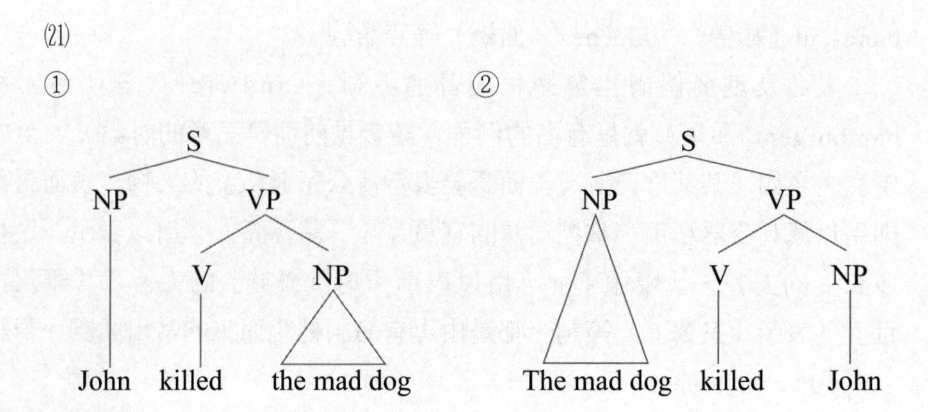

(20①)和(20②)兩句的句法結構是一樣的，但從結構的內部來看，兩句的主要差別在於主詞。(21①)裡的主語是John（張三），因此張三是「殺狗」的人，而(21②)裡的主語是the mad dog（那隻瘋狗）。另外，動詞詞組底下的賓語也分別不同。比較這兩個句子，我們發現(20①)和(20②)的用詞完全一樣，不同的只是這幾個字在兩個句子裡的詞序不同而已，也就是說，句法上內部結構成分的不同使得兩句的語義不同。由此可見，句子的語義不但與句法結構有關，也和句法內部的結構單位如NP、VP的組成成分、語義有關，這就是語義組合原則的眞義。

在這裡我們要討論的主題分別是：歧義和詞法、句法結構，及語義角色（thematic role）。

㈠結構和歧義

結構指「詞法結構」和「句法結構」，兩者都遵循詞組結構律（phrase structure rules）。前面(20①)和(20②)之例子顯示詞組及順序都同等重要，再以華語的「好看」跟「看好」兩個詞語爲例，內在結構的差異（「好看」是「副詞修飾動詞」，而「看好」本身就是一個合成動詞）使得這兩個語詞的詞義大不相同，如例㉒：

㉒

以結構而論，最可能影響語義的是歧義結構（ambiguous structure）。所謂歧義結構，是指一個句子具有兩個以上的結構（包括構詞或句子）。而對於歧義結構，最有力的解釋工具就是結構樹，因爲它最可以清楚地表述各種歧義句不同的語義。以nice-looking cups and glasses一詞爲例，這個詞組可能具有(23①)或(23②)兩種語義：

(23)

① [nice-looking cups] and glasses（茶杯好看但玻璃杯不一定好看）

② nice-looking [cups and glasses]（茶杯和玻璃杯都很好看）

若以結構樹來表示，則(23①)的結構以(24①)的樹狀圖表示，而(23②)的結構則以樹狀圖(24②)來表示：

(24)

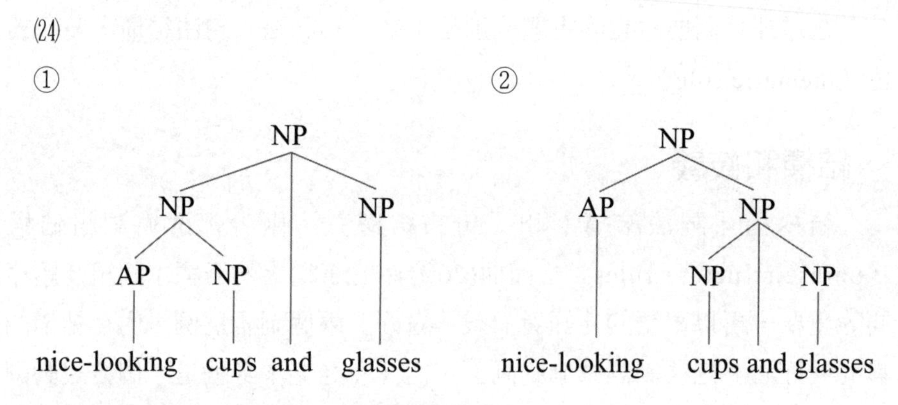

同理，英語The woman saw the boy with binoculars.一句所含的歧義語義，也可以在結構樹中清楚地畫分開來：(25①)表示：「婦人看到帶望遠鏡的男孩。」而(25②)則表示：「婦人用望遠鏡看那個男孩。」

(25)

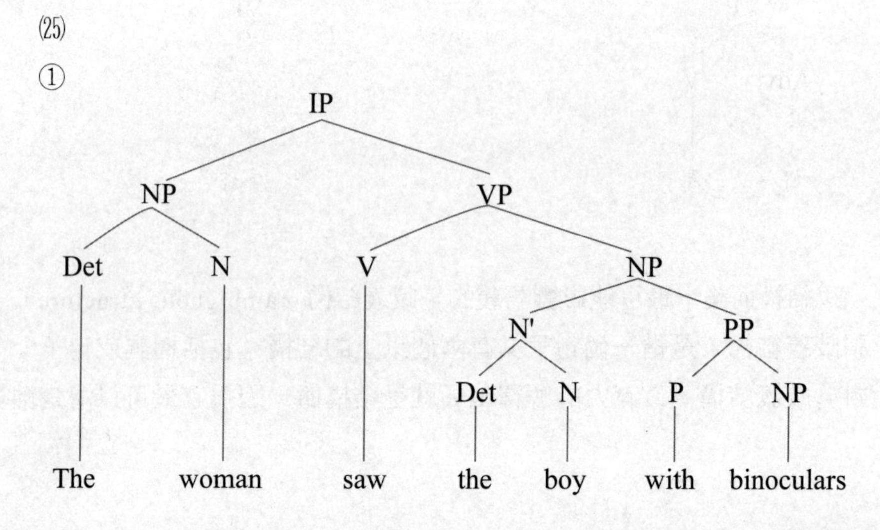

②

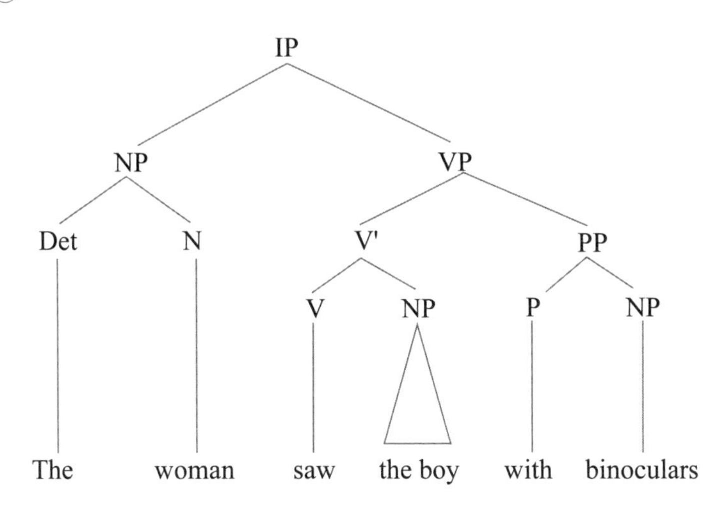

由前述簡短的討論中，我們可以明瞭結構樹強有力的解釋能力。換句話說，凡是歧義語句或構詞所產生的混淆語義，結構樹都能一一加以釐清。

重點複習

1. 何謂「語義組合原則」（principle of composition）？請舉例說明之。
2. 何謂「歧義句」（ambiguous sentences）？
3. 請試畫下列各句之結構樹，並說明是否有歧義現象？其可能語義為何？
   (1) The boy met the young girl in the room.
   (2) The short gentleman and lady may be visiting professors.
   (3) 這花生長得眞好！
   (4) 他們正在籌備全國性教育研討會。

㈡語義角色

語義角色（thematic role）指的是名詞在句子裡所扮演的語義關係。由於語義角色是個比較抽象的觀念，我們且以幾個具體的實例來做說明：

⑵⑹

⑴ John opened the window with a key.

⑵ The key opened the window.

⑶ The window was opened with a key.

(26①)句中有三個名詞（NP），分別爲John, the window及a key。其中John是做動作的人，也就是執行「開窗」這個動作的人，因此John含有「主事者」（agent）的語義角色；the window是open的對象，稱爲具有「受事者」（patient或theme）的語義角色；a key是John用來打開窗子的工具，具有「工具」（instrument）的語義角色。

在(26②)的句子中，the key雖然位於傳統英文文法概念裡主詞（subject）的位置，可是我們都知道：鑰匙（the key）本身不可能執行「開窗子」的動作，一定得有人去拿鑰匙來開窗子，因此鑰匙（the key）即使是在主詞的位置，還是一樣具有「工具」的語義角色。(26②)一句裡的the window一樣是動作「開」的受事者，所以the window還是擁有「受事者」的語義角色。

同樣地，the window雖是(26③)句中的文法上的主詞，但它的語義角色是「受事者」，理由是：窗戶（the window）本身不可能執行「打開窗子」的動作，因此從語義角色的角度來看，(26③)句中的the window仍然是受事者；a key還是扮演工具的語義角色。

比較(26①)，(26②)，及(26③)三個句子，我們發現「語義角色」可以很清楚地幫助我們釐清各個名詞在句子中的語義關係。具備了「語義角色」的觀念後，我們應該能更了解傳統文法上的主詞、述詞（predicate）或及物、不及物動詞等等的分類，因爲透過語義角色的分析，只有主事者才是句子裡的動作者。我們特別將幾個前面所討論到的語義角色做一番整理如下：

(27)

	語義角色	定義	例句
①	主事者（agent）	執行某個動作的人或物	Mary sang a song at the party.
②	受事者（theme/patient）	及物動詞之後受動詞動作影響的人或事	John was reading a book then.
③	工具（instrument）	被用以執行某動作的工具物	With a pen, he wrote that song.

除了agent, theme, instrument三種語義角色之外，常見的語義角色如例(28)：

(28)

	語義角色	定義	例句
①	經驗者（experiencer）	經歷某種感覺（經驗）的人	John felt sad to see the accident.
②	目標（goal）	要到達或達成的目標	John went to school. John gave that book to Mary.
③	處所（location）	地方詞	They were playing in the park.
④	來源（source）	從……處得到的東西	He got a letter from his father.
⑤	受益者（benefactor）	為……者，或因……而受益者	He bought a book for Helen.

我們須注意到的一點是，(28①)句中的John，雖然也是主詞，卻並

非是執行動作者，因為「感到」悲傷、高興，或失落都屬於情緒的經驗，而非動作，所以(28①)裡的John不是「主事者」，而是「經驗者」（experiencer）。至於「目標」（goal）的概念應該不難理解，因為只要是動作所及之物都稱為目標。同樣地，「處所」（location）和「來源」（source）的名稱都不需要太多的說明，因為他們作為語義角色的名稱已經足以讓我們了解其中的涵義了。

另一個和語義角色有關的議題是：語義角色是如何取得或賦予（assign）的呢？一般而言，語義角色的賦予建立在語詞本身幾個簡單的觀念之上，例如

(29)

① **不及物動詞**：<agent>（<主事者>）

② **及物動詞**：<agent，theme>（<主事者，受事者>）

③ **介系詞**：

a. to ：<goal> （<目標>）

b. from：<source> （<來源>）

c. in：<location>（<處所>）

d. for: <benefactor> （<受益>）

由前面可知，我們用< >的符號來表示語義角色的賦予完全是依據字詞的次分類（subcategorization）而定，但基本上語義角色的賦予（assignment）是以動詞為核心的。由於每個英語句子都需要主詞，因此任何動詞至少能賦予主詞一個語義角色，而及物動詞則分別賦予主詞及受詞兩個語義角色；介系詞也至少能賦予它後面的名詞一個語義角色。至於是什麼角色，則依據介系詞所形成的短語而定。最常出現在介系詞之後的語義角色是「工具」、「來源」、「目標」或「處所」等，這些名詞詞組的語義角色多半是由前面的介系詞所賦予的，如（後面箭頭表示各種語義角色賦予的方向及位置）：

(30)

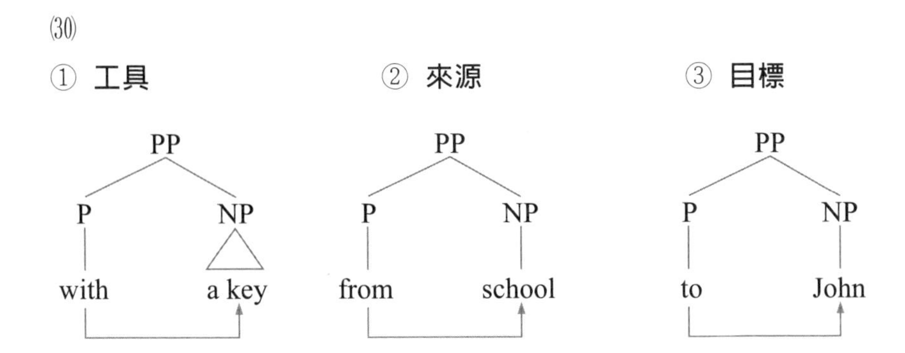

「受事者」的語義角色顯然就是來自於及物動詞，「主事者」和「經驗者」的語義角色也被認爲來自於動詞。例如後面句中的動詞met是及物動詞，可以分別賦予兩個語義角色，一個給了主語John（主事者），另一個給了賓語Mary（受事者）。另外，在介系詞詞組裡，介系詞in也賦予「處所語義角色」給後面的名詞詞組：

(31)

John met Mary in the department store.

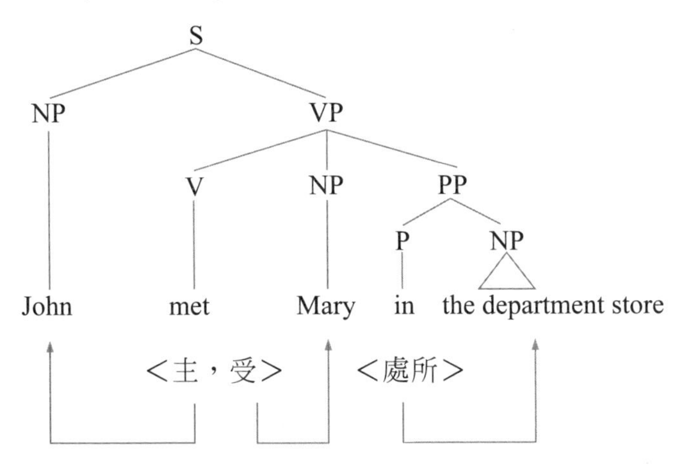

簡而言之，語義角色的理論在整個語法理論裡，扮演了兩個重要的任務。第一，它告訴我們每個句子的主詞分別扮演了不同的語義角色。由於語義角色的緣故，我們得以知道像The window was opened.及John opened the window. 兩句中的window，雖然分別位於句中不同的位置，但語義角色卻是相同的。

重點複習

1. 何謂「語義角色」（thematic role）？句子中有哪些可能的語義角色呢？
2. 請指出下列句子中，畫底線的名詞詞組（NP）的語義角色。

(1) Ken put the dictionary onto the bookshelf.
(2) Mandy baked a cake for children.
(3) The boy has embarrassed Susan.
(4) John opened the door with a key.
(5) John bought a pen for Mary at school.

四、非關句法的語義

我們發現前面所討論的歧義結構和語義角色之間的語義關係，都和句法結構有密切的關係，我們也發現，語法理論基本上著重句子內在的結構和語義。然而，語義的表達和意涵，卻往往不能完全獨立於社會和文化的影響之外，我們將這些影響語義的因素稱之爲「非關句法的語義」（non-syntactic factors）。限於篇幅，我們只討論隱喻和慣用語兩種結構。

(一)隱喻

任何語言都會用一些比喻的語詞或句子來指涉隱含的語義，稱爲隱喻（metaphor）。隱喻主要是用某一個語詞來表示另一種涵義，詩詞之中最爲常見。例如有名的〈近試上張水部〉之作，本由於作者朱慶餘將上京考試，得知張籍要去當主考官，朱慶餘乃將生平所作之詩十餘首，封呈張籍並求其指教，而作詩曰：

(32)

洞房昨夜停紅燭，待曉堂前拜舅姑。

妝罷低聲問夫婿，畫眉深淺入時無？

在詩中，朱慶餘自比作新娘子，將張籍比作新郎，考官比作公婆，並同時以詩稿之好壞比作畫眉之深淺，眞是妙詩妙境。如果不是在漢語的環境長大的人，往往無法完全懂得這些隱喻，甚至有時候還會引起很多不必要的誤解。此外，有時某些含有隱喻的詩句已經通俗化，如蘇東坡有名的詩句「不識廬山眞面目」，本來只指廬山的各種形狀和變化，現在常用來隱喻「知人不明」或者是「沒見過本人」。再如李後主有名的詞句「剪不斷，理還亂」也變成人們常引用的隱喻，用以比喻事情之複雜、縱橫牽連，或比喻關係紊亂、頭緒難尋等。

英詩裡也多見隱喻的使用，例如詩人佛洛斯特（Robert Frost）〈雪湖駐畔〉詩句but I have promises to keep，表面上是說「還有許多諾言未履行」，其實是指「還有許多事要做」。人生無處不美，往往令人流連，但最後還是選擇回到原地，只因「還有許多事要做」。又如田園詩人華茲華斯（William Wordsworth）〈水仙〉的詩句I wandered lonely as a cloud，以孤雲自比，飄過山谷，直到見到清新有魂的水仙爲止，才回到人間，與花共舞。

當然，除了詩之外，生活用語中其實也常用隱喻，例如「她的眼睛是一首詩」，暗表眼睛的柔美亮麗及好看。又如，「我們的長官老狐狸一隻」，長官會眞的是老狐狸嗎？顯然是意有所指，暗諷老長官老奸巨猾。另外，平日常說的「急驚風遇到慢郎中」、「說曹操曹操就到」、「天要下雨，娘要嫁人」（由不得我們作主之意）、「芋頭和甘薯」（前者指1950後來臺的大陸人士，後者指早已在臺灣這塊地形如番薯定居的人士）、等等都是隱喻。華語有許多歇後語也是很典型的隱喻，如「你眞是水仙不開花」（表「裝蒜」、裝糊塗），又如「他做事一向是刀切豆腐」（表「兩面光」＞不得罪人），「那件事就馬尾吊豆腐」（甭提了），「事情到最後，還是外甥打燈籠」〔照舅（舊）〕等等。

英語的生活用語也常見隱喻的使用，如much ado about nothing 表「庸人自擾」，如cut the Gordian knot表「快刀斬亂麻」，The genie is out of the bottle. 表「場面無法控制」等等。另外，有些英語的單詞也有隱喻的功能，例如Everyone is an island. 這句話和唐恩（John Donne）的名句No man is an island.有異曲同工之妙。當我們深受冤屈，發現四周無人可以了解我們的時候，每個人都會覺得是個孤島，但見四周都是深深的海流，沒有可以求救的對象，這時的情境，讓人不由得想起Everyone is an island.的隱喻。但大部分時刻，我們無法單獨生存，無法遠離社會人群，所以說No man is an island。

隱喻的語義常受社會、文化，甚或文學典故的影響，而並不一定和句法結構有關，也無法完全用組合的方式把句中每個句法單位的語義結合起來。

重點複習

1. 何謂「隱喻」（metaphor）？請舉例說明之。
2. 請說明下列句子中，有何隱含之語義？
   (1) I have promises to keep.
   (2) The genie is out of the bottle.
   (3) No man is an island.
   (4) 回首向來蕭瑟處，也無風雨也無晴。
   (5) 東邊日出西邊雨，道是無晴卻有晴。

(二)慣用語結構

和句法結構無絕對關聯的另一種常見的形式是慣用語或成語（idiomatic expressions），以後面兩句為例：

(33)

① John has <u>kicked the bucket.</u>

② Talking about the accident, Mary <u>let the cat out of the bag.</u>

(33①)中兩個語句分別含有兩種語義，分別列於(34①)與(34②)：

⑶④

① 張三踢到水桶。

② 張三翹辮子了（死了）。

就表面的字義而言，kick the bucket是「踢到水桶」，但在一般情形下，kick the bucket指的是「死亡」。怎麼解釋這種用法呢？這只能歸因於文化的不同，好比臺語的俗語「他到蘇州賣鴨蛋」是表示他已「往生」，而不是說他眞的到蘇州去賣鴨蛋。同樣地，(34②)也具有兩種語義：

⑶⑤

① 談及該意外事件時，瑪麗讓貓跑出了袋子。

② 談及該意外事件時，瑪麗無意中洩漏了機密。

常用的let the cat out of the bag並非字面上的「讓貓跑出袋子」，而是表「無意間洩漏機密」之意。換言之，(35①)是字面語義，並不通行於日常的生活之中，但是(35②)卻是約定俗成的語義，只有以英語爲母語的人才知道這個慣用語眞正的意思。華語有許多慣用語，也非外人能完全掌握與理解的，如「聞雞起舞」、「項莊舞劍」等，有些慣用語，不是在華語文的環境中長大，還眞不容易掌握其眞義呢。英國劍橋大學的教授Arthur Wiely以翻譯《西遊記》一書聞名歐洲，但是他卻把「赤腳大仙」翻譯成the red-footed fairy，顯然他把「赤腳」看成「紅色」的意思，用法和「赤色神州」中的「赤」一樣。這麼有名的翻譯大師也犯錯，眞是Even Homer nods（人非聖賢，孰能無錯？）。

重點複習

1. 何謂「慣用語」（idiomatic expression）？請舉例說明之。

2. 請說明下列句子中，有何隱含之語義？

(1) John has kicked the bucket.

(2) Talking about this secret, Sue <u>let the cat out of the bag.</u>

(3) Eating too much, Mary <u>has butterflies in the stomach.</u>

3. 為什麼我們不能把「有機可乘」翻譯成「有飛機可以坐」?

五、句子的眞假

語義學從遠古以來，一直在探索「怎樣的句子才是眞？」例如

(36)

① 臺灣的皇帝禿頭。

② 美國獨立於1789年。

以(36①)爲例，由於臺灣沒有皇帝，因此(36①)不可能是眞的。但是對於不認識臺灣的人而言，(36①)顯然是對的，因爲(36①)完全合乎漢語語法，能表達一個完整的語義。又如美國的獨立發生在1776年，所以(36②)不可能爲眞，然而對於不知道美國歷史的人而言，(36②)至少傳達某種訊息。所以，句子要爲眞，必須合乎兩個必要條件：該句合乎語法，在文法上爲眞；該句的語義及所傳達的訊息也必須爲眞。

重點複習

1. 如何判斷句子的真假？有何重要依據呢？並以下列兩句為例說明之。

(1) The king of France is bald.

(2) French Revolution took place in 1776.

2. 如何說明後面句子的真假？

(1) 潘安禿頭。

(2) 朱元璋是中國歷史上出身最高貴的皇帝。

(3) 西施滿臉青春痘，鼻子塌，眼睛大小不一。

六、摘要

本章的主題是語義學，主要是探討語義的本質、語詞的語義表達、句子結構和語義之間的關係及語法上的語義角色。最後再談和句子並不直接相關的隱喻和慣用語句的特殊語義。

語義的本質從三個學說爲基礎：指涉說（reference）、組合說（composition）及心理影像說（mental image）等。指涉說認爲語義主要是有特別的指涉對象，例如「杯子」指的就是日常生活中用於喝水的容器。但是，有許多名詞並沒有固定或確切的指涉對象，例如金庸小說中的「九陰眞經」、「碧血劍」等並不一定眞有其物。指涉又分爲內指涉（intension）及外指涉（extension），前者指語言內部所含的語義，而外指涉才是指語義的指涉對象。例如「中央研究院院長」的內指涉指「領導中央研究院的人」，不論是誰，只要他居於領導中央研究院的位置，他就是中央研究院院長。但是，以現況言，中央研究院院長的外指涉就是廖俊智。

有人認爲指涉說無法解釋多個名詞指涉相同的現象，例如同一顆「水星」出現在晚上可以稱爲「夜星」，出現在清晨稱爲「晨星」，而事實上「水星」、「夜星」和「晨星」是同一顆星。於是提出組合學說，主張語義可以看成是由語義徵性（semantic features）所組合而成的，就像音韻徵性一樣。但是，語義徵性卻無法做明確的規劃，例如形狀「圓、方」或顏色如「藍、綠」等的徵性簡直和語義相同。內在結構或心理影像的看法則認爲：任何語義的產生和規範都起源於心裡內部對某些事物有個心理影像（mental image），例如想起「花」就會在心中先有個花的原始形象（proto-image），而後再從這個形象之中去修正，以達到最後的語義形象爲止。但是這個看法很難解釋我們對於形容詞如「富有/貧窮」的界定，因爲貧富之間的區隔在於個人的認知，而不是絕對的標準。

介紹了各家對於語義的學說之後，我們開始介紹單詞的語義關係，分別從同義詞（synonyms）、反義詞（antonyms）、多義詞（polysemy）、同音詞（homophony）、專有名詞的轉化（proper names）等。然後再轉到語義和句子之間的關係。從句子的結構而言，語義應該可以看成是由單詞所組合而成的，因爲相同的用詞，由於句法結構的差別會使句義大不相同，如「人咬狗」和「狗咬人」的語義不同。在這方面，句子的樹狀結構更能幫助歧義句的語義，例如「The boy saw the girl with a telescope.」，可以解爲「小孩用望遠鏡看那女孩」，也可以是「小孩看到帶望遠鏡的女孩」，主要端視樹狀結構而定。最後，語義和句法上，我們討論了語義角色（thematic role）的問題，例如「The boy opened the window with a key.」中，「a key」不論在「The key opened the window.」中或在前一句中，都含有「工具語義角色」，而window都是「受事角色」，透過語義角色的辨認，會使我們對於句子更加了解。

最後，我們以非關句子結構的隱喻和慣用語的語義來結束本章的討論。隱喻的語義通常無法從句法或語詞的組合中去理解，而必須依循文化或社會的認知去做解釋，才能得到正確的語義。

本章建議延伸閱讀書目

Kerns, K.. *Semantics* (Modern Linguistics). Palgrave Macmillan.

Saeed, J.. 2003. Semantics (Introducing Linguistics). 2nd Edition, Blackwell Publishers.

賈彥德，1999，《漢語語義學》，北京大學出版社。

劉福增，1981，《語言哲學》，東大書局。

第六章

語用學和言談分析

早在十九世紀初，結構語言學派的創始人索緒爾（F. de Saussure）就把語言結構分爲Langue及Parole兩部分，前者專講語言內在的結構，後者則研究語言的使用和應用。可是，索緒爾本人卻沒有對Parole做任何敘述，也沒有舉例說明，因此對於語言的使用仍然只是紙上談兵。後來，喬姆斯基（Noam Chomsky）創用衍生語法（Generative Grammar）理論之時，也宣稱：衍生語法所研究的是語言能力（linguistic competence），而非語言使用（linguistic performance）。喬姆斯基更進一步解釋：所謂語言能力指的是我們的語言本能（linguistic instinct），也是我們對某個語言所擁有的語法，包括語音、音韻、構詞，及語義的理解及掌握。我們平時能和講同一語言的人溝通，互相了解，完全是因爲我們擁有共同的語言能力的緣故。至於每個人的語言表現不同，有些人善於演講，有些人善於寫作，有些人善於寫押韻詩，這些都是語言表現，和個人的資質、教育、環境以及生活的周遭大有關係，但究其實際，則每個人的語言知識或語言能力是一樣的。

語用學（pragmatics）就是研究語言使用的領域。英語pragmatics這個詞源自於美國邏輯學家莫理斯（Charles W. Morris）對於邏輯語言的看法，但是成爲語言學的一支，應該是和奧斯汀（John L. Austin）的語言行爲（speech act）的看法以及格萊斯（Hebert P. Grice）的會話理論等引起語言學家的注意及參與之後，才逐漸形成的。

現下語用學的重點主要在理解及分析爲什麼某些用詞會有預設（presupposition）的涵義？例如「妳要再來一杯咖啡嗎？」讓聽者知道前一句中的「妳」至少已經喝過一杯咖啡了。語用學也探討爲什麼有些語詞含有強烈的語言行為，而有些語詞則不然？例如有人說：「我答應給妳一份好工作。」時，其實在語言中就帶有行為，因為「妳」肯定會得到一份好工作。而「他看起來似乎不太高興」卻不會有任何語言行為的涵義。可見語言的使用不只和語言的內在語義有關，也和講話者的身分、地位、角色，以及講話當時的情境等等有密切的關係。當然，除了自言自語之外，語言的使用多產生在對話之中，而對話之進行絕非漫無目的亂扯，而是有些抽象的原則可供依循，語用學的主題之一就在想要找出這些原則。

一、預設

預設（presupposition）指講話者在對話之前即已經擁有的立場、觀念、想法或者是看法。比如說：

(1)

① Would you like another cup of coffee?

② John's sister has divorced.

③ John's son has quit smoking.

(1①)語義類似於「要不要再來一杯咖啡？」，講這句話的人顯然已經預設了對話者至少已經喝過咖啡了，他才會用「再」（another）這個語詞。換言之，從講話者所選用的語詞，可以明瞭他心中對於事情的預設立場。又如(1②)語義類於中文的「他妹妹已經離婚了」，這句話至少透露了兩個預設觀念：

(2)

① 他（John）至少有一個妹妹。

② 他的妹妹至少結過一次婚。（不過，現在已經離婚了。）

至於(1③)的句意是：「張三的兒子已經戒了菸。」這句話至少有兩個預設：

(3)

① 張三至少有個兒子。

② 張三的兒子抽過菸。（不過，現在戒掉了。）

前面所舉的例子，都是由語詞本身即可透露預設的涵義，這種預設稱爲「語義預設」（semantic presupposition）。通常可以用於表達語義預設的語詞，除了前面(1①)所舉的例another（再、另）之外，還有許多量詞或副詞如again（再、又）、also（也）、too（也）、once（曾經）、more（多些）等等也都有預設的語義。例如

(4)

① Would you give me more sugar?（可以多加些糖嗎？）

② John paid Mary a visit again.（張三又去看了瑪莉。）

③ He is also member of the club.（他也是這裡的會員。）

再者，和(1②)及(1③)類似的預設語詞還有regret（後悔）、forget（忘記）、remember（記得）、ignore（忽視）等等，不勝列舉。例如

(5)

① I regret giving her the money.（我很後悔把錢給了她。）

② He ignored the warning.（他當時不管別人的警告。）

③ He forgot mailing out the check.（他忘了已把支票寄出去了。）

(5①)的regret giving預設錢已經寄出去，再後悔也沒有用了。(5②)預設了別人在事前對他已經有所警告，只是他當時未能注意罷了。(5③)預設了支票已經寄出，現在想要改變已經不可能了。

在語用學的研究和歸類裡，不只語詞會有預設，很多情形之下，同一個類似的語句，卻因聽者已經有了社會文化上的預設，而會有不同的語義解釋，這種因社會文化或語言的前後文而衍生出來的預設，稱爲語用預設（pragmatic presupposition），例如

(6)

① 法官駁回了兇手的請求，因爲他是個小心的人。

② 法官駁回了兇手的請求，因爲他是個危險的人。

拿前面兩句去做調查，我們發現：多數的人認爲(6①)的「他」指的是法官，而(6②)的「他」則是兇手。依據句子的結構而言，(6①)和(6②)其實並沒有太大的不同，然而爲什麼大多數人的解讀卻會很一致地認爲這兩句中的「他」會有不同的指涉（referents）呢？顯然這樣的解釋，和句子的結構或講話的方式差別不大，而和聽者的社會文化背景比較有關係，因爲外在社會文化的涵養及教育使大多數的人認爲法官是比較「小心的人」，他們做判決之時，必然會審愼小心。同樣地，大多數人會很自然地覺得：兇手通常是「危險的人」。因此，對於(6②)的反應，直覺地會想到「他」必然是兇手。

從聽者或讀者對(6①)和(6②)的反應來分析，我們發現：語義的解讀，並不一定和語詞的內在語義有關，而是和個人的社會文化背景也有密切的關係。換言之，語言本身應該是「中立的」（neutral），至於語義的解讀之所以會有差異，多半是受到社會文化背景的影響。這種語用的理解可以幫我們解釋爲什麼同一動作或行爲，有時會引起褒貶差異極大的語詞反應。例如

(7)

① 張三昨晚暴斃了。

② 張三昨晚崩殂了。

「暴斃」和「崩殂」都表示「死」的動作，兩者所指的動作或行爲既然相同，依理應該要有相同的語義，可是實質上「暴斃」和「崩殂」兩者給人的心理感受卻大相逕庭，爲什麼呢？只因爲我們的社會及文化使我們認爲「暴斃」是貶抑的用詞，預設了對於死者的極端厭惡。而「崩殂」卻是莊嚴神聖的語詞，預設了我們對於死者的不捨及敬愛，就像很高很高的

靠山忽然倒下來的感覺。

又如英語的murder及assassinate都表示「某人遭受暗殺而死亡」，但是murder預設了被殺的對象是一般人，是普通的升斗小民，例如「John was murdered last night.」而assassinate的對象則預設了顯要的政治人物或重要人物，如「John F. Kennedy was assassinated.」。

預設在語詞上的重要，也反映在過去許多小典故之中。過去有皇帝的時代，刀筆吏專門幫官員寫狀書，斷人生死，於是留下了許多傳說，大多數爲諷刺刀筆吏者。眾傳說中，有此一說：犯人犯罪，送的錢多，刀筆吏於是在洋洋灑灑的訴狀之後，加一句：「其罪可誅，其人可憫」，往往可以撿回一命。如果刀筆吏要置犯人於死地，則最後所加的一句變成「其人可憫，其罪可誅」。主要原因就是：「其罪可誅，其人可憫」預設了犯人之所以犯罪，可能出於某種苦衷，因此「其人可憫」。但是「其人可憫，其罪可誅」卻預設了「其罪可誅」的敘述焦點。

據說，曾國藩大戰太平天國洪秀全的初期，幾乎每戰必敗。依據當時的規定，戰前戰後，在外的指揮官都必須向朝廷報告。有次戰後的回報中，幕僚慷慨陳述戰爭的悲壯，並順筆一記「屢戰屢敗」，表示無奈。曾國藩看後，隨手把「屢戰屢敗」改成「屢敗屢戰」，頓時把無奈的心情改成永不氣餒的鬥志。從語用學的角度來分析，我們會發現「屢戰屢敗」預設了「屢敗」的無奈，而「屢敗屢戰」則預設了「屢戰」的高昂鬥志。兩個語詞的對調，立刻改變了整句的語用語義，顯示語用學的研究是非常實用性的，不但可以幫我們提升鬥志，創造更輝煌的勝利，也可以幫我們趨吉避凶，撿回生命。

簡而言之，預設有兩種：語義預設及語用預設。前者指語詞本身即足以反映講話者心中預設的立場，常見的這類語詞有another（再）、more（多些）、too（也）等等。而語用預設專指聽話者因爲個別的社會文化背景而可能會對同一語詞做出不同解讀的現象。

重點複習

1. 何謂預設（presupposition）？
2. 你認為下列各句有何預設？
   (1) John would like to visit Mary again.
   (2) Mary is a widow.
   (3) 張三有個可愛的小孩。
   (4) 你還要去看他嗎？
   (5) 你怎麼總是講不聽？
3. 預設可分為幾種？試各舉一例說明之。

二、衍推

常和預設連在一起的觀念是「衍推」（entailment）。衍推的觀念建立在哲學辯論的三段論法裡，例如

(8)

① 所有的人都會死。

② 張三是人。

③ 所以張三一定會死。

由(8①)和(8②)的前提，我們一定能衍推（entail）出(8③)的結論，可見「衍推」指的是：從某個句子或命題（proposition）一定可以衍推出另一句的結果。換言之，衍推是兩個句子之間的邏輯關係，當其中一個句子爲眞時，另一個句子也必然爲眞。從(8)的句子來分析，如果(8①)和(8②)爲眞，則(8③)必然爲眞。又例如

(9)

① John has written many books.（張三寫了很多書。）

② John is a writer.（張三是個作家。）

前面(9①)如果爲眞，則(9②)一定也是眞的。基於此，我們可說從(9①)可以衍推出(9②)。但反向衍推則不一定正確，如果(9②)是眞，則(9①)並不一定是眞，因爲如果張三是作家，他並不一定要寫很多書。文學史上有許多作家就只有寫一本書，卻已經足以流芳萬世，如曹雪芹只寫了《紅樓夢》，班揚（John Bunyan）只寫了《天路歷程》（*The Pilgrim's Progress*），都不失其爲作家的身分。

衍推和預設有些區別，我們且以語用學上常被引用的Levinson的句子爲例：

⑽

① John has three cows.（張三有三條牛。）

② John has some cows.（張三有些牛。）

③ There is a man called John.（有個人名叫張三。）

從(10①)，我們可以衍推出(10②)，因爲只要(10①)是眞，則(10②)也一定是眞。但是，(10②)是眞的話，(10①)卻不一定是眞，因爲有some cows的人，並不一定特指有three cows的人。所以，(10①)和(10②)是衍推關係。

然而，(10①)和(10③)卻是預設關係，因爲(10①)預設了(10③)的存在。簡而言之，預設和衍推還是有所區別。

重點複習

1. 預設（presupposition）和衍推（entailment）有何不同？
2. 試說明以下句子為何種關係？

⑴ 張三喝了一杯黑咖啡。

⑵ 張三喝了一杯咖啡。

⑶ 有一個男人叫做張三。

三、指代詞

「指代詞」（deictics，也有人拼成deixis，唸成[dáɪksɪs]）本來是個哲學用詞，表示語詞所指涉的對象如事物、動作，或觀念等等和講話者之間的距離關係，如this/that, here/there, now/then等等。而這些語詞在語言學上，正好是指示代名詞或指示形容詞，或表時間的副詞，因此我們把這些用詞通稱爲指代詞。

指代詞的使用和講話的時間、方位、立場等因素大有關係，因此應用指代詞之時，這些因素都要交代清楚，否則容易產生溝通上的困難。例如你在地面上撿起一張舊報紙，上面說：「XX百貨公司本週大打折，精品全部三折起。」你可能也不會心動，因爲那是過去的日期。這時候，那時的「本週」已經成爲「那週」了，亦即打折已經是昨日黃花了。

又如在百貨公司，常常聽或看到像後面的對話：

顧客指著售貨員後面的杯子，說：「我要那個。」她用「那個」因爲從她的位置而言，她要的杯子離她比較遠。但是，售貨小姐把杯子取下來之後，對她而言，杯子就在眼前，所以她說：「喔！你要這個，那很好哇！你要的杯子就在這兒。」我們要弄清楚的是「那很好哇！」中的「那」指的是「喔！你要這個（杯子）。」整個句子。由此可見，指代詞並沒有固定的語義和指涉，而必須依賴對話發生的地點和時間而定。

然而，在眞正的語用上，指代詞常常用來指講話者和對話者之間已經共同知曉的觀念、地點或事物，因此會讓外人無法了解他們的對話內容，例如

⑾

張三：「喔！小王，還記得我上次跟你提過的那件事嗎？」

小王：「你說那個，當然啦！這個我會處理，你不用太那個。」

張三：「我當然不會這樣啦，老朋友，你說一就是一。」

前面的對話裡，充滿了「這個」、「那個」，但是對於對話中的兩人而言，他們都心中雪亮，毫無溝通上的障礙。但是對於外人而言，卻可能聽得滿頭霧水，渾然不知他們在說什麼「碗糕」（這是火星文，要留意哦！）。這顯示：指代詞具有非常特殊的語用關係。同時也顯示在平常的對話裡，和指代詞有關係的地點及時間必須好好交代清楚。

有些文學作品，不論是散文或詩作，必須斟酌細讀，才能理解相關的指代詞。例如古文大家韓愈的「行難」篇云：「某，胥也；某，商也。其生，某任之；其死，某誄之。」前兩個「某」字指胥、商的名；最後兩個「某」字指韓愈。又如英國詩人John Dryden的詩作Alexander's Feast（亞歷山大王的盛宴）有段：

The master saw the madness rise

His glowing cheeks, his ardent eyes

And, while he heaven and earth defied

Changed his hand, and checked his pride

最後一行的兩個his各有不同的先行詞，第一個his指琴師變動他的手指，以使音樂更爲激悅，後一個his指亞歷山大躊躇滿志的心態。

重點複習

1. 何謂指代詞（deictics）？試舉例說明？
2. 指代詞在日常生活中扮演什麼角色？
3. 後面是一段敘述；請指出指代詞，並說明每一個指代詞的語義：

> 去年情人節，他約我出去喝咖啡，沒想到那是我們最後一次的約會。還記得那個夜晚，燭光柔和，咖啡芳郁，當時我感動死了。那種氣氛，那種柔美，那種心情，現在回想起來，絕對沒料到此時會如此地寂寥落寞。

四、語言行為理論

自1952年起，英國哲學家奧斯汀（John L. Austin）即在任教的牛津大學做一系列關於語言和行爲之間的關係（Speech and Deeds）的演講，但是當時並沒有引起太大的注意。1955年，他應邀到哈佛大學講授一系列以「如何用語言做事」（How to do things with words）爲主題的課，堅實地認爲語言其實也有行爲事實的結果，於是他的想法和學說遂開始引起注意。後來經過他的學生賽爾（John Searle）的著作《什麼是語言行爲》（What is a Speech Act?）的宣揚，奧斯汀的學說終於被定爲語言行爲理論（speech act theory）。

語言行爲理論的主要看法是：我們平常所使用的語言，其實包含了兩種不同的句子。一種句子只是純粹地敘述或描述某個動作或狀況，稱爲表述句（locution），如例⑿：

⑿

① He seems unhappy.（他似乎並不快樂。）

② John has three brothers.（張三有三兄弟。）

③ John grows up now.（張三長大了。）

前面三個句子的核心動詞都是靜態的狀態描述，稱爲靜態動詞（stative verbs）。例如(12①)的seem（似乎）並沒有任何動作，而只是一種精神狀態的傳達而已。其他如(12②)的has（有）及(12③)的grow（生長）也和seem一樣，都沒有明確的動作，也不會有任何的語言行爲產生。

比較之下，例⒀中的句子內的動詞則明顯的不同：

⒀

① I thereby name the ship *Queen Elizabeth*.（我把這艘船命名爲「伊莉莎白女皇」號。）

② I warn you not to come near the park.（我警告你不要靠近公園。）

③ I nominate Mr. Fu as president of Taiwan University.（我任命傅先生爲臺大校長。）

④ I resign.（我辭職。）

以(13①)爲例，這是英國女皇伊莉莎白二世爲一艘軍艦命名時所講的話。當伊莉莎白二世舉劍緩緩指向軍艦，並且輕輕地說「I thereby name the ship *Queen Elizabeth*.」時，她所講的話並不只是一句「話」而已，而是由語言之中傳達了「命名」的動作。從此之後，那一艘軍艦的名字就叫作*Queen Elizabeth*，全世界的人都要使用*Queen Elizabeth*來稱呼那艘軍艦。因此，name這個動詞實質上已經做了一種動作，稱爲語言行爲（speech act），而像name一樣的動詞稱爲行事動詞（performative verbs）。含有行事動詞的句子，稱爲表意句（illocution）。

又如(12③)的nominate（任命），使Mr. Fu在經過任命之後有了不同的身分：臺大校長。他因此可以發揮他對臺大的治校理念、發展的願景，以及能爲學校所做的一切想法。換言之，經過(12③)的表達之後，Mr. Fu從一介平民躍升而爲具有社會聲望的臺大校長，其差別不可以千里計。再如(12④)而言，簡單一句「I resign.」卻表達了講話者的實際行爲，因爲從講過這句話之後，講話者從此不用再上班了，不用再受拘束，不用再隱瞞個人的意見，從此海闊天空。由此可見，表意句的共同特徵就是透過語言傳達了某種語言行爲的產生，因此都具有實質的行爲，不只是語言的表達。

行事動詞常依據不同的語義及所要傳達的意志而分爲：強調、答應、命令、要求、警告、宣稱、勸告和打賭等等：

⒁

① I assert that John has bad manners. （強調）
（我強調張三的行爲不好。）

② I promised to help you with the work. （答應）
（我答應幫你做這件事。）

③ I order Mary to give you a ride to the airport. （命令）
（我命令瑪莉載你到機場。）

④ I ask that John be put into the prison. （要求）
（我請求張三應被關起來。）

⑤ I warn you not to come to her room. （警告）
（我警告你不要再靠近她。）

⑥ I pronounce you man and wife. （宣布）
（我宣布你們爲夫妻。）

⑦ I advised him to go abroad for a vacation. （忠告）
（我勸他到國外度假。）

⑧ I bet you one dollar the Elephants win. （打賭）
（我和你打賭一元象隊會贏。）

前述(14①-⑧)等八個語句都帶有行事動詞，講話者能透過這些動詞的選用而把心中所要達到的結果很清楚地傳達出來。然而，說話者是否可以任意選用行事動詞來講話呢？例如我們是否可以隨意對街上的一對男女說「我宣布你們爲夫婦」呢？事實上，這是不可能的，因爲只有牧師、神父、法官或其他臨時被授權的有聲望人士，才可能有權對雙方有意願結爲夫婦的男女講那句話。對於這樣的情況，語言行爲理論於是設了一個求眞條件（felicity condition）：

⒂**求真條件：**

任何講述表意句者，都必定能滿足行事動詞的必要條件。

例⒂的求眞條件只是概稱，更精密的定義其實是依據各種語言行爲而訂定的，例如以表述「要求」的行事動詞而論，其邏輯上的求眞條件爲：

甲要求乙去做丙的求真條件：

① 甲相信丙尚未完成。

② 甲相信乙能做丙。

③ 甲相信乙能依據甲的要求去完成丙。

④ 甲眞的想要丙被完成。

以漢語的「我要你去把張三擺平」為例，求真條件為：

① 張三尙未被擺平（因爲張三老是唱反調）。

② 講話者相信對話者能擺平張三（因爲張三欠他人情或張三怕他）。

③ 講話者是對話者的上司、老闆，或長者（所以對話者一定會遵從講話者的指示）。

④ 講話者眞的希望把張三擺平（否則他無法進行整併公司的計畫）。

換言之，「要求」別人的人一定有其地位對別人做要求，「任命」別人職位的人一定要有能力給他所任命的人那個職位。簡而言之，求眞條件只是強調講話者應該要有相當的資源、能力，或地位才能去執行他的語言行爲。

至於語言行爲，還可以從其他的角度來分類。再回頭細看例⒁的句子，還有一個共通點：所有的句子都是第一人稱的主詞，這種由第一人稱開始的表意句而衍生的語言行爲稱爲直接語言行爲（direct speech act）。直接語言行爲並不一定要有「我」出現，因爲命令句中沒有

「我」，卻也是一種直接語言行爲，例如

⒃

① Don’t touch that.（不要碰！）

② Shut your mouth.（閉嘴！）

③ Turn off the light.（把燈關掉！）

當然，命令句也可以增加表示禮貌的語詞，如把例⒄中的三句改爲：

⒄

① Don’t touch that, please.（請不要碰。）

② Please shut your mouth.（請閉嘴。）

③ Please turn off the light.（請關燈。）

有沒有增加禮貌用語，並不會改變語言的行爲方式。但是，如果改用非命令句，則直接語言行爲就變成了間接語言行爲（indirect speech act），如把例⒃改成：

⒅

① I would like you not to touch that.（我希望你不要碰。）

② Would you shut your mouth?（可以閉嘴嗎？）

③ The light is not turned off yet.（燈還亮著。）

前面的例子只供我們區分直接或間接語言行爲的參考，如果更詳細地思考，會發現用直接和間接語言行爲的區分並非依賴是否有第一人稱的主詞，而是由語用的參考，例如(16③)變到(18③)，並非只是句子形式的改變，而是多了語用上的啓示（implication）。迄今爲止，直接和間接語言行爲的畫分標準，還未定論，希望日後有更多同學來加入研究的行列。

不過，從前面的討論之中，我們大概會領悟到：語用學既然是研究語言的使用，那麼語言行爲的取決是我們個人可以決定的。因此，同一個句子或語義也會有許多種表達的方式。例如我們要求別人幫我們影印，可以依據你的身分、地位、年齡等等而有不同的表達：

(19)

① Xerox it.〔去影印。（命令口氣）〕

② Please xerox it.（請幫我影印。）

③ Would you help me xerox this?（你能幫我影印嗎？）

④ I request you that this be xeroxed.（我要你去影印。）

⑤ I order you to xerox this.（我命令你去影印。）

語言行爲也有很多故事。據說，某大學的圖書館館長發現：有許多好書從來沒有人借過，於是他請人把這些書放在入口明顯之處，並在書堆上放一塊招牌，上面寫著：「警告：這些書內容艱深，只有學問夠的人，才允許借用。」結果，書一擺出來就被借一空。爲什麼加個警告牌，有如此大的效果呢？主因是：常到圖書館的人之中，自認爲學問夠的人很多。

許多百貨公司在促銷時期，最常用的是：「某月某日之前，全館七折。」主要是希望消費者把握時間，進行搶購。這種招式之所以屢被採用，主要是以語言行爲來誘導消費者，在短期內，無法做詳細的規劃而匆匆消費來達到營利的目的。

看了這麼多有關語言行爲的介紹，相信讀者應該掌握：語言行爲的理論，只是闡釋許多可以使用語言來達到某種行爲的目的。人與人之間的良好溝通，通常建立在良好的語言使用之上。往後，我們要請求別人幫助，或有機會幫助別人之時，千萬要記得：語言的使用透露了一個人的涵養及修爲。多用美好的語言，多用讚美的話，多鼓勵他人，多給自己掌聲，必然會更體會語言使用的本質。

重點複習

1. 語言行為理論將句子分為兩類：表述句（locution）及表意句（illocution）。請各舉兩例並加以說明。
2. 行事動詞（perfomative verbs）可表達的語義有哪些？各舉一例說明

之。

3. 語言行為又可分為直接或間接。請看以下句子並說明何者為直接，何者為間接語言行為？

(1) It's hot in here, isn't it?

(2) Turn on the air conditioner, please.

(3) 我的護唇膏已經用完了。（女朋友對男朋友說）

(4) 昨晚阿兵送小芳一隻很漂亮的手錶。

(5) 我要你幫我買碗麵。

4. 何謂「求真條件」（felicity condition）？且以「我要你把電腦修好」為例說明「求真條件」的內涵。

五、言談與言談分析

言談（discourses）也有人譯爲篇章。過去的語法研究，多以句子爲單位。然而我們平常的語言多用於人與人之間的互動，主要以每次的談話內容爲主體。每個句子的語義並不是獨立的，而必須仰賴上下文才能眞切地掌握整個對話或交談的內容，因此某個語義單位或以某個主題爲單位所形成的交談或對話，稱爲言談。而以整個言談爲對象，逐步做分析藉以了解每個句子在整個言談中所扮演的角色，這種技巧及理論，稱爲言談分析（discourse analysis）。

言談和言談分析是近年來非常受到矚目的研究主題，而且多年的研究也早就自成體系，甚至已經成爲語言學獨立的領域，然而受到篇幅的限制，我們將只介紹三個主題：焦點與訊息（focus and information）、語涵理論（the theory of implicature），及關聯理論（relevance theory）。

㈠焦點及訊息表達

焦點（focus）的研究，一直是個引人興趣的主題，但是，什麼是焦點，一直是個難以解答的問題。焦點通常從兩方面切入：語音及句法。語音上，焦點的表達是建立在重音（stress）之上，句子中的重音之所在即爲焦點之所在，例如（後面大寫字母表示重音。）

⑳

① The FLOWER is DELicate and BEAUtiful.

② I BOUGHT him a NOV-el.

句法上的焦點表示方式有許多種，例如使用分裂句（例如It is the book that I want to buy.），或準分裂句（例如What I want is to go swimming.），但是在語用上最常見的是新舊訊息的表達：新訊息也就是焦點，通常用不定冠詞a或an來表示，而舊訊息也即是非焦點，則應用定冠詞the來修飾，例如

㉑

① There comes a beautiful lady, and the lady wants to meet you.

② I would like to tell you a strange story. The story is about a king and a raven.

(21①)的a beautiful lady由於是第一次出現，所以是新訊息，也成爲該句的焦點之所在，但是後面再出現lady時，由於前面已經介紹過了，因此lady變成了舊訊息，所以用the來修飾。(21②)也一樣，第一次介紹strange story時，那是新訊息，也是整句的焦點，故使用不定冠詞a來修飾，但是後來再提到同一個故事時，該故事已經成爲舊訊息，所以用the來修飾。

總之，在對話或交談之中，我們可以從講話者的冠詞來判定新舊訊息：不定冠詞a或an修飾新訊息，而定冠詞the修飾舊訊息。

重點複習

1. 焦點（focus）在語音及句法上該如何表達？請舉例說明。
2. 中文在句法上如何表達新舊訊息呢？

3. 試分析後面篇章中，新、舊訊息的表達方式：

> 去年我買了一個桌燈，沒想到只用了幾個月，那桌燈竟然壞了。我於是找一位修護人員來看，他看後搖搖頭說：「沒辦法啦！這款桌燈早過了時，沒零件了。」我望著那位修護人員，講不出半句話。

㈡語涵理論

我們平時的語言使用，絕大部分是在講話，和別人交談。試想想，你最近和朋友所做的對話經驗之中，是什麼使你們的交談能進行得如此順利呢？爲什麼你和朋友很少同時講話呢？爲什麼你能直覺地知道什麼時候該你講話，什麼時候該他講話呢？這些都是有關交談或對話的研究之中，很有趣的問題。

出身於牛津大學的英國哲學家格萊斯對於前面所遇到的問題頗感興趣，幾經探索之後，終於有了比較周全的概念，後來迭經修正及討論，在1975年發表《邏輯與對話》（*Logic and Conversation*）並提出語涵理論。他之所以創用「語涵」（implicature）這個語詞，主要是因爲語用之中過去常用的暗示（implication）並不能完全表達他心目中implicature所要涵蓋的語義，因此他只好創用一個新的名詞。至於什麼才是implicature眞正的涵義呢？格萊斯本人也沒有一個簡單而周延的定義，不過卻希望我們能從他所提出的理論之中了解其意義。

語涵理論中，最爲語用學家所重視及繼續研究探討的是對話的合作原則（Cooperative Principle）。雖然我們日常的對話，似乎七嘴八舌，全無章法，然而格萊斯卻認爲不然，我們平時的對話及交談都遵循合作原則。合作原則包含了四個軸心（maxims of conversation），分別爲：質性軸心（maxim of quality）、相關軸心（maxim of relevance）、量性軸心（maxim of quantity）、方式軸心（maxim of manner）。

⑵**質性軸心（maxim of quality）**

① 不要把你個人認爲假的訊息說成眞的。

② 不要把沒有足夠證據的話講出來。

質性軸心的兩個要求對許多人而言，定然會接受，因爲交談的主要目的就是溝通情感，傳達彼此的看法，如果參與交談者都無法把握例⑵中的兩個原則，則所有的交談將會徒勞無功。每個參與交談的人都認爲對方必然會遵循質性軸心的兩個原則。然而，實際的交談之中，往往會有個案使對話者誤以爲對方是違反例⑵。例如

⑶

張三：我們需要派個英語比較好的人出面向保險公司索賠。

李四：沒問題，英語我還可以。

聽到這個回應，張三心中認爲有李四出面應該可以解決所有的問題了，因爲在美國旅行，又向美國的保險公司買了保險，主要的障礙只是語言而已。然而，談判的結果竟然一敗塗地，原因是李四的英語都是書本上的，硬梆梆的正式英語，首次面對美國人的生活英語，完全無法應付，終於被保險公司的經紀人坑了。事後，張三頗不甘心：

⑷

張三：你不是說你英語很好嗎？怎麼會搞砸了呢？

李四：苦讀了十幾年，我以爲我的英語是很好的啊，哪知道……

例⑵中，當李四說他的英語還可以時，他滿懷信心，因此基本上他並沒有違反例⑵的兩個原則。至於，事後才發現他英語能力的不足時，已經無可挽回了。

合作原則的第二個軸心是：

⑶**相關軸心（maxim of relevance）**

所講的話要和主題相關。

相關軸心要求參與交談的人，所講的話必須和所交談的主題有關，否則會形成雞同鴨講的現象。但是，有些交談表面上是雞同鴨講，但更深一層的探究，卻別有意義。且以格萊斯本人的句子爲例：

⑵4

A: How is John getting on in his job?（張三的工作近況如何？）

B: Oh, quite well, I think; he likes his colleagues, and he hasn't been to prison yet.（哦，還好吧！我想：他喜歡同事，而且還逍遙法外。）

表面上，B並沒有直接回應A的問話，尤其是he hasn't been to prison yet（他還沒去坐牢）更和A的「他最近的工作情形還好嗎」的問話風牛馬不相及。但是，如果仔細想想，B可能認爲John的操守不好（而且他也希望A能從他的話裡得到暗示），如今還能逍遙法外，其實就是「好」的意思。這種利用其他的內容來暗示本意的例子很多，例如張三平時上課並不認眞，後來爲了要申請獎學金而請教授寫推薦信，於是教授寫道：

⑵5

張三平日表現良好，每天早上都會起床，夜晚都睡得很好，三餐也大都正常。偶爾來上課，都會帶課本，穿著也還體面，乾乾淨淨的，表現不錯。

受到請託的教授不好當面拒絕，又無法寫出違背良心的讚美，只好用些不著邊際的語詞，而絕口不提張三的學業表現，也不提他研究方面的潛力。看信的人，必然會從字裡行間讀出教授的本意。即使是像(24B)及⑵5這樣的例子，表面上看來好像和主題無關，其實仔細想想其內容還是是和主題大有關係。

合作原則的第三個軸心是：

⑵6**量性軸心（maxim of quantity）**

參與談話者必須恰如其分地提供對方所需要的訊息，不可太多也不可太少。

交談和對話的進行依賴的是參與者講話的量，否則訊息中斷，交談將無法繼續進行。「量性」（quantity）並不純粹指講話的多寡，而是訊息提供的多寡。例如

(27)

媽媽：你要去哪裡？

兒子：外面。

媽媽：外面是哪裡？

兒子：外面就是不在家裡呀！

媽媽：你要去找誰？

兒子：朋友。

媽媽：哪些朋友？

兒子：我認識的朋友啊！

前面的對話裡，兒子其實很配合，也很能提供對話的「語言的量」，但是媽媽其實一無所獲。這樣的對話，無論是從質性軸心、量性軸心，及相關軸心而言，都完美無缺，但是究其實際，例(27)卻不是很好的對話，原因在於「訊息的量」並不夠充足。

合作原則的第四個軸心爲：

(28)方式軸心

講話者所使用的語言要清楚（to be clear）、簡短（to be brief），要有順序（to be order），千萬不要使用模稜兩可的句子（to avoid ambiguity）。

方式軸心的原則是我們平日在對話之中，最理想的狀況，因爲只有簡短、清楚、明確的用語才能眞正達到溝通的目的。當凱撒握著插入心中的利劍時，問普魯斯特爲什麼要殺他，普魯斯特毫不含糊地說：「我愛凱撒，我

更愛羅馬。」（I love Caesar, but I love Rome more.）短短幾個字，卻表達了他心中對於凱撒的不滿。然而，我們平日遇見的對話之中，簡短者固然很多，卻大半是模稜兩可者居多，特別是小說或戲劇中的對話，例如金庸小說《倚天屠龍記》中，趙敏和張無忌的對話處處充滿了玄機、疑雲及不可預測的用詞，因而使整個故事充滿許多由於語言不清楚而導致的誤會，更加吸引讀者。

綜觀格萊斯的合作原則中的四個軸心，每個軸心都緊緊綁住對話的重點，也都能反映參與對話者對於另一方的期盼及希望，因此，與其說這四個軸心是對話原則，不如說這四個軸心是維繫人們之間溝通的主要信仰及理想。我們每天都要和別人溝通，而在溝通之前，我們的心中其實早有這四個軸心，否則我們可能連想要和別人溝通的念頭都沒有。

最後，我們以莎士比亞名劇《哈姆雷特》（*Hamlet*）中波隆尼烏斯（Polonius）和哈姆雷特之間的對話來討論合作原則。當時哈姆雷特的叔叔懷疑哈姆雷特並不是眞的生病，所以派了波隆尼烏斯來刺探。波隆尼烏斯一直追問，可是哈姆雷特根本不想和波隆尼烏斯講話，於是產生了(29)的對話：

(29)

Polonius: What do you read, my lord?（您在讀些什麼，主子？）

Hamlet: Words, words, words.（詞啊，就是一堆詞。）

Polonius: What is the matter, my lord?（怎麼樣了呢？）

Hamlet: Between who?（什麼怎麼樣了？）

Polonius: I mean, the matter that you read, my lord.（主子，我是說您讀的故事怎麼樣了？）

Hamlet: Slanders, sir. For the satirical rogue says here that old men have grey beards, that their faces are wrinkled, their eyes purging thick amber and plum-tree gum, and that they have a plentiful lack of wit, together with most weak hams: all which, sir, though I most powerfully and potently believe, yet I hold not honesty to have it thus set down; for yourself, sir, should grow old as I am, if like a crab you could go backward.

（先生，我所讀到的都是騙人的，有人說什麼老人的鬍子已經灰白，臉上都是皺紋，他們的眼睛看不清楚，頭腦遲鈍，肌肉鬆弛。雖然這些話我都相信，但這樣描寫老人實在有失厚道。就以您來說吧，如果螃蟹能前後倒退，而不用左右移動的話，你就會和我一樣年輕了。）

在前面波隆尼烏斯和哈姆雷特的對話裡，哈姆雷特顯然沒有遵守合作原則的任何軸心。就質性而言，哈姆雷特的話都無法反映他眞正的想法，因爲他眞正的想法只是不願意和波隆尼烏斯交談，從頭到尾哈姆雷特都認爲波隆尼烏斯已經背叛了他對哈姆雷特家族的忠誠，因此波隆尼烏斯所說所爲都不値得信賴。既然對方所言已經不値得信賴，所以波隆尼烏斯違反合作原則的質性軸心在先，哈姆雷特認爲沒有交談的必要。然而，波隆尼烏斯受國王之命前來，不能空手而回。於是哈姆雷特只好用一堆空話來敷衍，以達到量性軸心的表面要求，而且講話的內容都和波隆尼烏斯所要的無關，藉以逃避相關軸心的原則。至於方式軸心，哈姆雷特也以冗長而漫無目標的長篇大論來規避。現在回頭細看例(29)，第一句的回答：「詞啊，就是一堆詞」是明顯的廢話，因爲每本書都是由許多「詞」（words）所組成，這是不用問也知道的回答。第二個對話裡，波隆尼烏斯顯然是在問：「你到底怎麼了？」但是哈姆雷特用「什麼怎麼樣了？」來搪塞，使波隆尼烏斯不得不說書上的故事怎麼樣了。最後，哈姆雷特的回答更妙，因爲老人共同的特徵就是「鬍子已經灰白，臉上都是皺紋，眼睛看不清楚，頭腦遲鈍，肌肉鬆弛」，哈姆雷特用這些來表示書中所寫不夠厚道，並用螃蟹的不可能前後移動，來表示波隆尼烏斯是不可能了解他的。莎士比亞利用這段對話來表示：其實在日常生活裡，有很多對話是沒有意義的，甚至是用來敷衍或搪塞某種場合而不得不講的「非對話」，也因此這些對話並沒有遵循交談的合作原則。

重點複習

1. 格萊斯的合作原則包含哪四個軸心？
2. 觀察你的日常生活對話，有無違反這四個軸心的例子？請詳加說明之。

㈢關聯理論

格萊斯的語涵理論中的合作原則面世以來，引起許多的回應和討論，有些人想全盤否定而苦於論證不足，有些人則想做部分的修正以增加理論的周延性。不過總體而言，在這些後來的研究及討論之中，最具影響力的是由史帕柏（D. Sperber）和威爾孫（D. Wilson）共同推出的關聯理論。

關聯理論的「關聯」（Relevance）是個特殊的專有名詞，指能產生出「文本效應」（contextual effect）的任何相關訊息。所謂「文本效應」，即我們所聽到的訊息會和我們以前所知道的一切有關這個訊息的知識，不論是語言方面的或是其他方面的知識，互相激盪，從而產生出新的觀念或印象。因此，關聯理論最重要的論點是：當我們在交談時，對於對方所講的任何一句話的解釋，都不是該句話的表面語義，而是在整個交談過程之中，一再使用我們對於該句話的先前了解，加上對方在講話時，所帶來的語義的綜合。且再以格萊斯有名的句子爲例：

⑶⓪

A: How is John getting on in his job?

B: Oh, quite well, I think; he likes his colleagues, and he hasn't been to prison yet.

我們先思考爲什麼B要這樣回答。到底B對於A的「John的工作情況還好嗎？」的語義做何解釋呢？表面上，A只是很簡單地想要了解John的工作情況。可是，可能由於B事前已經知道：A對於John工作態度不滿意，而且A屢次跟他抱怨John的手腳不乾淨，動不動就拿公司的公帑作爲私用等等印象。因此，面對著A的看似簡單的問題，B的解釋可能是

「John的工作態度不好，手腳不乾淨，那他現在呢？有沒有被辭掉或被同事排擠或被發現手腳不乾淨了呢？」所以他的回答必須要包括這些先前印象和現在B的問題，綜合起來，結果就是例(30)裡B的回答，先講「他還好」，這是表面語義的回答。後來他想到，對方問的是他和同事之間的問題，所以加了一句「他還喜歡他的同事」。至這時，他可能突然想到，A可能要知道的是他的操守問題，於是再加一句「他還沒被抓去坐牢」。這樣一句一句的反芻回應，正是文本效應的最好解釋。透過文本效應的分析，才會發現B爲何如此回答，也從而證明關聯理論的可行性。

從格萊斯原來的合作原則來看，例(30)B的回答也可以從關聯軸心來做合理的解釋，因此在許多比較合作原則及關聯理論的文獻之中，都不認爲關聯理論不能完全取代合作原則，但是史帕柏及威爾孫試著去使用單一原則來解釋對話的嘗試，也爲未來的言談分析研究提供另一條研究方向。

重點複習

1. 何謂關聯理論（Relevance Theory）？與「文本效應」（contexual effect）關係為何？
2. 關聯理論是因應合作原則之不足而產生的，但為什麼說前者不能完全取代後者呢？

六、摘要

語用學的主題包括預設（presupposition）、衍推（entailment）、指代詞（deictics）及兩個著名的理論：語言行爲（speech act）及語涵理論（theory of implicature）。

預設有兩種：語義預設及語用預設，前者像again（再）、another（另）、more（多一些）等等語詞本身即足以透露預設之立場，例如「Do you want another cup of tea?」（你還要一杯茶嗎？）中的another明顯地存有預設的語義。至於語用語義，則大都和社會、文化、個人的經歷與認知比較有關係，例如「你今天看起來特別漂亮」，有些人對這樣的讚美感到高興，有些人則會在意「今天」而認爲對方平常都覺得自己不夠漂亮，一句話，兩樣情，這就是語用預設的涵義。

衍推（entailment）和預設並不一定相同，衍推是指可以從某句話來衍推出來的語義，例如「李老師的學生都很有深度」，從這句話可以衍推出張三也很有深度，因爲張三也是李老師的學生。衍推和預設最大的區別在於：衍推是語義和邏輯上的必然，而預設則大都爲心理上的語用。兩者也有重疊之處，但本質上有其差異。至於指代詞的討論，特別強調在語義解讀上的可能困擾，因爲指代詞如「這個、那個、這些、那些」會因情境及處所之不同而有不同的語義。

語用學的精華其實在於語言行爲（speech act）及語涵理論（theory of implicature）。語言行爲是哲學家奧斯汀所提出來的理論，主要是把平常我們所使用的句子分爲表述句（locution）及表義句（illocution），前者大都含有靜態動詞如seem, appear, be, grow等，只表敘述或描述的句子，如「John seems to have been sick.」只表示講話者的觀察和感覺。至於表義句則含有行爲語義的動詞如promise, order, warn, forbid等，因此像「I warn you not to come any more.」之類的句子，並不只是語義的表達，事實上也已經具有警告的行爲，是爲表義句的典範。

至於語涵理論則爲格萊斯的學說，主要是用以解釋我們平時的對話。語涵理論之中比較引起注意及討論者，是對話的合作原則（Co-operative Principle）。雖然我們日常的對話，似乎七嘴八舌，全無章法，然而格萊斯卻認爲不然，我們平時的對話及交談都遵循者合作原則。合作原則包含了四個軸心（maxims of conversation），分別爲：質性軸心（maxim of quality）、相關軸心（maxim of relevance）、量性軸心（maxim of quantity）、方式軸心（maxim of manner）。後來有人想把這四個軸心融合成一個，而稱爲關聯理論。關聯理論的重點是：參與講話或對談者只要掌握講話的內容與主題有關，即有了關聯，也必然能使對話持續進行。

本章建議延伸閱讀書目

Brown, G. and G. Yule. 1983. *Discourse Analysis*. Cambridge University Press.

Gee, James Paul. 1999. *Discourse Analysis: Theory and Method.* Routledge.

Fraser, B.. 1995. *An Introduction to Pragmatics*. Oxford University Press.

Sperber, D. and D. Wilson. 1986. *Relevance: Communication and Cognition*. Blackwell.

姜望琪，2003，《當代語用學》，北京大學出版社。

第七章

語言和社會之間的互動

語言是人類之間溝通的主要橋樑，我們常說「人心隔肚皮」，除了上帝以外，幾乎沒有人能完全了解別人的所思所想。另一方面，又由於沒有人能離群索居，於是我們每天都必須透過語言來作爲了解他人和被他人了解的工具。某種程度上，每個人都是獨一無二的，都有自己的特色，包括想法、看法、行爲舉止、說話方式等等。可是，在群體的社會裡，每個人卻又無可避免地遵循著社會上有形和無形的規範，就語言而言，每個人的用語、詞彙、語音、語法都和他所依存的社會中的居民相近或者相同。因此，語言和社會之間有何互動呢？這是社會語言學的主題，也是本章的重點。

語言的本質在於它的語法，語法的主要結構有語音、音韻、構詞、語意和句法。而社會的結構不外乎七種因素：區域範圍、社經條件、種族文化、年齡結構、職業背景、宗教信仰，以及性別差異。上述語言的五大指標和社會的七種因素之間的互動，構成了社會語言學的基本架構：語言（language）和方言（dialect）的區別。細加區分，方言可再分爲區域性方言（regional dialects）、社會性方言（social dialects）和功能性方言（functional dialects）。無論哪一種方言都有可能因爲性別的差異而有所變動，因此我們把性別作爲一個特別的子題，單獨討論。再者，區域方言之間的界線並不明確，臨近語言分界線（isogloss）的兩邊各有一種方言或語言，該地區也因此成爲雙語區（bilingual area）或多語區（multilingual area），自然會有語言接觸的現象。語言接觸時，優勢語言（suprastratum）和劣勢語言（substratum）之間也構成很有趣的語言及社會現象。

最後，語言既然反映文化，是否因此會影響我們的思考方式及思維形式呢？這也是社會語言學爭論的主題，特別是沃夫（Benjamin Lee Whorf）根據美國語言學家薩皮爾（Edward Sapir）的觀察，進而發展出來的薩皮爾-沃夫假設（Sapir-Whorf Hypothesis）更是本章的壓軸。

一、語言：社會鏡子

對於語言和社會之間的關係，學界有兩種思考的模式：(a)有怎樣的語言就有怎樣的社會。因爲語言是社會的一面鏡子，從語言的詞彙和用法足以反映社會的種種現象，例如社會有各種層次結構，於是語言中就有總統、院長、部長、次長、司長、科長、股長、課長等等代表不同社會階級的頭銜名詞。社會中有各種考試及各種檢定，於是語言中就有考前症候群、考前大躍進、考前十週通、考試恐懼症、考後療養、考後調適等等名詞。所以要了解社會現象，語言是非常好的紀錄及資料。(b)有怎樣的社會就會有怎樣的語言。例如只有成熟的民主社會才有「自由」、「集會」、「表達」等等用語，因爲這些是民主社會所崇尚的，也只有高尚典雅的文化，才會有「優雅」、「閒適」、「自然」等等名詞。依據英國劇作家蕭伯納（George B. Shaw）的名著《皮格馬利翁》（*Pygmalion*）改編而成的電影《窈窕淑女》（*My Fair Lady*）裡的女主角所用的語言是個最好的例證。當她還是個賣花女之時，開口閉口都是粗鄙的俚語，完全不加修飾，並且常常無端大吼大叫，十足的村婦形象。但是經過希經斯（Professor Higgins）的語音校正、上流的貴族用詞改造及文化涵養之後，不但儀態落落大方，遣詞用字典雅委婉，語音腔調也宛然是上流的貴族。顯然，我們的語言像面鏡子，自然映出說話者在社會中的身分及地位。

臺灣近幾年來，許多新語詞的大量湧現也可以反映某些社會上的改變，例如「口水戰」、「土石流」、「八卦」、「辣妹」、「凸槌」、「撩落去」等等新的語詞的出現，除了顯示社會、政治上的紛爭，大自然的破壞之外，還透露了社會文化的活力及閩南語對國語的影響。

重點複習

1. 本節舉出語言能夠反映出社會現象（如，考前大躍進、考前十週通等反映社會中有各考試及檢定）。請試舉出其他語言反映出社會現象的例子。
2. 請舉出幾個語言詞彙反映臺灣特有的文化，如檳榔西施、鋼管辣妹，韓流等等，並略述這些詞彙所反映出來的社會文化。

二、語言、方言、口音

語言（language）、方言（dialect），及口音（accent）是三個很有趣的名詞。在社會語言學上，他們有時指同一個對象，有時卻又有不同的解讀，主要的因素其實是社會立足點的不同，因此我們必須先做個說明。

㈠語言和方言（language and dialect）

語言（language）和方言（dialect）：是社會語言學的中心議題，但是迄今爲止，語言和方言的界定和詮釋卻還是充滿了爭論。目前社會語言學區別兩者的標準是以「相互溝通」（mutual intelligibility）爲基礎：任何可以相互溝通的稱爲方言，不能相互溝通的則稱爲語言。例如英語和法語彼此無法溝通，所以英語和法語是爲兩個語言。又如華語和英語也不能相互溝通，所以華語和英語也稱爲兩種不同的語言。但是，儘管美國英語和英國英語之間雖然在用詞、語法、語音及語義有很大的不同，兩者仍然能相互溝通，因此，美國英語和英國英語被視爲英語的兩種方言。又如，大陸的普通話和臺灣的國語，雖然在用詞、發音及語義表達上有些許差別，但兩者之間卻能做有效的溝通，所以也是兩個方言。

有時相互溝通，實際上並無法解釋「語言」和「方言」的區別，一方面，有些本來可界定爲方言的，卻習慣上被認爲是不同的語言。例如丹麥人所講的丹麥語（Danish）和挪威人所講的挪威語（Norwegian），可以相互溝通，也就是說，丹麥人不用經過特別的學習就能聽懂挪威語，而挪威人也不用特別學習，也能聽懂丹麥語。而事實上，丹麥語和挪威語都一致地被認爲是兩種不同的語言。其他還有印度的印度語（Hindi）及巴基斯坦的烏度語（Urdu），它們分屬於不同的國家，因而被視爲兩個語言。此外索比亞語（Serbian）及克羅埃西亞語（Croatian）兩者之間，完全可以相互溝通，也被視爲兩種語言。

另一方面，很多彼此不能溝通的語言卻被認爲是「方言」。最顯著的例子就是中國境內的八大方言，閩南話、福州話、客家話、贛語、粵語、湘語、吳語及北京官話之間，互通的程度小於前述任何語言，但都被認爲是漢語方言（Chinese dialects）。可見相互溝通並非區別語言和方言的絕對指標。不過即使如此，目前它還是語言學界據以區分語言和方言的重要基準。

語言和方言的區別也帶來一些不必要的誤解，最引人注意的是「標準」的困擾。許多人誤以爲語言才是標準的，是教育、廣播、政府機關必須使用的唯一語言，而方言則是地方性、鄉土性的溝通工具，不能登大雅之堂。其實這種看法並不正確，因爲任何語言都有至少一個以上的方言，而其中的一個方言必然會成爲優勢方言，並扮演標準語的角色。例如美國英語其實有各種不同的方言，簡單地說，有：新英格蘭美語（美國東北六個州）、中西部美語（從密西西比河以西到落磯山）、南方美語〔從煙霧山（Smoky Mountain）以南，密西西比河以東〕等主要分區。其中，中西部的美語有人稱之爲普通美語（General American，簡稱GA），也有人稱之爲標準美語（Standard American English，簡稱SAE），是美國主要電視媒體如CBS（哥倫比亞廣播公司）、ABC（美國廣播公司）等一致要求使用的美語，也是臺灣的英語教學界希望能達到的目標語（target language）。可是，對於這種「標準美語」的看法，大部分現代語言學家無法苟同，且認爲這種標準語的設定其實是由於中產階級白人的優越感在作祟，因爲語言都是中性的，無所謂標準不標準。因此布希總統從德州把南方美語帶到白宮之後，沒有人認爲他的英語不標準，正如當年柯林頓總統一口阿肯色的美語也擋不住他在美國人民中的魅力。

又如我們在臺灣所講的「國語」，也只是一種以北京話爲基礎的北方方言之一，和北京當地胡同及閭巷之間所聽到的北京話並不相同，也異於大陸任何地方所講的普通話。所以，哪個地區的方言能成爲主流，進而被認定爲標準語，其實並沒有學理上的根據。

至於accent（口音或方音或某種「腔」），也是一個甚不明確的名詞。比如說，我們常聽說臺灣人講的英語有臺灣腔（Taiwanese accent），那什麼叫「臺灣腔」呢？很難做個文字上的界定，卻很容易聽得出來。仔細探討，應該是和母音的長短、子音的清濁（或有聲無聲）、重音的密度（intensity）、連音（linking）的有無、語調的高低等等因素有關，甚至於和語音的音質也有密切的關係。以閩南話而言，臺南縣關廟一帶的閩南語常把[ts^h]的音唸成[s]，如把「菜市場」[ts^hai ts^hi a]唸成[sai si a]，把「炊」[ts^hue]唸成[sue]，因而有人把關廟的閩南語稱爲「關廟腔」。又如宜蘭的礁溪閩南語把「卵」[ŋ]講成[nũi]，把「酸」[sŋ]講成[sũi]，而博得「礁溪腔」的稱呼。從以上的討論得知，所謂方音或某種「腔」只是方言的次分類現象，並沒有褒貶的意涵在內。

㈡俚語（slang）

俚語（slang）意爲「鄙俗之語」，今用以對應英語的slang，頗爲契合。依據《牛津辭典》的解釋，英語的slang爲「一群低俗或不用標準語言的人所共用的語詞」，出現在市井小民之間，由於這些人是人群中的大多數，因此算是常用語言，但大多數只局限在口語之中，因爲一般的書籍及雜誌，通常都用文字來記載或呈現，而文字大都是文人或有識之士，他們的教育或社會地位使他們很少去記載這些俚語。

「俚語」一詞現在則特別用以指年輕人所使用的語言。俚語的不斷翻新反映出說話者的創造力及想像力，也同時反映出年輕人心中的困惑及期望。例如表7-1就是臺灣常見的青少年俚語，特別是網路俚語：

表7-1　常見的俚語表

類　別	例　1	例　2	例　3	例　4
注音符號	ㄅㄧㄤˋ：辣、炫、優、勁爆！	ㄍㄧㄥ：矜持、假裝、撐、逞…	ㄏㄤ：很熱門。	
腦筋急轉彎	機車：龜毛，很不上道。	茶包：麻煩（Trouble）。	上午場：打Kiss。	進香團：去抽菸
人名	甘乃迪：好像豬（臺語發音）。	英英美代子：閒閒沒代誌（沒事做）。	莊孝維：裝瘋賣傻。	愛國詩人：旱鴨子（投江淹死的屈原）。
數字	438：死三八！	469：死老猴（臺語）。	5201314：我愛你一生一世。	530：我想你。
英文字母	CKK：死翹翹。	LM：辣妹。	LKK：老扣扣。	FDD：肥嘟嘟。
走音	醬、釀：這樣子、那樣子。	3Q：謝謝你（Thank you）。	粉：很、超、猛。	了改：了解。
另類邏輯	洗胃：喝可樂、飲料。	洗眼睛：看電影。	搓麻糬：交女朋友。	做蛋糕、種芋頭：上大號

前述的幾種類別明顯的標示每種俚語的來源。臺灣的年輕人一方面由於升學的壓力，另一方面由於對於現實的不滿，因而極想在現有體制之下表現他們的苦悶，因此會有「酷」、「超酷」以至於biang（ㄅㄧㄤˋ）的用語。其實，biang是東西互撞的聲音，也是「強而有力」的隱喻，年輕人借用以表示「又炫又厲害」的語意，充分顯示了他們語言的創造力。也有人把ㄅㄧㄤˋ看成是由「不一樣」三個音節縮併而成。至於其他的例子，或從數字的擬音，或從音節的始音結合等，都可以看出每種俚語的來源，尤其是從閩南語的語音來解國語語意的現象，更足以表現閩南語和國語在社會環境中彼此互相競爭的角色。

像表7-1內的俚語，由於2006年的大學學測國文試題有「3Q得Orz」、「::>_<::」等表情符號，而博得「火星文」的稱號，在臺灣一時聲名鵲起，大家都想一探「火星文」到底是什麼「碗糕」。簡而言之，所謂「火星文」也者，就是年輕人在網路時代傳達訊息的方式，爲了求快求

新而把英文、臺語、表情符號、注音符號等等拼湊在一塊的書寫系統，例如「忙ㄇ？累ㄇ？迷u辦法幫泥放hot水，要自g照顧自gㄌ！」（忙嗎？累嗎？沒有辦法幫你放熱水，要自己照顧自己囉！）就是很典型的火星文。

然則，創用俚語，以至於使用通行俚語，絕非只是臺灣年輕人的特性，而是全球年輕人共有的現象。以美國的年輕人常用的俚語為例，幾乎也可以追溯到各種外語的影響：

⑴

俚語	**語義**	**來源**
homeboy	男性好友	黑人英語
mazeh	超炫的男人	希伯來語
happa	東方小子	日文

這種以另外一種語言為底層，進而演化成為俚語的過程和臺灣年輕人從哈日、哈韓的風氣之中，逐漸把外語融入本土語言，使之形成風潮，帶動流行，最後變成俚語，基本上有著非常相似的發展路線。

㈢專語（jargon）

英語的jargon指的是「行話」或是「專語」。所謂「行話」指各行各業行內常用的術語，有時其他行業的人並無法立刻了解。例如財經新聞裡常見的「隔夜拆款利率」、「M2年增利率」等等名詞就不是一般人能了解的。又如臺灣的檳榔業中常用的「卜仔」、「合仔」、「對破」等等名詞也非行外人能了解的。最好的例子應該就是本書中屢次出現的名詞如「語言能力」（linguistic competence）、「參數設定」（parameter setting）、「振前時長」（voice onset time）等對大多數的讀者而言，相信也很難抓住其眞正的語意，因爲那些都是語言學內專用的術語。

要進入某種行業最好的辦法就是先弄懂該行業的術語，如此才能和行內的人做良好的溝通。雖然每種術語都只局限於某種特殊的職業或領域，應用範圍並不是很廣，但是透過術語或行話的研究和應用，我們才能學會尊重別種行業的專業及執著。

重點複習

1. 相互溝通是否為語言（language）與方言（dialect）區別的絕對指標？以印度的Hindi及巴基斯坦的Urdu及中國境內八大方言為例。
2. 何謂方音或腔（accent）？
3. 除了表7-1所出現的年輕人流行語之外，你還發現有哪些流行語可以和同學分享？
4. 你常看新聞報導嗎？請舉出閩南語摻入國語的例子，如「全省走透透」、「紅吱吱」。

三、區域性方言

因地區之不同而衍生出來的方言差異稱爲區域性方言，這是方言學（dialectology）研究的重心。理想上，語言和語言之間，或者是方言和方言之間，會有一條明顯的界線，線的一邊講一種語言或方言，另一邊則講另一種語言或方言，這樣的語言分界線總是橫跨在兩種語言或方言之間，稱爲語言分界線（isogloss）。

事實上，世界上並沒有這種明確的語言分界線，因爲語言或方言都不是截然畫分彼此的，而是漸進的分布現象。起先在語言分界線的兩旁的居民，必然都能相互溝通，甚至於不覺得兩個語言之間有何明顯的區別，但是隨著地理的橫向分布，兩者的差距越來越大，終於變成兩個明顯不同的方言或語言。例如巴西境內的葡萄牙人，雖然不會講，卻能聽得懂鄰近的西班牙語，於是形成單向的溝通（one-way intelligibility）——即聽得懂卻不會講。距離西班牙語區越遠的葡萄牙人越聽不懂西班牙語，最後終於成爲兩個無法溝通的語言。

方言的差異建立在什麼基礎之上呢？從語言學的角度而言，方言之間的差別，通常可以從詞彙及語法內的語音、聲韻、句法及語意等指標來做判別。由於篇幅的限制，我們將只談論三個主題：美式英語和英式英語（american English/British English）的差別、通用美語（GA: general American English）和在美國電影上常用的伊巴尼克（Ebonics）方言的差別、臺灣國語和大陸普通話的差別。

㈠美式英語和英式英語的區別

眾所周知，美國人是從英國移民而來的，然而時空的轉移和歷史浪潮的巨大改變，已經使美國人所講的英語和英國本地人所講的英語產生很大的差異。正如本章前面所提及的，美國和英國英語內部又有很多的方言差異，因此這裡所謂的「美式英語」指的是美國中西部的英語而言，而「英式英語」指的是倫敦、劍橋、牛津等三角地區大部分人所講的口音爲主。我們分別從詞彙、語音、音韻及句法等四個層面舉例說明。要特別注意的是：所舉的例子都只是部分而非全面的現象，換言之，英美英語的差異遠比這裡所述的還要巨大，但是限於篇幅，只能舉少數明顯的例子。

英美英語之間，有很多相同的語意卻彼此使用不同的詞彙來表達，差異大到甚至有人爲到美國的英國觀光客編了旅遊索引之類的手冊，以避免由於詞彙使用不當而鬧笑話。後面是一些常見的例子，如例⑵：

⑵

美式英語	英式英語	中文
parking lot	car park	停車場
rest area	lay by	休息區
elevator	lift	電梯
gasoline	petrol	汽油
subway	underground (tube)	地下鐵
apartment	flat	公寓
soft drink	minerals	冷飲
truck	lorry	卡車
telephone booth	call box	電話亭

英美英語在語音上，也有很明顯的不同，原因是英式英語的後低母音和美式英語的對應並不一致，如例(3)。

(3)

英語拼字	美式讀法	英式讀法	中文
stop	[stɑp]	[stɔp]	停
water	[wátɚ]	[wɔtə]	水
straw	[strɔ]	[strɔ]	吸管或稻草

由前面的例子可以發現：英式英語的[ɔ]在美式英語裡可能是[ɔ]，也有可能是[ɑ]。再者，美語的[æ]和英式英語的[ɑ:]也有對應關係，如例(4)：

(4)

英語拼字	美式讀法	英式讀法	中文
class	[klæs]	[klɑ:s]	班級
grass	[græs]	[grɑ:s]	草

除了[æ]和[ɑ]之外，英式英語和美式英語的母音也有相當不同的音質。簡而言之，以長母音而言，英語的長母音只是拉長母音的發音而已，而美語的[u]（KK音標）則有圓脣的必要，音值上其實是[uw]，[i]（KK音標）則延長的部分變成了滑音，而成爲[iy]的音值，如例(5)：

(5)

英語拼字	美式讀法	英式讀法	中文
beat	[biyt]	[bi:t]	擊敗
boot	[bu:wt]	[bu:t]	靴子

在音韻上，英式英語和美式英語的差別也很大，最有名的現象是母音之後的[r]音之有無：美語母音後面的[r]很清楚，特別是在優勢白人的英

語中，母音之後的[r]更成爲重要的指標；但是英式英語的特點就是[母音＋r]唸成了[母音＋ə]或者是把母音變長，如例(6)：

(6)

英語拼字	美式讀法	英式讀法	中文
beard	[biyrd]	[bɪəd]	鬍鬚
scarce	[skɛrs]	[skɛəs]	鮮少
car	[kɑr]	[kɑ:]	車
sport	[spɔrt]	[spɔ:t]	運動

音韻方面，英美英語的另一個重大區別在於重音的不同（大寫表示重音的音節），如例(7)：

(7)

美式讀法	英式讀法	中文
ADdress	addRESS	地址
CIgarette	cigaRETTE	香菸
detAIL	DEtail	細目
INquiry	inQUIry	查問
REsearch	reSEARCH	研究
ROmance	roMANCE	傳奇
priMARily	PRImarily	主要地

最後，英美英語在句法上也有少許的不同，特別是在have的用法上。美語的have在問句時要用do，而英式英語則直接把have移到句首：

(8)

美語：Did you have your vacation yet?

英語：Have you had your holidays yet?

在have to上的用法也大不相同，美語直接用have to而英式英語要用have got to：

(9)

美語：You have to be joking.

英語：You have got to be joking.

另外，have表「有」或「擁有」之時，英美語的用法也不一致：

(10)

美語：Do you own/possess/have a house in the country?

英語：Have you a house in the country?

總而言之，英語和美語不但在語詞方面有所差別，在語音、重音及句法上也都有所不同。

(二)通用美語（GA）和伊巴尼克（Ebonics）方言的區別

方言的形成，除了地域之外，人種也是很重要的因素。最近以伊巴尼克（Ebonics）方言著名的非裔美人（African American）的語言，就是因爲人種因素而形成方言的最好例子。伊巴尼克方言本身就有各種不同的名稱，最早期稱爲黑人英語（Black English），後來由於種族平等觀念的興起，於是有人改稱爲黑人本地語（Black English Vernacular），意味著黑人也只有在其本地才會講的一種英語方言。也有人稱爲城內美語（Inner City English）。

起初，許多學者認爲伊巴尼克方言是一種墮落或不完整的英語，起因是由於黑人的知識水準不夠或用功不足所引起，後來經過語言學者拉博夫（William Labov）的研究，才發現並非如此，因爲伊巴尼克方言雖然有很多簡化之處，但是和一般的美語比較之下，也會發現伊巴尼克方言和美語之間有很規律的對應，而且也有很豐富的語法規則。換言之，伊巴尼克方言是一種獨立自主的方言，和其他任何一種美語方言或英式英語的方言完全相同，都是由於語法規律的變動。

目前，伊巴尼克方言不只流行於黑人區，隨著黑人音樂和歌曲的延伸和發展，伊巴尼克方言也已經變成許多年輕人最常說的美語。而且好萊塢電影中，所用的充滿俚語、俗語的美語，幾乎都是伊巴尼克方言。臺灣學生的英語聽講能力，平常可能還稱得上很好，但到了電影院往往還是聽不懂電影人物的對話，主要的原因是不太熟悉伊巴尼克方言之故。那麼，伊巴尼克方言和一般美語有何不同呢？我們可以從語音、語法及用詞來說明。

伊巴尼克美語在語音上最大的特色是[l]和[r]的刪除：

⑾

拼字	通用美語	伊巴尼克美語	中文
help	[hɛlp]	[hɛp]	幫忙
mall	[mɔl]	[mo]	購物中心
court	[kɔrt]	[kɔt]	法庭
fort	[fort]	[fot]	堡壘
car	[kɑr]	[kɑ:]	車子

至於在語法上，在此只討論兩點：(a) be動詞的省刪，(b)語音的合併。就be動詞的省刪而言，伊巴尼克方言最爲特殊之處即爲be動詞的省略：

⑿

① He late. (He is late.)

② You out the game. (You are out of the game.)

③ We on tape. (We are on tape.)

④ They not caught. (They are not caught.)

⑤ But everybody not black. (But not everybody is black.)

由於be動詞的省略，一般句子（statement）和問句，只能以語調的高低來做對比，例如

⒀

① He goin'.

② He goin'? (Yes, he is. 或Yes, he be.)

但是，表「經常性」的be動詞卻不能省略，試比較：

⒁

① He late this evening. (He was late this evening.)

② He be late all the time. (He is late all the time.)

其次，來探看語音合併（contraction）的情形。有兩種常見的合併：第一種是be動詞和主詞合併，例如

⒂

① He's fast in runin'. (He is fast in running.)

② They're not foun'. (They are not found.)

第二種是動詞後面的-ing都唸成[n']或者字尾的子音會被省略：

⒃

① He makin' sense. (He is making sense.)

② He foun' the spy. (He found the spy.)

從前面語音及語法兩個層面，我們發現伊巴尼克和一般美語之間的差異是有某些規律可循的。因此，現代的語言學家多認爲：伊巴尼克語有自己的語法，而不能把伊巴尼克語視爲因爲文化刺激的短缺或智力的缺陷所引起的語言結果。

㈢臺灣國語和大陸普通話的差異

臺灣自從1949年國民政府遷臺以來強力推行國語，到如今，前後將近一甲子，成績斐然。但是閩南人和客家人占了臺灣人口的大多數，而對閩南人或客家人而言，國語是第二語言，正如任何第二語言的習得一樣，第一語言無論如何都會在第二語言上留下痕跡，因此，在閩南語和客家語影響之下所形成的臺灣國語，無論是語音、句法或構詞上，都和大陸通行的普通話有很大的區別。

首先，臺灣國語在語音上最特殊之處即在於捲舌音tʂ（[ㄓ]）、$tʂ^h$（[ㄔ]）、ʂ（[ㄕ]）的消失，這三個音臺灣國語分別讀成沒有捲舌的ts（[ㄗ]）、ts^h（[ㄘ]）、s（[ㄙ]），請見例⒄的比較。

⒄

	例字	普通話	臺灣國語
①	招	tʂau（[ㄓㄠ]）	ts（[ㄗㄠ]）
②	超	$tʂ^h$au（[ㄔㄠ]）	ts^h（[ㄘㄠ]）
③	稍	ʂau（[ㄕㄠ]）	s（[ㄙㄠ]）

尤其值得注意的是，如果這三個輔音出現在空韻（也即沒有母音）的時候，臺灣國語這三個輔音所形成的音節都會多個[u]（ㄨ），如例⒅：

⒅

	例字	普通話	臺灣國語	
①	知	tʂ（[ㄓ]）	ts（[ㄗ]）	tsu（[ㄗㄨ]）
②	吃	$tʂ^h$（[ㄔ]）	ts^h（[ㄘ]）	ts^hu（[ㄘㄨ]）
③	師	ʂ（[ㄕ]）	s（[ㄙ]）	su（[ㄙㄨ]）

因此臺灣國語的「出超」和「粗糙」讀音相同，「建照」和「建造」也讀相同的語音，「鑰匙」和「要死」也在語音上沒有太大的差別。其次，臺灣國語的特色還有以[l]（[ㄌ]）取代了[ʁ]（[ㄖ]）：

(19)

	例字	普通話	臺灣國語
①	肉	ɻou（[ㄖㄡ]）	lo（[ㄌㄛ]）
②	日	ɻ（[ㄖ]）	lu（[ㄌㄨ]）
③	榮	ɻung（[ㄖㄨㄥ]）	lung（[ㄌㄨㄥ]）

臺灣國語[i]母音之後的[n]及[ŋ]不分：

(20)

①	應	iŋ（[ㄧㄥ]）	in（[ㄧㄣ]）	「應去」和「陰去」讀音相同
	陰	in（[ㄧㄣ]）		
②	迎	iŋ（[ㄧㄥ]）	in（[ㄧㄣ]）	「迎詩」和「吟詩」讀音相同
	吟	in（[ㄧㄣ]）		

由於這類語音的混淆，有許多臺灣人很難區分「平凡/頻繁」，「平民/貧民」，「陰暗/應案」，連帶也使臺灣學生無法區分英語sing及sin的差別。

臺灣國語會把[e]（[ㄝ]）前後的[i]（[ㄧ]）省掉：

(21)

	例字	普通話	臺灣國語
①	也	[ie]（[ㄧㄝ]）	[e]（[ㄝ]）
②	演	[ien]（[ㄧㄢ]）	[en]（[ㄝn]）
③	杯	[pei]（[ㄅㄟ]）	[pe]（[ㄅㄝ]）

臺灣國語會把[o]（[ㄛ]）前後的[u]（[ㄨ]）省掉：

(22)

	例字	普通話	臺灣國語
①	我	[uo]（[ㄨㄛ]）	[o]（[ㄛ]）

② 多 [tuo]（[ㄉㄨㄛ]） [to]（[ㄉㄛ]）

③ 歐 [ou]（[ㄡ]） [o]（[ㄛ]）

由於(21)和(22)的語音特性，也使臺灣國語會有[ㄧㄝ]）/[ei]（[ㄟ]）及[uo]（[ㄨㄛ]）/[ou]（[ㄡ]）不分的現象，例如

(23)

① [ie]（[ㄧㄝ]）/[ei]（[ㄟ]）不分

例字	普通話	臺灣國語
列	lie（[ㄌㄧㄝ]）	le（[ㄌㄝ]）
累	lei（[ㄌㄟ]）	

② [uo]（[ㄨㄛ]）/[ou]（[ㄡ]）不分

例字	普通話	臺灣國語
多	[tuo]（[ㄉㄨㄛ]）	to（[ㄉㄛ]）
都	[tou]（[ㄉㄡ]）	

以上我們簡單地就捲舌音tʂ（[ㄓ]）、tʂ^{h}（[ㄔ]）、ʂ（[ㄕ]）的消失，[l]取代[r], [in]/[iŋ]不分，以及[e]和[o]）及[i]和[u]之間的互相排斥等現象，來區分臺灣國語和大陸普通話之間的差別。當然，大陸的閩南及廣東等南部地區的普通話也和臺灣很相似，不過整體而言，臺灣國語已經在語音上形成和大陸普通話有了很明確的差別。

句法上，臺灣國語和大陸普通話最大的區別在於「有」的使用，簡單地說，臺灣國語的任何句子都必須要有「有」，而大陸普通話卻句句都沒「有」。例如大陸普通話的完成式，多用「過⋯⋯了」或「了」，而臺灣國語的完成式必定會用「有」字句：

(24)

	臺灣國語	大陸普通話
①	你有吃飯了嗎？	你吃過飯了嗎？

② 你有沒有吃飯了？

③ 你有吃飯了沒有？

④ 你有報名了嗎？　　　　你報名了嗎？

前面(24①, 24②, 24③)三種句子都是臺灣國語很常使用的句型，這些表達方式很明顯是受了閩南語的影響，尤其是(24③)簡直就是閩南語「你有吃飯無？」的國語翻譯。比較之下，大陸普通話並沒有很多「有」字句，所以(24①, 24②, 24③)在普通話裡就只有一種表達方式：「你吃過飯了嗎？」其中，「過」也可以省略，就像(24④)。

臺灣國語的「有」不僅可以用在完成式的句型， 還可以表過去式(25①)，用以強調助動詞如「要、能、將、想」等等之前(25②)，還可以直接置於動詞之前(25③)：

(25)

	臺灣國語	**大陸普通話**
①	昨天我有去看他。	昨天我看了他。
②	你有要去旅行嗎？	你要去旅行嗎？
③	你有愛她嗎？	你愛她嗎？

比較之下，臺灣國語在例(24)的「有」是多餘的，因為國語句法上並不需要這個「有」即足以表達語義，顯然臺灣國語像例(24)句中的「有」是移自閩南語句法的結構。由此可知，閩南語影響臺灣國語很深。臺灣國語「有」字句的擴散，還遍及到被動句(26①)和把字句裡(26②)。最有趣的是在「有錢」、「有能力」、「有看法」等等用詞之前，臺灣國語也很自然地會加個「有」(26③)：

(26)

	臺灣國語	**大陸普通話**
①	他有被撞倒嗎？	他被撞了嗎？
②	你有把紗門修好了嗎？	你把紗門修好了嗎

③ 他有很有錢嗎？　　　　　　他很有錢嗎？

除了語音和句法之外，臺灣國語和普通話在構詞方面也有不少差別。首先，同一詞彙的語義內涵有別，表示兩岸的構詞已經有了分歧點：

(27)

	語詞	臺灣語義	大陸語義
①	下海	下海捕魚或指去從事特種行業	泛指換到經商或從事營運
②	小姐	對於女性之尊稱	泛稱從事特種營業的女性
③	公車	公共汽車	公家機構的車子
④	土豆	花生	馬鈴薯
⑤	貨櫃	大宗的，或船運裡頭的貨物單位	擺貨物或東西的櫺子

再者，同一個語義在兩岸也會使用不同的語詞來表達：

(28)

臺灣語詞	大陸語詞	臺灣語詞	大陸語詞
關店	閉店	撞球	球
水準	水平	包廂	包間
塞車	堵車	捐血	獻血
某某歌星很紅	某某歌星很火	大廈	塔樓

近年來由於兩岸的接觸日漸頻繁，「水平」、「堵車」在臺灣也時有所聞，彷彿兩岸用語也有日漸融合的趨勢。其實不然，因爲兩岸之間用語的差別在各行各業的術語中尤其明顯。例如電腦用語，我們的「軟體」，大陸稱爲「軟件」；我們的「隨身碟/母子碟」，大陸是「U-盤」；我們的「光碟」，大陸稱爲「光盤」。又如金融界的用語，我們的「本益比」，大陸稱爲「市盈率」；我們的「周轉率」，大陸是「換手率」；我們的「持股」，大陸稱爲「持倉」；我們的「利多」，大陸稱爲「利

好」。於此可見，兩岸的語彙差別不小。總之，臺灣國語和大陸的普通話在語音、句法、構詞之間都有明顯的差異。

目前爲止，我們討論了三個有關語言和方言區分的主題，即美國英語和英國英語、美語和伊巴尼克語，及臺灣國語和大陸普通話的差別。由於美語和英語地隔大西洋，而臺灣國語和大陸普通話則隔了臺灣海峽，兩者的區別很容易使人誤以爲方言和或語言之間，必須要有個天然屏障。其實不然，語言之間或方言之間的分界線（isogloss）常常並不明顯。例如美語和伊巴尼克方言之間幾乎很難有地區上的界線：同一個社區，同一個族群，甚至同一家人，有人使用一般美語，有人則使用伊巴尼克方言。顯然，美語和伊巴尼克方言之間沒有明確的地區或其他界線。又如臺灣的桃園、新竹、苗栗爲北部客家人的大本營，但這三個縣境內卻有許多閩、客雜居之處，無法有個明確的界線。因此，語言之間或方言之間其實是有持續性（continuity）的，這點將在下一節更進一步說明。

重點複習

1. 何謂語言分界線（isogloss）？在你周圍，可曾注意到這種分界線？
2. 請問以下英文字彙，以英式英文如何發音？

   top　　borrow　　matchgas
3. 伊巴尼克方言如何表達此句英語句子「He is going to make a cart.」？
4. 請問國語及閩南語雙母音結構為何？各自有何限制？
5. 語言分界線是否是截然二分法或是持續性？試舉例證明之。

四、語言地圖

平常的地圖是以行政區域、山脈的分布、水文的流域，或者是其他特殊的目的（如觀光、風向、地質等因素）爲條件，但是語言地圖（linguistic atlas）則以語言的區隔及分布作爲區域畫分的唯一參酌標準，例如前面P.245-250小節討論語言和方言的差異時，曾提過美語的各地方言區分爲新英格蘭方言（Eastern New England）、北方方言（Northern）、中西部方言（Midland）、南部方言（Southern）及西部方言，方言地圖如下。

對於圖7-1的美國方言地圖有幾點說明。首先，每個語言分區的界線，都只是依據行政地圖的邊界線或山川河流等天然地理環境，因此並不見得是兩個方言分區的截然分界線。其次，在語言或方言分區上，很少有涇渭分明的語言分界線，這也是語言分布上的持續性（continuity）。

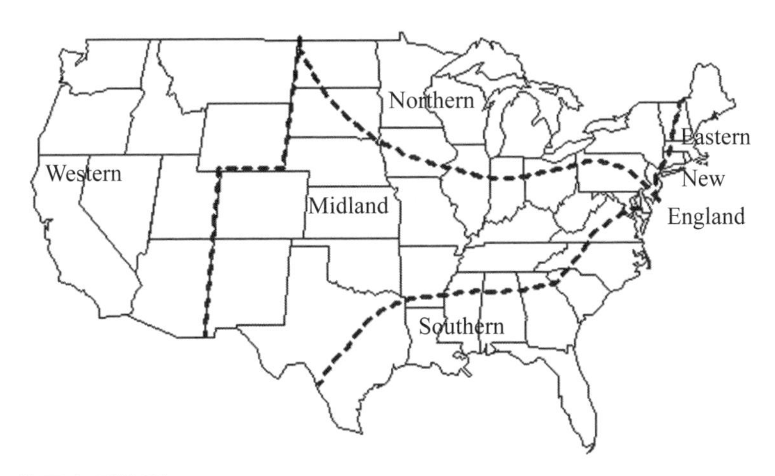

圖7-1　美國方言地圖。

在臺灣，除了國語之外，常用的主要的語言有三個：閩南話、客家話，及各族原住民語言。因此，根據這三個語言的分布圖，我們有了圖7-2的臺灣語言地圖。而這張語言地圖，正如圖7-1的美國方言分區圖，都只是大略地提供我們了解各個語言的分布而已。

語言地圖直接反映了方言學的研究，由於方言學的內容很具包容性，子題因此非常繁多。除了方言和方言之間的整體區別之外，還可以細分成語音、詞彙、句法、歷史演變等等層面，而每一種研究都可以繪成語言地圖，因此使語言地圖呈現了各種不同的風貌。以美式英語爲例，像often就是很有趣的例字，因often的[t]有人會唸出來而把often唸成[ɔ́ftən]，有些人則不唸出[t]音而把often唸成[ɔ́fən]，因此有人根據這個語音差異繪成圖7-3的地圖（A：只唸[ɔ́ftən]，B：只唸[ɔ́ftən]，C：大部分唸[ɔ́ftən]，D：大都唸[ɔ́ftən]）。

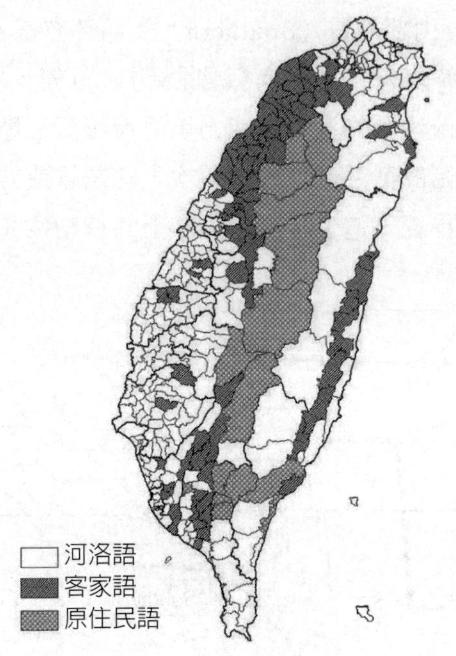

圖7-2　臺灣方言地圖。

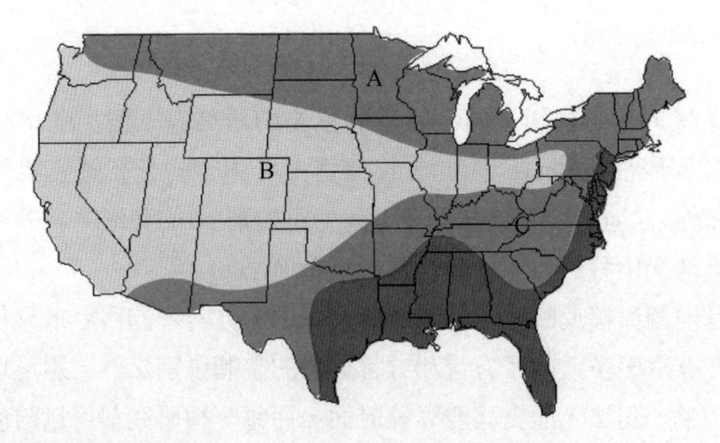

圖7-3　美語often的區分地圖。

又如，在臺灣南部的六堆客家話裡，基本上有兩種不同的腔調，一種具有[ɨ]音，另一種是把[ɨ]音併入[i]，如例(29)：

(29)

例字	**沒有[ɨ]音的方言**（佳冬、高樹、新埤）	**有[ɨ]音的方言**（六堆其他地區）
詩	[si]	[sɨ]
深	[ts^{h}im]	[ts^{h}ɨm]
濕	[sip]	[sɨp]
眞	[tsin]	[tsɨn]
識	[sit]	[sɨt]

基於這個語音差別，也能畫出圖7-4六堆客家話的方音地圖，其中圖7-4有斜線的部分是沒有[ɨ]方言區（佳冬、高樹、新埤），其他則為六堆

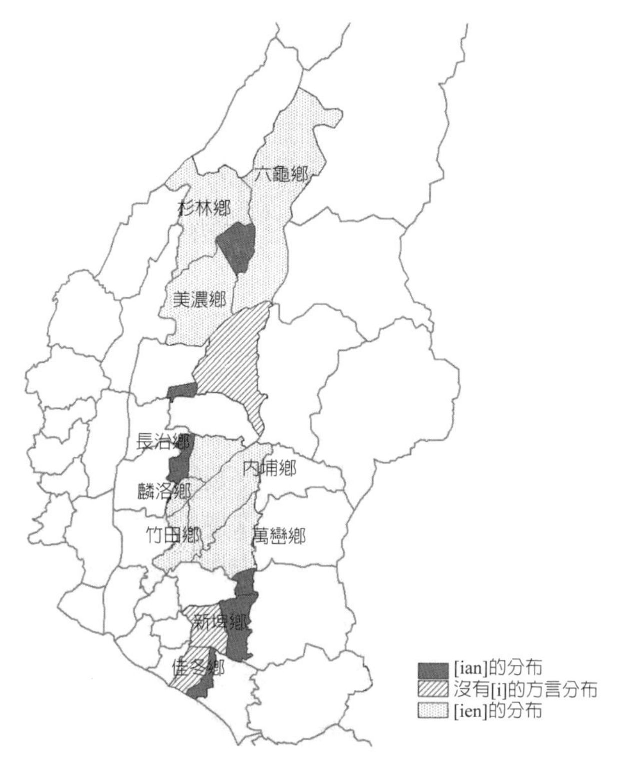

圖7-4　臺灣六堆客家話的方言地圖。

有[ɨ]音的方言區。臺灣六堆客家話另一個具有指標意義的是[ien]和[ian]的不同發音，於是我們根據調查，也把[ien]和[ian]的分布繪入圖7-4的方言地圖，其中較淺色的部分爲[ien]的分布區，比較深色的則爲[ian]區。

現在由於資訊及衛星的研發技術的進步，配上語言學微觀（micro view）的論點（微觀論點即要把語言做得很細，要從某個小地區細細地做出各個語言的分布現象）使我們對於方言地圖有了更成熟的技術。例如中央研究院鄭錦全院士所領導的「語言數位典藏」小組主要就是想研究每個村落的閩南語和客語的分布。成果之中，以閩客語的「厝」和「屋」的交錯研究最足爲研究的典範。依據臺灣語言的命名方式，閩南人會把田姓家族所居住的地區稱爲「田厝」，而客家人會把田姓家族居住的地區稱爲「田屋」。因此，「厝」和「屋」成爲某些地區閩客方言分布的指標之一。同時，在同一個地方，有時在地圖上會有不同的名稱，主要是因爲做調查時，問到的是閩南人或問到客家人之不同而引起的。於是鄭院士的研究小組到新豐鄉鳳坑村和上坑村做研究。他們先調出農林航空測量所（2002）的航照圖，並家家戶戶去調查閩客語言分布的實際情況，而得到了圖7-5的方言分區圖，其中黑點爲閩南的「厝」分布區，而白點則爲客家「屋」的分布區，地圖顯示：閩客呈現交互雜居的現象，很難用一條明確的線去畫分閩客的分界。

像圖7-5這麼精密的語言分區圖才能讓我們眞正了解閩客雜居的情形，並非某個街道的左邊全是客家人，右邊是閩南人，而是這一家是客家人而隔壁一家是閩南人，因此更顯示語言在分布上的持續性及複雜性。鄭院士的研究具有非常大的啓示意義，不但在研究方法上有異於傳統的創新，在研究貢獻上也讓大家明白只有透過這麼精準的調查，才能了解語言分布上的持續性及方言交錯的眞實性。然而，像這麼精密的研究，無論是人力或財力都需要很長期的投入。

由此可以推測，詞彙的區別也可以繪成語言地圖，歷史語音的發展也可以繪成語言地圖。語言地圖的繪製，本來是用以彰顯語言、詞彙、句法在各地區的變異，並且從宏觀（macro view）的視野去檢驗語言變異的方

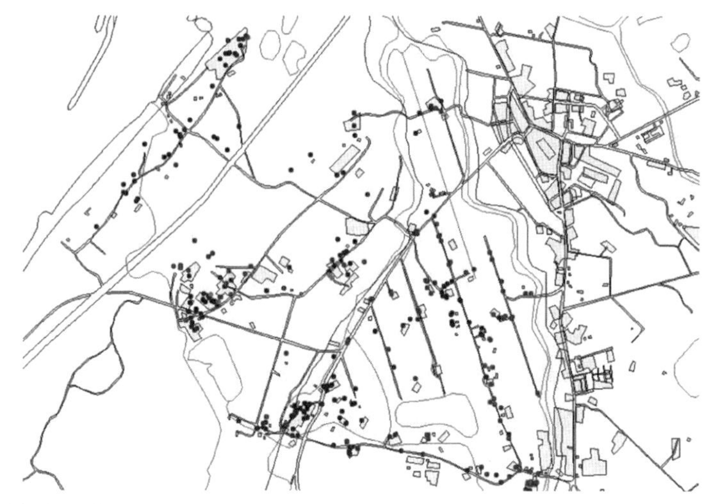

圖7-5　閩客方言分區圖。

向和自然或人文地理之間的交錯，但是現在卻已經漸漸發展成一門獨立的學科，稱爲語言地理學（linguistic geography）。

重點複習

1. 何謂語言地圖（language atlas）？和平常我們調查看的地圖有何差別？
2. 何謂「語言地理學」（linguistic geography）？

五、語言接觸

前面的語言地圖之討論，只限於方言和方言之間，所以我們討論了美國內部方言的畫分，也探討了臺灣三個主要語言的分布。如果更宏觀地看世界上各個語言之間的分布，我們立刻會發現原來各個語言之間的彼此交錯，也和國內的各方言間的交錯很相類似。語言接觸（language contact）就是探討兩個或多個語言接觸之後的結果。

臺灣是個語言接觸最好的研究典範。在國民政府來臺之前，日本政府統治臺灣已達五十一年之久。換言之，日語和臺灣閩南語或客家語已經接觸了五十一年。在這期間，日語是統治者的語言，稱爲優勢語言

（suprastratum），而閩南語是爲劣勢語言（substratum）。優勢語言通常也是當地的共通語（lingua franca）。所謂共通語是在多語言的區域（multi-lingual community）裡，爲了溝通而用政治、經濟或其他優勢力量去規定，或者因爲長期的相處而從經驗中自然形成，而爲各個語言所認同的共通語言。例如印度有各種語言，爲了溝通之必要，古時候以梵語（Sanskrit）爲共通語，現在以英語爲共通語。又如中國大陸地區語言眾多，往往隔一個省，語言就不相同，爲了溝通之需要，而採用以北京話爲基礎的「普通話」爲共通語。美國境內也雜有各種印地安語言及西班牙、法語、德語及雅米須語（Amish，亦稱阿曼語），但是因爲美語的強大而自然以美語爲共通語。臺灣在日本統治的後期，積極推行皇民化運動，規定以日語爲主要語言，雷厲風行，不過還沒完全成功，國民政府就來了。目前在臺灣，至少有閩南話、客家話，及其他十四種原住民語言以及以北京話爲基礎的「國語」，早期爲了溝通及其他因素之需要而定「國語」爲共通語，現在國語則面臨閩南語在人口及其他因素上的優勢挑戰，是否有一天共通語會改爲閩南語，則有待時間的考驗。

兩種語言接觸之後，其結果必然會有三個步驟：

1. 先是語法的轉借，包括語音、句法及構詞的借用。
2. 形成兼語（Pidgin），這是接觸時間久了之後，形成另一個兼具兩個語言特色的新語言。
3. 成爲克里歐語（Creole），接觸的時間更久之後，劣勢語可能消失，代之而起的是把前一時期所形成的兼語當作自己的母語。

臺灣受日本統治五十一年，只到語言轉借的時期，因此現在的閩南話中很難完全擺脫日語的借詞，從穿「史利巴」（拖鞋，slipper），踏著「太魯」（瓷磚，tile）走進廚房，望著「卡登」（窗簾，curtain），聽「拉幾歐」（收音機，radio），吃「沙西米」（生魚片，sashimi），喝「米素湯」（味噌，biso），吃「壽司」（sushi）。你看，幾乎每句都要用到日本詞彙，可見閩南語向日語借用的語詞有一大「拖拉庫」（卡車，truck）。現在則由於哈日風日盛，使年輕人也喜歡日本風，而使閩南語及國語均深受影響，最明顯的是「動畫」及「寫眞」。早期的「動畫」稱爲「卡通」，是借自英語cartoon，但近年來由於日本風的影響而逐漸被「動畫」所取代。又「寫眞」本爲中文古代的用語，至少在唐宋時期都以「寫眞」表繪畫，但是此語後來因爲受西方「照相」技術的影響，而逐漸在臺灣消失。現在的年輕人終於又從日本語中找了回來。

自從1980年美麗島事件以來，臺灣本土意識逐漸興起，帶來了閩南語的強勢，透過各種選舉活動的造勢，閩南語駸駸然入了國會殿堂，走進了教室，於是打開報紙，閱讀各種平面媒體的新聞或資訊，迎面而來是一串借自閩南語的國語新詞彙，例如撩落去、凸槌、無麥安吶、相招來看戲、凍蒜、吃緊弄破碗、歸碗捧去、好康A等等，可見語詞借用在語言優勢之競爭上的痕跡。

有時兩個語言接觸久了之後，會自然衍生出一個介於兩個語言之間的第三個語言，由於兼具了兩個語言的重要語法特性，而稱爲兼語（Pidgin），也有人稱爲洋涇濱語。例如巴布亞新幾內亞（Paupa New Guinea）地區有個以英語爲基礎的脫克兼語（Tok Pidgin），是在語言學裡很有名的兼語，裡頭採用了許多英語的詞彙，但基本語法還是以當地的語言爲主。臺灣內部的語言交錯，一定會有許多不同種類的兼語出現，可惜目前還很少有關兼語調查的文獻，比較有名的應該是桃園觀音鄉的牛稠埔客家話，其內有許多閩南語的詞彙及語音。

在屏東縣高樹鄉的廣興村，有一種兼語通行於排灣族和當地的客家人之間，因爲當地爲一個只有六百戶人口的小村落，東方及北方都是排灣族，只有當地居民講客家話。廣興村盛產檳榔，排灣族正好嗜吃檳榔，來往的生意還算熱絡，於是有了後面的對話：

(30)

A: kin na, <u>oi</u> ka nu e <u>me</u>?	**說明**：kin na：媽媽，類於日語的 o ba saŋ
B: ma bi du <u>le</u>.	ka nu：吃飯
A: sa vi i <u>it to</u>?	ma bi du：吃過了
B: u zuli.	sa vi i：檳榔

畫線處是客語：

oi：愛、要之意

me：客家話的疑問詞

it to：多少

le：表完成動作的語尾助詞，相當於國語「吃飽了」的「了」

這是集客家話及排灣話而形成的兼語，只用於兩族人之間的生意往來及問候使用，是個很好的兼語個案。一般的兼語也都起源於商業貿易之中，例如加勒比海沿岸有許多兼語，主要是由於當地人必須和美國商人做買賣，於是逐漸產生了兼語。

有些地區的兼語由於長期地使用，廣泛地使用，使小孩的語言環境就只有兼語，而沒有機會接觸父母親本來的語言，因此這些小孩在耳濡目染之下自然以兼語爲母語，這種從兼語轉化而成爲母語的語言，語言學上稱爲克里歐語（Creole）。按：克里歐本爲葡萄牙語（Portuguese），原意是「歐洲白人的後裔出生且長於熱帶或亞熱帶的殖民地區……後來克里歐語也用來指加勒比海或西非一帶的語言」。現在克里歐語已經是語言學內很常用的術語，純指已經有人作爲母語的兼語。

研究克里歐語的文獻大都出自英美的語言學家，因此在語言學上最常提到的克里歐語是古拉（Gullah）克里歐語，那是美國喬治亞洲及南卡羅萊納州（South Carolina）西岸的語言，使用者都是昔日來自非洲區黑奴的後代。由於當地教育並不普及，地又偏僻，於是多數人還是講著一種英語和非洲語混用的克里歐語，至於是非洲哪個語言由於年代久遠，已經不可考。

又如臺灣花蓮的玉里鎮大禹及其附近的客家人，說的正是四海客語。這些原爲四縣客的客家人移到花東地區之後，由於周遭的居民均說海陸客語，於是形成四縣客和海陸客混用的四海客家話，或取四縣的聲韻和海陸的聲調，或取海陸的聲韻和四縣的聲調，或是在詞彙及構詞上混用，例如海陸客家話沒有名詞詞尾，然而四海客家話裡很常見的是海陸客家話裡出現了四縣客的名詞詞尾-e：

(31)

語意	名詞	詞尾	說明
豬	tsu	we^{13}	四縣客的名詞詞尾是$-e^{31}$，是上聲，
盤	$p^{h}an$	ne^{13}	而海陸客的上聲調是13，因此借過來
甕	ang	nge^{13}	的詞尾聲調還是用海陸調。

由於四海客家話也是小孩的母語，因此四海客家話其實就是一種克里歐語，然而我們對克里歐語的研究究竟很少，無法好好地從語料之中來驗證四海客家話作爲克里歐語的特性，相信日後更多的研究會給我們帶來更明確的答案。

重點複習

1. 何謂語言接觸（language contact）？兩種語言接觸之後，會有哪些後果？
2. 語言接觸所引起的語言變化含有哪三個步驟？
3. 何謂兼語（洋涇濱語，Pidgin）？何謂克里歐語（Creole）？
4. 日文的「寫真集」在中文古代用語義指什麼？

六、社會性方言

語言的變異不只和地理環境有關，也會因爲社會的不同結構而呈現不同的語音、用詞，及語義解讀等等現象。最早注意到語言和社會結構有關，並且積極尋找研究方法，把語言和社會結構之間關係作爲研究對象的是美國著名的社會語言學家拉博夫（William Labov）。他的研究之中，最常被人家引用的就是他在1972年所發表的論文，那是從社會層次結構（stratification）的角度，來分析紐約人對於[r]音的不同讀音的重要研究。

所謂[r]音，指的是母音之後的[r]的有無，如例(22)：

(32)

拼字	**有[r]的讀音**	**沒有[r]的讀音**
car	[kar]	[ka]
card	[kard]	[kad]
floor	[flɔr]	[flɔ]
fourth	[fɔrθ]	[fɔθ]

長久以來，外人對於紐約人的[r]音讀法都只知道有變異，卻無法說出哪些人說話帶有[r]音，哪些人不會有[r]音。拉博夫於是做這樣的假設：紐約人對於[r]音讀法的變異和社會階層有關。一般紐約上層人士的美語是帶有[r]讀音的，但大部分的中下階層的人士，特別是黑人，他們講的美語都是屬於沒有[r]的唸法。同時，拉博夫認爲，店員應是社會的一面鏡子，他們和客人之間的對話最可以反映出社會層次結構。因此，他在紐約尋找了三間店加以測試，一間是上層名流經常光臨的Saks，一間是中產階級最常去購物的Macy's百貨公司，另一間是下層人士最可能會去的S. Klein。拉博夫於是到三間店去蒐集語料，他的方法就是：到每一間店時，都向店員問一句必然會得到「the fourth floor」的問話，例如到S. Klein時問「Excuse me. Where are women's shoes?」（對不起，哪裡可以找到女鞋？）因爲女鞋擺在四樓，所以店員必然的回答是「（They are on）the fourth floor.」然後，拉博夫會向前傾，再問一次「Excuse me?」，主要的用意是比較店員第一次和第二次的讀音是否會有不同，因爲第一次屬於「隨意」（casual）的回答，而第二次則爲「強調式」的讀音。

拉博夫調查的結果見表7-2：

表7-2　[r]音的變異表

讀音 店名	是否有[r]的讀音		隨意及強調的比較	
	有[r]的讀音	變異讀音	隨意的讀音	強調式的讀音
Saks	30%	32%	63%	64%
Macy's	20%	31%	44%	61%
S. Klein	4%	17%	8%	18%

表7-2中的「變異讀音」指的是店員的[r]音之有無必須視前後音而定。無論如何，拉博夫的研究結果顯示：紐約人是否會讀[r]音的確是和社會的層次結構大有關係。首先，來往Saks的都是上層名流，因此店員講話比較謹慎，會很自覺地認爲要使用上流人士的「有[r]美語」。相反地，S. Klein的店員中只有4%會使用「有[r]美語」，因爲他們所面對的客人大都也是不用[r]的階層。再則，會有[r]音變異讀音的店員之中，也是以Saks最多，Macy's其次，而以S. Klein爲最少，也很能充分的反映社會階層的不同。

在「隨意及強調的比較」中，可見在Saks及Macy's的店員心裡，隨意和強調的讀音差別並不大，因爲他們都已經會經常性地使用有[r]的美語。但是，對於S. Klein的店員而言，他們其實都很知道有[r]的美語才是比較好的口音，但是由於習慣的原因，他們大都會不經意的使用沒有[r]的美語。因此在強調的語言環境之下，他們會因爲自我提醒而多用有[r]的語音。

拉博夫的研究，不但在方法的使用上有突破性的創見（因爲之前沒有人想到直接到店裡做隨機的語言調查），而且在結果上所顯示的「語音變異和社會階層有密切的關係」現象，更把社會語言學的研究帶到新的境界，拉博夫所創用的stratification（階級層次）也成爲社會語言學的常用術語。因此，現在社會語言學研究者，都不能忽視拉博夫這篇重要的文獻。由於語言和社會階層有關，因此，上層社會所講的語言形式稱爲上流語言（acrolectal），而勞力階層所使用的語言形式稱爲基層語言

（basilectal），這些名稱上的差別，主要是爲了研究上討論的方便，而沒有褒貶的含意在內。

關於語言使用和社會階層之關係研究中，還有個在英國東部的諾威區（Norwich）所做的研究也值得討論。依據查吉爾（Peter Trugill）的研究，英國人對現在分詞或動名詞詞尾的-ing，有兩種讀法：一種是上流形式的[ɪŋ]，另一種是基層形式的[ɪn']（[n']表介於[n]和[ŋ]的一種發音形式）。查吉爾把受試者分爲五級：低層勞工（lower working class）、中層勞工（middle working class）、上層勞工（upper working class）、低層中產階級（lower middle class）及中層中產階級（middle middle class）。結果發現把-ing唸成基層形式[ɪn']的比例如圖7-6：

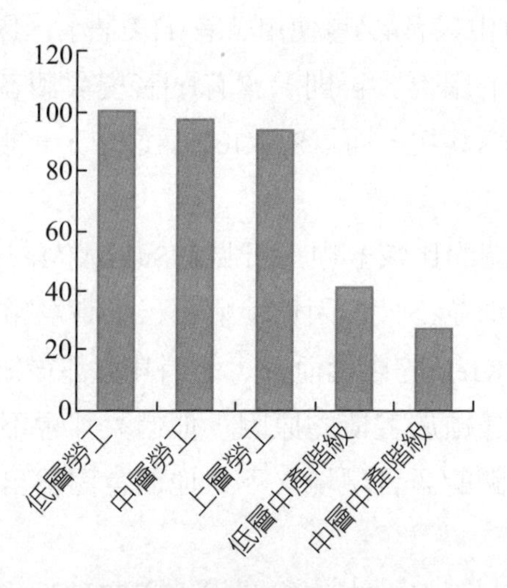

圖7-6　諾威區社會層次和[ing]讀音差異圖。

這表示：越是低層的勞工，使用基層形式[ɪn']越多。而且，在勞工階層之中，上中下的層次並不明顯，多數還是以基層形式[ɪn']爲多，但是勞工階層和中產階級之間的差別卻非常明顯，可見語言形式和社會階層的結構大有關係。

前面兩個研究，拉博夫的紐約[r]音的有無及查吉爾的-ing發音的差異，都明白地顯示：同一個語言在不同的社會階層之中，也會有讀音及語法的不同，這種由於社會階層之別而形成的方言稱爲社會性方言（social dialect, or socilect）。

重點複習

1. 請問拉博夫（Labov）的研究在方法上有何特殊的貢獻？
2. 請問拉博夫的研究結果對於語言變異的解釋有何特殊的貢獻？
3. 請比較查吉爾（Trudgill）和拉博夫的研究，有何共同點？在社會語言學研究中，有何啓示？
4. 試觀察並做紀錄一般超級市場、大賣場（如家樂福、大樂等）及百貨公司的店員如何說「果汁」的汁？是否有捲舌？
5. 如上題實驗，試觀察從事不同行業之人（如上班族、家庭主婦、學生、國小老師等）對此字「汁」的發音？

七、語言和性別

社會性方言之中，最爲人所稱道與重視的是語言和性別（language and gender）。雖然英語的「性別」常用gender或sex來表示，而社會語言學家幾乎一致地都喜歡使用gender，原因是gender比較是以社會行爲來區分男女的語義。然而很值得注意的是：男女的語言行爲眞的不一樣。先做個實驗。「我有一個朋友在榮民總醫院上班，他是很有名的心臟外科醫生。」請問你認爲我的朋友是男的還是女的？又例如「我有一個朋友在榮民總醫院上班，他是很資深的護士。」請問你認爲我的朋友是男的還是女的？這是一份很有趣的問卷，我在不同年次對不同的學生做過問卷（人數控制在兩個班級，約82-86人之間），圖7-7是近三年的問卷調查結果。「男」表7-3第一個題目認爲醫生是男的比例，「女」表第二個題目認爲護士是女的比例。問卷採強迫答題，必須選「男」或「女」，不能塡不知道或沒意見。

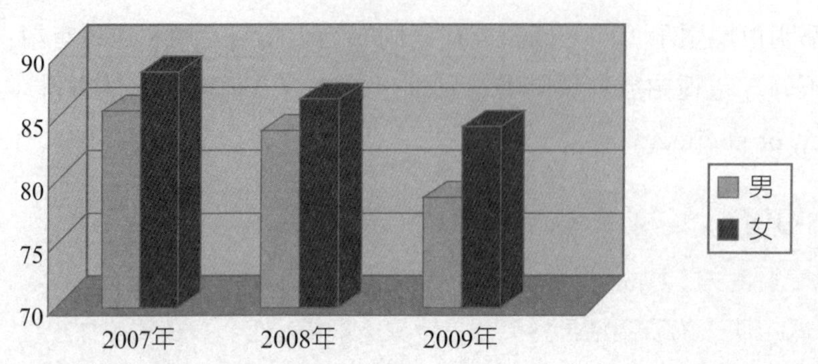

圖7-7 臺灣大學生對男女職業之調查圖示。

表7-3

年次	2007		2008		2009	
性別	男	女	男	女	男	女
比例	78%	84%	82%	86%	85%	87%

爲什麼會有這麼一致的結果？顯然社會上還是對男女的職業存有某些偏見。因此收入好、地位高的職業，如「董事長」、「部長」、「總統」，多數人的心中還是認爲那是男性的工作，但如果女性占了那些位置，則通常會加上「女」字，如「女總統」、「女院長」等。還記得「標記理論」（Markedness theory）嗎？比較常見的不用標示，而不常見的才要標示。因此，用「女」字來標示「女部長」，表示不常見之意或有點意外之意。

對於男女的語言歧視或偏見，也可由某些詞彙的結構和使用來理解。例如有名的美國獨立宣言中「Men are created equal.」中的men以及林肯總統1863年名聞千秋的〈蓋提斯堡演講〉中「Four score and seven years ago our fathers brought forth on this continent...」中的fathers，都遭到女性主義者的質疑：爲什麼只有男人（men）才生而自由平等？如果當時來美拓墾的只有fathers，那麼mothers到哪裡去了呢？而且，語言中的偏見還不止於此，有些語詞在男女上有明確的褒貶差別，例如

(33)

① male pirate	海盜，指主動去搶劫別人者
female pirate	偷漢子的女人
② loose man	隨和或不太計較的人
loose woman	不貞或不賢慧的女人
③ governor	政府要員，公務人員
governess	保母，照顧小孩的女人

又如英語的bachelor指未婚的男人，沒有貶抑的語義，但是未婚的女人是spinster，含有「老處女」的貶抑語義。

中文裡對於男女的評論語言也不公允，如對於外遇，我們對於男女的評論語言竟然是：

(34)

女：紅杏出牆、不守婦道、離經叛道、招蜂引蝶、引狼入室、瓜田李下、來者不拒、朝三暮四、朝秦暮楚、楊花水性、勾三搭四、三八倒貼

男：風流倜儻、尋花問柳、偷香竊玉、逢場作戲、拈花惹草、眠花宿柳、偎紅倚翠、一親芳澤、人非木石、打情罵俏、縱情酒色、拓落不羈、情不自禁、吃得開、有男子氣概

隨著女性主義的抬頭，無論中外都開始注意語言中所反映出來的男女不平等現象，於是英美人士要求把chairman改爲chairperson，因爲chairman隱含了只有man（男人）才可做主席，用person則沒有性別的涵義，表男女都有機會當家作主。同理，也有人要求把housewife改爲housekeeper，因爲管理家庭做家事者，並不一定限於wife（只有女的可以作爲wife），改成keeper則沒有性別意涵，男女都可以持家管理家事。甚至現代人要求創用新詞來取代history，因爲歷史不只是男人的故事（his，表男性「他的」），應該要用一個沒有性別意涵的用語才比較恰

當。不過，還是有些根深柢固的觀念不易改革，這也可以從命名看出來，女性的名字叫「淑芬」、「雅淑」、「靜嫻」、「淑珍」者多得是，而男性的名字多有「豪」、「雄」、「壯」、「富」者，這些都可以看出父母對於男女不同的期許。由此可見，語言眞的是一面鏡子，把社會中的各種概念及想法都反映在語言之中。

男女語言的差別，可以從語言本身的結構成分來檢視，如語音、構詞、用詞等等層面。以英語或國語而言，女孩子的語調通常遠比男孩子要高，而且發音時比較正式，比較不會用粗俗的俚語或罵人的髒話。再者，女性常會用很高的語調或超高的頻率來表達內心的喜悅、興奮、高興、憤怒、怨恨、不滿、怨懟等等情緒，而男性則通常用壓抑來表達沮喪，用沉默表示挫折，用思考面對逆境。

有些語言的男女語音甚至還會有明顯的差異，如美國蒙大拿州（Montana）的印地安人，「麵包」男性講[kja'tsa]，而女性則用[dla'tsa]。有些語言的構詞會因爲男女性別之不同而異，如日本話：

(35)

女性用語	**男性用語**	**語義**
oishii	umai	眞好（吃）
taberu	kuu	吃
otoosan	oyaji	父親

前面是從語言的內在結構而論，男女在語言上的差別也可以從社會階層來探討。一般而言，女性無論在哪個社會階級都比男性還要注意「正式」或「比較好」的語言。例如查吉爾在英國諾威地區的研究圖7-8發現：無論是哪個社會階層，把ing唸成[ɪn']的女性比例還是比較少，因爲[ɪŋ]還是被認爲比較好的語音（後面的數字是以[ɪn']爲基礎）。

前面這些觀察，最好的解釋就是：女性對於自己所屬的社會階層比較有自覺，而且多數的女性還以社會風氣的捍衛者自居。這點在目前臺灣的社會裡更可以看見，每次有立委或其他民意代表使用髒話或一些有損社會風氣的語言時，都是女性社會人士出來指責或要求道歉。在多數的女性心

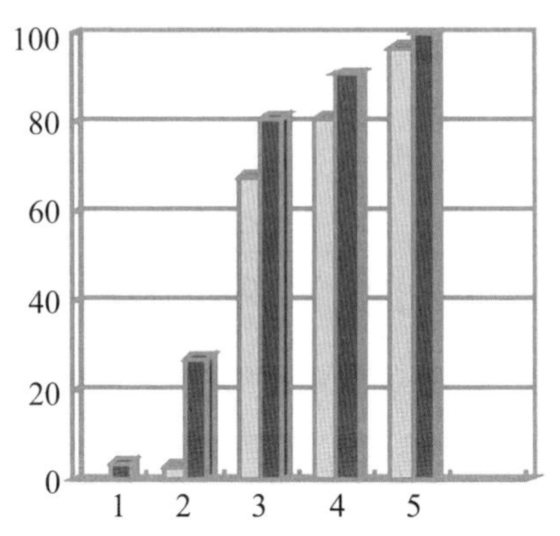

圖7-8　諾威區男女對[ing]讀音之差異圖。

中，社會應該多使用有禮貌富溫馨氣息的語言，才能為後代做榜樣，也才能教育出更優雅的下一代。

此外，男女語言的使用和本質至少也有兩點不同：(a)女性的語言比較沒有自信，(b)女性的語言比較有禮貌。女性的語言比較沒有自信可以從後面幾點看出來。首先，女性常用反問句型，例如

(36)

① That's true, isn't it?

② You like it, don't you?

③ 那個電影很感人，對不對？

④ 你要不要去呢？要不要啊？

再者，女性喜歡使用表不確定的語詞，如英語的：I'm afraid that..., I'm not sure, I think, I believe, maybe, perhaps, it might be, could be, probably, likely等等；而男孩喜歡用肯定用詞，例如I'm sure, certainly, naturally, for sure, of course. I guarantee等等。中文的語詞中，女孩子喜歡用「大概、也許、或許、也就是說、可能吧、我想……是吧、好像是……喔」之類表不確定的用詞。男的則多用「一定啦、不用懷疑啦、我保證、我確定、總之」之類表肯定的用詞。

其次，女孩子會很自然地使用語氣助詞，如英語的「um, uhh, ye」或如中文的「啊、啦、吧、呢、哦，耶」等等。例如後面是兩個女的對話，幾乎每個對話都有個語助詞：

(37)

A：唉！我跟你說哦，我男朋友說要送我一臺相機耶！

B：哇！眞的還是假的啊？

A：我也是求他很久才送我的耶！

B：我靠！眞好！要是我男友一定不會送的啦！好羨慕你喔！

A：好啦，不要想太多啦，有人愛就好囉。

由前面語尾問句、不確定語詞，及語助詞的使用現象，可發現女孩講話的特性在於不夠有信心。對比之下，男孩講話則多自信的表達。不過近年來，逐漸有些不一樣的看法：性別的差異是自然的還是社會化的結果？換言之，女孩子會用這些不太有自信的表達方式，是女性天生的現象，還是在成長過程之中，由於社會文化的薰陶而在不知不覺之中養成的結果呢？如果是社會化的結果，那表示：女性雖然會不自覺使用表不確定的語詞，但並不表示她們眞的沒有自信。

男女語言的第二個差異點在於禮貌。一般而言，女性比較有禮貌，因此他們的語言多用Thanks, Thank you, You're welcome, I'm sorry, excuse me, That's Ok等平常的禮貌用語。臺灣的女性也比較常用「謝謝、抱歉、不客氣、沒關係、打擾、不好意思、還好」之類的語詞。我每年的「語言學概論」課，上到社會語言學時，都會要求學生去做各種有關男女的用語，其中關於禮貌的部分，有些報告很有意思。例如我們做南部地區大學生在圖書館還書或借書時，會向館員說「謝謝」或「不客氣」。以及在福利社或超商買東西，會向店員說「謝謝」或「不客氣」（對方說謝謝時）的報告，其結果顯示女孩子比男孩子也有禮貌得多，其男女比例見表7-4：

表7-4　臺灣男女禮貌表現表

地點	圖書館		超商／福利社	
性別	男	女	男	女
人數	121/500	356/500	47/200	112/200
比例	24.2%	71.2%	23.5%	56%

此外，還有其他同學利用電話訪談，看看在打錯電話之後，男女的語言表現，結果也發現：六成以上的男人對於打錯電話的回應都很不禮貌或直接掛斷電話。但是女性則多會在學生說「對不起」之後，說句「沒關係」或「不客氣」。這些研究在在表示：女性比較有禮貌。

除了語詞表達之外，女性講話多用間接句，如要請人關窗戶，多會說「Would you mind..., How about..., I am wondering if I..., Is it OK to...」之類的句子，而中文則會用「是否可以……、能否麻煩……、這裡有點……是否……」之類的句子。這些都是有禮貌的表現方式之一。

最後，基於社會文化的關係，我們對於男女的期許本來就不相同，除了前面所提過的命名之外，還有些語詞很自然反映男女的語言使用之上。例如英語多用於修飾女性的語詞有：attractive, adorable, charming, lovely, beautiful, pretty, graceful, slender, tempting, cute, quiet, gentle, plain, considerate, passionate等字。而用以修飾男性的語詞是：manly, strong, generous, handsome, talented, genius, gifted, ambitious等字。男女共用語詞並不多，例如smart, bright, kind等。可見男女有別。

中文裡對女孩和對男孩的修飾詞也差別很大，僅以外表而言，就有：

(38)

女：美麗端莊、風姿綽約、秀色可餐、花枝招展、沉魚落雁、婷婷玉立、人面桃花、花容月貌、天生麗質、閉月羞花、國色天香、如花似玉、娉婷婀娜、儀態萬千、婀娜多姿、明眸皓齒、螓首蛾眉、百媚千嬌、冰肌玉潔、肌膚若雪、秀外慧中、賢淑恬靜、一笑傾城、一顧傾城、千嬌百媚、楚楚動人、窈窕淑女、玲瓏剔透、傾國傾城、蕙質蘭心、溫柔婉約、美麗可愛、天眞活潑、年輕貌美、美麗大方、楚楚可憐、楚腰纖細。

男：英俊瀟灑、氣宇軒昂、玉樹臨風、虎背熊腰、龍行虎步、矯若游龍、踔厲風發、慷慨激昂、彬彬有禮、威風凜凜、威武不屈、一表人才、孔武有力、文質彬彬、英姿颯爽、溫文爾雅。

時下的男女意識和從前有很大的區別，但語言是文化的產物，這也反映了文化形成的軌跡。即使現在我們的女性意識已經抬頭，但是大部分人應該還是無法改變語言中的「男尊女卑」的用詞。例如大家只接受「夫妻」、「兄弟姊妹」、「英雄美人」、「俊男美女」等等，而不會接受「妻夫」、「姊妹兄弟」、「美人英雄」、「美女俊男」的排列。可見，男女有別是根深柢固的觀念，還有待更多人力的宣導及提倡，才能走出傳統的窠臼。

重點複習

1. 和男性的語言比較之下，女性的語言有哪些現象顯示不夠自信？
2. 想想你自己的名字，是否也顯示出父親對你/妳的期許呢？
3. 何以得知女性比較有禮貌？和你自己的觀察是否相同？
4. 試觀察你周遭男、女性朋友使用的語言是否相同？以及他們常使用何種語助詞（如吧、唷等）？
5. 試問你周遭男、女性朋友對某件事之看法，並觀察他們對同一件事情之描述語是否一致？

八、語域和稱詞

除了地區性和社會性的方言之外，還有一種因場合（setting）、對象（subjects）、禮貌及態度（politeness）而不同的語言表達方式，一般稱爲語域（register），在此也稱之爲功能性方言。由於「功能性」最主要的影響因素是場合、地點、對象及禮貌態度，這些都在前一章的語用學中討論過了。本節將只介紹稱詞（address forms）。

任何語言都可以從稱詞（address forms）來顯示其文化及語言內涵的應用。例如英美人士的稱詞就很有文化意義，對於敬稱或爵位不能有絲毫差錯，如Lord, Sir, Master, Reverend等等稱呼隱含了階級和社會地位的差異性及尊榮。至於像Your majesty, Your highness更是只有王室才有的稱呼了。即使是在今天，走在倫敦大街，還可以看到各種各式的徽章或標記，每種標記如旗子或徽章等等都代表了某人蒞臨該店的經驗。但是隨著民主的發展及美國文化的大眾化及平民化，於是友朋之間的稱呼越來越傾向於不正式，熟悉的朋友多用暱稱，如把Robert稱爲Bob，把William稱爲Bill。不是很熟悉又不很見外的朋友一律叫名字，如Robert, James, John等等。對於長輩及尊者正式稱謂等才用「某某先生」（如Mr. Gates, Mr. Brown）。由社會上形形色色的稱詞之使用，可以很明顯地看出文化內涵的深厚、隨和，以及嚴肅。當然，稱詞的使用也足以說明講話者和對話者之間的關係，因此，稱詞爲社會語言學家視爲社會意識的重要指標之一。

從前中國的封建社會，一直都充滿了階級觀念，因此稱詞多而嚴明，不能弄混。例如「陛下」、「殿下」、「麾下」、「閣下」、「座下」、「門下」，每種稱詞都代表一種階級，一種社會層次，一種人與人之間的特殊關係。等到清朝瓦解，民國建立，這種封建意識還普遍存在，因此「鈞長」、「鈞座」、「長官」、「部屬」等等還是反映了封建階級的層次關係。即使是現在的臺灣，還是聽到各種職稱如某某部長、某某專家、某某權威、某某教授等等，顯示臺灣的文化還是充滿著謙卑，沒有足夠的自信，所以才需要一些聽起來很能表彰某種專長某種特色的稱詞。只有在同學之間，才會有「混球」、「猴子」、「老包」、「狗屎」等等聽起來充滿親切而又自然情意的暱稱。人和人之間的關係，理想上應該都很平等，不需要任何形式上的稱詞來擴增彼此的距離，可是語言正如一面鏡子，只要社會之中存在著層次，語言上的稱詞就不會消失。

重點複習

1. 何謂語域（register）？
2. 你如何稱呼你的朋友、老師、長輩？

九、禁忌語和委婉語

語言既然是社會文化的反映，各種社會上的喜惡都會顯現在語言之上，其中最能表現文化層面的就是禁忌語（taboo）。Taboo本來是波里尼西亞上的銅根語（Tongan），借入英語之後用以表示社會上不允許或不喜歡在公共場合所講出來的話，例如人人都不能免於死亡，但大家都盡量避免提到「死」這個字眼，因爲這是個禁忌語。魯迅的小說曾經描述小孩滿月的場合裡，每個到訪的客人盡揀些好話說，有人說這小孩他日必然會做官，有人說這小孩他日必然會富貴，其中有一位說「這小孩他日必然會死掉」，結果引起眾人的憤怒及追打。其實想想，恐怕只有這位被追打的客人講的才是實話。

遇到必須使用禁忌語的時候，人們會繞個圈子，用另外一個詞語來表達相同的語義，這就稱爲委婉語（euphemism）。後面是一些常用的禁忌語及委婉語的對照：

(39)

禁忌語	委婉語	語義
fuck	make love	交媾
cock	private parts	小雞雞
bely	abdomen	肚皮
afterpart	ass	屁股
breast	bosom	胸部
leg	limb	大腿
die	pass away	死
prison	break off contact with the enemy	被俘

至於敬天畏鬼則幾乎是每個民族共同的心理，這方面的禁忌語也很多，比如臺灣地區的宗教活動裡，都不允許小孩直呼神明的名稱，以「大王」代替三山國王，以「菩薩」代替觀世音娘娘等等，每年在農曆七月期間，不可以談鬼事，不能搬家等等。又如喪事完後，親友要離開時，不可以送客，更不能招呼，這些禁忌其實反映了升斗小民潛在的恐懼。

要注意的是，委婉語有兩種：正面及負面。前面所述及的委婉語，都爲用以代替禁忌語，這種稱爲負面委婉語。正面委婉語則通常用以指一些理想，例如用「工作夥伴」來指「傭工」，用「師傅」來指「匠人」，用「公僕」來指「民意代表或民選出來的行政首長」，用「心理諮商」來指「心理治療」等等是爲正面的委婉語。無論正面或是負面，委婉語主要的觀念是以一種比較能令人喜歡的語詞來表達，做比較良性的溝通。

重點複習

1. 試舉例自己在家中或工作環境（如醫院）常出現的禁忌語為何？
2. 結婚典禮上最忌諱唱哪些歌曲？如閩南語歌曲：〈煞煞去〉（分離好了）、〈不如甭相識〉（寧願不要相識）、〈嫁不對人〉（嫁錯人）等。
3. 試想在考場，東西掉了，考生最忌諱聽到的字眼為何？
4. 在考試時，哪種飲料最受歡迎？（提示：一種茶。）
5. 何謂正反面委婉語？
6. 若你失業（無業游民）或失學，你會如何回答別人提問你的職業或就讀學校？（如家大或中油）
7. 試觀察你周遭同學、老師、朋友、上司曾對你使用何種委婉語？以及其語義為何？（如老闆對你說：「你明天可以回家吃自己了。」）

十、語言和文化：薩皮爾沃夫假設

語言和文化之間的關係，一直是語言學家、人類學家及哲學家想要探索的問題。大家都可以接受文化對語言的影響，因爲有怎樣的文化就有怎樣的語言，因爲語言是用來承載文化內涵的。比如說，臺灣有很長久的農耕生活文化，而且早期的農耕多以人力爲主，因此犁、耙、鐮刀、畚箕等等器物及名稱遂出現在語言裡頭。現代的農耕則多以機械爲主，於是機械類別例如挖土機、耕耘機、播種機、割稻機等等，各種機械名稱幾乎應有盡有。而早期的語詞像犁、耙等等遂逐漸淡出我們的常用詞彙，這就是語言反映文化最好的例證。

但是，語言結構是否會影響文化，或更進一步，語言是否會影響人類的思考方式呢？這是一個很爭論的議題。二十世紀最偉大的語言學家之一的薩皮爾（Edward Sapir），終其一生大都在做印地安語言的調查和研究。當他做美國猶他州西南方一個名爲派尤特人（Paiute）的語言之分析時，他積極訓練他的發音人Tony幫他記音。有一次，他請Tony把[páβa]「在水裡」畫分音節時，薩皮爾很驚奇地發現Tony把[páβa]分成[pá-pɑ]。於是他問Tony爲什麼要這樣分，爲什麼要把[β]標成[p]？Tony說：「『水』是[pa]，再加上『在』是[pɑ]，自然是[pá-pɑ]。」薩皮爾於是認爲派尤特語有個規則：「[p]出現在兩個母音之間時，要唸成[β]」，這個規則是心理上的，是認知的一部分。薩皮爾推測Tony只記深層結構的語音，至於要把兩個母音之間的[p]唸成[β]，是不知不覺唸出來的。於是他以這個經驗爲基礎，提出音位是心理上的理念，並進而認爲：語言結構會影響使用者的思考方式。

這個看法後來經過沃夫（Benjamin Lee Whorf）的宣揚及大力的推展，並且把薩皮爾的看法修正爲：我們對於世界的看法會受語言結構的影響（Our view of the world is conditioned by the language structure.），這就是語言學上爭論幾近一世紀還無法獲得一致看法的薩皮爾沃夫假設（Sapir-Whorf Hypothesis）。

沃夫並非科班出身的語言學家，而是一個消防隊員。由於職務的關係，他發現人們固然都會恐懼火災的發生，但是這種害怕其實深受語言的影響。比如說，大多數的人看到上面標有「危險！」的汽油或汽油桶，都會格外小心，絕對不會在其附近使用煙火，因爲深怕火災的發生。但是，如果裡面滿滿地裝著汽油的桶子上面沒有標示「危險！」，則人們反而不在乎，甚至於在其上亂丟還有火苗的火柴根。而社會上的大多數火災就是這樣的認知錯誤而產生的。從經驗上而言，汽油桶內有沒有汽油，才是火災的主要來源，而不是桶子上面有沒有標示「危險！」。可是人們爲什麼爲會因爲桶子上有語言標示才心生警惕呢？顯然是受到語言的影響，因此，語言會影響人們的思考，這就是沃夫的理論基礎。

爲了要證實他的理論，於是他遍找各種語料，期望能從實際語料之中來驗證他的看法。經過研究和整理，他發現有個叫作霍皮族（Hopi）的印地安語，這個語言沒有表示時間和空間的用詞，那是否表示霍皮族人對時間和空間的思考方式有別於英語人士呢？經過訪談，他發現霍皮族人認爲時間是延續的，像水流一樣，無法切斷成更小的單位，因此像three days之類的算法，他們覺得不可思議。至於像cup, table等很明顯地可以分開來，一個一個算，因此three tables還可以接受。換言之，霍皮族語沒有時間單位，所以他們算時間只能以某件事爲起點，很像我們古時候用「一盞茶」、「半炷香」來表時間一樣。

語言結構眞的會影響思考方式嗎？這是很難獲得一致看法的爭論。有人以顏色來否定薩皮爾沃夫假設。例如某個語言只有黑、白，和紅三種顏色的語詞。這是否表示講這個語言的小孩無法辨識其他的顏色呢？於是有人做了實驗：把小孩分成A、B、C三組。實驗者給A組的小孩四個顏色的球：棕色、淺藍色、綠色、紫色。然後請他們去告訴B組的小孩這四種顏色，然後再請B組的小孩去轉告C組的小孩，最後給C組的小孩一桶含有各種顏色的球，請他們從桶子中取出實驗者給A組的四種顏色。結果發現C組的小孩都能準確地取出棕色、淺藍色、綠色、紫色的球，證明雖然沒有某個詞彙也能有類似的思考。看到這種實驗，我們都會覺得奇怪，爲什麼那個語言沒有表示「棕色」、「淺藍色」、「綠色」、「紫色」的語詞，而小孩卻能做出正確無誤的選擇？其實，這並不需要大驚小怪，臺灣閩南話就沒有前面四種顏色的語詞，但是閩南人都會以另一種表達方式來傳達那四種顏色，如表7-5：

表7-5　臺語顏色名稱表

語言	顏色名稱			
北京語	棕色	淺藍色	綠色	紫色
閩南語	咖啡色	水色	草色	茄子色

不但如此，對於不同的藍色，閩南語還會區分成：「水色」（淺藍色），「海水色」（深藍色）等等，證明沒有語彙還是能表達心念中的感覺或想法。

語言結構是否會影響人類的思考呢？迄今還是見仁見智的問題，有人想證明薩皮爾沃夫假設的眞實性，有人想去否定薩皮爾沃夫假設，但卻都無法有效地說服另一方的看法。

重點複習

1. 何謂薩皮爾沃夫假設？對語言與文化的研究有何影響？
2. 薩皮爾如何從派尤特人的語言中體悟到「音位是心理單位」？
3. 中文也沒有時式（沒有像英語一樣表示過去式、未來式、現在式的綴詞），是否表示中國人比較沒有時間觀念？比較不守時？你自己的看法呢？
4. 請問：專家學者如何去實驗一個只有三種顏色（黑、白、紅）的語言使用者，也能辨識紫色跟淺藍色？
5. 試找出在你的母語裡（賽夏語、阿美語、客語等）如何表達紅、橙、黃、藍、靛、紫、墨綠等等顏色？
6. 試想廣告內之用語是否影響你對某產品功效的看法？（如洗面乳、美白、瘦身、藥補等產品）

十一、摘要

社會語言學研究的主題是社會和語言之間的互動及影響，社會的層面多，有空間及時間的面向，有社會階層、性別、職業、教育及收入等等因素，而語言是人們溝通的主要工具，無形之中形成另一種鏡子，反映了社會的各種價值觀及組成階層。

本章首先指出語言作爲社會鏡子的源由，而後主要探討了語言和方言的區隔，區域性方言、語言地圖、社會性方言、語言與性別、語言和稱詞、禁忌語和委婉語、語言和文化等八個主題，每個主題都以理論爲經，以實地語料爲緯，主要就是要顯現當代社會語言學的主流。

從地區的差別而引起的方言差異，稱爲區域性方言（regional dialect）。以美式英語和英式英語或臺灣國語和大陸普通話而言，本來都是同一個語言，後來經過大海的區隔，發展幾十年之後，竟然產生了兩個區域性方言。因爲區域之差別，而產生的方言，現在都可用地圖精準地描繪出來，可以從語詞、語音，或語法爲基礎，畫出各式各樣的語言地圖，供研究者使用。

除了區域性的方言之外，我們的語言也會因社會地位及階層的不同，而產生各種不同的語言使用形式，稱爲社會性方言（social dialect）。社會性方言自從拉博夫的研究之後，成爲社會語言學的主流。現在有許多有關語言變化或語言接觸的現象，都會從社會的角度去觀察及分析，而這方面的研究成果也很大。簡而言之，社會上某種語音的使用與否（如紐約市內是否有[r]的語音），得看社會層次結構（stratification）而定，越是有錢或有教育的階層，越會有帶[r]的語音。

性別本爲社會畫分很重要的環節，但由於研究語言和性別者比較多，因此性別通常被獨立成單一個研究領域。男女的語言差別，可以從語言使用來界定：女性多停頓、多用語尾問句、多用不確定語如「我想、我認爲、恐怕」等語言，而且女性比較有禮貌，她們講的話比較標準，比較注重形式等等，這些都是女性語言的特性。

最後，我們討論語言和文化的關係。各個文化都會有其禁忌，可能都起於敬天畏神的害怕，或是由於宗教及對身體若干部位的羞於啓齒，於是在社會的共同氛圍中，逐漸形成禁忌。有了禁忌，自然會有委婉語的出現，因爲遇到禁忌語，而又不能避免時，委婉語成爲很重要的替代。不過，在語言和文化的研究之中，最引人注目的是薩皮爾沃夫假設，該假設認為：人們的思考會受到語言結構的限制或影響，這是很強烈的主張，到現在引起許多人的贊成也引起許多人的反對，還是個爭論不休的課題。

本章建議延伸閱讀書目

Holmes, J.. 2001. *An Introduction to Sociolinguistics*. Longman.

Labov, William. 1973. *Sociolinguistic Patterns*. University of Pennsylvania Press.

Trudgill, P.. 2001. *Sociolintuistics: An Introduction to Language and Society*. Penguin Books.

第八章

大腦和語言

現代語言學理論的主要觀點認爲語言的習得機制（Language Acquisition Device，簡稱LAD）是天生的，位於大腦的某個地方。這個機制既然是與生俱來的，所以也和其他生物性的器官一樣，會生長，會成熟，也會老化。因此，我們好奇的是：眞的有語言習得的機制嗎？在大腦的什麼地方呢？這個語言機制和我們的語言行爲或功能有什麼直接或間接的影響呢？這些都是很有趣的問題。其實，遠在喬姆斯基（Noam Chomsky）提出衍生語法理論之前，就有很多哲學家和科學家一直在探究：我們的大腦內部究竟是哪些部位掌管和語言有關的訊息傳達。雖然有許多學者對人腦和語言之間的問題感到興趣，卻苦於大腦的神祕及語言的抽象，一直很難有明確的解答。即使到了現在，各方面的科技已經十分先進，各種研究腦細胞活動的儀器也屢有創新，然而比起其他的領域，我們對於大腦和語言之間關係的了解，還只是個起步而已。

專門研究大腦和語言之關係的科學稱爲神經語言學（neurolinguistics）。神經語言學研究的主題爲：語言學理論和頭腦病變的關係。因腦部病變所引起的語言困難或語言失常，稱爲失語症（aphasia）。自法國的布羅卡醫生（Dr. Paul Broca）發現某種失語症肇因於腦部病變之後，醫學上對於失語症的發現越來越多樣，使得我們更加了解腦部區位和某種語言現象之間的關係，同時也印證了現代語言學的部分理論和看法。

一、人腦的結構

人腦是由幾兆個細小的神經細胞（neurons）所組成的，每個細胞之間形成網絡，自成系統，彼此交錯，相互溝通，進而掌管我們思考、感覺、溝通，以及其他種種心靈活動的訊息傳遞工作。人腦之所以能擔負如此繁複而快速的訊息傳遞工作，不全是因爲這些交錯成網的脈絡，而是各個細胞群體會形成更大的結構單位，作爲某種特殊任務的管理中心，肩負各種特殊功能。在探討每個區域的腦部功能和語言之間的關係之前，且讓我們先對人腦的結構及分區做個大略的介紹。

先請看圖8-1，這是從上俯瞰的角度：

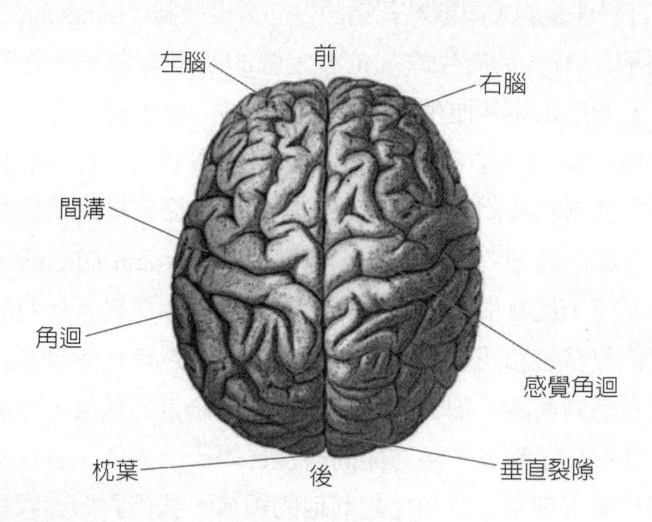

圖8-1　人腦俯視圖。

首先要注意的是：人腦的表面並非平坦的結構，而是由高低起伏的腦皮層（cortex）所組成，其中凸起的部分稱爲角迴（gyrus），凹下的部分稱爲裂隙（fissures）。腦皮層其實很長，但由於腦部空間有限，因此摺成好幾疊。所以我們從圖8-1所看到的，其實只不過是部分而已，更多的部分被摺到內部地區了。腦皮層的外緣稱爲灰物質（gray matter）。醫學家認爲其他動物的頭腦沒有腦皮層的結構，而人類的大腦裡有腦皮層組織的存在是人類進化的結果。而且人腦的腦皮層也是認知活動的中心，舉凡數字的運算、語言的活動等等，都是在腦皮層之中，也因此語法或語言知識（grammar或linguistic knowledge）的習得機制也被認爲應該位於這個腦皮層的某個地方。

其次，我們從圖8-1裡發現人的大腦可以分成左右兩片（hemispheres，半球），而以大腦縱裂隙（longitudinal fissure，或稱爲腦半球間裂隙）爲分界線，靠右的一片稱爲右腦，靠左的一半是爲左腦，左右兩腦之間的訊息及活動傳遞，都是由稱爲胼胝質（corpus callosum）的一大神經束來擔任。從結構上來看，左右兩腦均勻對稱，但以功能而言，右腦控制了我們左側器官的動作，而左腦卻掌控了我們右側器官的活動，這種情形稱爲反側現象（contralateral）。最常見到的反側現象是人們在意外事件中，左腦受傷會帶來右側手腳的癱瘓。

此外，左右腦在認知功能上也有明顯的區別。一般而言，左腦管控著與分析相關的認知，例如數學或語言活動，而右腦的職責則和認知的綜合比較有關，例如認人的輪廓或者是曲律的欣賞。然而，左右腦的合作才是我們平時能做各種認知活動的主要原因。

左右腦的腦皮層又可以更進一步分爲幾區，稱爲「葉」（lobes）。每一葉各有不同的職掌與功能，後面我們以左腦爲圖8-2，說明每一葉，再做更進一步了解。

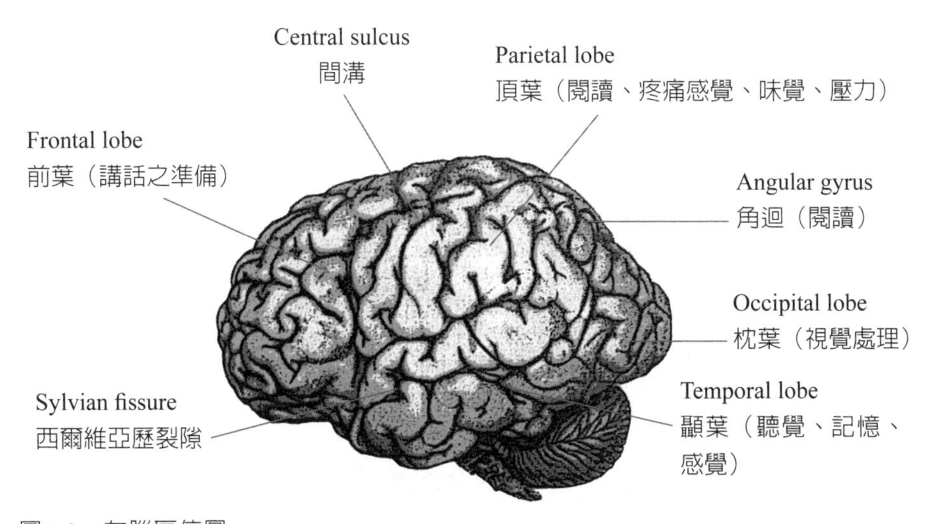

圖8-2　左腦區位圖。

左腦中間從最上面延伸到西爾維亞裂隙（Sylvian fissure）的是間溝〔central sulcus，又稱爲羅蘭多裂隙（the fissure of Rolando）〕，間溝之前稱爲前葉（frontal lobe），主管講話之前計畫、思考及講話的動作。間溝之後稱爲頂葉（parietal lobe），主管閱讀能力，以及我們對於疼痛、冷熱、觸覺、味覺及壓力的感覺。在西爾維亞裂隙之下的是顳葉（temporal lobe），掌控聽覺、記憶，和感覺的綜合運作等活動。最後面的是枕葉（occipital lobe），主要負責我們的視覺活動。介於枕葉和頂葉之間的稱爲角迴，是和閱讀最直接相關的區域。

重點複習

1. 大腦可以分為左右腦，以何為分界線？
2. 請問左右腦之間以何為連接線？
3. 何謂反側現象（contralateral）？我們要如何應用反側現象來驗證語言和器官之間的問題？
4. 何謂腦皮層（cortex）？有何功能？
5. 左腦和右腦各有哪些功能？
6. 請填寫下列各腦區部位的名稱。

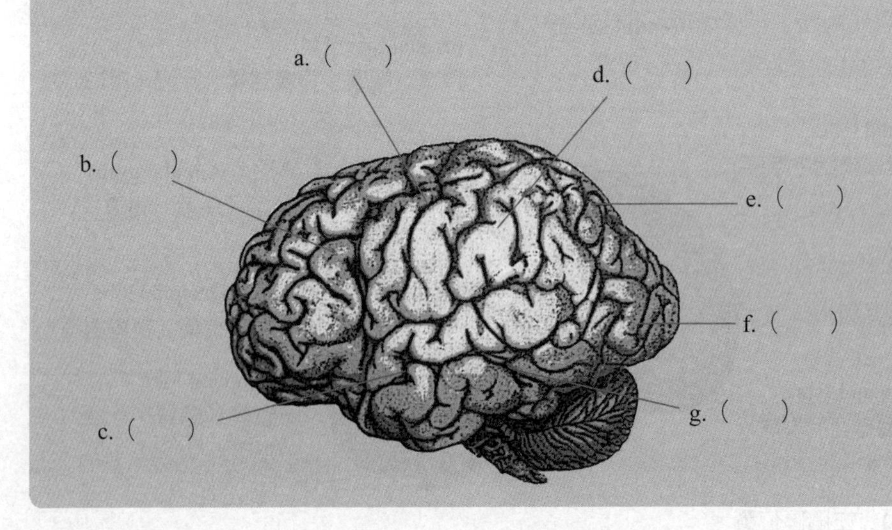

二、神經語言學的研究方法

神經語言學的中心主題就是：語言機制到底在哪裡？爲了尋找這個問題的答案，過去的神經語言學家用了各種不同的方法，目前得到非常一致的看法：語言的機制在左腦。本節即將介紹過去各個專家所用過的研究發法，計有大體解析（autopsy studies）、分邊聽測（dichotic listening experiments）、分腦實驗（split brain experiments）、腦傷患者的觀察（observations on brain impaired patients），及電腦影像分析（computational Axial Tomography）（又以CT掃瞄和PET試測最爲常見）等五種。

㈠大體解析（autopsy studies）

大體是對死者的敬稱。以前的科學家對於人腦的研究，主要是透過醫生對死者的屍體進行解剖，這種方法英文稱爲autopsy或postmortem studies，本書稱爲「大體解析」。大體解析的方法可說是開創神經語言學的研究領域。

遠在1861年之時，法國有一位叫作布羅卡（Paul Broca）的醫生就解剖過病人的屍體。原來布羅卡有一位病人，因爲他講話不清楚，大家只能聽懂他所講的Tan [tan]這個音，因此大家把他叫作Tan。Tan去世之後，布羅卡對他的屍體進行解剖，這才發現原來Tan的左腦長了大腫瘤而致使左腦受傷。後來布羅卡又再觀察了其他八個左腦受傷的病人，結果發現這些左腦受傷的病人，都患有共同的失語症：講話不清楚。於是布羅卡斷言：語言機制必然在左腦。此後，又有許多醫生使用大體解析的方法，一再支持布羅卡的發現，爲了紀念這位傑出的醫生，後人把左腦前半部命爲爲布羅卡語言區。凡是布羅卡語言區受損或有所傷害的病人，他們的語言能力都很差。我們將在後面詳細討論布羅卡語言區受傷後的語言現象。

㈡腦區分離（split brain experiments）

現代醫學誠然發達，但還是會遇到一些無法使用藥物控制的病患。如果醫生遇到有些無法使用藥物來控制的癲癇病人時，會考慮採取胼胝質神經束（corpus callosum）切除手術。前面提過，神經束最重要的功能在於傳遞左右腦之間的訊息，因此經過神經束切除術之後的病人，必然產生左右腦之間訊息的中斷。

起初，經過神經束切除手術之後的病人在外表上並沒有太大的改變，但是神經科學家葛詹尼加（Michael Gazzaniga）發現一些很小的差異。如果病人坐正，頭部保持不動的時候，病人能敘述右視野內所發生的事情，也能講出他們右手上所置放的物品的名稱，可是他們無法敘述左視野內所發生的事情。

於是有人對神經束手術的病人做了實驗，先用黑布把病人的眼睛蒙起來，使他看不到東西。如果把東西（例如「香蕉」）放在病人的右手，則依據反側現象，病人右手上的東西直接把感覺傳到左腦，而左腦是語言區，因此病人能講出手上東西的名稱；反之，如果把東西放在病人的左手上，則病人無法講出手上東西的名稱，因為管控左手的是右腦，而右腦並非語言區，因此病人的左手雖然能感覺出「香蕉」的存在，卻無法用語言來表示左手的感覺，如圖8-3。

圖8-3　腦區分離實驗圖。

㈢分邊聽測（dichotic listening experiments）

分邊聽測是神經語言學研究文獻裡很重要的一個實驗設計，它的理論基礎是：如果腦部功能和肢體動作呈反側現象，那麼使用右手的人，他的左腦應該會有比較敏感的語言反應，而且他的右耳的聽力遠比左耳還要好，這種現象稱爲「右耳優勢」（right ear advantage，簡稱REA）。因此，分邊聽測的實驗，就是讓受試者戴上左右耳機，並且分別在左右耳機裡，放出不同的語音。例如左耳的輸入是「蜻蜓」而右耳的輸入卻是「飛機」。在耳機輸入之後，請受試者把所聽到的語音寫下來，結果顯示：大部分的受試者都只記下右耳所聽到的語音，而少部分有聽到左耳語音的人，也都記下了右耳所聽到的語音。由此可見，右耳的確有比較好的語音辨識力，也由此證明我們的語言機制是在左腦區，如圖8-4。

圖8-4　分邊聽測實驗圖。

㈣腦傷患者的觀察（observations on brain impaired patients）

觀察腦部受傷的患者，爲神經語言學的研究帶來不少的啓示。

我們選出兩種腦部受傷的患者加以觀察。第一種爲偏癱患者（hemiplegic patients），這種患者的受傷部位，可能只局限於左腦或右腦，因此是非常好的觀察對象。如果傷患的受傷部位只在左腦，那麼他的語言能力，特別是句法能力（如句子結構的能力），通常都不很好。如果傷患的受傷部位是右腦，則他的語言能力和平常人並沒有顯著的不同。由這種偏癱患者的觀察，也說明左腦在語言活動上的吃重角色。

第二種腦傷患者由於某種嚴重的病變導致在年少時需要切除整個左

腦或整個右腦，這種情形稱為腦部切除術（hemide corticates）。依據觀察，切除的部分如果是整個右腦，則患者在視覺的辨識能力方面，有可能變得極為不好，但是對語言能力幾乎不太有重大的影響。然而，如果是整個左腦切除，則患者的語言能力明顯地比正常人要差很多。而且，患者的年紀越大，語言能力越差。對此，可能的解釋是：年少之時，即使左腦被切除，語言能力會移轉到右腦，因此語言能力並不會有太大的影響。但是，年紀越大之後，左腦的語言機制已經成熟，這時再把左腦切除，語言能力可能就無法再移轉到右腦，因而使患者的語言能力大受影響。

不過，我們的重點是：觀察腦傷患者不失為一種有效而且容易執行的研究方法，觀察的結果也證明我們的語言區位於左腦。

㈤電腦影像分析（computerized axial tomography）

隨著電腦科技的躍進及發達，許多醫療儀器都已經電腦化，不但造福了傷患，也為腦神經與語言之間的關係之研究，提供了良好的實驗器材。目前，最常用於神經語言學研究的是CT掃瞄及PET實驗。

CT掃瞄原文為Computerized Axial Tomography（電腦斷層掃瞄），現在也常和核磁共振（MRI）共用。腦神經科學家或醫生利用CT掃瞄或核磁共振即可以發現失語症患者左腦受傷的情形。神經科醫生會在病人的頸動脈裡，打入適量的鈉安密妥（sodium amytal），使左腦或右腦暫時麻痺。如果打在右頸動脈，則右腦會麻痺，但是病人仍然可以說話。但是，如果把鈉安密妥打在左頸動脈，則左腦會麻痺，病人卻因此不能說話，由此也再度證明我們的語言區是在左腦。CT掃瞄主要是提供腦內神經的定點影像，對於腦部受傷或損害極有幫助，卻無法眞正讓我們了解腦神經活動的情況。

PET（Position Emission Tomography）其實也是一種顯影技術，相對的中文專有名詞為「正子放射斷層掃瞄」，在實驗之前，先在受試者身上打入少量的葡萄糖或水，或者請受試者吸入帶有放射性的氧氣（含量大約相當於照一次X-光的量），然後請受試者平躺在儀器上，把頭放在偵測洞內（採用的是一種伽馬射線）。

這個實驗的基本假設是：大腦內部活動比較多的部分，會消耗比較多的葡萄糖，因而會需要比較多的帶氧血液。於是利用「正子放射斷層掃瞄」可以重建腦部活動的影像。為了做區隔，在實驗中，活動越多的區域，利用紅色或黃色來反應，而安靜之處，則使用藍色為代表。實驗的時候，我們採用比較的方式：先請受試者閱讀無意義的圖片或文字，然後請受試者閱讀有意義的文字或故事。結果發現：受試者在閱讀故事或有意義的文字時，左腦的黃色亮光比較多，而在閱讀無意義的圖片或文字時，左腦的藍色光則比較光亮，這種結果表示：左腦在語言的理解、處理或講話之時，扮演了重要的角色。

PET的應用使我們對於語言區內的活動有了更進一步的了解，比如說，如果受試者在講話時，帶氧血液大量地流入左腦的布羅卡語言區，而受試者在閱讀時，帶氧血液則大量地流入枕葉（還記得嗎？枕葉管控的就是視覺活動）及角迴區（角迴區管控閱讀活動）。透過PET的研究，我們不但證明左腦是語言區，更證明即使是在左腦之內，各個區域也管控了不同的語言活動。

總結前面的敘述，其實我們已涵蓋了研究方法的介紹和對於左腦是語言區的各種證明。換言之，神經語言學最初的目的只是想探討：我們的語言機制到底是在什麼地方呢？為了要取得這個問題的解答，於是語言學家、神經科學家、神經科醫生等等各行各業的學者專家，無不積極研發各種研究方法，藉以求得有效的結果。從法國的布羅卡醫生於1861年利用大體解析法，推論我們的語言區是在左腦之後，越來越多的科學家，包括醫生、語言學家、心理學家等都參與了頭腦和語言的互動研究，衍生更多種研究方法，也獲得了更多的證據，證明語言區的確位於左腦。而且還進一步發現：即使位於左腦內部，各個區域也掌控了不同的語言活動。

重點複習

1. 何謂大體解析（autopsy studies）的研究方法？並請敘述布羅卡（Paul Broca）的發現？
2. 何謂腦區分離（split brain experiments）的研究方法？如何來做腦區分離的研究？
3. 何謂分邊聽測（dichotic listening experiments）的研究方法？這種研究方法主要探究的是什麼現象？
4. 何謂腦部切除術（hemide corticates）？為什麼要做腦部切除術？對腦部和語言之研究有何貢獻？
5. 何謂偏癱瘓者（hemiplegic patients）？如何觀察左右腦的語言活動？
6. 何謂CT研究？其主要觀察的是腦區的哪些部位？可以做怎樣的研究？
7. 何謂PET研究？結果發現了什麼證據足以說明左腦各區有不同的功能？

三、失語症

由於腦部語言區受損或傷害而引起的語言失常，稱之爲失語症（aphasia）。因爲失語症都和腦部受傷有關，因此有關失語症的研究變成神經語言學內很重要的領域。也因爲這方面的研究眾多，對於失語症的歸類也逐漸有各種不同的看法。爲了簡要清楚，本書將只介紹三個大類：運動失語症（motor aphasia）及感覺失語症（sensory aphasia），前者又稱爲「不流利失語症」（non-fluent aphasia），以布羅卡失語症（Broca's aphasia）最爲有名。同時，我們把感覺失語症又稱爲「流利失語症」（fluent aphasia），以威尼基失語症（Wernicke's aphapsia）最爲有名。最後一類，概稱爲其他，包括執導失語症（conducting aphasia）及忘名症（anomia），如圖8-5。

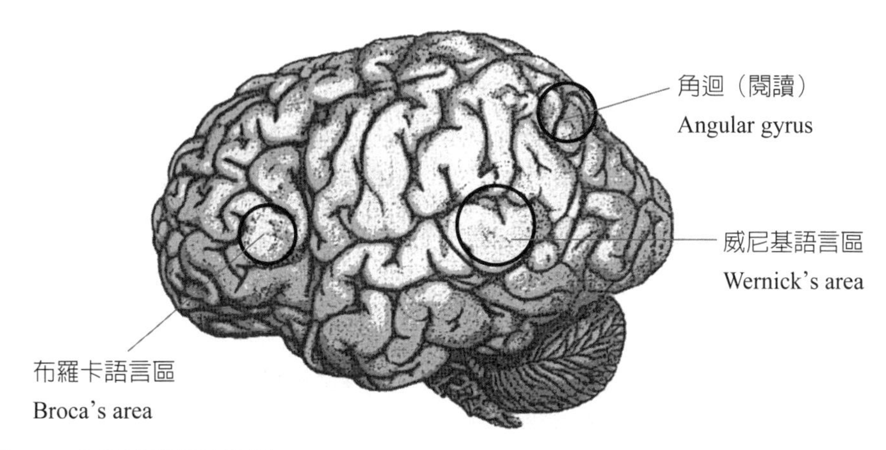

圖8-5　失語症腦區分布圖。

㈠布羅卡失語症

在失語症的研究文獻之中，最爲古典且爲大家所津津樂道的就是布羅卡失語症（Broca's aphasia），這個名稱是爲了紀念法國醫生布羅卡，因爲他第一個解剖的患者是Tan，並且發現Tan的左腦位於西爾維亞裂隙（Sylvian fissure）上方之處有病變，這病變導致Tan的語言失常，現在的神經語言學家把這個區域稱爲布羅卡語言區，由於這個區域發生病變而引起的失語症，稱爲布羅卡失語症。

布羅卡失語症的特徵是：講話很辛苦，很吃力，語音常會脫落，句法通常不完整。後面是一小段醫生和布羅卡失語症患者的對話[1]：

⑴

① Examiner: Tell me, what did you do before you retired?

② Aphasic: Uh, uh, uh, puh, par, partender, no.

③ Examiner: Carpenter?

④ Aphasic: （點頭表示同意）Capenter, tuh, tuh, tenty [20] year.

⑤ Examiner: Tell me about this picture.

---

[1] 對話引自Akamajian. A, R. A. Deamers. A. K. Farmer, R. M. Harnish. 2001. P.543.

⑥ Aphasic: Boy... cook... cookie... took... cookie.

例⑴的對話有幾個特性，而這幾個特性正好是對布羅卡失語症的患者共有的特性。首先，語音問題特別明顯，有些語音有遺漏的現象，如carpenter（被讀成capenter）的[r]被遺漏了(1④)。同樣遭到遺漏的還有twenty的[w] (1④)，而且從cook和took的變異不定(1⑥)，也顯示患者對於語音的掌握頗有困難。其次，句法也有問題，因爲患者的語句都沒有虛詞（function words），像(1④)原句應該是「Carpenter for twenty years.」，但是(1④)卻沒有for，而且years的-s也被省略了。又像(1⑥)本來應該是「The boy took it.」，但是最前面的冠詞（the）及最後面的代名詞（it）等虛詞都被省略了，因此患者所講出來的句子，形同電報句（telegraphic speech），也就是只有實詞而沒有虛詞的簡潔句子。布羅卡失語症因爲有這種句法問題，有人因此稱之爲「無語法症」（agrammatism）。

布羅卡失語症患者甚至於無法判斷句子是否正確，例如他們固然知道像「The pizza is too hot to eat.」是正確的，卻無法決定「The pizza is too hot to drink.」是否正確，這表示患者對於語句之正確和語義之表達還無法完全掌握，因此布羅卡失語症的患者顯然有句法上的問題。再者，也有神經語言學家注意到，布羅卡失語症患者在理解上也有困難，例如他們要求布羅卡失語症患者表演「The red car is bumped into the black car.」（紅車撞上黑車）時，有很多數的患者無法做出正確的表演，這表示布羅卡失語症患者的理解能力不好。最後，還有一個無法由例⑴看出來的問題：布羅卡失語症患者所講的話，並沒有語調上的起伏，而是平坦單調的語調，有人因此又把這些患者稱爲「無語調症」（dysprosody）患者。

不過，值得注意的是：大多數布羅卡失語症的患者都知道他們在語句上的問題。換言之，他們知道他們要表達的句子，只是他們無法正確地講出來。每次看布羅卡失語症患者講話，都可以看出他們很吃力的表情，因爲他們很想把話講好，卻心有餘而力不足。

重點複習

1. 何謂失語症（aphasia）？又失語症有哪幾個種類？
2. 布羅卡失語症（Broca's aphasia）有哪些特點？
3. 為何布羅卡失語症又稱為「無語法症」（agrammatism）？
4. 為何布羅卡失語症又稱為「無語調症」（dysprosody）？

㈡威尼基失語症（Wernicke's aphapsia）

在布羅卡發現布羅卡語言區之後十三年，亦即1874年，有位德國的年輕醫生威尼基（Carl Wernicke）發表了論文，指出在左腦的西爾維亞裂隙後方受損的患者，會有語言理解上的困難。威尼基的論文有兩點值得注意：1.證明布羅卡認爲語言區是在左腦的看法是正確的；2.引起大家對於「左腦內部各個區域肩負各種不同語言活動」之假設的重視。後人爲了紀念威尼基的重大發現，遂把左腦位於西爾維亞裂隙後方的區域命名爲威尼基語言區（Wernick'es area）。

威尼基失語症患者和布羅卡失語症患者之不同有三點：

1. 威尼基失語症的患者都不知道自己的語言問題，因此當這些患者講話時，他們認爲別人應該能聽懂他們的敘述，而且他們也以爲他們聽懂了對話者的語句。
2. 威尼基失語症的患者都能講得很流利，不但語音正確，句法也不太有困難，只是他無法和別人溝通，因爲他們無法理解別人的話。例如有人以三字組的選項單來試測威尼基失語症患者，請他們從「shark, husband, man」中選出語義最爲相近的兩個單詞，結果發現他們無法做對選擇。
3. 威尼基失語症患者所講的話，有明顯的語調起伏，與正常人並沒有太大的區別，如果沒有好好的了解，旁人很可能會以爲威尼基失語症患者是語音正常的人。

後面是一段威尼基失語症患者（Mr. Gorgan）和醫生（Howard Gardener）

之間的對話[2]：

(2)

Examiner: What brings you to the hospital?

Aphasic: Boy, I'm sweating. I'm awful nervous, you know, once in a while I get caught up, I can't mention the tarripoi, a month ago, quite a little, I've done a lot of well, I impose a lot, while, on the other hand, you know what I mean, I have to run around, look it over, trebbin and all that sort of stuff.

Examiner: Thank you, Mr. Gorgan. I want to ask you a few—

Aphasic: Oh, sure, go ahead, any old think you want. If I could I would. Oh, I'm taking the word the wrong way to say, all of the barbers here whenever they stop you it's going around and around.

從前面的語料來分析，我們發現威尼基失語症患者最大的困難在於理解，他們無法理解別人的話，也無法理解自己所講的話。因此，當醫生問「What brings you to the hospital?」（爲什麼來醫院？）時，病人雖然以sweating（流汗）來回答，但後面的一串話卻和醫生產生了雞同鴨講的情況，主要原因在於病人完全無法理解醫生所講的話。其實，人際之間的溝通裡頭，「理解」應該占有一定的分量，如果無法理解別人的話，很自然地就失去了跟別人溝通的管道，也失去了使用語言的意義。因此，威尼基失語症患者雖然在語音上不會有問題，卻很難和正常人溝通。再者，威尼基失語症的患者在名詞的使用上，也有困難，因此會使用「what I drink」代替「water」，用中性或模糊的字眼像「thing, one」等等來代替某些名詞。同時，也發現他們常常會把「桌子」講成「椅子」，把「book」講成「paper」，把「pen」講成「pencil」。這些語誤現象顯

[2] 對話引自Pinker, 1994:310.

示：威尼基失語症患者的語言理解大有困難，但他們還是明白語義上的促發效應（priming effect）的特性，因此才會把「pen」講成「pencil」，而不會把「pen」講成「duck」。「pen」和「pencil」都是文具，但「pen」和「duck」在語義上並沒有多大的關聯。

重點複習

1. 請問威尼基語言區（Wernicke's area）在左腦的哪個地方？
2. 何謂威尼基失語症（Wernicke's aphasia）？有何特點？
3. 威尼基失語症和布羅卡失語症有何重大區別？
4. 後面有兩段對話，請問各屬於哪一種失語症？為什麼你會做這樣的判定？

(1)

Patient: Wu, wu, wud yio com com come he help?

Nurse: Sure. What can I do for you?

Patient: Wa, want ta s s spoo spoon.

Nurse: Here you are.

Patient: S, san san kio.

(2)

護士：劉先生，你好。今天看起來氣色很好喔！

病患：好，好想唸那本書。前幾天看的書。

護士：今天還沒量血壓，請把手伸出來。

病患：還沒有看到。我是說，還沒有看到書。

㈢其他失語症

在這個部分，我們將介紹兩種失語症：執導失語症（conducting aphasia）及忘名症（anomia）。

現在我們應該可以了解：布羅卡語言區和威尼基語言區各有所司，前者掌管語音、句法等等語言形式，而威尼基語言區掌管語義的理解。不過，連接這兩個語言區的是一個拱形神經束（arcuate fasciculus），負責語義及語言形式的訊息連繫。如果這個拱形神經束受傷或損害，將導致另一種失語症：執導失語症（conducting aphasia）。

執導失語症的患者不會有發音上的困難，因爲他們的布羅卡語言區並沒有受到傷害。另一方面，他們的威尼基語言區也完好如初，所以患者能理解別人的話。然而由於拱形神經束斷裂或受傷，而使布羅卡語言區的訊息無法傳遞到威尼基語言區，也無法使威尼基語言區的訊息傳遞到布羅卡語言區，結果是：執導失語症患者所講的話，固然很流利，但是很難去重複別人所講的話。而且，執導失語症患者的語句不連貫，與別人的溝通並不很順暢。

位於威尼基語言區的右上方，有兩個區域在語言上也扮演某種功能。這兩區的上面那一區，稱爲「緣上迴」（supramarginal gyrus），而位於其下的一區，稱爲「角迴」，這兩區和威尼基語言區形成三角形狀，正好是把來自感覺區的形狀及聲音，來自感覺區的人體感覺，以及從頂葉傳來的空間訊息，做個整合。因此，如果這個三角區域受到傷害，會引起忘名症（anomia），症狀是：無法叫出東西的名稱。然而，忘名症的患者能從一堆名詞之中，來選取他所要的名詞。後面是一段忘名症患者和醫生的對話[3]：

(3)

Examiner: Who is the president of the United Sates?

Aphasic: I can't say his name. I know the man, but I can't come out and say... I'm very sorry. I just can't come out and say. I just can't write it to me now.

Examiner: Can you tell me a girl's name?

Aphasic: Of a girl's name, by mean, by which weight, I mean how old or young?

Examiner: On what do we sleep?

---

[3] 對話引自Akamajian, A, R. A. Deamers, A. K. Farmer and R. M. Hamish. 2001. P. 546.

Aphasic: Of the week, er, of the night, oh from about 10:00, about 11:00 o'clock at night until about uh 7:00 in the morning.

從前面的對話裡，我們發現患者一直無法找到他要表達的名詞，即使是他很熟的人，例如他妹妹的名字，患者也無法講出來。但是，這並不表示患者無法使用任何名詞，因爲我們發現患者會很自然地使用像「in the morning, at night, name」等等名詞，可見患者無法找出他心中所要表達的特定名詞。

前面我們介紹了四種失語症：布羅卡失語症、威尼基失語症、執導失語症，及忘名症。每種失語症都源於左腦某個部位或區域的受傷，因此證明了：左腦雖是語言區，但是每個區域各有不同的執掌及功能。這種現象，有人稱爲區域性（localization）。其實，就整個語言學理論而言，這種各個區域有各自不同功能的現象，正好與前面幾章都談到的「模組理論」（分區自主理論）相互吻合。

重點複習

1. 何謂執導失語症（conducting aphasia）？其特徵為何？是因為哪個部位的受損所引起的現象？
2. 何謂忘名症（anomia）？其特徵為何？是因為哪個部位的受損所引起的現象？
3. 配合題：本章裡介紹了四種失語症，而每種失語症皆有其獨特的特徵。下方右欄中為失語症的特徵，請判斷並將其連至左欄適當的失語症類型。

布羅卡失語症：(1)語句不連貫，與他人溝通不順暢。
(2)清楚知道自己的問題，只是心有餘而力不足。
(3)與常人相似，有明顯的語調起伏。
(4)無法叫出東西的名稱。
(5)語音常脫落，語音掌握有困難。

威尼基失語症：(1)不知道自己的問題在哪裡。
(2)講話很辛苦，很吃力。
(3)語句流利，但無法重複別人的話。

執導失語症：(1)句子判斷有困難，句子不完整，虛詞常脱落。
(2)語句流利，語音正確，卻無法與他人溝通。

忘名症：語調上沒有起伏，且語調平坦單調。

4. 請問「緣上迴」（supramarginal gyrus）位於何處？有何功能？
5. 請問「角迴」（angular gyrus）位於何處？有何功能？
6. 何謂「區域性」（localization）？

四、失語症與語言學理論

平時談論到語言技能，多數人會想到聽、說、讀、寫等四種技能，其中聽和說是屬於天生的語言能力，而讀和寫則爲後天習得的語言技能。但是，在此，我們想從四種失語症患者的讀寫能力來說明：語言區的功能指的是整個語言能力（linguistic competence），而不是單一的語言形式或語義。

我們知道布羅卡失語症患者有語音上的困難，如把carpenter唸成partender，其實這並不單純只是語音的問題，因爲我們發現：布羅卡失語症的患者在寫字的時候，就只會寫他們的讀音，這種現象稱爲圖形症（paragraphia）。換言之，患者把spoon讀成poon 時，他們所寫出來的也是poon，而不可能是spoon。

同樣地，布羅卡失語症的患者講話時無法使用虛詞，會省去語法後綴（inflectional suffix）像-ing, -ed等，因此在他們的寫作裡，也只有電報式的句子，省刪了虛詞，也不會用語法後綴。

此外，布羅卡失語症患者的閱讀也很有趣。如果請他們大聲朗讀，我們會發現：他們無法讀出虛詞，也不會讀出語法後綴。而且，書上明明寫的是spoon，他們的讀音仍然是poon。這個觀察使我們相信：布羅卡語言區所管控的並不單純只是語音、句法，而應該說是整個語言能力。因此，該區的傷害，所導致的結果也是整個語言能力的影響，而不只是語音或句法的能力。

從這個角度而言，我們也可以預期：威尼基失語症患者的寫作，必然也會是很順暢，只是寫出的文句不會有任何意義。如果請威尼基失語症的患者讀書，他們可以「看到」文字，卻無法理解任何文字的語義。而事實上也是如此。

基於以上的討論，我們認爲：語言區所管控的是整個語言能力，而不單純是語音、句法，或其他的語言形式，而是整體的語言能力。

重點複習

1. 請問失語症（aphasia）和語言學理論之間有何關係？是否每一種失語症都只有某個特性部位的受損？是否只影響某種語言能力？

五、摘要

神經語言學最初的研究目的，就是想探討：我們的語言機制到底位於何處？爲了求得這個問題的解答，於是語言學家、神經科學家、神經科醫生等等相關領域的學者專家，積極研發各種研究方法，藉以求得有效的結果。後來，法國的布羅卡醫生於1861年奪得先聲，他利用大體解析法，推論我們的語言區是在左腦，此後更多研究的投入，終於獲致更有效的研究方法，以及更多的證據，證明語言區的確在左腦，而且還進一步發現：即使在左腦內部，各個區域也掌控了不同的語言活動，稱爲區域化（localization）。

爲了探討與研究語言和大腦神經組織的關係，語言學界、醫學界，及神經解剖學界的文獻及過去的研究，共同爲現代的神經語言學開發了五種比較常用的研究方法：

1. 大體解剖（autopsy studies），利用患者的屍體解剖而去了解腦傷部位和語言的關係。

2. 腦區分離（split brain experiments），使用切除神經束（corpus callosum）的方法治療癲癇患者，同時做左腦和右腦之間對於語言反應的研究。
3. 分邊聽測（dichotic listening experiments），以左右耳機來試測那個耳朵對於語言的反應比較敏捷，從而判斷左腦對於語言的靈敏度。
4. 腦傷患者的觀察（observations on brain impaired patients），藉觀察腦傷患者也可以確定左右腦對於語言失常的後果及影響。
5. 電腦影像分析（Computational Axial Tomography），利用斷層掃瞄或核磁共振來觀察腦波對於語言閱讀的反應。

最後，我們簡單地歸納三種失語症患者的語言失常現象及其對於神經語言學的啓示。布羅卡失語症（Broca's aphasia）的主要症狀是語音失落、語法不連貫及無法控制語調的變化。威尼基語言區受傷所引起的威尼基失語症（Wernicke's aphasia），最明顯的徵兆是：講話連貫清晰，但是無法了解別人的話。至於連接布羅卡語言區和威尼基語言區之間的拱形神經束（arcuate fasciculus）如果斷裂或遭到傷害，會引起執導失語症（conducting aphasia），症狀是：無法重複別人的話。

表面上，每種失語症都肇因於某個特殊部位的受傷而引起各種語言失常的特性，但是從宏觀的（macro）的角度來分析，其實每種失語症都是和整個語言能力的受損有關。

本章建議延伸閱讀書目

Lesser, R.. 1978. *Linguistic Investigation of Aphasia*. Elsevier.

Pinker, S.. 1994. *The Language Instinct*. Harper Perennial.

Givon, T.. 1987. *On Understanding Grammar* (A Neurolinguistic and Psycholinguistic Perspective.) Academic Press.

Berretta, A.. 2005. *Introduction to Neurolinguistics*. Oxford University Press.

第九章

語言和訊息的處理

對於語言和訊息的處理，英文稱之爲language and information processing，是心理語言學（psycholinguistics）主要探索的主題之一。早期的心理語言學還討論語言習得、第二語言習得等主題，然而由於學科領域的日趨分化及專業化，語言習得和第二語言習得都已成爲獨立的領域。現在，心理語言學主要是探索語言和訊息處理的心理歷程，也就是透過各種心理實驗來驗證衍生語法架構內各個語法部門的心理眞實性（psychological reality）。換言之，幾乎所有心理語言學的實驗設計都是爲了驗證語言學的某種看法或學說，例如音韻學提出音位、音節等語音單位，那麼心理語言學家就創用各種實驗來驗證「音位」是否眞的被認爲是一個心理單位。又如，衍生語法理論認爲構詞是由構詞的基本單位如詞素等，並依據各種構詞規律組合而成的結果，於是心理語言學家就想出各種實驗來驗證衍生語法的看法是否正確。至於句子結構，衍生語法有各種變形（transformation）或移位（movement），又有各種不同的詞組結構規律（phrase structure rules），於是心理語言學家便想探討：是否越多變形規律（transformaitonal rules）的句子，理解的過程較久？說話者對於歧義句（ambiguous sentences）是如何解讀，如何理解的呢？這些問題一直是心理語言學家想要探索及解答的目標，而多年來這個領域的研究也累積了不少的經驗，本章依據前人的研究爲基礎，綜合及摘介各種心理語言學的研究方法、學說及發現，同時依次討論這些研究所衍生的問題及解決方向。

一、基本背景

從衍生語法理論的開山經典鉅著《句法理論的各種層面》（*Aspects of the Theory of Syntax*）以來，喬姆斯基（Noam Chomsky）不變的信念就是：「語言學爲心理學的一支。」（Linguistics is a branch of psychology.）基於這個信念，衍生語法的各個結構部門，舉凡語音、音韻、構詞、句法及語義等等無一不具有心理眞實性（psychological reality）。什麼叫作「心理眞實性」呢？這個問題，可以從理論及實務等兩個層面來解說。理論上而言，衍生語法的學說認爲：每個人都擁有自己的語法，也就是擁有自己的語言能力（competence）。以美國人爲例，每個美國人都擁有美語的能力，因此對於美語的語音、構詞、句法，或語義都會有直接的心理反應。至於實務方面，所謂語言的眞實性指的是每個語法結構的部門都能獲得心理實驗上的驗證及支持。例如英語有個「塞音送氣」的音韻規律：「所有英語的無聲塞音（[p]、[t]、[k]），只要出現在音節的最前面，都要唸成送氣音（[pʰ]、[tʰ]、[kʰ]）。」這個規則既是美語能力的一部分，因此擁有美語能力的人都必然擁有這個規則。有兩個方式可以證明：觀察及實驗。首先，我們觀察到美國人在學習華語的時候，會很自然地運用「塞音送氣」的音韻規律。比如說，美國人都會有像下列的發音現象：

(1)

		華語	美國人的讀音	說明
①	臺北	[tʰai pei]	[tʰai pʰei]	「臺北」的「北」讀成[pʰei]
②	高雄	[kau ɕiuŋ]	[kʰau ɕiuŋ]	「高雄」的「高」讀成[kʰau]
③	凱<u>達</u>格蘭	[ta]	[tʰa]	「凱<u>達</u>格蘭」的「達」讀成[tʰa]

爲什麼會有這樣的讀音錯誤現象呢？合理的解釋是：美國人的語言能力裡有「塞音送氣」的音韻規律：「所有英語的無聲塞音（[p]、[t]、[k]），只要出現在音節的最前面，都要唸成送氣音（[p^h]、[t^h]、[k^h]）。」因此當他們學習外語之時，還是會很自然地使用自己的語言能力去解讀外語，因而把不送氣的音讀成送氣音。這種經由觀察外語習得而得到的規律現象，是心理眞實性反映。

除了觀察法之外，還可以用實驗的方式來驗證「塞音送氣」的心理眞實性。例如請美國人唸下列的語詞：

(2)

	實驗詞	**美國人的讀音**
①	ponket	[p^h]
②	karbrook	[k^h]
③	toosport	[t^h]

由於例(2)的三個詞，雖然讀起來很像英語，卻都不是英語的詞彙，有人把這種詞彙稱爲「假詞」（pseudowords）。依理，美語人士應該不認識這三個詞。他們對於不熟悉的語詞的讀音，很自然地使用自己的語言規律來解讀（decode）。結果，他們的讀音都是把例(2)中三個詞的第一個子音讀成送氣，這正好可以看出他們的心理反映了「塞音送氣」的音韻規律眞的是以心理眞實性爲依據。

從這兩種驗證心理眞實性的討論，我們應該可以了解心理語言學爲什麼要使用各種心理實驗來研究語言結構了。其實，完整的語言和訊息處理也就是溝通的心理歷程，包括三個步驟：

(3)

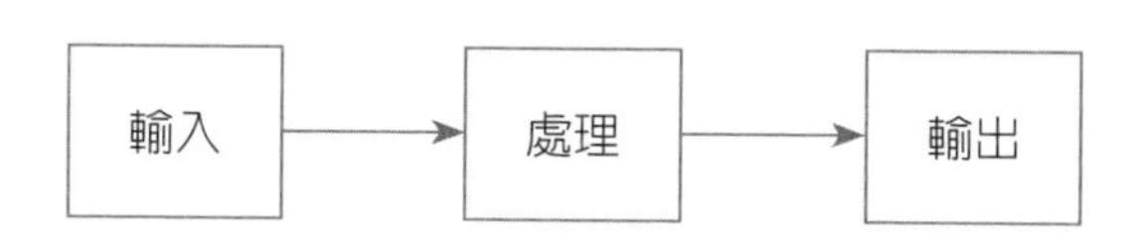

「輸入」（input）包括視覺（如閱讀）及聽覺。「處理」（processing）即爲理解的認知處理過程，包括如何把所看到或所聽到的語詞及語音轉化成有意義的句子。而「輸出」（output）則涉及寫和講。舉例來說，和別人講話時，我們必然得先聽懂對方所講的話，然後納入思考，細加咀嚼，最後才做出適當的回應，講出合宜的對話。換言之，例(3)的過程其實就是：聽（perception）、懂（comprehension）及講（production）等三個步驟。然而我們平時的對話和溝通都在非常短的時間之內完成，雖然都會經過聽、懂及講等三個步驟，每個步驟都極其快速，除非細加思索或分析，否則大多數人只覺得溝通和對話是瞬息之間一氣呵成的動作。細加探究，語言溝通上的每個環節，不論是輸入、處理，還是輸出，其實都是極其複雜的過程。

重點複習

1. 何謂「心理真實性」（psychological reality）？如何證明心理真實性的存在？
2. 完整的語言和訊息處理，包含哪三個步驟呢？請舉例說明之。

二、輸入

輸入（Input）的方式依據溝通類別分爲聽覺（perception）及視覺閱讀（reading），限於篇幅，我們將以聽覺爲主。大家平日和朋友聊天講話，溝通順暢，並不會覺得「聽」有何特別之處，但是從語言學的角度而言，「聽」的過程其實很複雜，至少包括把聲波（waveforms）轉化成語音單位（phonetic inventories），然後再把每個轉化過來的語音單位拼組成音節，語詞，句法及語義。由於「聽」和語音的聲學（acoustics）有密切的關係，我們將先介紹聲學的基本觀念，然後再介紹心理語言學文獻中對於語音辨識（phonetic identification）的實驗。

㈠聲學語音學的基本概念（basic backgrounds for acoustic phonetics）

語音的產生，主要是由於儲存在我們肺部的氣流經過壓縮之後，再把積存於其中的氣流往口腔或鼻腔送出的緣故。被壓縮出來的氣流，撞擊到空氣中的微粒子，由於空氣本來就包含了無數的微粒，因此氣流撞到微粒之後，進而使空氣中的粒子互相撞擊，形成聲波，最後這個聲波撞擊到我們的耳膜，經過神經的傳遞及解讀（decode），結果就是我們所聽到的語音。因此，要了解「聽」的過程，先要了解一些聲學語音學（acoustic phonetics）的基本概念。所謂「聲學語音學」指的是有關語音的物理性之研究，研究的主題是聲波及聲譜（sound spectrogram）的解讀。

聲波的產生是因為聲帶的振動，而聲帶的張開及閉合的頻率很高，因而使空氣中的聲波和其他的波紋一樣，產生高低起伏的現象。而且，聲波可依週期的起伏是否規律，分為規律波（periodical waves）及不規律波（aperiodical waves），且以英語heed之聲波為例，如圖9-1：

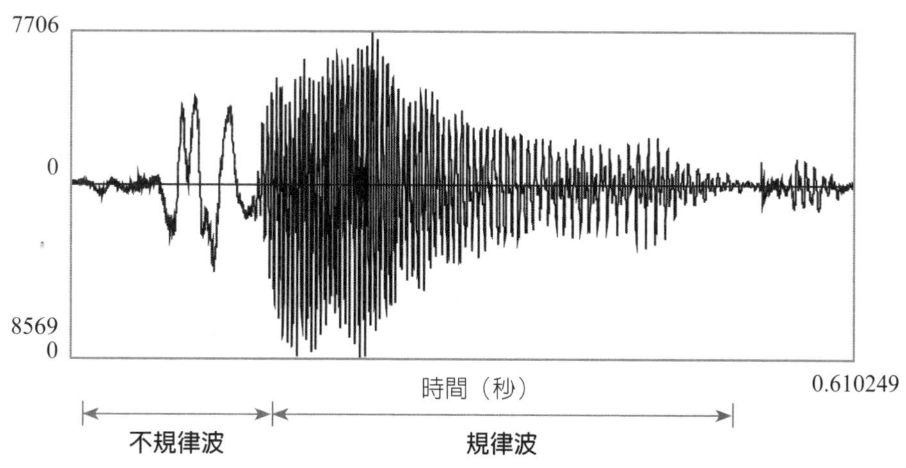

圖9-1　聲波圖。

把前面的規律波和不規律波放大，則會有更清楚的呈現，如圖9-2：

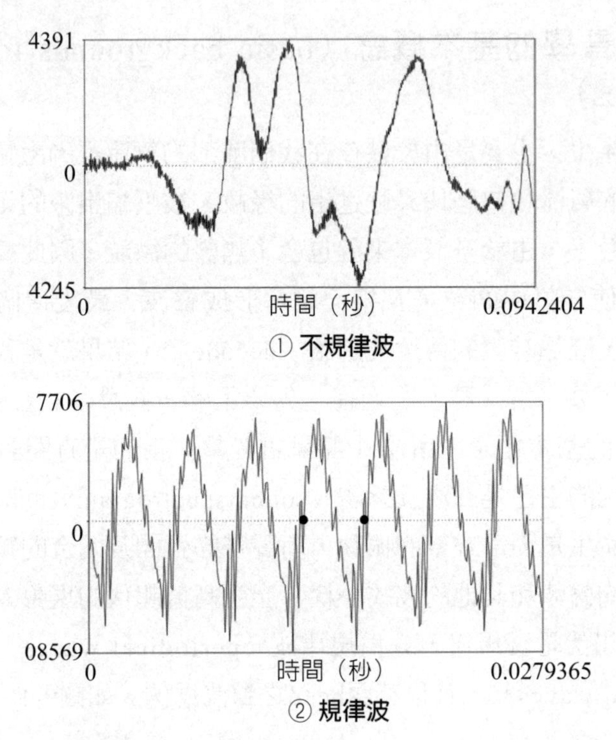

圖9-2　規律／不規律聲波圖。

規律波有很規律的週期（cycles），如②；而不規律波的週期則呈現不規律的分布，如①。所謂「週期」指的是聲波從基準線往上到最高點之後，向下降到最低點，而後再上升到基準點，如②圖內兩點之間的聲波，稱爲週期。某個時間之內有多少週期，稱爲頻率（frequency）。頻率就是把聲音的物理特性轉換爲語音的介面：語音的頻率越高，表示該語音的音高（pitch）越高，因此，「頻率」和「音高」其實是一體的兩面。在聲學研究上，我們稱爲頻率的東西，在語音研究上我們稱爲音高。

但同樣頻率的聲音會因大小聲（loudness）而有不同的密度（intensity），決定大小聲的是聲波中的振幅（amplitude）。所謂振幅，指從基準點到聲波最高點之間的距離，如圖9-3上第一個波紋之間的距離，即爲「振幅」。聲波的振幅越大，表示該聲波所代表的聲音越大聲。從物理上而言，振幅就是密度：聲音越大，密度越高。

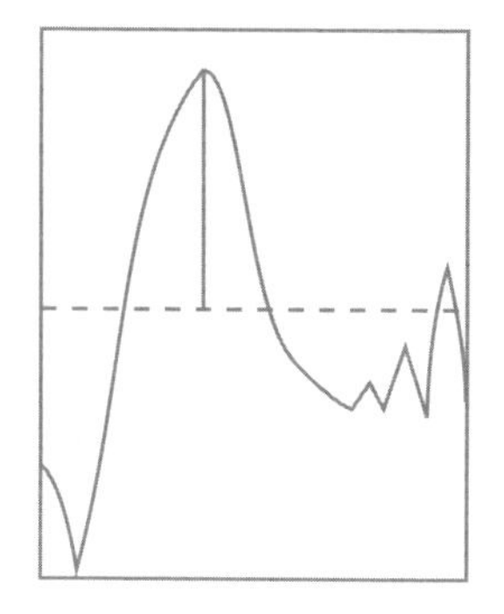

圖9-3　振幅圖。

人體聲音起源於氣流衝過咽喉之時，所引起的聲帶之振動。每個人聲帶振動的頻率稱爲基礎音頻（fundamental frequency）。每個人聲帶的厚薄不同，長短也不一致，因此會有不同的基礎頻率，使每個人各有獨特的聲音特性。換言之，幾乎每個人的基礎頻率都不相同，有人因此把基礎頻率稱爲聲紋（voice print），就像指紋可以用來追蹤兇手，聲紋也常用來辨認我們要尋找的人。

聲波的物理性，除了和聲帶之厚薄有關之外，也和氣流所通過的口腔有關。每個人口腔的大小、形狀也都不同，加上我們的舌頭在口腔內部的接觸點不一，發音時，也會因爲舌頭位置的前後高低，而使口腔的形狀產生不同的變化，這就是我們能發各種不同語音的主要原因。例如我們在發前高母音[i]之時，舌頭前部往硬顎之處提升，使發音腔道（從嘴脣到聲門）形成前小後寬的形狀如圖9-4①，而發[u]之時，舌位往後面的小舌之方向，向上提升，於是形成前大後大而中間狹窄的形狀如圖9-4②。至於發[a]時，發音腔道的形狀是前面寬大而使後頭接近聲門處狹小（如圖9-4③），這是因爲舌位往下的原因。氣流在這三種不同形狀的發音腔道內，產生不同的聲波，也導致了不同的語音特質。後圖(9-4④, ⑤, ⑥)爲這三個母音發音時的口腔腔道，這是利用簡單形狀來類比而得到的圖示。

現在的電腦科技已經使許多軟體能把聲波化爲圖像，例如經過註冊許可即可免費上網取得的Praat系統，就能很有效地做好各種語音分析。這些軟體大都依據數學上有名的傅立葉原理（Fourier analysis），

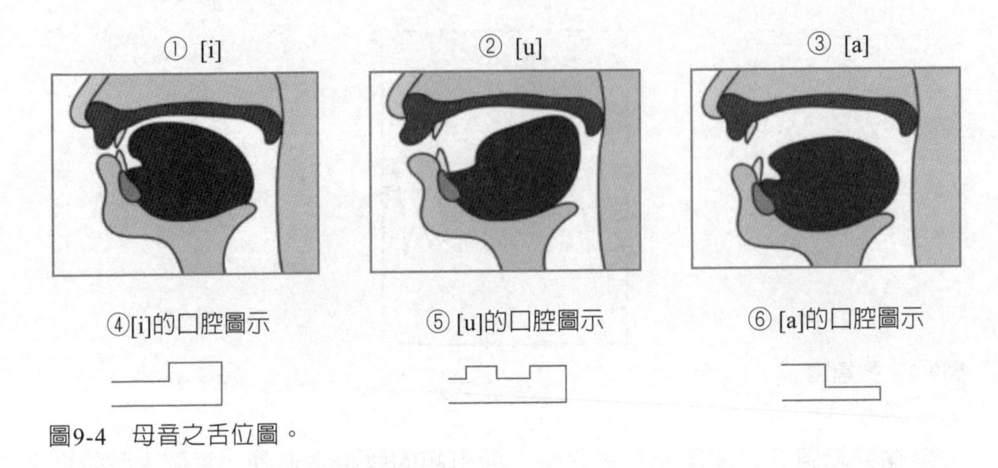

圖9-4　母音之舌位圖。

以基礎音頻的倍數來計算和語音辨認有關的第一、第二，及第三規律波的頻率，這些規律波在音圖上所呈現出來的是黑條形狀，又稱爲共振峰（formants），而且從下而上分別稱爲第一共振峰（First Formant，簡稱F1）、第二共振峰（Second Formant，簡稱F2）、第三共振峰（Third Formant，簡稱F3）。圖9-5是共振峰和音波的比較圖，語料爲美語的heed，由美國一位專門訓練英語教學的女性老師所錄製的語音資料。

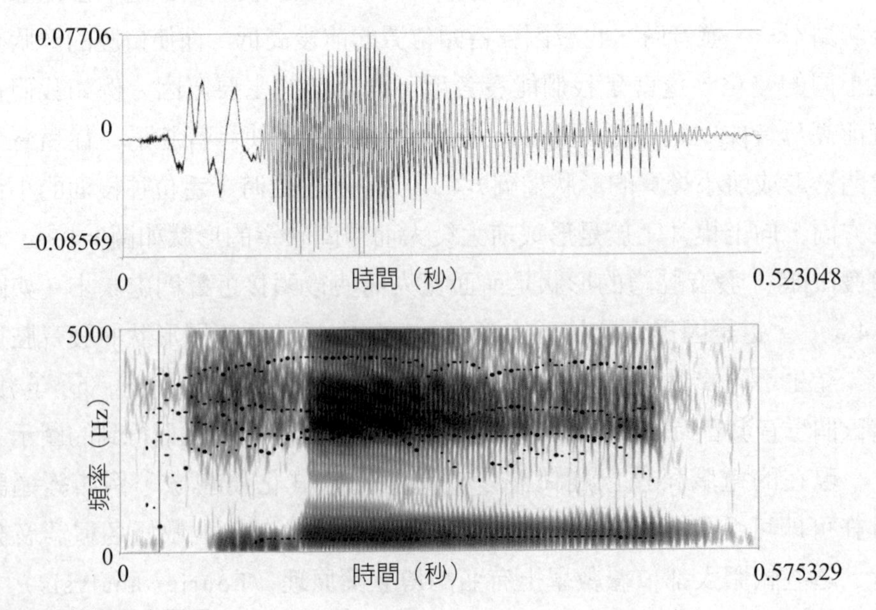

圖9-5　共振峰之圖示。

圖9-5共振峰的黑條和語音的密度（intensity）有關，密度越大，黑條越清楚，顏色越黑。圖9-6就是一位美國籍英語教師唸heed [i], hid [ɪ], head [ɛ], had [æ], hod [ɔ], hawed [o], hood [ʊ], 及who'd [u]等八個美國英語母音的共振峰圖像：

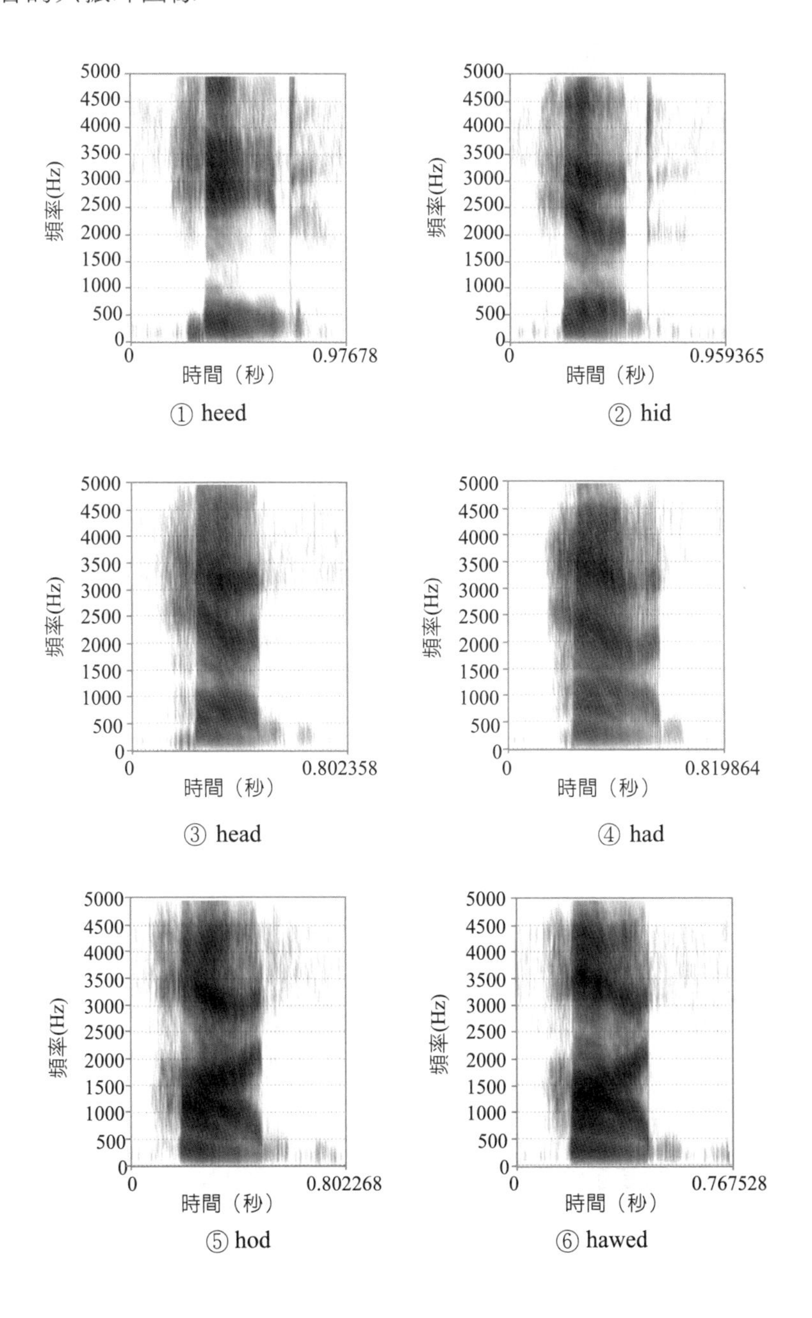

① heed ② hid

③ head ④ had

⑤ hod ⑥ hawed

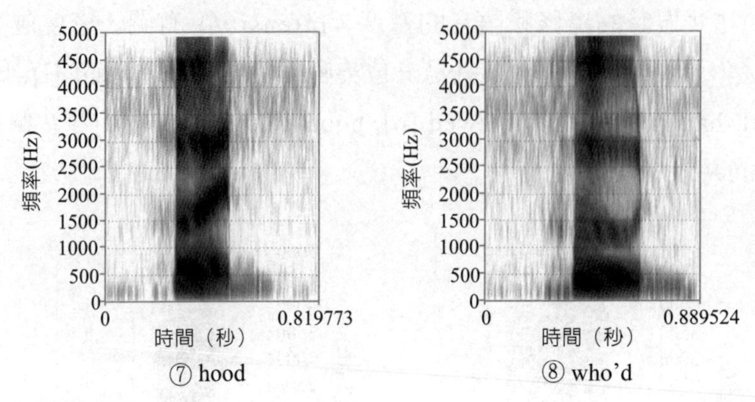

圖9-6　母音聲譜圖。

第一共振峰（Formant 1，簡稱F1）和舌位的高低成反比：舌位越高，F1越低。第二共振峰則和舌位的前後成正比：舌位越前，F2越高。在圖9-6①的音圖裡，[i]是個前高母音，所以F1很低（約300）而F2很高（約2,500）。但是在圖9-6⑤[ɑ]音圖裡，F1比較高（約700），因爲[ɑ]是個低母音，而F2比較低（約1,100），因爲[ɑ]是個後母音。在圖9-6⑦的音圖裡，由於[u]是個高母音，F1比較低（約400），但[u]也是個後母音，所以F2比較低（約1,000）。Catford 把這些母音的共振峰抓出來，並且加了[ʌ]和[ə]兩個母音，這樣的表現方式會使我們更容易做這些母音的比較：

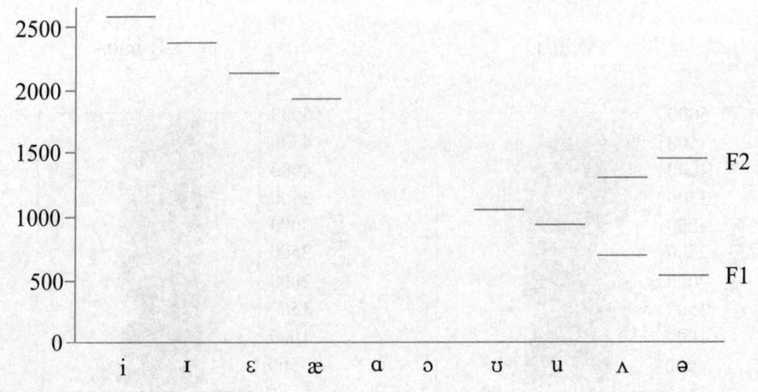

圖9-7　母音之F1/F2圖示比較。

總之，經由不同形狀的口腔而流出來的聲波，其物理性本來就有所區別，所以才會在F1及F2的頻率上顯示出來，而F1及F2的頻率差別也是使我們的聽覺能辨識這些不同的母音以及其他子音主要原因。

重點複習

1. 何謂「聲學語音學」（acoustic phonetics）？其主要研究主題為何？有何貢獻？
2. 何謂「頻率」（frequency）、「音高」（pitch）、「振幅」（amplitude）？各在聲學語音學中扮演何種角色？
3. 何謂「共振峰」（formants）？如何用第一共振峰（F1）及第二共振峰（F2）區別母音的前後高低呢？
4. 請以Catford的研究為本，寫出美國英語各個母音的第一及第二共振峰的頻率值：

母音	i	ɪ	ɛ	æ	ɑ	ɔ	ʊ	o	ʌ	ə
F1	300									
F2	2,500									

㈡語音辨識實驗（phone identification experiments）

到底我們的心理是如何辨識語音的呢？語音的辨識（identification）過程可以藉由「語音辨識實驗」（phone identification experiment）來了解。且以[ɪ－ɛ]實驗爲例。該實驗是把pit和pet兩個英語的發音採用語音合成技術拆解，一端是pit，然後將[ɪ]的聲學特性（acoustic characteristics）依次遞減，直到聲學特性變成[ɛ]爲止。換言之，在這個語音合成的一端很明確的是pit的母音[ɪ]，而另一端則是很明確的是pet的母音[ɛ]，中間的部分則是模糊地介於[ɪ]和[ɛ]兩個音之間。然後，請一些受試者來做辨識測驗，並採用強迫選擇的方式，請受試者聽到語音時，務必選[ɪ]或[ɛ]，不能不作答。實驗結果呈現圖9-8：

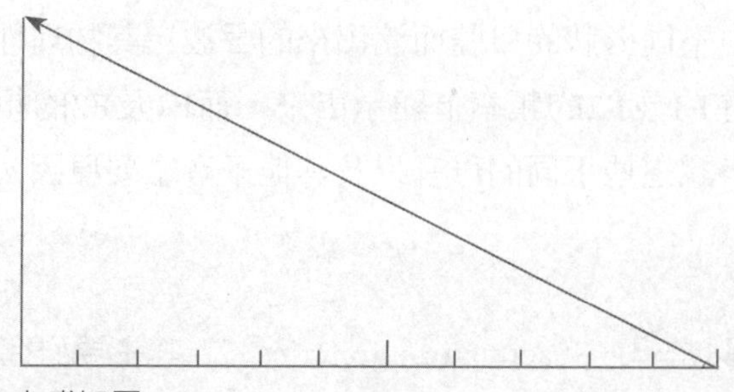

圖9-8　從[ɪ]到[ɛ]之感知圖。

這表示：從[ɪ]到[ɛ]的母音感知及辨識，和樂音音階從do到re一樣，是漸進地、持續地（continuous）從一個母音轉化成另一個母音。除了圖9-8，還有許多其他的實驗也證明母音的辨識是漸進的。另一方面，在子音的感知實驗裡，卻發現子音的辨識並非漸進的，而是截然的區分，像鋼琴的琴鍵，每個鍵都有不同的音階。在子音的語音辨識實驗中，最常引用的就是「振前時長」（voice onset time，簡稱VOT）的實驗，如圖9-9。所謂「振前時長」指的是發音時嘴形及氣流釋放之後，一直到發母音時聲帶振動之前的時間，例如後面是一位美籍人士唸bad [b(d]時的聲譜圖，爲了解說方便，我們只取前半部，其中灰色的部分即爲VOT。

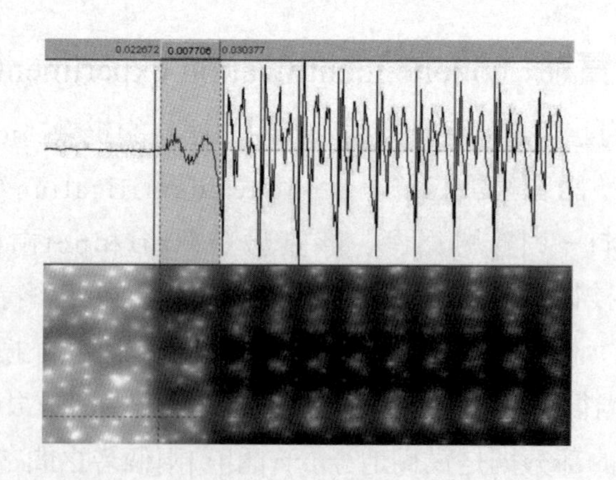

圖9-9　VOT圖。

「振前時長」的長短通常可以看出塞音之有聲/無聲的差別，也可以判定送氣與否的差異。「振前時長」越短，表示越有「有聲」的徵象。以雙脣音爲例，有些語言的有聲雙脣塞音[b]的「振前時長」是負的，表示聲帶振動很強烈，濁音（或有聲）的成分很高，有些語言的[b]則很短，例如英語的[b]的「振前時長」在10毫秒左右。至於無聲的[p]（例如英語spy [spai]中的[p]，其「振前時長」大約在30到50毫秒之間。而送氣的[ph]（如英語 pie [phai]中的[ph]），其「振前時長」約在60到70毫秒之間。

由於「振前時長」是塞音氣流釋放之後到母音之聲帶振動之間的距離，我們於是參考語音學家J. C. Catford 2002繪成圖9-10以說明氣流釋放和聲帶振動的關係：

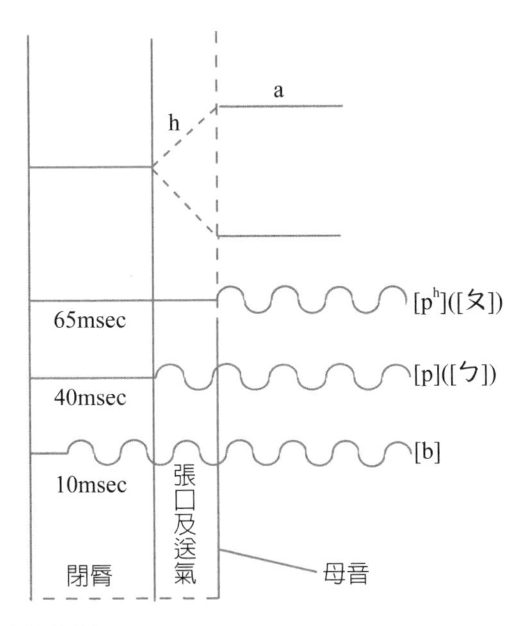

圖9-10　VOT之比較圖。

從圖9-10可以看出，唸[ba]之時，聲帶並沒有馬上振動，而是在雙脣閉合之後一會兒，聲帶才振動，因此VOT（振前時長）值約有10毫秒左右。但是在唸[spa]之時，雙脣張開氣流釋放之後，聲門還是張開的，必須要等後面的母音發音之時，聲帶才開始振動，這說明了爲何[p]會有長達35到50毫秒的VOT值。唸[pha]時，雙脣張開氣流釋放之後一大段時間，聲帶還是維持沒有振動，而必須要等後面的母音發音之後一陣子，聲帶才開始振動，因此[ph]的VOT值更長，有60到70毫秒之久。

有了前面的聲學發現爲基礎，心理語言學家設計了[b-p]的感知實驗。他們將[ba]的錄音做成合成語音，並且把VOT剪成10毫秒到30毫秒等20幾個片段，然後請受試者辨識。結果在25毫秒之前，受試者都一致地聽成聲帶會振動的有聲塞音[b]。從25毫秒之後，卻又很一致地聽成聲帶不振動且不送氣的塞音[p]。彷彿VOT值25毫秒是一個關卡，在此之前是[b]，在此之後則是[p]。這種實驗稱爲語音類別實驗（categorical experiments），因爲在某個值之前是某類音（如[b]是[+有聲]的塞音），之後又是另一類音（如[p]是[-有聲]的塞音）。語音類別實驗和語音辨識實驗各自的方法雖不同，但都證明了語音的心理感知的存在，也說明了語音的差異建立在聲學及聲波的物理特性之上。

重點複習

1. 何謂「語音辨識實驗」（phone identification experiment）？請舉例說明之。
2. 何謂「振前時長」（voice onset time）？請舉例說明振前時長在聲學語音學中扮演的角色為何？

三、心理語言學的研究方法

心理語言學爲應用語言學的一個領域，有三種研究方法：觀察法、實驗法、儀器研究法。每種方法又有幾種不同的設計或形式，後面將逐一介紹。

㈠觀察法：語誤的語料蒐集（observations: speech errors）

在語言溝通或語言的訊息處理方面，最早引起注意的語料是史本那語誤（spoonerism）。此字的起源十分有趣，從前有位名爲Reverend

William A. Spooner（1844-1930）的教士在英國牛津大學任教，他講話時常有「說溜嘴」或「語誤」（slips of the tongue）的現象，於是後人把說溜嘴的語誤（speech errors）稱為史本那語誤。後來美國語言學家傅蘭金（Victoria Fromkin, 1924-2000）蒐集了更多「說溜嘴」的語誤，並進一步應用這些語誤來解說語言的各種現象，特別是在心理語言學上的現象。後面就是一些例子：

(4)

	本來想說的話	**語誤後的話**
①	big and fat	pig and vat
	clear blue sky	glear plue sky
②	wasted the whole term	tasted the whole worm
	missed all my history lectures	hissed all my mistery lectures
	reading list	leading list
③	rules of word formation	words of rule formation
④	easily enough	easy enougly

仔細觀察例(4)中的語誤，有幾點值得討論。首先，由(4①)的例子得知辨異徵性（distinctive features）的確有其心理的眞實性。例如講話的人之所以會把big and fat講成pig and vat，主要就是講者知道他要講的用語裡，第一個音是[＋脣音]和[＋有聲]，而and之後的音則為[＋脣音]和[－有聲]，結果他在講話時，先把後一個音的[－有聲]先移到第一個音，於是把[－有聲]和[＋脣音]結合在一起，形成[p]。而留在心裡的[＋有聲]和[＋脣音]結合而成為[v]，最後自然講出了pig and vat的語誤。如下：

(5)

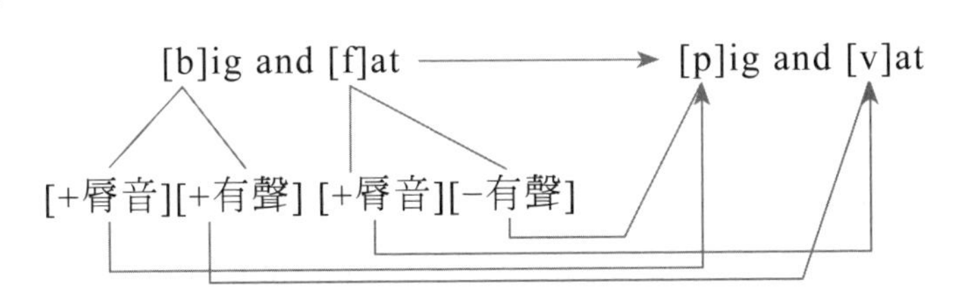

換言之，(4)的語誤範例，至少說明：我們把語音視爲是由辨異徵性組合而成的看法，頗有心理眞實性的根據。這同時也顯示：說話者在講話之前就已經有了腹案，才會把後面要講的語音部分徵性先講出來，而把本來要講的語音部分徵性移到後面，例如把例(5)裡[b]的[+有聲]先挪到後面的[f]之上，結果[f]加上[+有聲]於是形成[v]。

其次，(4②)的例子更說明了音位（phoneme）還是語音層次常見的單位。因此，大部分的語誤都發生在音段和音段之間的對調或易位之上。以最常被引用的missed all my history lectures被誤讀成hissed all my mystery lectures爲例，就是missed的[m]音移到後面，並且替代了history的第一個輔音，而把history的[h]移到最前面，替代了missed的第一個輔音，才會有hissed all my mystery的結果。

再者，(4③)和(4④)的例子則顯示：構詞中的詞素本身也是一個具有心理眞實性的語言單位，因此在語誤之中，詞素會被留下來，如把rules of word formation誤讀成words of rule formation之時，第一個詞後面的複數標記-s，還是保留在原來的位置（第一個詞之後）。其次如果產生移位，詞綴本身也是一個單位，這可由(4④)中的-ly被移到enough之後，形成enlughly可以證明。値得注意的是英語並沒有enoughly一詞，之所以會有這樣的怪詞出現，完全是由於說話者的心裡把-ly當作一個心理單位，所以才會移位。

漢語也有類似的語誤，只是過去的研究比較不重視這方面的語料蒐集，因此不常見諸於文獻上的討論，例(6)是一些漢語的語誤例子：

(6)

	本來想說的話	語誤後的話
①	tian p^hu（店鋪）	p^hian tu
②	pian tang（便當）	tian pang
	hua fei（花費）	fua hei
③	t^han tuan（彈斷）	t^huan tan
	kuan ren（關人）	kan ruen

前面(6①)是送氣徵性的移位，顯示：[送氣]徵性在漢語說話者的心理中是個單位，所以能被移出。而(6②)則表示：[p]、[t]、[f]、[h]等都是獨立的音段，也具有心理的眞實性。最後，(6③)表示：介音[u]也具有心理認知上的地位，所以「斷」[tuan]的[u]才會被移到前一個音節，形成[t^huan]（團）音。再者，値得特別注意的是：國語並沒有像[ruen]中介音[u]出現在[e]之前的音節結構，但在語誤之中卻產生了，足見在說話者心理層面上，[u]介音是個獨立的音段，因此才被誤以爲能夠移位到別的音節之上。

綜合前述討論，說溜嘴的語誤現象如果能好好蒐集並加以有效地分析，不但可以彰顯語誤的類別，還可以利用語誤的語料來作爲心理語言學研究的基礎。每個人會說溜嘴都不是刻意的，由於無意，更可以反映眞實的心理現象。

重點複習

1. 何謂「史本那語誤」（spoonerism）？請舉例說明之。
2. 請說明以下語誤（slips of the tongue）的可能成因為何？
   (1) big and fat ⟶ pig and vat
   (2) rules of word formation ⟶ words of rule formation
   (3) 感慨[gan k^hai] ⟶ [k^han gai]
   (4) 臘裝[la ṣuaŋ] ⟶ [lua ṣaŋ]

(二)實驗法（experiments）

觀察及語料蒐集法固然是個很有意義的研究方法，但由於蒐集的時間必須很久，蒐集的語料也必須很豐富，才能做出有系統的分析，也才能顯現有系統的類型（pattern），因此觀察及語料蒐集法有時曠日廢時，而且並不一定能蒐集到所需要的語料，這時最好的方式就是實驗。

實驗法是科學研究中相當重要的方法之一，要達到實驗的效益，一般都會在了解實驗對象或目的之後，才開始著手實驗的設計及進行實驗。本節就語詞和句法的實驗來介紹文獻上很有創意的幾個實驗。

1. **詞的理解**(lexical processing)

詞是句子結構的基本單位,同時「詞」也是拼寫(形)、讀音(音)、語義(義)三者綜合的具體呈現。自古以來,語言學家及哲學家就一直很想了解人們心理對於「詞」的選用及表達過程。不過,目前,我們對於這個過程的了解還是相當有限。

在小孩的語言習得過程之中,最常問的是像「這是什麼?」之類的問題,顯然,每個小孩的語言習得過程之中,語詞和實物、動作或觀念的連接是很重要的部分。語言習得專家一致的看法是:小孩把習得的語詞積存成「心理辭典」,並從語詞的結構中去歸納語詞結構的規律。說同一語言內的每個人都有近乎相同的「心理辭典」(mental lexicon),包括語詞、語音和語義的結構,使得我們能和同一語言內的其他人溝通順暢,而不會有太多的語言障礙。

然而,到底我們的「心理辭典」和平常我們所使用的辭典有何相似之處?又有何差別呢?比如說:當我們聽到「ㄕㄨ」這個音的時候,我們是如何從心理辭典裡,找到「書」這個對應的詞?又如何決定「ㄕㄨ」這個語音就是指「書」而不是「輸」呢?表面上看來,這些問題很簡單,因爲每個人都能在極短的時間之內立刻脫口而出地講出心中所要講的語詞,而聽者也能在很短的時間內了解講者「ㄕㄨ」的語音在什麼情況下是指「書」,在另外的情況下指「輸」。究其實際,這卻是個很複雜的心理歷程,心理語言學家在這方面的研究方法主要有語詞抉擇(lexical decision)及語詞歸類(priming)兩個實驗。

(1)語詞抉擇(lexical decision)

語詞抉擇的實驗很簡單,通常用字卡或者是電腦螢幕來顯現所要測試的語詞,然後請受試者在最短的時間內從「Yes」及「No」中選出一個答案。如果字卡或螢幕內的語詞是英文的語詞(如book、love、 glove等），則選「Yes」。如果該詞並非英文的語詞（如blove、mlove等），則選「No」，如圖9-11。

圖9-11　語詞抉擇實驗圖。

語詞抉擇的實驗有兩個變數：選擇是否正確（response accuracy），及作答時間的長短（response latency）。過去的研究顯示：一般人都能在半秒之內做出正確的常用詞的抉擇，而對於比較不常用的語詞如fret等，則需要大約3/4秒。可見語詞是否常用也會影響抉擇的時間，這個現象稱爲「常用效應」（frequency effect）。由此，心理辭典也可以推知：我們的心理辭典會依據常不常用的順序來排列語詞，因此，心理辭典和平時所使用的辭典內的語詞排列依據字母順序並不完全相同。

對於像英語之類的拼字語言，過去的研究也發現：語詞的抉擇也和語音及拼字大有關係。例如在語詞抉擇實驗中，發現非詞（non-words）分爲兩種，一種是拼字不合乎英語語音規律的，如mlove、dlond等等，這些稱爲錯詞（non-exist words）。另一類非詞卻可以依據拼字讀出語音，如英語雖然沒有blud這個語詞，但是blud合乎英語的語音規律，因此一般英語人士都能依據blud的拼字而讀出其語音。這種非詞又稱爲「假詞」（pseudo words），在語詞抉擇實驗裡，假詞所花費的辨識時間遠比眞正的非詞還要長。由此可知：語詞的形、音、義三者之間的關係很密切。

漢字非拼音文字，至於漢字的語詞抉擇是否和英語相同，也是很令心理語言學家頗感興趣的主題。有人從實驗中發現：失語症患者對於漢字的辨識或抉擇都比英語語詞還快，因此認爲漢字的結構類似於圖形，和語音並沒有太大關係。但是，也有心理語言學家採用和英語語詞抉擇相同的實驗步驟，來進行漢字的抉擇實驗，結果發現漢字的語詞抉擇的心理過程和英語語詞的抉擇相同。也就是受試者對於常用語詞的抉擇時間最短，非詞次之，假詞最長。

由前面的討論，我們發現：利用語詞抉擇實驗（lexical decision），可以看出我們心理對於語詞的熟悉及規律之反應，同時也說明這種實驗的可行性。

⑵促發效應（priming effect）

另一個和語詞的心理運作有關的實驗是促發效應（priming effect）。「促發效應」其實是語詞抉擇實驗的擴充，因此所有的實驗過程都和語詞抉擇實驗沒有太大的區別，主要的差別在於：在顯現目標詞（target words）之前，先給受試者一個詞，然後看這個詞是否會促發受試者對目標詞辨認速度的影響。例如要測試受試者對於「cat」的語詞抉擇速度時，先給受試者「dog」或「chair」，結果發現「dog」對於「cat」抉擇速度有很大的影響，而「chair」卻沒有什麼影響，因此推知：在語義上容易歸爲同類的語詞，如「cat/dog」同爲寵物，「chair/desk」同爲家具，「chicken/duck」同爲家禽，在語義上分別劃爲同一類別，因此對於同類的語詞抉擇速度會有幫助，這種結果稱爲促發效應（priming effect）。

更多的研究還發現：不但是語義上的類別會彼此影響，語音或拼字上的同類讀音也會影響辨認速度，例如「light/might」、「date/gate」、「scream/dream」等等在語音或拼字上有相同之語詞，也會有促發效應的產生。促發效應常常發生在日常生活之中。例如當我們忘記買麵包之時，可能因爲看到咖啡店或早餐店，而突然想起買麵包的事。爲什麼看到咖啡店或早餐店而會想起「買麵包」的事呢？主要也是因爲促發效應，因爲在咖啡店或早餐店都可能會想到買蛋糕或麵包吃，因而想起買麵包之事。同理，日常生活中的遺忘現象，有時也和語音上的促發效應頗有關係。例如當我們忘了「書」的時候，很可能看到「梳子」而想起了「書」，主要是因爲「書」和「梳」同音的促發效應。後面是一段很有意思的父子對話（孩子約四歲），充分反映了促發效應的心理眞實性：

(7)

父親：不要拿那個東西，很「髒」啦！

孩子：是不是有「蟑」螂在裡面？

當父親講到「髒」[ㄗㄤ]時，孩子從語音的相似和語義的歸類，馬上想到的是「蟑螂」的「蟑」[ㄓㄤ]。其實大庭廣眾之下，不可能會有蟑螂出現。孩子之所以會有「髒」——→「蟑」的聯想和解讀，最好的解釋就是由於促發效應之故。

由促發效應的實驗結果可知：語詞在心理辭典上的排列應該是呈網狀（network）的連結，不論是語音、語義，或拼字方式和語詞都有直接而立即的連結方式，否則無法解釋促發效應的現象。

重點複習

1. 何謂「心理辭典」（mental lexicon）？與我們日常所用的辭典有何不同呢？
2. 何謂「語詞抉擇」（lexical decision）？請舉例說明之。
3. 「非詞」（non-words）可分為兩種：「錯詞」（non-exist words）及「假詞」（pseudo words）。兩種有何不同？試舉例說明之。
4. 何謂「促發效應」（priming effect）？請舉例說明之。

2.句的理解（sentence processing）

在思想傳遞和語言溝通之中，雖然語詞的解讀及理解是最基本的工作，但就整個交談之中，句子才是扮演最具關鍵的角色。每個句子有它獨特的語義和特性，即使是相同的語詞在不同的句子裡，也常會有不同的解讀，如例(8)：

(8)

① 他是個天才能做很多種形式的紙飛機。

② 他必須親自來才能說服我們。

前面的兩個句子都有「才能」的出現，但只有(8②)中的「才能」才是個合成詞。因此，對於句子的解讀及理解除了和語詞的語義有關之外，還必須依據句子的「詞組結構規律」。心理語言學家把「把句子析分成句法詞組結構的過程」稱爲「斷詞」（parsing）[1]。例如我們讀到「老李買好酒」時，可能會有兩種斷詞方式，分別爲(9①)及(9②)：

(9)

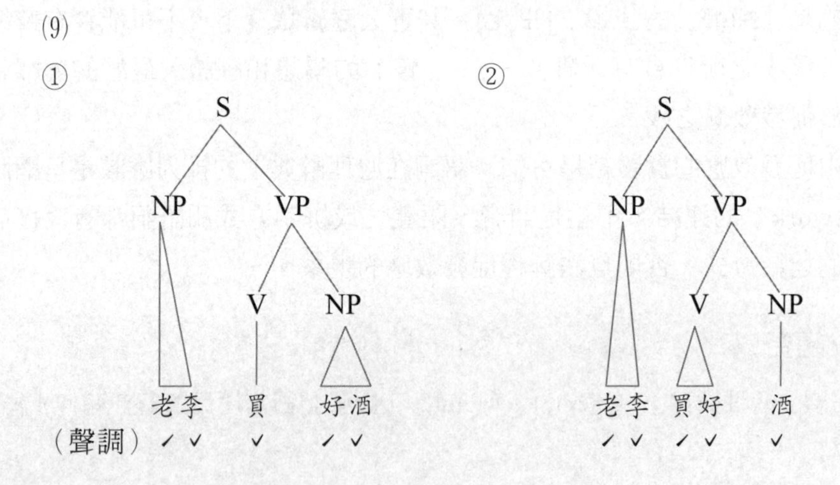

[1] Parsing有人翻譯成「派生」，其實就是把句子截成各個不同的語詞之意，所以我們稱之為「斷詞」。

(9①)表示老李買的是好酒，而(9②)則是老李（已經）買好（了）酒，雖然表面上都是由相同的五個漢字音節所組成的句子，卻由於句法斷詞的不同而有了不同的語義。同時，句子結構的差別也導致聲調的讀法不同。因爲一般而言，國語的第三聲（ˇ）在另一個第三聲之前會變成陽平調（第二聲標成ˊ），但由例(9)的兩個句子之聲調不同可證明：國語中三聲變調和句子的結構頗有關係。

明瞭了詞組結構規律的斷詞之後，接著我們要問的是：句子的詞組結構具有心理的眞實性嗎？依據過去研究的發現，答案是肯定的。過去常被用來證明詞組結構以及斷詞的心理眞實性有三種實驗：閱讀時長（timed reading）實驗、叮噹（clicking）實驗及眼球移動（eye movement）實驗。

(1)閱讀時長（timed reading）

閱讀時長實驗的基本假設是：句子結構越明確或越簡單，則該句理解所需的時間越短；反之，句子結構越複雜，則理解的時間會越久。時長實驗中最爲常見的是「按鍵實驗」（bar-pressing experiment），要求受試者端坐在電腦螢幕之前，然後把要試測的句子，先拆解成單詞，依次出現在電腦螢幕之中，每次只出現一個單詞。一旦受試者理解了該單詞之後，立即按鍵，然後下一個單詞才出現。依據這樣的實驗設計，整個過程之中最重要的變數就是時間。例如有人用The boy that broke the window has run away.來做閱讀時長的實驗，其結果如後：

語詞	The	boy	who	broke	the	window	has	run	away
時長（毫秒）	600	1000	850	1200	600	1100	750	1100	800

仔細研判前表的結果，我們發現：像名詞（boy, window）、動詞（broke, run）等等屬於實詞（content words）的詞類，辨識的時間會比較長，都超過1000毫秒，而虛詞（function words）如冠詞（the）、語法詞（has）、介副詞（away）等則時間比較短。有趣的是，短語

（clause）的界線如who，受試者的辨識時間也比較長。這表示：句字的理解過程和句子的內在結構很有密切的關係，換言之，只要是句子結構內的最大映界，閱讀者都會費比較長的時間來理解。例如The boy that broke the window has run away.的結構爲：

⑽

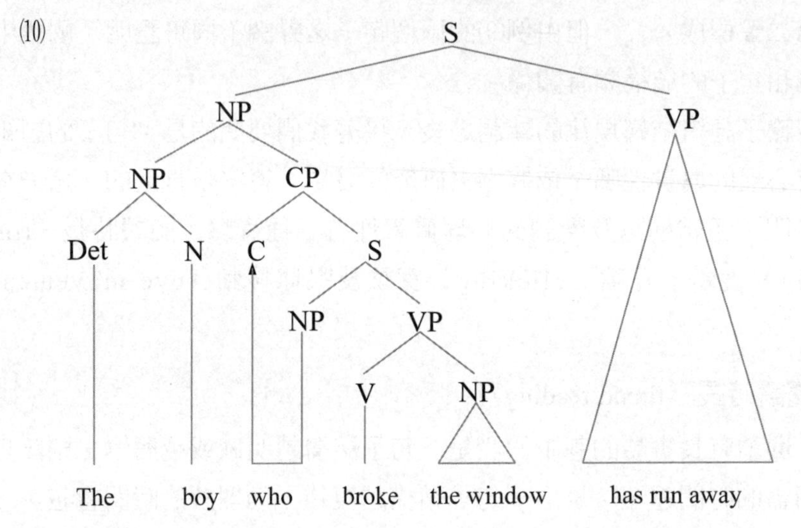

從⑽的樹狀結構圖，明顯地顯示：window是爲句子之中NP的結尾，而NP本身就是名詞詞組的最大映界（Maximal Projection）[2]，所以在閱讀理解之中所費的時間比較長。

⑵叮噹（clicking）

對於詞組結構及句子的斷詞，還有一個心理語言學界常常引述的叮噹實驗。請受試者戴上耳機，耳機有左右兩個耳機，其中一個耳機播放一串句子，另一個耳機則播放叮噹聲或鈴聲。然後請受試者在聽過一個句子之後，畫出叮噹聲或鈴聲出現的位置（後面例中的§表叮噹聲出現之處）：

---

[2] Maximal Projection（最大映界）就是NP（Noun phrase，名詞詞組）、VP（Verb Phrase，動詞詞組）之意，請回頭參看第五章句法結構。

⑾

① The § Chinese [who used to produce kites]used them for carrying ropes.

② The Chinese § [who used to produce kites]used them for carrying ropes.

③ The Chinese [who § used to produce kites]used them for carrying ropes.

實驗結果顯示：大多數受試者即使聽到了(11①)，仍然認爲叮噹聲是出現在Chinese和who之間〔像(11②)一樣〕。而聽到(11③)之後，受試這還是認爲他們所聽到的叮噹聲是在Chinese和who之間〔仍然是像(11②)一樣〕。換言之，受試者所聽到的叮噹聲不論是在正確位置之前或之後，他們都認爲叮噹聲是出現在心裡面認爲應該要出現的位置之上。可見，每個人對於句子的理解，都建立在詞組結構的斷詞之上。換言之，心中的詞組結構決定了我們對句子斷詞的結果。因此，詞組結構的確具有心理的眞實性。

叮噹實驗另一個有趣的推論是：在聽的過程之中，我們並不完全仰賴聽覺，因爲我們還是會用心理所存在的結構去做解讀。因此，雖然受試者眞正聽到的是(11①)或(11③)，但是在心理的理解之中，還是會把叮噹聲放在心理（即頭腦）認爲應該要出現的位置上(11②)。其實，這個結果並不令人意外，在平日的生活之中，有許多例子可以印證這種現象。如果我們對某件事或某種觀念有了先入爲主的「偏見」之後，再多的解釋也往往無法消除心中既存的偏見，最鮮活的範例是珍・奧斯汀（Jane Austin）的《傲慢與偏見》（*Pride and Prejudice*）小說中的男女主角，由於伊莉莎白（Elizabeth）心中對於達賽（Darcy）先生有了「傲慢」的偏見，無論達賽做多少解釋，都很難讓伊莉莎白釋懷，因此無論達賽先生做了多少事，採取怎樣的態度，伊莉莎白都把這些動作解釋成「傲慢」，主要是因爲伊莉莎白的心理已經有了「達賽先生是很傲慢的」的預設立場。

㈢儀器研究法

拜科學之賜，我們現在可以使用多種不同的儀器來做心理語言學的研究，在此只介紹兩種：眼球移動（eye movement）實驗及ERP實驗。

1.眼球移動

閱讀時，我們的眼球就像掃描器一樣，從左到右移動。但眼球的掃瞄並非以單詞爲單位的動作，而是每個掃視就能涵蓋兩、三個單詞的範圍，而每個掃視費時約200到250毫秒左右。

現在的研究室設備能讓我們做閱讀時眼球移動的相關研究，其程序是：受試者坐在電腦螢幕前，螢幕內則出現試測的句子或篇章，然後利用紅外線探測受試者的眼球在閱讀時的移動情況，並將眼球移動的情形利用攝影機拍攝下來，且直接輸入電腦，於是電腦能隨時展示眼球移動的位置。眼球移動的研究結果是：對於不常用的語詞，眼球停留的時間較長。在實詞和虛詞的比較上，則眼球停留在實詞的時間較久，而且對於容易理解的句子，所費的時間也比較短。這些都顯示：我們的閱讀理解和眼球在閱讀時停留的時間成反比，停留的時間越久，表示句子越難理解。

關於眼球移動的研究，最有趣的莫過於「回向掃視」（regressive saccades）的出現。所謂回向掃視即我們在閱讀時，遇到難於理解或有困惑的句子之時，通常會回頭把該句重看一次。研究結果發現有許多人遇到「園徑句」（garden path sentences）（例如The horse raced past the barn fell.關於園徑句，將在後面更進一步討論）時，都會有回向掃視的現象。另一種常會有回向掃視的情形，出現在困惑句如The pizza is too hot to drink.之類的句子。依常理，讀者讀到像pizza之類的食物名稱時，最先想到是eat之類的動詞，因爲pizza是「吃」的食物，因此如果讀到的結果竟然是像drink或其他無法和食物相搭配的動詞之時，讀者必然會因困惑而回頭重新審視該句，這就是典型的回向掃視的動作。回向掃視的研究，更證明眼球效應足以說明理解句子的心理過程。

2.腦內活動：ERP實驗

現代的科學技術屢屢爲心理語言學的研究提供有效的研究工具，其中最令學者興奮的應該是ERP（event-related potentials）研究。ERP的中文語義是「和事件相關的潛能」，主要是在受試者頭上戴上微電子儀器，以測量受試者在閱讀時所引起的腦電波值。做ERP實驗時，受試者坐在電腦之前閱讀，和平常我們的閱讀完全一樣，差別是受試者的頭上必須戴上頭罩，內有數個傳波器，把受試者在閱讀時的腦電波完全記錄下來。ERP的最大優點在於電腦能準確地計算出腦電波的反應，最重要的是能取得閱讀之前、之中、之後的腦電波量之平均數，然後把僅在閱讀時所出現時的腦電波伏特值減去平均值，就是所謂的「和事件潛能有關」（ERP）的腦電波值。

經過一連串的ERP研究之後，心理語言學家M. Kutas及S.A. Hillyard一致認爲：在第400毫秒所出現的負向腦電波（也就是N-400）值最能反映語詞或語句的不恰當。最種看法稱爲N-400假設（N-400 Hypothesis）。所謂N-400指的是「刺激出現之後，第400毫秒所出現的負向腦波值」。

依據N-400假設，心理語言學家設計了各種句子來實驗，其中以句尾語詞的不同而使整句的語義不合理或沒有意義的形式最爲大家所樂用，例如Kutas & Hillyard就用⑿的三個句子，來實驗句尾語詞之改變是否會影響受試者對於句子合不合乎語法的判定。這三個句子都是以The pizza is too hot to開始，受試者必須要閱讀到最後一個語詞才能決定該句是否合乎語法。三個句子之中，顯然(12①)最合理，因爲pizza是用「吃」（eat）的，而不是用「喝」（drink），更不是用「哭」（cry）的。

⑿

① The pizza is too hot to eat.

② The pizza is too hot to drink.

③ The pizza is too hot to cry.

在ERP的實驗裡，研究人員以5伏特的波幅來操空「和事件有關的腦電波值」（ERP），結果發現在400毫秒之處，受試者閱讀到(12①)的eat時，腦波反應呈現正值的波動（見圖9-12），但是當受試者讀到(12②)時，其腦波出現了N-400現象，也就是他在接到drink之後的第400毫秒，腦波朝向負向波動，表示受試者無法接受這個字的出現，因爲該字使句子無法理解或有不合理的現象。如果再拿(12③)來試測，結果發現受試者的腦波出現更大的N-400現象，也就是說在cry出現之後的第400毫秒之處，受試者的腦波朝負向做更大的波動，因爲cry是不及物動詞，其後不能接賓語，因此受試者更不能認同(12③)。（圖9-12是依據Kutas & Hillyard 1980之研究結果而重繪，我們的圖示和過去文獻所用的並不相同，主要是我們要透過一般正負波動的觀念，把唸到eat時腦波的正值描繪在基準線的上方。）

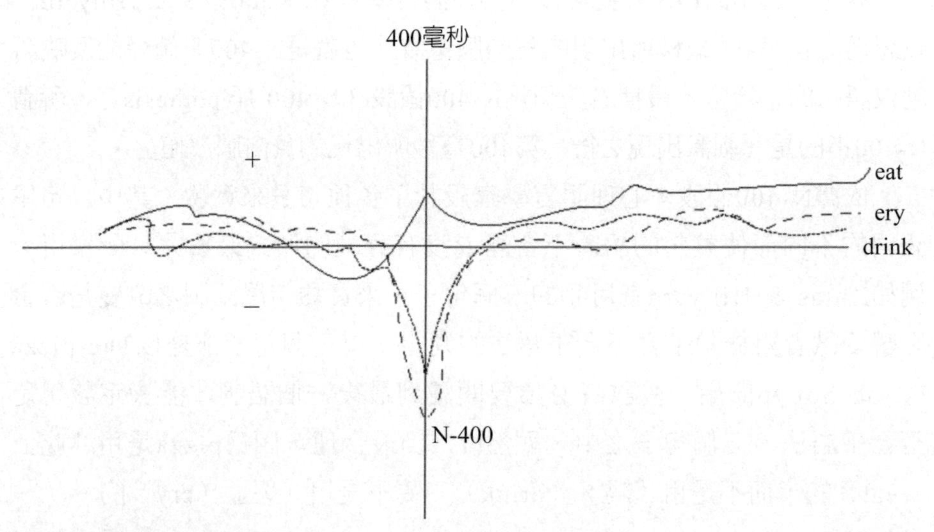

圖9-12　N-400實驗圖示。

ERP目前廣泛被應用在語言治療學、神經語言學及特殊教育方面，借用N-400的理論來試測患者在語言認知或語意了解方面的異常現象，不失爲一個良好的方式。

重點複習

1. 何謂「斷詞」（parsing）？請以「這花生長得真好。」為例說明斷詞與語句理解之關係。

2. 證明詞組結構與斷詞的實驗有下列三種，請舉例說明每項實驗的特色與貢獻。
   (1) 時長（timed reading）
   (2) 叮噹（clicking）
   (3) 眼球移動（eye movement）
3. 何謂「回向掃視」（regressive saccades）？請以後面三個例子說明之。
   (1) 小明睡得很熟。
   (2) 小明吃得很熟。
   (3) 小明睡得很亮。
4. 何謂 ERP（event-related potentials）研究？要如何實施ERP實驗？
5. 何謂N-400（N-400 Hypothesis）？假設以三個句子為測試，請問哪個句子的N-400腦電波值會最高？哪個句子會最低？
   (1) 這件衣服很好看。
   (2) 這件衣服很好吃。
   (3) 這件衣服很好走。

四、心理語言學的理論

關於心理語言學的理論（psycholinguistic theories），因爲角度不同，而有各種不同的看法。我們在此僅討論理解過程（processing，處理）及分區自主（modularity）的學說。理解過程有兩種截然不同的理論，一個是從頂而底（top-down），另一個是從底而頂（bottom-up），兩種理論各獲有文獻的支持。

㈠從底而頂（bottom-up）

在討論語音和音韻的時候，我們把語音分爲辨異徵性（distinctive features）、音位（phoneme）、音節（syllable），以及更高的語調等層次。我們想知道的是：這些層次是否都有心理的眞實性？心理語言學的學理是否能得到實驗的支持？

以The boy ate the bread.為例，由於語音是透過聲波的傳遞，而到達聽話者的耳朵裡，因此聽話者最先聽到的必然是[ð]這個音，然後再與後面聽到的[ə]組合成[ðə]這個音節。接著而來的是[bɔɪ]這個音節，於是聽話者一方面啓動語詞抉擇來把[ðə]解讀成the，把[bɔɪ]解讀成boy，另一方面也同時啓動詞組結構規律，把the boy組合成一個名詞詞組。於是逐漸地把「The boy ate the bread.」整句斷詞成為：

⒀

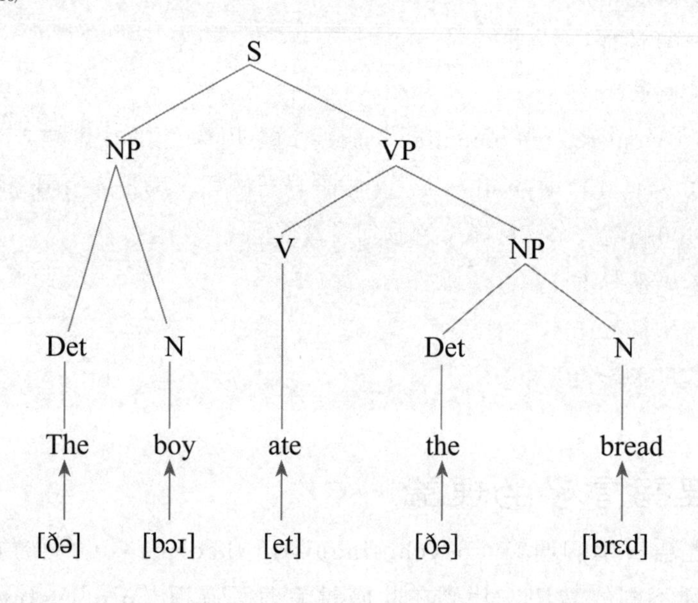

結果才使⒀建構成一個有意義的句意單位。這種從最小的語言單位依次逐漸建構成句意單位的運作過程，稱為從「底到頂」的理解過程。

過去的研究文獻記載了一些有趣的「耳誤」（slip of the ear）現象，正好證明從底到頂的理解現象。例如Cutler（1982）記載下列的耳誤：

⒁

① Do you know about reflexes?

⟶ Do you know about Reith lectures?

② If you think you have any clips of the type shown...

⟶ If you think you have an eclipse...

爲什麼會有這些耳誤現象呢？最好的解釋就是：聽話者使用了從底到頂的心理運作過程，所以他只聽到細微的個別語音或音節，並將所聽到的語音依據構詞和句法的規律去建構成整句的語義。由於所聽到的語音本身有了誤差，因此整句的解釋遂有了南轅北轍的不同。例如

⑮

先生：唉呀，麻煩大了，我們的車子被拖走啦！

太太：啊？被偷走？那怎麼辦？才剛買的，錢都還沒繳完呢！

「拖」讀[tuo，ㄊㄨㄛ]，不過很多臺灣人卻把它讀成[to，ㄊㄛ]。「偷」讀[tou，ㄊㄡ]，卻有很多臺灣人把它唸成[to，ㄊㄛ]。在例⑮裡，先生顯然是講「拖」，但是太太卻聽成「偷」，於是使兩人的對話形成牛頭對馬嘴。一音之誤，而使對話產生誤會，這就是從底而頂的解讀方式。

英語世界裡有很多「脫口秀」（talk show）之所以有趣，就是因爲常利用耳誤現象來增加幽默或諷刺的效果。又如中國傳統的相聲，也有很多因爲耳誤而引起的笑話。

重點複習

1. 何謂「從底而頂」（bottom-up）之運作過程？請舉例說明之。
2. 何謂「耳誤」（slip of the ear）？與「從底而頂」（bottom-up）之運作過程有何關係？

㈡從頂而底（top-down）

另一種語言的心理運作方式，稱爲「從頂到底」（top-down），這是和「從底到頂」完全相反的方向，指聽話者（或閱讀者）會從整個句子或整篇文章的背景爲基礎，來理解或解讀語義。例如當他聽到[ðə]和[bɔɪ]時，他應該就能從句子的結構去推測或預期後面必然會接個動詞，及聽到[et]（ate）時，更會預期後面必然是食物之類的名詞。像這樣從大環境或

篇章來做理解的語言解讀過程，就是所謂的「從頂到底」。

很多聽力及閱讀方面的研究證實大部分人都會用「從頂到底」的語言理解過程。例如只要知道文章的主題或相關背景，即使文章內含有許多生詞或不認識的語詞，也都能大概了解文義，主要的原因是因爲讀者是依據「從頂到底」的運作來理解。以前面提到的Pizza is too hot to ___爲例，許多人聽到這裡，即使to後面沒有任何字詞，許多聽者也自然會用eat去把句子填滿。由此可知，句義的理解並不一定要有完整的句子，因爲聽覺或閱讀的處理過程，有些是「從頂到底」的解讀方式。

心理語言學文獻中，有名的音位填補（phonemic restoration）[3]實驗很能支持「從頂到底」的處理過程。在該實驗裡，Warren夫婦取用了後面例⒃中的四個句子，其中標注星號*的部分是以模糊的語音帶過，而沒有明確的語音音位：

⒃

① It was found that the *eel was on the shoe.

② It was found that the *eel was on the orange.

③ It was found that the *eel was on the axe.

④ It was found that the *eel was on the table.

結果，聽了這四個句子之後，受試者幾乎一致地宣稱他們所聽到的分別爲：heel, peel, wheel, 及meal等四個字。同一個模糊的語音，在不同的前後文裡，竟然被解讀成不同的語詞，主要的原因是由於受試者都想把例⒃建構成四個有意義的句子，而不太在意他們眞正聽到的語音。由此證明我們的聽覺或閱讀過程，是依循從頂到底的處理方式。又例如

⒄

工友：糟糕，有幾個學童掉到湖裡去啦！

校長：幾個水桶？沒關係，再買就有啦！

---

3 見Warren and Warren 1970。

當校長聽到「有幾個學童掉到湖裡去啦！」的時候，他最先想到的是「水桶」，主要是因爲「湖裡」的聯想。從大環境來想，會掉到湖水去的東西，一定是和「水」有關，因此「水桶」的影像及解讀很自然地盤據心中，這是從頂而底的最佳範例。

最後，我們來看後面的故事，即可以了解「耳誤」和「從頂而底」及「從底而頂」的語言理解過程：

⒅

One evening, impressed by a meat entrée my wife had prepared, I asked, "What did you marinate this in?" She dropped her fork and went into long explanation about how much she loves me and how life wouldn't be the same without me. I must have looked confused by her response, because she inquired, "Well, what did you ask me?"

When I told her what I had asked, she laughed and said, "I thought you asked me if I would marry you again!"

Later, as she was cleaning up in the kitchen, I called out, "Hey, hon, would you marry me again?" Without hesitation she replied, "Vinegar and barbecue sauce."

顯然，作者第一次問他太太時，是問「菜是加了什麼佐料？」可是由於「耳誤」太太聽成「你還會再嫁給我嗎？」太太之所以會有這樣的「耳誤」，主要是因爲在她的心中，一直覺得嫁給作者是幸福的事，因此即使先生問的是關於菜的事，她還是把很接近的語音聯想在婚姻之上。等到作者解釋之後，兩人只好以笑收場。之後，作者想起了兩人的幸福及快樂，於是就很孩子氣地問：「你還願意嫁給我嗎？」這時由於先生之前的解釋，以爲先生還是問有關菜的佐料問題，於是脫口而出：「是醋和烤肉醬！」

由這段話的兩次「耳誤」，我們應該了解：原來語音的解讀和吸收並非和直接以所聽到的語音爲準，而是透過心理的「解讀過程」（processing）而得到的詮釋。同時，也說明我們的語音或語義的理解過程往往是以「從頂而底」的過程，因為我們心中先有個概念，於是我們都會以這個預設的概念（presupposed ideas）來解讀所聽到的語音或所閱讀的文本（texts）。

重點複習

1. 何謂「從頂而底」（top-down）之運作過程？請舉例說明之。
2. 何謂「音位填補」（phonemic restoration）？與「從頂而底」（top-down）之運作過程有何關係？

㈢分區自主（modularity）

自從衍生語法（Generative Grammar）問世以來，「分區自主」（modularity）的觀念一直是個主流。比如說，語法區分為語音、音韻、構詞、句法，以及語義等部門，每個部門都是獨立運作，各有功能，但是合起來就構成整個語言能力，這就是「分區自主」的主要觀念。後來，研究頭腦和語言之間的關係時，「分區自主」指的是左右腦各有其獨立自主的功能，甚至於左腦內部的各個區域也都各有其獨立自主的管轄範圍，例如布羅卡區（Broca's area）職司語音和語法，因此布羅卡失語症患者都有語音和造句上的困難。又如威尼基區（Wernicke's area）主要是負責聽與講之間的連繫，所以威尼基失語症患者在語音上不會有困難，但無法聽懂別人的語句，因此「分區自主」是指腦內各個區域在功能上的區分與自主。

心理語言學上也有「分區自主」的特性。整個溝通過程，其實簡單而言就是輸入、理解反應，及輸出。輸入主要是聽覺，也就是perception。依據研究，我們的聽覺有其分區自主性，因為當我們在聽別人的講話時，對於周圍的噪音如汽車聲、音樂聲，及其他人群的雜沓聲，都會充耳不聞，而只有聽到對話者的語音。而且，我們的聽覺有時還會局限於只聽某個訊息，而不會去接收和該訊息無關的語音。比如說，大考之前，我們只在意與分數有關的主題，而不會去理會其他的語音，因為那時只有和分數有關的聲音最吸引你的注意力。又如你從教室門前走過時，突然聽到有人在背後議論有關你的某種行爲，這時你必然會更仔細地傾聽，而不太會去注意周遭可能存在的其他語音。可見，聽覺具有「分區自主」的特性：當你全心傾聽某些語音時，你必然會忘卻其他的語音。

從聽覺輸入語音訊息之後，進入我們的頭腦，也稱爲認知樞紐（special neural circuity），於是在最短的時間之內，我們的認知樞紐要解讀所輸入的語音，做好語詞抉擇，並衡量文化及社會知識，做出整個語意的通盤考量，最後才把訊息輸入我們的動作神經系統，進行口語的輸出動作，講出所要講的話。

在認知樞紐之中，每個環節都是獨立自主的運作，從語音解碼、語詞抉擇，到句義的理解，每個環節顯然都是獨立的（autonomous）處理過程，和其他部門的運作過程無關。但是，認知樞紐就像一個網的中樞，來自各個獨立部門運作的結果，最後都必須彙整在認知樞紐之中，而得出最後的，也是唯一的語意抉擇。換言之，語言溝通的過程是個環鍊，固然可以細分爲「聽覺」（輸入）、「理解」（認知）、「講話」（輸出）等三個步驟，每個環節或每個部門都是獨立而自主的，然而整個過程最後又必須彙整成爲單一的認知。這種各自獨立，又彼此彙整的情況，稱爲「分區自主」理論（modular theory or modularity）。

重點複習

1. 何謂「分區自主」（modularity）？請舉例說明之。
2. 在你個人的生活裡，有哪些經歷可以用來支持「分區自主」的理論？

五、心理語言學的幾個議題

在心理語言學的文獻中，還存有兩個特別令人感興趣的議題：園徑句（garden path sentences）及連結模式（connectionist model）。這兩個議題的爭論迄今尚未完全塵埃落定，也因爲還在爭論之中，特別值得有興趣者可以再進一步的研究。

㈠園徑句

心理語言學的文獻裡，最令人關注的議題之一就是「園徑句」（garden path sentences），所謂「園徑句」就是指在結構上很容易讓讀者或聽者困惑，而必須再三分析才能恍然大悟的句子，例如

⒆

① The horse raced past the barn fell.

② He gave the girl the ring impressed the watch.

③ Since John always walks a mile seems like a short distance to him.

前面(19①)之所以會令聽者感到困惑，Bever（1970）認爲：大多數的人對於句子的心理理解是基於後面⒇「主要句」（Main Clause）解讀策略的緣故：

⒇主要句解讀策略

除非有特別的標示，否則句子中的NP＋V＋（NP）爲句子中的主要子句。

前面⒆的敘述中，「除非有特別的標示」的意思是，除非有附屬連接詞像if, when, as等等，否則句子中的NP（名詞詞組）和V（動詞）是構成主要句子的骨幹。依據⒇的解讀策略，(19①)一般的解讀過程如下：

㉑

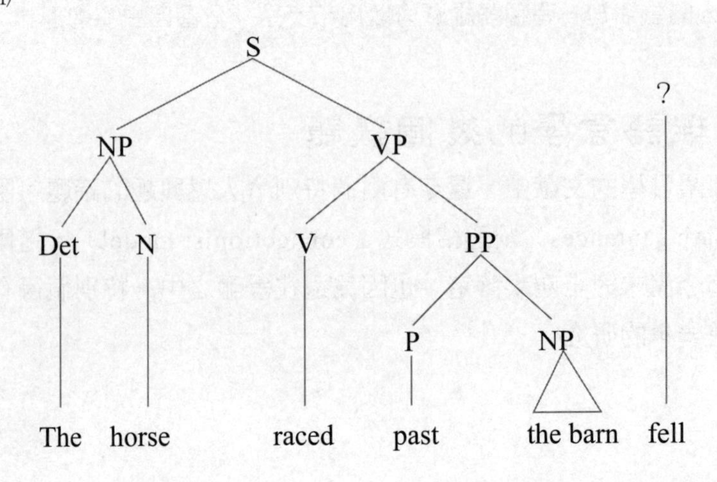

換言之，當聽話者把(19①)納入⑳的解讀過程之時，一切都很順利，直到句子的最後，才發現fell無所歸屬，變成了無所適從的結果，這時聽話者才猛然發現先前的解讀過程並不正確。這時必然要回頭再檢視剛剛的句子，於是形成了「回向掃視」（regressive saccades）或者是回向思考，才發現原來(19①)應該是源自於(22①)，而其眞正的句子結構應該是(22②)：

㉒

① The horse (which was) raced past the barn fell.

② The horse [which was raced past the barn] fell.

由前面的討論，可見使用「主要句解讀策略」並不一定能成功地解釋人們對句子的理解過程，於是另外有人提出「最小附著」（Minimal Attachment）的假設：

㉓**最小附著**

把最後接收（聽）到的語詞群歸結在已經存在的詞類點（category nodes）之下，如果沒有既存的點，則重新建立一個詞類點。

依據「最小附著」的解讀策略，(19①)中的fell是最後接收的語詞，由於沒有辦法連接到任何既存的詞類點，所以必須重新建立新的詞類點，也就是VP中的動詞。經過這樣的重新理解，fell就會連到新建立的VP內V的詞點之下：

㉔

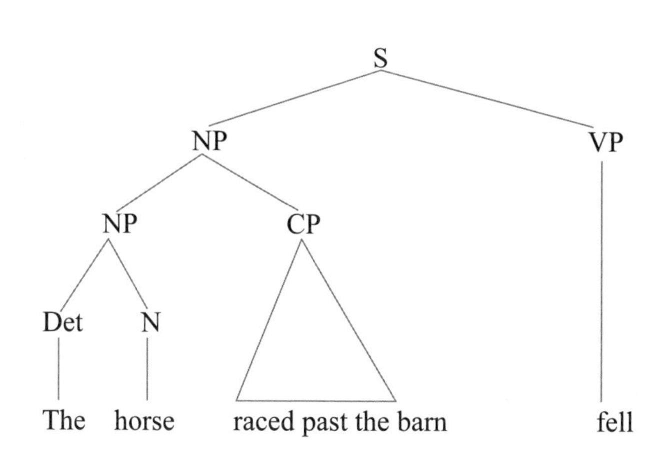

現在且回頭審視前面提到的(19②)，並重新抄寫成(25①)。這個句子之所以難解，是因爲「主要句解讀策略」會把它解成(25②)，後面再遇見impressed the watch時，才發現原先的解讀並不正確。經過「回向掃視」之後，再以「最小附著」策略來解讀，於是有了(25③)的解讀方式。

(25)

① He gave the girl the ring impressed the watch.

② [He gave the girl the ring] impressed the watch.

③ He gave the girl [(whom) the ring impressed] the watch.

對於「園徑句」的斷詞研究，還有一點有趣的發現。依據文獻，受試者經過解釋之後，已經知道了(24)和(25③)的解讀策略之後，再請這些受試者回頭閱讀(19①)及(19②)時，大部分的受試者對這些「園徑句」的結構還是感到相當困惑，也無法完全理解這些「園徑句」的眞正語義，可見我們對於語句解讀是「分區自主」（modularity），因爲即使我們了解了句子的斷詞觀念之後，還是無法理解「園徑句」的句義。換言之，我們對「園徑句」語義理解是獨立的，並不會因爲了解了「園徑句」的斷詞分析之後，會一眼就理解「園徑句」眞正的語義。再者，「園徑句」的研究，也讓我們進一步地發現：我們對於句義的理解，和「從頂到底」的處理過程並不一致。如果我們對於句子的理解是基於「從頂到底」（top-down）的處理過程，則我們應該早就有了句子的架構，不可能會讀到最後，才發現原來某些語詞還沒有被連結在句子結構裡。

重點複習

1. 何謂「園徑句」（garden path sentences）？園徑句的解讀有何困難？請舉例說明。
2. 何謂「最小附著」（minimal attachment）？其主要功能為何？試舉例說明之。

㈡連結模式（connectionist model）

心理語言學常常令人想起語言的認知過程，爲什麼呢？因爲早期心理語言學家認爲人腦的處理（process）過程，是和電腦相似的。電腦的運作過程裡，有打字輸入（key in），正如我們和別人的溝通中，先聽別人講話。在電腦裡，輸入的資料，經過程式的處理，然後有輸出的結果。而我們的語言溝通中，所聽到的訊息也透過人腦的處理，然後才有動作反應的輸出。因此歸根到底，人腦處理訊息的情形應該是和電腦程式在處理所輸入的資料一樣。事實上，心理語言學研究的最終極目標就是人工智慧（artificial intelligence），也就是能創造出一臺可以和我們做正常溝通的電腦或者是機器人。有鑑於此，近幾年的心理語言學側重在人類的認知處理過程，期望能把人類的認知處理過程移植到電腦程式的寫作和設計之上，以便成功地製作能和我們做正常溝通的電腦。

另一方面，受到電腦程式設計的影響，過去有許多心理語言學家依據電腦運算的程式爲基礎，緬想人們的認知處理的過程也是單線式的驅動模式。比如說，要處理「He stood by the bank.」，則先從心理辭典中，選取各個合宜的詞彙，然後依據詞組結構，把這五個詞斷詞爲後面㉖的句子形式，最後解出該句的語義。

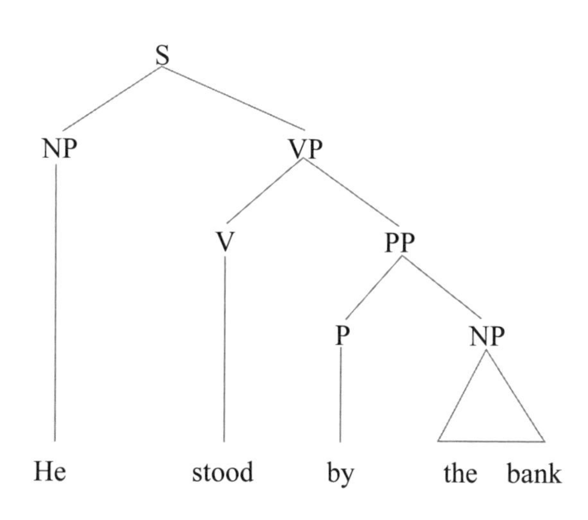

然而，這個依據電腦運算程式爲基礎的理論，一直無法解決後面有趣的人腦和電腦之間的差別，如表9-1：

表9-1 人腦與電腦之長處比較

	長處	弱點
人腦	1. 語言和影像的辨識 2. 同時聽與說 3. 學習各種抽象的思考	1. 邏輯推測 2. 數字運算
電腦	1. 邏輯推測 2. 數字運算	1. 語言和影像的辨識 2. 同時聽與說 3. 學習各種抽象的思考

換言之，人腦和電腦的長處和短處形成互補的情況：人腦之所長，正好是電腦之所短；而電腦之所長，也正好是人腦之所短。面對這個困難，過去的心理語言學家卻認爲，只要給予充分的時間，電腦的程式必然足以克服在學習及同步聽與說的能力。然而，後來的學者，特別是對人腦神經運作有所了解，或者是對電腦程式足以掌握的電腦語言學家（computational linguists）卻開始質疑：電腦是否有潛力研發到可以像人類一樣做正常的溝通？最主要的原因是因爲人腦和電腦的基本架構或組織其實就大不相同。於是他們提出了連結模式，認爲人腦的訊息處理並非單線式的驅動，而是由很多不同的神經「單位」（units）或「點」（nodes）組成的，這些「點」縱橫連接成一個「網」。這些「點」在接受到任何語言訊息之後，會做出各種不同的反應，有的強有的弱。透過這個網，每個「點」對訊息的強弱反應，會傳遞到下一個「點」。同時，下一個點也會看訊息的情況而做出「增強」（excitatory）或「削弱」（inhibitory）的反應，因此人類的學習就是靠這些神經點所匯集的強弱爲基礎。

再以「He stood by the bank.」爲例，即使是在「he」的認知過程中，聽覺必然是先收取到[hi]兩個音素中的各種不同的辨異徵性，然後每個徵性又可能衍生出許多音素，於是我們腦中的神經點在接收到[－有聲]

的徵性之時，會先透過網絡去逐一找尋和[－有聲]有關的語音。然後，再把[－有聲]和其他徵性組合成[h]的音素。接著，人腦內的神經點再去逐一尋找和[i]有關的辨異徵性，最後才把[h]和[i]從心理的「語音庫」（phonetic inventory）中取出來，並且合併成[hi]。然後，再從心理辭典裡，把[hi]可能的語詞對應做出連結，最後才選出「he」這個詞。其他語詞的選取過程當然也是相同的繁複，但是人腦的處理速度也是相當的迅速，在短短的幾千分之一毫秒之內，上述的所有過程都已經處理完畢，這是人腦和電腦不同之處。

重點複習

1. 何謂「連結模式」（connectionist models）？請舉例說明之。

六、摘要

心理語言學的目標是想理解我們對於語言接收、處理以及產生的心理過程，換言之，也就是輸入－處理－輸出的處理過程。自從喬姆斯基創用衍生語法以來，「語言學是心理學的一支」的主要論點即爲語言學家奉行的宗旨。

爲了理解語音的輸入過程，我們先介紹了聲學語音學（acoustic phonetics）的基本概念。聲學研究的是聲音的物理性，例如我們發母音時聲帶的振動會有基礎音頻（fundamental frequency）的產生。我們對於母音的辨識主要是以基礎音頻爲倍數而得到的第一共振峰（F1）及第二共振峰（F2）。因爲F1和母音的高低成反比：母音越高，F1越低，而母音越低，則F1越高。但是，F2則和母音的前後成正比：母音越前面，其F2越高。聲學語音學的基礎通常被用來證明我們對於語音聽覺上的判斷標準。例如語音辨識的實驗中最常被引用的是語音的類別測驗（categorical phonemic test）。

其次，本章介紹了三種心理語言學的研究方法：

1. 觀察法，主要是蒐集語誤（slip of tongue）的語料，這種語誤的特徵是：語音會有對調或互換的現象。由於以前任教於牛津大學的史本那教授（1844-1930）很常有這種語誤，因此這種因爲語音對調或互換而形成的語誤又稱爲史本那語誤。
2. 實驗法，主要用以了解語詞及語句的處理過程。以語詞爲對象的實驗有語詞抉擇及促發效應。前者利用閃示卡（flash cards）或電腦螢幕來測試受試者對於語詞理解、認識的快慢，藉其結果來判斷哪些語詞類別或結構的語詞比較常用而爲人熟識，哪些語詞比較困難，受試者其實沒見過而不認識。至於促發效應則用之於證明我們的心理辭典內的語詞是否會因爲同樣的拼字（spelling）或讀音而更容易讓受試者辨認。同樣地，對於句子的實驗設計，也是以受試者辨識句子結構的快慢來驗證哪些類型的句子比較複雜或比較簡單。有人以叮噹聲出現的位置來驗證句子內部結構的畫分，或從閱讀者眼球移動的速度來驗證我們的閱讀心理。
3. 儀器的使用，現在最常用的是ERP（event-related potential），從核子掃描器對於腦波的感應以及腦波的流量來驗證閱讀者對於文字或語言的反應。迄至目前爲止，還是以N-400爲最具參考指標，也就是閱讀者在第400毫秒所放射出來的腦波量最可以看出受試者對於句子正確與否的心理反應。以Pizza is too hot to ___爲例，如果填上eat，則受試者的N-400反應較弱，而填上drink或cry時，N-400的腦波反應量都遠大於eat，說明只有eat才是最好的選擇。

接著，我們介紹了心理語言學的學說：從底而頂（bottom-down）及從頂而下（top-down）的模式，其實這兩種模式都獲得各種實驗的支持，因此是各有千秋。至於分區自主（modularity）的學說則一直是衍生語法信奉的原則，其主要意旨就是：各個部門都有其自主的能力，但是各個部門之間也相互連結，綜合交錯，終至完成心理對於語言訊息的處理過程。

最後，我們討論了兩個心理語言學界還常探討的議題：園徑句（garden

path sentence）及連結模式（connectionist model）。園徑句指容易引起誤讀的句子，如「The horse raced past the barn fell.」我們的心理是如何來理解園徑句的呢？有人提出「主要句子」（main clause）的解讀策略，但是問題還是很多。於是，又有人提出最小附著（minimal attachment）的看法，一樣無法完全解決所有的困難。不過，過去的研究使我們能審視及探索園徑句，的確是很有啓示意義。另外一個議題是：我們到底是如何處理我們所聽到或所讀到的訊息呢？爲何我們能在很短的時間內，就能了解別人所講出來的複雜句子呢？爲什麼電腦運算得比我們快，卻一直無法像我們一樣能了解別人講出來的句子呢？這些都還是很有探討性的問題，但迄今還無法得到滿意的答案。連結模式（connectionist model）的提出，主要就是想從電腦的訊息處理之中，來了解人類對於語言訊息的處理過程。

本章建議延伸閱讀書目

Garman, Michael. 1990. *Psycholinguistics*. Cambridge University Press.

Jay, Timothy B.. 2004. *The Psychology of Language*. Pearson Eduction Inc, (Issued by Beijin University, 2004.)

Johnson, Keith. 2003. *Auditory and Acoustic Phonetics*. Blackwell.

Ladefoged, Peter. 2001. *A Course in Phonetics*, 4th edition. Harcourt College Publishers.

Slobin, Dan Issac. 1979. *Psycholinguistics*. Foresman and Company.

第十章

語言習得

迄今爲止，我們大概對語言學有了一個粗略的輪廓：任何語言都可以分別從語音、音韻、構詞、句法及語用等不同的層面來加以分析，這些部門的組合就是我們的語言能力。所謂語言能力，指的是說話者對於他自己語言的各組成部門的理解及掌握，對於他的語言中語音、音韻、句法、構詞等各層面的綜合理解及掌握能力。很有趣的一個事實是：對於這麼複雜的語言綜合能力，任何孩子不需刻意練習，自然而然地漸漸就習得了周遭親友所使用的語言。我們不禁要問，小孩和語言之間到底存在著什麼關係，使得小孩對於語言，一如他們吸奶、走路一樣，完全不需要學習，一切都顯得那麼的自然，彷彿是天生的一般？另一方面，爲什麼外在語言的浸潤（immerse）或刺激卻是孩子在語言習得的過程中不可或缺的條件？沒有語言浸潤或刺激的小孩，有可能喪失語言的溝通能力，例如父母親都是啞巴的小孩，常會有語言發展遲緩的現象，過去的文獻上也出現過由於沒有語言環境而不會使用語言的案例。追根究柢，最基本的問題是：小孩是如何在短短的時間之內習得一個完整的語言？

一、語言習得的理論

語言習得的理論（language acquisition theories）可以簡單地分爲兩種：模仿及增強理論（theory of imitation and reinforcement）及語法建構理論（theory of grammar construction）。

語言習得基本上是結合心理學和語言學的學科領域，早期一直都被劃入心理語言學（psycholinguistics）的範疇，後來研究者日多，研究議題也越趨多元，於是漸漸發展成爲一門獨立的學科，但要探究語言習得的理論和看法，則必須追溯到心理學和語言學的理論架構。

行爲主義（Behaviorism）心理學的基本要旨是制約與反應。這一個學派認爲人的大腦就像一個黑盒子，而且，學習的過程就如圖10-1：

圖10-1　輸入／出圖。

「輸入」指的是孩子所聽到的音、字詞，或句子等，「黑盒子」指的是大腦，「輸出」指的是孩子所說出的話。因此圖10-1的意思是：小孩把整個語言（包括語音、句法、構詞和語義）的輸入直接存入大腦，經過累積儲存，之後依據外在環境的制約和反應，進而跟著講出積存在大腦內部的語言資料。

至於學習的過程，則完全是制約和反應。例如小孩看到 之後，問媽媽「這是什麼？」媽媽說「香蕉」，於是小孩馬上有了圖10-2的連結過程：

圖10-2　視覺與語意連結圖。

同時，在學習過程中，行爲主義者認爲要輔以適度的增強（reinforcement）。增強有正增強與負增強之分：正增強如讚美、獎賞、擁抱等，是爲了嘉勉學習者的成就。負增強如處罰、糾正等，目的是爲了讓學習者心生警惕而不再犯相同的錯誤。換言之，如果小孩能立刻得到圖10-2的連結，並且在下一次看到香蕉時，能馬上有講出「香蕉」的反應，媽媽會給予擁抱或親吻表示讚賞。否則，媽媽可能採取負增強：比如糾正或不理他，以表示處罰。

行爲主義心理學的語言學習理論，通常以結構語言學（structural linguistics）爲基礎，認爲語言的學習是從語言的結構單位如音素、詞素、詞語、句子等逐一學習，而且外界的語言刺激扮演重要的角色，因爲在「刺激—反應」的理論架構裡，語言的學習主要是透過模仿（imitate）和堆積（accumulate）。例如小孩聽到某個詞（刺激），就模仿起來，並且堆放在黑盒子裡面，然後說出來（反應）。如此聽一個、學一個，隨著年齡的增長，於是所累積的詞語及句子逐漸增多，終於學會了說話，這就是行爲主義心理學者所界定的整個語言學習過程。此外，這個理論認爲在學習過程之中，如果小孩有發音或句法的錯誤出現時，父母親應加以糾正，免得錯誤越積越多，積非成是。這樣的學習理論，有人稱爲「模仿理論」（theory of imitation），也有人稱爲「增強理論」（theory of reinforcement），又有人稱之爲「堆積理論」（theory of accumulation）。這些名稱儘管不同，本質及內涵其實是相同的，都是以行爲主義的心理學及結構語言學爲其理論架構。

語法建構理論則以衍生語法（Generative Grammar）爲基礎，認爲每個人大腦中天生具有一個語言習得機制（Language Acquisition Device，簡稱LAD），因此一般正常的小孩，只要有個語言環境，就能學會說話，因爲小孩會從外在的語言之中去內化（internalize）及建構（construct）自己的語法。此外，衍生語法還認爲每個小孩初生之時，大腦中就已經具備了通用語法（Universal Grammar），這個語法內具備有各種不同語言的共通特性，這就是爲什麼臺灣出生的小孩，把他放在講英語的環境裡，他就會講英語。把他放在講西班牙語的環境裡，他就會講西班牙語。用個比喻或許更能幫助我們了解通用語法和外在語言的關係。通用語法內的各種語法，就像我們房間的各種鎖，而外在的語言就像各種不同的鑰匙。如果孩子在講英語的環境裡，他就擁有了英語的鑰匙，因此可以打開英語的語法之鎖，進而習得英語的語法。如果小孩置身於講西班牙語的環境裡，小孩就取得了可以打開西班牙語語法的鑰匙，於是他能習得西班牙語的語法。在這個觀念裡，語法或語言知識並非努力或費力地透過學習（learn）而來，而是透過與生俱來的通用語法之運作，衍生得來的。換句話說，語法或語言知識是從本身的通用語法之中取之而來的，因此，語言是「習得」（acquire）的過程，而非「學習」（learn）的過程。

語法建構理論和模仿及增強理論孰優孰劣呢？且從三個層面來比較。首先，語言刺激或輸入和語言能力並不相稱。一般而言，孩子的語言刺激都很貧乏，因為小孩能接觸到的多半是自已的父母親，而父母親並不見得一看到孩子就講個沒完，或看到孩子就急著把自己所會講的話全部教給孩子。再者，父母親和小孩說話時，通常都會用刻意簡化過的語言。換言之，孩子所接觸到的大都是簡化過的語言，而不是眞正大人日常生活中所講的話。但孩子的語言能力卻很強，他們能講許多他們不可能聽過的句子。例如在英語語言習得的文獻裡，有很多專家記載類似例(1)的對話[1]：

(1)

Parent: Where did you go this afternoon?

Child: I goed to the park.

Parent: Who took you there?

Child: Grandy taked me.

Parent: You mean Grandy took you to the park?

Child: Yap. Grandy taked me.

例(1)的對話中的goed, taked都不可能出現在大人的語言裡面。換言之，孩

---

[1] 語料取自McNeil, C. K., 1966. Developmental Psycholinguistics, In F. Smith and A. Miller (ed.). *The genesis of Language: A Psycholinguistic Approach*, MIT Press, pp. 15-84.

子不可能會有機會聽到goed, taked之類的過去式動詞。如果孩子的語言的確是經由刺激反應或模仿而來的結果，那麼既然小孩不可能有像goed, taked之類的刺激，他們應該也不可能會模仿或使用像goed, taked之類的語詞。然而，事實上像goed, taked之類的用詞卻經常出現在美國小孩的語言之中，由此可見，刺激反應或模仿理論並不正確。

另一方面，像goed, taked之類語詞的使用，正好說明語法建構理論的正確性，因爲在語言習得的過程之中，小孩從walk-walked, talk-talked, smile-smiled, look-looked的現在式和過去式的配對之中，先習得「凡是英語動詞的過去式都要加-ed」的規律，並把該規律建構在語法之中。因此，當孩子有一天要用go的過去式時，很自然地會運用「凡是英語動詞的過去式都要加-ed」的規律，而把go, take等詞加上-ed，這就是爲什麼孩子未曾聽過goed, taked卻會使用的原因。等到這些以英語爲母語的小孩在日後更多的浸潤（exposure）之中，慢慢了解英語動詞的過去式的例外之後，他們會把這些例外動詞給予標記（marked），並重新建構英語動詞過去式例外特有的形成方式（如go的過去式是went, take的過去式是took等等），最後終於習得英語過去式的正確用法。

我個人觀察過自己的孩子嘉嘉的語言習得過程，在他兩歲時，有一天雨後，我要拿盆子出去裝沙回來種花，他想跟去，結果有了後面的對話：

(2)

父：「你不必去啦！」

嘉：「必啦！」

父：「外面下雨，你不必去。」

嘉：「我必去。」

想想：我們不可能講出「必去」之類的句子，但是小孩爲什麼會說出這類不合中文語法的句子呢？合理的解釋是：小孩從「可/不可」、「能/不能」、「去/不去」之對應中，歸納並建構出「肯定動詞加上『不』即形成否定」的規律，並且遇到否定動詞像「不必」時，他自然會運用「否定動詞去掉『不』之後即形成肯定動詞」之類推規律，於是當他聽到「不必」時，立即的反應是：「必」。但是，事實上大人絕不會用「我必去」之類的句子。如果孩子的語言學習是從模仿而來，他怎麼可能會用「我必去」之類的句子呢？

其次，語言習得過程之中，父母親其實很少會去注意孩子語言上的錯誤，因此並不會有增強現象。父母親注意的是內容，並非語言，以下面所舉的語料爲證：

(3)

Child: Grandy taked me out.

Parent: That's not true. It is Uncle Charlie that took you out.

在前面的例子裡，我們發現：父母親在意的不是語言本身，而是內容。大多數的父母親對於孩子用taked或took並不在意，甚至於他們並沒有注意到這種語言上的錯誤。下列中文語料顯示臺灣父母親也只注意談話內容：

(4)

孩子：蜜分（fen），有蜜分。

媽媽：不是蜜蜂啦！是蝴蝶！

孩子：蜜分啦！

前面的對話是媽媽和一位十九個月的小女孩之間的對話，顯然媽媽並不理會小孩把「蜜蜂」唸成「蜜分」，而是在意飛進來的並不是蜜蜂而是蝴蝶。

少數的心理語言學家特別去糾正孩子語言上的錯誤，結果發現並沒有太大的效用，如[2]：

---

[2] 語料取自McNeil, C. K., 1966. Developmental Psycholinguistics. In F. Smith and A. Miller (ed.), *The Genesis of Language: A Psycholinguistic Approach*. MIT Press, pp. 15-84.

(5)

Child: Nobody don’t like me.

Mother: No, say “Nobody likes me.”

Child: Nobody don’t like me.

Mother: Now, listen carefully. “Nobody likes me.”

Child: Oh, nobody don’t like me.

例(5)中的母親，試著去糾正孩子的語言錯誤，結果並沒有任何效果。美國的小孩子，在三、四歲時，像前面例子中的小孩一樣，常有雙重否定如Nobody don’t之類的句型。這時即使父母親想要加以糾正，並且教導他使用正確的否定句型，結果發現並沒有太大的效果。換言之，小孩還是會使用雙重否定。如果任其自由發展，則小孩到了五、六歲時，自然會使用正確的否定句型，不需要特別的教導。由這個事例再度證明：語言並非透過模仿或糾正而學會的，而是由於孩子從語言浸潤之中，去自然內化及建構語法而來的。

從我們所蒐集的語料中，臺灣的小孩在語言習得上，也有很類似的例子，例如

(6)

母：妳有什麼？

妹：「嘴」彩。

母：妳有「嘴彩」嗎？

妹：不是啦，「嘴彩」。

母：是「水彩」嗎？

妹：對，是「嘴彩」。

母：請說「水彩」，不是「嘴彩」。

妹：好，是「嘴彩」。

例(6)中的媽媽，雖然很想去糾正孩子的語音錯誤，想把孩子的「嘴彩」改

成「水彩」，卻白費功夫。

最後，從孩子語言的創造力也可以說明他們的語言並不是從模仿之中學來的。任何孩子以至於成人，對於語言都有很豐富的創造力。我們在童言童語之中，常常發現令人啼笑皆非的句子，這些都不可能是從大人或者是別人那裡模仿而來的，例如

(7)

Parent: Did you like the doctor?

Child: No, he took a needle and shotted my arm.

前面例句中的shotted顯然是出於孩子的創造，因爲大人不可能說shotted。大人是會用shot當作打針的名詞，卻不會把shot當動詞用。或許我們會把小孩的語言認爲是一種錯誤，但是無論如何，該句絕非來自於模仿。又如例句(8)[3]：

(8)

那個，那個大恐龍就就飛（讀成bue，閩南語的「飛」）起來了ne，然後，然後，我就趕快跑走了啦。

很顯然地，例(8)也出自於孩子的創造，這就是語言的創造力。由語言創造力的現象，我們更可以證明語言的學習並非完全來自模仿。又如有位祖父指著月亮對兩歲的小孫子說：「那是the moon。」幾天之後，祖孫兩人從高雄搭火車回屏東，突然小孫子指著月亮向祖父說：「阿公，阿公，你看the moon在走路唷！」原來從火車上看月亮，月亮彷彿在移動。想想，兩歲多的小孩，怎麼會講出「the moon在走路」的句子呢？顯然這是小孩自己創造力發揮的結果。

當然，我們並非全然否定模仿在語言習得中的地位，只是，我們認爲

[3] 一位三歲七個月的小男孩在向父母敘述他看的卡通片故事。有趣的是小孩也把自己置入了場景。

孩子在語言習得的過程之中，語法建構扮演著主要的角色。在語言習得過程裡，模仿可能在兩方面有它一定的功能：

1. 初習語言時，模仿是學習語言的一個動力，因爲透過語言的模仿會使親子之間的互動更加頻繁，關係更加親密。
2. 模仿可能影響孩子的語言使用（pragmatics）情形，也就是說，孩子的語言使用方式常常來自於模仿。例如我們常說：「從孩子的用語及說話的語氣，我們即可了解他們父母親講話的方式。」因此常用「你要給我小心呢！」、「你給我聽好！」之類語言方式的小孩，他們的父母親或周遭的家人必然常使用那些權威式的命令句。

重點複習

1. 何謂「模仿學說」（theory of imitation）？主要的理論根據是什麼？有何優點？
2. 有哪些證據足以說明「語言並非模仿而來」的看法？請仔細敘述之。
3. 何謂「文法建構」（grammar construction）的語言習得理論？有何優點？
4. 何謂「語言習得機制」（Language Acquisition Device）？如何證實語言學習機制的存在？
5. 後面是一段母子之間的對話：

媽媽：嘉嘉，這是「狗狗」。

嘉嘉：喔，do do。

媽媽：不是do do是go go，請說go go。

嘉嘉：do do。

媽媽：do do嗎？眞的是do do啊？

嘉嘉（搖頭）：是do do。

請問：您認為媽媽有可能把十四個月的孩子教會go go（狗狗）的音嗎？為什麼？

二、語言習得的階段

孩子的語言習得並非一蹴可幾，而是有階段性的發展。我們可以將整個習得過程分爲：語言前期（before language）及語言後期（after language），前者指尚未能講話之前的階段，而語言後期則指嬰兒開始會用某些固定的音節，或詞語來表達語義之後的階段。

㈠語言前期（before language）

語言習得包括兩方面的習得歷程：主動習得（active acquisition）及被動習得（passive acquisition）。主動習得指的是「能講出（articulate）至少一句別人能理解的（comprehensible）句子或者是話語（speech）」，在整個語言習得的過程之中，主動習得是屬於比較後面的發展。遠在孩子還無法講出別人能理解的「話」（words）之前，其實他們已經能辨別語音，這種能力稱爲被動習得。換言之，被動的習得永遠是在主動習得之前。被動習得的階段是孩子只會聽而不會講的階段，稱爲語言前期（pre-language stages）。

依據文獻上的研究，嬰兒在兩個月大的時候，已會辨別「語音」（linguistic sounds）和「非語音」（non-linguistic sounds）。這個實驗的假設前提是：嬰兒在吸吮母奶或奶瓶裡的牛奶時，如果聽到不一樣的聲音，嬰兒會因心理的反應而有快速吸吮的動作，等聲音持續一陣子之後，嬰兒才又恢復平常的吸吮動作。根據這個假設，語言心理學家設計了一段「語音—樂音—語音」的錄音帶，在嬰兒吸奶時播放。結果發現：嬰兒果然在語音和樂音的轉換之間，以及在樂音轉換到語音之間，都會有猛烈的吸吮動作，而在語音和語音之間的轉換時，並不會有類似的動作，由此可見嬰兒很早就能區辨語音和非語音的差別。

後來又有學者根據相同的實驗來驗證嬰兒對於辨異徵性（distinctive features）的辨識能力，結果發現：嬰兒在三、四個月大的期間，已經能區辨送氣和不送氣的差別，如spy中的[p]和pie中的[p^h]讀音是不同的，前者不送氣，後者送氣。此外，根據文獻，三、四個月大的嬰兒也已經知道英語的[p]和[pʰ]是同一音位的變體音（variants），因爲嬰兒吸奶時持續播放「pa, pa, pa_」的語音一陣子之後，如果接著播放的是「pʰa」，嬰兒也會有震驚的反應。更有趣的是：日本的成年人一向都很難區辨[l]和[r]兩個音，可是依據研究，日本的嬰兒卻有區分[l]和[r]的能力。而這種「能區分任何辨異徵性的能力」卻隨著年齡的成長而逐漸遞減，以至於到了六、七個月大的時候，大部分的嬰兒都只能辨別母語的音位（phoneme）。我們由此推知：嬰兒初生之時，與生俱來的語言習得機制（LAD）的確含有共通的語音徵性，後來則由於語言浸潤（exposure）的關係，而逐漸縮小到某個特定語言的語音。

其次我們要談到語言前期階段嬰兒的發聲。在語言前期，嬰兒的發聲都屬於沒有特定語義的「嗶啵聲」（babbling sounds）。早期的語言學家認爲嬰兒的嗶啵聲只是他們無意識的肢體動作，但經過更多的研究之後，現代的語言學家或語言心理學家對此已經逐漸有個共識：嗶啵聲其實含有很特別的語義，它是嬰兒對於外在環境的反應及調適而做出來的語言表達方式。相關證據來自於以下兩方面的研究：

首先，一般正常的嬰兒由於生長於適當的語言環境，他們的嗶啵聲起伏及形式都和外在語言的語調（intonation）及聲調（pitch contour）的起伏相同。這顯示超音段的韻律類型（suprasegmental rhythm types）是嬰兒語言習得中最早習得的語音形式，同時也表示嬰兒的嗶啵聲雖然表面上不具任何語義，但經上述分析，嗶啵聲其實仍有其語義內涵。

其次，有人做過正常小孩和聽覺有缺陷的聽障兒童的嗶啵聲之研究，結果發現：兩者的嗶啵聲之起伏並不相同。正常嬰兒嗶啵聲的語調或聲調很有規律，呈現與大人的語調或聲調相對應的形式，但是聽障嬰兒的語調或聲調卻很不規律。這兩者在嗶啵聲上的差別，顯示：雖然嬰兒還無法講話，但他們會由外在的語言之中去建構語法的不同類型。例如生長在以聲調爲主的漢語語言地區的嬰兒，他們的嗶啵聲反映了聲調的起伏，而以重音及語調爲主的英語地區的嬰兒卻反映出類於重音和語調的嗶啵聲。聽障嬰兒由於無法聽到外界的語音，因此無論是漢語地區或英語地區的聽障嬰兒，他們的嗶啵聲都很相同，顯得單調而沒有起伏變化，無法反映出語言類型的區別。

以前述兩個層面的研究爲基礎，我們可以總結而言：嬰兒的嗶啵聲是語言前期的共通反應，也是嬰兒邁入語言世界的前兆。而且，嬰兒的嗶啵聲也有其語義功能。

重點複習

1. 在語言前期，我們要如何確認嬰兒能辨別語音和其他聲音的分別？
2. 如何驗證嬰兒的嗶啵聲（babbling）具有的語義內涵？
3. 一般正常嬰兒和失聰的嬰兒在嗶啵聲上的起伏有何不同？有何啓示？

㈡語言後期（after language）

孩子語言的發展，通常分爲語言初期（language beginning stage）、雙語詞期（two-word stage），及多語詞期（multi-word stage）。

語言初期開始於周歲左右，但有個別差異，有些稍微早些，有些稍微晚些。語言初期開始的早晚並不盡然和嬰兒的智力或未來的成就有關，據說偉大的物理學家愛因斯坦的語言就開始得很晚，遲至五歲左右才開始講話。語言初期的共同特徵就是單一音節或單詞的使用，因此又稱爲單語詞期（one-word stage）。而且，嬰兒在這個時期是以單一音節或單詞來表達整個句子的語義，因此這個時期所講出來的句子又稱爲全義句（holophrastic sentences），即某個音節或某個語詞就表達了全部的語義，例如

(9)

① [da] Dog! (Get that dog away!)

② [da] Dog? (Is that a dog?)

③ [da] Dog. (Here comes a dog.)

例⑼中的三句都只有一個音節[da]（dog），可是卻都用同一個音節，同一個語詞於不同的場合裡表示不同的語義。聽者必須依據周遭的環境及嬰兒的可能語義去了解全句的意思。當然，現在依然有許多學者質疑嬰兒使用某個語詞的時候，其眞正的語義是否眞的和大人使用該語詞所要表達的語義相同。只不過，這是個無法尋得絕對解答的問題。

針對單一音節或單詞的使用，我們也觀察到一位十一個月大的小男孩，他就像例⑼中的孩子一樣，只會說「公」[ga]和「爸」[pa]來代表全句。此外，我們發現，嬰兒最早會發聲的母音是[a]，可見[a]是語言中最無標記（unmarked）、最容易學會的母音。

語言初期所出現的單音節或單詞多爲嬰兒最常接觸的親屬稱謂，如mama（媽）、daddy（爹），或寵物名稱，如doggie（狗）、kitty（貓），或是動作的禁止語，如No（不要），或許可語，如Ya（可以）等。

就音韻層次而言，語言初期嬰兒所習得的主要是CV的音節，即使是CVC的音節也會被省刪成CV音節，例如

⑽

	拼字	讀音	原音	中文語義
①	sock	[sa]	[sak]	襪子
②	shoe	[su]	[ʃu]	鞋子
③	cup	[ka]	[kʌp]	杯子
④	公	[ga]	[guŋ]	
⑤	藍	[na]	[lan]	
⑥	單	[da]	[dan]	

不過，有很多研究顯示：語言初期的嬰兒能辨識的語音其實遠比他們能講出來的語音還要多很多，因此，語言習得成果不能單純以嬰兒能講出來的語音爲唯一的參考標準，嬰幼兒所會辨識的語音也必須算入他們的語言能力之內。畢竟，語言的習得是包括會聽，及會講的語句及語音。

嬰兒的語言進展幾乎可以用「神速」來形容。有人說，平均每兩個小時，嬰兒就會習得一個新詞。以如此快速的進展，到了兩周歲左右，孩子就邁入了雙語詞時期。起初，孩子似乎是以兩個單語詞並列在一起，因爲他們的語調或聲調都還保存了兩個語詞各別的音高（pitch），而後漸漸地才把雙語詞視爲一個結構單位，因而有了完整的語調起伏，例如

⑾

	語流句	句法結構	語義結構
①	Doggie bark.	NP + VP	The dog is barking.（主事者語意角色）
②	Baby water.	NP + NP	I need water.（主事者語意角色）
③	Baby sock.	NP + NP	These are my socks.（所有者角色）
④	Drink milk.	V + NP	I want to drink milk.（受事者角色）

由前面的四個例句，我們可以歸納三個值得注意的現象：第一，這些雙語詞語句的語詞順序都和英語的一般句子結構很相似，例如(11②)和(11④)分別是(12①)或(12②)的句法結構：

⑿

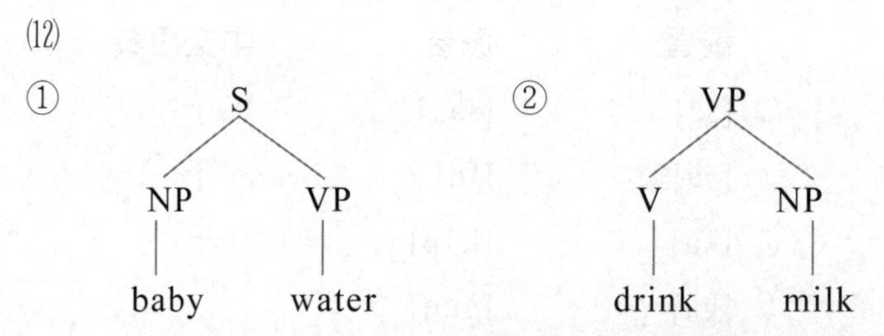

我們在中文所蒐集的中文語料也不例外，如(13①)和(13②)：

⒀

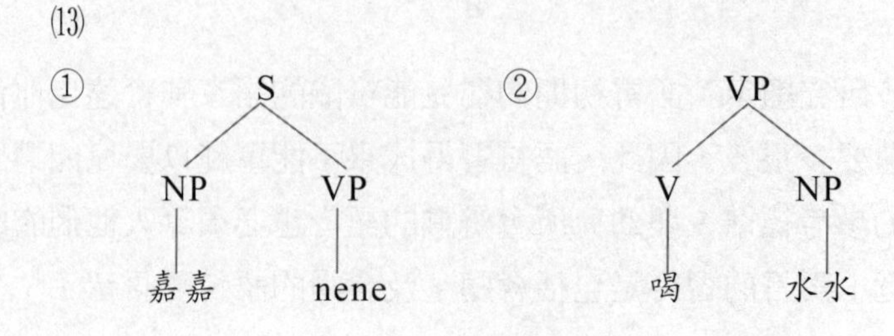

其次，這些句子都沒有表示單複數或現在式的詞綴（suffixes），而且每種句子的結構都和電報用語很相同（簡短又沒有表動詞變化的詞綴），因此又被稱為電報句（telegraphic sentences）。第三，這個時期孩子所用的語詞都是實詞（content words），很少有虛詞（function words），如範詞（the, a, an）、助動詞（will, shall）等等。可見嬰兒最早會用的是有實質語義的語詞，至於虛詞，一般要等到兩歲半（三十個月）之後才逐漸出現。

過了雙語詞階段之後，孩子的語言發展似乎就直接進入了多語詞時期，中間並沒有所謂的三語詞階段。其實，過了雙語詞階段之後，孩子的語言發展出現很大的個別差異，研究這個時期的說話，一般都改用「語流長度的平均數」（mean of length of utterances, MLU）作為研究或記錄的單位，而不再採用年齡的數字，主要的考量就是由於每個小孩語言發展上的巨大差異。例如有人在兩歲半時，能講「Gim me ball.」、「No go outside.」、「No more light.」等三個語詞的句子，有些小孩在兩歲半時，還停留在雙語詞階段。至於「語流長度的平均數」則和孩子的個別差異很有關係，不過依據Chen & Ryback 1974[4]的研究，中國小孩的「語流長度的平均數」是二十四個月（兩歲）時，能講2.5個音，到了三十兩個月（兩歲八個月）時，平均語音是7.7個音，這個研究結果和美國小孩的「語流長度的平均數」非常一致。

重點複習

1. 「語言後期」（after language）的孩子語言發展可分為哪三期？請舉例說明之。
2. 在語言習得的「單語詞期」（one-word stage），會出現全義句（holophrastic sentences）。何謂「全義句」？

---

[4] Chen, V.（陳福藍）& D. Ryback, 1974. Language Acquisition in Chinese Children. *Acta Psychologica Taiwanica*, 16:1-16.

3. 何謂「單語詞期」（one-word stage）？這個時期常有音節簡化的現象，請問哪種音節在這時期最為常見？
4. 何謂「雙語詞期」（two-word stage）？請問在這個時期常出現的句法結構為何？
5. 何謂「電報句」（telegraphic sentences）？有何特色？
6. 何謂「多語詞期」（multi-word stage）？
7. 何謂「語流長度的平均數」（mean of length of utterances, MLU），並指出MLU在語言習得研究上所扮演的角色？

三、語法習得

嬰兒的語言發展，除了依據年齡及語詞數目爲單位來算之外，還可以從語法的習得來分析。語法主要的部分有語音及音韻、構詞、句法、語義等等，因此本節分別從四個層面來分析語言習得的現象。

(一)音韻習得

任何小孩的語言習得都是從語音開始，所以音韻的習得（phonetic and phonological acquisition）是所有語言習得的領域裡最明顯的指標。一般而言，嬰幼兒初習語音之時，都無法唸得和成人的語音相同，例(14)是文獻上有名的語料[5]：

(14)

Father: Say "jump."

Son: [d̦ʌp]

Father: No. "jump [dʒʌmp]"

Son: [d̦ʌp]

---

5 Smith, N., 1973. *The Acquisition of Phonology: A Case Study*, Cambridge University Press, p. 10.

Father: No. “jump [dʒʌmp]”

Son: [u:li:d̦ɛdi: gæn de: d̦ʌp] (Only Daddy can say “jump”)

仔細觀察前面的語料，我們發現，嬰兒無法準確地唸好某些語音，如[dʒ]、[k]、[o]等，但他們很自然地使用一組相對應的語音來替代。此外，例⑭中的小孩還會說「只有Daddy才會唸[d̦ʌp]（[dʒʌmp]）」，這表示他自己也很清楚他的讀音和父親的讀音是有差別的。有些小孩則認爲自己的讀音其實是和大人沒有差別的，如[6]：

⒂

Guest: This is your fis?

Child: No. My fis.

Guest: So that is your fish.

Child: Yes. My fis.

例⒂中的小孩雖然不能發[ʃ]的音，但很顯然地，他已經知道[ʃ]和[s]是不同的，因此當大人故意以[s]來取代[ʃ]時，小孩不表贊同，但是他自己唸時，卻無法避免地會用[s]來代替[ʃ]。這種嬰兒用相近的語音來取代大人的語音的現象，是語言習得過程中相當普遍的例子。

那麼嬰兒最容易學會的是什麼音呢？綜合過去對於語言習得的研究，依據發音部位而言，孩子發音先後順序爲：脣音[b, p, pʰ, m, f, v]＞舌根音[g, k, kʰ, ŋ]＞齒齦音[d, t, tʰ, n]＞齒音[θ, ð]＞顎化音[ʃ, ʒ]（＞表「先於」），若依據發音方式，則其先後順序爲：鼻音[m, ŋ, n]＞滑音[y, w]＞塞音[b, d, g, p, t, k, pʰ, tʰ, kʰ]＞流音[l, r]＞摩擦音[f, v, s, z, ʃ, ʒ]。由此可知，[m]同時爲鼻音及脣音，應該會是嬰兒最早習得的語音，這也可以

---

6 Berk, J. and R. Brown, 1960. Psycholinguistic Research Methods, In P. H. Mussen (ed) *Handbook of Research in Child Development*. John Wiley and Sons, pp. 517-557. (p. 531).

解釋爲什麼大多數的嬰兒都是先會叫ma（媽）的緣故。不過也有許多案例顯示：孩子先會[pa]而後才會[ma]的現象。

從音韻表現來看，早期嬰兒最常見的的語音表現是同化（assimilation）及簡化（simplification）兩種現象。同化指的是某個輔音的發音部位或方式會和它前、後的輔音相同，例如

(16)

拼字	原讀音	同化後之讀音	說明	中文語義
room	[rum]	[wum]	[m]是脣音，所以會使[r]變成脣音[w]。	房間
tell	[tɛl]	[dɛl]	[l]是有聲子音，把[t]也變成有聲的[d]。	告訴
table	[teybl]	[be:bu:]	[b]是脣音，把[t]也變成脣音[b]。	桌子
bug	[bʌg]	[gʌg]	[g]是舌根音，把[b]也變成舌根音[g]。	蟲
book	[bʊk]	[guk]	[k]是舌根音，把[b]也變成舌根音[g]。	書
bike	[bayk]	[gayk]	[k]是舌根音，把[b]也變成舌根音[g]。	腳踏車
讀書	[tu ʂu]	[pu fu]	都是先會講脣音，然後把所有非脣音的子音都同化爲脣音	
出來	[tshu lai]	[fu bai]		
當心	[taŋɕin]	[tan tin]	[ŋ]因爲[t]而被同位爲[n]，[ɕ]則因爲[n]而被同化爲[t]。	

簡化指的是刪除輔音串中的某一個輔音，如後面(17①)。以音節而言，最常見也最早為嬰兒所習得的音節型態是CV音節，因此遇到CVC的音節之時，最後面韻尾會被刪除而成為CV結構的音節，如(17②)：

⑰

①

拼字	嬰兒的讀音
stop	[dɔp]
milk	[mik]
queen	[ki:m]
slide	[layd]
desk	[dɛk]

②

CVC ——→	CV
dog	[da]
bus	[ba]
boot	[bu:]

簡而言之，嬰兒的語音習得最早是從語音的替代，及用一個接近於大人發音的語音來取代。音韻的習得方面則以同化及簡化最為常見。至於音節，則以CV音節為最常見的音節形式。

重點複習

1. 孩子在習得音韻時，有何習得特徵？請舉例說明之。
2. 孩子最常見的語音表現為「同化」（assimilation）及「簡化」（simplification）兩種現象，請舉例說明之。
3. 請觀察後面的母女對話：

   媽媽：吃點蔬菜，好嗎？

   女兒：Dai Dai（菜菜），ha zi（好吃）。

   媽媽：菜菜。

   女兒：Dai Dai。

   請問，女兒還不會唸[ts^h]音時，她是否知道Dai Dai和ts^hai ts^hai（菜菜）的差別？
4. 從發音部位而言，孩子的語言習得的先後順序是什麼？

㈡構詞習得

構詞的習得是語言習得裡非常有趣的一面。目前的語言習得研究之中，提供最多語言習得語料及研究文獻的就是英語，而英語正好是個構詞豐富的語言。許多文獻都記載著小孩在動詞過去式上的語誤現象，例⒅是一位四歲的小孩和母親的對話，對話中有小孩在動詞過去式上的誤用現象[7]：

⒅

Child: My teacher holded the baby rabbits and we patted them.

Mother: Did you say your teacher held the baby rabbits?

Child: Yes.

Mother: What did you say she did?

Child: She holded the baby rabbits and we patted them.

Mother: Did you say she held them tightly?

Child: No, she holded them loosely.

爲什麼孩子會有這樣的語誤產生呢？這是模仿而來的嗎？但我們知道大人不可能會說出含有像holded之類的過去式動詞，因而小孩的這些錯誤不可能是從大人的語言模仿而來的，況且例⒅的對話裡也顯示了大人的糾正是無效的，只要孩子的語言機制還沒有發展到適當的程度，或者是說孩子的語言能力（linguistic competence）還有待激發之前，無論父母親用多少力氣去糾正，都無法阻止孩子類似的語誤。所以，對於例⒅最合理的解釋是：孩子在語言習得的過程之中，他們先習得的是像「過去式的構詞是在詞基（stem）之後加詞綴-ed」的規律。而這些規律是孩子從大人的walk--walked, talk--talked, smile--smiled, call-called等構詞歸納而來的規律，進而建構成自己的語法。

---

7 語料取自Cazden, C., 1972. *Child Language and Education*, New York: Rinehart and Winston, p.2.

為了驗證孩子在語言習得過程中所習得的是規律，而不是單一的構詞形式，一位美國著名的語言心理學家Berko做了一個很有趣的實驗。他畫了一張怪物的圖，如圖10-3：

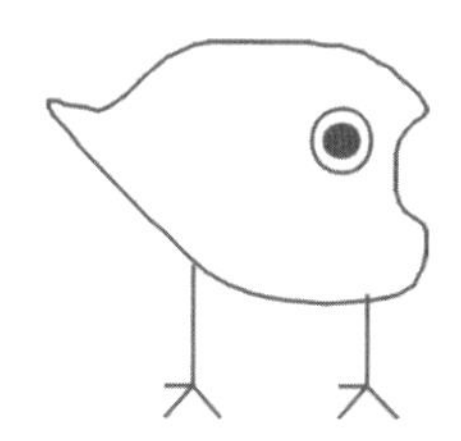

圖10-3　Berko的實驗圖。

他並且拿這張圖去給小學一、二、三年級的學生做實驗。他向這些學生說：This is a wug.（這是一隻wug.），然後另取一張畫有兩個怪物圖，問學生：There are two of them now. There are two ____? 多數的學生果然說：There are two wugs [wʌgz]。

另外一張怪物圖叫做bik，也是學生從未看過的鳥，學生也都能說出There are two biks [bɪks]。由於wug, bik不是英文的語詞，且小孩終其一生也不可能看過像圖10-3的圖形，因此wug, bik其實是心理學家所自創的英文字，小孩因此不可能看過或聽過大人說過wugs [wʌgz]及biks [bɪks]的音。孩子唸[bɪks]時，顯然是由於他們已經習得了一個規則：「有聲詞尾如[n, m, d, g]等，其後的複數詞尾要唸[z]。無聲詞尾如[p, t, k]等，其後面的複數詞尾要唸[s]。」這個實驗讓我們可以了解到：孩子不但習得了「複數名詞之後要加-s」的構詞規律，同時也習得了「複數名詞的-s，在無聲輔音之後要讀成[s]，但在其他地方要讀成[z]」的發音規律。

至於構詞習得的順序，雖也呈現個別差異，但大致上的順序是：-ing＞-s（名詞複數）＞助動詞be用法＞-s（所有格）＞-s（第三人稱單數現在式）＞-ed（過去式）。

由於漢語缺乏像英語那樣的詞綴，根據我們所蒐集的一個臺灣小孩的語料，在一歲半時所習得的全部詞彙只有：爸爸、媽媽、爸ㄅㄧ（爸爸）、姊姊、媽媽、弟弟、哥哥、舅舅、阿姨、寶寶、ne ne（牛奶）、ㄅㄨ ㄅㄨ（車子的聲音，可能起於父母親在逗小孩玩玩具車時，常用「ㄅㄨ ㄅㄨ」聲之故）、te te（爹爹）、抱抱、謝謝、再見、嗨，等等語詞。臺灣的小孩要到兩歲半之後，才會使用「我們」、「他們」、「你們」，但很少發現他們會把「們」應用到其他語詞如「車子們」、「狗狗們」。由此證明語言習得的過程之中，孩子很快地便會辨識語言是否具有構詞的詞綴。

重點複習

1. 孩子在習得構詞時，先習得何種特徵？請舉例說明之。
2. Berko的wug和bik實驗對語言習得有何啓示？
3. 為什麼美國小孩在語言習得中含有像「she holded them.」之類的錯誤呢？要怎樣解釋這種錯誤？

㈢句法習得

句法的習得從雙詞期開始漸漸有了雛形。前面談到孩子在雙詞期時，已經有了S+V及V+O的句法形式（S=Subject，主詞；V=Verb，動詞；O=Object，受詞或賓語）。然而，對於肯定句及疑問句等句子形式的區別，則一概仰賴語調：語調下降，則爲一般陳述句或肯定句；如果語調上升，則明顯地表示疑問或懷疑：

⒆

① Sit chair. (I want to sit on the chair.)　　c. 喝 ne ne.

② Sit chair? (Can I sit on the chair?)　　d. 喝 ne ne嗎？

兩歲半（三十個月大）左右，孩子開始會用助動詞can, will等等，但這時還無法使用倒裝句，形成類似例⒇中的對比：

⒇

① I can sit. (I can sit on the chair.)

② I can sit? (Can I sit on the chair?)

又過了半年左右，孩子已經三歲了，才會有倒裝句的出現，但仍然顯示助動詞重複的現象：

(21)

① *Can* I *can* sit?

② *Shall* we *shall* have?

③ *Did* you *did* you come home?

到了約三歲四個月之後，孩子才會使用具有倒裝形式的疑問句。有人從衍生語法的架構來分析小孩的倒裝疑問句，認爲倒裝本身就是移位變形（movement and transformation）的一種。移位變形越多的句型，對於小孩來說越困難。所以，倒裝疑問句在整個習得過程之中，是屬於較爲後期的發展。

中文的疑問句沒有倒裝的現象，但是中文的疑問詞有兩個：「嗎」及「呢」，用「嗎」表示類似於英語的yes/no問句，例如「他會來嗎？」、「張先生是老師嗎？」用「呢」表示類於英語的wh-問句，例如「他爲什麼會來呢？」「什麼事讓他心煩呢？」說中文的孩子，問句習得比較慢，大部分的小孩在三歲時會使用「嗎」和「呢」來發問。通常的情形是先會說「嗎」，而且用於附加問句（Tag question）中，例如

(22)

① 是嗎？

② 喝nene，是嗎？

③ 阿姨是嗎？

④ 什麼嗎？

我們研究的受試者中，有個兩歲半的小女孩，很會說「嗎」問句，卻還不會用「呢」。這顯示雖然中文沒有wh-疑問詞的倒裝，但是「呢」

問句還是比較慢習得的句型。這位小女孩到了三足歲之後，才漸漸會說「呢」問句：

(23)

① 哥哥呢？

② 爸爸呢？

③ 什麼呢？

④ 爲什麼要這樣呢？

從完全依賴語調來表達疑問句的形式，到學會助動詞的使用及助動詞的倒裝，顯示出孩子的語言習得是一種漸進發展的過程，其間反映了認知及心理的發展，也反映了發音器官的成熟進展。

在句法習得上，另一個有趣的觀察重點是wh-問句。由於wh-問句本身就包含了助動詞的倒裝及wh-問句的移位，因此這種句型牽涉兩個移位變形的過程，所以理論上wh-問句的習得要比前面所討論的倒裝疑問句還要困難。依據文獻的觀察研究，事實上也是如此。最早的wh-問句，充其量也只是用語調及wh-詞來表示而已，例如

(24)

① What you think?

② Why you smiling?

直到孩子會使用倒裝疑問句之後，才會有像下面的例句：

(25)

① Do you have it?

② Can I go?

③ Shall he come?

但是，在前面兩期之後的語言發展卻是只有wh-詞，而沒有倒裝的形式，例如

(26)

① What he did?

② Where I shall sleep?

③ Why he can stay?

到了快要四歲時，孩子才慢慢地會使用完整的wh-問句，例如

(27)

① What did he do?

② Where shall I sleep?

③ Why can he sit?

④ Why are you smiling?

總而言之，小孩句子的習得過程是先由單語詞開始。在單語詞的階段，一個語詞即代表整句的語義，這個時期對於一般陳述句或疑問句必須由語調來判斷。到了雙語詞構句的階段，已經有一個句子或詞組的架構。至於疑問句的形成則比較晚，卻也可以看出yes/no問句形成得比較早，而wh問句的形成比較晚。中文方面，則「嗎」的使用比「呢」還來得早。

重點複習

1. 孩子在習得句法時，先習得何種特徵？請舉例說明之。
2. 中文疑問詞「嗎」及「呢」，兩者用法有何區別？在孩子的句法習得中扮演何種角色？
3. 為什麼孩子會有像「Can I can eat？」或「Do you do you come？」的問句形式呢？要如何解釋這種重複語助詞的疑問句呢？

㈣語義習得

語義的習得主要是建立在單詞之上。孩子自從會問「那是什麼？」開始，幾乎每遇到新的事物，就會問：「那是什麼？」經過父母親耐心

地一一解說，孩子逐漸習得語音和語義之間的關係。然而，語言中每個語詞的語義是武斷的（arbitrary），例如中文的「桌子」一詞，讀成[tsuo tsi]，而英語的「desk」一詞讀成[dɛsk]，對象相同，語義也是相同，可見語音和語義兩者之間的關係完全是武斷的，是無法解釋的。

大多數的語詞，除了本身武斷的基本語義之外，通常還會有其他的延伸語義，這就和社會文化及認知的背景大有關係了。例如臺灣的孩子初次遇到「芋頭」、「甘薯」而又不知道它們是什麼植物時，會問：「那是什麼？」絕大多數的父母親只會告訴[ü tʰou]、[gan shu]。後來小孩上學了，在臺灣這個社會成長，才逐漸從各種不同的場合之中，偶然學到「芋頭」和「甘薯」放在一起的時候，原來還有其他的延伸語義：「芋頭」代表外省人，而「甘薯」代表土生土長的本省人。換成一位也是講「國語」但不住在臺灣的小孩（比如大陸的小孩），由於語言環境的不同，看到「芋頭」和「甘薯」時，也只有知道芋頭和甘薯的基本意義：一種好吃的根莖類植物，而不知其他的社會意義。由此可見，語義有時與文化社會的背景有關。

至於對實詞和虛詞的習得，一般說來：先學會實詞，然後才慢慢地擴展到虛詞。在單詞習得的過程之中，十七、八個月大的小孩，大概會五十個左右的基本單詞，包括物件（leg, nose, eye, box, socks, cat, milk, hand, head等）、特性（bad, good, sweet, yammi（表東西的好吃）等）、行動（go, come, cry, laugh, kiss, have, buy, wash等）、事件（hurt, fall down, push back等）、空間（up, down, in, out等）、人稱（you, he, I），及其他（good-bye, like, do等）。國語的詞彙在前五十個單詞時期，大概也是這些相對的國語用詞，例如手、腳、鼻、眼、貓、狗、兔子等常見的名詞。這些基本詞彙通常變成孩子對了解語義的基礎，因為當他後來遇到新事物或新名詞時，語義的理解可能就建立在這些基本詞彙的特性之上。例如孩子會從人身的器官部位的上下關係，學會「上」及「下」的空間語義，也會從眼睛能看到的「前方」延伸到眼睛看不到的「後方」。然而，語言習得專家還是注意到在語義習得的過程之中，孩子常會有語義擴大（overextension, 或overgeneralization, 或Broadening）及語義縮小（underextension, 或undergeneralization）等兩種誤差的現象。

語義擴大指孩子所習得的語義遠大於該語詞實際所指涉的語義，例如說，「球」的形狀是圓的，於是孩子會把所有圓的東西都稱爲「球」，這就是所謂的語義擴大現象。經過更仔細地研究，如果父母越常以圖片或圖形爲輔助工具來教孩子習得詞彙，孩子越常會有語義擴大的現象。此外，有些個案顯示出聽覺在習得過程中也扮演了重要的角色。比如小孩每聽到「汪汪」就想到狗，聽到「喵喵」就想到「貓」，但是很多動物的鳴叫聲很接近，特別是輕而窸窣者，如老鼠、壁虎、蜥蜴，或嗡嗡不停者，如蜜蜂、蚊子、蒼蠅等等，若非長期的耳濡目染，其實很難仔細分辨，孩子因而容易有語義擴大的現象。例如從沒有看過老鼠的小孩，大概只有在聽到窸窣聲時，媽媽可能用手指在嘴前一比，並「噓」的一聲，說「老鼠，有老鼠」，於是不久之後，小孩聽到樹葉的婆娑之聲時，也會以爲是老鼠出現了。不過，當遇到這種語義擴大的現象，家長並不需要特別焦慮，因爲等孩子的心智發展到某種程度之後，語義擴大的現象自然會消失。

和語義擴大相對的是語義縮小。顧名思義，「語義縮小」指的是孩子的語義比實際用語的語義還小，例如家長如果用圖書或照片來教導小孩的動物名稱像「狗」、「豬」、「雞」等等，小孩可能會誤以爲只有圖片上的狗才是「狗」，電視上或馬路上看到的狗並不是「狗」，這就是語義縮小的典型例子。和語義擴大一樣，語義縮小也是孩童語言習得上常見的現象，不需指責或糾正，等小孩的心智發展到某個程度時，自然會更改過來。

至於抽象語詞方面，通常要等到兩歲半左右，小孩才會得心應手地使用空間或大小的抽象語詞。起先，大小如big/small還都只是一種概念，因此即使是同一片蛋糕，孩子有時會用「big」，有時會用「small」來形容，這顯示他們並未眞正建立大小的觀念。然而兩歲半之後，許多小孩不但能很精準地使用big/small，還有時會故意使用相反詞來和父母親唱反調。例(28)是一個兩歲七個月的女孩和媽媽的對話：

⑵8

媽媽：這片蛋糕很大。

小孩：眞小。

媽媽：那是紅燈。

小孩：那是綠燈。

媽媽：這樣不好。

小孩：這樣很好。

由例⑵8母女的對話，我們可以清楚地知道：小孩已經知道大小是相反詞，他們的對應關係就一如和「紅燈/綠燈」的對應關係，也和「不好/很好」一樣，都有相反詞的意味。

語義其實是很抽象的語言層次，與詞彙的基本語義有關，也和社會經驗、文化，及認知發展等大有關係。孩子的語義習得就是從詞彙的增加開始，而後由簡單的社會經驗之中，逐漸調整，乃至於對空間、距離的語義掌握，是既漫長又非常快速的學習歷程。

重點複習

1. 語義和語音之間的關係是武斷的，那麼小孩如何習得語義呢？
2. 請以「芋頭」和「甘薯」在臺灣的延伸語義來說明文化社會在語義習得上所扮演的角色？
3. 何謂「語義擴大」（overextension）？請舉例說明其特徵？
4. 何謂「語義縮小」（underextension）？請舉例說明其特徵？

四、和語言習得有關的議題

語言習得的現象引發了許多有趣的問題，其中最引起語言學家興趣的有兩個：第一，為何小孩能在語言環境如此貧乏的情況之下，如此快速地習得一個乃至於多個語言呢？這個問題和內生假設（Innateness Hypothesis）有關。第二，孩子的語言習得是否有其關鍵時期呢？這個問題和關鍵時期假設（Critical Period Hypothesis）的學說有關。

㈠內生假設（Innateness Hypothesis）

自古以來，很多哲學家一直在思索一個問題：爲什麼小孩能在如此貧乏的語言環境裡，如此快速地學會一個語言呢？所謂「如此貧乏的語言環境」指的是：孩子早期所接觸的語言大都只局限於父母親，或者是小朋友之間的語言，而且他們所接觸的句子之中，有很多是不完整的語句，或具有不完整的語意，例如「我就說那個嘛！就是那個。」前面句子中的「那個」，除了當事人之外，其他人很難了解它的語義。因此，我們說孩子的語言環境是很貧乏的。

再者，大人的語言之中也有許多省刪（deletion）與替代（substitution）的規律，孩子卻能在很短的時間內，熟悉和掌握這些語言的規律，很少犯錯。例如

⑵⑼

肯定句	**疑問句**
① John went out to the park.	Who went out to the park?
② John and Bill went out.	Who went out?
	Who and John went out?
	John and who went out?

在(29①)的肯定句和疑問句裡，主詞和疑問詞之間的對應是一種替代規律。而且，我們從(29②)的疑問句子得知：如果主語爲A 和 B的結構時，其中的任何一個都可以用疑問詞來替代。但是，A 和 B的結構在受詞的位置之時，卻有了不同的反應：

⑶⑽

肯定句	**疑問句**
① I met John in the park.	Who did you meet ___ in the park?
② I met John and Bill in the park.	*Who did you meet John and ___

in the park?

*Who did you meet ___ and John in the park?

在例(30①)疑問句中，who被用來取代John，但是在A和B結構當作賓語時，A或B之中的任何一個都不能以who來取代而移位至句首，形成疑問句。爲什麼小孩都知道這麼複雜的結構限制呢？而且在很短的時間（從周歲到四歲）就能習得這些複雜的語言規律呢？

爲了解說這些問題，喬姆斯基（Noam Chomsky）認爲：孩子語言的習得機制（LAD）是天生的，而且LAD內有通用語法（Universal Grammar）。通用語法決定了語言的習得，所以任何小孩都能在不知不覺之中習得語言，根本不需要特別的教導或費力地練習。這就是語言學內所謂的內生假設學說，又稱爲原生主義（nativism）。原生主義本爲幾百年前流傳至今的哲學學說，但是語言學上的內生假設來自喬姆斯基的衍生語法。喬姆斯基認爲任何語言的語法都非常複雜，非常抽象，而小孩能接觸到的語言經驗又太少，絕不可能短期內完全學會。然而事實證明，孩子能於短期內完全學會語言，這必定是由於孩子的語言習得來自於內生的緣故。

內生假設是一種很難去驗證的學說，到現在爲止支持者都以小孩能在如此短的時間及如此貧乏的語言環境之下，卻能很快地習得語言作爲論證的基礎。但由於反對者至今無法提出一個足以推翻內生假設的實質證據，而使這個學說迄今仍然廣爲流行。

重點複習

1. 何謂「內生假設」（Innateness Hypothesis）？有何證據支持此假說？
2. 何謂「通用語法」（Universal Grammar）？請舉例說明它在語言習得上扮演的角色。

㈡關鍵時期假設（Critical Period Hypothesis）

既然語言習得機制是與生俱來，它就具有人體生物性，依理應該和所有的生物性器官具有相同的特性：會成長，會成熟，會老化。因此，自有語言機制的假設以來，語言學家及心理學家共同關心的問題是：語言機制是否有成熟時期呢？如果有，則過了成熟期（也即最關鍵的時期）之後，習得語言會有所困難，這就是有名的關鍵時期假設（Critical Period Hypothesis）。更明確地說，小孩從十二到十八個月開始講第一句話（第一個語音），而後的四、五年之間，是語言發展最快速的時期，到了入學之時，小孩幾乎已經習得了所有的語言結構。然後在屆臨成熟期之前，語言習得系統開始減緩。如果小孩在此之前，沒有機會從外在環境之中取得開啓語言的鑰匙，則可能永遠喪失語言習得的機會。

有幾個有名的案例常被用來支持關鍵時期假設。在1970年間，有個女孩名叫Genie（並非她的眞名），她從出生到十三歲七個月大，都被囚禁在一間小小的房間裡，幾乎斷絕了與外人溝通的機會。待她被發現時，已經過了語言成熟期，後來雖經過長期的語言治療及教學，始終無法習得完整的語法。Genie的語言特性很像布羅卡失語症患者的語言：她學會了實詞，如顏色名稱、周遭常見的物品名稱以及幾個常用的動詞。她說的句子沒有句法組織，沒有正常的詞序（word order），也沒有語法性構詞如-ing或動詞第三人稱單數的-s，例如

⑶1

① Open door key.

② Man motorcycle have.

③ Genie have full stomach.

Genie也無法學會Wh-問句：如果教她講「Where are the graham crackers?」，她可能會說成「I where is graham cracher.」或「I where is graham cracker on top shelf.」不過，Genie卻能表達她的情感及內心的想

法，如angry, happy等。爲何Genie一直無法習得語法結構呢？可能的解答是：她已經過了成熟期才接觸語言，因此永遠無法把語言學好。

另一有名的個案是Chelsea。她天生耳聾，卻被誤診爲重度智能不足，等到獲得正確的診斷之時，Chelsea已經是三十一歲了。依靠助聽器，她開始接受語言治療，結果也僅能習得大量的詞彙，而無法習得語法結構。此外，有許多耳聾小孩，由於獲得診斷時間的不同，結果發現他們的手語能力也大不相同：只要在語言成熟期之前獲得診斷並開始學習手語者，他們的手語溝通能力都遠優於語言成熟期後才接觸手語者要好許多。

前面述及的案例都似乎證明了關鍵時期假設的存在。不過，目前爲止，學界對於這個假設也還僅止於「假設」的階段，許多人對此仍然抱持著懷疑的態度及看法。這樣看來，關鍵時期假設彷彿還需要更多的驗證。

重點複習

1. 何謂「關鍵時期假設」（Critical Period Hypothesis）？有何證據支持此假說？
2. 為何Genie的個案可以用來支持「關鍵時期假設」？有何重要啓示？
3. 試比較Genie和Chelsea個案的異同，並討論他們的個案和「關鍵時期假設」的關係。

五、摘要

本章的主題是「語言習得」，主要探討的是：語言習得的理論、語言習得的階段、小孩在語法（語音、構詞、語義及語法）上的習得順序，以及和語言習得相關的議題等四個主題。

語言習得要有兩種理論主：模仿理論（Theory of Imitation）及語法建構理論（Grammar Construction Theory），前者以行爲主義的心理學及結構主義的語言學爲本，強調語言的學習是一種透過制約和反應之關係而建構起來的模仿動作，並且講究正負增強的協助。這種理論無法解釋爲何小孩在語言學習期間，常會犯大人都不會講的語誤，例如小孩會說：

「He goed away.」但大人不可能會講「He goed away.」之類的句子。既然大人不可能說，小孩如何模仿呢？語法建構理論則認爲孩子的語法是以內生的語言習得機制爲軸心，而從外界的語言之中去歸納語法規律，並將這些語法規律和小孩日後的語言互動之中去建構整個語法。

就孩子語言習得的步驟而言，可分爲語言前期（before language）及語言後期（after language）。語言前期指孩子還無法講出正確語音之前的反應，研究者多半由孩子的聽覺來了解語言前期的情形。語言後期又可以從單詞、雙詞以至於多詞等等步驟加以探討。

最後是語法習得，我們簡單地從語音及音韻、構詞、句法及語義等四個層面逐一探討。最簡略的結論是：孩子的語音習得可以分別從發音部位及發音方式：前者以脣音＞舌根音＞齒齦音＞齒音＞顎化音爲出現順序，後者則依鼻音＞滑音＞塞音＞流音＞摩擦音之順序發展。至於構詞方面的習得現象，最常見到的是孩子在規律和例外之間所表現的互動和妥協。例如孩子常會有goed, taked等構詞錯誤情形，若進一步分析，可以發現這些錯誤產生的原因是因爲孩子先以有規則的構詞爲基礎，建構了構詞原則，稍後孩子會從更多的現象之中，歸納不規則的相關構詞現象。句法則以一般陳述句爲先，疑問句及倒裝則比較慢習得。關於語義，孩子也都從語義擴大（semantic broadening）和語義縮小（semantic narrowing）等去刪削語詞和語義之間的關係，直到他們終於掌握語義的本質。

最後，我們談及和語言習得有關的兩個議題：內生假設（Innateness Hypothesis）和關鍵時期假設（Critical Period Hypothesis），這兩者其實互爲表裡。內生假設認爲孩子天生具有語言習得的機制，內含通用語法（Universal Grammar），這正好說明爲何孩子，只要在哪個語言環境之中長大，他必然會講那個語言。再者，如果語言習得的機制是天生的，則該機制必然也會像其他的器官一樣，會生長，會成熟，也會老化。這些現象告訴我們：孩子必須在語言習得機制成熟之前，有機會置身於某個語言環境之中，否則會失去語言習得的機會。後來，透過幾個個案的分析和了解，似乎證明關鍵時期假設的眞實性。

本章建議延伸閱讀書目

Clark, Eve. 2002. *First Language Acquisition*. Cambridge University Press.

Guasti, Maria Teresa. 2004. *Language Acquisition: The Growth of Grammar*. MIT Press.

Hsu, Joseph H.. 1996. *A Study of the Stages of Development and Acquisition of Mandarin Chinese by Children in Taiwan*. Taipei: The Crane Publishings.

Pinker, Steven. 2000. *The Language Instinct*. Perennial Classics.有中文翻譯本（洪蘭譯，《語言智能》，商周出版社。）

Tomasello, Michael. 2002. *The New Psychology of Language: Cognitive and Functional Approaches to Language Structure*. Lea.

第十一章

第二語言習得

第二語言習得（second language acquisition，簡稱SLA）是應用語言學（applied linguistics）領域內很重要的學科，特別是在亞洲非英語為母語的國家裡，由於英語的普及性及必要性，使英語的學習變成第二語言習得的同義詞。第二語言習得探索的主題無非是習得的過程和習得的相關因素。就理論的發展而言，雖然可以追溯到Robert Lado（1957）年出版的經典名著《*Across the Cultures*》，但是第二語言習得的理論一直要到Selinker 1972年創用了中介語（interlanguage）的名詞，並廣為接受之後，才逐漸成為一門獨立的領域。

依據Selinker的本意，中介語代表學習者正朝著目標語（the target language）前進，而又尚未完全擺脫母語或第一語言之影響的語言。中介語是第二語言習得者必經的過程，也是一種自然的習得現象。換言之，第二語言的習得有它自己的歷程及獨立自主的經驗，不應定義為：受第一語言的干擾的語言學習，或簡化為第二語言的「錯誤類型」。因此，第二語言的研究是個獨立的學科領域。

第二語言習得既然是 第一語言 ⇒ 中介語 ⇒ 目標語 的過程，而語言的習得和反應又都和心理認知有關，本章的重點因此集中在認知理論的介紹、第一語言的角色、第二語言習得的心理歷程以及社會因素的影響等四個主題。不過，進入主題之前，先來做第二語言的界定。

一、第二語言的定義

在研究第二語言的大本營美國，所謂的第二語言（second language）主要是指移民的英語為主，因為美國境內有各種民族的移民，這些非以英語爲母語的移民到了美國之後，還是以自己的母語爲家庭的主要溝通語言。當這些移民者的小孩進了美國學校之後，英語的程度遠遠落後於一般的美國小孩。美國政府爲了補救及加強這些移民者後裔的英語程度，於是才在正規的國小及中等學校（Middle Schools，相當於我們的國中）之中開辦以英語爲第二語言（ESL, English as a Second Language）的教學。

美國是個講求科學及效率的國家，既然有ESL的課程，於是就有相當的投入及研究，再加上由於二次世界大戰後美國國力的強大及英語的國際化角色，全世界非以美語爲母語的國家無不積極推廣ESL。於是，全球都有ESL師資的需求，各個國家也都鼓勵或派出許多留學生到美國或英國修讀ESL的碩博士學位，以便回國好好地教育自己的子弟，增強國家未來主人翁的英語能力。市場機制講求供需之平衡，既然需求量如此大，而供給量又是遠遠不足，於是英美等國的各個大學也爭相辦理短、中、長期的ESL進修班，以提供給各種不同需求的人士。

現在的問題是：多數英美各國的學校所開的是ESL的課程，所有參與教授之實驗研究者，都以美國境內的移民後裔所遭遇到的問題爲假想對象。然而，許多留學生修過了ESL 相關的課之後，他們是要回國去教自己國內的學生。最大的不同點也就發生在這裡：回國之後，他們教的並不是ESL，而是EFL（English as a Foreign Language，英語作爲外語）。ESL原是以英語爲第二語言的習得，爲了使讀者更能明瞭第二語言的意義，且以臺灣的國語習得爲例。多數臺灣人的第一語言爲國語、閩南語、客家話或原住民語言，但是爲了相互溝通的需要，官方語言的國語在臺灣是作爲第二語言來推行的。第二語言的好處在於教室之外，學校、政府機關、廣播、媒體及電視等等都有國語的環境，因此小孩不用擔心語言使用的機會不足，也不用怕講錯了沒有更正的機會，只要豎起耳朵，隨時都有聽或講國語的機會。同理，在美國中等學校爲英語程度不足的移民所開設的英語，對移民者而言，是第二語言，也是在教室之外，隨時都有機會聽或講的語言。

臺灣的英語是EFL（英語作爲外語），它和ESL最大的差別在於語言環境。EFL的特徵是：孩子只有在教室裡才有機會聽或講英語，一旦走出了教室，幾乎沒有英語的環境。因此，學習者沒有機會用外語交談，沒有機會運用在教室裡學到的語言，也少有機會發現自己的錯誤。這才是眞正的EFL的教學困境，也是爲什麼亞洲地區的日本、韓國及臺灣每年花費許多金錢、許多精力在英語學習之上，而效果並不具體可見的最主要原因。雖然這三個國家都有多不勝數的英語教學專家及從英美等國獲得英語教學博碩士學位的師資及學者，終日孜孜矻矻地鑽研提升英語學習效益的研究，但實際上並未有明顯的實質效益，最重要的原因是他們在英美地區學到的多爲ESL經驗，而他們所處的語言環境卻是如假包換的EFL環境。

重點複習

1. 何謂「英語為第二語言」（ESL, English as a Second Language）？與「英語為外語」（EFL, English as a Foreign Language）有何異同？
2. 臺灣的英語是屬於ESL或EFL的環境？試舉例說明之。

二、第二語言習得的理論

㈠通用語法和第二語言習得

第二語言習得既然是應用語言學的一個領域，也必然和其他應用語言學領域一樣，或多或少都受到語言學理論的影響。自從喬姆斯基（Noam Chomsky）的衍生語法（Generative Grammar）理論開創以來，不論是第一或第二語言習得的理論幾乎都和語言學理論脫不了關係。喬姆斯基最基本的假設就是我們人類生而具有語言習得機制（Language Acquisition Device，簡稱LAD），含有通用語法（Universal Grammar，簡稱UG）。通用語法主要分兩部分：通用原則（universal principles）及一些因語言而異的參數（parameters）。例如X-標槓理論（X-bar Theory）就是通用原則之一，因此每個小孩天生就具有X-標槓結構，不用學習。至於參數，則需要語言環境的誘發，例如同樣是buy a table的動詞詞組結構，在英語排成(1①)，日語排成(1②)，而漢語和英語相同排成(1③)：

(1)

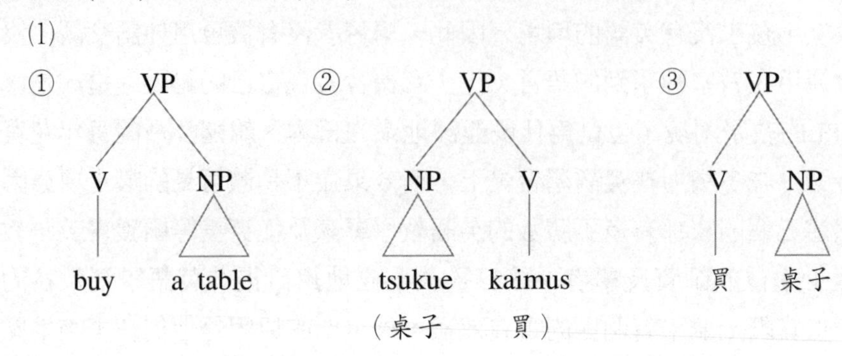

孩子從小開口問東問西：「這是什麼？」「那是什麼？」因爲孩子要學的只是語詞（lexicon）。學會了語詞之後，他們會去歸類語詞的詞類及其次分類，然後逐一嵌入腦中X-標槓結構內。在學會語詞同時，小孩也從語詞的諸多用法裡去訂定參數，例如說英語的小孩會歸納出英語是個核心在前（head initial）的語言，因此在(1①)的動詞詞組裡，核心是動詞，所以要把補語（complement）放在動詞的後面，結果形成(1①)的結構。同理，日本的小孩也會從日語之中歸納出日語是個核心在後（head final）的語言，因此遇到像buy這樣的動詞，自然會把作爲論元（argument）的名詞放到核心動詞之前，而有了(1②)的結果。基於同樣的道理，以漢語爲母語的小孩也自然會知道漢語是個核心在前的語言，而使用(1③)的結構。

然則，通用語法在第二語言習得之中的角色是否也和母語一樣重要呢？對於這個問題，各家說法不盡然相同。簡而言之，分成三派：贊成、反對、中庸。

持「通用語法在第二語言習得中的重要性和母語相同」者認爲，第二語言習得的過程和母語習得的過程雷同。例如過去的研究發現：在ESL的第二語言習得者之中，他們習得英語-ing、過去式-ed的使用等等語法結構時，幾乎完全和美國的小孩一樣，有其自然形成的一套秩序，後來在第二語言習得理論中極富聲譽的Krashen也以這些發現爲基礎，發展出一套

「自然程序假設」（Natural Order Hypothesis）。由此可知：第二語言習得者也會有語言的創造力（creativity），顯然這正是通用語法的緣故。

最重要的，通用語法認爲習得者內化過的（internalized）語法規律，會應用到第二語言的習得上。例如英語的雙母音的音韻結構和國語相同，但和閩南語正好相反，如表11-1：

表11-1　英、中、閩母音對照表

英語的雙母音		國語的雙母音		閩南語的雙母音	
[ie]	yes, yet	[ie]（=ㄧㄝ）	葉、烈	[ue]	過、雞
[ei]	day, sale	[ei]（=ㄟ）	杯、給		
[ou]	boat, toe	[ou]（=ㄡ）	歐、都	[io]	橋、燒
		[uo]（=ㄨㄛ）	窩、多		

以上的結構，表面上似乎各語言各有不同的規律，但是我們卻可以從前、後母音來看出它們之間的共同點或相異點：

(2)

①　英語

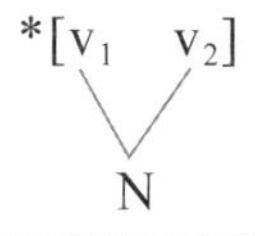

不能有升雙元音（on-glides，即不能有介音[i]、[u]接母音，只可以有母音接[i]、[u]）。

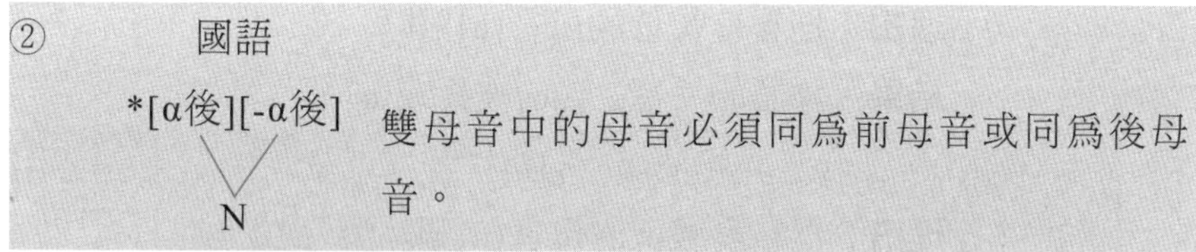

③　閩南語

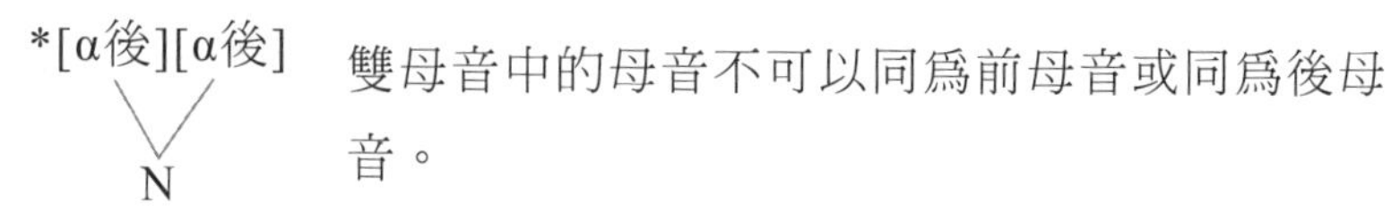

前面例(2)中的幾個結構限制，依據通用語法，均爲個人語言習得中

重要的語言能力（linguistic competence），因此每個人面對第二語言或外語學習時，均會以自己內化過的結構限制來篩選或過濾其他語言的結構。簡單地說，以閩南語爲第一語言的人具有(2③)異化結構限制的內化語法，而以國語爲母語者卻擁有(2②)同化結構限制的內化規律。異化面對同化時，最直接的反應是把同化限制放入異化的框架之中。換言之，閩南人在學習國語時，會把(2②)的雙母音結構做調整，以使語音不違反閩南語的結構限制。我們所謂的臺灣國語，其語音形成的過程正好是如此：

(3)

① [ie] → 不合乎閩南語音韻中的異化要求 → [e]

策略：把響度較低的母音[i]刪除

結果：國語的「葉」[ie]被唸成[e]

② [ei] → 不合乎閩南語音韻中的異化要求 → [e]

策略：把響度較低的母音[i]刪除

結果：國語的「杯」[pei]被唸成[pe]

因此，由(3①)及(3②)，可以推斷臺灣國語無法區分「烈」[lie]和「累」[lei]，因爲這兩個音節都被唸成[le]。

③ [uo] → 不合乎異化要求 → [o]

理由：把響度較低的母音[u]刪除

結果：國語的「窩」[uo]被唸成[o]

④ [ou] → 不合乎異化要求 → [o]

理由：把響度較低的母音[u]刪除

結果：國語的「歐」被唸成[o]

因此，由(3③)及(3④)，也可以推斷臺灣國語無法分辨「都」[tou]和「多」[tuo]，因爲這兩個音節都會被唸成[to]。

由前面結構限制的分析，我們很快地就能掌握臺灣國語的產生背景。以結構限制的觀念為基礎，我們也可以預言：當閩南人遇到英語時，也必然會面臨許多發音上的困難，因為，這個過程和閩南語遇到國語的過程類似。

(4)

① [ie] → 不合乎異化要求 → [e]（**理由**：把響度較低的母音[j]刪除）

結果：英語的yes[jɛs]被唸成[ɛs]

② [ei] → 不合乎異化要求 → [e]（**理由**：把響度較低的母音[i]刪除）

結果：英語的day[dei]被唸成[de]（一如閩南語的「短」）

③ [ou] → 不合乎異化要求 → [o]（**理由**：把響度較低的母音[u]刪除）

結果：英語的toe[tou]被唸成了[to]（一如閩南語的「土」）

從前面的分析和討論之中，我們大概可以得到如後的結論：語言內在的結構規則會影響第二語言或外語的習得。前面的論點都是支持通用語法的語證。

持反對態度者，則提出「基礎差異假設」（Fundamental Difference Hypothesis），認為第二語言習得和第一語言習得最大的不同處在於：

1. 認知發展不同：第一語言的習得者都從嬰兒時期開始接受母語的薰陶，而第二語言習得者至少在頭腦內已經具備某個語言的語法後才接觸第二語言，而且習得者的年齡也不同。以臺灣學習英語的年齡而言，最小的也是幼稚園的學生，這時這些小孩都已經很會講自己的第一語言了。
2. 成就不同：第一語言的習得者從沒有失敗的紀錄，而第二語言習得的習得者卻很少完全成功，至少，某些發音或用法會有化石化（fossilization）的現象。所謂「化石化」，指某些錯誤的語音或語法，由於某些因素無法改變或進展，就像化石一樣成了定型，再也無法改變。例如有些臺灣人的英語講得很流利，卻總是無法唸好[θ]和[ð]，總是用[s]和[z]來取代[θ]和[ð]，這種現象稱為化石化現象。

3. 語言環境不同：第一語言的習得出於自然，而第二語言的習得者多半由於外在的壓力，而且語言環境很不自然，有許多例子還甚至於只有教室內才是唯一的語言環境的供給者。基於這些差別，第二語言習得和通用語法當然不會有任何關係。由前面的三個層面來看，第一語言和第二語言的習得方式和習得環境都迥然不同。

最後是中庸的看法，他們主張「標示差異假設」（Markedness Difference Hypothesis）。這個假設認爲語言之間本有共通之處，無論是語音、語法、構詞都有共通點，這些共通點使第二語言習得比較容易，因爲這些共通點屬於無標記結構（unmarked structure）。所謂「無標記」（unmarked）指比較平常或比較常用的結構，例如國語、閩南語、客家語和英語的鼻音[m, n, ŋ]基本上都類似，因此，國語、閩南語、客家語和英語人士若想要學習其中另一種語言，都不會在「鼻音」這方面上遇到太大的困難。基於這個觀察，標示理論認爲鼻音是「無標的」語音。比較之下，以國語或客家語爲母語的人，要學會閩南語和英語的[b, d, g]會比較困難，因爲國語和客家語都沒有有聲塞音[b, d, g]，因此對國、客語人士而言，有聲塞音屬於「有標記」（marked）語音。至於那些語音屬於「有標記」，那些屬於「無標記」（un-marked），則迄今尚未有一個大家都可以接受的標準。然則，就第二語言習得理論而言，一般的看法是：第一語言中沒有，而第二語言才有的語音屬於「有標記」，習得者必須特別用心或經過努力的學習，才可能完全學會。

「標示差異假設」以標記理論爲基礎，認爲第二語言或目標語的習得之中，學者專家所發現的共通現象是：屬於「有標記」結構會給習得者帶來更大的困難。例如臺灣人學習英語時，屬於英語有而臺灣語言沒有的音段有：[θ, ð, ʃ, ʒ, tʃ, dʒ]等六個子音。個人從事英語教學二十幾年的發現是：雖然這六個子音都會給學生帶來或多或少的困難，但是對學生而言，最感困難的還是[ʒ]這個子音。爲什麼呢？過去的研究文獻很少提出具體的解答，但以「標示差異假設」而言，顯然是因爲[ʒ]屬於「有標記」的語音。[ʒ]是個從法語借入英語的子音，絕不出現在字詞的最前面，在英語之中的使用頻率也不高。那麼有標記的語音對我們臺灣的學生而言比較困難，顯然是可以預見的。同樣地，英語的[ɛ]是肌肉較[æ]鬆弛的中母音，臺灣學生也很難學會這個音，一般臺灣學生都會用[ㄝ]來代替，因爲我們很少人知道要怎麼樣才能讓喉嚨附近的肌肉放鬆，可見英語的[ɛ]對說中文的人也是一個標記音。

從前述對於通用語法的三種不同的反應，我們可以確定的是：任何想研究第二語言習得的人，都不能迴避通用語法的學說。由於通用語法在語法理論及語言習得上廣獲研究論證的支持，目前，不論贊成或反對，都必須了解及熟悉通用語法的內涵及其理論。如果你想反對，那麼只有了解通用語法的內涵之後，再去尋找語料與證據來反駁通用語法的理論。總結而言，通用語法是研究第二語言習得最具影響力的理論。

重點複習

1. 何謂「通用語法」（UG, Universal Grammar）？其主要成分為何？
2. 英語、國語、閩南語的雙母音音韻結構有何異同？請舉例說明之。
3. 何謂「基礎差異假設」（Fundamental Difference Hypothesis）？此學說與通用語法有何不同？
4. 何謂「標示差異假設」（Markedness Difference Hypothesis）？
5. 請問無標記結構（unmarked structure）與有標記結構（marked structure）有何不同？請舉例說明之。
6. 為何說「通用語法理論」是第二語言習得中最有影響力的理論？

㈡語言移轉

遠在一九五〇年代美國結構主義（American Structuralism）還在最盛行之時，第二語言習得就已經開始吸引語言學家的注意。他們最先去分析母語和目標語之間結構的不同，從而認爲：兩個語言之間雷同的結構比較不會對第二語言的習得者帶來困難；反之，兩種語言之間的差異若越大，第二語言習得者的學習過程會越感困難，這就是有名的「對比分析」

（Contrastive Analysis）。對比分析提供了站在教學最前線的老師相當多的資料及結構分析，使他們能在走入教室之前，事先能做某些預防問題。臺灣早期還是由師範大學培育中等英語師資的時代，大都數的準英語教師都上過「中英對比分析」的課，因此多數的英語老師都知道臺灣學生對於英語有而國語沒有的[θ, ð, ʃ, ʒ, tʃ, dʒ, l, r]等幾個子音，以及[ɪ, ɛ, æ, ʊ]等母音，都會特別注意，並要求更多的練習。由於他們能事先明瞭這些由對比分析而得知的困難，的確對於實際的教學頗有助益。

後來，Corder首先對「對比分析」的看法提出意見，他認為第二語言的習得者實際所發生的困難並不一定能由對比分析來預測，反而應該努力蒐集學生的實際錯誤，然後才能有效地掌握學習者的困難，並對教學有應用上的幫助。Corder的呼籲立刻吸引了許多的跟隨者，這派學說稱為「錯誤分析」（Error Analysis）。例如由學生的實際錯誤語料中，我們發現：臺灣多數以閩南語為母語的學生學習英語的錯誤為：語音部分如例(5)，語法部分如例(6)。

(5)

	錯誤類型	例　字	正確的讀音	臺灣學生讀音
①	[θ]→[s]	think	[θɪŋk]	[sɪŋk]
②	[ð]→[z]	that	[ðæt]	[zæt]
③	[ʒ]→[dʒ]	usually	[júʒəlɪ]	[júdʒəlɪ]
④	[dʒ]→[tɕ]	orange	[ɔrɪndʒ]	[ɔrɪntɕ]

臺灣學生把英語的[θ]音，常唸成[s]。原因是臺灣的語言之中（包括國語、閩南語、客家語或原住民語）都沒有把舌尖伸放在上下牙齒之間的發音方式，多半學生才會用[s]來取代。同理，很多學生會用[z]來唸[ð]。但是如果把[θ][ð]拿來和[ʒ]比較，則會發現：[ʒ]更難。大多數臺灣學生會把[ʒ]唸成[s]、[z]、[tɕ]（ㄐ）或[dʒ]，甚至有時還會把[ʒ]讀成很難辨認的語音。總之，[ʒ]對臺灣學生而言是個倍感困擾的語音。

(6)

	錯誤類型	**中文句意**
①	The teacher taught us must be patient.	老師教我們要有耐心。
②	John my best friend said a story to us.	張三我最好的朋友說個故事給我聽。
③	John like to stay with we.	張三喜歡和我在一起。

前面的三個例子(6①-③)只是很少數語法錯誤類型中的代表作，其中(6③)應該是最常見的錯誤。對許多高中老師而言，他們對於高中生常犯(6③)的錯誤已經習以為常。其實，這種錯誤，並不只高中生會犯，連英文教師偶爾也會犯，然而大多數國中生應該早就學會「英語句子的主詞為第三人稱單數現在式時動詞要加-s」的規律。為什麼規則大家都會背，臨陣卻又不免犯錯呢？主要的原因是因為我們只是把規則背起來了，卻沒有根植在腦中的語言能力之中。

比較之下，(6②)的句子更像漢語語句。首先，英語沒有雙主詞的句子，而漢語雙主詞句子（一般稱為主題句）卻很多：

(7)

① 楊過他說今天不來了。

② 小龍女她不高興了。

(7①)中的「楊過」和「他」都是名詞，其中「楊過」稱為主題，「他」才是句子的主詞。但是，像(7①)這種句子結構卻是漢語裡非常常見的句型。很多臺灣的學生講起英語，常常會有「John he is my best friend.」或「Mary she begins to cry.」之類的錯誤，顯然是由漢語的主題句移轉而來的結果。其次，(6②)還有一個用詞的問題。英語「講故事」的「講」是tell，而不是say。雖然漢語「講故事」和「說故事」語義相同，但英語卻很少使用「to say a story」。因此，(6②)之類的錯誤應該也是由漢語語法移轉而來的影響。

在例(6)中的錯誤類型中，(6①)是很有意思的類型。就語義及用法而言，(6①)應該是漢語「老師教我們要有耐心」的英文翻譯，然而(6①)主要的錯誤在於(6①)含有兩個動詞，而英文每個句子最多只能有一個動詞。因此，(6①)應該改成「The teacher taught us that we must be patient.」才合乎英文文法。

錯誤分析的方法的確給英語老師不少啓示。不過，後來由於通用語法的重大影響及普及，使得以結構主義語言學爲架構的對比分析及錯誤分析的看法，都從第二語言習得的研究領域裡逐漸淡出，並遠離焦點。將近二十年之後，才又有人以語言移轉（language transfer）的名詞，重新邁入第二語言習得的研究領域。語言移轉的定義也不是絕對的。一般而言，有人認爲母語的語言知識影響了第二語言的習得，這種現象就稱爲移轉。有人則主張習得者把母語的結構（語音、構詞，或句法結構）移用到第二語言之中才能稱爲習得。再者，移轉並不一定對第二語言的習得帶來不良的影響，因此有正面移轉（positive transfer）及負面移轉（negative transfer）之分，而負面性的移轉也稱爲干擾（interference）。

正面的移轉指第一語言的語音或句型等會幫助學習者習得第二語言。例如很多臺灣的學生都不太會唸-m結尾的英文單字：

(8)

	例字	正確的讀音	臺灣學生讀音
①	same	[seim]	[sen]
②	seem	[si:m]	[sin]
③	some	[sʌm]	[sʌn]

學生之所以犯這種錯誤，主要是受國語的影響。因爲國語中沒有-m結尾的語音，因此許多學生連帶地也無法唸好英語-m結尾的音節。其實，臺灣閩南語中就有很多以[im]結尾的語詞，如「心 [sim]、金 [kim]、深 [tshim]」等，而和[ʌm]近似的音也很多，如「蔘 [sam]、柑 [kam]」等。

因此，如果小孩的第一語言是閩南話，他們比較不會犯例⑻這種錯誤，即使有，老師也能很快地從閩南語的語音之中來協助矯正學生的錯誤。像閩南語[im]、[am]之類的韻尾能用以輔助學生學會第二語言的語音現象，稱爲正面移轉。

負面移轉（negative transfer）指母語的語音或句法移轉到第二語言的習得上，結果產生了錯誤，例如前面(6①)中的中文式的英語，是最明顯的負面移轉。不過在臺灣學生的英語學習中最常見的負面移轉是用國語的[p, t, k]（ㄅ、ㄉ、ㄍ）來唸英語的[b, d, g]。其實，英語的[b, d, g]都是有聲塞音（傳統中國聲韻學稱爲濁音），而國語的[p, t, k]都是無聲塞音（傳統中國聲韻學稱爲清音），兩者的發音最大的區別在於：唸[p, t, k]時，聲帶不振動，而唸英語的[b, d, g]時，聲帶會振動。由於大部分的臺灣人都是先學國語後學英語，很自然會把國語的[p, t, k]移轉到英語之上。例⑼是這兩組語音的比較：

⑼

英語例字	英語讀音	臺生讀音	注音符號
bay	[bei]	[pe]	ㄅㄟ
day	[dei]	[te]	ㄉㄟ
gay	[gei]	[ke]	ㄍㄟ

更仔細地比較，則發現：國語[p, t, k]其實應該和英語s之後的[p, t, k]相同，都是不送氣的無聲塞音。

⑽

英語例字	英語讀音	注音符號
spill	[sp̱ɪl]	ㄅ
still	[sṯɪl]	ㄉ
skill	[sḵɪl]	ㄍ

除了對比分析、錯誤分析及母語的移轉之外，現代第二語言習得的專家開始從輸入和輸出的角度來評估第二語言習得的成效及功能。

重點複習

1. 何謂「對比分析」（Contrastive Analysis）？請舉例說明之。
2. 何謂「錯誤分析」（Error Analysis）？請舉例說明之。
3. 何謂「語言移轉」（language transfer）？請舉例說明之。

㈢輸入、互動、輸出

語言的習得本質上就是心理處理的過程，因此也必然包含了三個步驟：輸入（input）、互動（interaction）及輸出（output）。雖然聽和講的心理過程比較短暫，而語言習得的過程比較持久；但如果仔細思考，第二語言習得上的輸入、互動及輸出的關係卻和心理語言學上的輸入、互動及輸出的看法，並沒有太大的區別。既然有輸入、互動及輸出三個環節，則孰重孰輕的爭論及主張必然會出現，本小節主要介紹第二語言習得上有關輸入、互動及輸出的理論及看法。

1. 輸入假設（Input Hypothesis）

第二語言習得的名家Krashen在1985年所提出的「輸入假設」（Input Hypothesis）迄今還是頗具影響力，主要論點是：在第二語言的習得過程中，讓習得者能了解的輸入才能發揮積乘作用。Krashen認爲語言的習得過程本身就是一個積乘作用，假設習得者的語言狀態是i，那麼習得者的下一步必然是i + 1。以此類推，習得者每日所學或所得都是以i + 1的積乘逐漸進階而進步，有一日必然會到達目標語的境界。不過，習得者所接觸的「輸入」占最重要的角色，因爲假使讓習得者置身在他無法聽懂的輸入環境裡，即使有環境，有教學，也不會達到i + 1的進階效果。

輸入假設的基本道理很淺顯，也很容易明白。想想，假如把我們臺灣學習英語的學生，直接放在英語的環境裡，會有多大的進步呢？臺灣有許多小留學生在小學五、六年級時，移民到紐西蘭或英美等地區，幾年下來，英語一直是很多學生最弱也是最怕的一環，連帶地也使其他學科無法趕上班上同學。原因就在於程度相差太大，當他們初入國外的教室之時，所有的輸入都是他們無法聽得懂的英語，所以不會有i + 1的進展。這時，如果有很用心的父母親在旁協助，幫他們提高閱讀能力，或帶他們逐漸進入「他們聽得懂」的輸入環境，則效果必然很好。但是我們看到的許多失敗個案，都因父母親不在身旁協助，而喪失了良好的機會和環境。

因此，並不是有環境就可以學好第二語言，而是在學習點上，要有足夠「聽得懂」的輸入才會大有助益。「輸入假設」頗能解說為什麼長年留在美國的許多華僑，終其一生都無法把英語講好的原因，主因是他們一踏入美國社會時，周遭的英語都不是他們能聽得懂的輸入（comprehensible input），在沒有得到正確的協助之下，使他們的第二語言習得從挫折、害怕而終於卻步。

2.**互動假設**（Interaction Hypothesis）

Krashen提出輸出假設之後，立即引起很大的迴響，一時頗引起學界的注意。但隨之而來的卻是熱情之後的沉澱及思考。其中較具建設性的是Long在1996年所提出的互動假設（Interaction Hypothesis）。Long的看法是：第二語言習得者的i + 1進步其實和輸入的聽得懂與否並沒有絕對的關係，因為在許多ESL的教室裡，可以看到學習者有時並不很懂老師的語言或內容，但是透過學習者和授課者之間的互動，逐漸獲得雙方的相互了解，如此下來，最後從學習者的成就來看，他們也頗有進步。而且，這種建立在互動之上的進步，常常是ESL課中的一般典型事例，而非特例。基於這樣的思考，Long認為：在第二語言習得之中，輸入並非最重要的，而是師生互動，特別是「為了解語義而討論的互動」才是關鍵。

互動假設說似乎也相當有道理，因為師生互動本來就是教學最重要的部分。這也是無論電腦科技如何進步，教學媒體的製作如何細膩，教師在教室裡的地位及角色難以被取代的主要原因之一。

3.輸出假設（Output Hypothesis）

在輸入假設和互動假設兩種理論的僵持之下，有人於是主張：第二語言習得的過程中，輸出還是扮演最重要的角色，因爲習得者是否有良好的成效，無法從輸入或互動之中彰顯出來，卻只能從輸出得到眞實的反映，所以輸出才是最重要的部分，這種著重在學習者之輸出的理論，稱爲輸出假設（Output Hypothesis）。

輸出其實就是結果。我們研究第二語言習得，主要是想理解習得的過程，並探討如何增進習得的成效，用以前的經驗來作爲提升未來的借鏡。然而輸出假設卻只看輸出成效，並不太能反映一般探討第二語言習得理論的初衷。

綜合輸入、互動，及輸出假設，以理論及看法而言，由於三者著重點不同，固而提出不同的主張，這就是人文科學最可貴的精神。

重點複習

1.何謂「輸入假設」（Input Hypothesis）？請舉例說明之。
2.何謂「互動假設」（Interaction Hypothesis）？請舉例說明之。
3.何謂「輸出假設」（Output Hypothesis）？請舉例說明之。

三、臺灣的英語教學：教學法及教學環境

臺灣的英語教學方法，簡單地說，分三個階段：第一個階段是1949到1955年，期間很短，這個時期無固定的教科書，採用的教學方法是文法翻譯教學法（Grammar-translation Approach）。第二時期是1955到1998年，這個時期明顯以聽講教學法（Audio-lingual Approach）爲主流。從1998年以後，臺灣英語教學才眞正邁入溝通式教學法（Communicative Approach）的階段。

㈠文法翻譯法時期（grammar-translation approach）

1949年政府遷臺之後，百廢待舉，英語教學雖然重要，卻無法在短

期之內有新的契機與發展，因此這個時期的英語教學在教學上完全是逐句的翻譯及背誦。其理念純粹建立在「語言的學習，就是兩種語言（母語及目標語，native language vs. target language）的翻譯」。秉持的信念是：只要逐字逐句的理解，自然看得懂英文。終極目標是能用字典去欣賞或讀懂英文，所以並沒有口語溝通的概念。

文法翻譯的經典範例是富蘭克林（B. Franklin）的《自傳》（*Autobiography*）。依據該自傳，富蘭克林學習法語完全出於自學（self-study），他先找來一本簡易的法文作品，然後逐字逐句地查字典，看懂法文句子之後，將之翻成英語，幾天之後，再把翻譯的英文逐句譯回法文，如此再三練習，居然在短短的三年之內看懂法文的文學作品。臺灣早期的翻譯作家中，不乏依循英譯中，再中譯英而學會「看懂」英文作品，進而以中英或英中翻譯爲職業者。

重點複習

1. 臺灣英語教學方法可分為哪三個階段？請舉例說明之。
2. 文法翻譯時期，臺灣英語教學特色為何？

㈡聽講教學法（audio-lingual approach）

聽講教學法起源於一九三〇年代，是結構語言學（Structuralism）與行爲主義心理學（Behaviorism）的結合，但一直要到一九五〇年代才影響到臺灣的英語教學。

結構語言學的主旨是：語言是由最小的結構單位組織而成。所謂最小的單位即是語音學上的音位（phoneme）。在結構語言學的理念之下，英語的學習是從[b]、[p]、[m]、[f]等音標開始，並且需要先認識及學會語音的最小單位。例如學會了[b]、[k]及[ʊ]之後，拼成[bʊk]的語音，再以音連結book及其語意，三者併入了頭腦之後，終於學會（learn）了英語book的形、音、義。

結構語言學盛行的同時，也正好是行爲主義心理學形成的時代。行爲主義對語言學習的基本理念完全由制約及反應連接而來的，例如book一詞是如何學來的呢？行爲主義認爲：聽到[bʊk]（制約），立即把book與「書」連接在一起，終於有了book就是「書」的反應。因此行爲主義主張人的頭腦像個黑盒子，並沒有認知的能力。語言的學習是逐漸的累積（accumulated）而成的學習成果，這種學習架構可用圖11-1表示：

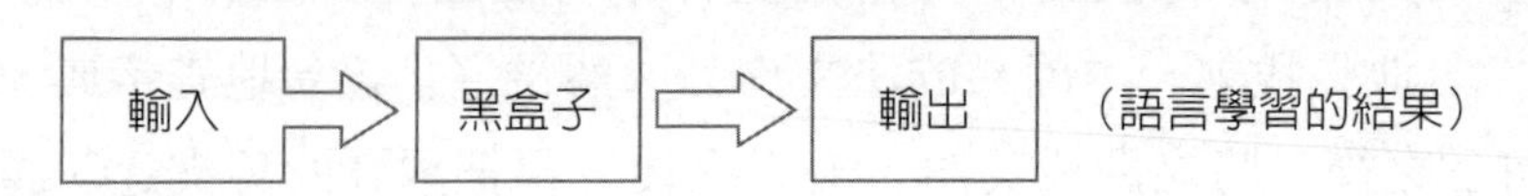

圖11-1　黑盒子圖示。

舉個實例來說明圖11-1的流程。學生把This, is, a, book等單字背熟之後，再依文法架構S（主語）＋V（動詞）＋冠詞＋名詞而得到了「This is a book.」的句子。因此在這個學習理論之下，學生要多背單字，增加詞彙的量。同時，學生要熟悉文法規則，才能把所背的單字放進恰當的位置。然後，爲了讓學生有機會練習所學到的句子，所以要創造出許多可能的語言環境供學生練習。

以條例來陳述，則聽講教學法可以概括爲後面六個要點：

1. 外語學習仰賴模仿、記誦及一再地重複練習。
2. 語言是由各類結構組織而成，因此學習時每次以一個小的結構單元爲基礎，而且結構與句型的學習必須一再地重複，不斷地練習。
3. 文法的教學不必詳加解釋，只須透過練習、背誦和類推中演繹出其他相同的句型。
4. 單字的教學以情境爲依據，並透過錄音帶、學習卡，及其他相關的視覺輔助教具。
5. 不給學生有犯錯的機會，所以遇見學生的錯誤要立即透過指正、改正等教學活動來防患於未然。
6. 視聽教學的內涵爲語言，並不太注重課文的內容。

聽講教學法對臺灣的英語教學影響很大，值得用更進一步的實例來做說明。雖然臺灣的英語入門教科書在國中成立之前（1968）並沒有統一的版本，可是各版本的編排及書寫方式卻非常一致，不外乎有單字（Vocabulary）、句型練習（Sentence Patterns）、會話練習（Conversation Practice）、課文（Text Reading），及練習（Exercise）等五個主要部分。其中單字教的是生詞的發音、拼字，及語意，有些版本（如復興本）會把語調（intonation）放進去。發音的教法通常是透過音標，當時比較流行的是D. J.（Denial Jones）音標，也稱爲國際音標。國中成立之後，改成K. K.（J. S. Kenyon及T. A. Knott）音標。當時的單字表的形式像「Stand [stænd] V.「站」」，這種單詞教學包括讀音、拼字、音標、詞類及中文翻譯，此種單詞教學傳統迄今依然沿用。

Sentence Patterns包括句型，例如 It is + Adj (or N) + to + V，例如 It is interesting to learn a new language. It is a great fun to learn a new game. 也包括文法，例如練習wh- to V，例如I don’t know what to do. I don’t know where to go. 也會有會話練習，例如

(11)

A: Do you know how to cook?

B: No, I don't know how to cook.

C: Yes, I know how to cook.

像前面的會話，通常是老師扮演A，另外兩位同學扮演B及C，在班上一直練習，並不必顧及當時是否有適當的情境。同時，同學只要一直重複練習，機械式地練習，不用太注重內容及語句的意義，因爲教學的重點是語言和句型的應用。

課文（Text Reading）通常是一篇短文，雖然有其故事或情節，但主要的依然是練習句型，比如在教形容詞比較級時，課程內容幾乎與形容詞有關，底下僅以一段作爲範例：

⑿

Nancy and Helen

I am Nancy Jones. That is Helen Wilson. She is older than I am, but I am taller and fatter than she is. Her hair is black; mine is brown. My eyes are blue; hers are brown.

像這種課文，讀起來並不很有趣，也沒有特別的意義，學生更無法從課文之中學到英語的優美、寫作的精簡等等起碼的要求。但是，由於聽講教學注重的只是語言的學習，並不刻意求取內容及修辭技巧。

課後的Exercise也完全以重複練習爲導向，例如

⒀

① Write sentences with the guided words.

Example: Mr. White / work hard / Mr. Green

→ Mr. White works harder than Mr. Green

② Example: Mr. Jones / is tall /Mrs. Jones.

→ Mr. Jones is taller than Mrs. Jones.

前面兩種類例明顯地只在練習英語形容詞比較級的用法，而且學生並不需要明白、認知爲何要有這種結構性的變化，只要跟隨老師或書本上列舉的範例一再練習，一再地重複即可。

從前面的討論可以看出早期聽講教學法的大概。聽講教學法盛行於1998年之前的臺灣英語教學界。這些學生後來分別做了父親、教師或社會輿論的菁英，他們在長期的耳濡目染或薰陶之下成長，這種教學模式早成爲他們思考的一部分，即使後來臺灣引進了其他的教學模式，但是聽講教學法的精神依然牢不可破，幾乎如影隨形地附著在其他的教學法之上。聽講教學法的影響且從三方面來詮釋。

1. 目前絕大多數的臺灣國中英語教師還是使用聽講教學法。作者曾對在高雄師範大學英語系進修的一百二十一位國中英語教師進行問卷調

查，結果發現現在仍然使用聽講教學法的教師占了近乎87%。其實，現代英語教學講求溝通式教學法，也不斷指出聽講教學法的缺點，可是大多數老師還是不改其志，主要原因可能是基於「我就是這樣長大的」的原因，可見聽講教學法的影響。

2. 聽講教學法已經把臺灣的英語教學方法定了型，也就是英文「Audiolingual Approach has shaped the idea of English teaching in Taiwan.」的意思。主要的因素應該是：
   (1) 臺灣的小孩及家長，重視的並非「英語」學得好不好，而是「英語考試」考得好不好。而聽講教學法對短期的考試有相當程度的成效。
   (2) 東方的國家都很重視小孩的教育，在「資源稀少，競逐者眾」的壓力之下，老師自然會使用捷徑式的教學，而聽講教學法著重一再地練習，對分數的提升有立竿見影的效用。
   (3) 聽講教學法基本上與中國古代的傳統教育很接近，講求紀律及服從，注重背誦及硬記，並不相信天分與個人的興趣。
3. 聽講教學法最明顯的結果是學生善於考題的解析，拙於口語的表達，很會背誦文法規則，卻無法流利地講英語，也無法寫出流暢的好英文。換言之，學生學到了很多關於英語的知識，卻沒有掌握英語本身。

重點複習

1. 聽講教學法（audio-lingual method）的教學特色為何？有哪些要點？
2. 聽講教學法影響臺灣英語教學深遠，可從哪三方面詮釋？
3. 回想一下，以往的英語老師是否採用聽講教學法來教英文？

(三) 溝通式教學法（communicative approach）

臺灣的英語教學真正全面實施溝通教學法應該是從1998年開始。嚴格說來，溝通式語言教學並不是一種教學法，而是一個理念（concept）或是哲學（philosophy）。溝通式教學法主要建立在「所謂懂一個語言指擁有該語言的語法能力」的觀念之上。正如第一語言的習得，第二語言也需要有個眞實的語言環境（authentic environments），學習者才能從外在語言之中去內化（internalize）該語言的語法，最後在不知不覺之中習得第二語言。這是很崇高的理想。

溝通式教學法講求的是內容（content），而不只是語言形式（form），強調溝通和了解的重要，所以在教學之初，即以「聽」和「講」爲重心。主張習得者先要弄清楚語音的表達、語言使用的情境、禮貌的方式、尊卑的語用、正式和非正式用語的差異，與溝通的語言使用技巧，並且認爲學習的重心在於學習者本身。因此在教學過程之中，大部分的活動都以學生爲中心，和過去由老師一直帶學生練習的聽講教學法有很大的差別。

以前的聽講教學法，對於語音、詞彙及文法都有結構性的循序漸進，因爲課本的設計和教學的進行都是先以文法結構爲基礎，每課的詞彙、句型、文法、會話等等都有明確的目標，只要依據課文內容教完，學會，自然會把句型應用在日常生活的對話之中。但是現在的溝通式教學法，只講求語言在溝通上的角色，上課要求多講英語，多和學生溝通，其他的句型、詞彙、文法觀念都必須依附在以溝通爲主的內容裡頭，使許多英語教師到現在都還不很了解溝通式教學法的目標，也很難掌握具體的教學步驟或教學方法。

溝通式教學法認爲，第二語言的習得和第一語言的習得過程相同，都是經過天生的通用語法所產生的內化過程，故特別強調語言的環境。在這個理念之下，對英語教師的要求也比較高，最基本的要求是英語教師要講一口很流利的英語，而且老師的英語發音要很好，才能做學生的學習對象（model）。最理想的是，學生一踏進室，馬上進入英語的環境：老師講英語，學生也只用英語和老師或同學對話。這樣的教學才能提供英語的眞實環境，供學生浸潤其間（exposure），自然習得英語的語法，包括語音、語法、語意，及語用，最後學生自然能講一口流利的英語。

然而，事實上這是很不可能的要求。首先，臺灣各國中的英語老師的口語能力普遍不足，要他們整節課都用英語教學頗有實際上的困難。依據調查，多數的國中老師每節課所使用的英語時間都只不過是整個上課時間的1/5弱。以現在的每節課五十分鐘而言，老師講英語的時間不會超過十分鐘，而有四十多分鐘的時間在講國語。合理的想法是：這十分鐘老師講英語的時間是在帶學生唸課文，或是帶學生唸課本內的會話或句型。換言之，許多教師幾乎沒有時間用英語和學生做眞正的溝通，這樣的結果自然無法看出溝通式教學法的效果，也失去了採用溝通式教學法的本意。其次，大部分的國中英語教師都是在聽講教學法的背景之下學會英語的，今天他們步上了講臺，最先想到的教學法自然是聽講教學法，因爲那是他們最熟悉的方法。基於他們以前每課都有固定文法概念的學習，使臺灣多數的國中英語老師認爲：溝通式教學無法教好入門的基礎英語。因爲溝通式教學法，講求的是眞實情境，每堂課都只在對話和溝通之間度過，學生無法學到具體的文法概念，也沒有句型的認知，簡直使教和學都失去了焦點。加上考試的壓力，終於使溝通式教學法不能全面在教室內實施。最重要的是，臺灣的英語教學和其他和學科一樣，都深受「考試領導教學」的壓力，不論是過去的高中聯考或者是現在實施的基本學力測驗，英語的考試都和文法及片語的死背及記誦大有關聯，即使是把難度減低的學測英文試題，考的還是基本的文法能力和細心，或者是考選擇題的解答技巧，至於和溝通有關的聽力及口語，由於考試不考，自然無法引起學習的動機。

其次，越來越多的高中英語老師發現，實施溝通式教學法之後，學生對於英語的閱讀能力、句子書寫以及整體英文的理解都大大地退步。許多學生甚至於不會應用英語的讀音來學習生詞，也不會唸英語重音，更無法由拼字來讀音。一言以蔽之，實施溝通式教學法之後所教出的學生在英語的聽說讀寫方面都遠不如聽講時期的學生。

前面的發現並不表示溝通式教學法無法做好英語教學，而可能是：臺灣的英語一直是個EFL（英語作爲外語），在目前班級人數眾多，學習科目眾多以及教學資源不足之時，大部分臺灣學生的主要目標並不是學會「英語」，他們要的只是「英語分數」，只要能在平常考試、聯考，或學力測驗之中取得高分，至於會不會用英語溝通，能不能把英語講得讓美國人聽得懂，並不是太重要。因爲對他們而言，沒有了高分等於沒了明天，但不會說或不會寫英語並無關緊要。因此，要在臺灣眞正落實溝通式教學法，必須要有一個純淨的空間，不能有太多考試，太多壓力，也不能有太大的班級。

重點複習

1. 溝通教學法的英語教學特色為何？
2. 為什麼在臺灣要真正落實溝通式教學法，有實際上的困難？
3. 試比較聽講教學法和溝通式教學法的差別。

四、影響臺灣學生學習英語的其他因素

既然英語在臺灣是外語，而不是第二語言，英語學習的主要的環節在於教室，包括老師、教學方法、教材及學生。前面我們討論了教學法及臺灣英語教學的問題，現在則來介紹學生個人的因素。在溝通式教學法的架構之下，學習者是最重要的角色，他的學習動機、學習策略及性格上的個別差異是爲討論的焦點。

(一)學習動機（learning motivation）

任何的學習，動機（motivation）都是最重要的原動力，但是動機卻是抽象的心理動力，很難有個明確的評量。目前，動機高低和成就之間的關係研究，大都以問卷和觀察爲研究方法，所得到的結論也很一致：動機高者，成就也較高；反之，動機低者，成就自然較低。

動機的研究者，把動機分爲內在動機（integrative motivation）和工具動機（instrumental motivation）兩種。內在動機指的是：爲了自身的需求，目的是爲了融入某種階級、社會環境或生活方式。以英語學習而言，內在動機很強的學習者是希望自己有一天能融入英語社會，到外商機構工作，或到英美地區定居，學習英語是整個個人前途的關鍵點，自然全

力以赴。工具動機指的是：把英語當作工具，目的主要是考試及格，進入更好的學校就讀，認識更多的未來人才，以便能有好的工作，過舒服快樂的日子。對於大多數的我們，英語只是一種工具，使我們能有機會進入好學校就讀，有能力吸取第一手的資訊，能有潛力到外商機構工作等等。但是，不論是哪一種動機，只要動機強烈，就對我們的英語學習都會有幫助。

動機通常顯示在我們的態度（attitude）之上，只要動機強烈，態度自然會積極。在實際的情況裡，學習英語是需要毅力及恆心的工作，常常在我們遇到英美母語人士時，才發現開口並不容易，不是文法錯得離譜，就是發音或語意讓對方弄不明白，帶來了預料之外的糗事。這時，態度取決了一切，持正面積極的態度者，無論是多大的困難，都還是勇往直前。遇到困難，態度良好者並不會沮喪，反而更積極地去尋求克服困難的方法，把困難當作鍛鍊，即使有挫折，也能坦然應對。很多研究顯示：面對第二語言或英語學習，態度和學習成就具有很密切的正相關。換言之，態度越積極，第二語言的習得成就越高，精通第二語言的機率越大。

重點複習

1. 何謂「動機」（motivation）？它和第二語言習得有何關係？
2. 「內在動機」（integrative motivation）和「工具動機」（instrumental motivation）有何不同？請舉例說明之。
3. 請問「動機」和「態度」有何關係？兩者對於第二語言習得有何影響？

㈡學習策略（learning strategies）

以溝通式教學法為架構的教學理論裡，學習者是整個教學和學習的中心，因此每個學習者個人的學習策略（learning strategies）也顯得更加重要。學習策略分為應用策略（applied strategies）和產出策略（production strategies）。應用策略指學習者用以增加第二語言習得效益的方式，例如有些學生在課外喜歡聽收音機的英語廣播，看英語電視節目，或自己獨自朗誦英語詩章，上網和筆友通信等等，都是應用性的學習策略。更仔細地畫分，有些人聽收音機的英語節目時，會跟著節目上英語的語調、發音，或用法加以記錄，整理，然後逐一模仿，學習，最後終於使自己的英語講得和英美母語人士並沒有太大的區別，這也是應用性學習策略的方式之一。

產出策略指的是學習者在使用英語或其他第二語言的時候，會盡量避免使用不太有信心、不太肯定的單詞，而只用有信心的、常用的單詞、句型來做流利的交談。也有人將這種方式視爲溝通策略（communicative strategies）。因此，應用策略用以充實或增強自己的能力，而產出策略則指運用第二語言的方式，兩者大體上是相輔相成，互爲表裡。

重點複習

1. 「學習策略」（learning strategies）和第二語言習得有何關係？
2. 何謂「應用策略」（applied strategies）？請舉例說明之。
3. 何謂「產出策略」（production strategies）？請舉例說明之。

㈢學習者的個別差異（individual difference）

雖說大家希望「人生而自由平等」，但我們不能否認每個人都有自己的個性（personality）及性向。性向也是抽象的特質，有些人早熟，語言天分發展得很早，有些人發展得遲，或許也對語言沒多大興趣，這些都總歸爲性向（aptitude）。此外，個人性向也有內向及外向之別。外向者多具有開放、活潑、大方的特質，這些特質自然對第二語言的習得很有幫助，因爲比較勇於開口，比較能面對挫折。內向者多爲沉默寡言、內斂拘謹之輩，他們對第二語言習得的優點是：受得了孤獨，能獨自一個人整天背一篇文章或背誦某段佳句，缺點是不敢開口與人互動。

在性向方面和第二語言習得有關的人格特質是投入（empathy）。所謂投入，指在某個語言社區或群體裡個人的參與程度。例如同樣是英語會話課，有些人積極投入，寫臺詞、編劇本、安排同學練習等等，幾乎每樣事都參與，在班上還自己挑大樑，選講詞特別多的角色來演，這就是積極投入的典範。同一堂會話課，有人則退處一方，願意做壁上觀，並不投入班上的活動，也不主動搶個角色來演，衷心做觀眾。這兩種人到了學期結束，兩種學習效果必然判若雲泥。可見積極投入的態度在語言習得上也是很重要的部分。

重點複習

1. 學習者「性向」（aptitude）和第二語言習得有何關係？
2. 何謂「投入」（empathy）？請舉例說明它和第二語言習得的關係。

五、摘要

第二語言習得（Second Language Acquisition）是國際化風潮中最引人注意的學門，由於跨國經濟及資訊的相互交流，現代幾乎任何一個國家的國民都必須要懂另一個語言，通常是指英語而言。於是，第二語言習得的理論及方法和效益立刻成為大家的焦點。然而，過去的第二語言來自於美國的研究傳統，他們把從其他國家移民進入美國學校就讀的學童，推進第二語言的教室，此為第二語言習得研究的濫觴。

本章從「第二語言」的定義開始，並且介紹第二語言習得的兩種理論：通用語法和第二語言習得（Universal Grammar and SLA）；語言移轉（language transfer），輸入、互動、輸出（Models for SLA）的看法。在目前的第二語言習得理論之中，還是以通用語法的影響最大。不論哪一種學派，都希望能把自己的學說及理論和通用語法做比較，因此通用語法變成任何派別都必須先了解的對象。另一個常見的是語言移轉理論，這是以過去的對比分析（Contrastive Analysis）及錯誤分析（Error Analysis）為基礎的學說，認為第二語言習得必然會或多或少地受到第一語言結構的影響。本文介紹的第三種學說是關於輸入假設（Input Hypothesis）、互動假設（Interaction Hypothesis）及輸出假設（Output Hypothesis）的爭論。Krashen在1985年提出「輸入假設」，主要看法是：在第二語言的習得過程中，讓習得者能了解的輸入才能發揮積乘作用。Krashen認爲語言的習得過程本身就是一個積乘作用，假設習得者的語言狀態是i，那麼習得者的下一步必然是i + 1。以此類推，習得者每日所學或所得都是以i + 1的積乘逐漸進階而進步。不過，此學說一出來，立刻引起Long的反駁。於是Long在1996年提出互動假設，論點是：第二語言習得者的i + 1進步其實和輸入的聽得懂與否並沒有絕對的關係，因爲在許多ESL的教室裡，可以看到學習者有時並不很懂老師的語言或內容，但是透過學習者和授課者之間的正面互動，逐漸獲得雙方的相互了解，如此下來，最後從學習者的成就來看，他們也頗有進步。然而，有人認爲：第二語言習得的過程中，輸出還是扮演最重要的角色，因爲習得者是否有良好的成效，無法從輸入或互動之中彰顯出來，只能從輸出得到眞實的反映，所以輸出才是最重要的部分，這種著重在學習者之輸出的理論，稱爲輸出假設。

介紹過各種學說之後，我們回顧了臺灣的英語教學及學習，並從早期的文法翻譯教學法（Grammar-translation Approach）到聽講教學法（Audio-lingual Approach）到時下流行的溝通式教學法，做個簡單的回顧及檢討。

最後，我們還討論了幾個和臺灣學生學習英語有關的個人因素，如動機、學習策略，及個人的人格特質等等因素。

本章建議延伸閱讀書目

Brown, D.. 2001. *Teaching by Principles: An Interactive Approach to Language Pedagogy*. Longman.

Krashen, S. D.. 1982. *Principles and Practice in Second Language Acquisition*. Pergamon Press.

Gass, Susan M. and Larry Selinker. 2001. *Second Language Acquisition: An Introductory Course*. Lea.

Ellis, Rod. 1999. *Second Language Acquisition*. Oxford University Press.

第十二章

歷史語言學

歷史語言學（historical linguistics）又稱爲異時語言學（diachronic linguistics），這個名詞主要用以和共時語言學（synchronic linguistics）對應。共時語言學的研究目標就是當代的語言語法，包括語音、音韻、句法、構詞等等，純粹是以當代的語料爲研究對象。但語言的特性是持續（consistency）和規律（regularity）。既有持續性，則今天的語言必然是昨天語言的延續，如此持續發展，前後一貫。既有規律，則規律必然會有改變的時刻，可能發生的時間點很小，很突然，但既然改變了，就會慢慢去適應，去調整，去依據新的規律蔓延。這很像某些傳記上的偉人，總在某些轉捩點做了某種規律的改變，而後養成新的生活習慣，終於造就不一樣的人生。然而語言的改變，恰如人類的生長和四季的移轉，通常是在不知不覺之中進行。比如你和兄弟姊妹或朋友親戚天天見面，絲毫不會覺得他們的改變，但是五年、十年過後，回頭一看，乍然發現魚尾紋的增加，鬢邊的灰白，動作的遲緩，才突然驚覺歲月不饒人，天生歲月人增皺，半點都不由人。語言不會一成不變，語言的改變總在悄悄地變化，一但是有了規律的改變之後，它就會朝新的方向發展，很少走回頭路。

「語言會改變」已經是大家公認的事實，而這就是爲什麼我們現在很難讀懂《詩經》的主因。《詩經》雖然是紀元前800年左右的民歌，所謂民歌就像我們現在的流行歌曲一樣，是青年男女都多少會哼幾句的流行表象。然而我們現在讀《詩經》，多半會覺得語言詰屈聱牙，句法艱澀難懂，很難不經注解直接欣賞語言所形成的韻律。爲什麼會這樣呢？主要是因爲語言改變了，由於語音的改變使古音失去了押韻，於是讀起來抓不到韻味；甚至有些則由於語義的改變或用詞的更替使篇章或句義難以理解。

例如有名的《詩經．周南．關雎》倒數第二句「參差荇菜，左右采之，窈窕淑女，琴瑟友之」中的「采」和「友」二字的古音本來相互押韻，但是在現在的語音中，兩者的韻母完全不同，於是我們無法讀出字音押韻的況味。而且，對現代的讀者而言，前句出現陌生的語詞或用字，例如「荇菜」是什麼呢？令人費解，而即使沒有生詞，對於像「嗟我懷人，寘彼周行」的句法結構，我們可能也很難完全掌握它的句義。

然則，語言改變，總會有個源頭。因此，本章將先介紹語言起源的各種看法，然後探究語言改變的層面及方式。由於敘述這些改變都須以具體的語料為基礎，我們將簡單地介紹英語和漢語的簡明歷史發展，然後以英語和漢語的語音、詞彙、語法、語義等變革為例，來解說語言的流變及規律。最後，我們討論歷史語言學的主軸：古代語言（proto-language）的擬構方法（reconstruction）：比較擬構（comparative reconstruction）及內在擬構（internal reconstruction）。

一、語言和語言的進化

語言是人類和其他動物最具指標性的區別之一：只有人類才會講話。雖然其他的動物也各有其獨特的溝通方式，例如蜜蜂的飛行方式或雞鴨之鳴叫等等，但這些都不能算是成熟的語言。也因為只有人類使用語言溝通，我們最想探索的問題就是：語言是怎樣形成的？

語言的來源是以前語言學熱門的議題，但經過近百年的爭論與探討之後，沒有人可以找出眞正令人信服的證據，於是近代的語言學家都幾乎不再關注語言來源的研究。有關語言的來源，綜合前人的觀點，不外乎三種看法：自然語音的模仿、肢體語言的複製、人類大腦的發展及結構。

主張語言起自於模仿自然語音的看法，建立在擬聲詞（onomatopoeia）結構之上。世界上任何語言都有擬聲詞，例如

(1)

	英語的擬聲詞	**漢語的擬聲詞**
貓叫聲	meo	喵喵

鴨叫聲	quack	鴨鴨叫
雞叫聲	chick	嘰嘰叫
風聲	whistling	呼嘯
水聲	murmuring	潺潺
關門聲	bang	碰碰

擬聲詞多模仿自然，自然語音也包括我們突然遭遇疼痛或喜悅時所發出來的聲音，如「唉！哇！」等等，即使如此，畢竟擬聲詞在整個語言詞彙裡所占的分量並不太多，況且，大自然的聲音在各個語言裡分別化爲不同的語音。最明顯的例子就是「關門或槍擊」的聲音，在漢語裡我們聽成「砰！砰！」但在英語裡卻是「Bang! Bang!」，怎麼會有這樣的不同呢？如果語言都起於擬聲作用，在每個語言裡占更大分量的話，其他非擬聲語詞又是怎樣起源的呢？這是語言起自自然語音之模仿的學說難以解釋的困難。

另一種看法是：語言發展之前，必然先使用肢體語言（body language）或手勢語言（gesture language）來做溝通的依據，漸漸地人類才從手勢之中發展出語音及語言。這種看法因爲有其邏輯上的基礎，我們難以否認。問題是：手勢語言要如何過渡到口語的表達，又如何從語音之中去建立各個語言的語音系統呢？這個問題，不論從理論或實際的語言現象之中，都很難有絕對令人滿意的解答。如果手勢語言沒有「過渡」，則現在我們所用的應該仍然是手勢語言，事實上，現在人類溝通的主要工具卻是口語或書寫，手勢語言只有在很誇張或表示極度激動的情況下才偶爾使用。

近年來的看法是：語言應該是和人腦有密切關係的一種現象。回顧人類的發展，人腦的體積逐漸增加，從最早期的四百立方公分，到了現在的兩千立方公分，有了很長足的進化。不過，語言和大腦體積不一定有絕對的正相關，因爲人腦的體積越大，語言能力不一定會越好。其實，除了體積之外，語言的發展，也許還和智力及腦內部組織的進化有關係，但這也都還在臆測的階段，無法直接驗證。因爲遠居在菲律賓或新幾內亞深山裡的很多居民，他們的腦容積還很小，智力也不見得很高，但他們所使用的語言卻有相當程度的文化內涵，也都具有繁複的語法及語音變化。這些生活在幾近於石器時代人類的發現至少說明了語言的發展和人類腦部體積並沒有太直接的因果關係。換言之，像菲律賓或新幾內亞深山裡的人類，他們生活方式雖然很原始，但他們的語言卻和我們的語言一樣複雜。

更近的看法認爲語言取決於基因的組合。人類的基因數量龐大，各種排列組合都有可能，於是有些家族由於基因遺傳的緣故，家族成員或多或少都呈現語言困難的現象。至於爲什麼會有這種現象，最好的解釋就是：某些家族的基因缺乏語言習得的因子，正如有些家庭的基因由於缺乏對於某些疾病的免疫能力，顯然，語言和基因的關係頗爲密切。另外，某些病變會導致某些基因的破壞，因而會使語言能力受損。基因和語言之間關係的研究顯然爲語言的起源提供了另一扇窗。但直到現在爲止，我們對於語言和基因的關係，還是了解不多。

前面各家說法各有其可取之處，卻也有其內在或邏輯上的局限，因此沒有哪一種學說或看法能贏得大家的信服。也可能因爲語言的起源問題一直沒有堅實的證據可供解答，現在我們對於語言起源的問題還是以《聖經．創世記》巴別塔（The Tower of Babel）的故事爲參酌點。故事是說：亞當和他的子孫本來都講同一種語言，挪亞洪水之後，由於子孫繁衍密集而四處遷徙。他們往東方遷徙到了示拿平原（Shiner）時，「他們彼此商量說：『來罷，我們要建造一座城和一座塔，塔頂通天，爲要傳揚我們的名，免得我們分散在全地上。』」他們的計畫違背上帝要人生養眾多、遍滿地面的旨意。因此上帝變亂口音，使他們講出不同的語言，以致彼此無法溝通，計畫因而失敗。這就是世界上存在著有各種語言的原因。這是西方基督教世界的觀點，也一直爲西方的語言學引用。在東方古老的中國，盤古開天，化混沌爲世界，卻沒有留下任何有關語言起始的傳說，也沒有觸及語言變異的問題。

語言到底是怎麼來的呢？看來是永遠不會有一致的解答。

重點複習

1. 迄今為止，對於語言的起源有哪幾種學說？它們之間有何不同的看法？
2. 對於本節的語言起源的學說之中，你個人認為哪個學說最好，為什麼？
3. 你個人對於巴別塔（The Tower of Babel）的故事有何意見或感想？你是否覺得東方也應該有個傳說來交代語言之變異？

二、英語簡史

英語的歷史，一般都畫分爲三個時期，如表12-1：

表12-1　英語歷史的分期表

分期名稱	時間	大事記	中國的相對時期
古英文	449-1066	1.449年，撒克遜民族入侵英國 2.597年，基督教傳入英國 3.八世紀，Beowulf一詩出現 4.1066年，征服者威廉入侵	1.446年，北魏太武帝開始禁佛教，焚佛寺。 2.601年，陸法言撰《切韻》。中古漢語開始。 3.1008年，陳彭年與邱擁奉命修宋版《廣韻》。 4.1066年，蘇東坡三十一歲，父歿，歸蜀服喪。
中古英文	1066-1500	1.1387年，喬叟的Canterbury Tales出版 2.1476年，Caxton創立出版社 3.1500左右，Great Vowel Shift	1.1297年，關漢卿卒。 2.1324年，周德清撰《中原音韻》。現代漢語開始。 3.1375年，《洪武正韻》出版。
現代英文	1500-	1564年，Shakespeare出生	1.1506年，王陽明貶謫到龍場驛。 2.1579年，李時珍編《本草綱目》。

遠在紀元一世紀的時候，羅馬大將凱撒就已經領軍征服過英格蘭，後來凱撒回羅馬爭權，英格蘭遂被棄置。449年，從斯堪地那維亞半島而來的海盜從今天的約克郡（Yorkshire）登陸，把原住在英格蘭島的民族

趕到今天的蘇格蘭、英格蘭西南方的威爾斯，或康沃（Cornwall）等地。這些海盜各有不同的出身，不過以Saxson（撒克遜）、Angles（安格魯），及Jutes（朱特）等三族為最強，這三個民族基本上都屬於是日耳曼語系（Germanic Family）。後來朱特族又被安格魯族擊敗，安格魯及撒克遜兩族經過多年的通婚及接觸，終於融合為Anglu-saxon（安格魯撒克遜）一族，他們所說的話就稱為Angles（古英文為Engle），後來迭經轉換，才終於稱為English，也就是今天的英語。

原來居住在英格蘭地區的居民講的是Celtic（凱爾特語），不過遷徙到蘇格蘭及康沃等地區的凱爾特語都消失了，現在僅存的凱爾特語只見於威爾斯地區。像英語這種喧賓奪主的語言現象，幾乎是全世界共同的現象。例如英國人入侵美洲大陸，終於把原本屬於美洲的印地安語推向邊緣，英語喧賓奪主成為美洲最主要的語言。又如英國人入侵澳洲，於是現在澳洲的主要語言是英語，而原來毛利人所講的語言成為少數語言。又如，早期的漢人入侵臺灣，於是原來的原住民語言成為少數語言，主流反而是漢語。

古英文的重要文獻《貝爾武夫》（*Beowulf*）可能出現在紀元八世紀之時。這是一首描述英雄貝爾武夫的敘事詩，也成為研究古英文的重要文獻。古英文到了六世紀，由於基督教的傳入英國，使得英語從拉丁文借入大量的詞彙。古英文一直維持到1066年，征服者威廉（William the Conqueror）從法國進入英國皇宮，從此滿朝顯貴都以講法語為榮，流風所及，舉國上下都以法語為主要的語言，英語逐漸變成法語的附庸，許多詞彙、用語、句法直接從法語進入了英語。一直要到百年戰爭（1337-1453）之後，由於中產階級的湧現，民族意識的高漲，才使英語逐漸擺脫法語的籠罩。但是，最重要的影響卻是英國名詩人喬叟（Geoffrey Chaucer, 1343-1400）在百年戰爭的後期（1383）發表了曠世名著《坎特伯里故事》（*Canterbury Tales*），該詩以英語為書寫語言，而且描述的對象為社會各階層的人物，不但蒐集了許多日常生活的語料，也為英語注入新的活力。

中古時期的英語方言因地而異，各人也往往以自己的口音來書寫，形成拼字雜亂，各有各的寫法，結果，很可能同一本書由於抄寫人員的不同而成爲不同的版本，這種現象要到1476年，克斯頓（William Caxton, 1422-91）成立出版社後才獲得改善。出版社的成立，使書籍印刷普及，讀書人口增多，更重要的是拼字統一，口音也都以倫敦地區的方音爲主。

中古英語最大的特色是母音的大轉移（Great Vowel Shift），我們將在後面進一步敘述。從莎士比亞出生之後，英語邁入了現代英語的時代。我們將以英語的各種改變作爲語言改變的範例，簡單介紹英語語言的歷史。

重點複習

1. 現今英格蘭居民的祖先是從哪裡來的？後來是如何成為安格魯撒克遜一族？
2. 英格蘭當地的居民，本來講什麼語言？現在這些語言只有哪些地區還有人講？
3. 美洲本來講印地安語後來改講英語，澳洲本來講毛利語後來改講英語，臺灣本來講原住民語後來改講漢語，你對於語言之間的變換有何特別的感想？
4. 喬叟的《坎特伯里故事》對於英語的復興有何貢獻？

三、語言的改變

語言的改變可以從兩個層面來解析：字詞的改變及語法的改變，而語法的改變又可以分爲語音、構詞、語義，及句法等層面來探討和分析。

㈠字詞的改變

字詞（lexicon）是語言結構最基本的單位，也是最能反映社會及文化的語言單位。歷史上各個民族相互侵奪所引起的戰爭，促使種族之間的融合，語言的互借、轉移或改變，都歷歷留存在字詞之間，讓我們體驗

「凡走過，必留痕跡」的眞諦。約而言之，字詞的改變有兩類方式：新增（addition）及消失（loss）。新增又可再分爲兩種：借詞（borrowing）及創字（coinage）。

字詞的移借其實是語言接觸（language contact）之中最常見的現象，英文這個語言尤其像海綿一樣，在整個歷史的發展之中，恰如大海之吸百川，任何和英語接觸的語言都在英語中留下痕跡，即使是像被趕往邊緣的凱爾特語也在英語的姓名如Lloyd, Floyd及地名如England等可以找到蛛絲馬跡。在英語常用的兩萬個字詞之中，約有五分之三是借自其他語言的語詞，可見英語借詞之豐富，英語能成爲當今的世界語言，其勇於接受及借用別種語言的語詞，也是原因之一。雖然英語的外來詞很多，然而依據研究統計，英語最常用的字詞如be, have, it, and, of, the, to, will, you, that等等卻依然是英語的本土詞彙，這顯示：自己語言中的日常用語比較能保存下來。

基督教傳入英國以後，使英語到處都有拉丁文或希臘文的影子，例如

(2)

① **宗教** altar, angel, candle, canon, cleric, disciple, pope, noon, nun, offer, organ, temple, rule

② **衣物** cap, sock, silk, mat

③ **食物** oyster, lobster, pear, radish

④ **其他** grammar, verse, meter, gloss, fan, circle

但是從征服者威廉進入英國以後，法文對英語的影響幾乎遍及各個領域，尤其是比較正式的用語，例如

(3)

① **政府** government, crown, prince, parliament, nation

② **法律** jury, judge, crime, sue, attorney

③ **宗教** saint, pray, mercy, virgin, religion, royal

④ **其他** money, society, value

在法文的借詞之中，最有趣的莫過於食物的用詞，表12-2是英文和法文的比較：

表12-2　英、法食物名稱對照表

法文	pork	beef	veal	mutton	venison
英文	pig	cow	calf	sheep	deer

從文化的角度而言，表12-2中法文和英文的對比很有意義。以英文的pig和法文的pork爲例，pig代表整頭豬，從豬頭到豬腳都可以吃的意思，這的確也是古英文以及中古英文時期的文化現象，當時的英雄如貝爾武夫或魯賓漢（Robin Hood）都是吃大塊肉、喝大碗酒的好漢。他們在山林或海邊，烹煮各類野物，都是從頭吃到腳，頗有古風。等到法國人到了英國，飲食文化變得文雅得多，上層人士不吃豬頭，也不再吃豬腳，認爲那是野蠻的行爲，於是從pig之中，只取pork的部分來吃食。因此，從pig到pork不但顯示英語字詞語意的變化，也表示文化也從野蠻邁向優雅的層次。

除了前面的大量借入之外，英語本身其實一直保持「泱泱大語」的風度，對於周遭的語言，絕不會因爲其弱小而排斥，更不會害怕借用而損及名譽，反而隨時都會取其精華而吸納之，後面是一些例子：

(4)

希臘	drama, tragedy, comedy, physics, scene
凱爾特	whisky, flannel, slogan
荷蘭	yacht, leak, freight, pump
義大利	opera, piano, balcony, virtuoso
西班牙	barbecue, cockroach, ranch
印地安	squash, hickory, raccoon, corn
中文	pigin（洋涇濱）, kungfu（功夫）, kuli（苦力）, tofu（豆腐）, fengsui（風水）, taiji（太極）, kotou（叩頭）, tsaofan（炒飯）

此外，英語在發展過程之中，還不斷地創造新詞來豐富英語的詞彙。例如afternoon, chicken-hearted, force, moreover, railroad, sailboat, undergo, X-ray, zookeeper, portable, e-mail, cyber-net, internet等等，都是二十世紀之後的新詞。至於邁入電腦時代後，英語的用詞更是日新月異，internet, website, navigator等不是新創語詞，就是語詞另有新的語義。能吸收別人的語詞，融入自己的語言之中，並隨時代的進步而造新詞，遂使英語一直充滿了活力。英語能成爲現代世界上的空中（如飛機起降和塔臺聯絡的唯一語言就是英語）、海裡（航船要靠港，進出所使用的唯一語言也是英語）、陸地〔今天使用國際網絡，其中的網點都是用英語，例如除了英語二十六字母拼成的網點（website）之外，還沒有任何語言可以成爲網點的指標。〕的共通語言，不只靠美國國力的強大，還靠著英語旺盛的活力。環顧五湖四海，全世界還沒有一個語言能像英語一樣，謙卑地吸收各語言的精華。

但一如其他的語言，在如此長期的發展過程中，英語也丟失了很多詞彙。詞彙之所以會丟失不用，有文化因素，如現代的科技生活不再需要遠古時期的農業詞彙；也有歷史的因素，如過於冗長的詞彙自然爲被簡短的詞彙所取代。以英語爲例，以下是一些明顯失去的例字：

(5)

英語本來的用詞	取代之語詞
ēam	uncle（法文）
leod	people（法文）
dēman	judge（法文）
herian	praise（法文）
stench	fragrance（法文）

漢語在發展過程中也有很多語詞消失了，例如某些器物的名稱如「兕觥」（一種飲器）、「金罍」（一種杯子）、「兜模」（一種頭盔）、「鑲鐔」（一種兵器）等，因物件不普遍，名稱隨之消逝；有些職稱因時代

的變遷而不復存在，如「膳夫」、「趣馬」、「宮人」、「弼馬溫」等等。

臺灣的語言發展史和英語類似，例如原爲原住民的各族語言，由於漢語的入侵而被迫縮身到邊陲地區；而入主臺灣的漢語在日本政府統治五十一年內備受壓制，1949年以來國語的推行使閩南語、客家語和各族原住民語都倍感壓力，但本土意識抬頭之後的今日閩南語又逐漸強勢。另一方面由於國際之間的接觸越趨頻繁，因此，國語的語詞也面臨英語所經歷的經驗留下了許多來自不同語言的借詞，例如

(6)

借自英語：	咖啡、摩登、布丁、啤酒、可樂、幽默、沙發、脫口秀、瓶頸、杯葛、伊湄兒
借自日語：	阿莎力、便當、媽媽桑、運將、沙西米、榻榻米、奇檬子、黑輪、動畫、寫眞
借自原住民語：	凱達格蘭、打狗、阿猴、馬不老（mabulao）、那魯灣（naluvan）

論及臺灣語言之間語詞的借用，則臺灣閩南語從一九八〇年代起，由於臺灣本土意識的崛起，加上媒體的推展、歌曲的創作及政治人物的求新求異，使國語裡頭出現了大量的閩南語用詞，形成臺灣國語最重要的特色。下面就是一些常用的例子：

(7)

政治語言：	唱衰、打拚、嗆聲、凍蒜、撩落去、嘴角全波、吃碗內看碗外、歸碗捧去、提籃子假燒金
生活用語：	歹勢、夭壽、鬥陣、牽成、抓狂、輪轉、在室、俗俗賣、皮皮銼、三不五時、黑卒仔過河、頭剃一半、好膽麥走、恬恬吃三碗公、好康

總而言之，語言在歷史的洪流演進之中，單字語詞必然會有增減的現象。增加的方式有兩種：借詞及創字。語詞的消失有可能爲更強勢的語言

所取代，也可能是因爲某些東西已經過時不用了，表達該項東西的語詞自然會消失。

重點複習

1. 在語言改變之中，單詞（lexicon）的改變可以哪兩個層面來分析？
2. 請查字典，找出後面的英語是借自哪些語言？
   (1) supper
   (2) obedience
   (3) tragedy
   (4) design
   (5) raccoon
3. 請舉出五個從閩南語借入臺灣國語的常用語詞。

(二)語法的改變（change of grammar）

在語言的變化之中，不但是詞彙受到改變，包括語音、構詞、語義和句法等語法也都會改變。各個語法部門的改變方式或許有所不同，但「變」卻是各個部門之中唯一相同的寫照。

1. 語音的改變（sound change）

語音的改變在歷史語言學裡稱爲「語音改變」（sound change），是一個專有名詞，我們將在第四小節談論語言擬構時，再詳細介紹歷史語言學內的語音改變。這裡我們將把焦點集中在中古英文時期最重要的語音改變，即母音大轉移。例(8)是中古英文母音的大轉移的變化方向：

(8)中古英文的母音大轉移

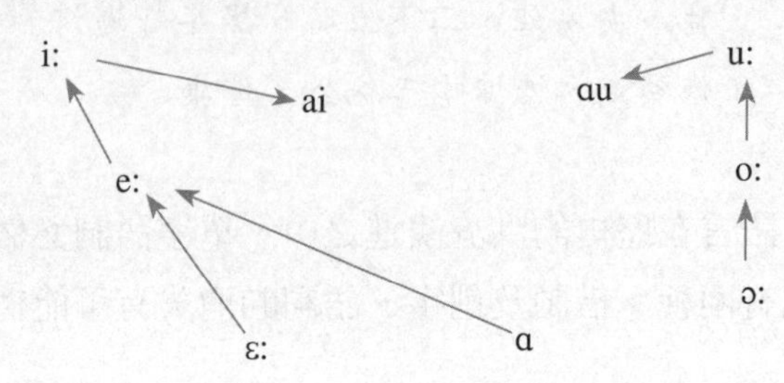

(9)**實際字例**

中古英文		現代英文	例字
[fi:f]	⟶	[faiv]	five
[me:də]	⟶	[mi:d]	meed
[klɛ:nə]	⟶	[kli:n] ([kle:n])	clean
[na:mə]	⟶	[ne:m]	name
[gɔ:tə]	⟶	[go:t]	goat
[ro:tə]	⟶	[ru:t]	root
[du:n]	⟶	[dawn]	down

仔細觀察母音大轉移的變化方向，則會發現母音的變化是從低母音往上推（push），如[ɛ:]推往[e:]，然後再依次往最高母音[i:]的方向推進，像這種依據語音發音部位的高度，逐漸往前推進的語音演變稱為「推鍊」（push chain）。母音大轉移由於只發生在長母音之上，長母音和相對的短母音之間的對比，相信還是可以從詞類變化的例子來加以印證：

(10)

中古英文的母音	現代英文的母音		相對的短母音	
[i:]	[ai]	divine	[ɪ]	divinity
[u:]	[au]	profound	[ʊ]	profundity
[e:]	[i:]	serine	[ɛ]	serenity
[o:]	[u:]	fool	[ɔ]	folly
[a:]	[e:]	same	[æ]	sanity

今天，我們學習英文時，隱隱覺得有些拼字和讀音之間沒有規則的對應，這些都是由於中古英文的讀音產生了母音大轉移的變化，但是拼字卻沒有跟著改變的結果。以divine/divinity為例，divine的第二音節在中古時期本來要讀[i:]，因此它和divinity中的第二個音節只有長短的區別

（[i:]和[ɪ]），後來[i:]由於母音大移轉的關係，才改讀成[ai]了；但是讀成短母音的[ɪ]卻沒有任何改變，才會形成[ai]和[ɪ]之間的不和諧的對應。

中古英語的母音大轉移在歷史語言學的研究上，至少含有三個意義。首先，母音大轉移是個很典型的context-free change（不受語音前後環境影響的改變，也可稱爲自由音變）。歷史的語言變化中有一種需視前後環境而定的變化（context-dependent change）稱爲條件音變（conditioned change），例如英語的[n]只有在舌根音[k, g]之前會變成[ŋ]便屬於這種語音變化。而英語的母音大轉移卻是不受語音前後環境影響的改變，所有的[i:]都變成[ai]例如mice, divine, wife等。其次，母音大轉移是個「推鍊」（push chain），從低母音一路往高母音推，這種語音變化讓我們體悟語音的改變有其內在的次序。換言之，發音時舌頭部位的低、中、高的確會在語言變化之中清楚地反映出來。第三，英語的讀音和拼字之間的規律對應關係受到母音大轉移的影響而逐漸模糊，英語的讀音和拼字之間本來有很規律的對應，但是母音大轉移大大地破壞了這種對應規律。

重點複習

1. 中古英語的母音大轉移是怎樣的語音變化？對於英語的拼字和讀音之間的關係有何影響？
2. 以中古母音大轉移（Great Vowel Shift）為基礎，請寫出下例各單字母音的中古讀音：
   (1) wife
   (2) geese
   (3) name
   (4) loud
3. 什麼樣的語音變化稱為「推鍊」（push chain）？有怎樣的特色？

2. 構詞的改變（morphological change）

就歷史語言學而言，構詞的變化不外乎：新增（addition）或消失

（loss）兩種方式。以英文爲例，「消失」是最值得重視的一面。古英文最大的特色是具有很完整的格位典型（case paradigm）。所謂完整的格位典型即表示名詞都分陰性或陽性，而且陰性語詞有陰性的後綴（suffix），陽性語詞有陽性的後綴，分得很清楚，一如現在的俄文、法文。除了性別之外，完整的格位典型還區分單數和複數，也有主格、所有格、與格，和受格等等的特殊格位後綴（「與格」指的是皆在give, offer, send, mail等與格動詞之後的賓語（受格））。可惜現代英文中只有人稱代名詞還稍微保存了完整的格位典型，如表12-3：

表12-3　格位典範表

數	格	陽性	陰性
單數	主格	he	she
	所有格	his	her
	與格	him	her
	受格	him	her
複數	主格	they	they
	所有格	their	their
	與格	them	them
	受格	them	them

表12-4後面就各以陽性名詞及陰性名詞的格位後綴爲例，說明古英文的「完整格位典型」的現象：

表12-4　古英文的格位表例

數	格	陽性	陰性	陽性（輔音）
單數	主格	stān	gief-u	hunt-a
	所有格	stān-es	gief-e	hunt-an
	與格	stān-e	gief-e	hunt-an
	受格	stān	gief-e	hunt-an

數	格	陽性	陰性	陽性（輔音）
複數	主格	stān-as	gief-a	hunt-an
	所有格	stān-a	gief-a	hunt-ena
	與格	stān-um	gief-um	hunt-um
	受格	stān-as	gief-a	hunt-an

從古英文到現代英文，在構詞上最明顯的變化就是：陰陽性名詞類別的消失、各種格位後綴的消失。現代英文的格位後綴已經不明顯，而且單數和複數的區別只在於-s（如book, books）或-es（如box, boxes）的後綴。從構詞的角度而言，現代英文已經簡化了許多。

構詞的增加，一般稱爲之語法化（grammaticalization），意思是說：本來沒有語法功能的詞綴後來逐漸變成了具有語法功能。例如現代英語的名詞後綴-dom，本來在古英文時期是個單獨存在的語詞，表「在……之狀態」，後來被用來表示名詞的抽象化，例如free→freedom, king→kingdom, wise→wisdom，於是，語言學家把dom從「獨立用詞」變成「抽象名詞」後綴的構詞現像稱爲「語法化」。

又如中文本來沒有明顯詞綴的結構，但是在一九三〇年代白話文運動之中，受到西方語言的影響，產生了許多各具語法特性的詞綴，例如

(11)

詞綴	功能	例字
性	表「程度」	可行性，指標性，適法性，柔性
度	表「程度」	容忍度，合法度，亮度，接受度
家	表「專門人員」	作家，鋼琴家，畫家，設計家
化	表「狀態」	情緒化，合理化，制度化，現代化

此外，還有很多像這種已經「詞綴化」的用語，例如最近在臺灣形成的「寫手」（應該是比照「選手、歌手、鼓手」而來）、「唱將」（應該是比照「戰將、選將」而來）、「上班族、草莓族、月光族」等等有

「族」一族，應該是比照「民族、種族」而來，前述這些詞綴，本來能產度（productivity）並不高，後來在臺灣逐漸變成能產力很高的構詞形式，可見語法化的能產度會隨語言接觸的影響而更強烈。國語在臺灣的發展也深受語法化的影響，構詞中最明顯的是「不錯 + V」（V = 動詞）的結構，例如

⑿

臺灣國語	國語
不錯吃	不難吃
不錯看	不難看
不錯穿	不難穿

甚至於有人把這種「不錯 + V」的類型進一步應用在不及物動詞中，如「不錯笑」（他的笑話不錯笑。）、「不錯寫」（這枝筆不錯寫。），顯示：「不錯 + V」的結構類型已經完全語法化了，以至於具有「能產度」。

其他如表示語尾詞的「說」，也因爲閩南話的大量使用「講」[gong]作爲語助詞而逐漸爲大家所使用，例如

⒀

① 如果是他，他就會這樣做說。（比較：伊就e這樣做講。）

② 我就勸他不要這樣寫說。（比較：我就勸他麥a ne寫講。）

③ 他就剛剛來說。

④ 你想去廁所哦？我也想去說。

前面例⒀的四個「說」都是語氣詞，也可用「嘛」來代替，不過語氣並不太相同，用「說」表示：比較親切及熟悉。然而，我們這裡要強調的是：這種語尾助詞「說」應該是從閩南語借用過來，並且常用之後形成詞彙化的結果。從這裡也可以看出：語言的構詞無論形式（form）或內容上都會產生改變。

重點複習

1. 中古英語到現代英語中，在構詞上最具代表性的變化是什麼？請舉例說明之。
2. 格位典型（case paradigm）是什麼？請以英語的人稱代名詞為例說明之。
3. 什麼是「語法化」（grammaticalization）？有何特性？請以臺灣國語舉例說明語法化的現象。

3. **句法的改變**（syntactic change）

句法是語法很重要的指標，語言的演變也往往反映在句法結構之上。古英文的句法結構，有兩點特別需要注意：詞序（word order）及否定的形成。

古英文的句法同時擁有SVO (14①)及SOV (14②)的結構，而現代英文卻只有SVO的結構（S=主詞，V=動詞，O=賓語或受詞）。例⒁是古英文的兩種詞序（字的順序）：

⒁

	古英文	**現代英文**
①	Hē geseah þone mann. (He saw the man) S V O	He saw the man. S V O
②	Se man þone kyning sloh. (The man the king slew.) S O V	The man slew the king. S V O

依據現代語法學家的研究，現存在世界上的語言詞序，大抵以SVO、SOV及VSO等三種爲最常見，其中又以SVO及SOV居多。土耳其語、日

本語和韓語都是SOV的語言，而英語則爲SVO最典型的代表，例如

⒂

	土耳其語（SOV）	**英語**（SVO）
①	Ahmet otomobili aldi. (Ahmet the car took) S O V	Ahmet took the car. S V O
②	Mehmet biraz para istedi. (Mehmet some money wanted.) S O V	Mehmet wanted some money. S V O

中文的詞序則介於SVO（如「張三買了車」）及SOV（如「張三把車買了」）之間，於是漢語到底是SVO或SOV的語言，很引起許多爭論。由前面的例子可以發現，從古英文到現代英文的發展之中，英文的字序已經從SOV變成SVO了。這點發展，很像中文。在文言文時期，中文存在很多SOV的結構，例如

⒃

從古英文到現代英文在句法上的改變，除了見於詞序之外，第二個有關句法改變的是：否定句和助動詞之間的關係。古英文的否定詞一般爲ne，相當於現代英文的not，但是在古英文時期，否定詞是出現在助動詞之前，而現代英文則是把否定詞放在助動詞之後，例如

⒄

① **古英文**：he na sippan geboren ne wurde
(that he never after born not would-be)
現代英文：that he should never be born after that

② **古英文**：I ne can ne I ne mai tellen alle pe wunder...
(I not know nor I not can tell all the atrocities)
現代英文：I cannot know nor can I tell all the atrocities⋯

當然，在莎士比亞的時代，也常有動詞後面直接加not形成否定句的例子，例如Forgive him not.（現代英文應爲：Don't forgive him.），可見現代的助動詞+否定詞（not, never, little等）的句法形式，應該是很近代的發展。

總而言之，從古英文到現代英文，在句法上的主要變化有二：

1. 字序由SOV變爲SVO。
2. 否定的形式由「否定詞＋動詞」變爲「助動詞＋否定詞＋動詞」的固定結構。

重點複習

1. 中古英文和現代英文在句法上最明顯的差別在哪裡？
2. 由於中文屬於SVO或SOV還未定論，你個人的看法是什麼？有何證據支持你的論點？

4. 語義的改變（semantic change）

在歷史的變遷之中，語義的改變呈現最繽紛的變化。具體而言，語義的改變有三種可能：語義擴大（broadening）、語義縮小（narrowing），及語詞和語義的移轉（semantic shift）。後面將逐一細述之：

(1)語義擴大（semantic broadening）

所謂語義擴大（semantic broadening）指某個語詞的語義比該語詞的原來語義的範圍還要廣大。最好的例字是holiday，原來是個宗教名詞，是holy（神聖的）和day（日子）兩個字詞合併的結果，由字面可知本意是：上教堂而不用工作的日子。後來該詞的語義擴大成爲「任何放假的日子」，顯然語義擴大了許多。後面是更多的例子：

(18)

	例字	原意	擴大之後的語義
①	bird	小的飛禽（a small fowl）	任何一種鳥，鳥的總稱
②	companion	共同吃麵包的人（someone who eats bread with you）	任何在一起的人
③	thing	公共集會（a public assembly）	任何東西
④	門	兩扇之門（單扇之門爲之「戶」）	任何一種門
⑤	江河	「江」指「長江」、「河」指「黃河」	現在的「江」可以指「任何一條河」，現在的「河」也可以指「任何一種江」，「江河」在一起還可表「環境或事情」，如「江河日下」
⑥	丈夫	成年後之男子，如《穀梁傳》文公十二年「男子二十而冠，冠而列丈夫」	現在用爲女子對自己的先生通稱丈夫，或表「英雄氣概」如大丈夫

語義擴大有時和社會文化的背景大有關係，例如「番薯」一詞的多義即和文化關係密切。「番薯」本來指用於指英語的sweat potato及荷蘭語

的batata，又稱爲「地瓜」或「甘薯」的一種食物，生長於地下，葉大而常綠。由於來自於其他地方，在臺灣遂被命名爲「番薯」，表示和「番仔火、番石榴、番麥（玉米）」同樣爲非本土性作物。由於臺灣的外型頗和「番薯」相似，兼以古時生活困苦之時，「番薯」是臺灣家家戶戶賴以維生的食物，後來「番薯」的語義遂被延伸爲「臺灣人」，用以和「芋頭」表外省人做對比。又由於臺灣人都自認爲耐力強、韌性大的種族，於是「番薯命」又被用指「命苦卻有韌性」的語義。由「番薯」的語義延伸，大概可以了解語義延伸的種種文化背景因素。

⑵語義縮小（semantic narrowing）

歷史的發展之中，某些語詞的語義會擴大，自然有些語詞的語義會縮小。例如

⒆

	例字	原意	縮小之後的語義
①	hound	任何一種狗（any kind of dog）	獵狗（a hunting breed）
②	meat	食物（food）	肉（flesh of an animal）
③	deer	動物（animal）	鹿（a particular kind of animal）
④	湯	古人泛稱「熱水」爲湯，如《孟子·告子篇》：「冬日則飲湯。」	現在專指餐桌上吃飯所配之湯爲湯
⑤	瓦	《說文》：「瓦，土器已燒之總名。」	現在「瓦」只指「用以蓋屋之瓦」
⑥	下海	以前戲園子中的舞臺稱爲「海子」，演員登臺稱爲「下海」	現在稱女子從事特種行業稱爲「下海」

有些語詞會從多用途而轉變爲特定用途，這也是一種語義的縮小。例如「內人」以前專指歌坊中的從業者，後來普遍地用於先生向別人謙稱自己的太太。由「內人」、「內子」，而有了「外子」一詞的使用，可見語詞也講究平衡及對稱。

有時語義的縮小，不在語義，而在用法，而且和文化背景有關。例如「城」本指四周有護河有牆有堡的大結構，或大城市，但是現在臺灣常見的建築廣告如「夏之夢花園新城」或「百花城」等等以「城」命名的預售屋都距離「城」的條件很遠。更有趣的是，還有很多「CD城」、「電子城」之類的店只局限於某建築物的一隅，就堂而皇之稱爲「城」了。可見「城」的語義已經大大地貶値，或者說是大大地縮小了。其他類似於「城」的語義縮小見於很多形容詞的用法，如以前稱爲「很猛、很勁爆」現在改用「超猛、超勁爆」，因爲「很」字已經不夠用了，必須要使用「超」字才能表示「非常」的涵義。由此可見，「很」字的語義也已經縮小了。

⑶語詞和語義的移轉（semantic shift）

有些語詞廢棄原來的語義之後，又被轉用來表達另一種語義，這種現象在歷史語言學上有很多範例，稱爲語義的轉移（semantic shift）。例如

⒇

	例字	原意	轉移後之語義
①	silly	古英文意爲「happy」，中古時期，變爲「naive」。	現代英文只表「foolish」之意
②	immoral	古英文表「not customary」（不合禮俗）	表「unethical」（不道德）
③	賂	本指「禮物」或「送禮」，如《左傳》：「數之以王命，取賂而還。」	現在的「賂」都和「賄」共用，表「爲某種目的而送厚禮」，並且具有頗深的貶抑色彩。

④	插花	原意爲「把花有藝術地插在花瓶上」，後來被博弈者借以表示「臨時把賭金加在某一方之上」	現通常「臨時加入某種團體或某種活動」
⑤	對號入座	以前購票入戲園或劇場，均必須對號入座	現在通常用已表示「自願承認某種影射的人物」

其實語義的改變在很多情形之下是由於語義的延伸，或者是由於誤用以至於產生大量的改變。在謝立敦（Richard B. Sheridan）的劇本《對手》（*The Rivals*）中有一位常常用錯語詞的媽拉普拉普夫人（Mrs. Malaprop），她常常會誤用某個單詞，而使整句的語義大不相同，例如

(21)

	想要講的語詞	所講出來的語詞
①	I hereby <u>deputize</u> you <u>obscure</u>	I hereby <u>jeopardize</u> you <u>obtuse</u>
②	...express <u>appreciation</u>	...express <u>depreciation</u>

有些人或因爲不知某個語詞的本意，而加以誤用，正如媽拉普拉普夫人。偏偏又有人不求甚解，而沿用這個誤用之後的語義，結果自然會使某個語詞的語義改變。例如「朝三暮四」本爲「不知變通」之意，後來由於有些人解讀的乖誤，逐漸變成含有「意志不堅定」的語義，很像「朝秦暮楚」，例如「他一向朝三暮四，始終沒有自己的定見。」

然而有些構詞變化只是用詞的不同而已，並非語義的眞正轉移。如《詩經》上的「荏菽」就是現在的「大豆」，而「倉庚」是現在的「黃鶯」。有些轉移現象明顯地只反映語義之變更，如《詩經》「將仲子兮」的「將」表請願之意，和現在的「將」字用法大不相同。簡而言之，語義的改變包括語義的擴大、縮小，和移轉，而這些現象的改變其實和語言的

使用者有關，或是基於語義的延伸，或文化社會的不同內涵，或有些則和詩人墨客喜歡創新用詞，去陳出新有關。不過，由語義的各種改變，我們可以看出語言的多變風貌。

重點複習

1. 何謂語義擴大（semantic broadening）？請各舉中英文之例說明之。
2. 何謂語義縮小（semantic narrowing）？請各舉中英文之例說明之。
3. 何謂語義的移轉（semantic shift）？請各舉中英文之例說明之。
4. 在你的日常生活用語之中，會不會使用「超piang」、「酷斃了」、「遜斃了、」「帥呆了」等等用語？你知道這些都含有「語義變化」的現象嗎？請分別說明之。

四、漢語小史

有了前述的背景，我們來簡略地介紹漢語的歷史。漢語雖然源遠流長，但語言學家一般都以陸法言先生在601年（隋仁壽元年）完成的《切韻》一書作爲古漢語和中古漢語的畫分線：《切韻》之前的漢語稱爲古漢語，《切韻》之後的漢語稱爲中古漢語。中古漢語持續到元朝時期周德清先生完成《中原音韻》之時，自《中原音韻》成書之後迄今的漢語通稱爲現代漢語。爲了方便，我們將簡單地從語音、詞彙及句法三方面來概括漢語的歷史。

㈠語音

語音方面，最重要的是音節及聲調的變異。《切韻》之前，文獻上對於語音的記述多以「聲訓」爲主，所謂「聲訓」即用相同或近似的字音來訓讀，有人用「讀若」、「讀爲」、「與……讀音同」等各種聲訓方式，目的都是注音。例如

⑵

① 《說文》：「虔讀若矜。」「慴讀若疊。」

② 《禮記·聘義》：「孚尹旁達」，鄭玄注：「孚讀爲浮，尹讀如竹箭之筠。」

③ 《白虎通》：「紀，記也。」

這種注音方式有時並不很清楚，如《釋名》：「金，錦也」，因爲聲調很難掌握，也造成現代上古音擬構（reconstruct）的困難。成書於隋朝的《切韻》，可能是受到印度《巴尼尼》（*Panini*）以字記音的影響，開始採用「反切」的標音系統。所謂反切，就是用兩個字音來標記另一個字的發音，例如

(23)

同：徒紅切

用「徒紅」來切「同」的發音。切音中的兩個字，前面的字（如「徒紅切」中的「徒」）稱爲「反切上字」；後面的字（如「徒紅切」中的「紅」）稱爲「反切下字」。切音時，取反切上字的聲母（即第一個子音，如「徒紅切」中「徒」[ㄊㄨˊ]的[ㄊ]，和反切下字的韻母和聲調，如「徒紅切」中「紅」[ㄏㄨㄥˊ]的[ㄨㄥˊ]，拼起來就是「同」的發音[ㄊㄨㄥˊ]。反切的方式顯示當時已經有了音節的觀念：

(24)

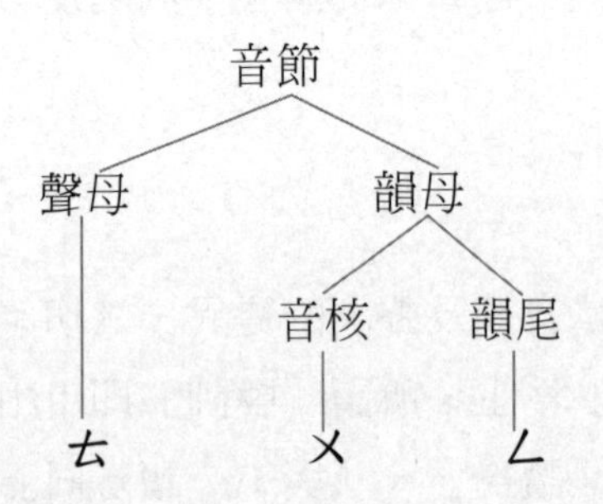

而且，《切韻》把聲調看成韻母的一部分，也和1976年之前西方語言學的看法相同，可見《切韻》已經有了很進步的觀念。我們研究語音系

統的學科稱爲「聲韻學」，就是研究「聲母」和「韻母」的意思。

漢語聲母的變化，主要有兩個主題：⑴複輔音（consonant cluster）的消失。依據很多聲韻學家的看法，古漢語有複輔音，也即聲母含有兩個以上的輔音（子音），如[kl]、[kʰl]（像英語的clean[kʰlin]），只是漢語的複輔音後來消失了。支持古漢語有複輔音的證據之一就是含有相同聲旁的字如「稞」、「裸」或「體」、「澧」如今分別讀成了不同的聲母。換言之，「體」、「澧」的聲母本來是相同的，只是後來「體」取了[tʰ]，而「澧」取了[l]，如下：

⑵5

古漢語的複聲母　　現代的聲母

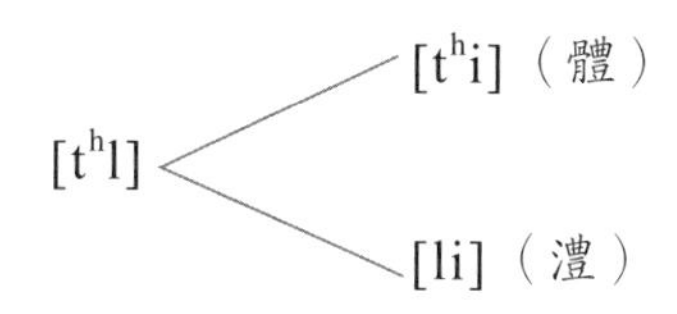

⑵ 古漢語在語音上的另一個變化是：有聲子音變成了無聲子音，這也稱爲「濁聲母清化」（中國傳統聲韻學把「有聲子音」稱爲「濁音」，把「無聲子音」稱爲「清音」），例如國語和客家話都已經沒有有聲子音[b, d, g]了，因爲他們的有聲子音都已經變成了無聲子音。但是，閩南話卻還是保存了三套子音，分別如表12-5：

表12-5　國、閩清濁音分立表

	有聲子音	無聲子音	
		不送氣	送氣
	[b]	[p]	[pʰ]
閩南語	[bi]（米）	[pi]（比）	[pʰĩ]（嗅）
國　語		[pi]（比）	[pʰi]（皮）

漢語聲母的有聲與否，也和聲調的變化大有關係：也就是說，每個聲調分陰陽的條件，就是清濁：濁聲母的音節多變成陽聲調，清聲母則多爲

陰聲調。

除了聲母以外，漢語語音的變化也和韻母大有關係。由於韻母的變化和聲調有很密切的關係，我們先介紹中古漢語的聲調。中古漢語有四個聲調：平、上、去、入。後來，每個聲調各分化成陰陽兩種調域（register），於是有了八個聲調，且以閩南話（閩南話的上聲不分陰陽）為例，如表12-6：

表12-6 閩南語聲調表

中古調	平		上		去		入	
分陰陽後	陰平	陽平	陰上	陽上	陰去	陽去	陰入	陽入
例字	軍	拳	滾		棍	近	骨	滑
	溝	猴	九		教	厚	毒	獨

其實，從音節結構而言，入聲韻的特色就是都以[p, t, k]等塞音結尾。在漢語的發展史上，入聲韻的消失是漢語語音上很大的變化，例如現代的國語或北京話等官話地區，已經沒有入聲韻母了，原有的入聲已經派入其他三聲了。再者，以[m, n, ŋ]結尾的音節，雖然在閩南話和客家話等方言上還完整地保存下來，但在其他方言如北京話等卻只剩下[n, ŋ]而沒有了[m]韻尾，這使得開音節（即沒有子音韻尾的音節）的數目增多了。

前面所談及的聲、韻、調的變化，影響最大的是：官話的音節數目遞減。這使同音字詞大量增加，例如以北京方言為基礎的國語大約只有1,300個不同的音節。比較之下，南方方言如閩南話或客家話的音節數目則比較多，大約有1,870個音節。

重點複習

1. 從古漢語到現代漢語的變化之中，聲母之清濁變化和聲調的分類有何關係？
2. 如何證明《切韻》已經有了音節的觀念？

3. 何謂「入聲韻」？在現代漢語中，入聲韻有何重要的變化？
4. 何謂「開音節」？為何現代漢語的開音節數目會增多？

㈡詞彙

古漢語的單詞（simple morpheme）及單音節詞（mono-syllabic morpheme）居多，如「彘」（豬）、「箸」（筷子）、「鑊」（鍋子）、「鼎」（有三個腳的鍋子）等等。但是到了唐宋時期，雙音節構詞增多，逐漸變成漢語詞彙的主流，例如像「偉」字已經很少單獨使用，必須結構成「偉大」、「偉岸」、「偉然」等等雙音節詞才有意義。又如「美」古代也是單詞，如《國語．晉語》：「彼將惡始而美終」，但現在則多為雙音節詞，如「美麗」、「美白」、「美味」等等。而且，多音節詞如「全方位」、「土石流」、「土撥鼠」也漸漸增多。不只如此，還有許多綴詞如「族」、「化」、「論」附加在雙音節詞之後而形成的多音節詞例如「草莓族」、「皮裘族」、「銀髮族」；「多樣化」、「邊緣化」、「年輕化」；「陰謀論」、「背信論」、「協商論」等等，可見漢語的詞彙越來越有獨立衍生的機制，也朝多變而豐富的方向邁進。

漢語詞彙變化中，另一個值得注意的是：量詞的多樣化。古漢語的量詞很少，一個「介」字通用於人與事，如「一介書生」、「一介布衣」、「一介俗物」，但大都不用量詞，如「睹其一戰而勝」（《戰國策》）、「伯夷、叔齊，孤竹君之二子也」（《史記》）、「五霸者，三王之罪人也」（《孟子》）。然而，現代漢語的量詞，多不勝數，如「個、粒、根、隻、枝、條、只、片、堆、團、隊、對」等等，顯示：漢語對於名詞的屬性及表象有越來越細膩的區分。

有關漢語詞彙方面的變化還須注意：詞的類別和詞性的專一性。古漢語的許多名詞或形容詞多兼具動詞述語（predicate）的角色，例如「友其士之仁者」（《論語》），「孟嘗君客我」（《戰國策》），「人潔己而進」（《論語》），「子謂公冶長可妻也」，「靡衣玉食以館於上者，何可勝數」（《蘇軾，志林》）。現代漢語，則除了用典之外，名詞如「友、客、妻、館」大都只做名詞用，很少再當動詞。形容詞像「潔」也很少再做動詞使用，即使有，也會多些語態狀詞（aspects）如「了、過、著」，如《紅樓夢》的「你濕了我的衣裳」，現代的用語應該是「你弄濕了我的衣裳」或「你把我的衣裳（給）弄濕了」。

重點複習

1. 漢語從何時才有比較多的雙音節詞或多音節詞？
2. 古漢語有很多量詞嗎？量詞在現代漢語中扮演何種角色？
3. 何謂語詞的專一性？試舉例說明之。

㈢句法

古漢語的句法和現代漢語之間，最應注意的有：詞序（word order）及把字句和被字句的增加。在詞序上，古漢語有三種情形會把受詞移到動詞之前，形成SOV的結構：

(26)

① 疑問句：「吾誰欺？」（《論語》）

② 否定句時正好代名詞做受詞：「寡人不之疑也。」（《商君書》）

③ 受詞以「是」或「斯」代之者：「去我三十里，惟命是聽。」（《左傳》）

在現代漢語裡，這些SOV的結構都已消失殆盡，而改成SVO的詞序。例如(26①)現代漢語應該是：「我欺騙了誰？」(26②)則會是：「我不會懷疑他。」(26③)爲：「已經離了三十里，現在只好聽天由命了。」

有關漢語句法方面的變化，還是以「把字句」和「被字句」的增加最吸引語言學者的焦點。把字句又稱爲「處置式」例如

(27)

① 把衣服洗乾淨。

② 他把張三的身分證丟了。

③ 我把書唸了一遍。

前面三個把字都可以用「將」來取代。按：「把」和「將」在古漢語裡都做動詞用，例如「少孤貧，爲人將車。」（《史記》，將，「趕」的意思）「左手把其袖。」（《戰國策》，把，「抓」的意思））直到唐代比較口語的詩裡，「把」才有了處置式的用法，如「誰把長劍一太行」（韓愈），「應把清風遺子孫」（方干）。然而，從一九三〇年代白話文興起以來，把字句的使用已經大量流行。

比較之下，漢語的被字句要到近代漢語才出現。古代漢語的被動式大都用「爲」字表示，如「衛太子爲江充所敗」（《漢書》）。但是《紅樓夢》中已有很典型的被字句：

(28)

① 賈政還要打時，早被王夫人抱住板子了。（33回）

② 司棋被人一頓好言語，方將氣勸得漸平了。（61回）

白話文興起之後，漢語深受西方語言的影響，其中影響最大的應該就是被動句。很多翻譯小說或新聞裡，常有「這個案子沒有充分被說明」、「他的建議案還沒有被注意到」、「這些事情都可以被討論的」等等充滿「被」字的句子，其實，這些「被」字都不需要的，如果改成「這些事情都可以討論的」不是很清楚了嗎？被字句的氾濫，顯示了漢語句子深深地「被」影響了，「被」歐化了。

前面我們從語音、詞彙，及句法等三方面來簡單地討論漢語的歷史發展。語音方面，複輔音聲母的消失是古漢語到中古漢語就已經發生了，至於聲母的清濁變化和聲調大有關係：原濁聲母的音節在聲調分化時都變成了陽聲調，而原清聲母的音節則變成陰聲調。聲調的畫分陰陽使漢語的聲調多了變化，但是對於語音的影響，主要在於入聲調的消失及鼻音韻尾的簡化。

詞彙方面，最重要的變化在於雙音節及多音節詞的增加，量詞的增多以及詞類的專一化。句法上，古漢語有幾個SOV的句型，現在都改成SVO的詞序了。不過，原本數量不多的「把字句」和「被字句」，在現代漢語裡卻已經頗為流行。再者，「把字句」和「被字句」正好屬於SOV的詞序，因此漢語到底屬於SVO或SOV變成爭論的焦點。

重點複習

1. 古漢語時期有哪幾種句型最常使用SOV的詞序（word order）？
2. 何謂「把字句」？請敘述古漢語到現代漢語在「把字句」上的演變情形？
3. 古漢語如何使用被動語態（passive voice）？
4. 現代漢語的「把字句」和「被字句」有什麼共通點？

五、語言擬構

以前在讀歷史的時候，會不會停下來，想想：當時大家是講什麼話呢？如何溝通呢？例如漢高祖劉邦讀書不多，又厭惡讀書人，他當了皇帝之後，滿朝文武是講誰的語言呢？他們是如何溝通的呢？又如我們讀劉義慶的《世說新語》，想想魏晉時期的文人名士，會是用哪個語言來表達他們的風采呢？古時候沒有錄音機，也沒有錄影機，於是多少豪傑的名言雋語都已經隨風飄逝了，只存有文字，卻無法聆聽他們的語音。

對於古時候的語音，歷史語言學家試圖使它還原的方法，稱為擬構（reconstruction）。擬構的方法有兩種：比較擬構（comparative reconstruction）及內在擬構（internal reconstruction）。但是在介紹擬構的方法之前，我們先來了解歷史語言學的起源及擬構方法的運用經驗。

㈠比較擬構（comparative reconstruction）

歷史語言學的開始是起於一篇很偶然的論文，那就是威廉．瓊斯

（Sir William Jones）在1786所發表的論文。威廉．瓊斯原爲英國派駐印度的法官，他從小就對語言很有興趣，並通曉拉丁文及古希臘文。他到了印度之後，開始修習梵文（Sanskrit），結果瓊斯從梵文之中發現了很多和拉丁文及古希臘文對應的語音，於是他把這個發現撰寫成論文發表，並且認爲梵文和拉丁文、希臘文有很密切的血緣關係，應該來自於同一個語言。這個看法後來經過德國語言學家波普（Franz Bopp）的研究，認爲在梵文、拉丁文、希臘文之外，具有血緣關係的語言還有德文及波斯文。後來又由丹麥語言學家瑞斯克（Rasmus Rask）增加了立陶宛（Lithuanian）及亞美尼亞（Armenian）。在瑞斯克之後，越來越多的語言學家開始認眞而堅持地從事古印歐語的擬構工作，這些語言學者通稱爲新語法學派（Neo-grammarian）。他們認爲：梵文和所有歐洲的語言都來自於同一個共同的原始語言（proto-form），歷史語言學界把這個共同的原始語言稱爲古印歐語（Proto-Indo-European language，簡稱PIE）。新語法學派的語言學家也深信：語音的改變是很有規律，而且沒有任何例外（Sound change is regular without exception）。同時，他們所採用的共同方法是：透過對於幾個語言的比較，在語音上尋找出的對應關係（correspondence），並以這些對應關係來擬構（reconstruct）古代共同語言，這種方法也就是比較擬構法。

對於古印歐語的擬構，最具影響力的發現是格林規律（Grimm's Law）。格林（Jakob Grimm）是德國語言學家，他和弟弟兩人所蒐集出版的《格林童話》一直是全世界孩童歡樂的源泉。格林根據波普的研究，把梵文、希臘文、拉丁文和英文（德語語系的一支）有關塞音（stops）的分布加以仔細分析之後，有了後面的發現：

(29)

梵文	希臘文	拉丁文	英文
pād	pod	ped	foot
tanu	tanaós	tenuis	thin

sun		canis	hound
		labian	lip
daca	deka	decem	ten
ajras	agros	ager	acre
barata	p^hrater	frater	brother
vidhava	eitheos	vidua	widow
hansas	k^hen	hanser	goose

由前面的語料來看，梵文、希臘文、拉丁文和英文等四個語言之間的子音呈現很有系統的語音對應關係（systematic phonetic correspondences）。所謂「有系統的語音對應關係」是指作爲研究對象的各個語言之間，不但有大量的詞彙具有相同的語義，而且他們的語音也有對應關係。只要是合乎「有系統的語音對應關係」的語言，理論上就可以推測他們是族語（cognate），也就是具有血緣關係的語言，或者是說他們有共同的原始語言（Proto-form）。於是，格林就根據前面的語料，把語音的對應關係整理成例(30)：

(30)

梵文	希臘文	拉丁文	英文
p	p	p	f
t	t	t	th [θ]
s		c[k]	h
		b	p
d	d	d	t
j	g	g	c[k]
b	p^h	f	b
d^h	t^h	d	d
h	k^h	h	g

且以最前面的三個語音爲例，我們有了後面三個對應關係：

⑶1)

① p-p-p-f

② t-t-t-θ

③ s-k-h

面對這樣的分布，我們要如何來擬構這四個語言的原始語言呢？一般而言，有兩個原則：多數原則（principle of majority）及可信原則（principle of plausibility）。所謂多數原則，就是以大多數的語言擁有的語音爲原始語言的語音。以前面的例子而言，在p-p-p-f等語音對應之中，顯然[p]是多數，因爲有三個語言有[p]音。因此，[p]應該是原始語言的語音，標成*p，而[f]則是爲後來演變而來的音，於是規則寫成：

(32)

*p ＞ f

注意：歷時語言學家有他們一致認定的表示方法，例如「*」標示原始語言的語音，而用＞表示「變成」。因此前面(32)「*p ＞ f」讀成「原始語言中的[p]音後來變成了[f]」。同樣的道理，在t-t-t-θ 之中，原始語言應該也是*t 因爲[t]音占了多數，符合多數原則。比較麻煩的是s-k-h的對應，因爲三個語音都不相同，無法從多數原則來擬構原始語音。但是，這正好可以應用可信原則，因爲[p]、[t]，[k]都是塞音，都具有[－持續]的辨異徵性，因此這三個音構成自然類音（natural class）。依據邏輯推論，他們在語音上的變化應該也會相同。再者，(30①)及(30②)中唯一不和其他三個語音相同的分別是[f]和[θ]，而[f]和[θ]也正好是摩擦音，也共同擁有[＋持續]的辨異徵性。換言之，從[p, t]變成[f, θ]只不過是從[－持續]變成[＋持續]的徵性改變。以此爲基礎，則我們依據可信原則，在s-k-h的對應之中，他們的原始語音應該是*k，而[s]和[h]都是後來演變而成的語音。爲什麼會這樣推測呢？原因就是把產生語音改變的原始語音看成自然類音，因此原始語音裡中產生音變的是*p, *t, *k，都具有[－持續]，而產生變化之後的結果也都是含有[+ 持續]徵性的摩擦音[f, h, θ]，這樣的擬構才符合可信原則。簡而言之，在s-k-h的對應裡，英語有後面的語音變化：

(33)

*k ＞ h

而在梵文裡，有後面語音變化：

(34)

*k ＞ s

迄今爲止，我們討論了(30)內的前三個語音的擬構及變化。總結爲：

(35)格林規律之一

*p ＞ f

*t ＞ θ

*k ＞ h

這個規律就是有名的格林規律（Grimm's law）的部分發現。從格林規律的擬定及對古印歐語的擬構之中，我們大概已經掌握了比較擬構法的主旨。簡而言之，語言的比較要找出有系統的語音對應關係，才能判定他們是「族語」（cognate），所謂「族」指具有血緣關係的語言。決定了語言之間的關係之後，才能去擬構他們共同的原始語言。在擬構的過程之中，可以遵循多數原則及可信原則。多數原則就是找出多數語言共同的語音以作爲原始語音的參酌基礎，然後要考慮語音的變化是否可信。最後，才擬構出最可信賴的原始語音。

其次，我們再來參看例(30)中第四到第六組的語音對應關係。爲了方便，把語料搬到後面：

(36)

①　　b̲　　p

② d　d　d　t

③ j　g　g　c[k]

先看d-d-d-t (36②)的對應，依據多數原則，這四個語音的原始語音應該是*d，而[t]是後來演變而來的語音，這是一種清化或去濁音化（devoicing）的現象，也是歷史語言學中很常見到的一種語音變化。換句話說，這種推測及擬構很合乎可信原則。其次，再看j-g-g-k (36③)的對應，依據多數原則他們的原始語音應該是*g，而且，*g＞k也是清化規律，也合乎可信原則。最後，來看比較麻煩的b-p對應關係。由於四個語言之中，只找到b-p兩個語音，照理我們認定爲[b]變[p]或[p]變成[b]這兩種變化都有可能，因爲語料少，而且各有一半的機率。但是，由於[b, d, g]都是有聲塞音，也都具有[＋有聲]的辨異徵性，而[p, t, k]三者都是無聲塞音，具有[－有聲]的徵性，因此依據自然類音的通性，我們還是認爲b-p的對應之中，其原始語音應該是*b，從古印歐語到英語[p]的語音變化是由於*b ＞ p的規律，也是清化或去濁音化的語音改變。總結例(36)的語音現象，我們有了後面例(37)的規律，這也是格林規律中的另一部分：

(37)**格林規律之二**

*b ＞ p

*d ＞ t

*g ＞ k

最後，再觀察例(38)的後面三組語音對應：

(38)

①	b	p^h	f	b
②	d^h	t^h	d	d
③	h	k^h	h	g

這三組的語音對應，表面上看起來比較難以歸類。以b-b^h-f-b爲例，以多

數原則為基礎，最可能的原始語音應該是*b，可是當時格林並不做如是想，原因是：(a)在前面一組的語音對應之中，已經認為古印歐語的*b會因為去濁音化的規律變成現代英語的[p]了，如果(38①)英語欄中的[b]還是擬構成古印歐語的原始語音，則會形成後面的語音分化現象：

(39)

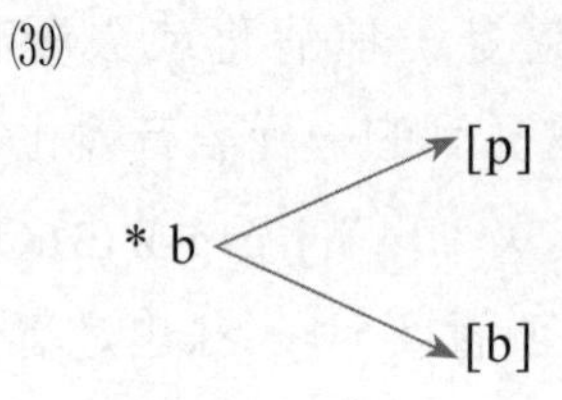

而這種分化並沒有其他的語料作為佐證。另一方面，從可信原則來看，*b要變成送氣的無生子音[p^h]，要經過兩個步驟：*b＞p，及*p＞p^h。因此，格林把b-b^h-f-b的原始語音擬構成*b^h，於是從古印歐語到英語的語音變化就很有規律地做了區隔：

(40)

*b^h ＞ b

*b ＞ p

*p ＞ f

基於同樣的考慮，(38②)和(38③)的古印歐語的原始語音也都分別擬構成*d^h,及*g^h。綜合前面的討論，格林規律中的古印歐語塞音和現代英語的塞音，呈現如後的演變：

(41)

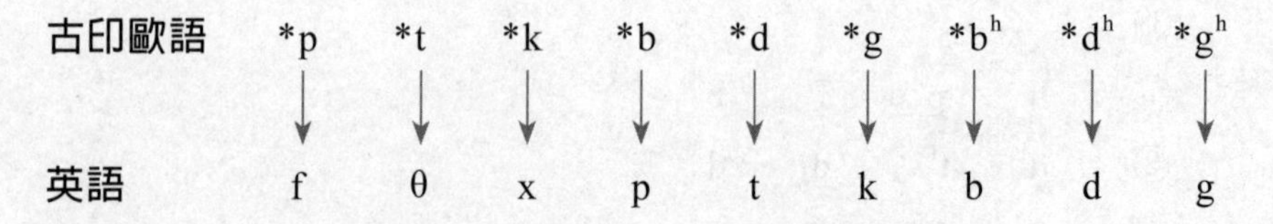

再者，我們注意到：像格林規律中所提到的音變現象，並沒有特殊的條件，因此稱為無條件音變（unconditioned sound change）。漢語歷史

語言學的研究中，錢大昕所謂的「古無輕脣音」，意即所有現代漢語中的輕脣音（即[f]）在古代都讀重脣（[b]或[p]）。換言之，現代客家話中的[fan]（飯）、[fat]（發）、[fi]（非）等，本來都是*ban，*bat，*bi等演變而來，這也是無條件音變。至於有特殊條件之下才會產生音變現象的稱爲條件音變（conditioned sound change），例如現在浙江的泰順方言，古全濁聲母*b現在分化成不送氣的清音（unvoiced unaspirated）[p]及濁音（voiced）[b]，條件就是聲調。如果原來的音節是平聲調，則*b唸成[p]。如果原來的音節是仄聲調，則唸成[b]（語料取自張光宇2001）：

(42)

浙江泰順方言的清濁分化條件

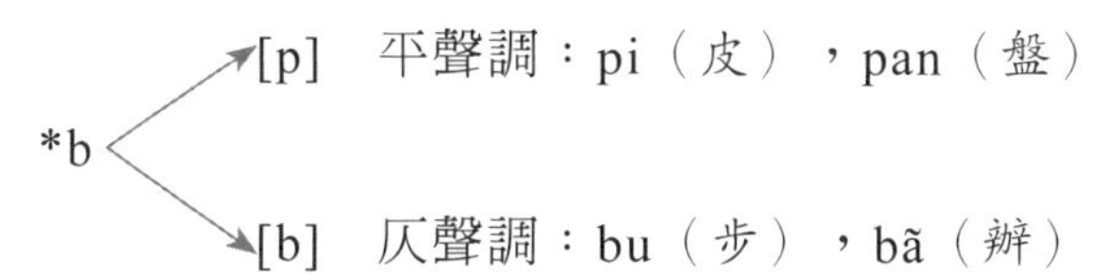

又如古英文、中古英文及現代英文在輕母音弱化及刪除的條件是：輕音節。所以也是一種條件音變：中古英文的母音，只要是在字尾的輕音節，則會被刪除。

(43)

古英文	中古英文 （輕音節母音弱化）	現代英文 （詞尾弱母音刪除）
nama [a]	náme [ə]	name [∅]
talu[u]	tále[ə]	tale[∅]

約而言之，比較語言學是利用多個語言的語音比較，來擬構或重建原始語言的研究方法。最先要注意的是各個語言之間的系統性對應，也就是說各個語言必須要有大量的詞彙在語義及語音上都有對應關係，才能確立各個語言的血緣關係，也才能合乎族語的條件。然後依據多數原則和可信原則來逐一比較對應的語音，從而擬構出原始語言的語音。

重點複習

1. 何謂「擬構」（reconstruction）？為何要做「擬構」？
2. 何謂比較擬構（comparative reconstruction）？什麼情形下要應用比較擬構？
3. 何謂「多數原則」（principle of majority）？何謂可信原則（principle of plausibility）？兩者如何區分？
4. 自然類音（natural class）在語音擬構中扮演何種角色？
5. 什麼是「格林規律」（Grimm's law）？

(二)內在擬構（internal reconstruction）

其實，原始語言的擬構也並不一定要應用比較的方法，有時只要能掌握語言內部的音變現象，也能擬構出原始語言的語音現象，這種方法稱爲內在擬構（internal reconstruction）。內在擬構的辦法，主要是透過構詞和語音的互動，來尋找出音變之前的詞素，藉以釐清音變的緣由。例如現代英文的[n]和[ŋ]具有對比作用：

(44)

拼字	讀音	中文語義
sin	[sɪn]	罪惡
sing	[sɪŋ]	唱

但是進一步比對，可以發現現代英語[n]和[ŋ]的位置很有趣，如[ŋ]通常都出現在舌根音[k]或[g]的前面，或者是在拼字上還存有-ing結尾的詞語：

(45)

在[k]和[g]之前的[ŋ]	-ing結尾的[ŋ]
sink	sitting
sank	leading

single	painting
singly	drinking

觀察前面的語料，再加上我們知道中古英文-ing結尾的[g]是要發音的，因此，sing當時唸成[sɪŋg]。於是經由語言內部的分布比較，可以擬構出現代英文的[ŋ]應該是來自於舌根音之前的[n]之變化。換言之，*n後來分化成爲兩個音位：

(46)

英語舌根鼻音的分化

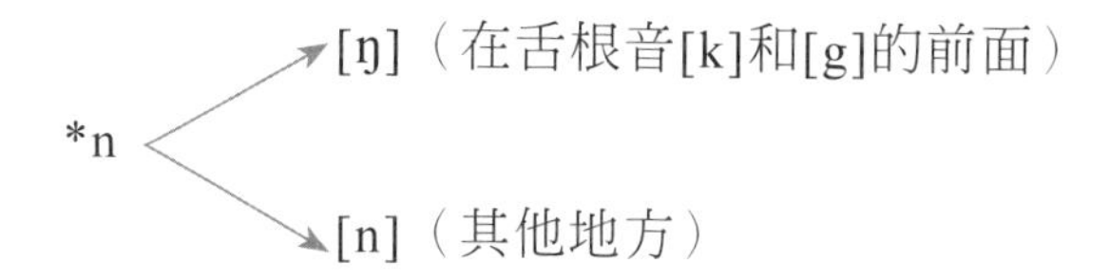

前面「英語舌根鼻音的分化」也是個條件音變，因爲[n]變成[ŋ]的條件是在舌根音[g]、[k]或[ŋ]之前。像英文的英語舌根鼻音分化的擬構，並不需要去比較其他的語言，只要做英語本身音位的分布比較，就可以找出源頭的古音研究方法，稱爲內部擬構。

又如客家話的齒齦顎化鼻音[ñ]是個很特殊的子音，因爲其他的漢語方言如北京話、閩南話等都沒有這個子音。但是仔細觀察客家話[ñ]所出現的位置，即可發現原來[ñ]和[n]及[ŋ]成互補分布（complementary distribution）：[ñ]只出現在[i]的前面，而[n]及[ŋ]卻不出現在[i]的前面：

(47)

在[i]的前面		**不在[i]的前面**			
ñi	二	na	拿	ŋai	我
ñin	人	neu	抓		
ñioŋ	娘	noŋ	可惜	ŋoi	外
ñiun	銀	nui	內	ŋui	危

由此可推知：客家話的[ñ]應該來自於[n]或[ŋ]在[i]之前所產生的顎化現象。由於別的漢語方言並沒有[ñ]，因此不需要做方言之間的比較研究，而從客家話內在的語料即足夠擬構出來音變的緣由，像這種由語言內部之語料即可擬構出音變緣由的現象稱爲內在擬構。

重點複習

1. 何謂「內在擬構」（internal reconstruction）？什麼情形之下要應用到內在擬構？
2. 試舉例說明內在擬構的方法。

六、語言改變的原因

語言爲何會改變呢？這當然是很耐人深思的問題，可是卻難有明確的解答。於是有人從發音的角度去思考，認爲語音的改變是由於發音的方便（ease of articulation）。有人從學習的理論去探究，於是認爲語音的改變起因於類比（analogy）。也有人從語言接觸（language contact）出發，認爲語言的改變是語言接觸的結果。前述每種語言改變的理論都可以解釋部分的改變現象，也都有他們應該有的貢獻，卻也各有自己的盲點。

㈠發音的方便

語音的改變，除了無條件音變之外，有條件的音變，主要有兩種類別：同化（assimilation）及異化（dissimilation）。而同化及異化的音變，都或多或少與「發音的方便」（ease of articulation）大有關係，因爲要使發音方便，所以同化會使前後兩個音在發音部位或方法上趨於一致，使發音更加方便。也因爲要使發音的方便，兩個近鄰的語音如果會產生發音上的困難之時，異化會讓不好唸的語音刪除或在兩個連起來不好發音的語音之間增加一個音，使他們唸起來較爲順暢。

同化和異化的概念，其實已經在第二章介紹音韻學之時，已經做了簡要的說明。在此，我們特別以歷史音韻上的現象來進一步解說同化和異化的音變現象。

1.同化音變

同化音變又可再分爲順向同化（progressive assimilation）、逆向同化（regressive assimilation）及相互同化（mutual assimilation）。

⑴順向同化

所謂順向同化是指前面的語音影響了後面的語音，而使後面的語音發生變化。例如英語的過去式詞素[d]，會因前面音的無聲而變成無聲的[t]，就是很典型的順向同化：

⑷⑻

在有聲之音之後的[d]	**在無聲子音之後的[d]改唸成[t]**
played	walked
warned	sipped
calmed	gruffed
begged	wished
lived	watched

像例⑷⑻的順向同化現象也發生在英語第三人稱現在式所綴加的-s[z]和名詞複數的詞綴-s[z]之上：如果詞根的字尾是無聲子音，則所綴加上去的-s要改唸成無聲的[s]。

國語、閩南話和客家話也有這種順向同化現象，不過音變的情形稍微不同。以閩南話的形容詞詞綴-e爲例，如果所接的詞根有韻尾，則該韻尾會成爲所有的形容詞詞綴-e的聲母，例如（下標的數字表示聲調）

⑷⑼

①	甘（kam_{55}）	e	⟶	kam_{55}	me_{55}
②	新（sin_{55}）	e	⟶	sin_{55}	ne_{55}
③	硬（$ti\eta_{33}$）	e	⟶	$ti\eta_{33}$	ηe_{33}

④	澀（$siap_3$）	e	⟶	$siap_3$	pe_3
⑤	（三）八（pat_3）	e	⟶	pat_3	te_3

客家話也有相同的現象，以形容詞詞尾-e_{55}為例：

(50)

①	甘（kam_{33}）	e_{55}	⟶	kam_{33}	me_{55}
②	扁（$pian_{31}$）	e_{55}	⟶	$pian_{31}$	ne_{55}
③	生（$saŋ_{33}$）	e_{55}	⟶	$saŋ_{33}$	$ŋe_{55}$
④	窄（hap_5）	e_{55}	⟶	hap_5	pe_{55}
⑤	辣（lat_5）	e_{55}	⟶	lat_5	te_{35}
⑥	白（p^hak_5）	e_{55}	⟶	p^hak_5	ke_{55}
⑦	矮（ai_{31}）	e_{55}	⟶	ai_{31}	je_{55}
⑧	舊（k^hiu_{55}）	e_{55}	⟶	k^hiu_{55}	ve_{55}

由此可見，順向同化的音變現象是很有普遍性的規律。

(2)逆向同化

和順向同化相反方向的就是逆向同化（regressive assimilation），指後面的語音會影響前面的語音，而使前面的語音產生變化。例如英語的部位同化就是逆向同化：

(51)

在脣音之前的[n]改唸成[m]			**在舌根音之前的[n]改唸成[ŋ]**
in + possible	⟶	impossible	congradulate[ŋ]
in + balance	⟶	imbalance	conquer[ŋ]
in + moral	⟶	immoral	

部位的逆向同化在語言之中非常普遍，國語和閩南語都有，如閩南語：

(52)

在脣音之前的[n]改唸成[m]	**在舌根音之前的[n]改唸成[ŋ]**
sin pu ⟶ sim pu 「新婦」	kan gu ⟶ kaŋ gu 「牽牛」
sin bue a ⟶ sim bue a 「新襪子」	
sin bin ⟶ sim bin 「神明」	

國語最常見到的是「麵包」的唸法，如果依據注音或標音的標準讀法應該是：[mian pau]，但是唸得快些，大部分的人都會唸成[miam pau]，也就是本來以齒齦鼻音[n]結尾的「麵」會唸成[miam]。

(3)相互同化

相互同化指前後兩個語音彼此都會影響對方，結果使兩個音都做了部分改變，如莆仙方言的鼻音韻尾會受到後面詞語之發音部位的影響，而後面詞語的聲母，也會受到前一音節的鼻音尾的影響而變成鼻音：

(53)

n pe ⟶ m me 「不賣」	an p^hi ⟶ am mi 「紅鼻」
kaŋ piŋ ⟶ kam miŋ 「江邊」	in miŋ ⟶ im miŋ 「影片」
ŋ mo ⟶ m mo 「黃髮」	

相互同化的音變現象並不多，前面所看的莆仙是很少見的例子。

重點複習

1. 什麼是「同化音變」（assimilation）？為何會有同化音變？
2. 依方向而言，同化音變有哪些類別？
3. 依發音的性質而言，同化音變有哪些類別？

2.異化音變

異化指兩個連在一起的語音，或因發音部位的近似，或因發音方法的困難，而使他們唸起來很拗口。例如英語的[m]和[n]都是鼻音，當它們連在一起時（如autumn），便會覺得很難發音，這種現象稱爲異化。爲了要使發音的方便，異化的結果通常有三種方式：刪除（deletion）、增加（insertion），或移位（metathesis）。這三種策略的目的，其實都是爲了發音上的方便。

⑴語音刪除

如果兩個連起來的語音會產生不好發音的情況，稱之爲異化。爲了破除異化在發音的困難，最常見於語言之間的策略就是把其中之一刪除。例如英語的[m]和[n]在一起時，就是刪除字尾[n]的語音，如autumn, column, hymn等等均爲明顯的例子。又如英語的[m]和[b]都是雙脣音，連在一起也會導致發音的困難，結果也是把[m]之後的[b]刪除掉，例如climb, comb, bomb等等。但是，要知道：如果[m]和[n]或[b]不在同一音節時，則不會形成發音的困難，也因此沒有任何音會被刪除：

(54)

[n] ⟶ ∅	[n]被保留
autumn [ɔ́təm]	autumnal [ɔ́tmnəl]
column [káləm]	columnist [káləmnɪst]
[b] ⟶ ∅	[b]被保留
bomb [bɑm]	bombast [b́ɑmbæst]
comb [kɑm]	combat[kámbæt]

異化不只會發生在比鄰的語音之上，有時在母音前後也會有異化的情況產生，例如臺灣閩南語的鼻音異化現象就發生在母音的前後：只要韻尾是鼻音，則聲母絕不可以是鼻音。這個異化限制使閩南語沒有NVN（母音之前後不可能同時爲鼻音）的音節，也使閩南人無法唸好國語的NVN音節：

(55)

	國語	閩南語人士之讀音	說明
①	難[nan]	[lan]	母音前後都是鼻音，所以把聲母改唸成[l]，因爲[n]和[l]是閩南話的同位音。
②	娘[niaŋ]	[liaŋ]	
③	慢[man]	[ban]	母音前後都是鼻音，所以把聲母改唸成[m]，因爲[m]和[b]是閩南話的同位音。
④	忙[maŋ]	[baŋ]	

閩南語人士之所以無法讀好NVN的音節也表示：鼻音異化的限制的確存在於閩南人的語言能力之中，因此遇到違反該限制的語音時，該規律就會運作，而把不合閩南語語法的一節調適成合乎閩南語的語法。

(2)語音增加

遇到連在一起的語音會形成發音困難的時候，另一種有效的方法就是在它們之間增加另一個語音，使兩者在發音上的困難消失於無形。例如英語的過去式詞素[d]，如果接在另一個齒齦音[t]或[d]之後，則會形成[td]或[dd]的連音，必然會產生發音困難。這時英語採用語音增加的方式，例如

(56)

① [d]接在[t]之後：

wanted	[wɑntd] ⟶ [wɑntɪd]
seated	[sitd] ⟶ [sitɪd]

② [d]接在[d]之後：

needed	[nid] ⟶ [nidɪd]
guided	[gaidd] ⟶ [gaidɪd]

⑶語音移位

另一個破除異化，而使原本不好發音的兩個音對調位置，也會變得發音很方便。例如古英文的‘wasp’本來唸[wæps]，因爲[ps]在詞尾唸起來很拗口，而移位成爲[wæsp]。不過移位現象多發生在阿拉伯語及印度語之中，在此就不想多舉例。

重點複習

1. 什麼叫作「異化音變」（dissimilation）？為何會有異化音變？
2. 異化音變的結果可能會產生哪些類型的語音變化？請各舉例說明之。

㈡類比

歷史上的音變，有些很難歸出定律，也很難找出規則，可是音變卻眞的產生了。有些語言學家，把這些音變歸因於類比（analogy）的結果。例如英語dream的過去式是dreamt，唸[drɛmt]，但是卻逐漸被唸成[drimd]。爲什麼呢？很難從音變的角度來分析，但是如果從類比的角度去探討，則很容易理解：

(57)

A	B	=	C	D
scream	screamed		dream	dreamed
fine	fined		shine	shined

前面A的過去式是B的話，則在形式上很相同的C，其結果應該也是D。經過這種類比現象的分析和推理，我們得到合理的解釋。其實，小孩的語言習得過程中，常見到類比的現象，例如由walk:waked之類比之中，小孩常會有go:goed的結果。不過由於小孩的語言環境之中，不會有goed的輸入形式，久而久之他們逐漸地自我修正，最後得到went的形式。同樣的，在歷史語言的發展之中，有許多的音變現象是由類比而來的。

重點複習

1. 什麼是「類比」（analogy）？請舉例說明之。
2. 在小孩的語言習得中，有哪些語音現象和歷史語音上的「類比」很相似？

㈢語言接觸

另一個促使語言改變的因素是語言接觸。語言和語言之間有一條只存在於理想之中的分界線（isogloss），跨過了這條幾乎不存在的分界線，就會有語言接觸的現象，例如美國境內各方言之間的界線就不很清楚，而臺灣境內的語言也可說沒有分界線，每個角落都有客家人、原住民以及閩南人。不過，語言學上認為兩種語言（A和B）接觸之時，該語言環境稱為雙語區（diglossia或bilingualism），如圖12-1甲：

甲

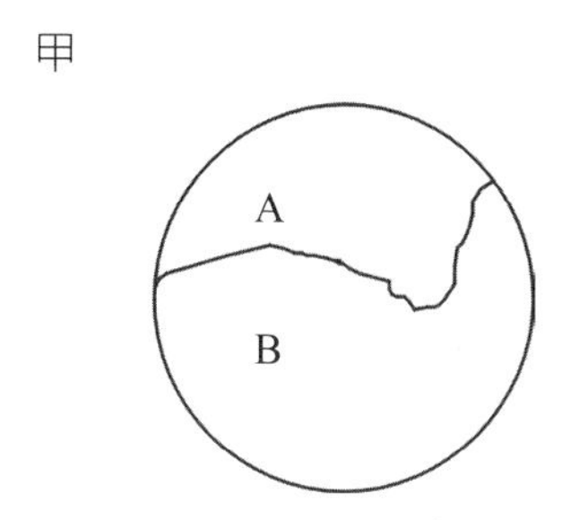

乙

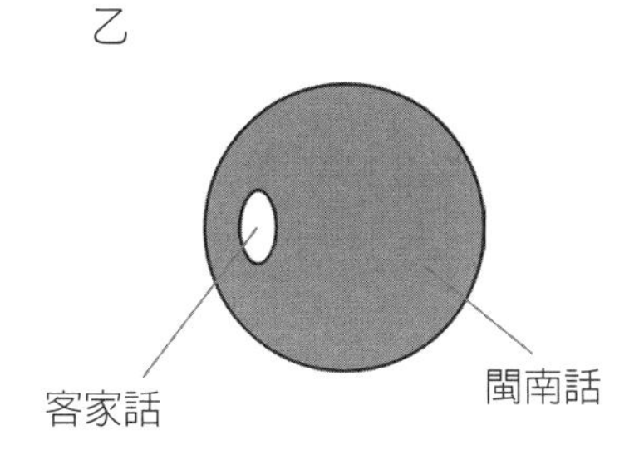

圖12-1　語言分界線和方言島圖示。

在雙語區當地的居民大多數都會講兩種語言，例如巴拉圭（Paraguay）市區的居民都會兩種語言：巴拉圭語和西班牙語。又如屏東縣高樹鄉的廣興和廣福兩個客家村由於緊鄰講閩南語的泰山和南華，因此廣興及廣福兩村形成一個雙語區，兩村的居民多數會講客家話和閩南話。其實，大多數臺灣的客家人都住在四周為閩南語環繞的地區，形成很像島嶼的環境，因此客家話幾乎都可稱為「方言島」（如圖12-1乙）。由於在臺灣，大環境之下還是以俗稱國語的北京話為官方語言，因此多數臺灣的客家人其實是多語言者（multi-linguals），他們至少會講國語、閩南語、客家話等三種語言。

在多語區或雙語區之中，有一個語言必然會比較強勢，這種語言稱為優勢語言（superstratum），因為該語言在政治、經濟、文化、人口或歷史淵源上占有比較優勢的地位。另一個語言則稱之為劣勢語言（substratum），只因為該語言在各方面都居於劣勢。而且，語言接觸對於語言的發展而言，最可能的影響是借詞（borrowing）。比如說，當日本統治臺灣的時候，日語就是優勢語言，雖然當時的日語人口較少，但是日人卻有政治及經濟上的優勢，因此當時閩南語會從日語借入很多語詞，例如

(58)

閩南語從日語借入之語詞	日語	來源	國語
ka-ten	カーテン	curtain	窗簾
tai-lu	タイル	tile	磁磚
han-do-lu	ハンドル	handle	把手
o-to-bai	オートバイ	autobike	機車

國民政府來臺之後，被稱為「國語」的北京方言很快地取代了日語的優勢地位，而深深地影響了閩南話。例如現代臺灣年輕人常常以「嗎」、「吧」來作為閩南語問句及猜測句的結尾：

(59)

① li çit le　e tang　tsio　gua　ma?　(bo)
　你 這個　可以　借　我　嗎？

② si kan u kau　ma? (bo)
　時間　有夠　嗎？

③ i　koling　e lai　pa! (la/hõ)
　他 可能　會 來　吧！

④ to si a ne tso pa! (la/hõ)
就是 這樣 做 吧！

依理，類於英語yes/no型態的閩南語的問句本來是以[bo]（「無」），如唐朝白居易〈問劉十九〉五言絕句詩，最末一句「欲飲一杯無」可說是閩南語問句的典範。又如前面(59①)及(59②)還是很多人用[bo]結尾。可是，現在多數年輕人都受國語教育，於是不知不覺之中遂把國語疑問詞「嗎」引進了閩南話。又，「吧」是國語用以表示猜測，懷疑或猶疑的語尾詞，例如「他恐怕已經去臺北了吧」、「他可能離開了吧」，而閩南語用以表示猜測之類的語氣詞一般用[hõ]，如「伊可能離開呀hõ]」。但是，(59③)及(59④)的閩南欲猜測句也使用了「吧」，可見也是因為和國語接觸移借而來語法功能詞。

相同的，國語除了向閩南語借詞之外，語法也深受其影響，例如很多臺灣人的國語會用閩南語的「都嘛」來表國語的「都」字句，例如

(60)

① 他們都嘛這樣。

② 那些男生都嘛不合作。

③ LKK族都嘛只會講東講西。

歷史上的許多詞彙、語法（包括語音、句法及語義）以至於語助詞等都可能因為語言之間的接觸而相互影響。

重點複習

1. 何謂語言分界線（isogloss）？它在語言接觸（language contact）上有何功能？
2. 何謂雙語區（diglossia或bilingualism）？
3. 何謂優勢語言（superstratum）？何謂劣勢語言（substratum）？兩者的相互影響會如何？

4. 語言接觸（language contact）會帶來哪些方面的語言改變？請舉例說明之。
5. 除了本節所舉的例子之外，你還注意到哪些國語被帶進閩南語？又有哪些閩南語被帶進國語？

七、歷史語言學的相關理論

在歷史語言學上，除了前面介紹過的新語法學派的理論之外，對於語言改變還有幾個值得介紹的理論：新語法學派、詞彙擴散理論、社會層次理論、語言家族樹及波紋理論。其中，對於近代歷史語言學上的語音改變（sound change）貢獻頗多的社會層次理論，已經在第七章做了深入的介紹，在此略而不談。

㈠新語法學派（Neo-grammarian）的看法

新語法學派是十九世紀迄今公認為對歷史語言學研究上最有影響力的學派，其核心理論為：「語音改變（sound change）是有規律而且絕對沒有例外的現象。」這個措詞強烈的主張，後來屢受各種語料及音變現象的挑戰，而做了部分的調整，不過基本主張還是堅持一貫的強硬：只要是語音改變，則每個含有相同語音環境的字詞都會一致改變，絕無例外。換言之，語音改變是漸變（gradual change），而語詞（lexicon）則為突變（abrupt change）。例如中古英語的母音大移轉（Great Vowel Shift）之中，從[i:]變成[ai]的音變是逐漸形成的過程，但是從[i:]變成[ai]的規律確定之後，則每個原來含有[i:]的語詞如five, mice等的母音都會同時唸成[ai]。又如南非英語的[ɛ]在變成[ei]的過程之中，可能會有各個階段的改變，如[ɛ]→[e]→[ei]等等，但是[ɛ]→[ei]的規律完成之後，則dress, net, tell等詞的讀音都會同時發生語音改變。

新語法學派的看法後來受到許多的質疑，例如後來創用波紋理論（wave theory）的Schuchardt，後來致力於詞彙擴散理論（lexical diffusion theory）

之推廣的王士元（William S. Y. Wang）先生，以及從社會層次來解釋語音改變的拉博夫等人，都以實際的語料來挑戰新語法學派的問題。主要的癥結在於許多音變現象並非一致同時發生在各個不同的語詞之上，例如英語兩音節的詞如rebel, outlaw, record等等本來的重音都在第二音節，但是從十六世紀後半之後，開始有人把這些語詞的名詞唸成重音在第一音節，而動詞則維持重音在第二音節，而有了REcord（名詞）及reCORD（動詞）的不同讀音。後來這種區別逐年擴散到更多的詞類，其過程如圖12-2[1]：

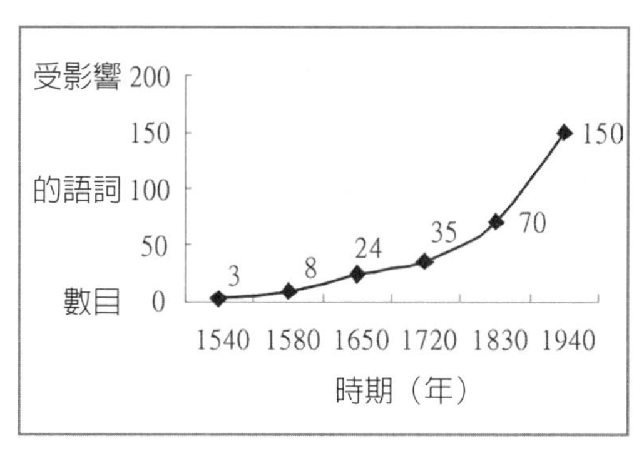

圖12-2　英語重音的擴散現象。

這種語音改變來得很突然，但是卻須透過語詞之間的逐漸擴散才能完成的過程，更常出現在漢語的音變之中，王士元先生於是提出各種漢語方音上的歷史演變作爲佐證，用以反駁新語法學派的看法，並且更進一步創用詞彙擴散理論（Lexical Diffusion）。

重點複習

1. 新語法學派（Neo-grammarsim）有哪些重要的主張？有哪些語料足以支持他們的看法？
2. 請略述新語法學派的弱點。

1　語料取自O'Grady, William, Michael Dovrovolsky, and Francis Katamba, 1997. *Contemporary Linguistics*, New York: Longman, p.347.。

㈡詞彙擴散理論（lexical diffusion theory）

詞彙擴散理論的主要論點是：「語詞的改變是突變現象，起先發生在某個語詞之上，後來逐漸擴散到其他的語詞。」前面所舉的英語雙音節重音的改變即爲詞彙擴散理論很好的範例。就語音改變而言，名詞的重音移到第一音節是個語音改變的規律，但是起先只發生在極少數的語詞之上，後來經過時間的演變，逐年擴充增加到其他語詞，到1940年已經有一百五十個詞左右的語詞參與這個語音改變規律，但是還有少數例外，如mistáke, despíte等語詞尚未有名詞動詞在重音上的讀音區別，顯然「雙音節語詞的名詞，其重音要移到第一音節」的規律還在逐漸擴散之中。

另一個和英語有關的詞彙擴散的例子是標準英語（Standard English or Received English）前低母音[æ]延爲長母音並且低化成爲[ɑ:]的現象[2]：

⑹1

語音環境	已經唸成[ɑ:]的語詞	仍然唸[æ]的語詞
____f	laugh, staff, half	gaffe, faffe, naff
____ft	craft, after, shaft	faffed
____θ	path, bath	math, Cathie
____st	last, past, nasty	enthusiast, aster
____sp	clasp, grasp	asp
____sl	castle	gasket, mascot
____ns	dance, chance, France	romance, cancer, fancy
____nt	aunt, grant, slant	rant, ant, canter
____n(t)ʃ	branch, blanch	mansion, expansion
____mpl	example, sample	ample, trample
____nd	demand, remand	stand, grand, panda

---

[2] 語料取自Redford et. al., 1999. *Linguistics: An Introduction*, p. 75, Cambridge University Press。

從前面的語料可以推知：標準英語的[æ]→[ɑ:]之規律並不是每個語詞都同時發生的，而是有些語詞已經有了[æ]→[ɑ:]的語音變化，但是某些語詞卻還沒有變化，仍然要唸成前低母音[æ]。這種分布現象，說明新語法學派的看法過於強烈，而語音的變化和語詞的變化之間，並非同時俱進的現象。另一方面，這種語音變化規律和語詞變化之間的差異，也證明詞彙擴散理論的可行性。

重點複習

1. 什麼是詞彙擴散理論（lexical diffusion）？他們的主張和新語法學派有何差別？
2. 請略述英語兩音節詞在名詞及動詞的重音上的歷史演變。
3. 有哪些語料或研究可以支持詞彙擴散理論？

㈢波紋理論

波紋理論（wave theory）源自於德國語言學家Johannes Schmidt在他1872年提出的看法。他認爲，語言徵性或語音的改變，很可能像我們在水池或池塘裡丟石頭一樣，起先只有石頭落水之處有巨波，而後隨著波紋一波波往外圍送，範圍越來越大，終於擴散到池塘的邊邊。語音的改變也然，起先只有語音改變之處有跡象，而後像水波一樣，慢慢往外圍擴散，終於使整個語言改變。

波紋理論不但在邏輯思考及理論上有很大的可能性，而且很多語言的改變方向也證明這個理論的合理性。以芝加哥英語爲例，早年芝加哥市區內大多數爲黑人，他們英語的特性是沒有母音後面的[r]〔如例(62)〕，而大多數的白人居住在市郊（suburban area）。

(62)

	一般讀音	芝城內讀音	中譯
① car	[kɑr]	[kɑ:]	「車」

② cart	[kɑrt]	[kɑt]	「推車」
③ curl	[kərl]	[kəl]	「捲曲的」
④ beard	[bɪrd]	[bɪəd]	「鬍子」
⑤ floor	[flor]	[flo:]	「地板」

後來，黑人的經濟情況逐漸轉好，於是越來越多的黑人搬移到市郊居住，並且逐漸把母音之後沒有[r]的英語帶到市郊。這種現象使有錢的白人不安，只好再往外圈移居。更有錢的黑人也向白人看齊而往市郊的外圈移居。最後，市郊的外圈又充滿了黑人，有錢的白人再度往外圈移。這樣的不斷地往外推移的結果使芝加哥市逐漸擴大，也使母音之後沒有[r]的英語像水波一樣，漸漸往外擴散，完全印證了波紋理論的正確性。

如新竹的峨眉地區本來主要講的是海陸客家話，可是由於溝通的需要，而逐漸講四縣客家話，結果講出一種以四縣客家話的聲調和海陸客家話的聲母及韻母混合而成的四海客家話，目前正在逐漸往外圍擴散之中，也很可以支持波紋理論。

重點複習

1. 什麼是波紋理論（wave theory）？有哪些研究或語料可以支持這個理論？
2. 為什麼芝加哥地區沒有[r]的英語會逐漸往市郊擴散？

㈣語言家族樹（tree of genetic languages）

歷史語言學起源於古印歐語（Proto-Indo-European Language）的擬構，當時的理想是找出每個歐洲語言之間的血緣關係（genetic relation），並畫出印歐語系的家族譜系。因此，語言家族樹（tree of genetic languages）一直是歷史語言學家追求的理想。

繪畫或建立語言家族樹的困難在於三方面。首先，要有很充分的語料，過去做比較語言學最大的困難就在於語料。以漢語方言而言，比較大量的語料蒐集還是最近十年的事，饒是如此，對於漢語方言的語族系譜還是很有爭論，有人認為漢語可分為八大方言，有人認為可分為十大方言。又如臺灣原住民語言的語族（cognate）建立，還遲遲未能完成，才會有邵族和太魯閣族急著想自立門戶。

第二個困難是：畫分標準很難取得共識。要做語言族譜必然涉及親疏關係，以閩南方言為例，廈門話、潮州話、漳州話之間，哪兩個關係比較親密呢？要把家族譜系畫成(63①)還是(63②)？

(63)

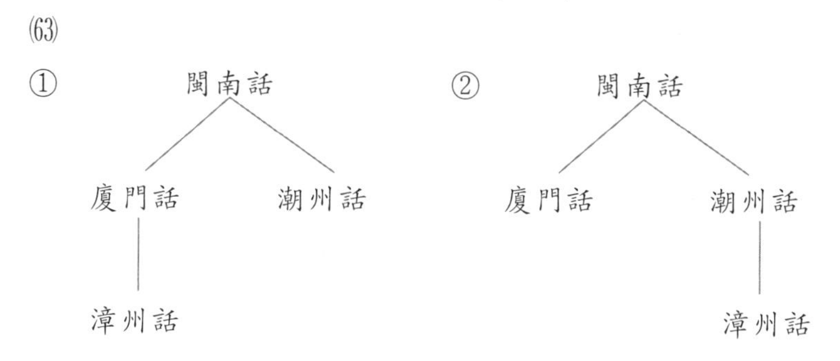

親疏關係的決定標準是什麼？詞彙、發音、句法，或構詞都有其特性，只是取決的標準很難訂定。

最後一個困難在於：要多大或多少個語言才能稱為語族？每個語族的成員要如何認定？例如臺灣的客家話有六到七種不同的方言：四縣（分布在苗栗及高雄、屏東地區）、海陸（分布在新竹及桃園區）、東勢（分布在苗栗的卓蘭及臺中縣的東勢、中寮地區）、饒平（分布在桃園及卓蘭地區）、詔安（分布在雲林縣的崙背及二崙地）、永定（散布在桃竹苗地區）及豐順（桃園的觀音等地區）。這些客家話有些能彼此溝通，有些則彼此聽不懂對方所講的話，然而目前的文獻還是承襲傳統的看法，一律把這些稱為客家話。

雖然有前面的三困難，但是目前全世界的語言，已經都有了一個爭議並不很大的語言家族樹，為了簡明起見，我們只畫出英語、漢語及臺灣原住民語的部分：

(63)

①英語的語言家族樹

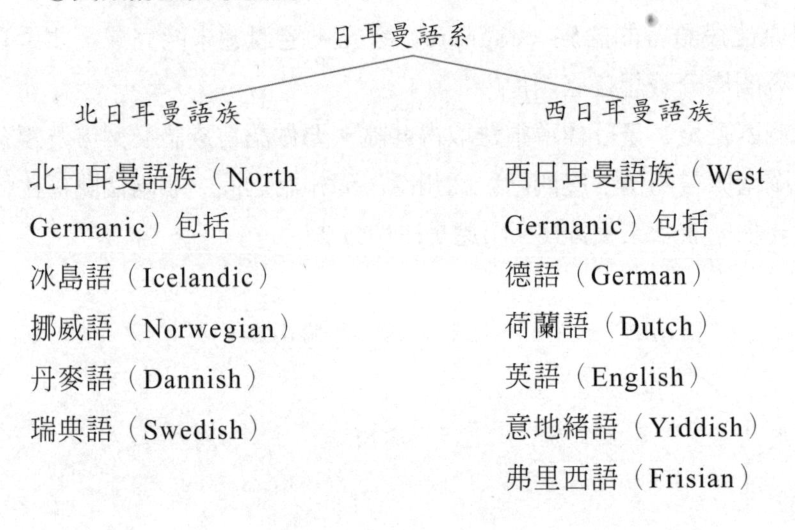

②漢藏語的語言家族樹

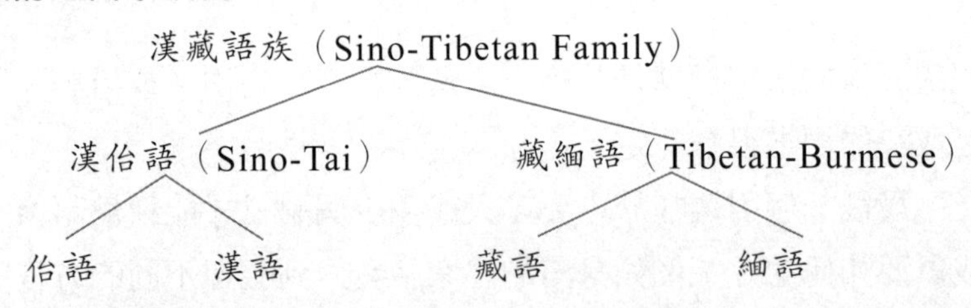

其中「台語」（Tai）指散布在中國西南各省的擺夷、僮家、仲家等語言。漢語又可在分爲八大方言：北京話（也稱爲官話，包括四川、雲南地區的所謂西南官話，及分布在長江下游的所謂下江官話）、吳語（主要爲上海、江蘇等地區的方言）、贛語、湘語、粵語、客家語、閩北（福州）、閩南（廈門）等方言。藏語指西藏及西康一帶的藏族所講的話，也有好幾個不同的方言。緬語指四川、雲南、貴州等地區的麼些、倮倮等方言。

③原住民語的語言家族樹

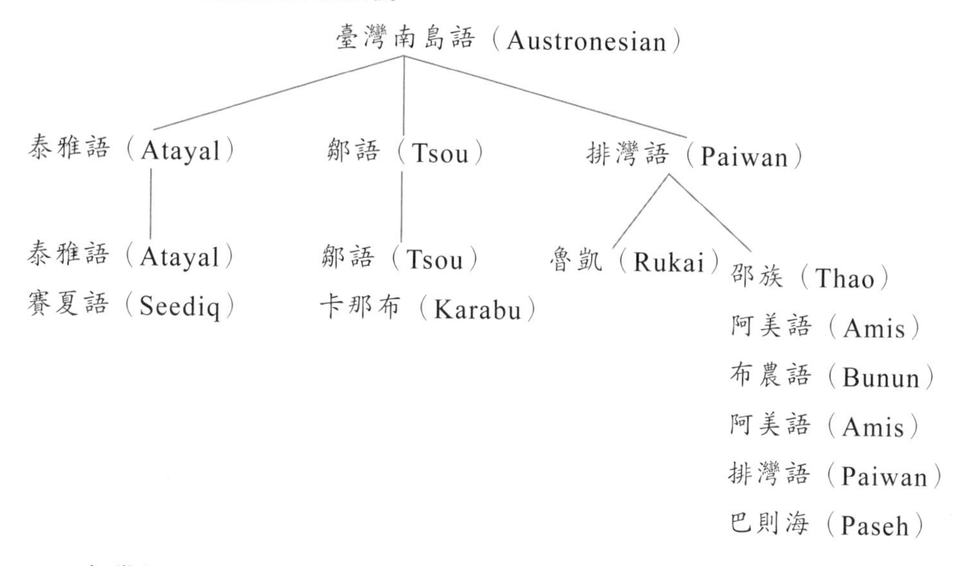

泰雅語又分爲埔里、復興鄉等地區的泰雅語（Atayal）及臺中南莊地區的賽夏語（Seediq）。鄒語（Tsou）又分爲阿里山地區的鄒語（Tsou）及高雄縣三民鄉地區的卡那布（Kanabu）。排灣語（Paiwan）爲臺灣最大的原住民語族，包括臺東、花蓮地區的阿美語（Amis），屏東地區的排灣語（Paiwan），屏東三地門及霧臺地區的魯凱語（Rukai），高雄縣三民鄉的布農語（Bunun）及散布在臺東卑南地區的卑南語或普悠瑪語（Puyuma）及人口不滿四百人的邵語（Thao）。

重點複習

1. 什麼是語言家族樹（tree of genetic language）？
2. 做語言家族樹有哪些困難需要克服？
3. 請畫出漢語的語言家族樹。
4. 請畫出臺灣原住民的語言家族樹。

八、摘要

歷史語言學（historical language）是個很古老的領域，概略言之，主要分為三個主題：

1. 語言是怎麼起源的？怎麼發展的？
2. 語言的改變。
3. 語言的擬構（reconstruction）。

因此，本章以語言和語言的進化開始，簡略討論過去對於語言進話的研究及看法。其次，我們介紹英語的簡單歷史，為的是有個背景供我們討論語言的改變（language change）。

語言的改變分別從字詞的改變（lexical change）、語法的改變（grammatical change）為主軸，並且把語法細分為語音、構詞、句法及語義。字詞的改變有兩種：借詞及創字，前者如英語從法語借用了pork, beef，而國語從閩南語借用了「好康」、「撩落去」等詞。英語的創用新詞每年多以千計，尤其是最近的科技名詞如website, internet等產量可觀。語音的改變，以中古英語的母音大移轉為值得注目，原因是母音大移轉為歷史語言學的研究提供了「推鍊」（push chain），及不須語言環境的語音改變範例，同時也使我們了解英語的拼字和讀音是有規律對應的原因。構詞、句法及語義的改變，我們都以英語及漢語的語料為例，期許能更加明白語言在歷史改變中的共通性。

歷史語言學最大的重頭戲是語言擬構（language reconstruction），又分為比較擬構（comparative reconstruction）及內在擬構（internal reconstruction）兩種。前者需要比較眾多的相關方言或語言，並遵循多數原則（principle of majority）及可信原則（principle of plausibility）來做各個語言或方言之間的對應關係，從而擬構出可能的原始語言（Proto-form）。例如有名的格林規律（Grimm’s law）及擬構並尋出拉丁語和英語之間的語音對應規律：

*p ＞ f

*t ＞ θ

*k ＞ h

至於內在擬構則主要是透過語言內在的語音系統來建構原始語言的形式，同樣有很好的效果。

了解了原始語言的擬構之後，我們接著討論語言改變的原因。語言爲什麼會改變，迄今還沒有切確的解答，不過大多數的語言學家都認爲是由於發音方便（ease of articulation）的需求，或是由於語言結構上的類比（analogy）效應，或是因爲語言接觸（language contact）的結果。由於要發音上的方便，而有了各種不同的同化（assimilation）或異化（dissimilation）規律，而由於類比，才會使語言簡化。例如多數英美小孩認爲既然scream的過去式是screamed，則dream的過去式也必然是dreamed，這就是類比的結果。至於語言接觸而帶來的語言改變也有多種：語音、構詞、句法或語義。例如漢語本來並沒有明顯的詞綴（affixes），但是三〇年代白話文興起之後，什麼主義（如資本主義、美學主義、沙文主義、女性主義），什麼家（如美食家、音樂家、畫家）等等隨之而起。

最後，我介紹了四種歷史語言學的理論（theories of historical linguistics）：新語法學派（Neo-grammarian）、詞彙擴散（Lexical Diffusion）、波紋理論（Wave theory）及語言家族樹。每種理論和學說都或多或少有充分的語料來支持，同樣也有很多語料被用以反對另一種理論。

本章建議延伸閱讀書目

Baugh, Albert C. and Thomas, Cable. 1993. *A History of the English Language*, Prentice Hall.

Bynon, Theodora. 1977. *Historical Linguistics*. Cambridge University Press.

Campell, Lyle. 1999. *Historical Linguistics: An Introduction*. MIT Press.

張光宇，1996，《閩客方言史稿》，國立編譯館。

錢乃榮，2001，《中國語言文學導論》，上海大學出版社。

王力，1987，《中國語言學史》，谷風出版社。

第一章　語音結構

Ball, M. J. and J. Rahilly. 1999. *Phonetics.* Oxford University Press. Catford, J. C. 2002. A practical in troduction to phonetics. Oxford Universing Press.

International Phonetic Association. 1999. *Handbook of the International Phonetic Association.* Cambridge University Press.

Jochen, S. 1990. *Sobotta Atlas of Human Anatomy.* Urban & Schwazenberg.

Kisseberth, C. and M. Kenstowicz. 1979. *Generative Phonology.* Academic Press.

Giet, F. F.. 1956. Systematic exercises for pronunciation of American English. 日本開拓社印.

Ladefoged. P.. 2001. *A Course in Phonetics* (4th edition). Harcourt College Publishers.

Ladefoged. P.. 2003. *Vowels and Consonants.* Blackwell.

Laver, J.. 1994. *Principles of Phonetics.* Cambridge University Press.

Li, P. J-K.. 1973. *Rukai Structure.* Taipei: Academia Sinica.

吳宗濟和林茂灿，1989，《實驗語音學概要》，高等教育出版社。

楊懿麗，1997，《英語語音學》，渤海堂出版社。

鍾榮富，2004，《臺灣客家語音導論》，臺北：五南出版社。

第二章　音韻學

Chomsky, N. and M. Halle. 1968. *The Sound Pattern of English.* New York: Harper and Row.

Chung, R. F.. 1996. *The Segmental Phonology of Southern Min in Taiwan.* Taipei: The Crane.

Goldsmith. J.. 1976. *Autosegmental Phonology.* Ph. D. disseratation. MIT.

Goldsmith, John. 1990. *Autosegmental & Metrical Phonology.* Basil Blackwell.

Halle, M. and G. N. Clements. 1985. *Phonology Workbook.* MIT Presss.

John, A. C.. 1993. The Status of Nasalized Consonants, Included in Huffman, M. K. and R.A. Krakow (eds). *Phonetics and Phonology: Nasals, Nasalization, and the Velum. Academic Press.* PP. 329-368.

Kager, R.. 1999. *Optimality Theory.* Cambridge University Press.

Kaye, J. D.. 1982. Harmony Processes in Vata. Included in Smith (eds) *The Structure of*

Phonological Representations. Vol. 2: 385-452, Foris Publications.

Kisseberth, C. and M. Kenstowicz. 1976. *Generative Phonology.* Academic Press.

McCarthy, J.. 1986. OCP Effects: Gemination and Antigemination. *Linguistic Inquiry* 17:207-263.

Odden, D.. 1995. Tone: African Languages. In John Goldsmith (eds) 1995. *Handbook of Phonological Theories.* Blackwell. PP.444-475.

Prince, A. and P. Smolensky. 1994. *Optimality Theory: Constraint Interaction in Generative Grammar*. Ms. Rutgers University and University of Colorado. Boulder.

Trigo, R. L.. 1993. *The Inherent Structure of Nasal Segments. Included in Phonetics and Phonology: Nasals, Nasalization, and the Velum.* Academic Press. PP. 369-400.

徐悉艱和徐貴珍，1984，《景頗族語言簡志》，民族出版社。

陸紹尊，1983，《普米語簡志》，民族出版社出版。

馮愛珍，1993，《福清方言研究》，社會科學文獻出版社。

劉秀雪，2001，《語言演變與歷史地理因素：以閩語莆仙方言為例》，清華大學語言學研究所博士論文。

鍾榮富，1991，《音韻理論與漢語音韻學》，國科會專案研究報告。

第三章　詞彙及其結構

Carstairs-McCarthy, A.. 1992. *Current Morphology.* Routledge.

Chao, Yuen-ren. 1968. *A Grammar of Spoken Chinese.* University of California Press.

Pinker, Steve. 2001. *Words and Rules.* Phoenix.

Spencer, Andrew. 1991. *Morphological Theory.* Basil Blackwell.

呂叔湘，1984，《漢語語法論文集》，商務印書館。

陸志韋，《漢語的構詞法》，香港：中華書局香港分局。

湯廷池，1994，《漢語詞法句法五集》，學生書局。

黃宣範，1988，〈臺灣話構詞論〉，收於鄭良偉和黃宣範（編）《現代臺灣話研究論集》，臺北：文鶴出版社，PP.121-144。

鍾榮富，2004，〈華語的特性〉，收於柯華葳（編）《華語文能力測驗編制》，遠流出版社。PP.49-82.

第四章　句子結構

Chomsky, N.. 1980. *Knowledge of Language.* New York: Praeger.

Radford, A.. 1974. *Transformational Syntax.* Cambridge University Press.

Radford, A.. 1985. *Transformational Grammar.* Cambridge University Press.

Riemsdijk, H. van and E. Williams. 1987. *Theory of Grammar.* MIT Press.

第五章 語義的表述與傳達

Bonvillain, N.. 2003. *Language, Culture, and Communication.* Basil Blackwell.

Kerns, K.. 2000. *Semantics* (Modern Linguistics). Palgrave Macmillan.

Lycan, W.. 2001. *Philosophy of Language.* New York: Routledge

Saeed, J.. 2003. Semantics (Introducing linguistics). 2nd Edition. Blackwell Publishers.

陶鼎尼，2002，《文學趣談》，臺北：商務印書局。

楊士毅，1991，《語言．演繹邏輯．哲學》，臺北：書林出版社。

賈彥德，1999，《漢語語義學》，北京大學出版社。

劉福增，1981，《語言哲學》，東大書局。

第六章 語用學和言談分析

Austin, J. L.. 1975. *How to Do Things with Words.* 2nd edition. Clarendon Press.

Austin, J. L.. Performative-Contrative. In Searle (eds). 1971.

Brown, G. and G. Yule. 1983. *Discourse Analysis.* Cambridge University Press.

Fraser, B.. 1995. *An Introduction to Pragmatics.* Oxford University Press.

Gee, James Paul. 1999. *Discourse Analysis: Theory and Method.* Routledge.

Grice, H. P.. 1975. *Logic and Conversation.* In Cole, P. and J. L. Morgan 9eds. *Syntax and Semantics 3: Speech Acts.* New York: Academic Press.

Grice, H. P.. 1981. Presupposition and Conversation Implicature. In P. Cole (eds) 1981. *Radical pragmatics.* New York: Academic Press.

Levinson, S.C.. 1983. *Pragmatics, Cambridge* University Press.

Saussure, de F.. 1959. *Course in General Linguistics.* (ed. By C. Bally, A. Sechehaye and A. Reidlinger. Translated by W. Baskin.) Glasgow: Collins.

Searle, J. R.. 1969. *Speech Acts: An Essay in the Philosophy of Language.* Cambridge University Press.

Searle, J. R.. 1979. *Expression and Meaning.* Cambridge University Press.

Searle, J. R.(eds).. 1971. *The Philosophy of Language.* Oxford University Press.

Sperber, D. and D. Wilson. 1986. *Relevance: Communication and Cognition.* Blackwell.

姜望琪，2003，《當代語用學》，北京大學出版社。

第七章　語言和社會之間的互動

Bonvillain, N.. 2003. *Language, Culture, and Communication.* Prentice Hall.

Celce-Murcia, M., D. M. Brinton, and J. M. Goodwin. 1996. *Teaching Pronunciation: A Reference for Teachers of English to Speakers of Other Languages.* Cambridge University Press.

Coulmas, F. (eds). 1997. *The Handbook of Sociolinguistics.* Blackwell.

Eckert, P. and J. R. Richford (eds). 2001. *Style and Sociolinguistic Variation.* Cambridge University Press.

Fasold, Ralph. 1990. *The Sociolinguistics of Society.* Basil Blackwell.

Herman, Lewis and M. S. Herman. 1997. *American Dialects: A Manual for Actors, Directors, and Writers.* New York: Routledge.

Holmes, J.. 2001. *An Introduction to Sociolinguistics.* Longman.

Labov, William. 1973. *Sociolinguistic Patterns.* University of Pennsylvania Press.

Labov, William. 2001. *Linguistic Change: Social Factors.* Blackwell.

McWhorter, John, (eds). 1999. *Language Change and Language Contact in Pidgins and Creoles.* John Benjamins Publishing Company.

Trudgill, P.. 2001. *Sociolintuistics: An Introduction to Language and Society.* Penguin Books.

Valdman, Albert. 1977. *Pidgin and Creole Linguistics.* Indiana University Presss.

Whorf, John, B.. 1962. *Language, Thought, and Reality: Selected Writings.* (Ed, by John b. Carroll.) MIT Press.

鄭錦全，2001，〈語言與資訊：釐清臺灣地名厝屋〉，收於羅鳳珠編，《語言、文學與資訊》，元智大學。

鍾榮富，2003a，〈閩、客、國、英語的語音對比分析〉，收在《多元語文教學暨實務學術研討會論文集》，PP.81-94，國立臺北師範學院應用語文研究所。

鍾榮富，2003b，《臺灣客家話語音導論》，臺北：五南出版社。

第八章　大腦和語言

Akamajian, A, R. A. Deamers, A. K. Farmer, R. M. Harnish. 2001. *An Introduction to Linguistics.* MIT Press.

Berretta, A.. 2005. *Introduction to Neurolinguistics.* Oxford University Press.

Garman, M.. 1990. *Psycholinguistics.* Cambridge University.

Givon, T.. 1987. *On Understanding Grammar: A Neurolinguistic and Psycholinguistic*

Perspective.. Academic Press.

Lesser, R.. 1978. *Linguistic Investigation of Aphasia.* Elsevier.

Pinker, S.. 1994. *The Language Instinct.* HarperPerennial.

Zemlin, W. R.. 1998. *Speech and Hearing Science: Anatomy and Physiology.* Allyn & Bacon.

第九章　語言和訊息的處理

Bever, T. G.. 1970. The Cognitive Basis for Linguistic Structures, In J. R. Hayes (eds), *Cognition and the Development of Language.* New York: John Wiley & sons. PP. 279-352.

Borden, G. J., K. S. Harris, and L. J. Raphael. 1994. *Speech Science Primer: Physiology, Acoustics, and Perception of Speech.* 3rd edition. Williams & Wilkins.

Catford, J. C. 2002. A practical introduction to phonetics. Oxford University Press.

Catford, J. C.. 1997. *Fundamental Problems in Phonetics.* Edinburgh University Press.

Cutler, A. (eds). 1982. Slips of the Tongue and Language Production. Berlin: Mouton.

Fromkin, V. A.. 1983. (eds). *Speech Errors as Linguistic Evidence.* The Hague: Mouton.

Garman, Michael. 1990. *Psycholinguistics.* Cambridge University Press.

Jay, Timothy B.. 2004. *The Psychology of Language.* Pearson Eduction Inc. (Issued by Beijin University 2004.)

Johnson, Keith. 2003. *Auditory and Acoustic Phonetics.* Blackwell.

Kutas, M. and S. A. Hillyard. 1980. Reading Senseless Sentences: Brain Potentials Reflect Semantic Incongruity. *Science* 207:203-205.

Kutas, M. and S. A. Hillyard. 1983. Event-related Brain Potentials to Grammatical Errors and Semantic Anomalies. *Memory and Cognition* 11:539-550.

Ladefoged, Peter. 2001. *A Course in Phonetics,* 4th edition. Harcourt College Publishers.

Slobin, Dan Issac. 1979. *Psycholinguistics.* Foresman and Company.

Stine, E. A. On-line Processing of Written Text by Younger and Older Adults. *Psychology and Ageing* 5:68-78.

Warren, R. M. and R. P. Warren. 1970. Auditory Illusions and Confusions. *Scientific America.* 139-147.

第十章　語言習得

Berko, J.. 1958. The Child's Learning of English Morphology. *Word* 14:47-56.

Berko-Gleason, J.. 1997. *The Development of Language.* Needham Heights, MA: Allyn and Bacon.

Berk, J. and R. Brown. 1960. Psycholinguistic Research Methods, In P. H. Mussen (ed) *HandBook of Research in Child Development*. John Wiley and Sons. PP. 517-557.

Brown, R.. 1973. *A First Language: The Early Stages.* Harvard University Press.

Cazden, C.. 1972. *Child Language and Education.* New York: Rinehart and Winston.

Chen, V.（陳福藍）& D. Ryback. 1974. Language Acquisition in Chinese Children. *Acta Psychologica Taiwanica* 16:1-16.

Clark, Eve. 2002. *First Language Acquisition.* Cambridge University Press.

Clark, H. H. and E. V. Clark. 1977. *Psychology and Language.* Harcourt Brace Jovanovich, Inc.

Guasti, Maria Teresa. 2004. *Language Acquisition: The Growth of Grammar.* MIT Press.

Hsu, Joseph H.. 1996. *A Study of the Stages of Development and Acquisition of Mandarin Chinese by Children in Taiwan.* Taipei: The Crane Publishings.

McNeil, C. K.. 1966. Developmental Psycholinguistics, In F. Smith and A. Miller (ed). *The Genesis of Language: A Psycholinguistic Approach.* MIT Press.

Pinker, Steven. 2000. *The Language Instinct.* Perennial Classics.有中文翻譯本（洪蘭譯《語言智能》，商周出版社）。

Smith, N.. 1973. *The Acquisition of Phonology: A Case Study.* Cambridge University Press.

Tomasello, Michael. 2002. *The New Psychology of Language: Cognitive and Functional Approaches to Language Structure.* Lea.

第十一章　第二語言習得

Anderson, J.. 1987. The Markedness Differential Hypothesis and Syllable Structure Difficulty. In G. Iuop and S. Weinberger (eds). *Interlanguage Phonology: The Acquisition of Second Language Sound System.* Rowley: Newberry House, PP.279-292.

Brown, D.. 2001. *Teaching by Principles: An Interactive Approach to Language Pedagogy.* Longman.

Corder, S. P.. 1967. The Significance of Learners' Errors. *International Review of Applied Linguistics* 5:161-170.

Eckman, F.. 1977. Markedness and the Contrastive Analysis Hypothesis. *Language Learning* 27: 315-330.

Ellis, Rod. 1999. *Second Language Acquisition.* Oxford University Press.

Gass, Susan M. and Larry Selinker. 1992. Language Transfer in Language Learning, John Benjamins, Publishing Co.. Revised edition.

Gass, Susan M. and Larry Selinker. 2001. *Second Language Acquisition: An Introductory Course.* Lea.

Krashen, S. D.. 1982. *Principles and Practice in Second Language Acquisition.* Pergamon Press.

Krashen, S. D.. 1985. *The Input Hypothesis: Issues and Implications.* Longman Group United Kingdom.

Krashen, S. D.. 2003. *Explorations in Language Acquisition and Use.* Heinemann.

Lado, Robert. 1957. *Linguistics Across Cultures.* University of Michigan Press.

Long, M.. 1996. The Role of the Linguistic Environment in Second Language Acquisition. In W. C. Ritchie & T. K. Bhata (eds). *Handbook of Language Acquisition: Vol. 2. Second Language Acquisition.* New York: Academic Press. PP. 413-468.

Selinker, Larry. 1991. *Rediscovering Interlanguage.* Addison Wesley Publishing Company.

Tarone, E.. 1979. Inter Language as a Chameleon. *Language Learning* 29: 181-191.

Weinberger, S.. 1987. The Influence of Linguistic Context on Syllable Simplification. In G. Iuop and S. Weinberger (eds). *Interlanguage Phonology: The Acquisition of Second Language Sound System.* Rowley: Newberry House. PP. 401-417.

曹逢甫，1994，《應用語言學探索》，臺北：文鶴出版社。

第十二章 歷史語言學

Aitchison, Jean. 1981. *Language Change: Progress or Decay?* London: Fontana.

Baugh, Albert C. and Thomas, Cable. 1993. *A History of the English Language.* Prentice Hall.

Bynon, Theodora. 1977. *Historical Linguistics.* Cambridge University Press.

Campell, Lyle. 1999. *Historical Linguistics: An Introduction.* MIT Press.

Chen, M. and W. S-Y. Wang. 1975. Sound Change: Actuation and Implementation. *Language* 51:225-281.

Hock, H.. 1986. *Principles of Historical Linguistics.* The Hague: Mouton.

Hsin-I Hsieh. 1971. *Lexical Diffusion: Evidence from Child Language Acquisition (Project on Linguistic Analysis:* Second Series). Phonology Laboratory, Dept. of Linguistics, University of California.

O'Grady, William, Michael Dovrovolsky, and Francis Katamba. 1997. *Contemporary Linguistics.* New York: Longman.

Rao, G. S.. 1994. *Language Change: Lexical Diffusion and Literacy.* Academic Foundation.

Redford et. al.. 1999. *Linguistics: An Introduction.* Cambridge University Press.

Thomason, S. G and T. Kaufman. 1991. *Language Contact, Creolization, and Genetic Linguistics.* University of California Press.

王力，1981，《中國語言學史》修訂版，臺灣版1987駱駝出版社。

王力，1987，《中國語法理論》臺灣版 1987，藍燈出版社。

何大安（編），2003，《古今通塞：漢語的歷史與發展》，臺北：中央研究院語言學研究所。

何大安，1988，《規律與方向》，臺北：中央研究院語言學研究所。

李壬癸，2005，《臺灣南島語言論文選集》I & II，臺北：中央研究院語言學研究所。

張光宇，1996，《閩客方言史稿》，國立編譯館。

張光宇，2001，〈論條件音變〉，《清華學報》。

董同龢，1968，《漢語音韻學》，臺北：學生書局。

賈彥德，1999，《漢語語義學》，北京大學出版社。

劉秀雪，2002，《語言演變與歷史地理因素：以閩語莆仙方言為例》，清華大學語言學研究所博士論文。

錢乃榮，2001，《中國語言文學導論》，上海大學出版社。

本書所用之語言學名詞中英對照及解釋

Acoustic phonetics（聲學語音學）	所謂「聲學語音學」指的是有關語音的物理性之研究，研究的主題是聲波（sound waveforms）及聲譜（sound spectrogram）的解讀。透過聲波或聲譜的研究，我們可以了解每個人的基礎音頻（fundamental frequency）的差別，也能掌握每個語言的母音之音質（voice quality）。
Acrolectal（上流社會之語言）	依據拉博夫（William Labov）的研究，語言和社會階層（stratification）有關，上層社會所講的語言形式稱為「上流語言」，而勞力階層所使用的語言形式稱為基層語言（basilectal），這些名稱上的差別，主要是為了研究上討論的方便，而沒有褒貶的涵義在內。
Acronym（始音結合）	「始音結合」的構詞法是取自短語內部每個語詞的第一個字母所拼成另一個新詞的方法。如NBA一詞便是由National Basketball Association等三個語詞的第一個字母所拼成的新詞，而NBA的構詞方式即是由始音結合而來。
Affix（綴詞）	要使某個詞的詞類變換或某個詞需要標示其語法功能時，會在詞的後面或前面加上某些綴詞，例如act原本是動詞，但要變成名詞時，在其後所加的綴詞如action中的-tion即為綴詞。又如，在英文第三人稱單數現在式的動詞之後會加個-s，如「He walks away.」這個-s也稱為綴詞。綴詞可分為前綴（prefix），如impossible中的im-是加在詞根possible的前面，稱為前綴。而加在詞根後面的即稱為後綴，如action中的-tion即為後綴。另外還有中綴（infix）及環綴（circumfix）。
Affricate（塞擦音）	若發聲時氣流先完全受到阻塞但稍後又以摩擦的方式將氣流釋放出來，這類語音稱為「塞擦音」。塞擦音結合塞音與摩擦音的發音特性，英語中的[tʃ, dʒ]與國語的的[ts（ㄗ）]和[ts^h（ㄘ）]均為塞擦音。
Agent（主事者）	「主事者」在語意學裡是一種語意角色，指執行某動作的人或動物。例如在「He took it away.」一句裡，「He」是執行take

	away這個動作的人，所以是主事者；「The dog is barking at the stranger.」一句中的「the dog」是執行bark的動作者，也是主事者。
Allomorph （同位詞素）	「同位詞素」指外型不同而其實同屬於某一詞素的詞綴，例如英語中表形容詞的否定前綴in-就以四種形式存在：incorrect中的in-，impossible中的im-，illogical 中的il-，以及irregular中的ir-，這四個詞素都源於同一個詞素-in，因此都是同位詞素。
Allophone （同位音）	同一個音位（phoneme）在不同的語音環境之下有著不同的發音，這些個音便是同位音，例如英語中[t, t^h]即是/t/這個音位的兩個「同位音」。
Alveolar ridge （齒齦）	齒後的部分稱為「齒齦」，也有人稱之為「齒槽」（alveolar）。
Alveolar （齒齦音）	「齒齦音」或「齒槽音」發聲的部位在齒齦（也有人稱為「牙齦」，alveolar）的位置：舌尖抵住上齒齦。英語的[d, t, n, l]及[s, z]；國語的[t（ㄉ）、t^h（ㄊ）、n（ㄋ）、l（ㄌ）]和[s（ㄙ）]都是齒齦音。
Alveopalatal （齒齦顎音）	Alveopalatal（齒齦顎音）又稱palatal（顎音），是在硬顎位置所發出的音，如英語的[ʃ, ʒ, tʃ, dʒ]，和國語的[tɕ（ㄐ）、tɕ^h（ㄑ）、ɕ（ㄒ）]都是顎音。
Ambiguous, ambiguity （歧義句）	有些句子會因為語詞的關係而有不同的語義，例如「He stood in front of the bank.」可能指「他站在銀行之前」，也可能是「他站在河岸之前」。有些句子則由於結構關係而有了歧義，如「這些花生長得很漂亮」，可以是「Those flowers grow very beautiful.」，也可以是「Those peanuts grow very beautiful.」。
Analogy （類比）	這是歷史語言學及第一語言習得最常使用的術語，指某些人會因為外表的相同而有了相同的音變，例如許多小孩由於記得scream的過去式是screamed，因此當他們見到dream時，也很自然地把它的過去式讀成dreamed，而事實上dream的過去式應該是dreamt。像這種因為外表結構相似而以為會有相同音變的現象，稱為「類比」。

Anterior（前音）	「前音」泛指在齒齦之前所發出的語音，如「脣音」、「齒間音」，及「齒齦音」等均屬[＋前音]。「齒冠音」的範圍較大，可以[前]（[anterior]）作為辨異徵性，屬於齒齦（alveolar）之前的[t, d, ð, θ, s, z, n, l, r]為[＋前]音，屬於齒齦之後的[ʃ, ʒ, tʃ, dʒ]等為[－前]音。
Antonym（反義詞）	語義相反的兩個語詞互為「反義詞」，如「高」與「矮」、「胖」與「瘦」即為兩對反義詞。反義詞又分為兩種：程度反義詞及絕對反義詞。前者指像高和矮之間的反義，由於「高」和「矮」都是程度性形容詞，所以你指的「高」，我可能認為是「矮」。但是絕對的反義詞如「生」和「死」，只能有一個存在，所以稱為絕對性反義詞。
Aphasia（失語症）	由於腦部語言區受損或傷害而引起的語言失常或障礙稱為「失語症」。
Arbitrary（武斷）	語詞的書寫形式與它所對應的語音，及語意之間的關係是武斷的，也就是任意的，無可預測的。例如blackboard是「黑板」之意，但是很多blackboard事實上是綠色的，但並不會影響blackboard和「黑板」之間的語義關係，因為那是完全武斷的關係。
Articulatory phonetics（發音語音學）	「發音語音學」是語音學的中的一個次領域，研究我們如何產生語音。發音語音學包括「發音部位」（place of articulation）和「發音方式」（manner of articulation）兩種。
Aspirated（送氣）	通常我們發塞音（stop）之時，會因氣流的釋放時間而不同，「送氣音」指氣流的釋放時間比較長，而「不送氣音」的釋放時間則比較短。Edward Sapir最經典的範例是：在嘴脣前面放一張紙，然後唸英語的pie, part等，一定會發現發這些音時，紙張會振動，因為[pʰ]是送氣音之故；反之，如果讀的是英語的spy, sport等音，嘴前的紙張必然不會振動，因為[p]是不送氣之故。
Assimilation（同化）	為便於發音，說話者有時藉著同化的方式使得前後兩個音在發音部位或發音方法上趨於一致，稱為「同化」現象；和同化對

	立的是「異化」（dissimilation）指：若相鄰的兩個語音產生發音上的困難，為便於發音，說話者藉著刪除其中一個音、或在中間增加一個音使兩者相異，進而使得發音更為順暢，稱為「異化」現象。
Audio-lingual method（聽講教學法）	「聽講教學法」是以「結構語言學」（Structural Linguistics）和「行為心理學」（Behaviorism）為基礎。依據結構語言學的理論，任何「語流」（utterance）都可以細分為幾個單詞，單詞又可以再細分為幾個詞素或音節，每個音節又可以再細分為幾個「音位」（phoneme），因此音位是語音結構中的最小單位。語言的學習則從另一個方向開始，先學音位，再把音位組成單詞，然後依據文法結構再把單詞鑲入適當的位置，就成了句子。再者，行為心理學認為所有的學習都是基於「刺激-反應」的原理，例如我們剛開始學英語時，先學[b, p, m, f]等音位，由於b, p, m, f等都是武斷的符號，必須經過不斷地刺激和反應的訓練，最後當我們看到b符號之時，就會很自然地讀出有聲雙唇塞音[b]，看到p時，會唸出無聲雙唇音[p]。簡言之，聽講教學法注重反覆地練習，也認為語言必須從音位開始，而音節而單詞，然後綴詞成句，就是學會整個語言了。
Autosegmental Phonology（自主音段音韻理論）	歌德史密斯（John Goldsmith）認為音段和聲調都是各自獨立的語音單位，彼此不互相統屬，但又彼此相互依存，無法獨自存在，因此把這些單位都一律稱為自主音段（autosegment），他的理論也就稱為「自主音段的音韻理論」。自主音段的音韻理論與SPE或傳統的音韻學最大的不同處在於：SPE用A ⟶ B / __ C之類的規則來表達的方式稱為單線理論，因為規則的寫法是單線式的。但在自主音段的音韻理論內，規則的寫法為非單線式（non-linear）由架構也稱為多線式架構（multi-linear framework）。
Babbling（嗶啵語期）	牙牙學語期（babbling）是語言前期階段嬰兒的發聲。早期的語言學家認為在語言前期嬰兒的嗶波聲只是他們無意識的肢體動作而已，嬰兒的發聲都屬於沒有特定語義的「嗶波聲」（babbling sounds）。現代的語言學家或語言心理學家對

	此則已逐漸有共識：嗶波聲其實含有很特別的語意，它是嬰兒面對外在環境的反應及調適而做出來的語言表達方式。
Back-formation（反向結構）	「反向結構」是個很特殊的名詞，有必要先做背景的了解。一般的詞彙構造法都是先有「詞基」（stem），然後藉著在詞基之前加上前綴，或在詞基之後加上後綴，以擴充更多的詞彙。但「反向結構」則以相反的方式構造新詞：即先有某些詞彙，再剪去後綴而產生新詞彙的過程。如英文editor一詞，先有editor這個名詞，之後才有動詞edit（editor-or = edit），這種和一般構詞順序相反的構詞法稱為「反向結構」。
Basilectal（基層社會之語言）	依據拉博夫的研究，語言和社會階層（stratification）有關，勞力階層所使用的語言形式稱為「基層語言」，而上層社會所講的語言形式稱為上流語言（acrolectal），這些名稱上的差別，主要是為了研究上討論的方便，而沒有褒貶的涵義在內。
Bilabial（雙脣音）	發音時，從肺部送出的氣流一度在上、下脣的閉合之處產生阻塞，氣流因而無法持續，如英語的[b]、[p]、[m]，及國語的[p（ㄅ）、p^h（ㄆ）、m（ㄇ）]等，稱為「雙脣音」。
Blending（合詞）	「合詞」是把兩個詞各剪去一部分，然後又把剩下的部分重新組合成一個新詞，例如br<u>unch</u> 的前半部來自於<u>br</u>eakfast，後半部則來自於<u>lunch</u>，兩者結合而成。又如smog來自於smoke及fog的前後半部。
Bound morpheme（依存詞素）	「依存詞素」指無法獨立，必須依附在其他詞素之上才能存在的詞素，如英語的-ing，-ed等表動詞語尾變化的詞素，或像pre-（表「預先」）的綴詞等都為依存詞素。中文裡如「桌子」、「椅子」、「箱子」之中的「子」也是依存詞素。
Borrowing（借詞）	字詞的「移借」是語言接觸（language contact）中最常見的現象。以英文為例，在英語常用的兩萬個字詞之中，約有五分之三是借自其他語言的語詞，如拉丁文、希臘文，如oyster, lobster, pear, radish；或法文，如pork, beef, veal, mutton 等。又如國語的「撩落去」、「嘴角生波」等都是借自閩南語的詞彙。

Broadening （語義擴大）	所謂「語義擴大」指一個語詞的語義比該語詞的原來語義的範圍還要廣大。例如Holiday便是一個典型的例子，原是個宗教名詞，是holy（神聖的）和day（日子）兩個字詞合併的結果，由字面可知holiday本意指上教堂而不用工作的日子。後來該詞的語義更擴大成為「任何放假的日子」，顯然這是語義擴大的結果。此外，臺灣的時事報導中常出現的「芋頭」與「番薯」分別指1949年後，隨中華民國政府遷臺居住的人民與來臺已歷經數代的臺籍人士，這也是語義擴大的例子。
Broca's area （布羅卡語言區）	左腦西爾維亞裂隙（Sylvian fissure）上方的區域稱為「布羅卡語言區」，由法國醫生布羅卡所發現，這個名稱是為紀念布羅卡醫生而命名的。
Broca's aphasia （布羅卡失語症）	左腦西爾維亞裂隙（Sylvian fissure）上方之處有病變，這病變導致語言失常，現在的神經語言學家把這個區域稱為布羅卡語言區，而由於這個區域發生病變而引起的失語症，稱為「布羅卡失語症」。布羅卡失語症的特徵是：講話很辛苦、很吃力，語音常會遺漏，句法通常也不完整。
Circumfix （環綴）	指出現在詞基（stem）前後的綴詞，如德語的完成式必須同時在動詞之前加ge-，在動詞之後加-t，例如德語的hab（有）這個字的完成式是ge-hab-t，因此像德語ge---t之類的綴詞，稱為「環綴」（circumfix或confix）。
Clipping （剪字）	clipping（剪字）又稱為abbreviation（縮詞），就是把較長的詞彙去掉一部分，變成一個新詞，如稱呼doctor為Doc.，把professor縮寫成Prof.等。有時又去頭或去尾成為一個新詞，如plane一詞來自於airplane, gym來自於gymnastics等都是clipping的構詞法。
Coarticulation （同步發音）	這是語音學常用的術語，指的是兩個並列的語音，為了使發音方便或更容易，而讓其中一個語音的發音方式或發音方法和另一個語音相同，例如閩南語的sin bu（新婦）是兩個並列的音節，為了使發音方便，而把sin 唸成[sim]，於是口語上讀成了[sim bu]，這種現象稱為「同步發音」。

Coda （韻尾）	「韻尾」指一個音節中位於核母音之後的音段，如[pæn]這個音節中*n*位於核母音之後，*n*就是這個音節中的韻尾。有些像英語一樣，韻尾可以是「輔音串」（consonant cluster），如attempt的第二個音節的韻尾是三個輔音（-mpt）所構成的輔音串。
Code-switching （語碼變換）	「語碼變換」指說話者在與人交談的過程中不斷轉換語言。根據社會語言學家的觀點，轉換語言的原因常與社會因素有關，例如「這個電腦讓我來try try看，然後你再run一run就OK了。」一句就是充滿了英語和國語的語碼轉換，表示講話者和聽話者都略懂英語，而且兩者之間很熟。又如許多歌詞中的中英語碼轉換是為了押韻。
Cognates （族語）	語言之中具有親屬或血緣關係者稱為「族語」，例如英語、丹麥語，和德語都來自於德語語族，因此英語、丹麥語和德語稱為「族語」。又如漢語有八大方言，包括北方官話（以北京話為代表）、粵語（以廣州話為代表）、客家話（以梅縣話為代表）、湘語（以長沙話為代表）、贛語（以贛縣話為代表）、閩北（以福州話為代表）、閩南（以廈門話為代表）、吳語（以上海話為代表），因此這八大方言互稱為「族語」。
Communicative approach （溝通式教學法）	溝通式教學法主要建立在「所謂懂一個語言指擁有該語言的語法能力」的觀念之上。溝通式教學法講求的是內容（content）而不只是語言形式（form），強調溝通和了解的重要，所以在教學之初，即以「聽」和「講」為重心。在教學過程之中，大部分的活動都以學生為中心，和過去由老師一直帶學生練習的聽講教學法有很大的差別。
Comparative linguistics （比較語言學）	透過現有各個具有血緣關係的語言之間的比較，藉以建構或擬構出原始語言（Proto-form）的方法稱為「比較語言學」。例如透過漢語八個大方言之間的比較，可以擬構出中古漢語或古漢語的結構。比較語言學源自於十九世紀的一群語言學家，他們熱中於擬構古印歐語（Proto-Indo-European language）的結構，並且透過梵語、拉丁語、希臘語及德語等等語言的比較，擬構出古印歐語的可能形式。

Complementizer（接代詞）	「接代詞」通常簡稱為COMP，指具有「連接詞」及「代名詞」等雙重功能的關係代名詞（如which, who, that, whoever, whatever等）及關係副詞（如when, how, why等），他們引導了關係子句，如「I met the teacher who tried to get in touch with you.」句中的who就是COMP。衍生語法從LGB（*Lectures on Government and Binding*, Chomsky 1981）之後，認為所有的句子都由COMP 所引導，只是在主要子句，如「He will be here in a moment.」中，由於COMP沒有被填滿，所以語音上不會出現。
Connectionist models（連結模式）	電腦語言學家（computational linguists）提出來的「連結模式」，認為人腦的訊息處理並非單線式的驅動，而是由很多不同的神經「單位」（units）或「點」（nodes）組成的，這些「點」縱橫連接成一個「網」（network）。這些「點」在接受到任何語言訊息之後，會做出各種不同的反應，有的強，有的弱。透過這個網，每個「點」對訊息的強弱反應，會傳遞到下一個「點」。同時，下一個點也會視訊息的情況而做出「增強」（excitatory）或「削弱」（inhibitory）的反應，因此人類的學習就是靠這些神經點所匯集的強弱為基礎。
Constituent（結構單位）	句法學上的constituent（結構單位）特別指在句法結構上的單位，可以被替換或移位，例如「The boy wearing a T-shirt came here.」一句中的the boy在結構上是NP（名詞詞組），因為它可以被其它NP，如the man, the girl 等所取代，也可以移位，如「Here came the boy wearing a T-shirt.」。
Constraint（限制）	早期的句法學（從LGB之後）一度以「限制」為語法的重心，當時的各種「島嶼限制」（Island Constraints），如Complex Noun Phrase Island（即NP內的Wh-結構不能外移，例如*Which do you like the book t has pictures?）都很有名。現行的「限制」是優選理論（Optimality Theory）興起之後的專有名詞，特指語法（grammar）或語言能力（language faculty）內對於各個語言的語音系統所做的規範，例如閩南語裡有個「鼻音限制」，嚴格限制韻尾是鼻音的音節不能再有其他的鼻音，

	這個限制使許多閩南人在學習國語的音節，如nan（難）或maŋ（忙）時，會很自然地把聲母的鼻音去掉，形成lan（難）及baŋ（忙）的結果。優選理論中的限制並非不能違反，只是違反越多限制或違反的限制層次越高，則越無法成為優選的語音。
Content word（實詞）	「實詞」指有語義內涵的名詞、動詞、形容詞及副詞，如英語的book, tree, walk, talk, beautiful, tall,lovely等等都是實詞。和實詞對應的是「虛詞」（function word），通常都是為了語句或其他的語法功能而使用的語詞，如「夫光陰者，百代之過客，萬物之逆旅」中的「夫」和「者」都是沒有實質語義的虛詞。
Context（語境）	「語境」指語言變異的環境。例如音韻規則A→B / ___C（A在C之前變成B）的例子裡，「在C之前」指的就是語境。不過，「語境」多用於語用學（Pragmatics）之中，表示某種對話或語言使用的環境，如A:「Hey, Pal, do you remember that?」B:「Oh, that. You mean that. Of course, I do. What's that?」中A和B講話的語境顯然是無法讓他們能「隨興」的環境，因此才會用了這麼多的代名詞that，使整個對話並不很能讓外人明白。
Continuant（持續音）	「持續音」是指發聲時氣流是否可以持續的語音，語言學家以[持續]（[continuant]）來作為區分「塞音」和「非塞音」的辨異徵性，因此，所有的「塞音」都記成[－持續]（[-continuant]），而包括「摩擦音」（fricative）及其他「響音」在內的都成為[＋持續]（[+continuant]）。
Contour tone（曲折調）	「曲折調」指高低並存的調型，如國語的第三聲，其調值是214，也就是說有中調（2），有低調（1），也有高調（4），這種由不同調值結合為單一聲調的現象稱為「曲折調」。幾乎每種聲調語言都有曲折調，其中又以非洲班圖語的聲調最為有趣。
Contralateral（反側現象）	左右兩腦在功能上，右腦控制身體左側器官的動作，而左腦卻掌控了身體右側器官的活動，這種情形稱為「反側現象」。反側現象最常見的例子是左腦受傷會帶來右側手腳或其他器官的麻痺。

Cooperative principle（合作原則）	出身於牛津大學的英國哲學家格萊斯（H. P. Grice）為了要解決語言對話的原則，於是提出了「語涵理論」，其中最為語用學家所重視及繼續研究探討的是對話的「合作原則」。雖然我們日常的對話，似乎七嘴八舌，全無章法，然而格萊斯卻認為不然，我們平時的對話及交談都遵循合作原則。合作原則包含了四個軸心（maxim of conversation），分別為：質性軸心（maxim of quality）、相關軸心（maxim of relevance）、量性軸心（maxim of quantity）、方式軸心（maxim of manner）。
Coreference（共同指涉）	這是語義學上的用語，指好幾個詞指涉同一個對象的時候，稱為「共同指涉」。例如在「小華是位好學不倦的學生」、「坐在第三排第五位的同學是全班成績最好的學生」、「班上成績最好的學生正好是全班家境最困難的學生」前面三個句子中所畫線的部分，正好都是指班上的小華，這時小華本人是為前三句畫線部分的共同指涉。
Coronal（齒冠）	齒冠不是某個點，而是很大的區塊，發音時舌尖置於上下齒之間或在齒齦之後，這個區塊區域相關所發出來的語音，一律稱為「齒冠音」。依據辨異徵性理論，[θ, ð, d, t, t^h, n, l]和[s, z]等幾個音同被歸為具有[＋齒冠]（[+coronal]）徵性的一組「自然類音」。
Deep structure（深層結構）	「深層結構」又稱為「音韻結構」（phonemic structure）或底層結構（underlying structure），有時也稱為「基本結構」（basic structure）。例如[t]是為tie 一詞中聲母在深層結構的語音，或稱「基本音」，以/t/表示。而tie中的/t/，其實際音質是送氣的[t^h]，這種實際語音又稱為「表層結構」（surface structure）或「語音結構」（phonetic structure）。
Derivation（詞類變化）	以綴詞的方式來改變一個語詞的形貌，使其詞類或語義受到改變叫作「詞類變化」。例如英語的綴詞-able附加在動詞之後變成形容詞（read/readable）；-ment可附加在動詞之後而變成名詞（involve/involvement）；-al可加在名詞之後而變成形容詞（nation/national）等構詞的方法都屬於詞類變化。以上所舉，如-able, -ment, -al 等等又稱為「詞變詞素」（derivational morpheme）。

Descriptive grammar（描述語法）	在語言學的研究史上，語法分為三種：規範語法（prescriptive grammar），認為：好的語法必須要合乎哪些規律或原則，例如often一定要讀[ɔ́fən]而不能唸成[ɔ́ftən]，「龜裂」的「龜」一定要讀[tçün]，而不能唸成[guei]，這種語法還是在國中小的基礎語言教育裡大有用處。後來，語法觀念進步成descriptive grammar（描述語法），認為語法的基本功能是描述人類的語言，因此有人講[ɔ́ftən]時，我們就要把[ɔ́ftən]列為讀音的一種，而不能有太多的規範。語法的研究，到了喬姆斯基之後，又進一步主張解釋語法（explanatory grammar），主要的論點是：語法不只要能描述語言，而且要有解釋的能力。例如為什麼我們臺灣人唸英語的長母音，如[ou]或[ei]都會有困難呢？原因是我們的語音系統裡有「異化限制」排除了雙母音中的兩個母音不能有相同的前後音值。
Dialect（方言）	語言（language）和「方言」是社會語言學的中心議題，但是迄今為止，語言和方言的界定和詮釋卻還是充滿了爭論。目前社會語言學的標準是以「相互溝通」（mutual intelligibility）為基礎。任何可以相互溝通的稱為「方言」，而不能相互溝通的則稱為「語言」，例如英語和法語無法彼此溝通，所以英語和法語是為兩個語言；又如華語和英語也不能相互溝通，所以華語和英語也稱為兩種不同的語言。而英國英語和美國英語雖然大有差異，單還是能相互溝通，因此美語和英語是為英語的兩大方言。不過，前面所述只限於地區性方言（regional dialect）。以社會結構的層次而言，另有一種社會性方言（social dialect），例如同樣是閩南話，公務人員多比較文雅，而市井小民則多俚語，多充滿暴力或對於色情含沙射影的語彙，可見同一個語言也會因為社會階層不同而有所差別。
Dichotic listening experiment（分邊聽測）	「分邊聽測」是神經語言學研究文獻裡很重要的一個實驗設計，其理論基礎是：如果腦部功能和肢體動作呈反側現象，那麼使用右手的人，他的左腦應該會有比較敏感的語言反應，而且他的右耳的聽力遠比左耳還要好，這種現象稱為「右耳優勢」（Right Ear Advantage，簡稱REA）。因此，

	分邊聽測的實驗是同時在受試者的左右耳同時輸入不同的語音，例如一邊是「老虎」，另一邊是「老鼠」，然後請受試者寫下右耳或左耳所聽到的語音。
Diphthong（雙母音）	指由一個母音和一個滑音（glide, 通常不是[y]就是[w]）所結合而成的母音。也因為有個母音也有個滑音，所以在滑音到母音或從母音到滑音的時間點上，都會有響度上的轉折，例如英語只有「降雙母音」（響度從母音降到滑音），如[ai]（buy）、[ou]（coat）。而國語除了降雙母音[ai]（該）、[ou]（都）之外，還有響度從滑音升到母音的「升雙母音」，如[ia]（壓）、[ua]（挖）、[uo]（窩）等。
Discourse（言談）	discourse又有人翻譯成「篇章」，表示至少含有兩個以上的口語或書面語句子所組織而成的「文本」（text），多數是由對話所組織成。例如後面就是很典型的言談篇章： A：你還好嗎？ B：還好啊，能吃能喝能睡，怎麼會不好呢？ A：我是說昨天的考試。 B：oh，可以啦！
Dissimilation（異化）	若相鄰的兩個語音產生發音上的困難，為便於發音，說話者藉著刪除其中一個音，或在中間增加一個音，使兩者相異，進而使得發音更為順暢，稱為「異化現象」，例如為了使wanted[wɑntd]中兩個齒齦音[t]和[d]唸起來順口，而在[t]和[d]加上一個[ɪ]而成為[wɑntɪd]的讀法，這就是異化的結果。又如為了使autumn中的[mn]唸起來順口，而把最後面的[n]刪除，成為[ɔ́təm]，也是異化的結果。
Distinctive feature（辨異徵性）	現代語言學常常以「辨異徵性」來描述語音並將語音做歸類。「辨異徵性」建立在發音部位和發音方法的基礎之上，可用以區別各個語音系統。在描述語音的方法上到底如何應用辨異徵性以敘述子音呢？例如若是脣音，現代語言學家便以[脣音]作為辨異徵性，每種徵性都以正、負號「＋/－」號來表示：「＋」表具有該徵性，「－」則表不具該徵性。因此，就發音部位而言，[b, p, pʰ, m] 這幾個音都和雙脣的發音部位有關，故都具[＋脣音]的徵性。

Dorsal （舌背音）	和舌背有關的語音包括「舌根音」[g, k, kʰ, ŋ]及「母音」，因此語音學家認為舌背又區分為[高]（[high]）、[低]（[low]）、[後]（[back]）等三個辨異徵性，這三個徵性主要用以區分母音，但是舌根音也歸為具有[高]徵性的子音。
Embedded sentence （包孕句）	現代句法理論將傳統上的附屬子句（包括名詞子句，形容詞子句及副詞子句）改稱為「包孕句」，因為這些句子都包藏在主要子句之中。例如「That he will be fired has been known for a long time.」及「The boy who had a strong intention to meet you came here last night.」兩句中畫線部分為包孕句。
Entailment （衍推）	「衍推」的觀念建立在哲學辯論的三段論法裡，例如 1.所有的人都會死。 2.張三是人。 3.所以張三一定會死。 從 1.和 2.的前提，我們一定能衍推出 3.的結論，可見「衍推」指的是：從某個句子或「命題」（proposition）一定可以衍推出另一句的結果。換言之，衍推是兩個句子之間的邏輯關係，當其中一個句子為真時，另一個句子也必然為真。
Eponym （名詞的移轉）	Eponym指由名詞衍生而來的普通名詞，有時是商標名稱：例如Kleenex 原來是美國一家生產面紙的廠牌，現已為所有面紙的代稱，如「Do you have some kleenex?」；Xerox 原為美國一家影印機的廠牌名稱，後來更進一步地作為動詞「影印」一詞，已成為美語常用的一個動詞，如「Would you Xerox a few copies for me?」。Eponym 有時來自於人名，如Sandwich；或地名，如hamburger等。此外，中文裡，酒的代稱「杜康」一語原為人名，因此構詞的方法也是eponym。
ERP（event related potentials） （和事件相關的潛能）	ERP主要是測量閱讀者的腦電波的伏特值。做ERP實驗時，受試者坐在電腦螢幕之前閱讀，和平常我們的閱讀完全一樣，只是受試者的頭上必須戴上頭罩，內有數個傳波器，把受試者在閱讀時的腦電波完全記錄下來。ERP的最大優點在於電腦能準確地計算出腦電波的反應，最重要的是刺激（閱讀時的句子）出現之前，之中，以及之後的腦電波量（伏特值）之平均數，

	然後把僅在刺激出現時的腦電波伏特值減去平均值，就是所謂的「和事件潛能有關」（ERP）的腦電波值。
Etymology（字源學）	探討或研究字詞來源的學問稱為「字源學」。不過，在語言學裡和「字源」有關的是folk etymology（民俗字源學），所謂「民俗字源學」指的是某個字的來源被社會大眾誤解而積非成是的結果。例如Hamburger本來是德國的地名，當地出產一種特製的食物，在兩片厚麵包之間夾上一塊牛肉餅，使味道鮮美爽口，小孩特別愛吃。不知道從什麼時候起，Hamburger被人認為是由於ham（火腿）和一種叫做burger的麵包合起來的食物。於此類推，如果在burger之間夾上雞肉片，就稱為「chicken burger」，夾上cheese就是「cheese burger」。後來，甚至burger都可以獨立成詞，於是有了Burger King的招牌。像hamburger, cheese burger, chicken burger之類的用詞，都是起因於對Hamburger的誤解，可是由於已經積非成是，為語言學提供了具體的民俗字源學的範例。
Experiencer（經驗者）	「經驗者」是語義角色（thematic role）的一個概念，指經歷某種經驗的人。例如「John felt distressed to witness the tragedy.」一句中，經驗者就是John。
Extension（外指涉）	有人把「指涉對象」細分為「外指涉」及「內指涉」（intension）。外指涉指「所有語詞指涉的集合」；內指涉則指「語詞本身的語意」。例如「臺積電的董事長」這句的外指涉是：「張忠謀」，但是就字詞的語義而言，「臺積電的董事長」指的是臺積電董事會中選出來代表董事會的人選，並不一定是張忠謀。
Felicity condition（求真條件）	語言行為理論中的「求真條件」是指：任何講述表意句者，都必定能滿足行事動作的必要條件。例如「我命令張三去洗車」，講這句話的人必須是有身分或地位去指使張三的人（張三的老闆或是張三的爸爸），如此才合乎「求真條件」。
Formant（共振峰）	以基礎音頻的倍數來計算和語音辨認有關的第一、第二，及第三規律波的頻率，這些規律波在音圖上所呈現出來的是黑條形狀，稱為「共振峰」，而且從下而上分別稱為第一共振

	峰（First Formant，簡稱F1）、第二共振峰（Second Formant，簡稱F2）、第三共振峰（Third Forment，簡稱F3）。第一共振峰（Formant 1，簡稱F1）和舌位的高低成反比：舌位越高，F1越低。第二共振峰則和舌位的前後成正比：舌位越前面，F2越高。因此，從共振峰的辨識即可了解母音的音值。
Fossilization（化石化）	在第二語言習得上，每個學習者都以「i + 1」的速度增進對於第二語言的能力，其中「i」表示學習者目前的能力，也就是下一階段的起始點。但是，有許多結構包括語音、構詞或語法結構，對於部分學習者而言，一直都無法克服，久而久之學習者停留在某一個固定的階段，這種現象稱為「化石化」。例如有很多上了年紀的臺灣人，總是無法唸好國語NVN（聲母及韻尾都是鼻音）的音節，他們把[nan]（難）唸成[lan]，把[maŋ]（忙）唸成[baŋ]，這種就是化石化的最好例證。
Free morpheme（自由詞素）	「自由詞素」指具某個固定語義且可獨立存在的詞素，如英語book（書）、tree（樹）、come（來）以及中文的「來」、「去」等均為自由詞素。
Free variation（自由變體）	有時候某一個字音會因個人偏好，或其他相關因素而有不同的唸法，例如閩南話的「鼠」有時唸成[tsʰ i]，有時唸成[tsʰ u]，完全無法預測，稱為「自由變體」；英語的button，有人會唸成[bʌ́tən]，也有人會唸[bʌ́ʔn]，但是這個[t]和[ʔ]之間的變換並沒有規律，全依個人的心情或講話時的快慢而定，是為自由變體的好例子。
Fricative（摩擦音）	來自肺部的氣流，由於兩個發音器，如上齒和下唇，緊靠一起，但未完全阻塞氣流，而形成「摩擦音」，如 [f, v, θ, ð, s, z, ʃ, ʒ]等音。
Function word（虛詞）	「虛詞」指介系詞、連接詞、冠詞、代名詞等等只有語法功能，而本身並沒有明確語義的語詞，如英語in, on, and, either, if, an, the等詞。
Gapping（省略）	「省略」又稱為ellipsis，指某些句子雖然有部分結構已經刪省掉，卻不會影響全句的語義。如「After dinner, my mother cleans the kitchen, while my father dishes.」句中的my father

	（cleans）dishes中的動詞被省略掉了，但並無妨礙我們對全句的理解。
Garden path sentences（園徑句）	所謂「園徑句」就是指在結構上很容易讓讀者或聽者困惑，而必須再三分析才能恍然大悟的句子，例如 1. He gave the girl the ring impressed the watch. 2. The horse raced past the barn fell. 像這兩個一看彷彿不合文法，而實質上又合乎文法，因此會引起閱讀困惑的句子，稱為園徑句。
Glide（滑音）	「滑音」指我們習慣上稱為半母音（semi-vowel）的[j]和[w]。現代音韻理論一般把不在音節核心位置（nucleus）的高母音[i]或[u]稱為滑音，來如英語的cute[kjut]及way [wey]中的[j]及[y]都稱為半母音，其中[j]有摩擦，而[y]則沒有任何摩擦。
Glottal stop（喉塞音）	「喉塞音」發聲時氣流都被阻斷在聲門內部，發音過程彷彿整個氣流為之中斷，語音學以[ʔ]來表示無聲的喉塞音，例如閩南語「鴨」[aʔ]及「藥」[ioʔ] 的韻尾都是喉塞音。
Grammar translation approach（文法翻譯法）	最傳統的教學方式，在教學上完全是逐句的翻譯及背誦，其理念純粹建立在「語言的學習，就是兩種語言（母語及目標語，native language vs. target language）的翻譯」，秉持的是：只要逐字逐句的理解，自然看得懂英文。終極目標是能用字典去欣賞或讀懂英文，所以並沒有口語溝通的概念。
Grammatical category（詞類）	關於「詞類」，我們應該都很有觀念，大部分的臺灣人在國、高中的英文文法課本或參考書裡頭，都讀過「英文有八大詞類」之類的講法，這裡詞類其實就是指過去高中英文文法書上的八大詞類：名詞（noun）、動詞（verb）、形容詞（adjective）、介系詞（preposition）、副詞（adverb）、助動詞（auxiliary）、冠詞（article）、連接詞（conjunction）。
Grimm's law（格林規律）	十九世紀有許多語言學家認為梵語、拉丁語、英語及德語之間必然有親屬關係，於是他們投入大量的研究來關注古印歐語（Proto-Indo-European language）的擬構。其中，格林（Jacob Grimm）博士在比較了拉丁語、德語、希臘語之後，歸納出從拉丁語變化到英語有個很一致的規律：*p＞f, *t＞θ, *k＞h。

	換言之，拉丁文的無聲塞音會變成英語的無聲摩擦音，後人為了紀念格林的貢獻，而把這個規律稱為「格林規律」。
Head （核心）	現代句法理論以X-標槓理論（X-bar Theory）為詞組結構律的主軸，而X-標槓理論架構為： 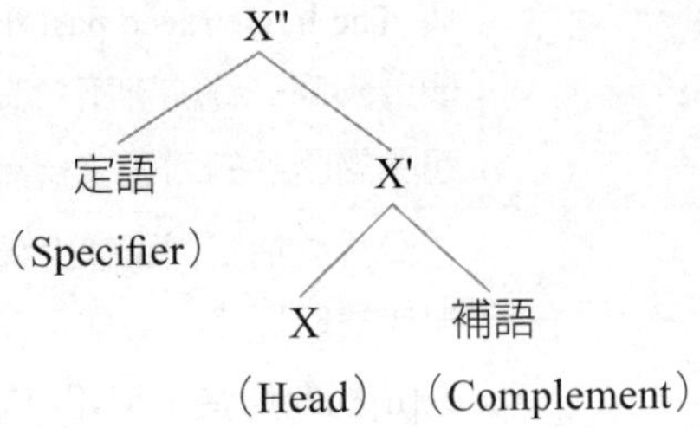 X" 定語（Specifier） X' X（Head） 補語（Complement） 在這個架構中，X稱為X"的「核心」。例如英語的VP（VP→V NP）及PP（PP→P NP）中，核心都在最前面，故英語又稱為「核心在前」（head initial）的語言；反之，像日語的VP（VP→NP V）及PP（PP→NP P）都是核心在後，故又稱為「核心在後」（head-final）的語言。
Hemisphere （腦區）	人的大腦可以分成左右兩片，而以大腦縱裂隙（longitudinal fissure，或稱為「腦半球間裂隙」）為分界線，靠右的一片稱為右腦，靠左的一半是為左腦，左右兩腦之間的訊息及活動傳遞，都是由稱為胼胝質（corpus callosum）的一大神經束來擔任。
Holophrastic （全義句）	語言初期的共同特徵就是單一音節或單詞的使用，因此又稱為「單詞階段」（one-word stage）。而且，嬰兒在這個時期是以單一音節或單詞來表達整個句子的語義，因此這個時期所講出來的句子又稱為「全義句」，即某個音節或某個語詞就表達了全部的語義，例如「Go!」可表示「You go away.」、「Mom has gone.」、「The dog went away.」等句義。
Homographs （同形詞）	如英語的bank（銀行）和bank（河岸）兩字雖有不同的語意，但同形（同形表示拼字相同），因此又稱為「同形詞」。

Homonym（同音詞）	「同音詞」指讀音相同的語詞，如英語的right與write 二字同音，便是同音詞。但是，像too, to和two三字拼法不同，語意也不同，但讀音相同，都讀 [tu]，也是同音詞。
Idiolect（個人方音）	每個人講話都有自己的風格和特色，即使在遣詞及用字上都足以表示個人的風格，稱為「個人方音」。
Idiomatic chunk（慣用語）	有許多詞組或短句，或基於文獻或由於某故事的延伸，因而有其特別的語義，無法從字面來理解，稱為「慣用詞」。例如「有機可乘」無法直接依據字詞而翻成「有飛機可以搭」，而必須看成「有機會可以利用」。又如英語的「Mary let the cat out of the bag.」也不是「讓貓跑出了布袋」，而必須是「洩漏祕密」之意。
Indo-European language（印歐語）	自從Sir William Jones在印度由於學習梵語而認為梵語和歐洲的拉丁語、德語及希臘語有同源之後，語言學家都接受Indo-European language（印歐語）的稱謂。因此，比較語言學得以發展，主要是依據印歐語的理念，而想擬構出古印歐語的結構。
Infix（中綴）	「中綴」是出現在某個詞素中間，而產生不同的詞彙類別或語義的詞素。如魯凱族語若為Ca（子音後面接a）的結構，則會出現中綴-u-:kanʉ→k-u-anʉ（吃）, damʉk →d-u-amʉk（打擊）。
Inflection affix（語法性詞綴變化）	由於語法上的需要，而必須在動詞或其他語詞之後加上某種特定之詞綴，稱之「語法性詞綴變化」，例如英語第三人稱單數現在式動詞之後必須加個-s，如「John walks for a while before he goes to his office.」又如「He is talking now.」句中的talking也是語法性詞綴變化的結果。所以，「-s」與「-ing」稱為「語法性詞綴」。
Inter-dental（齒間音）	將舌尖置於上、下齒間，發出的語音，如[θ, ð]等音，由於[θ, ð]發音時氣流都還能持續釋放而且又有摩擦，因此是摩擦音（fricative）的代表。

Interlanguage（中介語）	由字面上可已知曉是介於兩個語言之間的語言形式，例如在第二語言的習得過程中，還沒有完全達到目標語的階段，會有一種介於目標語及第一語言之間的形式，稱之為「中介語」。目前「中介語」特別指小孩語言習得過程中，介於真實語言及還無法令人聽懂的語言之間的階段或指第二語言習得中，還未完全達到目標語之前的階段。
Intonation（語調）	「語調」是指整個句子中重音節（heavy syllable）和輕音節（light syllable）之間的起伏（contour）和韻律（rhythm）。英語通成有三種語調類型：上升語調（rising intonation）表yes/no的問句。下降語調（falling intonation）指一般的陳述句。上升又下降語調（rising and falling intonation）指有數個選擇之時，在最後一個選項之前都用上升語調，但最後一個選項則用下降語調。
Isogloss（語言分界線）	兩個語言之間，正如兩個人之間，一樣應該要有一個分界線，但是實際上，語言之間的分界線是很模糊的，因為很難畫出一條明確的界線，比如說，一個家庭裡有人只會講A語言，有些人只會講B語言，有些人AB兩種語言都會，在這樣的情況下，語言的分界線便很難取捨。
Labial（脣音）	[b, p, p^h, m] 這幾個音都和雙脣的發音部位有關，另一個只和下脣有關的是[f, v]，也都被認為是具[＋脣音]的徵性；若就發音方式來說，[b, p, p^h, m]發聲時都有氣流完全阻塞的過程，都是「塞音」。而[f, v]則為氣流可以持續的「摩擦音」。
Labio-dental（脣齒音）	「脣齒音」發生聲時上齒輕咬著下脣，但由於咬合並不緊密，氣流仍可從口中逸出引起氣流的持續摩擦（friction），如英語的[f]、[v]和國語的[f（ㄈ）]便是脣齒音。脣齒音和前面所提過的雙脣塞音[b, p, p^h , m]同具[＋脣音]的徵性。差別在於：塞音[b, p, p^h , m]是[－持續]；脣齒音[f, v]則是[＋持續]。
Lax（鬆音）	[ɪ]、[ɛ]、[æ]、[ɔ]等母音在英語語音學裡稱為鬆母音（lax vowel），原因是發音時，喉嚨內部的神經比較鬆弛之故。
Lexical decision（語詞抉擇）	「語詞抉擇」是一種心理語言學的實驗方法，通常用字卡或者是電腦螢幕來顯現所要測試的語詞，然後請受試者在最短

	的時間內從「Yes」及「No」中選出一個答案。如果字卡或螢幕內的語詞是英文的語詞（如book, love, glove等），則選「Yes」。如果該詞並非英文的語詞（如blove, mlove等），則選「No」，而有些拼字並不違反英語規律，但是卻非英語的詞如plue, bight, lomb等稱為假詞。實驗結果：受試者對於常用語詞的抉擇時間最短，非詞次之，假詞最長。
Lexical difficusion（詞彙擴散理論）	「詞彙擴散理論」的主要論點是：「語音的改變是突變現象，起先發生在某個語詞之上，後來逐漸擴散到其他的語詞。」例如英語雙音節重音的改變即為詞彙擴散理論很好的範例。就語音改變而言，名詞的重音移到第一音節是個語音改變的規律，但是起先只發生在極少數的語詞之上，後來經過時間的演變，逐年擴充增加到其他語詞，到1940年已經有一百五十個左右的語詞參與這個語音改變規律，但是還有少數例外，如mistáke，despíte等語詞尚未有名詞動詞在重音上的讀音區別，顯然「雙音節語詞的名詞，其重音要移到第一音節」的規律還在逐漸擴散之中。
Liquid（流音）	「流音」是語音學的特殊名詞，指[l]和[r]兩個子音而言。
Location（地方語意角色）	「地方語意角色」是語意角色理論中的一種語意角色，例如「In the room he was dancing.」句中的the room即含有地方語意角色。
Marked（有標記）	「標示理論」（Markedness Theory）是以語言通性為基本的理論，比較常見比較多語言共有的稱為「無標記」（unmarked），而比較不常見或比較不常用的稱之為「有標記」（marked）。例如在語義的表示上，形容詞的長短、大小、寬窄、高矮對比之中，長、大、寬、高等屬於「無標記」詞，因為我們平常講話時，只會用無標語詞，例如「那條線有多長？」「那個人有多高？」相反地，「短、小、窄、矮」等詞，只有在「有標記」的情況下，才會使用，例如某人要幫你介紹男朋友，但先說：「他很矮喔！」（這就是先標示要用「矮」）你才會說：「到底有多矮？」在語音上，比較不常見的語音，如英語的[ʒ]或國語的[ü]屬於「有標記」語音。

<table>
<tr><td>Major class
（主要徵性）</td><td>音韻學內的徵性理論（distinctive feature theory）把[成節]（[syllabic]）、[子音]（[consonantal]）、[響度]（[sonorant]）等三個徵性稱為「主要徵性」，因為這三個徵性即足以區分母音、子音、滑音及流音等主要的語音類別：
<table><tr><th></th><th>母音</th><th>子音</th><th>滑音</th><th>流音</th></tr><tr><td>[成節]</td><td>＋</td><td>－</td><td>－</td><td>＋</td></tr><tr><td>[子音]</td><td>－</td><td>＋</td><td>－</td><td>＋</td></tr><tr><td>[響度]</td><td>＋</td><td>－</td><td>＋</td><td>＋</td></tr></table></td></tr>
<tr><td>Manner of articulation
（發音的方式）</td><td>「發音的方式」指子音發聲時，氣流通過發聲器的種種不同方式，以及發聲器官之間因不同的閉合情形所發出的各種不同的音，如氣流遭到完全阻塞的「塞音」、部分阻塞的「摩擦音」及先受到完全阻塞，後因摩擦而慢慢釋出氣流的「塞擦音」或軟顎下降時氣流自鼻腔釋出的「鼻音」等等都是因為發音方式之別而形成的不同讀音。</td></tr>
<tr><td>Maxim of manner
（方式軸心）</td><td>講話者所使用的語言要清楚（to be clear）、簡短（to be brief），要有順序（to be order），以及不要使用模稜兩可的句子（to avoid ambiguity）。</td></tr>
<tr><td>Maxim of quality
（質性軸心）</td><td>「質性軸心」有兩個主要的要求：不要把個人認為假的訊息說成真的，以及不要把沒有足夠證據的話講出來。</td></tr>
<tr><td>Maxim of quantity
（量性軸心）</td><td>參與談話者必須恰如其分地提供對方所需要的訊息，不可太多也不可太少。交談和對話的進行依賴的是參與者講話的量，否則訊息中斷，交談將無法繼續進行。</td></tr>
<tr><td>Maxim of relevance
（相關軸心）</td><td>所講的話要和主題相關。相關軸心要求參與交談的人，所講的話必須和所交談的主題有關，否則會形成雞同鴨講，而使交談法繼續進行。</td></tr>
<tr><td>Metaphor
（隱喻）</td><td>語言都會用一些比喻的語詞或句子來指涉隱含的語意，稱為「隱喻」。隱喻的來源主要是和社會或宗教背景有關，例如「十字架」在西方基督教傳統的國家裡都有「為別人付出」的隱喻。又如在臺灣，「芋頭」和「番薯」的隱喻是很特別的現象。</td></tr>
</table>

Metathesis（移位）	「移位」指某兩個語音的位置，由於和前後音產生異化而彼此交換位置，例如英語和美語的center及centre就是移位的結果。
Minimal pair（最小配對）	任何兩個音節，如果因為聲母、母音，或韻尾的其一音段不同而有不同的語義，即構成「最小配對」。例如pit和bit只有聲母的不同，而bed及bad則只在母音的差別，在sin及sing中只有韻尾不同，但這三組音都形成最小配對。
Modularity（分區自主）	「分區自主」理論主張語法內部的各個部門，如語音、語法、語義及構詞等等在某種形式上他們都是獨立自主的單位，但就整個語法而言，這些部門卻又相互連接，彼此互動，這種現象稱為分區自主。又如頭腦內部各個語言區，如布羅卡區或威尼基語言區，個別上有獨立自主的功能，但就整個語言的理解或輸出等等，卻需要各個語言區之間的互動，這種也是分區自主理論的驗證。
Morpheme（詞素）	「詞素」是構詞最基本、最小的結構體。構成「詞素」的條件必須是具有獨立語義，或語法的功能。如book 是個典型的單純詞，具有獨立的語義，因此它本身是一個詞素；books一詞則包含book和-s兩個詞素，其中-s具有表達名詞複數的語法功能，因此也是一個詞素。國語的「子」讀輕聲時，可置於許多名詞之後當作後綴，如桌子、椅子、帽子、橘子等，因此是詞素。
Morphology（構詞學）	語言學中研究語詞的內在結構及其構詞規律的領域，稱為「構詞學」。
Multi-linear approach（多線式理論）	在自主音段的音韻理論（autosegmental phonology）內，規則的寫法是多線式（multi-linear或non-linear approach），這點與SPE或傳統的音韻學不同：SPE用A→B / ____ C之類的規則來表達的方式稱為「單線理論」（linear approach），因為規則的寫法是單線式的。
Multi-linear framework（多線式架構）	請見Autosegmental Phonology。

N-400 Hypothesis（N-400假設）	所謂N-400指的是「刺激出現之後，第400毫秒所出現的負向腦波值」。依據「N-400假設」，只有N-400的腦電波值才足以表現閱讀的感應，而越不相關或越不合理的句尾語詞，則其腦電波的振幅（amplitude）越大。
Narrowing（縮小）	所謂「語義縮小」是與語義擴大相對而言，指一個語詞的語義比該語詞的原來語義的範圍還要小。例如以前英語的hound只所有的狗，任何一種狗都可以稱為hound，但現在hound卻只用於打獵用的灰狗而言。又如中文的「子」本來可以稱呼男女，但現在卻只能用以指「男孩子」。
Nasal（鼻音）	軟顎下垂，則氣流從鼻腔通過，所產生的語音是為鼻音，如[m, n, ŋ]。所以在雙脣音裡，[m]具有[+鼻音]（[+nasal]）徵性；相對地，其他雙脣音如[b, p, pʰ]都是[－鼻音]（[-nasal]）。
Natural class（自然類音）	具有相同辨異徵性的音段就是一組「自然類音」。如[b, p, pʰ, m]便是一組具有[＋脣音]辨異徵性的自然類音。又如[－持續]指的是[b, d, g, p, t, k, m, n, ŋ]等昔日稱為「塞音」的一組語音。
Neo-grammarian（新語法學家）	Sir William Jones修習梵文（Sanskrit）之後，發現了很多和拉丁文及古希臘文對應的語音，於是他把這個發現撰寫成論文發表，並且認為梵文和拉丁文、希臘文有很密切的血緣關係，應該來自於同一個語言。這個看法後來經過德國語言學家波普（Franz Bopp）的研究，認為在梵文、拉丁文、希臘文之外，具有血緣關係得語言還有德文及波斯文。後來又由丹麥語言學家瑞斯克（Rasmus Rask）增加了立陶宛（Luthuanian）及亞美尼亞（Amernian）。在瑞斯克之後，越來越多的語言學家開始認真而堅持地從事古印歐語的擬構工作，這些語言學者通稱為「新語法學派」。他們認為：梵文和所有歐洲的語言都來自於同一個共同的原始語言（Proto-form），歷史語言學界把這個共同的原始語言稱為古印歐語（Proto-Indo-European language，簡稱PIE）。新語法學派的語言學家也深信：語音的改變是很有規律，而且沒有任何例外。
Neurolinguistics（神經語言學）	「神經語言學」研究語言與大腦之間的關係，特別研究大腦產生病變後所影響到的語言表現，從而探究大腦的功能。

Non-linear framework（非單線式架構）	Non-linear framework（非單線式架構），請見「多線式理論」。
Nucleus（核母音）	「核母音」指一個音節的核心位置，因為母音都出現在音節的核心位置，因此nucleus指的就是音節核心位置的母音。
Obligatory Contour Principle（無雙原則，簡稱OCP）	這是自主音段音韻理論中很重要的限制原則：「在任何一個音架上，不能有連續相同的自主音段並列。」基於這個原則，閩南語的音節結構中，如果韻尾是鼻音時，聲母絕不可以是鼻音。因此閩南語沒有*NVN（N=鼻音）的音節，再者閩南人也會把國語NVN的音節，如nan（難）改唸成[lan]以避免違反「無雙原則」。
Obstruent（阻擦音）	「阻擦音」泛指氣流通過口腔時，或者由於兩個發音器官產生閉合，或者由於舌頭某處和口腔的上部結構（從齒齦到軟顎這麼一大區域的結構）接觸，或近於接觸，使氣流發生摩擦（friction）的各種語音。因此，「阻擦音」指「塞音」（stop，如英語的[p, t, k]）、「摩擦音」（fricative，如英語的[f, v, s, z]），及「塞擦音」（affricate，如英語的[tʃ,dʒ]與國語的[ts（ㄗ）]、tsʰ（ㄘ）] [tɕ（ㄐ）、tɕʰ（ㄑ）]。
Onset（聲母）	「聲母」指一個音節中位於核心母音之前的音段，如[pæn]這個音節中*p*位於核母音之前，*p*就是這個音節中的聲母；[plæn]這個音節中*pl*位於母音之前，[pl]兩個音段就是這個音節中的聲母；[strit]中，*str*三個子音群位於母音之前，同為這音節的聲母。
Optimality Theory（優選理論，簡稱OT）	「優選理論」是1994年間，由Allen Prince及Paul Smolensky所創，其最大的變革是主張表層的語音結構是經由「篩選」（selection），而非「衍生」（generate）而得。語言使用者由詞彙庫（lexicon）挑出「輸入」（Input）後，將其送入「衍生器」（Generator，簡稱GEN）之後，立即衍生出一組無數的候選音（candidates），此組候選音會再被送入「評估部門」（Evaluator，簡稱EVAL），所有可能的候選音（candidates）接受評估部門中的制約（constraints）篩選，結

	果違反最少或違反最低層次制約的候選音是為最優的語音。優選理論也被應用到句法的分析及第二語言習得的研究之上。
Performative verb（行為動詞）	語言行為理論（Speech Act Theory）是由英國學者奧斯汀所提出來的，它的基本看法是：我們平常所使用的語言，其實包含了兩種不同的句子。一種句子只是純粹的敘述或描述某個動作或狀況，稱為表述句（locution），如「He seems to be happy.」；另一類的動詞，則有行動的意涵，如伊莉莎白女王說「I thereby name the ship *Queen Elizabeth*.」時，她所講的話並不只是一句「話」而已，而是由語言之中傳達了「命名」的動作。因此，像name之類的動詞稱為「行事動詞」（performative verb）。含有行事動詞的句子，稱為「表意句」（illocution）。行事動詞常依據不同的語義及所要傳達的意志而分為：強調、答應、命令、要求、警告、宣稱、勸告和打賭等等。
Phoneme（音位）	兩個最小配對中具有區別語義功能的音段即分別是某個語言音韻系統中的「音位」，例如pit和bit只有聲母的不同，而bed及bad則只在母音的差別，在sin及sing中只有韻尾不同，但這三組音都形成最小配對，而[p]/[b]，[ɛ]/[æ]，[n]/[ŋ]分別都是英語的音位。
Phonetic representation（表層結構）	Phonetic representation（表層結構）是衍生音韻學理論架構中的術語，與basic representation深層結構相對而言。例如[t]是為tie一詞中聲母在深層結構的語音，或稱基本音，以/t/表示。而tie中的/t/，其實際音質是送氣的[tʰ]，這種實際語音又稱為「表層結構」（surface structure）或「語音結構」（phonetic structure）。
Phonetics（語音學）	研究語音形成的學說，主要研究範圍包含「發音語音學」（articulatory phonetics）、「聲學語音學」（acoustic phonetics），及「聽覺語音學」（auditory phonetics）。
Phonology（音韻學）	phonology（音韻學）是一門探究語言的語音系統，並找尋語音的結構原則及這些規律在心理中的反應。所謂研究某個語言音韻系統的結構，即是探究說話者心理語法中所建構的語音呈現模式；而所謂找尋音韻規則，也就是描述說話者如何有系統地去運用他心理語法中的的音韻知識來發音、說話。

Pidgin （兼語）	兩個語言接觸日久，衍生出一個介於兩者之間的第三個語言，由於兼具了兩個語言的重要語法特性，而稱為「兼語」，也有人稱為「洋涇濱語」。如巴布亞紐幾內亞（Paupa New Guinea）的脫克兼語（Tok Pidgin）是語言學裡很有名的兼語，這個語言採用了許多英語的詞彙，但基本語法還是以當地的語言為主。
Pitch （音高）	某個時間之內有多少週期，稱為頻率（frequency）。頻率就是把聲音的物理特性轉換為語音的介面：語音的頻率越高，表示該語音的音高越高，因此，「頻率」和「音高」其實是一體的兩面。在聲學研究上，我們稱為頻率的東西，在語音研究上我們稱為「音高」。
Place of articulation （發音部位）	人體的發聲器裡因不同的「發音部位」而有不同的語音。發音部位指脣、舌、齒槽、硬顎、軟顎，及舌頭的各個部位，如舌尖、舌背、舌根等等。
Polysemy （多義詞）	「多義詞」指的是同一個語詞同時蘊涵多種不同的語義。例如英語的bright一字可指「明亮」（「The room is quite bright.」），也可指「聰明」（「John is quite bright.」），更可以指「鮮明的」（「The room is decorated with bright red curtains.」）等語義。
Predictable feature （可預測徵性）	辨異徵性分為可預測，和不可預測兩種。例如英語的母音鼻化現象，及[p, t, k]之送氣都是可預測的徵性，都是音韻規則所附加上去的（specify），屬於「冗贅徵性」。
Prefix （前綴）	「前綴」指附加在某個詞素之前，而使詞彙的類別或語義產生變化的詞素，例如preview, unlikely, impossible, deviation, discover等等畫線部分的pre-, un-, im-, de-, dis-等均為前綴。
Priming effect （促發效應）	「促發效應」其實是語詞抉擇實驗的擴充，因此所有的實驗過程都和語詞抉擇實驗沒有太大的區別，主要的差別在於：在顯現目標詞（target words）之前，先給受試者一個詞，然後看這個詞是否會促發受試者對目標詞辨認速度的影響。例如要測試受試者對於「cat」的語詞抉擇速度時，先給受試者「dog」或「chair」，結果發現「dog」對於「cat」抉擇速度有很大的影

	響，而「chair」卻沒有什麼影響，因此推知：在語義上容易歸為同類的語詞，如「cat/dog」同為寵物，「chair/desk」同為家具，「chicken/duck」同為家禽，前面的配對均能在語義上為同一類別。
Progressive assimilation（順向同化）	「順向同化」指前面的音影響了後面的音。也就是說前面的音使得後面的音產生變化，如英語的過去式詞素[d]的發音就是很典型的順同化的例子：前面若為無聲子音，它就唸成無聲的[t]；若為有聲子音，它就唸成有聲的[d]。
Psycholinguistics（心理語言學）	「心理語言學」主要的目的在探索語言和訊息處理的心理歷程，也即透過各種心理實驗來驗證衍生語法架構內的各個語法部門的「心理真實性」（psychological reality）。
Psychological reality（心理真實性）	可以從理論及實務等兩個層面來解說。理論上而言，衍生語法的學說認為：每個人都擁有自己的語法，也就是擁有自己的語言能力（competence）。以美國人為例，每個美國人都擁有美語的能力，因此對於美語的語音、構詞、句法，或語義都會有直接的心理反應。至於實務方面，所謂語言的真實性指的是每個語法結構的部門都能獲得心理實驗上的驗證及支持。例如英語有個「塞音送氣」的音韻規律：「所有英語的無聲塞音（[p], [t], [k]），只要出現在音節的最前面，都要唸成送氣音（[p^h], [t^h], [k^h]）。」這個規則既是美語能力的一部分，因此擁有美語能力的人都必然擁有這個規則，該規則使美國人會把「臺北」讀成[t^hei p^hei]。
Redundant（冗贅）	「冗贅」指可以預測的徵性，我們在描述某個語音時，冗贅徵性是不必寫出的，例如英語的[p, t, k]在字首會唸成送氣的[p^h, t^h, k^h,]，因此英語的[送氣]是冗贅徵性。請參見predictable feature。
Reference（指涉）	「指涉說」認為每一個語義的語義便是它的指涉對象或指意，不論是指涉對象或指意，都是該語詞的「指涉」。有人更進一步地將指涉再區分為「內指涉」與「外指涉」，前者指語詞本身的語義；後者指一個語詞所有指涉的集合。請參見extension。

Regional dialect（區域性方言）	因為地區之不同而產生出各個不同語音、構詞或句法上之差異的方言稱之為「地區性方言」。請參見dialect。
Regressive assimilation（逆向同化）	和「順向同化」相反方向的就是「逆向同化」，指後面的語音影響了前面的語音，因而使得前面的語音產生變化。例如英語的部位同化：in + possible = impossible就是逆向同化。
regressive saccades（回向掃視）	所謂「回向掃視」即我們在閱讀時，遇到難於理解或有困惑的句子之時，通常會回頭把該句重看一次。依據過去的研究結果，發現有許多人遇到「園徑句」（garden path）（例如The horse raced past the barn fell.時，都會有回向掃視的現象）。
Register（語域）	除了地區性和社會性的方言之外，還有一種因場所（setting）、對象（subjects）、禮貌及態度（politeness）而不同的語言表達方式，一般稱為「語域」，在此也稱之為功能性方言。由於「功能性」最主要的影響因素是場合、地點、對象及禮貌態度，因此也和語用學（pragmatics）大有關係。
Segment（音段）	音段又稱為phone。例如英語key一字雖由三個字母所組成，卻只含有[kh]與[i]兩個音段。
Semantic feature（語義徵性）	語義學的最小單位稱為「語義徵性」，仿照音韻徵性，每個語義徵性也都具正（＋）、負（－）值。正值表示具有該項徵性，負值表示不具有該項徵性。例如「父親」的語義徵性為[－女性]；「母親」的語義徵性則為[＋女性]。
Sense（理意）	「內指涉」也有人稱為「理意」，因此一個句子如果連「內指涉」都成問題，我們稱為無理（nonsense）。請參見extension。
Sibilant（絲音）	英語的[s, z, ʃ, ʒ, tʃ, dʒ]與國語的[s（ㄙ）]都稱為sibilant（絲音），主要原因是由於發音時都會有s-s-s的摩擦現象。
Social dialect（社會性方言）	不同的語音或語法的使用與說話者的社會結構相關。也就是說，語言的使用往往會因為不同的社會結構而呈現不同的語音、用詞，及語義解讀等等現象。這種語言變異稱為社會性方言，請參見dialect。
Socio-linguistics（社會語言學）	「社會語言學」主要研究語言的五個指標（例如語音、音韻、構詞、語義和語法）與社會的七種因素（例如區域範圍、社經

	條件、種族文化、年齡結構、職業背景、宗教信仰以及性別差異）之間的互動。
Sonorant（響音）	發聲過程中，氣流沒有受阻，亦無任何摩擦現象，如滑音（glide）、流音（liquid）、鼻音（nasal）具有或多或少的響度（sonority），統稱為「響音」。其他的子音如塞音（stop）、摩擦音（fricative）、塞擦音（affricate）等由於發音時氣流在口腔內受阻而產生或多或少的摩擦現象，統稱為「阻擦音」。請參見obstruent。
Split brain（腦區分離）	現代醫學雖然很發達，但還是會遇到一些無法使用藥物控制的病患。如果醫生遇到有些無法使用藥物來控制的癲癇病人時，會考慮採取胼胝質神經束（corpus callosum）切除手術。由於神經束最重要的功能是傳遞左右腦之間的訊息，因此經過神經束手術之後的病人，必然產生左右腦之間訊息的中斷的問題，利用這種病患來研究左右腦的實驗稱為「腦區分離」。
Stop（塞音）	發音時氣流在某一個發音點受到完全阻塞，進而產生閉合現象的語音稱為「塞音」，如英語[p, t, k, b, d, g, m, n, ŋ] 與國語[p（ㄅ）、p^h（ㄆ）、t（ㄉ）、t^h（ㄊ）、k（ㄍ）、k^h（ㄎ）] 等音均為「塞音」。
Stress（重音）	「重音」指發音時音節的音高（pitch）之高低，音高較高的稱為重音節（stressed syllable），音高較低的稱為不加重的音節或輕音節（unstressed or light syllable）。換句話說，重音是兩個音節或兩個以上的音節之間的相對音高之間的對比。
Structural ambiguity（結構性歧義句）	經由句法上的詞組結構而形成語義上有歧異的現象稱為結構性歧義句，例如「The boy saw the girl in the room.」可以是「他在房間裡看到那位小姐」也可是「他看到了房間裡的那位小姐」，全因為結構之不同而產生的歧義。
Suffix（後綴）	「後綴」指依附在某個詞素之後而使詞彙的類別或語義產生變化的詞素，例如likely, believable等畫線部分的-ly, -able等都是後綴。中文的後綴本來不多，如「老者」、「論者」、「作者」、「耕者」中的「者」也是後綴。

Suprasegmental（超音段）	suprasegmental（超音段）源於segment（音段）一詞，指超越音段層次的語音單位，如重音（stress）、音節（syllable）、聲調（tone），及語調（intonation）等等都屬於超音段的範疇。
Surface structure（表層結構）	相對於「深層結構」，「表層結構」又稱為「語音結構」（phonetic structure），例如[th]是tie 一詞中聲母/t/的表層音。請參見deep structure。
Synonym（同義詞）	「同義詞」指含有相同的語義的語詞，每個語言都有同義詞，如英語的begin和start都表示「開始」的意思，因此是同義詞；又如華語的「美麗」和「漂亮」也是同義詞。
Taboo（禁忌語）	「禁忌語」一詞本來指波利尼西亞上的錮根語（Tongan），借入英語之後表示為社會上所不允許或不適合在公共場合所講出來的話語。例如「死」一詞在中文裡是禁忌語，因此我們常以別的委婉語代替，如「往生」、「仙逝」等等委婉語來替代禁忌語。
Tense（緊音）	英語的母音有鬆緊之分別，例如[i], [e], [a], [o], [u]這五個母音在英語語音學裡稱為「緊母音」（tense vowel），原因是發音時，喉嚨內部的神經比較緊張之故。
Thematic role（語義角色）	「語義角色」指名詞在句子裡所扮演的語義關係。以「John opened the window with a key.」為例，John 具有「主事者」（Agent）的語義角色；the window 具有「受事者」（Patient）的語義角色；a key具有「工具」（Instrument）的角色。
Transformational rule（移位變形規律）	現代句法理論上特指Wh字詞的移位（如把「John put which car in the garage.」移位成為「Which car did John put in the garage?」）及被動式的移位（如把「Tom broke the window.」移位成「The window was broken.」），由於都會引起句法結構的移換或變動，稱為「移位變形規律」。
Universal Grammar（通用語法）	通用語法（universal grammar，簡稱UG）指的是各個自然語言之間共通的現象或特性。其實通用語法是指普遍存在於我們頭腦裡、放諸四海皆準的一套語法。喬姆斯基認為：我們天生就有語言習得機制（Language Acquisition Device），裡頭含有通用語法。

Unmarked（無標記）	「無標記」泛指一切較為一般或常態的現象，請參見marked。
Velar（舌根音）	「舌根音」指涉及軟顎部位所發出的語音，如英語中的[g, k, ŋ]都是發音時舌背提高到接近軟顎（velum或soft palate）位置，一般習稱為舌根音。
Voice onset time（振前時長）	所謂「振前時長」指的是發音時，嘴型及氣流釋放之後，但在聲帶振動之前的時間。如唸有聲塞音[ba]之時，聲帶並沒有馬上振動，而是在雙唇閉合之後一會兒，聲帶才振動，因此VOT（振前時長）值約有10毫秒左右。但是在唸[spa]之時，雙唇張開氣流釋放之後，聲門還是張開的，必須要等後面的母音發音之時，聲帶才開始振動，這說明了為何[p]會有長達35到50毫秒的VOT值。
Wave theory（波紋理論）	「波紋理論」源自於德國語言學家Johannes Schmidt在他1872年提出的看法。他認為，語言徵性或語音的改變，很可能像我們在水池或池塘裡丟石頭一樣，起先只有石頭落水之處有巨波，而後隨著波紋一波波往外圍送，範圍越來越大，終於擴散到池塘的邊邊。語音的改變也然，起先只有語音改變之處有跡象，而後像水波一樣，慢慢往外圍擴散，終於使整個語言改變。
Wernicke's aphasia（威尼基失語症）	「威尼基失語症」指因左腦的西爾維亞裂隙後方受損而引起語言理解上的困難，由一位德國的醫生威尼基（Carl Wernicke）在1874年所發現。威尼基失語症的主要徵狀是：講話很流利，不會有構音上的困難，但是卻無法跟別人溝通，原因是聽力或理解有問題，所以威尼基失語症的患者和一般人的溝通往往形成雞同鴨講的現象。

名詞索引

abbreviation（縮詞）〔clipping（剪字）〕 122, 130, 132, 144
accent（口音） 245, 247, 250
acoustic phonetics（聲學語音學） 11, 58, 315, 321, 351
acronym（始音結合） 122, 129-130, 144
address forms（稱詞） 283
affixes（綴詞） 114, 116-117, 121, 477
affricate（塞擦音） 29, 33, 40, 73-74
agglutinating language（黏著性語言） 140-141, 143, 145
agrammatism（無語法症） 302-303
allomorph（同位詞素） 115-116
allophone（同位音） 63, 65-66, 107
alveolar ridge（齒齦） 21
alveolar（齒齦音） 21-22, 27-28, 30-31, 39, 41, 58, 72
alveo palatal（齒齦顎音） 32-33
ambiguous sentence（歧義句） 203, 311
american English/British English（美式英語和英式英語） 250, 251, 289
amplitude（振幅） 316, 321
analogy（類比） 458, 464-465, 477
analytical language（分析性語言） 140, 143, 145
anomia（忘名症） 300, 305-307
anterior（前音） 31, 72
antonym（反義詞） 191, 193-194, 213
aperiodical waves（不規律波） 315
aphasia（失語症） 291, 300-301, 303, 305-307, 309-310
approximant（臨界音） 41-43
aptitude（性向） 414-415
articulatory phonetics（發音語音學） 11, 38, 58
artificial intelligence（人工智慧） 1, 349
aspirated（送氣） 25, 58, 101, 455
assimilation（同化） 82-85, 101, 107, 372-373, 458-461, 477
audio-lingual approach（聽講教學法） 405
auditory phonetics（聽覺語音學） 11, 58
autosegmental phonology（自主音段音韻理論） 87, 89, 107, 507
autopsy studies（大體解析） 295, 300, 309
babbling（嗶啵語期） 365-366
back formation（反向結構） 122, 135-136, 144
behaviorism（行為主義） 356, 405
bilabial（雙脣音） 4, 23, 72
blending（合詞） 122, 132-133, 140, 144
borrowing（借詞） 122, 424, 466
bound morpheme（依存詞素） 113-114, 144
broadening（語義擴大） 387, 436-437, 441
Broca's aphasia（布羅卡失語症） 300-301, 303, 310

cardinal vowels（標準母音） 45
case paradigm（格位典型） 431, 434
circumfix（環綴） 113-115, 144
clicking（叮噹實驗） 333-334, 339
closed words（圈限詞） 121
cognates（族語） 450, 452
communicative approach（溝通式教學法） 409
comparative reconstruction（比較擬構） 418, 448, 456, 476
complementizer（接代詞） 493
complementary distribution（互補分布） 66, 68, 107, 457
complex compound sentences（複合句） 161, 168
complex conjunction（主次連接詞） 164
complex sentences（複句）161
complex words（合成詞） 110
composition theory（組合理論） 200
compounding（複合詞） 122-123, 128, 144, 187
computerized axial tomography（電腦影像分析） 298
conditioned sound change（條件音變） 454-455
conducting aphasia（執導失語症） 300, 305-307, 310
connectionist models（連結模式） 351
connotation（聯想） 182
constraint（限制） 103, 108
content word（實詞） 121-122, 333, 369
contextual effect（文本效應） 238
contour tone（曲折調） 55
contralateral（反側現象） 293-294
contrastive analysis（對比分析） 398, 415
cooperative principle（合作原則） 232
coreference（共同指涉） 183
coronal（齒冠音） 28, 72, 74
correspondence（對應關係） 449-450
Creole（克里歐語） 268, 270-271
critical period hypothesis（關鍵時期假設） 383, 385, 387
deictics（指代詞） 222, 224, 239
deletion（語音刪除）84, 383, 462
denotation（指意） 182
derivational inflection（詞變詞綴） 117
dialect（方言） 69, 243, 245-246, 250, 275, 289
dichotic listening experiment（分邊聽測） 295-296, 300, 310
direct speech act（直接語言行為） 227-228
discourse（言談） 153, 230
dissimilation（異化） 76, 82, 85, 107, 458, 464, 477
distinctive feature（辨異徵性） 11, 24, 70, 74, 107, 325, 339, 364
dorsal（舌背音） 72, 74
dysprosody（無語調症） 302-303
Ebonics（伊巴尼克語） 251, 254
embedded sentence（包孕句） 498
empathy（投入） 414-415
English as a foreign language（英語作為外語） 390
English as a second language（英語為第二語言） 390

entailment（衍推）　220-221, 239-240
eponym（名詞的移轉）　122, 133, 135, 144
ERP (event related potentials)（和事件相關的潛能）　336, 352
error analysis（錯誤分析）　398, 415
extension（外指涉）　183, 185, 213, 381-382
eye movement（ 眼球移動）　333, 336, 339
felicity condition（求真條件）　227, 230
floating tone（浮游聲調）　91
focus（焦點）　230-231
formant（共振峰）　18, 318, 321
Fourier analysis（傅立葉原理）　317
free morpheme（自由詞素）　113-114, 143
free variation（自由變體）　69
fricative（摩擦音）　17, 33, 39-40, 73-74
function word（虛詞）　121-122, 302, 333, 369
functional dialects（功能性方言）243
fundamental difference hypothesis（基礎差異假設）　395
fundamental frequency（基礎音頻）317, 351
fusional languages（融合性語言）140, 142-143, 145
fuzzy theory（模糊理論）　188, 190
garden path sentences（園徑句）　336, 345-346, 348
geminate consonant（雙子音）　93
general American English（通用美語）251, 254, 255
ghost tone（幽靈聲調）　91
ghost onset（幽靈聲母）　92
glide（滑音）　41-43, 73, 393
glottal stop（喉塞音）　17
grammar translation approach（文法翻譯教學法）　404, 416
grammaticalization（語法化）　432, 434
great vowel shift（母音大轉移）　421, 423, 430, 468
Grimm's law（格林規律）　452, 456, 476
head（核心）　6, 304, 319, 380, 392
hemide corticates（腦部切除術）　298, 300
hemisphere（腦區）　293
heteronym（同形異音詞）　196
hierarchical feature structure（層次結構）　70, 72
holophrastic sentence（全義句）　366, 369
homographs（同形詞）　195
homonym（同音詞）　191, 195, 199, 214, 503
idiomatic chunk（慣用語）　212, 503
idiomatic expressions（慣用語或成語）210
illocution（表意句）　225, 229, 240
implicature（語涵）　230, 232, 239-240
inalterability（不可分割性）　90
indirect speech act（間接語言行為）228
infix（中綴）　113-114, 144
INFL（時式）　117

inflection affix（語法詞綴） 117
innateness hypothesis（內生假設） 4, 382, 383, 387
input hypothesis（輸入假設） 402, 415
insertion（語音增加）84, 462
integrity（統一性） 90, 94
intension（內指涉） 183, 185, 213
interaction hypothesis（互動假設） 403, 415
interlanguage（中介語） 389
internal reconstruction（內在擬構） 418, 448, 456, 458, 476
internal structure（內在結構）182
intonation（語調） 55, 365, 407
isogloss（語言分界線） 243, 250, 262, 465, 467
jargon（專語） 249
labio-dental（脣齒音） 26, 58, 72
language acquisition device（LAD，語言習得機置） 4
language contact（語言接觸） 267, 271, 424, 458, 467-468, 477
language transfer（語言移轉） 400, 402, 415
langue（語言） 9, 215
lateral（邊音）34, 41-42, 73, 293-294
lax（鬆音） 47-48
learning motivation（學習動機） 412
learning strategies（學習策略） 413-414
Grammatical category（詞類） 114, 501
lexical decision（語詞抉擇） 328, 330-331
lexical diffusion theory（詞彙擴散理論） 468, 470
lingua franca（共通語） 268
linguistic atlas（語言地圖） 262
linguistic competence（語言能力） 1, 2, 9, 110, 215, 249, 308, 374, 394
linguistic geography（語言地理學） 267
linguistic performance（語言使用） 1, 9, 215
liquid（流音） 41, 73
locution（表述句） 224-225, 229, 240
manner of articulation（發音方式） 11, 20, 38, 58, 72
marked（有標記） 359, 367, 396-397
markedness difference hypothesis（標示差異假設） 396
maxim of manner（方式軸心） 232, 240
maxim of quality（質性軸心） 232-233, 240
maxim of quantity（量性軸心） 232, 234, 240
maxim of relevance（相關軸心） 232-233, 240
maximal projection（最大映界） 334
mean of length of utterances（MLU, 語流長度平均數） 369-370
Meeussen's rule（謬孫規律） 91
mental image（心理影像） 188, 190, 213
mental lexicon（心理辭典） 150, 328, 331
metaphor（隱喻） 208, 210
metathesis（移位） 84-85, 462
minimal pair（最小配對） 63-64, 107
minimal word constraint（最小詞彙限

制）　99
minimal attachment（最小附著）　348, 353
modularity（分區自主）　339, 344-345, 348, 352
morpheme（詞素）　110, 112-114, 141, 143-144, 186, 445
movement/transformation（移位變形） 377
mutual assimilation（相互同化）　83, 459
mutual intelligibility（相互溝通）　245
N-400 hypothesis（N-400假設）　337
narrowing（語義縮小）　387, 436, 438, 441
nasal（鼻音）　15, 20, 23, 40, 42-43, 50-51, 73, 76
nasal dissimilation（鼻音異化）　76
natural class（自然類音）　24, 37, 68, 70, 75, 77, 107, 451, 456
negative transfer（負面移轉）　400-401
neo-grammarian（新語法學派）　449, 468, 477
obstruent（阻擦音）　38, 40, 43, 73-74, 104
obligatory contour principle（無雙原則，簡稱OCP）　93, 100
observations on brain impaired patients（腦傷患者的觀察）295, 297, 310
one-word stage（單語詞期）　366, 369-370
onomatopoeia（擬聲）　122, 139-140, 145, 418
open words（開放詞）　122
optimality theory（優選理論）　521
output hypothesis（輸出假設）　404, 415
overextension/overgeneralization 語義擴大　381
palatal（顎音）　31-32, 39, 58
partial assimilation（部分同化）　84
parole（言語）　9, 215
periodical waves（規律波）　315
pidgin（兼語）　268-269, 271
phoneme（音位）　12, 63, 65-66, 76, 107, 186, 326, 339, 365, 405
phonemic restoration（音位填補） 342, 344
phonetic identification（語音辨識） 314, 321, 324
phonotactics（語音限制）　97-98
place of articulation（發音部位）　11, 20, 58, 72
polysemy（多義詞）　191, 194, 213
positive transfer（正面移轉）　400
prefix（前綴）　113-114, 144
presupposition（預設）　215-217, 220-221, 239
priming effect（促發效應）　305, 330-331
principle of compositionality（語義組合原則）　200
principle of majority（多數原則） 451, 456, 476
principle of plausibility（可信原則） 451, 456, 476
progressive assimilation（順向同化） 83, 101, 459
proper names（專有名詞轉化）　191, 200, 214
proto-Indo-European language（古印歐

語） 449, 472
prototype hypothesis（原型假設） 188, 190
pseudo words（假詞） 329, 331
psychological reality（心理真實性） 62, 107, 311-312, 314
reconstruction（擬構） 418, 448, 456, 458, 476
redundant features（冗贅徵性） 78-80
reduplication（重複） 122, 137, 139, 145
reference（指涉） 182-183, 185, 213
regional dialect（區域性方言） 243, 289
regressive assimilation（逆向同化） 82, 101, 459-460
regressive saccades（回向掃視） 336, 339, 347
reinforcement（增強） 355-357
retroflex（捲舌音） 33
Sapir-Whorf hypothesis（薩皮爾沃夫假設） 244, 286
semantic feature（語義徵性） 186, 188, 213
semantic shift（語義的移轉） 436, 439, 441
sense（理意） 69, 184, 256
simple words（單純詞） 110
simplification（簡化）372-373
slang（俚語） 247
slip of the tongue（說溜嘴） 325
sonorant（響音） 40, 43, 74, 104
speech act（語言行為） 215, 224-225, 227-228, 239-240
split brain experiments（腦區分離） 295, 300, 310
spoonerism（史本那語誤） 324, 327
stability（穩定性） 90-91
stop（塞音） 17, 24, 39-40, 71, 74, 83, 252, 304, 373, 449
stratification（社會層次結構） 271, 273, 289
stress（重音） 51-53, 97, 231
subcategorization（詞的次分類） 149, 206
substratum（劣勢語言） 243, 268, 466-467
suffixes（後綴）113, 369
superstratum（優勢語言） 466-467
syllable structure（音節結構） 7, 100
synonym（同義詞） 189, 191-192, 213
synthetic languages（合成性語言）140
taboo（禁忌語） 284
tense（緊音） 47-48
telegraphic sentences（電報句） 369-370
the target language（目標語） 389
thematic role（語義角色） 201, 203, 208, 214
theory of grammar construction（語法建構理論） 355
theory of imitation and reinforcement（模仿及增強理論） 355
timed reading（閱讀時長） 333, 339
tone（聲調） 50-51, 53-55, 91, 96, 184
top-down（從頂而底） 339, 341, 344
total assimilation（完全同化） 84
transformation（移位變形） 311, 377
tree of genetic languages（語言家族樹） 472

unconditioned sound change（無條件音變） 454
underextension/undergeneralization 語義縮小 381
unmarked（無標記） 367, 396-397
velar（舌根音） 34, 42, 58
voice onset time（VOT）（振前時長） 249, 322, 324
wave theory（波紋理論） 468, 471-472
Wernicke's aphasia（威尼基失語症） 305, 310
X-bar theory（X-標槓理論） 391
火星文 223, 248-249
切韻 421, 441-442, 444
臺灣國語和大陸普通話 251, 257, 259, 262, 289
把字句 170, 173-175, 178, 260, 446-448
英語簡史 421
被字句 170, 174, 176, 178, 446-448
詞涯八千 109
漢語小史 441

Note

Note

Note

國家圖書館出版品預行編目(CIP)資料

當代語言學概論／鍾榮富著. -- 三版. --
臺北市：五南圖書出版股份有限公司,
2024.01

面； 公分
ISBN 978-626-366-596-5(平裝)

1.語言學

800 112015111

1XZ1

當代語言學概論

作　　者— 鍾榮富（401.3）
發 行 人— 楊榮川
總 經 理— 楊士清
總 編 輯— 楊秀麗
副總編輯— 黃惠娟
責任編輯— 魯曉玟
封面設計— 姚孝慈
出 版 者— 五南圖書出版股份有限公司
地　　址：106台北市大安區和平東路二段339號4樓
電　　話：(02)2705-5066　傳　　真：(02)2706-6100
網　　址：https://www.wunan.com.tw
電子郵件：wunan@wunan.com.tw
劃撥帳號：01068953
戶　　名：五南圖書出版股份有限公司
法律顧問　林勝安律師
出版日期　2006年7月初版一刷
　　　　　2022年8月二版一刷
　　　　　2024年1月三版一刷
定　　價　新臺幣600元